十年暗

TEN YEARS LATE

苏念 刘捷 著

上海社会科学院出版社

目 录

第 1 章 万里奔赴 ······ 1
第 2 章 问题陡生 ······ 3
第 3 章 好久不见 ······ 7
第 4 章 重量级 VIP ······ 10
第 5 章 偶遇 ······ 14
第 6 章 伞福 ······ 18
第 7 章 对不起 ······ 21
第 8 章 上海,我回来了 ······ 24
第 9 章 冤家路窄 ······ 27
第 10 章 新官上任 ······ 31
第 11 章 相亲对象 ······ 35
第 12 章 道不同不相为谋 ······ 38
第 13 章 她要结婚了 ······ 41
第 14 章 试探 ······ 44
第 15 章 家 ······ 47
第 16 章 为了你 ······ 50
第 17 章 我不信 ······ 53
第 18 章 小心纪敖亭 ······ 56

第19章 新股东	60
第20章 我答应你	63
第21章 初次交锋	66
第22章 凌鹰航空	70
第23章 见客户	73
第24章 吃一堑，长一智	76
第25章 赌	79
第26章 赶鸭子上架	82
第27章 调令	85
第28章 情人湖	88
第29章 胳膊肘往外拐	91
第30章 炒作	94
第31章 逃避	97
第32章 三棱镜	100
第33章 我喜欢你	103
第34章 谋定而后动	106
第35章 缘分	110
第36章 挑拨	113
第37章 只要你说，我就信你	117
第38章 十年	120
第39章 知己知彼	123
第40章 辞职	126
第41章 重色轻友	129
第42章 我背你	132
第43章 来晚了	134
第44章 希望	137
第45章 有惊无险	140

第46章	兄弟	143
第47章	现场	146
第48章	光阴	149
第49章	下马威	152
第50章	商业联姻	155
第51章	带刺的玫瑰	158
第52章	一往而深	162
第53章	我爱你	165
第54章	如梦方醒	168
第55章	逼入胡同	171
第56章	套路失败	174
第57章	特别喜欢你	177
第58章	等闲变却故人心	180
第59章	谢谢你	183
第60章	干儿子	186
第61章	生日快乐	189
第62章	抛砖引玉	192
第63章	只有你	195
第64章	于心有愧	198
第65章	三人组	201
第66章	瞒天过海	204
第67章	处心积虑	207
第68章	忤逆	210
第69章	吉祥物	214
第70章	怀璧其罪	217
第71章	见家长	220
第72章	我只要你	223

第73章	结婚	226
第74章	狭路相逢	229
第75章	惊变	233
第76章	背叛	236
第77章	责任	239
第78章	鹿死谁手	242
第79章	泰禾星旅	246
第80章	后生可畏	249
第81章	疑虑	252
第82章	教科书式典范	255
第83章	请君入瓮	258
第84章	危机四伏	261
第85章	挖墙脚	264
第86章	默许	267
第87章	鸿门宴	270
第88章	变故陡生	273
第89章	贪	276
第90章	凡夫俗子	279
第91章	荣耀	282
第92章	深渊	285
第93章	玉石俱焚	288
第94章	心机	291
第95章	信任	294
第96章	崩碎	297
第97章	迟到的解释	300
第98章	裂	303
第99章	冥顽不灵	306

第100章 我们结婚吧……309

第101章 无可替代……313

第102章 将计就计……316

第103章 魔高一尺道高一丈……319

第104章 甘拜下风……322

第105章 你我两清……325

第106章 千秋岁……328

第107章 花姨回国……332

第108章 念昂……335

第109章 大结局……339

第 1 章　万里奔赴

日本。

冬夜危机四伏，阴冷的风裹着漫天大雪呼啸而来，无孔不入，钻进骨头。袁莱就像一个长夜里在薄冰上跋涉的流浪者，并不知道沿着前面的"路"会走向一个怎样的结局。

夜色绵长，霜花如刻，灯火百结。

她一只手拖着笨重的行李箱，口中缓缓吐出一口白气，乌黑的眼睛望了一眼前面即将抵达的目的地。

孤身走在异国他乡的街道上，没有一个熟人，语言也不通，当初仅凭着一腔执着和深切入骨的思念，她义无反顾地踏上这异国旅途。

如果不来，她会遗憾终生，甚至可能会疯掉。

可是，近乡情更怯，站在路沿边，她却突然失去了继续前进的勇气。

如果他还爱她，来日本这么久，为什么断绝了跟国内的一切联系，包括她；她一直以为，靳燃虽然性情冷淡了一点，但在她面前，还算是"热情"的。

"靳燃……"

袁莱深吸了几口气，这两个字就像是她的空气，早已成为她生命的一部分，她拖着行李箱，朝着自己的宿命迈开了脚步。

那是一幢日本传统住宅，即使隔着高耸的围墙，也能看见里面考究低调的装修风格，住宅的主人一定是个有身份的人。

袁莱确认了一遍丁昂给她的地址。丁公子身为艾美集团太子爷，在日本查找一个人还不算太难，所以，她手里这个地址应该不会出错。

这时，一束刺目的白光打了过来，袁莱像只鸵鸟，本能地朝角落里躲了躲，心脏没来由地猛地跳动了起来。

一辆价值不菲的黑色轿车停在住宅前，紧接着，一个女人从车上下来，虽然只有一个背影，但不难看出对方裹在大衣下的窈窕身材。

出来迎接的人手里撑着一把黑色大伞，恭敬地将伞遮了过去，挡住头顶飘落的雪花。

这里，应该没有她要找的人，她刚才找到这个地址的时候，就这么告诉自己，因为这里与那个人的气质是那样不符，可当袁莱正准备转身离开时，瞳孔骤缩，她难以置信地盯着车上下来的男人。

男人身材修长，身上裹着一件宽大的黑色大衣。光线其实并不算明亮，甚至有点暗沉，隔着漫天凛冽的风雪，袁莱还是一眼就认出了他。

靳燃。

他瘦了，脊背不再像以前那样挺直，像是佝偻了一些，是病了吗，还是……

"慢点。"女人温柔关切地念了一句，很自然地扶着靳燃，向大门走去。

靳燃低垂着眉眼，看不清楚神情，尖削的下巴似乎有青色的胡茬。

突然，他停了下来，像是有心灵感应，扭头看向身后的暗处，然而除了漫天的风雪，什么都没有。

"我真是疯了，"靳燃心想，"否则，我怎么可能觉得自己闻到了袁莱身上特有的味道呢？而且，现在这个样子……不如不见吧。"

烈风卷起雪末，铺天盖地地落下，日本的冬天，这样的漫天大雪实在是太过常见。

袁莱浑身僵硬地站在原地，如同一尊风化的雕塑，身上覆盖着一层浅浅的雪花，这个漫长寒冷的长夜，成了她心底经年累月都化不开的积雪。

记忆里，仿佛有一只无形的手，一点一点地擦去了一些重要的回忆，还有一个重要的人，袁莱徒劳地张开手指，可惜，她什么都抓不住。

她不远万里而来，可这一场奔赴，到最后得到的却是这样一个结果。

从来，压垮你的都不是什么风刀霜剑，而是你曾视作全世界的那个人，一转眼就将你弃若敝屣，抛之不顾。

靳燃，我该如何想起你，以沉默？以眼泪？

第 2 章　问题陡生

五年后，机场。

"前往土耳其的旅客请注意，您乘坐的 TK27 次航班，现在开始登机，请您携带好随身物品……"

候机室里，值机的旅客陆续起身走向登机闸口。

赵承志抬起手腕看了一眼时间，这才不忍心地看向身边疲惫地靠在他肩头的袁莱，伸手轻轻取走她耳朵里的耳塞，拍了拍她的肩，"莱莱，我们该登机了。"

袁莱有轻微的失眠症，尤其是在吵嚷的环境下，根本无法入睡，耳塞就成了她居家旅行的必备良品。这几年，赵承志春风细雨般的体贴照顾，让他早就对袁莱的生活习性掌握得一清二楚。

两人认识十年了，大学念的是同一届东方大学，赵承志是法律系的学霸，袁莱是中文系的系花。念书那会儿，袁莱可就是"赵大律师"心里的"白月光"，只可惜被好兄弟靳燃捷足先登，从此白月光成了自己的嫂子。所谓"朋友妻不可欺"，赵承志只能含泪祝福。本来以为自己这辈子都没机会了，却没想到，五年前，袁莱从日本回来之后，就跟靳燃分了手，并且从此对靳燃讳莫如深。

这五年间，赵大律师十分殷勤甚至"不要脸"地追求着袁莱，而袁莱一直都把赵大律师当成死党，赵大律师屡败屡战，大有越挫越勇的架势，眼看爱情的道路满是风霜，而赵大律帅却是毫不气馁，勇往直前。

大学毕业之后，袁莱进入了一家世界五百强公司——非途旅行，这几年一步一步打拼，从一无所有，到成为产品经理。在人才如蚁的大公司，短短几年能做到这个地步，很不容易，因此她还一度被视为东方大学杰出校友代表之一。

当然，这一身荣耀背后，是无数个加班、把飞机当宾馆的艰辛，比如今天，袁经理就是刚从一个业务活动上直接过来的，连行李都是赵承志去袁家取的，好在袁家二老还算开明，这几年赵承志对袁莱的付出，二老也看在眼里，算是默许了赵承志这个准女婿，将来把袁莱交给赵承志，二老也放心。

这一次，赵承志名义上是跟袁莱一起去出差，但公司上下谁不知道，赵大律师是正志律师事务所的高级合伙人，虽然挂着非途旅行的法务代表，但这种差事，随便打发一个手下就去了，他之所以会亲自出马，还不是因为袁莱。

假公济私的赵大律师，后面自然还有他精心设计的环节，不管怎么说，这一次他一定要表白成功！

袁莱一脸疲惫，但长期工作培养出来的专业素养，让她一听到"登机"两个字就亢奋。她睁开双眼，褪去疲惫之色，揉揉太阳穴，正准备站起来，手机却突然响了。

做这一行的，手机铃声就像是一根无形的丝线，牵动着他们的神经，袁莱几乎是条件反射地拿起手机，来电显示是"纪总"。

纪总，纪敖亭，非途旅行股东之一，袁莱的顶头上司，一手将袁莱这棵小白菜培养成了大灰狼。

有传闻，纪敖亭即将全面接手非途旅行，成为非途旅行有史以来最年轻的CEO。

袁莱来不及细想纪敖亭为什么会在这个时候打给她，她接起手机，手里面传来一阵暧昧的喘息声。袁莱早已经习惯了上司的私生活，面不改色心不跳地道："喂，纪总……"

电话那头，纪敖亭不知说了什么，袁莱眉头皱起，尾音拔高了几分，"什么？好，我马上退票去日本！"

挂断电话，袁莱收起手机，脸色颇为凝重地看向赵承志，"日本一个高端定制游出了点问题，我得赶过去处理一下，抱歉，这一次不能跟你一起去土耳其了。"

高端定制游，顾名思义，就是针对顾客个人情况制订的高端旅行计划，这个项目，目前是非途旅行试点发展的一个重点业务，连总部都非常重视，因此不能出半点问题。袁莱作为负责人，责无旁贷。

赵承志一愣，"什么事这么急，要你马上过去处理？"

袁莱已经拿好行李，"我也不太清楚，不过，这个定制游是我一手主导的，我不能让它在这个节骨眼上出问题，对不起啊，赵大律师，只能辛苦你跑一趟了，等你回来我请你吃饭赔罪好不好？"

赵承志在意的并不是这个，虽说工作重要，这几年他也被袁莱爽过无数次约，可这次不一样，为了这次旅行，他可是计划了好久。

但看袁莱一脸担心的模样，话到嘴边，赵承志只能无奈地笑了笑，习惯性伸手摸了摸袁莱的头发，"算了，既然你也不清楚那边的情况，不如我陪你一起过去吧，万一需要人手，我也能照应一下。"

中央空调级别超级暖男赵大律师，已经习惯了站在袁莱身边，不论什么样的大风大雨，他都想替她挡开。

袁莱摇了摇头，一边低头看着手机，"不行，纪总的意思，土耳其那边还得你去才能压得住阵，那边已经跟当地旅游局联系好了，旅游路线得尽快敲定。"

手机上不断涌入消息，是日本那边传来的一些现场情况，袁莱从来不打无准备之战，她的强势干练颇得纪敖亭的赏识，别看纪总个人生活不太检点，但看人的眼光却是十分独到，所以日本方面出了状况，纪敖亭第一时间联系袁莱过去处理。

赵承志有点哭笑不得，无奈地摊了摊手："莱莱，我一个律师过去还能干什么，当吉祥物吗？"

袁莱仍旧低着头，手指飞快地敲打着屏幕，头也不抬，"公司已经派另一个同事赶来机场了，会晚一天跟你会合。"

赵承志欲言又止，最后被袁莱推着进了闸口。袁莱又飞奔着过去退票，改签飞往日本最近的一班航班。

一下飞机，袁莱就立即赶去出事的酒店。

酒店大堂里，十来个客人围着非途旅行的导游，七嘴八舌地吵嚷着要求赔偿，他们花这么多钱，却根本没得到所谓的"高级定制"，心里自然极不平衡，正满脸怒气地与导游争执。

"袁经理！您总算到了，救命啊！"导游一副焦头烂额的表情，看到袁莱就像见到救星，急忙朝袁莱挥了挥手。

导游话音刚落，客人一看主事的来了，立即掉头将袁莱围了个水泄不通。袁莱甫一进门，就被一群人围起来，额头青筋微微跳了跳，好在她已经习惯了这种场面，应付起来也是游刃有余。

"你就是非途旅行的代表？这么年轻？能主事吗？"

"可不是，别不是又拿个临时工来敷衍我们吧？我跟你说，谁来都没用，我们要退钱！什么高级定制，完全都没感受到好不好，白天累得要死，晚上外面鸟叫个不停，吵得要死，怎么睡？"

"对！退钱！否则我们曝光你们公司！"

袁莱认真听着，没有插嘴，倒是一边的导游忍不住嘟哝道："这个也不能怪我们吧，我们在做景点规划的时候，是你们自己要求住景观房……怎么现在不满意的还是你们？"

袁莱眉头一皱，脸色略微黑沉了几分，厉声喝止："闭嘴！我们公司的服务宗旨是什么都忘了？顾客是上帝，谁教你这么跟客人说话的？"

导游有些委屈地撇了撇嘴，连眼睛都红了，"对不起，莱姐。"

袁莱这会儿没空理她，扭头已经换上一副职业笑脸，看向游客，"大家稍安勿躁，我姓袁，是负责这个旅游项目的产品经理，这次公司特地派我过来，就是负责协调处理这件事的，对于诸位刚才提到的问题，我们公司一定会认真尽责地处理……"

"怎么处理？我们只要赔钱！不赔钱，今天谁都别想走出这家酒店！我们也不走了！"

其中一个游客嚎了一嗓子，其他客人也跟着一起嚷了起来，整个酒店大堂都快被掀翻，酒店方面也很无奈，只能尽可能地跟其他客人做解释疏散工作，又增调了保安过来，避免出现冲突。

袁莱一脸诚恳，"诸位，请你们先听我解释，据我所知，从我们的团队接到大家开始，就一直是给大家安排的这家酒店最好最贵的房间，而且应大家要求，都是主楼的景观房，从大家的房间看出去，能够看到本地稀有的鸟类赤颈鸭和红嘴鸥，每到冬季，它们就会成群飞到这里落脚，停在酒店大树上栖息，形成一道自然靓丽的风景线，这也是我们这个项目的亮点之一。不过很抱歉，我们当时只考虑到观赏性，并未想到鸟叫声会给大家造成睡眠的困扰，这一点，是我们疏忽了，我们会马上为大家更换房间，保证大家今晚能睡个安心觉。"

袁莱说着，转头看向导游："你马上去跟前台联系一下，看有没有同级别的房间，没有的话，我们公司负责升级房间的费用，务必给客人一个安心舒适的休息环境。"

"好的，莱姐！"

第3章　好久不见

几分钟之后，导游一脸丧气地走了回来，因为是旅游旺季，酒店的房间早就满额了，根本腾不出多余房间，何况还不止一两间，酒店方面也没办法。旅客们一听没多余房间，刚压下去的怒火又飙了起来。

"我就说吧，想方设法来敷衍我们！我们要退钱！"

"我们不走了，退钱！我马上上网曝光你们，黑心商家！"

袁莱也预计到这个情况，不慌不忙地说："大家放心，我公司做出的承诺就一定会兑现，这家酒店没有多余的房间，我们马上联系附近更好的五星级酒店，绝对不会敷衍大家，请大家放宽心。"

人向来都喜欢占便宜，不喜欢吃亏，一听说他们要换更好的酒店，众人的情绪一下子就安定了下来，也有担心要他们补差价的，提出了疑问。

袁莱带着一贯的职业性微笑，"大家放心，升级酒店的费用，我们公司会全部负责，给贵宾最佳的旅行体验和感受，才是我们非途旅行的一贯宗旨，对于我们造成的失误，也请诸位多多理解。"

本来最初也是客人们自己要求住景观房，没料到景观房会这么吵，现在闹事，非途旅行方面又主动积极配合，客人们再闹下去，那就真的成自己打脸了，因此也没人再厚着脸皮继续闹了。

袁莱暗松了口气，正准备叫导游去联系附近酒店，身后突然响起一道略微低沉的声音，"其实也没必要换酒店这么麻烦，我记得没错的话，贵司现在不还有一个团队就住在附楼吗？他们安排的好像大部分都是夜间活动吧。"

那声音，仿佛穿过经年累月的时光，宛若一声闷响的春雷平地而起，巨大的回响，在她五脏六腑之间震动不已。

袁莱赶忙扭头，看向身后那声音的来源，只见一名穿着黑色风衣的青年坐在沙发上，手里拿着一本杂志，杂志的高度，正好遮挡住了他的脸。

这几年，她一直埋头工作，在公司是出了名的工作狂，再苦再累的活，别人都不愿意干，她偏要抢着做，起初公司不少人看不惯她这种作风，以为她是故意谄媚，时间长了，大家才后知后觉，觉得她大概是个有自虐倾向的变态吧，虽然她现在做到了产品经理，但凭着她对公司的付出，就算是升为部门经理都不在话下。

也有人问过她为什么这么拼，她从来都不解释，只是笑笑说自己劳碌命，可劳碌命的袁经理，大学时代连多走几步路都嫌累。

只有她自己知道，要不是拼命工作，她还能干点什么来打发这漫长的岁月时光？

自从那一夜之后,她的人生好像变得无比漫长,她以为自己做得很好。没想到,只是这一道相似的声音,就险些让她当众失态,好像那些在漫长寒夜里一点一点铸就起来坚不可摧的防线,一下子就毫无征兆地分崩离析。

"对对!他们是晚上看歌舞,游夜间动物园,还有海上日出的观赏体验,而且后天就要飞回国了,让他们升级住一晚主楼景观房,完成终极体验,他们一定不会拒绝的,我怎么没想到这一点!"

导游亢奋的声音,把袁莱拉回了现实,袁莱迅速收拾好情绪,立即道:"你赶紧统计一下人数,跟那边团协商一下,更换一下房间,另外给这个团升级一下餐食,算是弥补叔叔阿姨们。"

不但更换了房间,还升级了餐食,旅客们脸上总算是露出了笑容,纷纷表示一定会给非途旅行好评,下次还会继续使用非途旅行。等到人群散了,她这才看向沙发上的青年,想到有刚才青年给出的建议才顺利解决这个麻烦,她朝那青年走去,想感谢对方。

"这位先生,刚才的事情,真是太感谢你了,是我们工作上的疏失,才导致刚才的局面,我因为来得匆忙,一路赶行程,所以并不了解我们公司另一个团队也住在这边,请问你是怎么知道的?还有……"袁莱深吸了口气,手指下意识地稍紧了紧,鼓起勇气问道:"我刚才听先生的声音有些熟悉,我们……是不是在哪里见过?"

青年一动不动地坐在沙发上,淡淡地说:"不用客气。"

袁莱心脏没来由地一跳,等她回过神来,才觉得自己的反应实在有些可笑,她到底在奢望什么?这人只不过是萍水相逢,只需要一个转身,从此便是天涯路人,她一定是魔怔了,否则怎么会生出那样不切实际的幻想,那个人在她心里,早就死了。

沙发上的青年,却是一点一点放下手里的杂志,露出一张刀削斧凿一般的脸,削薄的嘴唇微微勾勒出一抹清浅的笑容,一如几年前深邃的目光仿佛越过莽莽天地,厚重而又深沉,只是多了几分岁月沉淀下来的沉稳,温和而又平静。

那一瞬间,袁莱瞳孔猛地一缩,心脏仿佛停止了跳动,时间也跟着一起静止下来,周遭一切嘈杂都奇迹般褪尽,她的世界里,好像只剩下这一张刻骨铭心的脸,她以为自己早就忘记了他的长相,可是再见到时,才发现原来这张脸早就融进了她生命。

袁莱喉咙轻轻地动了动,硬挤出一抹职业性的笑容,声音仿佛是从嗓子眼里挤出来的:"是你……"

靳燃拿起面前的咖啡喝了一口,面色平静,"好久不见。"

好久不见。

五年,一千多个日夜,的确是好久不见了,袁莱反复练习过无数次的重逢,却没想到是在这样猝不及防的情况下,以至于她练习出来的冷酷无情,试也没试就宣告失败。

袁莱深吸了几口气,让自己看上去从容镇定一些,然后拿起桌子上的一张小票,"你帮我解决了一个难题,这杯咖啡,算我请你的,你我两清了。"

靳燃仿佛是听出她这句话的弦外之音,略微低垂下眉眼,道:"单我已经买过了,我也不喜欢欠着,失陪……袁经理。"

说完,仿佛是一个陌生人,从容不迫地起身离开了大厅。袁莱木然地站在原地,看了一眼手里的小票,又忍不住看了一眼靳燃修长的背影,一时之间竟生出恍如隔世之感。

正在出神,手机又响了起来,是她大学室友周西子打来的,当初号称不婚主义的周大小姐要结婚了,袁莱不得不感慨,有时候人生的际遇和缘分真是妙不可言,有的人就像是阴阳两极互相吸引,天南地北绕过半个国家都能拴在一起,而有的人,看似如胶似漆,最后却奔向不同的两端。

跟袁莱一样,一起接到电话的还有他们大学时代另外两个室友,莫少南和徐辛颐,两人一听周西子结婚,都一口爽快地答应了下来,大学毕业之后,大家就各奔东西,城市里烟火缭绕,即使是同在一座城市,但各自都有各自的忙碌,算一算上次大家聚在一起还是去年的事情,这一次要不是周西子结婚,恐怕他们还不知道要等到猴年马月才能重聚,而人跟人之间的缘分,大抵如此。

袁莱打算忙完这边的事情,就立即飞回去,却没想到,纪敖亭这事儿妈又临时来了任务,公司接待了一名重量级VIP,这位身份神秘的贵宾,要求体验非途旅行的新线路,纪总就顺理成章地把袁莱卖了。

袁莱在酒店跟导游同住一间客房,凑合了一晚上,大概是因为头天在酒店碰到了靳燃,她几乎一夜都没合眼,一闭上眼睛,脑海里一下子涌出许多回忆,靳燃的脸与记忆里那张还有些青涩稚嫩的脸重合,折磨得她根本无法入睡。

第4章　重量级 VIP

上海是一座国际大都市，这里每天车水马龙，人来人往。无数人削尖了脑袋都想在这片土地上立足，徐辛颐也不例外。几年前，她孤身一人从湖南来到这座城市，像无数想要扎根在这座城市的男男女女一样，在这红尘万丈的现实里摸爬滚打，即使打碎牙也要和血吞，才终于从一无所有走到今天，从懵懂无知的少女，成长为别人口中的事业型女强人。

一阵推杯换盏，徐辛颐已经喝得七八分醉了，可她跟的那笔单子还没搞定，她踩着高跟鞋，酒后的红晕在她脸上晕开，让她看上去更加精致妩媚，惹得桌上的男人一阵心猿意马。徐辛颐巧妙地躲了几杯酒之后，寻了个借口去了洗手间，关上大门那一瞬间，笑容瞬间隐去，借着一股异于常人的自制力，她冲到马桶边才吐起来。

以前她是不喝酒的，一碰酒就醉，但这几年在各大酒席混迹，早就练出了一身酒量。通常她从一个酒桌辗转到另一个酒桌，和一些根本不认识的老总喝酒，然后醉得一塌糊涂地回去。很多时候，一觉醒来，她发现自己横躺在出租屋冰冷的地板上，除了满屋子冲天的酒气，身边什么都没有，那个时候，是她觉得在这座城市最孤独的时候。可是天一亮，她又会从脆弱里爬起来，成为那个坚不可摧的徐辛颐，因为这个世界上，没人会站在她前面为她挡去风雨，所有一切风刀霜剑，都必须要她自己去扛。

徐辛颐双手撑着洗手台，耳边是抽水马桶的声音，她骤然抬起头，看着镜子里那张熟悉却又好像陌生的脸，自嘲地笑了笑，然后低下头，用冷水拍了拍脸，让自己保持清醒。可是不知是今晚确实喝得太多，还是在这种时候人特别敏感脆弱，她突然想起一个人来，只是几秒钟。她猛地摇了摇头，深吸了几口气，唇角勾着一丝讥诮，对着镜子里的自己道："徐辛颐，这条路是你自己选的，你有什么资格矫情？"

片刻后，徐辛颐已经补好妆，面带微笑地推开洗手间大门，包厢里的"人间烟火"扑面而来。赵总手里端着酒，咸猪手一下就搭了上来，暧昧地搂着徐辛颐的肩膀，"来来来！辛颐，咱们再走一个！"

旁边懂事的立即递上酒，徐辛颐只觉得胃部一阵抽痛，但她没得选择。她从容不迫地看向赵总，在众目睽睽之下，直接从桌子上拿起一瓶刚打开的红酒，"我知道赵总对我们公司一直青睐有加，如果我把这一整瓶都干了，那这一千万的订单，是不是就归我了？"

赵总眼睛一亮，一时之间热血沸腾，眼睛直勾勾地盯着徐辛颐，竖起大拇指，"果然是女中豪杰！霸气！我这也存着不少酒，一瓶一千万，你能喝几瓶，我就特批给你几千万,连标都不用竞了。"

话一说完,有人立即搬来一件还没开封的酒,这种场合,有些有钱人要的都是面子,对他们来说,要征服一个女人,除了床上就是酒桌上,很显然,徐辛颐这种女人更适合在酒桌上。

徐辛颐眼底划过一抹狡黠的光,当着赵总和众人的面,一瓶接着一瓶,一直喝到第五瓶,整张脸红得仿佛能掐出血来。然后在众人惊叹的目光中,她从包里取出一份合同,努力地捋直舌头,"赵总,五千万……是我的了。"

赵总一边感慨后生可畏,一边在合同上签了字。徐辛颐装好合同,终于醉得不省人事。这世上有许多人,他们渺小如蝼蚁,艰难地在夹缝里求生存,即使再痛也不会吭声,时间久了,连他们自己都忘了幸福的样子。

"朝菌不知晦朔,蟪蛄不知春秋。"

袁莱一大早就起来了,洗漱好之后,她又化了个淡妆,遮掩一下眼底吓人的青痕,今天要接待的是公司重量级 VIP,她不能给公司丢脸。从房间下来,她在大厅等候贵客,直到电梯口出现一个熟悉的身影。袁莱皱了皱眉头,心想真是冤家路窄,走哪儿都能碰到这尊瘟神,要不是她是临时被纪敖亭支使过来的,她都怀疑靳燃是在故意跟踪她了。

靳燃穿一件修身的黑色风衣,唇角依旧带着一抹温和的笑容,"早。"

"靳先生也是来这里旅游的吗?一个人?"

靳燃朝她走近两步,居高临下地审视着袁莱,一副温良谦恭让的神色,凑近道:"怎么,有规定我不能一个人来旅游吗?袁经理。"

一股温热的气息打在袁莱耳边,袁莱心脏突突直跳。耳根子莫名地红了起来,她本能地想要逃避,可靳燃却像是早就算准了似的,身体略微后撤,好整以暇地打量着她。

他看着袁莱,这么多年了,她害羞或者紧张的时候,还是喜欢红耳根,岁月即使能够让一个人成长到面目全非,但本质的东西,永远都不会改变。

"我们可以出发了。"

袁莱一愣,瞳孔微缩,"出发?你就是那个需要我陪同去体验新线路的VIP?"

靳燃挑眉,似笑非笑地道:"有问题吗?"

袁莱低骂了一声,在心里把靳燃祖宗十八代都问候了一遍,然后硬挤出一抹职业性的微笑,"当然没有,靳先生,车子已经在外面等候了,我先说一下我们今天的行程……"

靳燃并未答话,只是仔细聆听,两人一边走一边说,到了酒店大门口,袁莱只顾讲解,没注意到一辆黑色轿车突然冲过来。靳燃脸色微变,几乎是下意识地拉住了袁莱的手腕,将她顺势往身边一带,两人身体几乎贴到一起。袁莱可以听见靳燃急促的呼吸声,她足足呆了七八秒钟,这才回过神来,甩开靳燃的手,"谢谢靳先生。"

靳燃黑着脸,憋了一肚子火,却又无处发泄,只好冷冷甩了一句:"好好走路!"

然后开门上了车,袁莱只好灰头土脸地跟上,她发现自己平常不论多么英明神武,在这尊瘟神跟前,永远都是唱衰。

大约半小时的车程,车子抵达福浦桥边,他们今天的第一个项目是出海,然而靳燃下了车,却并未立即登上游船,而是闲庭信步地走上福浦桥。红色长桥架在海面上,在颜色清淡的海面上显得活泼跳跃,也仿佛在沉闷的氛围里,撕裂开一条细小的缝隙。

"靳先生,游船马上要开了,我们可以上船了。"袁莱觉得自己脸上的笑容都快僵硬了。

靳燃意味深长地看了她一眼,"你知道这座桥叫什么名字吗?"

"福浦桥。"

靳燃双手随意地撑在栏杆上,"我突然不想出海了,我要吃海鲜,刚出海最新鲜的那种。"

袁莱一愣,"什么?海鲜?"

"有问题吗?"

"没有,我马上联系附近可以吃海鲜的餐馆。"

"我不去餐馆,我就要在这里吃,就着海风暖阳,你不觉得这里很惬意吗?而且,我记得昨天袁经理说过,给客人最佳的体验和感受,是非途旅行的服务宗旨,不是吗?"

袁莱在心里飙出了自己职业生涯的第一句脏话,硬挤出一抹笑容,"是的,靳先生,那您在这稍等,我去附近餐馆买了给您打包过来,您看可以吗?"

靳燃修长的指节轻轻敲击着栏杆,语气淡淡地道:"你们公司就是这么敷衍客人的?"

袁莱强压怒气,"这附近有个著名的鱼市,里面的海鲜很出名……"

"我给你半个小时时间。"

"抱歉,我想靳先生你误会了,我不会在工作时间丢下我的客人的,这是我做事的底线。"

"是吗?那实在不巧,我衣服的纽扣掉了一粒,我得留在这里找纽扣,所以,只能辛苦袁经理跑一趟了,不过袁经理放心,我是成年人,不会把自己弄丢的。"

袁莱这才注意到,靳燃风衣领口第二粒纽扣的确不见了。

靳燃似乎一眼就看穿她的心思,不慌不忙地将指间那枚纽扣小心地扔进袁莱的外套口袋,然后不动声色地抬手看了一眼腕表,"你还有29分钟37秒,袁经理,我不喜欢别人不守约。"

　　袁莱憋气,特别人模狗样地朝着靳燃笑了笑,默念了一遍"别低头,皇冠会掉;别流泪,贱人会笑",然后转身就跑,当年她一生气就跑步的良好习惯,现在总算是派上了用场。

　　她不知道,身后的靳燃,立在福浦桥上,目光一直追随着她,仿佛穿越过经年累月的时光,又回到了很久以前,那时他们还没分手。

第5章 偶遇

上海市。

巨大的投屏上,一名穿着深蓝色西服的青年才俊,身边簇拥着一帮子年轻人,正欢庆他们刚拿到的奖杯。屏幕下方,打着一行醒目大字:"电竞行业春风吹,飞昂电竞冲出亚洲!"

街头,一辆红色法拉利疾驰而过,路过一家楼盘时,突然一个急刹,副驾驶座位上坐着的一名长发美女,一下子碰在挡风玻璃上,小声抱怨起来。

"亲爱的,你看咖啡都洒在包上了,这个包可是刚上的新款。"

"再买一个。"

"亲爱的你真是对我太好了,不过,我妈说你们家新开发的楼盘有个户型很不错哦,你去跟那边售房部说一声,给咱妈留一个好户型呗?"

男人忽然摘下墨镜,冷声道:"下车。"

美女一愣,不知道自己刚才到底哪句话得罪了他。这位丁公子可是身价不菲,是艾美集团的太子爷,自己还经营着一个电竞俱乐部,刚拿了大奖,浑身上下都是镀过一层金的,傍上这位公子,就连分手费都不是跑车就是豪宅。

美女一脸讨好,把凹凸有致的身体贴了上去,双手挽着丁昂的手臂,一口吴侬软语,娇娇滴滴,"亲爱的,宝宝错了,宝宝也只是顺口一说嘛,结不结婚都……"

丁昂冷着脸,"滚!"

美女也一下翻了脸,怒道:"丁昂,你他妈什么意思?召之即来,挥之即去,你当老娘是什么?"

丁昂冷笑一声,打开车门,摔门而去,这些女人跟着他是为了什么,他心知肚明,他也乐得看她们演戏,可每当午夜梦回,他都想在这些女人身上找到一个人的影子,哪怕只是一丁点的相像。有时候,连他自己都觉得自己是个变态,明明心里藏着一个人,却连看一眼的勇气都没有。

他漫无目的地走了不知道多久,突然看到一个熟悉的身影,是……辛颐!单薄略微有些瘦削的脸颊,长长的头发利索地扎成马尾,脸上永远带着自信灿烂的笑容。以前丁昂就觉得,像徐辛颐这样的人,就算跌落到尘埃里,也有她自己的磊落坦荡。分手之后,他们已经整整三年多没见了。丁昂以为自己看错了,他下意识地揉了揉眼睛,却发现他魂牵梦萦的那个人真的就在他面前。他突然觉得自己像一个小偷,连多看一眼都是犯罪。

徐辛颐挽着一个长相还算不错的男人朝着丁昂的方向走了过来,丁昂想要回避已经来不及了,他尴尬地站在原地,目光落在徐辛颐挽着男人的手上,曾几何时,她也是这样亲密地挽着自己,可是现在,这只手已经不再属于自己。

徐辛颐也看到了丁昂,本能地想要抽回手,却发现根本没这个必要,她和丁昂,早就分手了。

"好巧。"徐辛颐脸上保持着一贯的笑容,连语气都没有变一下。

丁昂回过神来,硬挤出一抹笑,让自己看上去没那么失态,"嗯,好久不见,你们……"

徐辛颐笑道:"这是我男朋友,高子富,过来看房子的,我们准备结婚了。"

丁昂的笑容僵住了,好半天,从嗓子眼里挤出两个字:"恭——喜。"

高子富递出一张名片,一脸谄媚地盯着他,"久仰丁公子大名,之前在财经杂志上见过您与蒋总的合照,年纪轻轻,就拿到了电竞大奖,真是年少有为!这是我的名片,我是一家投资公司的理财顾问……我和辛颐的婚礼,您到时候可一定要赏光啊。"

丁昂眸底划过一抹厌恶,可他并没有发作,只是伸手接过名片,直接扔进口袋,目光转向徐辛颐,"我想单独和你说几句话。"

徐辛颐正要拒绝,高子富却突然凑过来,"呵呵,你们老同学好久不见了,慢慢聊,我去接个电话。"

说完,拿着手机走到一旁去接电话了。

丁昂皱着眉头,"徐辛颐,什么时候你的眼光已经烂成这样了?当初你把我甩了,就是为了和这种所谓的经济适用男在一起?"

他永远都不会忘记,那天本来该是他人生最开心的一天,最后却变成他人生最痛苦的一天。他筹备了很久的生日宴,就是为了把她介绍给所有人,他喜欢她,想要名正言顺地跟她在一起,可他等到的,却是徐辛颐冰冷无情的"分手"二字。

他堂堂艾美集团太子爷,在大上海是无数名媛争相追捧的对象,可他始终对徐辛颐念念不忘,连他自己都觉得自己犯贱,可他就是放不下。徐辛颐就像是他的一道执念,早已伴随着血液,流淌在他身体的每一个角落,想要把徐辛颐从他生命里抽离,非死即伤。

可是,为什么他都放手了,她还要如此作践自己?

"丁昂,几年不见你还是这么自以为是,你以为人人都像你,生下来就含着金汤匙,被人捧着高高在上吗?丁昂,我们根本不是一个世界的人。"徐辛颐脸上没有一丝怒色,平心静气地说道。

人跟人,始终是不一样的,勉强扭在一起,对大家都是痛苦折磨,她没那么自不量力,硬要拿鸡蛋去跟石头碰撞。

丁昂垂在身侧的手指紧了紧,如果他再自私一点,死缠着她不放,她是不是还是属于他,任何人都抢不走?

垂下头，丁昂略长的刘海遮住了他的眼睛，让人看不清楚他的表情，他笑了笑，"抱歉，是我多嘴了，这几年，你过得还好吧？"

其实不好，尤其是这两天，她刚被房东赶出来，走投无路，拖着行李想要去投奔她在上海唯一的亲人，却被人像打发要饭的一样打发了出来，她在这座城市里拼了命地努力，却还是过得像条没人收养的狗，孤独，又毫无安全感，但她和很多打工族一样，都想要留在这座钢筋水泥又冷酷无情的城市，哪怕用尽自己最后一点力气。

对她来说，房子才能给她安全感，至于要结婚的那个人是谁，没有任何意义。

徐辛颐微笑道："我马上要升职了，又有疼爱我的男朋友，还在计划买房，丁昂，我过得很好，从来没有像现在这样好过了。"

丁昂手指死死攥着，明明知道她的话字字句句都是逞强，但他没有立场去阻止，他充其量只不过是徐辛颐的前男友，又凭什么去干涉她的生活？

丁昂苦笑一声，"那房子你们看好了吗？"

徐辛颐和高子富两人刚才是去他们家楼盘看的房子，这个楼盘的地段还不错，周边绿化设施和其他设备都很齐全，价格自然也偏贵一些，看刚才高子富的样子，也不过是一个打工族，就算做投资理财比较赚钱，这几年投资环境却并不景气，高子富哪来这么多钱买房？

"怎么？丁公子又打算乐善好施，彰显一下你的阔气了吗？"徐辛颐的语气不由得变得尖锐起来。

丁昂一愣，"我不是这个意思……"

"我们这种打工族，的确是比不上丁公子财大气粗，但这点骨气还是有的，这世上，不是所有人都看重钱财的，丁公子也不用在我面前显摆自己的家世，你的女朋友们想必比我更喜欢听你说你的家世背景。"

丁昂是艾美集团太子爷，也是艾美集团唯一的继承人，他这几年换女友比换衣服还勤，有的还是圈内人，豪门阔少与美女的花边新闻自然是不少，丁公子上娱乐版面的次数比上财经新闻的次数还多。

丁昂急忙解释，"辛颐，不是那样的，我跟她们都是逢场作戏，我……"

丁昂不知道该不该说，我爱的人是你。

"不好意思，公司来的电话……"高子富走过来，晃了晃手机，"辛颐，你们同学也好久没见了吧，要不咱们找个地方坐着聊聊，我们请丁公子吃顿便饭吧。"

高子富这种人精，好不容易攀上一个富家子弟，怎么可能轻易放过，何况还有徐辛颐这一层同学关系，这几年投资理财已经渐渐走下坡路了，要是能多认识几个富豪，那他也就不用愁拿不出业绩了。

不等丁昂开口，徐辛颐已经抢先一步："子富，我们不是约了置业顾问吗？再不去要迟到了。"

　　高子富一头雾水，还没来得及询问，徐辛颐就已经拉着他走了，丁昂站在原地，久久注视着徐辛颐的背影，直到两人消失在车水马龙里，他才落寞地叹了口气，转身走进了人流之中。

　　与这座城市相比，他们都太渺小，儿女情长也好，无情无义也罢，都无声地湮没在这座物欲横流的城市里。

第6章 伞福

银山是一座经历战争洗礼的城市，也被列入了《世界遗产名录》，后来因为宫崎骏的一部动画作品《千与千寻》而举世闻名，成为日本著名的旅游景点之一，一年四季，游客都是络绎不绝。

银山街道上，袁莱和靳燃两人并肩而行，从两人身后看去，俨然一对过来旅行的恋人，或许是因为这边景致的确不错，袁莱整个人放松了不少，再加上已经过了一晚上的适应期，袁莱也不再像之前那样针对靳燃。

"袁经理不介绍一下这里吗？"靳燃闲庭信步，却无心看风景。

"这里叫银山，我们入住的那家酒店里的那幅漫画，是日本著名漫画家宫崎骏先生的作品，不过，当年宫崎骏的作品《千与千寻》其实也只是参考了这个地方，并不是完全一样……"

袁莱的讲解还没结束，靳燃忽然道："你站到对面去。"

袁莱回过头来，这才发现靳燃不知什么时候举起手机对准了她，镜头下，袁莱站在一片古老的建筑下，宽阔笔直的道路从她身后一直延伸，仿佛是探入二次元漫画世界之中。繁花烂漫，青丝飞扬。袁莱脸上不经意的一抹笑容，就能击败所有盛世美景。

"好了吗？"靳燃半天没反应，袁莱忍不住问了一句。

靳燃挑了挑眉，"可以了，就在那个位置，给我拍几张照传给我，用你的手机。"

袁莱一愣，这才反应过来，靳燃刚才分明是在耍她，难得的一点好心情，瞬间就消失无踪了，什么重量级VIP，她看纪敖亭就是故意整她，早知道是靳燃，打死她都不会接这个工作。

然而袁莱心里也很清楚，现在抱怨也无济于事，还不如早点完成任务，早点回国。昨晚她跟赵承志通了电话，土耳其那边的事情一切顺利，赵承志问她这边进展情况时，她下意识地隐瞒了靳燃的事情，等这一趟差事办完，她跟靳燃，应该就不会再有交集了。

袁莱拍好照，把手机递给靳燃，靳燃检查了一下照片，十分满意，他习惯性地打开袁莱的微信，加好自己的微信，这才将手机递给袁莱，"照片传给我。"

袁莱一看，差点气得吐血，她上辈子一定无恶不作，这辈子才碰到靳燃这个瘟神。袁莱认命地把照片传了过去。在她崩溃的边缘，靳燃不知从哪里掏出一张明信片，"认识这里吗？"

袁莱看了一眼，翻了个白眼："这上面不是写了，伞福，是山形县酒田市一带的特色。"

"我想去这里。"

想起从昨天开始，靳燃的各种刁难，袁莱脸色变得不太好看，语气里压抑着几分怒气，"靳先生，善变是你为人处世的一贯作风吗？"

"我只是想体验这项传统，拒绝客人是袁经理做事的一贯方式吗？"

进入非途旅行也已经好几年了，这几年，袁莱见识过各种刁钻古怪的客户，再难啃的骨头她都能啃下来，大概因为这个是靳燃，所以她的耐心早就告罄，要不是这边没人能够接手，她恨不得离靳燃远远的。有的人虽然已经分开，再多看一眼，都怕自己会反悔，旧情复燃。

袁莱露出一抹职业微笑，提醒道："可您今天还预定了美术馆的参观活动……"

"所谓高级定制，就是按照客户的需求而改变，如果一味按部就班，按照原有的传统模式，那贵司所谓的新线路又和其他旅行社有什么区别呢？"

"既然靳先生执意要去，我马上就为您联系。"

袁莱办事效率很快，应变能力也极强，明知道胳膊拧不过大腿的蠢事，她绝对不会坚持，跟伞福那边联络好后，他们就立即出发了，几个小时的车程之后，他们顺利抵达伞福，袁莱一路讲解，靳燃只是偶尔插几句嘴，直到两人来到一家制作伞福吊饰的小店。

小店规模并不大，不过看得出来，是传统的老工艺店，老板正在店里制作伞福，见两人进来，老板赶忙上来迎接，用日语询问："二位是想看一下我们的伞福吗？本店百年传承，所有伞福都是纯手工制作，二位随便看。"

靳燃看了一眼，用一口流利的日文问道："我可以试试自己制作吗？"

靳燃在日本这几年也不是白待的，日文发音很标准，就算是本地人，也听不出来他的口音有什么不对。

"当然可以。"

在老板的讲解下，靳燃很快就制作出一件粉色樱花吊饰，靳燃略一偏头，想叫袁莱过去看，却不经意发现袁莱正在一边挑选吊饰，靳燃只能看到袁莱侧脸，逆光下，夕阳将袁莱的侧影镶了金边，靳燃不由得看呆了，不过那表情稍纵即逝。

"先生，您这吊饰做得真的很不错啊，您要不是说这是您第一次制作，我真的不敢相信。"

老板称赞的声音，吸引了袁莱的注意力。她走过来，看了一眼靳燃制作出来的樱花吊饰，戏谑道："啧啧，真是看不出来，靳先生还会女红啊。"

靳燃并不生气，问她："你知道这个吊饰的含义吗？"

"粉色樱花，代表好事将近，袁经理跟赵先生好事将近，送你这个，正合时宜，不是吗？"

靳燃说着，脑海中不由得闪过袁莱和赵承志的婚纱照，如果不是无意中在杂志上看到那组婚纱照，也许直到她结婚，他都还被蒙在鼓里。

五年前，在他人生最艰难的时候，袁莱突然提出分手，没半个字的解释，现在看来，是她早就移情别恋了。五年说长不长，说短也不短，他依旧孤身一人，而她却即将成为别人的新娘。他分明该恨她的，可是不知道为什么，他抛下公司的一切冗务，踏上了去上海的飞机，如果不问个清楚，他想他一生都不会安心。

袁莱不知道靳燃是从哪听说她要结婚的事情，她和靳燃分手之后，赵承志的确是穷追不舍，可她对赵承志，确实只有朋友之谊，没有半点男女之情。此刻靳燃突然提起，袁莱也不知道哪来的一股邪火，冷笑一声，"靳先生真是神通广大，连这都知道。不过谢谢靳先生的好意，什么人是好人，什么人是渣男，我这眼睛还没瞎。"

"我看是袁经理桃花太旺，不需要吧……"靳燃笑了笑，转身拿起另一个黑色吊饰，"这个倒是挺好的，黑狮子，寓意防火，挺适合你的。"

袁莱咬牙切齿，"不需要！靳先生还是留着送给其他女孩子吧。而且，我善意地提醒您一句，我们再不走，就赶不上最后的班车了。"

"谁告诉你我要去坐班车了？"

"靳先生，您到底还想怎么样？"

靳燃没说话，只是拿起伞福吊饰，跟老板交涉了几句，然后领着袁莱从伞福店出来，去了火车站。袁莱心里憋了一肚子火，只好跟在靳燃身后。

火车站前，贴着一幅巨型海报，上面打着广告，广告上有四种颜色的火车，据说不同时间坐不同颜色的火车，会有不一样的心情，这种不同颜色的火车，也算是伞福本地的一个旅游特色。

这时，漫天大雪飘洒下来，白茫茫的天空下，一辆粉色火车缓缓驶来，靳燃紧绷的神经一松，下意识地抓住袁莱的手，"上车。"

袁莱还没回过神来，已经被靳燃牵着。手掌传来的温度，让尘封的记忆仿佛海啸一般侵袭而来。她一直想要努力遗忘的人，却一直都被她小心珍藏在内心最深处，谁都无法触碰。

火车上，加上靳燃和袁莱一共有六名乘客，其中一对是老夫妇，而另两名则是高中生。大家都觉得很幸运，能坐到这趟粉色火车。

"其实这个车站一共有五种颜色的火车，黄色车身代表永恒的友情，蓝色代表健康与平安，红色代表家庭和美，白色则是消除所有的不幸和不快。"靳燃坐在袁莱身边，突然说道。

袁莱忍不住问："那粉色代表什么？"

靳燃笑了笑，"不告诉你。"

袁莱怒目以对，她就知道，这货就是单纯来拿她消遣的，她居然还会上当。她扭头看向窗外，暮色四合，天地间好像只剩下一片莽莽雪原，这时，她突然听见身后的老奶奶激动的声音。

"今天很幸运呢……谢谢你带我来坐这趟火车，谢谢。"

袁莱下意识地看了靳燃一眼，而靳燃几乎是同时看向袁莱。

第7章 对不起

回到酒店，时间已经不早了，因为是旅游旺季，他们又回来得太晚，酒店只剩下最后一间大床房，袁莱跟前台交涉了一番，想临时增加一个床位，也被告知没有多余的了，这附近的酒店都问过了，没有多余房间。

"我赶了一天行程，很累，我睡床，你睡沙发。"靳燃说完，也不等袁莱说话，径直走了。

袁莱不想见到靳燃那张人渣脸，最后决定去泡泡温泉舒缓一下心情，否则，她觉得自己迟早会被靳燃那个混蛋气死。

温泉池这边还算清静，只有零零散散的几个客人，袁莱泡了一阵，心情也跟着好了不少。当她裹着浴衣从温泉池出来时，没想到在大堂碰见了靳燃，袁莱一下就怒了：这贱人不是说累了要休息吗？又骗我！

不过袁莱不想跟靳燃吵架，尤其是在这种公众场合，她正想绕道避开，靳燃却大步走了过来，他也是刚泡了温泉出来，身上只裹着一件宽松的浴衣，发尖上还有没擦干的水滴坠落。袁莱死去多年的少女心突然飞快地跳动了一下，耳根子也不争气地红了起来。

靳燃熟练地替她整理好浴衣，戏谑道："袁经理，你是在这等我，还是在这躲着我呢？"

袁莱瞬间从刚才的失态中回过神来，怒极反笑，"不是靳先生说累了要好好休息吗？我把房间腾出来，还不是为了靳先生能够好好休息。"

她故意加重了最后几个字的音调，不怼靳燃这个贱人几句，她都觉得自己不是人。

这时，靳燃脸色陡然一变，他本能地伸手一把拉住袁莱的手腕，将袁莱往旁边空地一带。袁莱还没反应过来怎么回事，人已经被拉到一旁，等她反应过来时，靳燃已经被一个不知从哪里窜出来的醉汉撞倒，头部重重地撞在桌子角上，殷红的血瞬间从头部渗出。袁莱足足愣了两三秒钟，这才回过神来，一下朝着靳燃扑了过去，声音抑制不住地颤抖："靳燃！你怎么了？你别吓我，靳燃！来人啊……有人吗？"

旁边的醉汉已经醉得不省人事，四仰八叉地倒在地上，这个时间，竟连一个酒店工作人员都没看到，袁莱急得要命，声音已经带了哭腔，她是过来泡温泉的，根本就没带手机，想叫个救护车都不行。

"莱莱……"

靳燃忽然睁开眼睛，深邃的目光注视着袁莱，刚才袁莱撕心裂肺的喊声他亲耳听见的，那里面的揪心做不得假，他太了解袁莱，就像了解自己。刚才他

21

头部受创，的确是有短暂的无意识，可是很快就恢复了过来，当他听见袁莱的声音，听见其中的担忧，他能够感觉得出来，袁莱的心里，还有他，尽管这一路她都表现得很淡漠，甚至刻意和他保持距离。

那为什么，五年前，她要那么残忍地提出分手？

靳燃意味深长地看了她一眼，忍不住道："看来你还是很担心我啊。"

袁莱小心扶着靳燃，硬声道："靳先生不要想太多，客人在途中发生意外，我很难向公司交代。"

靳燃目光灼灼，颇有一点逼问的意思，"仅仅只是交代吗？"

袁莱有点心虚，手不小心碰到靳燃伤口，靳燃痛得"嘶"了一声，脸色微白，"袁经理，就算我仅仅是需要你交代的客人，我现在也还是伤员，明白吗？"

袁莱见状，赶忙道："那你先在这坐会儿，我去找前台叫救护车。"

"不用了，只不过是一点皮外伤，房间应该有急救药品，运气好的话，应该还没过期。"靳燃说完，看着袁莱，"还不走？"

袁莱"哦"了一声，赶忙扶着靳燃回了房间，心急慌忙地去找急救箱，靳燃默默注视着袁莱的背影，一时之间五味杂陈。几分钟之后，袁莱果然找到了急救箱，做他们这一行的，都接受过处理紧急突发事件培训，包扎伤口简直就是"小儿科"，然而关心则乱，袁莱的手一直都在发抖。

"别急……这伤只是看着严重，伤口不深，没事的，你慢慢来，我教你。"靳燃一时情动，轻轻握住袁莱的手。

袁莱的手奇迹般地停了下来，有些自责道："都怪我，没看到那个醉汉，伤口这么深，怕是要留下疤了，要不我们还是去医院吧。"

靳燃摇了摇头，"相信你自己，你可以包扎好的，再说了，如果真的留下了疤，也挺好的。"

"什么？"她还是第一次听人说脸上留疤挺好的，靳燃该不是把脑子也一起摔坏了吧。

靳燃没有回答她的问题，只是教她怎么清理伤口，说来也奇怪，在靳燃的引导下，刚才颠三倒四火烧火燎的心情，竟然奇迹般地平复了下来，她小心替靳燃处理着伤口，房间的气氛一下沉默下来，显得略有些尴尬。

袁莱专注地替靳燃处理伤口，耳边一缕长发垂落下来，正好落在靳燃耳边，发丝随着袁莱的动作忽上忽下，靳燃这么近距离地注视着袁莱，一时之间竟有些把控不住，他几乎是本能地动了动脑袋，却没想到，撞到了袁莱的头。

袁莱闷哼了一声，注意力却一直在靳燃头上，发现没碰到靳燃头上的伤口，才脱口而出"对不起"。

与此同时，靳燃也是异口同声："对不起。"

两人一愣，随即都笑了起来，袁莱口袋里突然滚出一枚黑色纽扣，她伸手把纽扣捡起来，觉得有些眼熟，仔细一想，这不就是靳燃在福浦桥丢掉的那枚

第7章 对不起

纽扣吗？为什么会在她这里？

当地有一个传说，如果一对恋人在一起，其中一人将领口第二枚纽扣扔进福浦桥下的河水里，就代表他获得永恒的缘分，同时，也是认定对方为自己终身伴侣，生死不弃。

"你的纽扣不知道什么时候掉进我口袋里了，还你。"

靳燃不动声色地接过来，"原来在你这里啊，我还以为真掉到福浦桥下了。真是遗憾啊，看来我不能获得那份永恒的缘分了。"

袁莱白了他一眼，"真是没看出来，靳先生还有这么迷信的时候。"

靳燃不置可否地笑了笑，"入乡随俗罢了。"

袁莱一愣，是啊，靳燃已经在日本待了五年，对于日本的风土人情，倒是比她这个专业的导游还要了解。脑海中，不自觉地闪过一幅画面。袁莱下意识地捏紧手指，五年了，为什么五年之后还要再遇见靳燃？他为什么还要回来，她用了整整五年的时间才将他放在内心深处的角落里，不愿再被任何人提起，可他这样猝不及防地出现在她的世界里，难道这真是她命中注定躲避不开的孽缘吗？

袁莱一脸苦笑，她仓皇地别开脸，"刚才的事……谢谢你。"

靳燃似乎捕捉到了她那一瞬间流露出来的情绪，但他并没有揭穿，露出一贯的笑容，"不用客气，那种情况下，换作是任何人都会这样做的。"

"时间不早了，我们明天还有行程，早点睡吧。"

"好。"

房间只有一张床，靳燃头上又有伤，袁莱去拿了被子，主动放到了沙发上。靳燃看了她一眼，"怎么，还真的打算睡沙发？我看上去真的像那么没品的男人吗？"

"你头上有伤，万一碰到了会很麻烦。"

"不用，我睡觉一向都很安分，倒是袁经理，不怕晚上从沙发上掉下来？"

袁莱脸一红，冷哼一声，转身走到大床前，直接上床盖好被子，懒得再跟他废话。靳燃坐在沙发上，注意力却一直都在袁莱身上，两人分明近在咫尺，却又好像隔着一道冰冷厚重的墙。他过不去，袁莱也不肯过来。

五年了，他在日本日思夜想的人就在眼前，却连一个眼神的碰撞都是奢侈。莱莱，五年前，你到底为什么要跟我分手？靳燃陷入沉思，手机突然响了起来，他回过神来，扫了一眼来电显示，电话是顾飒打来的。

顾飒，算是他的贵人，当年他在日本一无所有，又陷入别人的圈套，走投无路，是顾飒帮他走出困境，之后又带他去美国，让他在华尔街一步一步走到今天，这一次他突然更改行程离开日本，飞往上海，看来助理没能瞒住顾飒，顾飒已经知道了。

靳燃看了一眼袁莱，起身走到阳台，黑沉沉地天空里，漫天大雪肆无忌惮地飘落，一如他们的命运，浮浮沉沉，好似连他们自己都不能做主。

第8章 上海，我回来了

日本机场。

机场内熙熙攘攘，人声鼎沸，广播里循环播放着延误信息，提醒旅客注意时间和行程安排，大屏幕上滚动显示着最新的航班信息，因为暴雪天气，大部分航班都被取消，飞往上海的也是最后一趟航班，之后整个机场就会进入航空管制。而下一班航班，还不知道要等到什么时候呢。

袁莱和靳燃他们十几个人在一边等着导游更换登机牌，这时，导游一脸焦急地走了过来，把袁莱拉到了一边，"出事了，袁经理！刚才我去换登机牌，航空公司说有五个顾客的信息查询不到，这一班航班的票早就卖完了，我们现在该怎么办啊，袁经理！"

非途旅行订的一共是十五名客人的机票，现在航空公司方面给出的只有十张票，另外五个人的信息查询不到，也就是说，如果不是航空公司方面工作上的疏忽，那就是他们订票的流程上出了问题。袁莱也不是第一次遇到这种情况了，只不过今天的情况比较特殊，因为暴雪天气根本无法改签，但如果不及时处理好这件事，会造成什么后果，恐怕连她都无法预计。

袁莱查看了一下信息表，没有登记到信息的，除了她和靳燃，还有另外三名旅客，袁莱脸色微沉，立即道："你马上跟小菲联络一下，让她查一下票号，我们再跟航空公司核对一下信息，看是不是登记上出现了失误。"

"好的，袁经理！"

袁莱脸色凝重地看着信息表，正思索着怎么处理这个棘手的问题，没注意到靳燃走了过来，靳燃瞄了一眼信息表，看到信息表上他的名字和其他几个名字后面备注了一个"未知"和一个问号。

"发生什么事了？"

袁莱故作镇定道："没什么，靳先生，请你稍等，我们马上就可以登机了。"

"是机票出什么问题了？"

袁莱正想否认，导游焦虑地插了进来，"袁经理，小菲查到了，我们的确是通过供应商购买了十五张团体票，票代也提供了十五个票号，但航空公司这边确定，这几个票号是不存在的，现在小菲也不知道到底哪里出了问题，正在交涉。"

袁莱满脸凝重，"也就是说，我们五个人根本就没机票？供应商那边怎么说？"

"我已经联系过了，供应商那边已经下班了，根本联系不到人，袁经理，马上值机窗口就要关闭了，我们现在该怎么办啊？"

导游话音刚落，广播里就开始通知值机窗口即将关闭，其他游客一下就围了过来,询问怎么还不让他们登机,有的甚至已经开始怒骂非途旅行不靠谱,嚷着要投诉,其中一个中年大叔,满脸怒火地瞪着袁莱,不但口中不干不净,还直接上手拉住了袁莱的衣服,要袁莱给他们一个交代。

导游在一旁解释,但这个时候,根本没人听得进去,袁莱被众人推搡着,身体一偏,差点直接摔下去,一只修长的手臂及时伸了过来,一把扶住袁莱。

袁莱立即道谢:"谢谢……靳燃?怎么是你?"

靳燃冷着脸,没看袁莱,而是看向刚才推搡袁莱的那位大叔,厉声道:"你们围着她吵就能找到解决的办法了吗?现在最重要的是怎么解决这个问题,袁莱,让你的人带换取了登机牌的先进关。"

袁莱这时也已经镇定下来,他们一共十五人,只有他们五个人没有身份信息,另外十名旅客可以照常登机,先解决了大批人马,剩下的再想办法。袁莱这会儿也顾不上跟靳燃的过节,立即让导游带着人先进关。

"你们这是什么意思?把大部队支走了,就想忽悠我们几个吗?你们这是什么破公司?我们花钱不是来找罪受的,我要上网曝光你们这种垃圾公司!"

"对对!我看你们一唱一和的,该不会是一起的吧?"

靳燃瞥了一眼说话的几个人,"想平安回去就给我闭嘴!"

刚才还叽叽喳喳吵个不停的几个人,一下就消停了下来。这时,袁莱皱着眉头道:"我刚才已经确认过了,飞往上海的票都已经被预订完了,预订不到。"

这样的暴雪天气,一旦进入航空管制,谁都不知道会在这边待到什么时候。

靳燃:"日本不是只有一个机场,单是一类就有5个,二类有24个,来这里旅游的,大部分都是直飞,并且航班次数比较少,现在暴雪天气,我们耽搁不起,联络附近的机场曲线救国,这是袁经理的专业,不需要我再多废话了吧?"

对!她怎么没想到这个办法,现在暴雪天气,稍迟一分钟说不定就订不到票了,如果不是直飞上海,绕一下,但能够平安回去,旅客们应该也不会有什么意见,比起滞留在机场等候,他们宁可绕远程回去。

袁莱征询了另外三名乘客的意见,马上联络了附近机场,万幸的是买到了最后一班绕停回上海的航班。

几个小时的长途飞行之后,一行人平安抵达上海虹桥机场,袁莱已经安排好了车来接走客人,之后她才拖着行李,朝停车场走去。到了停车场,行李箱的轮子卡住了,她努力尝试了几次都没弄好。靳燃一直跟在她身后不远,见状想要上去帮忙,但却见赵承志已经到了,帮她弄好行李箱,两人一路说笑,根本没注意到身后的靳燃。

一辆黑色奔驰轿车缓缓驶了过来,后门拉开,一个男人面带微笑地从车上走了下来,男人伸手,满脸笑意:"靳先生,欢迎来到上海。"

靳燃收回视线，跟男人客套了几句，便上了车，男人直入主题，"靳先生这次亲自去体验过我们公司的新线路，不知对我们的新线路和公司的同仁，有什么看法？"

靳燃笑了笑，不答反问："据我所知，贵司一直都有一位青年才俊当家，您贸然将我请过来，不怕纪总不高兴吗？"

男人一下就明白了靳燃的意思，不由得喜上眉梢，难以掩饰地激动道："这么说，你答应了我的条件，加盟非途旅行，成为我得力的助手？靳先生，我真是太高兴了！"

这男人叫Vincent，是非途旅行在上海分公司的总负责人，三个月前，他向靳燃发出任职邀请，靳燃一直都没有任何回复，Vincent本来以为靳燃不会答应了，却没想到，靳燃突然回到上海，并且指名要袁莱带着他去体验一下刚开发出来的新线路。既然靳燃抛出了橄榄枝，他自然不会错过这个千载难逢的好时机。现在整个金融圈子里谁不知道，得到靳燃，就等于拿到一张王牌。非途旅行经过前面几年的铺垫发展，现在已经到了一个瓶颈期，如果不能有所突破，那他这一生恐怕也只能止步于此了。靳燃，是他最后的希望。

"Vincent，你我也认识这么久了，我的为人你应该很清楚，所以我丑话说在前头，我到任之后，需要绝对的管理权，包括人事，如果你无法接受我的做事风格，那么很抱歉，就当我们之间从来都没提过这事，可以吗？"靳燃严肃道。

Vincent立即笑道："这是当然，我既然请你过来，就绝对不会成为你的绊脚石。你放心，只要不是踩线的事，我绝不会干预你的任何决定，包括……纪敖亭。"

靳燃略微颔首，黑色车窗上映着他那张刀削斧凿一般的脸，靳燃的目光透过车窗，没有看向窗外倒退的风景。他离开这里五年了，五年的时间，已经太久了。但还好，一切都还来得及。

上海，我回来了。

华灯初上，霓虹闪烁，城市里车水马龙，烟火撩人，充斥着巨大的魔力。

夜阑人静，却是酒吧最热闹的时候，繁华的夜生活，不嗨到天亮不算完。丁昂坐在一张宽大的黑色真皮沙发上，身边是喧嚣至极的重金属摇滚音乐声，以及来回颤动的人影。他坐在那里，不知道喝了多少酒，桌子上满是空酒瓶，有妹子过来撩闲，丁昂懒得搭理。他明明只是想来买醉，却发现越喝越清醒。

"细腰厚臀，红唇细眉，啧啧……不错啊，"赵承志刚加完班过来，一下就看到一个妹子在丁昂跟前献殷勤，"我们大学时代的花花公子，果然是名不虚传啊。"

丁昂白了他一眼，"赵大律师，你这一天日理万机的，总算是抽出点时间来接见我了，咱能别这么虚伪吗？"

第9章 冤家路窄

赵承志笑了笑,叫服务生给他送了一杯加冰的Martini,照样不要脸地挂在丁昂的账上。喝了一口酒,他才满足地问道:"说吧,丁公子这么久不召见臣妾,今天有什么事要臣妾为你代劳的,刀山火海,万死不辞。"

吃人嘴软,拿人手短,至少马屁还是要拍的。

丁昂紧皱着眉头,一口气把面前的一大杯酒喝了个干净,看着赵承志:"我妈让我去相亲。"

赵承志手一抖,手里的酒洒了一点出来,顺手将酒杯放在了一边,伸手拍了拍丁昂的肩膀,"好事啊,兄弟,你看我这一辈子都只能在咱们家莱莱那棵大树上吊死了,你不一样啊,你跟辛……不提这个,你妈替你正正经经地找个名门望族的千金小姐,门当户对的,你还有什么不知足的?"

丁昂和徐辛颐两人的事情,赵承志和袁莱都心知肚明,只是后来徐辛颐为什么分手,他们几个还真不太清楚了,也有人说是徐辛颐变心,移情别恋喜欢靳燃,也有说是丁昂在外面乱来被抓包。总之众说纷纭,但谁都不知道两人到底为什么分手。

丁昂一脸颓废地靠在沙发上,轻轻晃动着手里的酒杯,声音有些低沉:"我现在不想谈恋爱。"

赵承志一愣,这可得多新鲜啊,丁公子换女友的速度比换衣服还快,突然从丁公子口中听到"不想谈恋爱"这几个字,他怎么觉得这么玄幻呢。

赵承志笑了笑,"你不会是被上次那个泼辣女给扇怕了吧?真是看不出来,你丁公子也有今天,等等,你不会是闹出人命来了吧?先说好,我是个正直的律师,不能因为你是我兄弟就罔顾人命,另外,律师费给你个八折,够义气了吧?"

丁昂沉默了一阵,声音沙哑地道:"我遇到辛颐了。"

赵承志刚喝进口中的酒一下喷了出来,"什么?徐辛颐?我都快两年多没见过她了,听说她在一家广告公司上班,还交了个做投资理财的男朋友……你不会是对她,还余情未了吧?"

丁昂瞪了赵承志一眼,这货眼睛瞎了吗,真是哪壶不开提哪壶,偏要往他伤口上撒盐,丁昂道:"你有完没完,我刚才说错了还不行吗,我不只是看到她,还有她男朋友,在我妈的楼盘碰到的……一句话,你到底帮不帮我?"

赵承志意味深长地打量着丁昂,"帮什么?帮你再把辛颐追回来?啧啧,真是看不出来,丁公子还这么长情啊,这么看,当初你对辛颐也是认真的,怎么就那么狠心把人给甩了呢?我们普罗大众跟你这富二代的思想,真是不在一个国度。"

"你胡说什么，我只是把她当朋友，她过得幸福就好，我没想过要去争抢什么，我只希望她过得幸福。"即使那幸福不是他给予的。

赵承志叹了口气，"少来，别人不清楚，我还不了解你吗？天天换网红脸还不是为了填补你内心的空虚寂寞，你要真还喜欢她，为什么不把她追回来？这么矫情，真不像你丁公子啊，再说了，你不想去相亲，找我也没用啊，我总不能打扮得花枝招展地往您母上大人跟前冒充您女朋友吧，我可是直男！这个价格是要另算的！"

丁昂斜睨了他一眼，一脚踹了过去，"就你这尊容，你不怕吓死自己，我还怕吓着我妈呢，谁让你去冒充我女朋友了，你可以冒充我。"

赵承志感觉自己智商直线下降，"咱俩虽有八拜之交，但这长相，真的不在一条线上，您老就别折腾我了行吗？先不说我长得这么玉树临风英姿飒爽，万一你那个相亲对象觊觎我美貌怎么办？再说了，我可是对我们家莱莱一颗红心向太阳，绝对不可能做背叛她的事情的！"

"法式大餐？"

"不去！"

"巴黎双人十日游。"

"不去！老子说了，老子对莱莱从一而终矢志不渝的！"

"佳能100毫米微距镜头。"

赵承志脸皮一阵抽搐，心一横，"成交！"

丁昂脸上露出一副胜利者的笑容，"呵呵，贱人，你家太阳还比不上一个镜头，也有脸在小爷面前说是真爱？"

赵承志美滋滋地喝了一口酒，"话不能这么说，我这也是勤俭持家嘛，莱莱会理解我的。"

丁昂懒得理他，从沙发上站起来，放了一张人民币在酒杯下，走了两步又停了下来，"友情提示，有两件事最容易让男人倾家荡产，一是女人，二是摄影。"

赵承志咬牙，"老子乐意。"

丁昂没说话，径直走了，赵承志喝完酒，也准备离开，服务生忙不迭地递了个账单过来，"先生，丁公子只结了自己的账，这是您的账单。"

"丁昂，你这个王八蛋！"

袁莱回国之后，稍作休息，第二天就正常去上班了，一到公司，就听说了不少小道消息，据说公司空降了一个COO，是Vincent花重金从国外聘请回来的，不过袁莱暂时没时间去管这个空降的COO到底是何方神圣。这一次要不是靳燃出点子，她现在恐怕还无法顺利回来，而非途旅行面临的投诉和负面影响，也是无法预计的，她必须尽快搞清楚，到底是谁在背后搞鬼。

第9章　冤家路窄

袁莱整理好了资料，便立即去找 Vincent 汇报，她边走边低着头翻阅资料，没有注意到身边有人过来，一下撞了上去，手里的资料也全部掉落在地面上。刚想开口道歉，那人已经不悦地开口了："袁经理，这里是公司，你走路也不知道注意点？这是我们公司新来的 COO 靳先生，撞伤了靳先生怎么办？"

这么撞一下就能撞伤，是豆腐渣做的吗，不过，这姓氏怎么感觉有点熟悉？

"靳先生……"

袁莱猛地抬头，只见靳燃一身黑色西服一脸淡漠地站在一旁，仿佛并不认识袁莱。袁莱瞬间如被雷击，好半天，才从嗓子眼挤出一句："对不起，靳先生。"

靳燃点了点头，"下次小心点。"

袁莱应了一声，助理继续带着靳燃去了他的办公室。袁莱捡起地上的资料，默默地退回到自己办公室。

"欸，你们刚才都看见了吧？新来的那个 COO 哪里像牛魔王了？明明长得很帅嘛！"

"我听说，好像还是东方大学出来的高才生呢，对了，莱姐，你不也是东大毕业的吗？认识靳总吗？"

袁莱脸色微黑，"不认识。"

"对了，刚才 Victoria 过来通知，一个小时后在会议室开会。"

与此同时，总裁办公室里，靳燃将准备好的文件递给 Vincent，Vincent 接过来粗略看了一眼，面露喜色。

"这是我根据公司人事做出的管理方案，认为有些值得改进的地方，过来找你商榷。"靳燃适时地做出了说明。

"真是太好了，我果然没看错人，只是这个方案的推行，你恐怕还得费点心思，你初来乍到，如果需要调动人手，我倒是可以给你推荐一个合适的人选。"

"谁？"

"产品项目部，袁莱，也是东大毕业的高才生，能力不错，一直在纪总手下做事，也是纪总的得力干将。"

靳燃点了点头，"我知道了。"

Vincent 拍了拍靳燃肩膀，"我很看好你，加油干，非途的未来，我可就交到你手上了。"

靳燃笑了笑，"这是我应该做的。"

两人寒暄了几句，靳燃看时间也差不多了，便从 Vincent 办公室走了出来，朝着自己办公室慢步走过去。不管过去怎样，从今天开始，这里将会成为他的战场。

非途旅行楼顶是一个宽阔的露台，为了员工能够劳逸结合，露台被打造成一个不错的休闲区域，靳燃会前带着资料上去了，他一边喝着咖啡一边翻阅资料。纪敖亭走了过来。

"靳总，久仰……"纪敖亭脸上的笑容漾开，唇角一勾，"不介意我坐这吧？"

靳燃点了点头，"是纪总啊，幸会，我正想去你办公室跟你打声招呼，没想到，这么巧。"

纪敖亭在靳燃对面坐下来，扫了一眼靳燃手里的资料，笑了笑："靳总刚到公司就这么勤奋，真是长江后浪推前浪，我们这些老人怕是要死在沙滩上了。"

"纪总在非途经营了 13 年，非途能有今天，纪总功不可没啊。"

纪敖亭似乎并不意外，眉头微挑，"看来靳总已经调查过我了。"

靳燃淡淡一笑，"难道纪总就没查过我？"

第 10 章　新官上任

"东方大学的高才生，毕业之后，又跟了一个不错的领导，在华尔街金融圈杀出一条血路……"纪敖亭略微停顿了片刻，继续笑道，"靳总的确是个不可多得的天才，但有时候，天才也会有不擅长的事情，不是吗？靳总初来乍到，要是有什么需要我效劳的，尽管吩咐。"

靳燃眉头微挑，"希望会有那个时候。"

纪敖亭拿出一包新茶，"这是今年的新茶，靳总尝尝？"

靳燃一脸歉意，"抱歉，我还是更喜欢喝咖啡来提神，茶叶不太适合我。"

纪敖亭也不生气，将茶叶放在一旁，"经验和阅历可不是写在简历上好看的，入乡随俗嘛，希望靳总不会让 Vincent 失望。"

靳燃微笑道："这点纪总就不用担心了，管好你自己的手下，我的事，就不麻烦纪总操心了。"

纪敖亭没有再说话，只是点了点头走了。靳燃抬眼，看着纪敖亭的背影，唇角的笑意逐渐加深，所谓知己知彼百战不殆，从这一次在日本体验新线路出现的一系列问题，他就已经摸索到非途旅行内部出现的问题，尤其是机票的事情，航空公司没有任何责任，那么问题只能出在非途旅行的内部，而非途旅行的内部由谁操盘已经是不言而喻的事情。刚才纪敖亭过来，很显然是来示威的，看来他这个"前辈"，也并没有想安稳地放权啊。

可是，他已经来了，有些事情，由不得纪敖亭不愿意放手了。

一个小时很快过去，非途旅行会议室内，公司上下的人员都到齐了，靳燃这才走进会议室，助理 Victoria 小声汇报了一句，靳燃略微点头致意，"先自我介绍一下，我叫靳燃，你们可以叫我 Martin，是非途旅行新任的首席运营官，从今天开始，我将全面接手公司运营。我不管你们过去怎么样，但从现在开始，必须要按照我的方式来做事。在我这里，没有年龄和资历，我也不注重办事的过程，我只看重效率和结果。我现在和大家是同坐一条船的，一荣俱荣一损俱损的道理，不用我再说了吧。你们要牢记，我是来评估、了解和帮助非途旅行发展的，而不是来搞个人主义的。"

"真的假的？"

靳燃扫了一眼会议室，"我是衷心希望非途旅行能发展得越来越好，当然，有句老话说'朽木不可雕也'，如果非途旅行和在座的诸位都是朽木，那么很抱歉，巧妇难为无米之炊，到时候，我会奉劝诸位董事早点收手。"

靳燃的话一出口，下面立即炸开了锅，Lisa 坐在纪敖亭身边，冷嗤了一声，"虚伪，狐狸尾巴终于露出来了。"

靳燃扫了她一眼，"沈琳，产品二部副经理，进入非途旅行六年，前五年都是财务总监的秘书，一年前加入产品部，从此平步青云，一跃成为产品二部副经理，但这一年期间，并未开发出任何新线路，绩效垫底，如果你的八卦精神能够用到工作上，可能对你更有用处。"

Lisa 脸上一阵青白，虽然在公司里，大家都知道她是怎么爬上来的，但大家平常都是心照不宣，靳燃当众戳破那一层面纱，无异于当众打她的脸。

Lisa 身边一个男同事支支吾吾道："不是的，靳总，Lisa 姐不是这个意思……"

靳燃看了那个男同事一眼，"Rex，产品二部副经理助理，两年前进入非途旅行，时间虽短，但已经提出包括西藏、尼泊尔朝圣之旅等六条线路。做得不错，稍后我会向人事部门提议，升你为副经理。"

Rex 一怔，有点不敢相信自己的耳朵，非途旅行是他的第一份工作，每个刚入职的年轻人都曾有一个事业梦，Rex 也不例外，但是时间长了，Rex 就发现现实世界的游戏规则，有时候，拥有才华不一定就有出头之路，如果没有人赏识，他或许永远都只能做一个助理。而靳燃的出现，彻底扭转了这个局面，他死去多年的少男心，突然再次萌发。

Rex 真诚道："谢谢靳总。"

袁莱一直坐在自己的椅子上，冷眼看着这一切，靳燃永远是靳燃，任何时候都能从容不迫，条理清晰地分析盘算，剔除潜在的危险，将价值最大化。她承认，即使时隔五年，她依旧不是靳燃的对手，在职场上，靳燃就像一台永不疲倦的机器，这大概也是他能在短短几年内，在金融界混出这么大名头的原因吧。

那她呢？

是不是当初她的追逐，对靳燃来说，也是一场可以预估的投入？

"袁莱。"

靳燃冷淡的目光看向袁莱，那眼神，就仿佛在看一个陌生人，袁莱迅速收拾好情绪，露出职业性的微笑，"靳总请讲。"

"你对这次高端定制游还满意吗，袁经理？"

袁莱从容不迫，"我最近的确出现过一个失误，不过，游客满意度仍然达到92%，并且没接到过一起投诉……"

"啪——"

靳燃将一个信封几乎是砸到袁莱跟前，面无表情地说："这是我的投诉信，任何失误都可能代表着某个环节出了疏漏，身为项目经理，机票购买完之后你有跟航空公司核对过信息吗？为什么明明是十五个人的团，却少了五个人的信息。如果不是我提议绕道回来，袁经理，你打算怎么处理这件事？你是准备让旅客在机场睡一个礼拜吗？"

第10章 新官上任

会议室内鸦雀无声,针落可闻。

这一次机票出了问题,全公司上下都知道,但这问题也不只是出在袁莱一个人身上。所谓新官上任三把火,看来靳燃这几把火,烧的可都是纪敖亭身边的人,新旧老板之间的较量,看来是从第一次会议就爆发出火药味了。

袁莱依旧面色平静,"对不起,靳总,这一次是我疏忽了,但您刚到非途旅行,恐怕对公司内部的一些情况还不太了解,我的确是负责这个项目的经理,但产品部只是负责线路和食宿安排选择,所有机票预订都是交由采购部门的,由采购部门与供应商联络。对于这一次给您旅途造成的不快,我感到抱歉,并且接受您的投诉。"

靳燃冷笑一声,厉声道:"不归你管,所以出事之后责任不在你,你可以轻描淡写几句就敷衍过去了,是吗?"

"我不是这个意思,不过靳总要这么理解的话,我也没办法。"

"很好!"靳燃居然抬手鼓起掌来,"接下来的会你不用开了,现在立刻去找供应商,了解清楚到底是哪个环节出了纰漏,并且立即停止与这家票务代理的所有合作,要求他们赔付我们这次的损失,如果他们不愿意承担,走法律程序。还有,我不管这件事背后要牵连多少人,我绝不姑息。现在,你可以走了。"

袁莱在众目睽睽之下,收拾好自己的文件和笔记本,离开了会议室。靳燃一连几把火,让众人不敢再小觑这个大老板请来的COO,人家拿捏有度,也不是无中生有,这口气也只能硬生生吞下去。

袁莱走的时候虽然有点狼狈,但她心里也很清楚,非途旅行做了这么多年,有些东西早就根深蒂固,不是她一个小小的产品经理可以撼动的,且不说单凭她一己之力,想要查清楚这背后的文章恐怕是难如登天,调查过程中,肯定会遇到阻碍,而靳燃公然彻查此事,即便背后有人使绊子,也怪不到袁莱头上。靳燃明里是在斥责她办事不力,实际上,也是暗自替她扛了雷,又让她可以名正言顺地去查清楚这件事。

袁莱收拾好心情,第一时间就去采购部,不过采购部的总监李鲍勃不在,袁莱被他的助理李文给拦了下来。

"李总到底什么时候回来?我打他的电话一直提示不在服务区。"袁莱问道。

李文一边慢慢地涂着口红,一边斜睨了她一眼,冷嘲热讽,"啧啧,还真是拿着鸡毛当令箭啊,堂堂袁大经理什么时候也学得这么趋炎附势了?上赶着巴结靳总,不过很抱歉,你这狗腿子恐怕是当不成了,李总走的时候只交代去开发新的供应商,具体去哪儿了,我真的不知道。"

"日本线路的返程机票出现了重大纰漏,我作为这条线路的负责人,有责任跟李总沟通、协商、解决这件事。"

"袁经理好大的口气,不过我们采购部,只负责联络供应商达成合作意向,至于其他的,似乎不归我们管吧,袁经理自己办事不力,难道还想把脏水泼给我们采购部吗?"

"你说得不错,不过,我没记错的话,供应商的资质也是由你们认定的,不是吗?"

李文一噎,强行辩解道:"这么多条线路,偏偏就你们这条线出了问题,搞不好是你们自己工作疏失,反过来怪到我们头上!推卸责任吧!说不定这里头还有什么不为人知的秘密呢,你说是吧?"

第 11 章　相亲对象

袁莱冷笑一声，"好，你说的每一句话我都记下了，这件事，我一定会查个水落石出，如果是我的失误，我自然会负责，但如果不是我们部门的疏漏，到时候，我想李总也逃脱不了干系，他总不能一直都在外面联络供应商吧。"

"那就祝袁经理早点查明真相，还我们采购部一个公道。"

"这是自然，不过既然你们李总不在，没人出面，那我自己去找供应商，李助理也不会有意见吧？"

李文再笨，这会儿也回过味来了，袁莱从一开始就没想过他们采购部会出面，所以才故意激她，如果她这个时候联络李总出面，那岂不是自己打脸？他们原本想摆袁莱一道，却没想到，反被袁莱将了一军。

袁莱立即赶去了供应商公司，供应商也是个胆小怕事的主，一听袁莱说要走法律程序，态度立即360度大转弯，不但答应赔偿，还愿意上门向旅客道歉，供应商这边的事情，算是顺利解决了。

从供应商公司出来，夜已经深了，外面暴雨如注，袁莱试图打车，可这个天气，很难打到出租车，连网约车都约不到。她只好站在大楼外面等。因为穿得单薄，刚才又被淋湿了一点，此刻孤零零地站在楼下，她双手抱着胳膊，试图给自己取暖。那模样看上去，格外无助，惹人怜惜。

不远处，雨幕之下，停着一辆黑色奔驰越野车，靳燃坐在车内，双手扶着方向盘，目光却穿过层层雨幕，看着大楼下避雨的袁莱，白天伪装出来的强硬，已经荡然无存。靳燃正准备下车，一辆黑色奥迪在袁莱跟前停了下来。

是赵承志。

靳燃的动作骤然僵住，只见赵承志撑着一把伞，将袁莱接上了车。即使隔着大雨，靳燃根本听不到赵承志说了什么，但他也能够猜想到。这么一想，靳燃的心情瞬间变得极其恶劣，他狠狠一拳砸在方向盘上，车子发出一声巨大的鸣笛声。

他曾经在无数个黑夜里从噩梦中醒来，都想要确定身边的人是袁莱，可是每一次都是失望。现在，他不顾一切地回到上海，袁莱就在他身边，不过咫尺，为什么他还是抓不住？

就算大雨让整座城市倾覆，我也会给你怀抱。可是，袁莱，你为什么要对我如此残忍？

雨过天晴，上海难得碧空如洗。人们恢复忙碌紧张的快节奏，沈双双今天是被好友怂恿去参加相亲的，据说对方是一个富二代，关键是长得人五人六的，沈双双被忽悠过来，结果对方居然迟到了，沈双双也是无语，连最起码的守时都做不到的男人，还能称之为男人吗？

等人的途中，沈双双接到电话，通知她明天去正志律师事务所面试，沈大小姐家世背景不俗，还是个学霸，过五关斩六将地拿下了律师资格证，刚投了简历，没想到运气这么好，这么快就通知她去面试了。

人逢喜事精神爽，沈大小姐连被怂恿来相亲都不那么排斥了，这时视线里突然出现一个帅哥，一身蓝色西服，身材高挑，长相不俗，沈大小姐一见帅哥就走不动道，正想着怎么去搭讪，那帅哥竟然直接朝她走了过来。

沈双双脸红心跳，感觉自己的心都快跳出嗓子眼了。那男人笑着问道："请问是沈小姐吗，我是丁昂。"

丁昂？她的相亲对象？可真是人品大爆发啊，相亲都能捡到这么大一漏？她回去一定杀十头猪去谢死党，给她安排了这么多次相亲，这次总算靠谱了一回，已经被"丁昂"的颜值征服的沈双双，自动忽略了赵承志苦心准备的娘炮嗓音。

沈双双一口吞下咖啡，手里的勺子直接掉在了地面上，但她根本来不及去考虑，"刷"地一下从椅子上站起来，伸手的动作快得有点像拔刀，"你好啊，丁先生，我就是沈双双，你的相亲对象。"

赵承志听着这自我介绍，差点一口老血喷出来，不禁感慨，出来相亲的妹子都已经这么放得开了，不像他，心里始终只喜欢袁莱。

赵承志在沈双双对面坐下来，还故意拉了拉西裤，露出一双骚气无比的紫色袜子，他可不是白得丁昂的好处，来之前就做足了功课，反正怎么骚包怎么打扮。没想到，这都没能吓退沈双双，他真的不知道是该说她审美障碍，还是该说自己这张360度无死角的脸实在是帅得无懈可击。

赵承志深吸了口气，故意翘了个兰花指，整理面前的餐具，一边刻意嗲声嗲气地道："我妈咪说得果然没错啊，沈小姐果然是又美丽又大方，嘻嘻，对了，沈小姐，你这头发是在哪里做的呀，做得好好哦，下次可以带上人家吗，人家也好想有这么美丽的秀发哦。"

沈双双顿时觉得三观崩塌，脸上的表情一寸一寸龟裂，脑子里刚升起的粉色泡泡瞬间破灭。

"那个……"沈双双有点艰难地咽了口唾沫，额头的小青筋跳了跳，说，"丁先生，虽然这个话有点冒昧，但是……你是那个吗？"

赵承志秀了个兰花指，眼神有点飘，"讨厌，人家有那么明显吗？"

你这就差挂个牌子在胸口说自己是了好吗？果然，长得好看的男人就没她们女人什么事儿。不过，沈双双这种新世纪的三好青年很快就从震惊中回过神来了，总是听说猪在跑，今天算是看到活的了。

沈双双打量了一番赵承志，脑袋凑近了一点，兴奋地掏出小本本，边写边问："你放心，我不会说出去的，那什么，你们这种是天生的还是后天的？你是攻还是受？内裤是三角的还是四边的？我们女生靠近你们是不是特别让你们讨厌？终极问题，去澡堂的时候是不是特别激动特别控制不住自己啊？"

赵承志："……"

看赵承志不说话，沈双双熟练地伸手去摸赵承志裤袋，赵承志吓得差点从椅子上摔下去，"你干什么？"

这女人是土匪出身的吧？上来就动手动脚的，哪里有点女人的样子，是他真的表现得太娘炮了，还是这女人太野蛮？

沈双双动情地看着赵承志："加个微信啊，从现在开始，我就是你一辈子的知心姐妹了，下次约你一起去做头发啊，还有……"

赵承志已经彻底无语了，他回头一定要找丁昂弥补一下精神损失，这女人简直就是朵奇葩，他昨天到底是哪根筋搭错了，居然答应丁昂来见她，他怎么就没想到，她要真的是脑子正常肤白貌美的富二代，丁昂那个贱人怎么舍得下这么大血本，让他来顶替？

第二天一早，袁莱一到公司，就被采购部总监李鲍勃叫去办公室。

李鲍勃原本以为袁莱只不过是小打小闹，就算查到点什么，也扣不到他头上，但他没想到，供应商突然反水，不但答应道歉赔偿，还把他也扯下了水，他在采购部这个位置待了这么多年，深谙其中之道，只要把账目做平了，谁都查不到他头上，连司敖亭都睁一只眼闭一只眼，这新来的靳燃算什么东西，居然查到他头上来了，惹恼了他，他带着手上捏着的供应商名单走人，留个空壳的采购部给靳燃，看他能怎么样。

李鲍勃不敢明着跟靳燃过不去，可袁莱就不一样了，袁莱只是产品部的经理，虽然是纪敖亭一手栽培起来的，但纪敖亭现在怕是也巴不得借他的手，给靳燃一个下马威吧。

"袁经理，是谁让你越权直接去跟供应商联系的？"李鲍勃冷着脸，手里上好的雪茄一点，说，"产品部的手，什么时候可以伸得这么长，伸到采购部来了？还是袁经理觉得，巴结上了新来的COO，就可以目中无人，不把我和纪总放在眼里了？嗯？"

李鲍勃在采购部浸淫多年，早就学会了见人说人话见鬼说鬼话，曲意逢迎攀高踩低。所以，此刻他一见到袁莱，第一句话就是借着自己身份宣示主权，责难袁莱。

袁莱并不意外，从容地把一份资料摆在李鲍勃跟前，"李总，产品部的手从来都没伸到其他部门，只是这次出了这么大纰漏，我也是按照规定办事，而且，我事先已经找过贵部门的人约见李总，只可惜李总日理万机，为公司鞠躬尽瘁，我只好自己动手了，这是我查到的采购部这几年竞标的文件，李总过目之后，要是觉得没问题，我一会儿就拿去向靳总汇报了。"

第 12 章　道不同不相为谋

袁莱这话说得滴水不漏，李鲍勃看了一眼桌子上的资料，脸色一下就黑了下来，勃然大怒，"采购部的竞标文件属于公司高层机密，你根本无权查阅，谁给你这么大胆子，居然敢这么放肆？"

"李总不要误会，这些竞标文件，我也是依职权调查，档案室也有我的借阅记录，李总要是觉得我手续有什么问题，可以直接去找纪总，不过，"袁莱一顿，声音转冷，"李总中饱私囊，收受回扣，险些给公司造成不可挽回的损失，这笔账，不知道纪总会怎么算？"

李鲍勃脸色陡然一变，再也没了先前的镇定自若，冷声道："袁莱，你这是血口喷人！公司对外所有的合作都是通过公开竞标定下来的，我绝对没有中饱私囊，你现在就跟我去见纪总，纪总一定会替我主持公道的。"

"我也正有此意，我相信，纪总一定会秉公处理的。"

李鲍勃没想到，袁莱居然在这么短的时间内就查到这上头来了，收受回扣这事，在行业里本来就是不成文的规定，哪家采购部的总监是干净的？就算把事情捅到纪敖亭那里，也是几句不痛不痒的训斥罢了。

两人来到纪敖亭办公室，袁莱把搜集来的资料摆在纪敖亭办公桌上，"纪总，这是我查到的线索，这次机票问题，也是因为采购部工作疏失，才会出现这种情况，另外……"

"我知道了，"纪敖亭连看都没看一眼那份资料，脸上的笑容有些讳莫如深，"机票的问题查清楚就行了，你也可以跟靳总有个交代。你临场应变能力不错，稍后我会给你嘉奖，至于其他的，不在你职权范围之内，我会处理。"

纪敖亭这话的意思再明显不过，有关李鲍勃的事情，他没打算处理，机票问题，下面的人把这个雷扛了，这事就算过去了，采购部依然照常运行。

"纪总，"袁莱平静地看着纪敖亭，"我刚进公司的时候，就跟着纪总，没有纪总就没有我今天，我一直都把纪总当成我心中不可推翻的偶像。"

可是，这个不可推翻的偶像，骤然露出另一个她从未见过的一面，仿佛从前那些刚正不阿、运筹帷幄都是假的，只有隐藏在背后的手段和交易，跟无数商战剧情如出一辙。她在非途旅行熬了几年，早已褪去了当初的稚嫩，没把这个现实的世界想象成完美无缺的象牙塔，可纪敖亭不一样，对袁莱来说，纪敖亭亦师亦友，教她如何在这个尔虞我诈的商场里立足，教她怎么与那些难缠的客户周旋，把她从一棵小树苗，养成了风雨不倒的参天大树，所以，她不想有一天站在纪敖亭的对立面。

纪敖亭朝李鲍勃摆了摆手，示意李鲍勃先出去，办公室里的气氛有点沉

第12章 道不同不相为谋

闷,不知道是冷气不够足,还是外面的天气实在太热了,雨后的上海,显得格外闷湿,仿佛酝酿着一场前所未有的疾风骤雨。

纪敖亭并不急着说话,极有耐心地泡了一壶茶,一如当年初见袁莱时的从容,并且十分绅士地替袁莱倒了一杯茶,轮廓分明的脸颊上,有笑容一圈一圈漾开,眼珠里折射出深浅不一的光,他说:"我第一天上任COO的时候,就提了鲍勃做采购部的总监,这么多年,你真的以为他手上那点破事我一无所知吗?"

袁莱有点诧异地盯着纪敖亭,问道:"这么说,纪总早就知道李总收回扣的事情?"

纪敖亭不疾不徐地道:"回扣只是一个小毛病,你想想,外面那么多家同类型甚至价格更优惠、质量更好的公司,我们为什么不用?你不拿回扣,供应商不会放心,总担心你要换人,行业其他人也会觉得你装逼,坏了行业规矩。我知道,你觉得应该扼杀这种歪风邪气,可是小袁,人,吃五谷生百病,我们本来就泡在这人间烟火里,怎么可能把自己剥离得开呢?鲍勃在圈子里攒下的人脉非你所想,如果没有鲍勃,你以为那些隐藏在幕后的老狐狸,会买你的账?小袁,我能教你的都教了,今天再教你最后一课,这现实世界里,从来都没有黑白分明,你要在这世界站稳脚跟,就要学会睁一只眼闭一只眼,也要学会识时务。"

这个世界就是这么现实,袁莱也不是不知道,可她不想被这个大染缸染得五颜六色,完全失去自我,她知道有很多人都曾在这条底线前挣扎徘徊,最后不得已越过那条线,然后越走越远,最终变得面目全非。

可她做不到。

袁莱端起面前的茶一饮而尽,然后站起来,略微朝着纪敖亭弯了弯腰,"多谢纪总这么多年的照顾和教诲,但……今后……就不劳纪总费心了。"

纪敖亭瞳孔里有意外闪过,却又觉得袁莱这个答案是在预料之中的,归根到底,袁莱跟那些借歪门邪道往上爬的人不一样,她知道自己想要什么,并且一路按照自己的路往前走,哪怕前面那条路是通向深渊沼泽,她也不会后退半步。

"等等。"纪敖亭突然叫住了袁莱。

袁莱没有回头,"纪总还有什么吩咐吗?"

"听说靳总跟你是东方大学同届的,你以前认识靳总?哦,你不要误会,我是指靳总怎么会点名你去接待的事。"纪敖亭笑道,浅浅地抿了一口茶,突然皱了皱眉头,发觉得今天的茶水有点偏涩。

"纪总想知道什么?"袁莱反问道。

纪敖亭放下茶杯,"你不要误会,我没别的意思,只是看了靳总的履历,觉得这缘分有点妙不可言罢了,好了,你先去跟靳总汇报吧。"

汇报的结果，并没有让靳燃满意，即使她已经将机票的问题查了个水落石出，但靳燃依旧没有半句赞扬，处置结果倒是很快出来，直接开除了采购部这次负责购买机票的工作人员，并且取消了跟这家供应商的所有合作，另外选择了新的供应商竞标。而采购部总监李鲍勃，只被罚了这个月的奖金，算是雷声大雨点小地让他蒙混过关了。

　　袁莱是怀着一种活吞了一只苍蝇的心情，去参加周西子的婚礼的，莫少南和徐辛颐一早就到了，几人难得再聚集一堂，在化妆间里你来我往地互揭当年的糗事，笑容里没了那种公事公办的逢迎和机械。有那么一瞬间，袁莱觉得她们好像回到了学生时代，无知无畏却令人向往的青春年少。只是，其实她们再也回不去了。

　　莫少南拉着周西子不知道去干什么，化妆间里剩下袁莱和徐辛颐两人，气氛一时有点沉默，很多以为被遗忘或者抹去的记忆，像是打开了闸门的洪水，顷刻间山呼海啸地席卷而来。

　　"莱莱……"徐辛颐拖长了语调，有点艰难地先开了口，"我们也很多年没见了吧，你还好吗？"

　　当年她一个人拎着行李不远千里而来，在这个陌生的城市里，碰到的第一个人就是袁莱，她们"臭味相投"，一个热情似火，一个纯真无邪，很快就成了生死姐妹，可谁都没想到，她们会碰到靳燃，然后姐妹翻脸，水火不容。

　　"还好啊，你呢？"袁莱笑着问，恩怨都化作云烟，早被风吹散了。

　　"也好，我也快结婚了，"徐辛颐说，提到结婚的时候，情绪也没太大起伏，她只想在上海有一个属于自己的家，可以挡住外面的风刀霜剑，然后她说，"当年的事情，我很抱歉，我那时的确曾经喜欢过靳燃，但我从来都没想过跟你争什么，我也知道靳燃心里没有我，那只是我一厢情愿而已，这些年，我一直都想亲口跟你说一声'对不起'。"

　　"当年的事情，我也有错，是我太敏感了，"袁莱一脸窘迫，轻咳一声，"好了，这些往事就不要再提了，咱们可是新时代的弄潮儿，儿女情长真的很影响我们行走江湖的好不好。"

　　徐辛颐也是释然一笑，搁在两人心里多年的心结总算是打开了，她听见心里上了锁的闸门一层一层打开了，有光穿进来，照散了深埋的阴影。

　　"你们俩聊够了没有？摄影师催我们过去照相了，赶紧的！"莫少南把门拉开一条缝，高声喊道。

　　袁莱和徐辛颐赶紧跟了过去，周西子是这群姐妹当中第一个结婚的，现场来了不少同学，当年喜欢过周西子的男同胞们，此刻苦着脸又是羡慕又是嫉妒地盯着新郎，感慨着好好的一棵白菜被猪给拱了。

　　靳燃跟丁昂和赵承志他们在一起，当年的学霸，如今更加出类拔萃，只是这位人生赢家此刻身在百花丛中，却是片叶都不沾身。

第13章 她要结婚了

合完照,三个大男人坐在一起,靳燃和赵承志两个情敌相见,分外眼红,丁昂夹在中间左右为难,不得不感慨,女人果然都是祸水。

"靳燃,我警告你,"赵承志摆着张臭脸,怒道,"你也算是个渣男了,要是敢再去招惹莱莱,我一定不会放过你的。"

虽说赵承志不知道五年前到底发生了什么事,可这位仁兄脑洞特别大,把能想到的可能都想了一遍,最后总结出来,靳燃这个大渣男肯定是绿了袁莱,否则,袁莱怎么可能跟靳燃分手。

他喜欢袁莱,可以为她不要前程不要性命,谁欺负袁莱一根头发丝儿,他非打爆那人狗头不可,可这欢喜当初只能埋在心底,连一个字都不能提,因为他做不出那种夺人所爱的下三滥的事情。

靳燃手里端着一杯酒,他轻轻晃着酒杯,说:"你有什么立场来跟我说这种话?赵大律师。"

按说长年在商场摸爬滚打,他早已经锻炼出一身铜皮铁骨,就算是面对敌手,也能始终保持绅士风度,连脸上的笑容都控制得恰到好处,可面对赵承志这个昔日兄弟、今日情敌,靳总就表现得差了点意思。

情敌见面修罗场。

赵承志冷哼一声,"我没这个立场?靳燃,读书时我把你当兄弟,我也真心实意地祝福你跟莱莱,可你为什么要那么对她?为什么要跟她分手?"

靳燃略微抬眼,目光无意识地捕捉到一个熟悉的身影,他也很想亲口问她,为什么要在他人生最低谷的时候跟他分手,可他又害怕亲耳听见那个未曾宣之于口的答案。

靳燃喝了一口酒,"这是我跟她之间的事情,你不需要知道。"

赵承志额头迸出两条青筋,隐忍多年的怒火一下冲上天灵盖,眼看就要动手,一边丁昂赶紧站到中间,这手心手背都是肉,打谁都不合适,好在这时候沈双双不知道从哪里钻出来,一口一个师父,吓得赵承志顾不上找靳燃算账,逃难似的跑了。

"这姑娘可真他妈的是个人才,"丁昂忍不住感慨一句,幽幽地说,"本来是让承志替我相亲,打发走这姑娘,没想到啊,现在的新时代女性真是吊炸天,为了追承志都追到他事务所去了。"

沈双双本来以为赵承志真的是个娘娘腔,偏偏这么巧,她被录取的事务所就是正忠律师事务所。一进事务所,她就被陈正礼派给了赵承志当实习助理,赵承志的身份自然就瞒不下去了,只好如实招供。谁知道这位沈大小姐也不知道是哪只眼睛瞎了,一门心思地看上了赵承志,借着工作便利,想近水楼台先得月,赵承志光棍了二十几年,突然被这位大小姐看上,还没来得及感慨自己玉树临风,帅得惊天动地,就被这位大小姐疯狂的追求吓破了胆,恨不得吞粪自尽。

靳燃目光淡淡地看向丁昂,道:"别光顾着说我们两个,你和辛颐是怎么回事?"

"还能怎么回事?兄弟跟你一样命苦,被甩了呗,"丁昂苦笑了一声,停顿了片刻,低垂下眉眼,几乎是从嗓子眼挤出来一句话,"她要结婚了。"

"你舍得?"靳燃问道。

"舍不得又怎么样?难道要我去哭着求她不要结婚吗?我还没贱到那个地步,我祝福她,"丁昂说,他闭上眼睛,背靠在沙发上,声音极轻地道,"只要她过得好,我可以退出。"

靳燃没有再说什么,只是心情复杂地看着丁昂,他们这几个人,好像谁都没得到自己心尖上的那个人,却又画地为牢,把自己困死在里面。

周西子的婚礼结束,大家陆续散了,丁昂本来想送徐辛颐,还没开口,徐辛颐的男朋友高子富就开着车过来了。原本赵承志要送袁莱走,结果被沈双双缠着,死活要赵承志送她回去,让赵承志错过了当护花使者的机会,结果这个机会到了靳燃手里。

靳燃和袁莱两人站在酒店大门口,一时有点尴尬,因为这个时间点是夜班车高峰期,根本打不到车,袁莱试了几次叫快车,却一直都没司机接单。

"坐我的车吧,我又不会吃了你。"靳燃说道。

袁莱拒绝的话都到了嘴边,又咽了回去,她身正不怕影子斜,只不过搭一个前男友兼顶头上司的顺风车而已,她有什么好怕的?

靳燃的座驾,是一辆黑色奔驰GLS顶配版本的越野车,袁莱一边感慨华尔街万恶的资本主义,一边坐上了副驾驶的座位,用余光瞥了靳燃一眼。一身正气的靳总,似乎没注意她的小心思,专心致志地发动车。

一路无话,到了小区,袁莱道了谢,下了车,靳燃也跟着下车,没有回避地朝着小区电梯口走过去。

"靳总,送到楼下就可以了,不用上楼去吧,我家庙小,容不下你这尊大佛。"袁莱说道,不知道为什么,她跟靳燃说话,不是夹枪带棒就是压着一丝微弱的火气,总觉得靳燃下一秒就会化身歹徒,杀人放火无恶不作。

靳燃按下电梯键,"袁经理的想象力挺丰富的,我正好住这栋楼,我回家不可以吗?"

袁莱一愣,一时之间没反应过来怎么回事,好半天才想起来,她家对门的邻居刚搬走,据说是房子卖了个不错的价钱,回老家去支持家乡建设了,圈了几百亩的地搞养殖。难道这房子辗转到了靳燃手里?

如果真是这样,靳总必定是故意的!

电梯到了袁莱楼层,靳燃径直走出电梯,走到袁莱家对门。袁莱的神智短

第13章 她要结婚了

暂地跳了闸,一时之间,竟然不知道该做什么,木然地站在电梯口,差点被电梯关了回去。

自从在日本碰到靳燃,这个从她生命里消失了五年的男人,再次出现在她眼前,比之过去,靳燃多了几分成熟内敛,举手投足之间,俨然一副成功人士的做派,再也没有当年的青涩莽撞,有时候,她看着这个靳燃,觉得他既熟悉又陌生,可此时此刻,看着他一身正装立在大门前,眼前的人和记忆之中那个青涩少年重叠在了一起。

"咔嗒——"

大门阖上的声音,把袁莱拉了回来。靳燃已经进了门,空荡的走廊里还残留着一点男人身上好闻的浅淡香味。袁莱晃了晃脑袋,从电梯里走出来。

袁长鸣和吴丽云都不在家,冰箱大门上贴了一张条子,医院最近内部改革,袁长鸣和吴丽云要长住医院,没什么特别的事情不会回来。袁莱感觉自己被全世界抛弃了,她把自己缩进沙发,一手抱着个玩偶,想把自己隔绝起来。

这玩偶名叫袁小黑,是当年靳燃送她的生日礼物。这么多年,她走到哪儿,袁小黑就跟到哪儿。对她来说,在某种程度上,袁小黑就是靳燃的替身,可如今那个人回来了,她却已经不确定,那人与她,能否眉眼如初,岁月如故。

阴暗逼仄的小公寓里,徐辛颐一进门,就闻到一股熟悉的潮湿腐败的味道,这地方是她临时找的一个出租屋,价格还算公道,但卫生间里水管24小时漏水,地面上始终残留着水渍。附近不远处就是垃圾场,腐臭的味道横行,即使将整个屋子严实地包裹起来,也无法阻止那味道飘进来。

她拼尽一切想在这座城市里立足,却把自己混得这么惨。徐辛颐没开灯,只是凭着记忆摸到沙发上坐下。沙发一端,摆放着一个垫着塑料泡沫的落地灯,灯罩完好无损。这是这座破旧出租屋里,最值钱的一样东西。

徐辛颐坐在沙发上,身体略微前倾,双手有点艰难地撑着膝盖捂住了脸,脑子里浮出白天在周西子婚礼上碰见丁昂的场景。艾美集团的大少爷,从小锦衣玉食,结识的也都是上海名流,走到哪儿,都是万众瞩目的焦点。那些名媛千金恨不得使出浑身解数,贴在丁昂身上,她算什么?

灰姑娘和白马王子的故事,终究只是童话,而她只能硬撑着满脸笑意,好让自己看上去没那么狼狈不堪。

辛颐不知道,楼下阴暗的巷道里,一辆黑色宾利停在路边,丁昂满身酒气地坐在副驾驶的座位上,目光,落在某个方向,那里没有灯,一片漆黑,而他却仿佛能看见湮没在黑暗里的徐辛颐。

这几年,他从来都没放弃过追寻徐辛颐,只是,他也从来不敢抛头露面,只能远远地看着,她或许永远都不会知道,他曾在街头制造无数场偶遇。只是这些偶遇,都是他一个人的,与她无关。

第 14 章　试探

一栋高耸入云的写字楼直插云霄，纪敖亭在大楼一下车，一名穿着黑色正装已经秃顶的男人，立即快步走了上来。

"纪总，里面请。"

纪敖亭略微颔首，在男人的带领下，乘坐电梯直接到了顶层办公室。

"纪总为非途旅行鞍前马后鞠躬尽瘁这么多年，文森特真是越来越糊涂了，居然从外面弄个沽名钓誉之徒回来，"男人一脸谄媚，声音压低了几分，"我看那靳燃连纪总一根脚指头都比不上，新官上任三把火，居然敢烧到纪总头上，他是不知道，非途要是没了纪总这根定海神针，就凭靳燃，他能成得了什么气候！"

纪敖亭眉峰微扬，"陈总言重了，靳总出身名校，又是华尔街金融大神，文森特这次能请动他归国，是非途旅行的福气。"

陈总噎了口气，立即又赔着笑脸，"纪总果然是大度，这姓靳的抢走了您COO的位置，换作我，早把他踢出局了，怎么也不会给他好果子吃的。"

纪敖亭神色慵懒地扫了陈总一眼，就那么静静地坐在那里，浑身上下笼罩在晨曦的光晕之中，仿佛一幅静止的昂贵油画，这"油画"轻轻笑了一声，"良禽择木而栖，良臣择主而事，大家都在这个圈子里混，抬头不见低头见的，何须把话说得这么难听，是吧，陈总。"

他声音不轻不重，落在人耳朵里，却像是裹着惊雷悍然砸下，在人心口震荡不休。

"是是是，纪总言之有理，"陈总说到这，画风陡然一转，"当年非途旅行刚到上海扎根，谁不知道这圈子已经饱和，要不是纪总大刀阔斧地改革，把非途带到今天，非途早就完蛋了。只可惜，兔死狗烹，真是从古至今的真理，谁都不能免俗啊。"

纪敖亭那双桃花眼一挑，"陈总费尽心思把我请过来，不会就为了落井下石，或挤兑我新上司几句吧，我可没觉得您会这么闲啊。"

陈总也是个聪明人，让人误会蠢，也只是表面上装出来给人看的，实则深谙其道，见火候差不多了，也不再拐弯抹角，把话题引到了正题上。

"纪总也知道，这几年生意是越来越不好做了，尤其是对我们这些老牌旅游公司，小年轻的更喜欢轻奢路线，我们也尝试过了，实在是不得要领，一来二去的，钱花了不少，可这业绩还是二不挂五的，"陈总的话音一顿，一脸诚恳地看着纪敖亭，"我今年也是五十好几的人了，的确有点受不了这日新月异的新时代，子孙个个不成气候，硬扶上来也是扶不上墙的烂泥，深思熟虑之下只好打算退圈，回老家种那一亩三分地去，可我手下这些老臣都是跟了我几十年的，从白手起家到现在，总不能我走了，也绝了他们的生路吧。"

陈总说了这么多，也就一个意思，要纪敖亭给他当接盘侠，接下他手里这个烂摊子。

这几年，旅游公司的生意是越来越火爆，可也有不少旅游公司已经跟不上发展形势，逐渐被淘汰，陈总手下的泰禾星旅，就是其中之一。

泰禾星旅是老牌旅游公司之一，当年颇有独占鳌头的架势，是市民出行首选的旅游公司之一，只是随着新兴旅游公司的兴起，泰禾星旅逐渐没落，这艘曾ติ过无数胜仗的巨舰，颇有大厦将倾的味道。

于是这位秃顶的陈总，思来想去，再三斟酌，只好下了这个决心，在泰禾星旅彻底没落之前，忍痛割爱，把它卖给下一个接盘侠，刚好非途旅行那边文森特请了靳燃回来，传闻纪敖亭反倒成了闲人，陈总自作聪明地觉得这是个大好机会，所以再三邀约纪敖亭来公司视察。

"一个江河日下的公司，营业额不到非途一半，利润就更不用说了，手底下还养着一帮只拿钱不办事的老人，"纪敖亭唇角噙着一点捉摸不透的笑意，慢条斯理地说，"陈总是当我纪敖亭傻呢，还是觉得自己特别聪明？"

陈总脸上有点绷不住，他虽然早就知道纪敖亭这人表面温和，实际上说话绵里藏针，扎得死人，此刻被纪敖亭拆穿，只好赔笑道："纪总哪里话，我们公司现在处境是艰难了一点，可毕竟根基在这儿，当初纪总接手非途旅行的时候，不也是一无所有吗？只要纪总愿意，价钱方面我们好商量。"

纪敖亭轻轻笑了一声，"抱歉，我对贵公司没什么兴趣，也没打算离开非途，文森特对我毕竟有知遇之恩，过河拆桥这种事，我纪敖亭还是做不来的，公司还有会议，我就不打扰陈总了，告辞。"

"纪总，纪总……"

纪敖亭脚下没有丝毫迟滞，却依旧保持着他一贯的绅士风度，桃花眼含着三分笑意。不过他从大楼里出来，上车之后，也没去非途旅行，车子驶入车流，一转眼就看不到了。

袁莱一早到了公司，心里就有点七上八下的，自从知道靳燃住在自家对面，她就有点神经兮兮的，今天一早就出了门，生怕碰到靳燃。可她一到公司，就发觉靳燃已经到了。不知道为什么，她心里既松了口气，又莫名地有几分失落。

"莱姐，你听说了没有，采购部的李文被开除了。"陈小菲这八卦精，一见到袁莱就忍不住说道。

李文，采购部总监李鲍勃的助理，袁莱之前去采购部调查的时候，还跟李文有过一点小摩擦，却没想到，一转眼工夫，李文就被开除了。

"开除？她犯了什么事？"袁莱皱眉问道。

陈小菲压低了声音,"她哪犯了什么错,据说是李总性骚扰,被李文告了,纪总就直接把人给开了。啧啧,他们采购部也确实够乱的,这明摆着是李总的错,偏偏让李文背锅。虽然我也不太喜欢那女的,可这也太冤了吧。"

袁莱敷衍了几句,便去找纪敖亭。可纪敖亭不在公司,按照纪总的行事作风,此刻不知道还流连在哪个美女的温柔乡。袁莱想了想,还是拨通了纪敖亭的手机。

几秒钟之后,电话那头传来纪敖亭慵懒沙哑的声音,"喂。"

袁莱背靠着椅子,"纪总,听说你开除了采购部的李文?"

"小袁,这是你跟上司说话的态度吗?"纪敖亭不答反问。

"李文犯了什么错,还请纪总明示,按照公司章程,员工没有犯原则性错误,公司不能无缘无故开除的吧。否则今后谁还敢替公司做事?请纪总务必给大家一个交代。"

"枪打出头鸟,"纪敖亭说,"在这个公司里,除了大老板之外,没人是不可替代的,我以前教你的,你都忘了吗?为他人强行出头,可不是什么好风气。"

"我知道纪总的意思,李文与李总相比,只不过是一个小助理而已。上次的事情,纪总都可以包庇李总,何况是下面一个小助理,不是吗?"袁莱冷声道。

"不错,只有你不可取代的时候,你才不会成为别人棋盘上的牺牲品,否则,你只能成为别人手里任意宰割的羔羊,羔羊从来都只能顺从听话,没有反抗的机会,你要变成狼,才有机会掌握自己的命运。"

"袁莱受教了,多谢纪总。"

袁莱说完,不等纪敖亭说话,就挂断了电话。她突然有一刹那的迷茫,好似现在这个纪敖亭和从前那个总是温和绅士的男人判若两人,可仔细一想,纪敖亭似乎一直都是这样,并没有什么改变。

袁莱也没再多想,转头忙着去写总结报告,把这一次定制游的心得体会仔细想了一遍,尽量总结到位,毕竟定制游是非途旅行现在重点发展的一个项目,袁莱身为产品经理,也不敢掉以轻心。

徐辛颐刚从客户那跑完业务回来,一到公司,就马不停蹄的赶去见总经理Mary,Mary是总部调下来的老人了,这几年业绩不错,从一个小跑腿一步一步爬到今天,成为上海分公司的总负责人,能力和手段都是非同一般。

"魏总,找我过来有什么事吗?"徐辛颐问道。

Mary正在摆弄桌子上的插花,她最近闲暇之余,报了一个插花班,工作过于繁忙的时候,就摆弄一下插花,算是劳逸结合了。此刻,她看徐辛颐过来,便朝徐辛颐招了招手,"辛颐来了啊,快过来坐。"

徐辛颐也不客气,走到一旁坐下,眼角瞥见花瓶旁摆放着一份简历,简历上职位一栏,写着一行字"赛维诺广告公司新任销售部经理"。

第 15 章　家

"魏总，"徐辛颐脸色一变，"这是什么意思？"

Mary 连眼皮都没抬一下，继续摆弄桌子上的插花，一边笑道："辛颐，你先别急，我也是刚收到这个资料，是总部直接从广西大区调过来的新人，据说是总部一个高层的亲戚，你也知道的，这种事我们下面也没办法拒绝，之前我是答应过你，连续拿下 3 个月的销售冠军，就给你升职，可眼下这不是没办法嘛，你受点委屈，下次我再给你想办法，怎么样？"

Mary 轻飘飘三言两语，就决定了徐辛颐升职无望，她为了这 3 个月的销售冠军，日夜颠倒，喝了不知道多少杯酒，跑了不知道多少个公司，受尽冷落羞辱，可到头来……

她心里憋了一腔邪火，可她很清楚，她不能在这里翻脸。哪怕她现在恨不得抓一把刀直接架在 Mary 脖子上，脸上也必须带着笑，因为在这钢筋水泥砌成的冷酷城市里，谁都不会在意你镶在骨头里的那一点仅剩的自尊心，谁也不会因为你觉得委屈，就对你网开一面。

即使是哭，也只能在没人看得见的长夜里，一个人关起门来哭给自己听。

"魏总言重了，既然是公司总部的安排，我自然接受，没什么事的话，我就先去做事了。"徐辛颐说，脸上还保持着一贯的笑容。

Mary 眼底闪过一丝狡黠，她本以为徐辛颐会跟她大吵大闹，可她没想到，她这么轻易就接受了，这么识时务，倒是省了她不少麻烦。

"辛颐啊，我知道这事你受委屈了，不过你放心，你还这么年轻，以后有的是机会，未来是属于你们年轻人的，我们这些老骨头，迟早是要让位的，新经理到了之后，希望你们能好好配合，合作共赢。"

"是，魏总。"

Mary 满意地点了点头，"那你先去忙吧，我就不耽搁你时间了。"

徐辛颐客套了几句，便从总经理办公室退了出来。刚一出门就碰到销售部的同事，说有个客户指名要见她。徐辛颐收拾好了情绪，立即赶去接待室。

接待室里，坐着一个雍容华贵的中年妇女，一身低调的名牌，优雅地坐在那里喝茶。徐辛颐一进门，确认过对方品位之后，不动声色地走了过去。

"这位女士，您好，"徐辛颐略微弯了弯腰，以示尊重，"我是赛维诺广告公司的销售代表，徐辛颐，请问女士怎么称呼？"

中年妇女放下手里的茶杯，笑了笑，"我姓蒋，听朋友介绍，徐小姐的业务能力不错，我们公司正好有一个广告要做，所以，专程过来见一见徐小姐，想听听徐小姐的意见。"

"这样啊，不知道蒋女士是想要做一款什么类型的广告呢？"徐辛颐自动切换到了工作模式，把刚才的不快彻底抛之脑后。

一番沟通之后，蒋女士似乎对徐辛颐的能力非常满意，"徐小姐能力出众，我确实很喜欢，不过，以徐小姐的能力，怎么到现在还只是一个销售代表？"

说者无心，听者有意，这话像是在徐辛颐心口扎了一刀，她笑了笑，"多谢蒋女士的认可，我们公司的员工专业素养都很强，我也只是尽我所能地做事而已，谈不上什么出众，能为蒋女士服务是我的荣幸，至于其他的，并没有那么重要。"

"利益得失之间，还能这么坦然，现在的年轻人，有你这份胸襟的已经不多了，"蒋女士看着徐辛颐，"徐小姐前途一定不可限量……不知道徐小姐有没有兴趣换个工作？我手下正好缺一个销售经理，至于酬劳嘛，由徐小姐开口，如何？"

俗话说天下没有免费的午餐，徐辛颐是一步一个脚印踩到今天的，这样的诱惑她也不是没有遇到过，可她很清楚这午餐背后是怎么一回事。要不是这蒋女士也是女人，她都要怀疑这是那些土豪玩小三的套路。

"多谢蒋女士抬爱，我现在的工作很好，暂时没有更换工作的打算，抱歉。"徐辛颐笑道。

蒋女士点了点头，"那我就不强人所难了，如果徐小姐今后改变了主意，随时都可以来找我，至于广告的事情，稍后我的秘书会跟你接洽的。"

"好的，蒋女士，您慢走。"

蒋女士也没再多说什么。徐辛颐亲自把人送走，也没太把这事放在心上，毕竟没签下单子的口头许诺，都是空谈。

从百忙之中，她抽出一点时间，约了袁莱下班在谷阳的 Here 咖啡店见面。

Here 咖啡店开了十几年了，是他们几个人的大本营，从大学到现在，这咖啡馆一直都没变过：考究的装修，连门口地毯都是经过精心打理的，咖啡店正面的墙壁上，悬挂着一幅素描的白簪花，不论时光怎么消磨，这白簪花在这固定的相框里，没有染上一点岁月的痕迹。

时隔几年，两人再坐在这家小小的咖啡店里，都是心绪难平。物换星移，当年山盟海誓要在一起的人，早已经成了陌路。

"上次西子的婚礼实在是太匆忙了，也没来得及问你，你和丁昂到底怎么回事？我虽然是个局外人，但也看得出来，丁昂是真心喜欢你的。"袁莱轻轻搅动着杯子里的咖啡，状似不经意地问道。

徐辛颐略微侧着头，看着窗外的车水马龙，良久才说："莱莱，你相信门当户对这一说吗？"

袁莱一愣，直觉这背后有什么故事，"丁昂虽然是个富二代，可他在我们面前也没摆过富二代的架子……"

第15章 家

"可他的身家背景永远摆在那里,就像是一条不可跨越的鸿沟,"徐辛颐沉声说,唇角泛起一丝苦涩,"我曾经也以为,我可以不在意这些东西,只要我喜欢他,他也喜欢我就行了,可当我站在他家大门前,被他家管家当成来帮忙的临时工时,我才发现,过去所有的自我安慰都是掩耳盗铃。那种感觉,就好像是你被人在大庭广众之下扒得一丝不挂。你想遮羞,可你只有一双手,遮得住这里遮不住那里,总有一天会暴露在光天化日之下。与其等到那个时候,不如趁大家都还没那么痛苦的时候……一刀两断。"

五年前,她母亲得了癌症,几乎掏空了整个家的积蓄,最终还是没能挽救回来;两年前,一场车祸又夺走了她父亲的生命,肇事司机逃逸,到现在还没抓到,她一夜之间成了无家可归的孤家寡人,亲戚们像避瘟神一样避着她。上次临时被房东撵出来,她险些要睡大街。

在这个钢筋水泥的城市里,她这种一无所有的人,最能体会什么叫透心凉,房东不会觉得你可怜,就把房子低价租给你,老板不会觉得你业绩好就提拔你,这个世界有它运转的游戏规则,而她只能被排挤在规则之外,削尖了脑袋吃足了苦头把自己雕磨成另一种圆滑的形状,才能一点一点进入规则的圆圈里去。

袁莱抱了抱徐辛颐,虽然徐辛颐只简单说了几句,可她依旧从徐辛颐那只言片语里分析出一点讳莫如深的自卑和倔强。她一直都是她们几个人当中最坚强的一个,但谁也不是天生就坚强的人,她这些年,一定吃过不少苦。

"我没什么啦,都已经熬过来了,不是吗?我结婚的时候,你可要给我当伴娘啊。"徐辛颐轻轻地笑了一声,"莱莱,我终于要有一个家了。"

袁莱也不知道该说什么,只好道了一声恭喜,两人有一搭没一搭地闲聊了一阵,追忆过去的那些岁月,等到杯子里的咖啡都凉了才从咖啡店出来。附近正好有一家大型商场,袁莱提议过去转转,徐辛颐满口答应。一进商场,就看到一家昂贵的奢侈品柜台前,一个打扮得十分火辣的性感女郎,挽着高子富的手,娇滴滴地缠着高子富给她买包,毕竟"包治百病。"

徐辛颐如被雷击,眼睛一眨不眨地盯着高子富,纵然她没奢望过高子富对她爱得多深,可至少不至于如此不堪。

"辛颐,怎么了?"袁莱不认识高子富,只是顺着徐辛颐的视线看过去,明白事情有点不妙。

那边高子富装模作样地打电话,眼角余光先瞥见袁莱,于是视线便调转了过来,然后一眼就看到了袁莱身边的徐辛颐,脸色一变,再也没了打望的心思,一把甩开那美女,朝着徐辛颐的方向快步走了过来。

第16章　为了你

"辛颐,你听我解释,这是我们公司一个客户,我这不也是为了工作,这才……"高子富应付这种场面也是游刃有余,三两句就把自己跟那女人的关系撇得一干二净。

"高总,这谁啊?你可是答应过要给我买那个包包的哦,你可不能反悔的。"那女人生怕高子富反悔,立即缠了上来。

徐辛颐没说话,只是抬起手腕看了一眼时间,那腕表不是什么贵重物品,是她妈妈留下来的唯一的遗物,表盘上有一条陈旧的裂缝,但她一直戴着,多名贵的腕表和首饰都无法替代。

"9点27分31秒,"徐辛颐说出一个时间,又笑道:"高总果真是兢兢业业,堪称行业典范,下班这么久了,还心系工作,你怎么不拍个照片发给你们领导,让他给你颁个敬业奖?"

高子富讪笑两声,"辛颐,这里人多眼杂,我们出去再说行吗?"

徐辛颐冷笑一声,"我被绿了的人都不怕丢人现眼,你怕什么?高子富,从现在开始,我们分手!"

话音落下,她已经取下左手无名指那枚流光溢彩的戒指,旁若无人地砸在高子富身上,就像是砸一团废纸。

高子富的脸一下就沉了下来,原本他也没打算跟徐辛颐结婚,甚至看房子都只是一个噱头,最终那房本上也只有他的名字,毕竟这东西是婚前财产,可他没想到,徐辛颐竟然跟艾美集团的太子爷认识,那可是上海真正的名流,巴结上丁昂,他今后在公司就可以横着走了,所以,他这边紧锣密鼓地准备着结婚,那边也不亏待自己,照样在外面风花雪月,只可惜,久走夜路总会闯鬼,鬼知道一向加班加点,经常夜不归宿的徐辛颐,居然会在这个时间这么巧合地出现在这座商场。

"辛颐,你能不能别这么冲动,先听我解释……"高子富暗暗磨了磨后槽牙,强忍着怒火,上去挽留。

袁莱挡在高子富跟前,目光冰冷地盯着高子富,"高总是吗?我们家辛颐已经跟你分手了,请你别再来骚扰她了,否则,我就要报警了。"

高子富脸皮抽动了几下,大庭广众之下,他这丢人算是丢到家了,周遭全都是窃窃私语和指指点点,高子富气得青筋暴涨,可他忍耐力绝佳,这个时候,满脑子里都是盘算着怎么挽回徐辛颐,或者说,怎么通过徐辛颐搭上丁昂。

"这位先生,你没听见徐小姐说,她已经和你分手了吗?他们已经警告过你了,别再骚扰徐小姐。"靳燃不知道什么时候走了过来,站在袁莱身后。

高子富冷笑一声,"好!你们居然合起伙来整我?你们给我让开,否则,

第16章 为了你

今天你们谁都别想走出这商场！"

双方僵持起来。

"靳总，出什么事了？"许久，一个中年男人带着两个保镖快步走了过来，那中年男人脸色略微有点不好看，"保安呢？这怎么回事？"

保安队长一路小跑过来，"沈总，有什么吩咐？"

那男人把保安队长呵斥了一顿，这才问靳燃怎么处理高子富。高子富顿觉灰头土脸，他是真的没想到，徐辛颐身边居然还有这么多非富即贵的朋友。刚才听沈总称呼靳燃，他一下子就想起来，这男人是非途旅行刚从华尔街高薪挖回来的COO，商界新贵——靳燃。

靳燃客套了几句，跟沈总道了别，这才领着袁莱和徐辛颐离开了商场，高子富还想追上去，却被保安拦着，寸步不行。

三人从商场出来，就看到一路狂奔过来的丁昂，他神色看上去有些憔悴，眼眶从眼皮一直红到了眼珠，他一下车，就要冲进商场去打高子富，那个贱人怎么能够这么对待徐辛颐，他放在心尖上连磕碰一下都舍不得的女神，居然被那个贱人这么作贱。

"靳燃你放开我，老子今天非废了那个贱人不可！"丁昂扑腾着他竹竿似的膀子，要不是被靳燃按着，这会儿已经冲进去动手了。

辱他女神者不共戴天！

靳燃无语，丁昂再瘦也是个男人，使力扑腾起来力气也不小。他一向保持着温良谦恭让的姿态，这会儿要架住丁昂，着实有点太为难他，可他不能松手，除他之外，就只有袁莱和徐辛颐了，总不能让女孩子动手。

"靳燃，你放开他。"徐辛颐突然道。

扑腾着膀子的丁公子闻言一愣，反倒奇迹般地停了下来，眼睛通红地盯着徐辛颐，好半天，才推开靳燃，有点沙哑地说："辛颐，我……我送你回去，行吗？"

他脚上只穿了一只拖鞋，另一只，大概是跑得太急，半路上掉了。这会儿他低垂着脑袋，眼珠子盯着自己的脚丫子，气氛一时之间尴尬到了极点。

徐辛颐深吸了口气，心里有点五味杂陈，"我来开吧，你坐副驾驶。"

丁昂一愣，难以置信地扬起脑袋，看着靳燃，再三确认他没听错，这才一气呵成地坐到副驾驶的座位。徐辛颐跟袁莱他们挥了挥手，开着车就走了。

靳燃看了一眼袁莱，"走吧，我送你回去。"

靳燃刚才站出来帮了他们一把，这会儿徐辛颐和丁昂也走了，她只好干巴巴地答应了一声，上了靳燃的车。

"是你通知丁昂过来的？"袁莱一只手拉着安全带，一边开口问。

靳燃也不否认，实在是也没什么否认的价值，"嗯……我总觉得，他们两个不该是这样的结果。"

这句话，连他自己都不知道，是说给袁莱听的，还是说给自己听的。

51

袁莱不知道在想什么，目光沉沉地盯着前面的道路，即使是深夜，上海的街头依旧热闹非凡，这座不夜城，黑夜似乎比白天更为热闹，璀璨的霓虹灯，让人看不见那些在阴沟里奔忙的耗子，如何为了生存下去而忙碌。

"靳燃，"袁莱突然扭过头，忽明忽暗的光线里，她突然说，"你为什么还要回来？"

不知道是气氛过于暧昧，还是脑子里的弦没能及时归位，靳燃用眼角余光瞥了袁莱一眼。如果不是此刻正在开车，他真想就这么肆无忌惮地好好看看袁莱，以弥补这五年来的相思之苦。

好半天，就在袁莱以为靳燃不会回答她的时候，靳燃突兀地开了口，"如果我说是为了你，你相信吗？"

袁莱心头一震，一时不知道该怎么接靳燃的话，再见到靳燃之后的忐忑不安，随着这一句话化为长久的挣扎徘徊，两人之间早已像隔着一道无形的墙，谁都不敢确定该不该跨过那一步。

时间仿佛是被无限拉长，袁莱心里岩浆似的情绪还是没能平静下来，车子已经到了小区楼下，靳燃停好车，有点疲惫的声音把袁莱拉回了现实，"下车吧。"

他没去追问结果，有时候沉默就是回答。

袁莱嘴唇轻轻嚅动了几下，终于没有问出口，五年前那个雪夜里亲眼所见的一切，永远都不能从她脑海里抹去，成了她不敢面对的禁忌。

袁莱动作有点僵硬地下了车，靳燃跟在她身后，从电梯口出来，袁莱刚把钥匙插进钥匙孔，就听见靳燃说，"过几天，公司会有一个新的开发案，我已经跟Vincent提过了，让你当我的助手，如果你介意的话，可以亲自去跟Vincent说。"

靳燃接手COO的职位，第一把火就烧到采购部总监李鲍勃身上，虽说雷声大雨点小，纪敖亭最终保住了李鲍勃，但那只是一个开始，否则，Vincent请他回来就成了吉祥物，只图摆在那里好看了。袁莱也猜到靳燃接下来会有大动作，却没想到，他的动作这么快，采购部的事情还没完全平息，第二把火已经烧了起来，她是纪敖亭一手栽培起来的，要她跟进新开发案，到底是看上她的本事，还是故意跟纪敖亭作对？

纪敖亭在非途旅行十三年，将非途旅行从一个小作坊拉扯到今天的规模，的确不容易。可纪敖亭这人又过于圆滑，说他是笑面虎也不为过，如今非途旅行几个重要职位上都是他的人，连Vincent都有些压不住他。当领导的，最忌讳下面的人功高震主。总部对此已经颇有微词，Vincent如果不能再进一步，怕是再也没机会调回总部了。所以，Vincent才会邀请靳燃来，一是敲山震虎，二是为自己的远大前程着想。

没等袁莱回答，靳燃已经进了门，反手关上了大门，袁莱回过神来，心事重重地打开门走了进去，两人虽然就住在对门，却好像是陌生人，大门一关，谁都不认识谁。

第17章 我不信

徐辛颐把车开到小区外不远处的路边停了下来,她和丁昂坐在车里,谁都没先开口,气氛沉默而尴尬。最后还是丁昂忍不住,率先打破了沉默。

"辛颐……"丁昂有点艰难地说,"我……我就是不能看你受半点委屈,我……我真的只想杀了那个王八蛋!"

徐辛颐轻轻地笑了一声,"我没有觉得委屈,你以为这世上有多少人可以走到最后,丁昂,我没觉得委屈,这都是我自己做的选择,不论是什么结果,我都必须承受。"

"既然是这样,为什么不能是我?"丁昂说,"我还喜欢你,这么多年,我还是……还是没办法忘了你,辛颐,我不知道当年到底发生了什么事,让你跟我分手,但是现在,能不能再给我一个机会,让我照顾你。为了你,我可以什么都不要,我只想跟你在一起。"

徐辛颐心头蓦然一颤,一根一根血丝缠上眼珠,她红着眼睛看着丁昂,她很想告诉丁昂,她的心意从来都没变过,她曾经天真地以为,凭着自己努力可以改变自己,可越是在现实世界里滚打,她就觉得离丁昂越远,丁家的地位,是她努力奋斗一辈子都无法企及的高度,她就算凭着一己之力荣耀万丈,可跟丁家比起来,依旧如同九牛一毛,没人看得到她在背后付出的艰辛和努力,所有的一切都成了丁家的附赠品,但凡她少一点自尊心,她便不会如此自苦。

徐辛颐伸手,微凉的手指隔着经年冷却的时光,轻轻摩挲着丁昂瘦得快要凹陷下去的脸颊。她记得,那个时候丁昂要稍微胖一点,虽然她厨艺不怎么好,做出来的菜也偏辣,可只要是她做的,丁昂还是一口不剩地吃个干净,那时候,他们住在出租屋里,已经把未来都幻想了一遍。她宁可丁昂只是一个普通家庭的子弟,那样,她就可以爱得心安理得一点。

"艾美集团太子爷",单这几个字都能压得她喘不过气来,年少时候的执念,也成了她身上不可卸下的枷锁。

"丁昂,忘了我吧。"徐辛颐抽回手,声音极轻地说道。

丁昂猝然一把握住她的手,眼睛通红地看着她,荒腔走板地说:"忘了你?你要我怎么忘?我不信你对我一点感觉都没了!辛颐,我不信!"

徐辛颐任由他握着自己的手,他的掌心贴着她的手背,让她觉得这长夜似乎也没那么冷,可她明白,她不该贪恋,因为眼前这个人,她根本没有资格拥有。

"丁昂……"徐辛颐沙哑地说,"我们已经分手了,你懂吗?我们……这辈子都不可能的。"

成年人的世界，远比小孩的要残酷许多，她从前还有一点幻想，而现在，连那一点残存的幻想都成了空，她还能怎么样呢？

丁昂好像短暂地失了魂，僵坐在座位上，木然地看着徐辛颐下了车，瘦削单薄的身体没入狭长的巷道。

"辛颐……"

丁昂呢喃了一声，突然疯了一样冲下车，朝着那逼仄的巷道追过去。

巷道里空气不太流通，垃圾腐败的气味不时地卷着阴风吹了过来。徐辛颐孤零零地走在巷道里，一团黑影悄无声息地从黑暗里走出来，跟在徐辛颐的身后。

"丁昂，你听不懂我说的话吗？别再跟着我了。"徐辛颐停下脚步，仅剩的一点耐心也没有了，她今天刚分手，心情实在是好不起来。

那团黑影忽然"咯咯"笑了两声，不由分说地朝着徐辛颐扑过去，一把冰冷的匕首抵着她的背脊，贪婪的手在她身上上下游弋，满口黄牙吐着臭气，猥琐地说："老实点，别动，我可不想伤你性命啊宝贝儿。"

徐辛颐打了一个激灵，一股冷意从脊梁骨一下窜到后脑勺，头皮一麻，本能地想要反抗，却又怕抵在她背后那把刀稍有不慎，就要了她的性命。她跟这世上所有人一样，害怕死亡，更怕在这种逼仄阴暗的地方，毫无价值地死去。

"你想干什么？……"徐辛颐话还没说完，猥琐男的脑袋就凑到了她脖子间，如同附骨之蛆一般，贪婪的吸吮着她身上的味道，一股强烈的恶心窜上徐辛颐的喉咙，让她险些直接吐了出来。

"你知不知道我跟着你多久了，你家里收的那些快递，为什么又扔了？宝贝儿，你这么诱人，一个人不会太寂寞吗？呵呵……"

看不见的黑暗里，徐辛颐的瞳孔急剧收缩，从她搬到这里来不久，就一直收到一些猥琐的快递，内衣、内裤、安全套，什么都有，她报过警，可这点小东西实在是不好查，这一带也基本上没什么监控，最后只能定性为恶作剧。

可她没想到，那双在黑暗里窥视她的眼睛，居然不满足于"恶作剧"，还想得到更多，她开始浑身战栗。

"你……你放开我，再不放开我就要叫人了！"徐辛颐脑门上一层白毛汗，此刻她除了自救别无他法。

且不说这黑漆漆的巷道里不会有什么人经过，就算有人路过，谁会在三更半夜为了一个素昧平生的人顶着不要命的风险见义勇为呢？

"喊？你喊啊，就算是喊破喉咙都不会有人理你的，哈哈哈，宝贝儿你就从了我吧，你放心，我一定会让你欲仙欲死的。"

"你给我放开她！"身后响起一道怒吼。

是丁昂！

猥琐男没想到有人敢来坏他好事，握着匕首恶狠狠地朝着丁昂比画，"你

第17章 我不信

是哪条道上的,给我滚!否则老子今天杀了你!"

丁昂目眦尽裂,不由分说就朝那猥琐男冲了过去。那猥琐男也发起狠,挥着匕首朝丁昂刺了过去,徐辛颐趁这个空当镇定下来,第一时间报了警,接着就扯开嗓子喊救命。

警笛声很快就响了起来,惊动了附近的居民,猥琐男手里的匕首不知道什么时候捅进了丁昂胸口,他吓破了胆,呆了几秒钟,这才满手是血地朝着巷道出口跑了出去,正好碰见赶过来的警察,三两下就把他制住了。

逼仄的巷道里,徐辛颐杵在那半天,丁昂是被猥琐男捅了一刀,刺鼻的血腥味混合着巷道里特殊的气味山呼海啸地湮没了她的五官六感,直到警察冲进来,七手八脚地抬着丁昂出去,徐辛颐这才骤然回过神来,心脏仿佛已跳脱出胸腔,只剩下一阵茫然。

"同志,别怕,歹徒已经被我们抓住了,请你配合一下我们的调查,同志?"

警车里,徐辛颐双手死死扣着膝盖,好不容易才听清楚那警察的问话。她嘴唇轻轻地嚅动了几下,有点木然地看着警察,声音破碎不成声:"他……他会死吗?"

"这个……我们也不太清楚,马上就到医院了,这样吧,你先休息一下,之后我们再做笔录,好吗?"

徐辛颐麻木地坐在那里。车子到了医院之后,丁昂被送进了急诊手术室。拥挤的走廊里人来人往,可她坐在走廊椅子上,背脊贴着冰冷的椅背,还没彻底地缓过神来。

袁莱和靳燃他们赶到的时候,手术还没结束,手术室的灯不祥地亮着,袁莱不知道该说什么,只是坐在徐辛颐身边,轻轻地抱着她的肩膀,靳燃和赵承志靠在一边,大家都很有默契地沉默着。

时间一点一点地流逝,不知道过了多久,手术室的灯才骤然熄灭,那道厚重的大门被人从里面拉开,一个穿着手术衣的医生走了出来,徐辛颐猛地从椅子上站起来,膝盖撞到一旁的扶手也没感觉。

"医生,他怎么样了?"徐辛颐的声音仍旧在颤抖。

医生摘下口罩,"还好,手术很成功,病人已经暂时脱离了生命危险,不过伤口有点深,暂时还需要进重症监护室观察,不能探望。"

徐辛颐仿佛一下脱了力,有点站不稳,袁莱小心扶着她。护士推着尚且昏迷中的丁昂出来。他脸色异常苍白,双目紧闭,大概因为太疼了,眉心硬生生地皱出了一道褶痕。

第 18 章　小心纪敖亭

去重症监护室的路不长，徐辛颐一路跟着，直到目送他进到最里面，还僵立门口，这一路不长，但看着床上昏迷不醒的人，生死关头，她忽然想通了一件事，比起生死，其他都是小事。人的一生不过短暂几十年，转瞬即逝，他难道连这一点短暂的光阴都不配拥有吗？

窗外灯火闪耀，她仿佛在万千灯火之中，找到了属于自己那一盏。

袁莱他们几个在医院等到第二天早晨才赶去公司上班，徐辛颐破天荒地跟公司请了一天假，留在医院照顾丁昂，即使她大部分时间也只能在休息室候着，可不在这儿守着，她不放心。

袁莱和靳燃是一起到的公司，为了避嫌，袁莱特地找了个借口，在公司前面一条街就下了车。靳燃也不拆穿，开着车走了。袁莱长出了一口气，在附近找了个面包店，买好自己的早餐。因为摸不清靳燃现在喜欢什么口味，只能按照他以前喜欢的口味买好了面包和牛奶。末了，又有点心虚地多买了几样，算是给同事们的福利了。

她刚到办公室，就碰到不知道从哪个酒店刚出来的纪敖亭，纪敖亭依旧一身剪裁合体的昂贵西服，领口系着一条暗纹领带，头发梳得一丝不苟，他看了一眼袁莱，脸上温和的笑容晕开，"小袁，这早餐有我的份么？刚才出门太匆忙，没来得及吃。"

袁莱赶忙将一大口袋面包牛奶递了过去，任由纪敖亭选择，然而纪总左挑右拣，最后看上了袁莱单独替靳燃买的那一份早餐，纪敖亭轻轻晃了晃那份早餐，"谢了，半小时之后，来一趟我办公室。"

袁莱："好的，纪总。"

纪敖亭就这么走了，袁莱在原地站了半天，靳燃不知道什么时候从哪里钻了出来，板着脸："这是公司，注意点形象。"

"……"

靳燃见她不说话，脸色有点难看地走了，袁莱这才想起，她买的早餐忘了拿给靳燃，只好快步跟了上去，将自己那份早餐塞到靳燃手里，又做贼心虚地快步走开。

靳燃眉心拧成一团，本能地想把早餐连袋子一起扔进垃圾桶，手伸到一半，又鬼使神差地收了回去，一到办公室，就顺手扔进了小冰箱里，眼不见为净。

半个小时之后。

袁莱抱着一叠文件过去找纪敖亭，纪敖亭不知在跟哪个女朋友讲电话，见袁莱进来,也没丝毫收敛,袁莱也已经习惯了纪总的风花雪月,将文件搁在桌子上,转身就走。

"等等,"纪敖亭挂了电话,"明天在敦煌有个签约仪式,你陪我一起过去,下午三点的飞机,你安排一下行程,准时出发。"

袁莱的第一反应是她被坑了,下午三点就出发,到现在才通知她,她根本连行李都来不及准备。敦煌那边气候干燥,紫外线极强,就这么过去,她回来的时候估计跟非洲难民一般黑了。

纪敖亭这贱人绝对是故意整她!

袁莱无语,想跟纪敖亭争辩,又觉得实在没必要,毕竟纪敖亭是个爹,她不敢违逆,否则这个月又白干了。

把手上的工作稍微安排了一下,袁莱还没来得及祭自己的五脏庙,又被靳燃叫了过去。一进门,就看见靳燃冷着脸坐在沙发上,茶几上摆着一张审批过的行程表。

"你什么时候定的去敦煌?"靳燃敲了敲面前的行程表,质问道。

"这是纪总安排的,跟敦煌那边签署协议……"

"原本拟定的人选是Lisa,你跟我解释一下,这是怎么回事?"

袁莱一头雾水,去敦煌出差,这种事又不是她能敲定的,再说了,纪敖亭是她顶头上司,她在公司也一直都是听纪敖亭的指令做事,靳燃就算再怎么发火,也不该发到她头上来吧?

"我刚才已经说了,这是纪总的安排,我不知道最初选定的是Lisa……"

她话还没说,靳燃一把扼住她手腕,将她身体一扯,轻轻松松就扯到了沙发上,靳燃半条腿直接顶了上去,以一个极其暧昧的姿势,将袁莱压在沙发上,"你就这么迫不及待地去跟你的新欢共享二人世界么?袁莱。"

最后两字,他刻意加重了音调,随着这两个音节,他手上的力气也加重了几分,一贯温和却疏离的眼睛里,缠着一根根血丝,里面跳动着两簇无形的火焰。

袁莱奋力挣扎,想要挣脱出手腕,可靳燃的力气实在是太大,她根本挣脱不开,"靳燃,你干什么!什么新欢什么二人世界,我只是去出差。你疯了!你放开我!"

靳燃一听,像是终于想起了什么,扼住袁莱手腕的手突然失去了力气,袁莱趁机一把将他掀开,防备地从沙发上站起来,愤怒地瞪着他,她认识他这么多年,从来都没见过他失控,即使是生气,也是很隐忍克制地生闷气,一言不发谁都不理,让你干着急却又无计可施。

靳燃坐在沙发上,低垂眉眼,缓缓地抬起手捂住脸,声音沙哑地道:"对不起……没弄疼你吧?"

袁莱揉着手腕,那里一片红白相交的痕迹,她刚才真的怀疑,他会不会一不小心就把她腕骨捏碎，可是此刻，陡然听见他沙哑的声音，她满腔的怒火一下就熄灭了。

"你到底发什么疯，我只是去出差，这是纪总安排的，Lisa被临时安排去了澳洲，你是COO，你难道不知道？"

靳燃也知道自己刚才太过失控，可早晨在公司门口那一幕，已经让他憋了一肚子邪火，之后纪敖亭就更改了Lisa的行程，带上了袁莱，不论从哪个角度来说，纪敖亭对袁莱都绝非上下级那么简单。

他没办法承认，他是在吃醋，因为他们已经分手，时过境迁，物换星移，就算袁莱现在告诉他纪敖亭是她男朋友，他也没资格去指责什么。可是为什么……

"小心纪敖亭。"靳燃放开手，神色恢复到一贯的温良谦恭让，好像刚才那个失控的男人根本不是他。

对于翻脸比翻书还快的靳总，袁莱心想，她更应该小心的是靳燃吧，至少纪敖亭不会突然来这么一招，让她心惊胆战。

"靳总没什么事的话，我就先走了，晚点就要去机场，我怕来不及了。"袁莱说道。

靳燃没再说话，袁莱走了之后，他才靠到沙发上，他也不知道自己刚才为什么会突然失控，或许是昨夜一夜未眠，又或者，只是忍了太久突然忍不住了，他想要将自己的欢喜统统都告诉袁莱，却又怕自己的冲动会吓到袁莱，可摆在眼前的情敌，除了赵承志之外，似乎还有一个纪敖亭。

不知道自己正被情敌念叨着的赵大律师，刚调了一个新案子的卷宗过来，案子并不复杂，一起简单的经济纠纷案，涉及的金额也不算大，按道理，这种案子现在一般不会送到他这里来，不过此案还有刑事部分，通常与刑事案件相关联的案子，所里都会慎重处理，所以这案子就划分到了他头上。

沈双双也不知道是一身正气想要为民申冤，还是为了讨好上司，或想伺机撩一把赵承志，从她进所实习，就一直鞍前马后，任劳任怨，甚至连茶水都照顾得十分周全。实习的工资实在是少得可怜，她这种富二代，开的是上百万的宝马七系，实习工资连油费都不够，还要自掏腰包请吃饭、请下午茶、请宵夜，真是精神可嘉！

"师父，这案子我看过了，因为不是刑事附带民事，所以，我们的重点是民事这块，这种遗嘱的案子我见得多了，拿一份伪造的亲子鉴定就想来分遗产，这世上哪有那么多沧海遗珠？我觉得这官司的难度不太大，要不您老让我去练个手？"沈双双从电脑和一堆文件里抬起头来，一脸崇拜地盯着赵承志。

赵承志有点受不了她这赤裸裸的眼神，端起桌子上的咖啡喝了一口，"谁跟你说，这亲子鉴定是假的？这种文书性质的东西，除了脑残，一般人都不会作假，因为一查就查出来了，伪造文书那又是另一件刑案，所以，我倾向于这鉴定文书是真的，作为原告，有权申请重新鉴定，不过，你是不是搞错了对象，我们是被告的代理律师，你脑仁里装的都是些什么豆腐渣，连委托人都没搞清楚，还想练手？"

"装的都是你啊，师父。"沈双双毫无征兆地说，"人家一门心思都是追你，你当初欺骗我的事情我都不计较了，反正你现在也是单身，不如你就给我一个机会啊，咱们男未婚女未嫁的，都是缘分，你说是不是？"

第19章　新股东

赵承志被这位逻辑鬼才绕了进去,额头挂着几条黑线,敲了敲桌子,"沈双双!这里是办公场所,你给我注意点形象!有你这么调戏上司的吗?我马上就去找陈正礼,让他给你另外安排一个实习师父!"

沈双双一手托着下巴,咬着笔盖,一脸傻白甜地微笑:"一日为师终身为父……哦,不是,我是说,所里也没其他闲着的师父带我了,师父你就死了这条心吧。"

赵承志额头青筋暴起,好半天,才咬牙切齿地说:"闺女,别再撩你老父亲了,这是乱伦。"

沈双双手里的笔盖"啪嗒"一声从口中掉落了下来,魔高一尺道高一丈,她居然在打嘴仗这种传统优势项目上输了?

这不科学!

"老赵,这么勤奋?"陈正礼刚忙完,准备收拾收拾下班,见赵承志办公室还亮着灯,就在门口停了下来,然后一边走进门,一边笑呵呵地道:"怎么样,小沈还行吧?现在这么上进的年轻人已经不多见了,兄弟对你不错吧?"

赵承志差点喷出一口血来。

陈正礼也是无奈,按照道理,沈双双这种刚毕业的实习生,他们这所里根本就不要,一是现在名校毕业的实习生实在是太多,二是沈双双又是个女孩子,干他们这一行的,都是女人当男人用,男人当牲口用的,他生怕这大小姐吃不下来这个苦。可沈氏集团那边签了一堆大单子,事务所也正式成了沈氏集团的法律顾问团,单看这个,他就得把沈大小姐当菩萨一样供起来。

"这么勤奋上进的年轻人,你怎么不自己留着?"赵承志炸了起来,他最近白头发都快熬出来了,感觉身体和心灵都受到极大创伤。

陈正礼干笑了一声,"这不是你三天两头问我要助理嘛,我给你安排了人过来,你还这么多幺蛾子,怎么就不能体会兄弟这一片苦心呢。"

"呵呵,老夫从未见过如此厚颜无耻之人,滚蛋!"

"行行行,我走,我不在这妨碍你们,那什么,也别加班太晚了,人家小沈一个女孩子,晚上回去也不安全,你记得把人给送到家再走啊。"

赵承志随手抄起一本书朝陈正礼丢了过去,陈正礼刚好躲过,哼着小曲儿走了。

沈双双凑过来,笑眯眯地盯着赵承志:"师父,我觉得我一点都不累,我还能再战三百回合,要不我叫个宵夜,咱们继续讨论这案子?"

赵承志嘴角一阵抽搐,捂着脑袋哀叹一声,"加什么加,下班!"

第19章 新股东

他最近快被沈双双逼疯了,连见袁莱的时间都腾挪不出来,这死丫头成天跟打了鸡血似的,他这老骨头真的有点吃不消,解释了无数次他有喜欢的人,沈双双却与众不同,非但没知难而退,反而认为这是一种全新的挑战,他真的从来都没见过这么"勇气可嘉"的女人。

好不容易下了班,沈双双这事儿妈体质再次展现出来,她说今天限号车没开出来,最近还爆出好几起打车少女惨遭司机奸杀的新闻,便死赖在赵承志车上不走。

赵承志连抽两支烟,才钻进驾驶位,无奈地看着沈双双,"双双你看我一把年纪了,要什么没什么,你说你到底是喜欢上我哪儿了,我改还不行吗?"

"师父,你曾经说过,这世上没有平白无故的喜欢讨厌,总得要有一个理由,可如果喜欢一个人也能够自由控制,就不会有那么多肝肠寸断阴阳相隔了,我喜欢你,从头到尾都没有藏着掖着,就是大大方方地对你好。"沈双双晶亮的眼珠里折射出一点深浅不一的光,这光里似乎藏着一点赵承志从来都没看到过的情绪。沈双双接着说:"我知道你心里有人,可我也没要你把那个人忘了,转头就喜欢我,那样显得你太不仗义了。可是,你就让我这么安静地喜欢你,不行吗?"

她这话说得磊落坦荡,反倒叫赵承志一时语塞,不知道该怎么回她,好像自己再说太多就显得不近人情了,他喜欢袁莱很多年,袁莱就拒绝他很多年,有时候他在沈双双身上也能找到一点自己的影子,同是天涯沦落人,所以那些伤人的话到了嘴边,又被他硬生生地咽了回去。

袁莱跟纪敖亭去敦煌出差,靳燃一直关注着那边的动静,上午的会议结束,Vincent 把靳燃叫到自己办公室,一阵寒暄之后,Vincent 笑道:"听说总部最近来了一个神秘股东,实力不俗,靳总要不要猜一下,这个新股东是谁?"

总部的事情,他们下面也不是事事都关注,但也不能什么都不关注,毕竟上一级的变动,很多时候会直接影响下面分公司的人事,所以,总部稍有风吹草动,他们底下也会不得安宁。

Vincent 在上海分公司待了十几年,一直都想回总部去,自然格外关注总部的动向,可靳燃刚到非途,总部的事情对他来说,倒是没太大影响,此时 Vincent 特意问起来,只怕是跟他有关的。

"顾总,对吧?"靳燃没有丝毫避讳,大大方方看着 Vincent。

Vincent 意味深长地看了他一眼,脸上的笑意加深了几分,"不愧是靳总,一下就猜到了,顾总在日本和华尔街可都是著名的投资人,当年靳总也是得益于顾总的提携才有了今天,现在顾总又成了非途旅行的股东,靳总的前途必定不可限量啊。"

靳燃看了 Vincent 一眼,"顾总对我的确有知遇之恩,不过,这跟我进入非途旅行没有丝毫关系，如果您觉得有什么不妥，我可以立即辞去非途旅行的全部职务。"

Vincent 眼皮微微一颤，"靳总，你太敏感了，我也只不过是刚得到消息，听说顾总加入了非途旅行，想着你们怎么也算是熟识，所以才多嘴问了一句。你当初主导的汉光收购案和美吉收购案，那可是行业教科书式的典范，否则，我也不会专程请你回来加盟非途旅行了，不是吗？"

靳燃瞳孔微微一缩，不知道 Vincent 是有意还是无心提到那两个收购案，他不动声色地看了 Vincent 一眼，从沙发上站起来，"没什么其他事的话，我就先回去了。"

Vincent 笑着点了点头，像是突然想到了什么似的，"对了，裴心岛的开发案，总部那边已经通过了，几位高层都很满意，也都很想看看你的能力。接下来你可以着手具体细节的策划，人事方面，我已经跟赵总打过招呼了，有什么需要调动的，赵总会配合，如果无法解决，我再来沟通协商，希望裴心岛的开发案能顺利进行。"

"裴心岛这条线是一条全新线路，一定能开发出它特有的价值，这一点，请您放心，"靳燃尾音一顿，"至于人事调动方面，等确定下来人选之后，我会列个单子给您过目的。"

靳燃是个聪明人，和聪明人打交道，就是这一点好，一点就透，可以省掉很多细节，裴心岛这个开发案一送到总部，总部高层都非常满意。接下来，只要这条线路顺利开发出来，不但靳燃在非途旅行能彻底站住脚，他也会重新得到总部的青睐和重视，到时候想回到总部，也不是没有可能。但靳燃这人如同一颗流光溢彩的璀璨明珠，遮不住其光华，现在又多了一个后台，Vincent 也就对他不得不防了，别到时候替他人做嫁衣裳，自己只能老死在分公司的任上。这种事，智者不为。

第20章　我答应你

医院的病房并不是很好，满屋子都是刺鼻的药物、消毒水、乱七八糟的洗涤剂和食品混合在一起的气味。

丁昂在重症监护室待了24小时，确定没有生命危险之后，才被转到普通病房，即使是医院单独的VIP病房，也依旧无法隔绝外面刺鼻的气味，这或许是导致丁昂这大少爷提前苏醒的原因之一。

徐辛颐一直守在床前，她几乎连眼皮都没阖一下，偶尔碰到公事电话，也只是走到阳台耐心听着，然后给出精准的答复，之后又回到病床前正襟危坐。她眼圈通红，眼珠上缠着一根一根细长的血丝，仿佛在无边无际的荒漠里跋涉了很久。茫然四顾，根本不知道脚下这条路会通向哪里。

"辛颐……"

丁昂的声音破碎沙哑，干涸的喉咙像是被什么东西扼住，他说话有点不太利索，毕竟昏迷了这么久，就靠着一点营养液维持基本体能，嘴唇上覆盖着一层层死皮，下巴也长出一层青色胡茬，看上去特别苍老。丁公子一向格外注重自己形象，还从来没让自己看上去这么邋遢过。

徐辛颐乍听呼唤，以为自己听错了，有点木然地盯着丁昂。好半天，她才清醒过来，话音略微有点颤抖："你醒了，你有没有哪里不舒服？我去叫医生。"

这么苍白无力的台词，她从前只觉得编剧十分脑残，可此刻亲身经历，才觉得多么心酸无奈。这个人就躺在你跟前，而你却无能为力，只能眼睁睁地看着他或生或死，不以你个人的意志为转移。

丁昂插着针管的手虚虚地拉住徐辛颐的手，单是这么一个简单的动作，他就像是使尽了全部的力气，针管里回了血，血顺着针管逆流而上，看得人心惊肉跳。

徐辛颐赶紧坐下来，小心拉开他的手，平放在他身侧，声音里多了几分火气，"你别乱动！"

"我不乱动，"丁昂说，"你别走，可以吗？"

徐辛颐刚才飙升的火气一下就熄了火。他怕她走，是怕她一去不回，在他心里，她就是那么狠心肠的女人吗？

徐辛颐忽然有点不敢看丁昂的脸，只好挪开视线，"我不走，你躺着别乱动，医生说你现在还不能进食，只能靠输营养液。"

"好。"

两人一时之间竟然都不知道该说什么，气氛有点尴尬，徐辛颐又拿了棉签沾水，一点一点小心地沾在他唇角。平淡无奇的白开水，丁公子居然觉得它有点甜。

"你当时为什么要跟进来？"这个问题一直盘旋在她脑子里，她不敢去想，却又终究绕不过去。

如果当时丁昂没出现，她是会被迫从了那个强奸犯，还是会以命抗争，不论是哪一个，结局都不堪想象。

丁昂看着她，眼神没有丝毫闪躲，"如果我说，我是想告诉你，我决定重新追求你，你相信吗？"

什么尊严，什么成全，他通通都只当是放屁，他已经失去过了一次，这些年放浪形骸，还不够吗？

徐辛颐突然平静了下来，山呼海啸一样的心绪，居然像火山喷发之后的火山灰，一层一层铺到心底，千年万年地堆积。她缓缓地抬起头来，躲了这几年，不想再躲下去了，她看着丁昂，"丁昂，我们都是成年人，应该都很清楚，谈恋爱不再只是你情我愿情投意合。"

"我知道。"

"我们门不当户不对，你是丁家唯一的继承人，而我什么都帮不了你，甚至还可能给你拖后腿。"

"我知道。"

"我是个再平凡不过的女人，我也会争风吃醋，不许你这不许你那，你或许开始能够忍受，可时间长了，你也会厌烦，甚至会后悔……"

"我知道。"

徐辛颐突然词穷，沉默了良久，然后又缓缓地说："如果你觉得这些你都能够接受的话，那我答应你，再给你一次机会。"

"真的？辛颐，你真的答应再给我一次机会？"

"你没听错，"徐辛颐长长吐出一口浊气，脸上是如释重负的笑容，"也是再给我自己一个机会。丁昂，我不想再错过你，但如果有一天我发现你背叛了我，我也会毫不犹豫地离开你。"

"不会的，"丁昂说，"不会有那么一天的……我现在真的是太高兴了……嘶！"

他过于兴奋，以至于没顾得上胸口的伤，动作一大，就牵扯到了伤口，胸口缠着的纱布一下就映出一片血迹，徐辛颐吓得脸色都白了，立即叫来医生，医生古怪地看着两人，开了药，"年轻人还是要节制一点，他这伤不能剧烈运动的，不知道吗？"

徐辛颐的脸唰的一下通红，一向舌战群儒都游刃有余的徐经理，憋了半天，一句话都没憋出来。

丁公子搭进半条命，终于把徐辛颐心里上了千百层锁的闸门打开了一条缝，他仿佛听见她心里响起的声音，虽然不知道前面的路还有多远多长，可他

第20章 我答应你

一定会坚持走到最后,卸下她心里一层又一层的防线,生死与共。

远在敦煌出差的袁莱,是第一个接到这喜讯的人,她刚回到酒店,忙碌了一天,浑身疲惫,再加上气候不太适应,整个人都没精神,蜷缩在沙发上昏昏欲睡,一看到徐辛颐发来的消息,这么瞬间跟打了鸡血似的,拨通电话八卦了起来。

徐辛颐也是哭笑不得,没想到这位正经人袁经理,这么有八卦精神,可她也没打算隐瞒,把即兴演讲发挥到了极致,洋洋洒洒长篇大论之后,她说:"我以前是不确定自己跟他会有未来,他那样环境里长出来的富二代,能有什么真心,不过是图一时新鲜而已,时间长了,他就觉得乏味了。我想如果我们之间真的没缘分,就当是给彼此最后一个告别的机会,我再也不会有遗憾,也不会再死守着不放了。莱莱,我有时候也会想,我们是不是太不自信了,所以才总这样患得患失,既然连最坏的结果都能接受,为什么不能勇敢一点,给自己和对方一个机会?"

这后半段,袁莱听出弦外之音,当年袁莱和靳燃两人有多好,现在就有多遗憾。袁莱苦笑了下,"好了,你就别光顾着劝我了,丁昂现在还受伤呢,你好好照顾病号,我这还有点事要处理,明天才能回去,回去了再当面恭喜你们。"

"好,你也是,好好照顾自己。"

袁莱说了几句,这才挂断了电话,她蜷缩在沙发上,双手抱着膝盖,抬眼看向窗外夜色,敦煌的夜似乎格外明亮,漫天繁星,让人忍不住想起西北草原的辽阔苍凉,虽身不能至,却心向往之。片刻后,她回过神来,低头看着手机屏幕,屏幕上显示着靳燃的名字和电话号码。在这陌生的西北境地,她突然特别想念靳燃。

她走到窗前,手机的像素根本无法拍摄下星月的光华,可她还是执着地拍了几张照片,手指停在输入框,直到屏幕暗下来,她依旧没勇气将那张照片发出去,脑子里一片混沌,太阳穴突突直跳,她也不知道自己是不适应这里的气候,还是感冒了,在窗前站了一阵,正准备休息,手机铃声突兀地响了起来,电话是靳燃打进来的。

袁莱心跳加速,全身血液仿佛一下直冲脑门,手指在屏幕上足足划拉了好几下,才艰难地接起手机,她单手撑着窗台,目光遥遥地看着天上的繁星,等待着千里之外那个人不动声色地破开她心里堆积的莽莽雪原。

"那边进行得还顺利吗?"靳燃同样站在窗前,深邃的目光望着满天星辰,沐浴后的发梢,水滴悄然凝成了圆珠,无声地坠进灰色的浴袍里。

第 21 章　初次交锋

"嗯，一切都很顺利，"袁莱说，"明天上午就赶回来了。"

靳燃自己都没注意到，自己唇角不知道什么时候勾勒出一点不经意的笑意，"好，我去机场接你……有公事跟你谈。"

最后一句，明显有点欲盖弥彰的意思。

"嗯。"

"你声音怎么听着有点不对劲？病了吗？"

袁莱自己倒没觉得有什么，听靳燃这么一说，她抬手摸了摸额头，也没察觉到什么异常，"没有，只是这边气候有点干燥，我喝点热水就好了。"

"嗯，时间也不早了，你早点休息。晚安，明天见。"

"晚安。"

挂断电话，袁莱捧着手机，好似捧着稀世珍宝，然后将刚才拍的那张黑漆漆的照片发给了靳燃，照片下没有任何文字解说，可靳燃看得心情大好，连日来的阴霾也随之一扫而空。

袁莱正准备睡觉，忽然听见敲门声，是酒店的工作人员送了感冒药过来，说是一位姓靳的先生吩咐的。袁莱看着一堆感冒药，有点哭笑不得，靳总的细心体贴真的不是一般人能够比拟的，自觉无病的袁莱，还是吃了一片，倒头就睡，一夜无梦。

日本，考究的住宅。书房里灯火通明，顾飒坐在书桌前，平板电脑上显示着一张照片，照片上，靳燃跟袁莱一起下了车，走向同一栋大楼，袁莱没有看到，她身后靳燃那双眼睛里，隐忍又克制的温柔。

"靳先生还在念东方大学的时候，就跟这位袁小姐在一起，之后分手了。不过，靳先生对这位袁小姐似乎还没有忘情，他这次回上海，应该就是为了袁小姐……"

这声音像是一把淬了毒的刀，从顾飒心尖轻飘飘地滚过，鲜血无声地淌了一地，她垂在膝盖上的手指，一点一点握成拳，青筋鼓起，骨节泛白。不知道过了多久，她才从一腔怒火里抽出身来，拨出一个电话。

"秦总，抱歉这么晚还打过来，没有叨扰您吧……"顾飒满脸笑容，只是那笑容不达眼底，不知道对方说了句什么，她身体略微前倾，将平板上的照片删除，这才不疾不徐地说："您之前的提议，我接受，不过，我不去总部……去上海分公司，烦请您安排，谢谢。"

她知道靳燃心里一直都有一个人，这个人无可替代，连她也只能望其项背，可她不甘心，凭什么年少时的一点执念可以坚持到现在，凭什么她一手提

第21章 初次交锋

携起来的百年难遇的天才,心却从来都不在她这里?

自从靳燃突然提出要回上海,她这颗心就七上八下不得安稳。如今她再不出手,靳燃就只能成为别人的了,她怎会甘心?

一路风尘,袁莱和纪敖亭一下飞机,刚出通道,就看到靳燃一身黑色风衣,站在外面等候,纪敖亭推了推鼻梁上的金丝眼镜,也不知道有意无意地笑道:"靳总真是体恤下属,还亲自过来迎接,看来我也需要好好学习一下了。"

袁莱杵在两人中间有点尴尬,只好硬着头皮笑了一声,敷衍了几句。不知道是不是有点晕机,双颊泛着一点潮红,整个人都有点晕,待她跟纪敖亭一起走出来,靳燃就走了上来。

"靳总,小袁我可就完好无损地交给你了,"纪敖亭挑眉,"对了,还没恭喜靳总,裴心岛的开发案顺利通过,靳总真是年少有为,后生可畏啊。"

纪敖亭比靳燃也就大两三岁,平常一副谦恭的儒商形象,也就见了靳燃,说话夹枪带棒,不绵里藏针好像就有点对不起他。如果不是纪敖亭比电线杆还直,身边换了无数女人,连袁莱都要以为,纪敖亭是看上靳燃了。

"纪总言重了,纪总谈下敦煌这条线,不也是居功至伟,老当益壮吗?"靳燃笑道。

纪敖亭客套了几句,独自离开了。靳燃领着脑袋都快埋进脖子里的袁莱到了停车场,上车之后,他从中控拿了一个新的保温杯递给袁莱,"你在发烧,先喝点这个,我送去你医院。"

袁莱接过保温杯,捧在手心里,"我只是有点晕机,没,没有发烧吧,这个是什么?"

靳燃看了她一眼,从她手里抽过保温杯打开,车内立即弥漫一股浓郁的姜汤味,袁莱脸一下就绿了,她最讨厌喝这姜汤,偏偏这位新时代的五好青年信奉这些古老的偏方,以往每次她感冒发烧,这位爷不由分说先灌她一大碗姜汤。

袁莱苦着脸,"我能不能不喝这个?"

"你说呢?"

"哦。"

上辈子不知道造了什么孽,居然跟姜汤杠上了,她浅抿了一口,一股刺激的味道瞬间从舌头扩散到嗓子眼一会儿全身都温和起来,刚才还绵软无力的身子,一下恢复了几分力气,她呛咳了几声,这才想转移话题,"对了,你不是说有什么公事吗,刚才纪总说的裴心岛开发案是指……"

纪敖亭是公司前任COO,就算如今靳燃大权在握,纪敖亭的势力也还在,裴心岛开发案就算其他人不知道,既然总部已经通过了,就自然不再是机密,纪敖亭知道也并不稀奇。刚才纪敖亭话里有话,可不就是在暗示他还没完全失势,非途旅行依旧在他掌控之中。

"我想在裴心岛做一条旅游专线，独家代理那边的旅游路线，除了我们公司之外，其他旅游公司不能在这条线上来往，总部已经通过了，稍后我会亲自带第一批旅客过去。"靳燃略微一顿，"这个开发案，我已经跟人事部列了人员调动的单子，你过来给我当副手。"

袁莱是纪敖亭的助手，这事公司上下无人不知，靳燃回来第一个开发案就是调动袁莱，恐怕公司早就物议沸然了，连袁莱都觉得，靳燃这一招，是在上演商战里最经典的逼走老臣子篡位夺江山的戏码，可她心里还是没来由地溢出那么一丝丝的欢喜，虽然她理智上觉得自己不该背叛纪敖亭，毕竟是纪敖亭将她一手栽培起来，对她不但有知遇之恩，还有教导之情，她不该这么轻易就叛变。

"纪总那边……怎么说？"袁莱还是没被燃起的那一丝欢喜冲昏头，公私分明。

"纪总那边已经知会过了，他支持公司决定。"

袁莱一时之间没了话头，规矩地坐在副驾驶的座位上，心里千头万绪，却一点风吹草动都不敢透露，生怕靳燃捕捉到什么，把自己置于劣势的位置，她更怕靳燃对自己，从始至终就只有同事之谊，所有的暧昧，都是她自己蔓生的心魔。

到了医院，袁莱才知道靳燃早就替她约好了医生，一个简单的发烧感冒，硬是如临大敌，弄出了一点不治之症的味道。挂完水，吃好药，靳燃才允许她去见丁昂和徐辛颐。

徐辛颐是下班才赶过来的，也不知道她到底哪里腾出来的时间，居然还回去熬了一锅鸡汤提过来。丁昂怕她反悔，一早就叫人去把她行李搬到了自己的别墅。派去的人发来搬家照片，丁昂看到一盏熟悉的台灯，这才惊觉过来，原来徐辛颐根本没放下她。

"辛颐，刚才老黎给我拍了你行李的照片，那盏台灯……"丁昂拿着手机比画着，被徐辛颐灌了一大口鸡汤，堵住了他不安分的嘴。

"什么台灯，你给我老实躺好，不准乱动。"徐辛颐耳根泛红。

那盏台灯，是很久以前，他们住在一起的时候，丁昂买来送她的，徐辛颐天不怕地不怕，却特别怕黑，晚上一定要开灯才能睡觉，丁昂就买了这盏台灯送给她，那时候她还以为丁昂出身工薪家庭，一看那标签上的价格，数落了他好久。后来她才知道，丁昂出身名门，是名副其实的富二代，那种台灯对丁昂来说，不过是花点零花钱而已。

丁昂就喜欢看她害羞的样子，美滋滋地舔了舔嘴唇，说："你分明就一直还喜欢我，有什么不好意思承认的？"

徐辛颐看着他，轻轻地说："是，我从来都没变过。"

丁昂正要继续追问，病房大门被袁莱一把推开，她和靳燃两人走了进来。

丁昂锤床大怒,这两个混蛋真是会掐时机,错过了这一次机会,他不知道要什么时候才有机会审问徐辛颐了,他这交的都是什么损友?

大家难得聚在一起,有一搭没一搭地说笑,仿佛中间短缺的那几年就这么一点一点地连接上了,彼此之间的生分隔阂,也在这没心没肺的笑声之中消弭于无形。

第 22 章　凌鹰航空

裴心岛开发案一批下来,靳燃列的人事调动的单子就送到了人事部赵总办公桌上,赵总嬉皮笑脸地批了,溜须拍马的功夫发挥得炉火纯青,并不以现在任上这位靳总是个新人而有一点怠慢。就在大家为新路线如火如荼地忙碌之际,非途旅行官网上又挂了一条通告,停止采购部总监李鲍勃在公司的一切职务,移交有司审理,为了机构运转不出岔子,靳燃又提了一个底层的员工起来任这个肥缺。

谁都没想到,李总逃过了各种惊心动魄的场面,最后阴沟里翻船,还是把自己翻进号子里去了,还被当成非途旅行全球所有分公司的典型反面教材,靳燃这一手牌打出去,有人叫好,也有人叫骂,靳燃倒像是个没事人似的,继续操心他的裴心岛开发案,眼看这条旅游专线已经势在必行,连给试游的客人机票都拟订好了,航空公司那边突然出了状况。

裴心岛开发小组会议室里,所有人脸色都一片凝重,夜深人静,外面不知道什么时候开始下起了淅沥的小雨,这雨珠像是打在人心口,压得人有点喘不过气来。

"靳总,我们也是刚收到消息,飞亚航空那边,突然停止了往裴心岛的路线,"陈小菲越说声音越小,硬着头皮道,"目前一共只有 3 家航空公司在裴心岛有路线,飞亚航空是唯一的大型航空公司,另外两家都是私人经营,口碑虽然不错,但他们并不是我们的合作商……"

裴心岛是个天然绝佳的旅行地点,这么多年一直没彻底开发出来,出行不便是最关键的因素之一,不但如此,当地居民保持着原有的生活习惯,有时候甚至会跟游客发生冲突,因此,大多数旅游公司也不敢贸然把这发展成专线,现在靳燃主导这个项目,眼看万事俱备,飞亚航空却突然掉链子,试游的客人都已经拟订好了行程,此时再来更改,必定会造成无法挽回的后果,裴心岛项目还没开始,就得宣告终结。

"裴心岛路线,一共有 3 家航空公司,飞亚航空是我们唯一有合作的航空公司,刚才小菲也已经说了,另外两家是私人航空,我们公司还没跟私人航空合作过,这条线,之前一直都是采购部李总负责跟飞亚航空的负责人联系的,李总进去了,飞亚航空就停止了这条线,靳总,你怎么说?"说话的是采购部这次负责采购事宜的采购部老人 Linda。

"飞亚航空突然停止这条线路,我们还可以选择另外两家航空公司,"袁莱说,"据我所知,另外两家航空公司,一家是星城航空,另一家是凌鹰航空,虽然公司没有跟私人航空合作过,但也没有明文禁止不能与私人航空合作,而

第22章 凌鹰航空

且，凌鹰航空的评价一直都不错，餐食也很有特色，如果能争取到跟凌鹰航空的合作，不会对这次裴心岛开发案造成不利的影响。"

Linda 冷笑一声，"袁经理这溜须拍马的功夫倒真是一流，我倒真是替纪总不值，纪总一手把你提拔起来，没想到，袁经理一有了新主子就开始乱吠，也不怕风大闪了舌头。"

"许小姐哪里话，我可比不上您忠心护主，李总都已经进去了，您还逮着谁咬谁，这份忠心我的确比不上，"袁莱不客气地说，"何况，李总自己违法乱纪收受钱财，难道这钱财是我让他收的吗？我们都是公司的员工，自当齐心协力为了公司利益而努力，这次人事调动也是赵总和纪总一起审批过的，您不也负责采购吗？现在裴心岛开发案出了问题，难道许小姐想让我们袖手旁观，什么都不管吗？"

Linda 一噎，气得翻白眼，她早就看不惯袁莱，不只是纪敖亭欣赏袁莱，一手提拔，连新来的靳燃也是对她委以重任，她自然不服气。李总出事之后，她本来以为自己可以出头，却没想到，靳燃居然提了个十八线的上来压在她头顶，她这口气咽不下去，自然鸡蛋里挑骨头，跟袁莱过不去了。

"既然许小姐不愿意负责这次裴心岛路线的采购事宜，我会立即安排人手接替，"靳燃说，"从现在开始，还有谁不愿意的，我一律放人，小菲，立即通知采购部总监派人过来，许小姐，你可以走了。"

Linda 本来也只是逞口舌之快，却没想到靳燃居然直接让她走人，这变化来得太过突然，她一时之间还没反应过来，陈小菲的电话已经打了出去，新总监派的人手冒雨立即赶了过来。Linda 有点灰头土脸地离开了会议室，会议室里又继续连轴转，继续想办法解决航班问题。

袁莱的提议得到大家的认可，可这说话容易办事难，他们跟凌鹰航空没有任何合作，人家是否买账也尚未可知，靳燃也不知道搭上哪条线，倒是跟凌鹰航空负责人约见上了，第二天一早，就带着袁莱赶去了凌鹰航空总部。

凌鹰航空的规模不算大，不过因为是私人经营，所以格外注重信誉。机舱内随时都是十分整洁，乘务人员不但个个肤白貌美，也极有礼貌，给顾客极致的感受。

接待靳燃的是凌鹰航空的老板沈总，沈总年过半百，身材非但没走形，反而保养得十分得体。一路参观下来，沈总态度谦和，没有丝毫架子，只是一提到裴心岛路线，沈总就有几分避嫌的意思。

靳燃随意找个理由打发走了袁莱，这才问起了缘由，沈总略一思索，也没打算隐瞒，"靳总初来乍到，大概还不知道地方的规矩，年轻人锐意进取是好事，但切勿操之过急，否则得不偿失啊。靳总如此聪明，就没想到飞亚航空为什么突然停止裴心岛路线？"

"我明白沈总的意思，"靳燃说，"可我更相信沈总的眼光，凌鹰航空不论是从航线还是舒适性等方面来说,都不逊色于其他航空公司,沈总难道就真的甘心永远偏安一隅,埋没贵司和自身的一腔抱负吗?"

沈总沉默了许久,眉心那一道褶子稍微舒展开了一点,他笑着说:"我很佩服靳总的眼光和魄力,我也的确很想将公司再进一步发展壮大,毕竟凌鹰航空是我一手创建起来的,这艘巨舰想要平稳前行,就得沉得住气,一口吃不成胖子,你看我这身材就知道,我是个保守谨慎近乎有点刻板的人。"

沈总和靳燃都是场面话的个中高手,虚与委蛇、利益引诱或者其他,他们都能迅速从这类言语里条缕分析地剥离出对方藏在字眼后面的中心思想。

沈总当然清楚,飞亚航空为什么突然停止裴心岛的路线,靳燃贸然出手,已经伤损到了某些人的利益,而这些人的权力大得超过靳燃的想象,又或者,他们本来就是连成一条线的利益体,牵一发动全身,谁都别想在他们身上砸开一条缝隙,而靳燃偏偏不信这个邪,换句话说,靳燃动了他们瓜分的奶酪。

"贵司这几年发展得很不错,一共开发出47条航线,飞往国内外47个城市,"靳燃话锋陡然一转,"不过从3年前开始,贵司就一直没再开发新的航线,据我所知,贵司上报的航线全部被驳回,理由不一,但有一点,想必沈总自己也很清楚,他们不会允许沈总你再继续发展,否则,你就会成为他们下一个要共同挤走的目标,对吧?"

沈总脸皮微微抽动了一下,皮笑肉不笑地盯着靳燃,就算靳燃说的都是真的,可这么直白地戳到他的痛处,他脸色自然也好看不到哪里去,对于这个后起之秀,沈总那一点仅剩的耐心似乎终于耗尽了。

"靳总既然分析得如此透彻,就该知道,国内不是国外,资本市场也是不一样的,凭你一个人想要撼动这背后整个利益链,完全是痴人说梦,"沈总板着脸,收敛起了一贯的商业笑脸,"我爱莫能助,裴心岛的线路,就请靳总另请他人吧。"

"如果我说,我有办法让沈总拿到第48条航线,甚至更多呢?"靳燃不紧不慢地说,"裴心岛这条线一旦火爆起来,我可以给你一个独家合作,任何航空公司都拿不到这条线路,并且,别说48条,只要贵司能够承受,再多的航线都不是问题,到时候沈总还怕这艘巨舰不够平稳吗?"

沈总脚步一顿,他看着靳燃,不可否认靳燃这个条件实在是太诱人,可想要走到那一步,谈何容易,一步不慎,别说今后的发展,就连现状都难以维持,但他不拼一把,又怎么甘心?

沈总十分谨慎地斟酌了一下措辞,"靳总这是要我沈某人的老命啊。"

"沈总哪里话,"靳燃一笑,"我这人从来只会雪中送炭,还请沈总仔细考虑,再给我答复。"

第 23 章 见客户

袁莱还没搞清楚怎么一回事，靳燃就已经领着她离开了凌鹰航空，她不敢问靳燃沈总到底有没有答应合作，毕竟这个时候接手这个烂摊子，压力真的不是一般大，她倒还没天真到，以为这就只是几张机票的问题。

车子很快驶入川流不息的车流之中，上海的天空，好像是被大团大团的云层压得特别低，连带着让人心情也跟着压抑了几分，袁莱到底还是没有忍住，她偷偷看了看靳燃一眼，道："靳总，沈总那边怎么说？"

"你觉得呢？"

袁莱一时语塞，好半天才谨慎地修饰好措辞："Linda 的话也不是没有道理，李总在采购部这么多年，一手掌控着多个商家的信息，他一进去，不少商家都心惊胆战，生怕他说出点什么不该说的来，这个时候，谁还敢冒这个风险？"

人脉圈子就像是一个固定的三角形，不论是哪一个角出了差错，这个三角形都会失去平衡，甚至崩塌，靳燃起初温和的态度，令李鲍勃以及他背后的人掉以轻心，却没想到靳燃一出手没有丝毫留情。这个结果，间接导致商家噤若寒蝉，毕竟这烫手的钱会咬人，危急关头，他们只能断尾保命，既撇清楚自己跟李鲍勃的关系，也给靳燃一个下马威。

袁莱也不是刚入社会的愣头青，心里只有黑白是非，飞亚航空的单子，当初的确是李鲍勃亲自去谈妥的，先不说这背后有多少猫腻，现在飞亚航空只认李鲍勃，已经是对靳燃明显的不满了。

"你也跟他们一样，觉得我是过河拆桥，新官上任三把火，故意为难鲍勃？"靳燃眼角余光瞥了袁莱一眼，"还是说，是故意跟纪敖亭作对？"

纪敖亭，非途旅行这棵大树扎在最深处的根，盘根错节，枝繁叶茂。不论是动摇哪里，都能牵扯到纪敖亭身上来，有时候，他的话甚至比 Vincent 还要管用，不少供应商都只跟他合作。他功高震主，却又从不跟 Vincent 对着干。Vincent 有火发不出，只能找来靳燃压制纪敖亭。

天下熙熙，皆为利来；天下攘攘，皆为利往。

"不是，"袁莱说，"我只是不明白，你为什么要来蹚这个浑水。"

靳燃避重就轻，"我从小在这片土地上长大，外面不是我的家。我迟早是会回来这里的，非途旅行只是我的第一步。"

当然，他没说，他是为了袁莱才回来这片故土，有袁莱在的地方，才能称之为家。异国他乡再前途无量，他总觉得自己只是一个异乡人，在漫长寒夜里，无数次遥望着同一个方向，想念冰天雪地里能破开冰雪的那一抹如花笑靥。

袁莱还没来得及说话，赵承志的电话就打来了。赵大律师最近被沈徒弟烦得要死，今天好不容易找到借口，打发沈双双去会见当事人，末了再打个报告给他，否则，就别回去见他，一腾挪出这个空当，他就迫不及待地来献殷勤了。

"莱莱，老头子正好从外地回来，带了点土特产，托我给你送过来，你在哪儿呢？"赵承志坐在车子里，所谓土特产，其实就是他老父亲带回来的板鸭，也没托他送，赵大律师假公济私，争着过来献殷勤。

板鸭的味道透过包装袋，在狭小的空间里扩散开来，赵大律师矜持地咽了下口水，后半句一起吃饭的话卡在喉咙边，等着袁莱的回答。

"我在外面办事，已经在回来路上了，你要是忙的话，就把东西放在前台，"袁莱说，"Jess你认识的，她今天当班。"

"没事儿，我今天正好没事，小沈去见当事人去了，等她打个报告回来就行了，我就在你们公司楼下等你。"赵大律师十分贴心地说。

袁莱倒也没再说什么，赵家出品的土特产，她一年12个月基本上每个月都要收一次，也是没办法，赵承志的父亲是东方大学法律系教授，全国各地的讲座都排到大后年去了。就算难得在上海，也有不少学生捎带着土特产来看这位昔日的恩师。赵家就他们父子两个，土特产真的吃也吃不完，附近邻居、三亲六戚能送的都送，赵建国都快成"散产童子"了。

"暂时不回公司，还要去见一个客户。"靳燃冷不丁地说了一句。

袁莱一愣，"见什么客户？"

之前的行程单上可没另外的安排，再过几天就是裴心岛路线出发的日子了，小组已经先安排了人过去那边确认线路，大家都忙得热火朝天，怎么她突然觉得靳总有点旁生枝节。

"到了你就知道了。"靳燃说。

袁莱也是无语，她刚在电话里跟赵承志说在回去的路上了，这会儿又要去见客户，靳总怎么看都像是在因私废公，故意刁难她啊，袁莱没办法，只好先给赵承志发了条微信过去，让他不要在公司等，她这临时有状况，不知道什么时候回去。

赵承志早已经习惯了袁莱的各种临时状况，也没多想，直到沈双双夺命连环call打过来，他这才把土特产放在前台，灰头土脸地赶回了事务所。一进大门，当事人就红着眼睛冲了出来，"赵律师，你们怎么回事？我是受害人，是我请你们打官司，你们怎么……怎么能这么侮辱我！"

当事人是一个三十出头的青年，一身西装革履，是一家小公司的老板，也是这次经济纠纷的被告，事情的始末，也就是一出豪门恩怨引发的。当事人是个私生子，父亲大概是知道他的存在，却一直不敢认，没想到这老父亲突发车祸，当场身亡，律师那边翻出来的遗嘱里，有一部分财产是留给这位当事人的，可原告家属觉得这亲子鉴定是伪造，认为当事人没有遗产继承资格，当事人也无心争夺财产，只是原告不依不饶，非要闹上法庭，当事人这才不得已聘请了律师。

赵承志被劈头盖脸地诘责，还没反应过来怎么回事，沈双双不知死活地冲了过来，"不是，凌先生，我不是这个意思，我也不是质疑你的身份，更不是看不起你母亲的意思，只不过这是例行询问，我……师父，我真的没这个意思。"

赵承志额头迸出两条青筋，不用问就知道是怎么回事，他无语地揉了揉眉心，叫人先把沈双双拉开，这才请当事人单独去了他办公室。好言宽慰了半天，凌先生的怒火总算是消下去几分。

"赵律师，我相信你们事务所才请的你们，周家的财产我本来也没想要，是他们不依不饶，还侮辱我母亲和我，"凌先生坐在沙发上，手指死死扣着膝盖，双眼从眼皮红到了眼珠，"我一分钱都不要，但这官司我一定要赢，我要他们周家给我和我母亲道歉！"

在这个物欲横流的现实世界里，有多少人为了钱财钩心斗角杀人越货，这么清新脱俗不要钱的人，还真的不多。赵承志也是第一次碰到这样的委托人，不免动了恻隐之心，他拍了拍凌先生的肩膀，"凌先生，你放心，从现在有的这些证据来说，这官司的赢面很大的，而且，从法律角度来说，私生子享有同等的继承权，我知道你不想要周家的钱，可这本来是属于你的，你没必要推辞，至于这笔钱拿来做什么，若是凌先生有心，西北边区还有很多孩子无家可归、无学可上，凌先生不妨关注一下。当然，我这也只是一个建议，怎么处理，是凌先生自己的事情。"

"好，"凌先生思索了片刻，"只要能打赢这场官司，不论拿到多少钱，我一分钱都不要，把它捐赠给有需要的人，谢谢赵律师。"

赵承志点点头，"凌先生如果真的要这么做，我倒是先替那些贫困儿童谢谢凌先生了。"

凌先生满腔怒火而来，最后心满意足而归，赵承志亲自把人送走了，这才把沈双双叫进办公室，沈双双自觉没做错事，杵在赵承志办公桌前，不知道赵承志板着脸是给谁看的。

"小沈，"赵承志连着抽了几支烟，这才敲了敲桌子，"你大学到底是怎么毕业的？考执照的时候是怎么过关的？我们当律师的，做事情不能想当然，你要是连这个自觉都没有，我劝你还是趁早回去，省得到时候出去丢我的脸。"

"我有什么错？"沈双双满腹委屈，"如果不是凌家成他妈妈私生活不检点，怎么会怀上私生子，生下他来？有因必有果，师父难道不觉得原告一家才是最可怜的吗？丈夫出轨，死后私生子还要来分一笔遗产，你不觉得这样对原告一家太不公平了吗？"

赵承志气得差点背过去，这个逆子，真是想气死他啊，这都什么逻辑，虽然他早就领教过沈双双这个逻辑鬼才，可他还是没料到，沈双双居然能够如此扭转是非黑白。

第 24 章　吃一堑，长一智

"你去把卷宗拿过来！"赵承志按了按突突直跳的太阳穴，把怒火强压了回去。

沈双双不服气，去把凌家成这案子的卷宗拿了过来，赵承志喝了一大口浓茶，这才指了指卷宗："你翻到第 36 页，第三段，先看清楚了再回答我。"

沈双双依照他的话，翻开卷宗找到第 36 页的那一段，这些只言片语形成的初步报告内容实在是太烦琐，她没能每一页都挨着看，又或者，她心思也根本不在这个案子上，先入为主的就为这个案子定了性：一个不知廉耻的女人，跟有钱人家的有妇之夫勾搭成奸，之后有了孩子，本来就该在阴沟里过一辈子，根本没资格去分人家的遗产。

沈双双生长在富人圈子里，这种私生子争夺遗产的戏码实在是太多，谁人不是腆着个老脸，满脸笑容下蛰伏着蛇蝎心肠，所以，她本能的认为这案子原告才是苦主，被告就是个见不得光的私生子。

几页纸看下来，沈双双额头上已经钻出一层白毛汗，她没想到这种故事也可以峰回路转，原告声称结发原配，却是强扭来的一桩姻缘，不但硬生生摧毁了一对真心爱人，还恶人先告状，把苦主告上了法庭，沈双双一时之间竟然不知道该说什么，只能茫然地盯着卷宗，手心里都沁出了一层细汗。

"干我们这一行的，最忌讳的就是先入为主，"赵承志拿过卷宗，重新阖上，口吻接近他老子上课的时候训斥学生，"你要知道，有时候有些事情就算是法律也解决不了，如果当初凌家成的母亲不肯放弃，她是不是也可以去法院起诉？别说三十几年前的法院不会管这种感情纠纷，就算现在你去法院，他也不会受理，法律管不住你要跟谁在一起跟谁结婚，可现实能，我们没权武断地评判他人的对错，我们只能遵从法律途径去为当事人追寻他应有的权利。"

"师父……"

赵承志摆了摆手，一脸的恨铁不成钢，摇了摇头，"小沈，你也是从东大法律系毕业的高才生，你不是菜市场的三姑六婆，被市井八卦牵着鼻子走，你应该从客观的角度去对待当事人，有时候有些当事人的确身世凄惨走投无路，他们很值得同情，可他触犯了法律界限，就是不能帮；有些当事人的确罪大恶极，可他没越过那条界限，哪怕他是个十恶不赦的人，我们也得遵照法律，替他争取应有的权利，如果你连这些最基本的都不能接受，我劝你还是趁早离开事务所，另谋高就吧。"

"师父，我错了。"沈双双眼圈红成一片，估计赵承志再说下去，她就要哭了。

第24章　吃一堑，长一智

赵承志无奈叹了口气，揉了揉眉心，"算了，吃一堑长一智，我希望你下次不要再犯同样的错误，更不要把你的主观推断当成事实，否则，谁也教不了你。"

"我知道啦，"沈双双比出两根手指，"我对天发誓，以后一定跟师父好好学习，天天向上！为了表示歉意，晚上我请师父吃饭，好吗？"

赵承志："……我拒绝。"

他天天被沈双双下午茶消夜地喂，最近腰都圆了一圈，人上了年纪，已经比不得那些小鲜肉，天天胡吃海塞还能瘦出八块腹肌，步入中年的标志，除了秃顶大概就是发福了。然而，他的拒绝抗议并没有什么实际效果，一下班就被沈双双拖走了，赵承志心想，再这么下去，他大概真的要光棍一辈子了。

袁莱被靳燃领到高尔夫球场，连球杆都不会握的袁莱，默默站在一旁当人形立牌，实力表演了什么叫尴尬。听着靳燃跟星城航空的老板白总山南海北地换着话题聊天，不知道自己来这的意义到底是什么。

听了半天，袁莱总算是听明白了靳燃的来意，虽说靳燃是想跟凌鹰航空合作，但凌鹰航空也不是唯一的选择，星城航空实力与凌鹰航空不相上下，这位白总，也是个手眼通天的人物，就算不能合作，能结交混个脸熟，也没什么坏处。

打完球，靳燃主动邀请白总吃饭，白总委婉拒绝，领着自己身材火辣的秘书走了，袁莱站得都快僵硬的身体总算是能活动一下了，她刚伸展了一下筋骨，就见靳燃接了个电话，说了几句之后，靳燃挂了电话，扭头看向袁莱："袁经理，回去准备合同吧，沈总已经答应跟我们签独家。"

袁莱一喜，"真的？真是太好了！这样一来，我们的线路就没任何问题了，这次开发案，也算是顺利进行了。"

靳燃倒没她这么乐观，一条新开发出来的路线，如果没有外力所阻，也会碰到一些磕磕绊绊，更何况，这背后还不知道有多少双眼睛在盯着。可是此刻看到袁莱发自内心的笑容，他到了嘴边的话又咽了回去。

"走吧，我请你吃饭。"靳燃将球杆放回去，笑着说道。

"好啊，不过地点由我来选。"

"嗯。"

都说不是冤家不聚头，袁莱也没想到，她精挑细选了半天，居然会跟赵承志和沈双双他们在同一家中餐馆碰到，赵承志先是跟间谍身份被暴露一样做贼心虚，接着看到袁莱身后的靳燃，脸色唰的一下黑了下来。

"靳燃！你这是什么意思？我警告你，你给我离莱莱远点！"赵承志一把掀开椅子，怒火中烧，恨不得上去废了靳燃。

靳燃好整以暇地看了他一眼，不知道哪来的恶趣味，往气死赵承志这个情敌的道路上狂奔，慢条斯理地扯出一点笑容，说："赵律师可能还不知道，莱莱现在是我助手，哦，对了，我还住在她家对门，赵律师有意见吗？"

赵承志怒瞪着靳燃，"你说什么？你个王八蛋！"

平常一副温良谦恭让的赵大律师，被靳燃三两句撩拨，从温良小白兔瞬间化身大灰狼，袁莱无语地看着两人，板着脸，"你们闹够了没有？全都给我坐下！"

"莱莱！你居然还护着这个王八蛋！"赵承志眼珠子都红了，恨不得把靳燃生吞活剥了。

然而，某个"贱人"却依旧维持着风度翩翩，往一旁椅子上一坐，不忘火上添油地补充一句："对了，听说你事务所新来的实习生在追你，想必就是这位小学妹了吧？"

赵承志额头青筋暴起，声音出离了愤怒，"靳燃，你少胡说八道！小沈只是过来实习的，什么追不追的，小姑娘连爱是什么都不知道，你少往我头上泼脏水，莱莱，你千万不要听这个贱人胡说八道，我不是，我没有……"

袁莱有点同情地看了沈双双一眼，沈双双坐在椅子上，再厚的脸皮此刻也有点架不住赵承志这几句无异于诛心的话了。

赵承志刚才被靳燃一激，说话也没个遮拦。这会儿绕地球转了一圈的神智终于落回身体里，想要说点什么，可嘴唇轻轻嚅动了几下，竟然一个字都没说出口。

袁莱一脸焦头烂额的神情，把赵承志拎到靳燃身边坐下，她在沈双双身边坐下来，握住沈双双凉透了的小手，"沈小姐，你不要听老赵胡说八道，他这人就是这样，冲动的时候颠三倒四的，你别往心里去啊。"

冲动的时候，沈双双奇迹般地捕捉到这几个关键的字，她认识赵承志的时间并不算长，可算下来也并不短，比萍水相逢要多一点，好像也不能勉强算成朋友，她更不敢自作多情地把自己规划在赵承志的圈子里。可她认识赵承志以来，赵承志随时都保持着睿智沉稳的大律师形象，好像有他在，天塌下来也就屁大点事，她没见过赵承志为谁发过火，哪怕是被她缠得无计可施，哪怕是她像今天一样犯了错，也没见赵承志这样过，他就像是已经修炼到家的高僧，四大皆空，不以物喜不以己悲。

可事实上，他不是，只是他的冲动怒火，都是为了另一个人而已。

"我不会，"沈双双有点艰难地找回自己的声音，"你叫我双双就好了。"

袁莱拍了拍沈双双的手，又奚落了赵承志几句，赵承志夹着尾巴听着，也不敢反驳，一顿饭吃得各怀鬼胎，食不知味。好不容易撑到最后，袁莱主动叫赵承志送沈双双回去，赵承志欲言又止，最后只好顺从地去送人。

"你也是，"袁莱忍不住数落，"老赵什么脾气你还不清楚？你干吗去惹他，没见刚才双双脸色都变了？人家小姑娘多不容易啊，也就老赵这种木头能无动于衷，真是活该他单身这么多年。"

"袁大小姐教训得是，小的受教了，今后再也不敢了。"

第 25 章　赌

才受过训的靳总，很显然并没有完全把袁莱的教育放在心上，因为他前脚刚到家，后脚赵承志的电话就打了进来。情敌有约，靳总也不认怂，当即下楼把车当飞机开，一路飙去了东方大学操场。

夜深人静，周边宿舍都亮着灯，东大作息严格，11 点之后男女宿舍都要锁大门，所以这个时间段，操场里没别的人，偶尔有几只流浪猫追着老鼠跑过，倒成了一道特别的风景。赵承志先到，坐在观众台上，也不知道是在想事情，还是在单纯地欣赏东方大学的夜景。

他们几个都是东方大学的学生，当年靳燃和他还有丁昂，都是学校的风云人物，迷恋他们的小学妹排起来都能绕操场几十圈了，大概是命中注定，他和靳燃居然都喜欢上了袁莱，然而他的欢喜还没能宣之于口，袁莱就成了靳燃的女朋友。他还能怎么办，只能把自己的欢喜藏起来，独自在角落里把这深不见底的伤口一点一点缝合，并且连这伤口都不敢大白于天下。

赵承志正回首往事，当年的峥嵘岁月刚显露出冰山一角，靳燃就到了。他一身黑色风衣，脚下踩着步调一致的步伐，不紧不慢地朝着赵承志走了过去，赵承志看着靳燃，现在的靳燃，已经褪去了当年残留的一点稚嫩，彻底脱胎换骨，被岁月和风霜雕刻成了另一个模样，他身上好像全然找不到当年的影子，却又好像一直都是当年那个靳燃。

"大学毕业之后，我偶尔也会回来这里，"赵承志说，目光像是洞穿时间和空间，回到当年，"这地方我从小看来，却从来都没觉得它有什么不一样，自从遇见莱莱，才忽然觉得，原来一朵花可以开得那么好看，一滴晨露可以那么迷人，连路沿边的白线好像都变得与众不同……后来我才知道，并不是因为这些变了，而是我自己变了。我从来都没跟你说过，我看见莱莱的第一眼，就喜欢她了。"

"我知道，"靳燃趴在观众台的护栏上，修长的手指随意地搭在栏杆上，"用句很俗气的台词，眼神是骗不了人的，你看莱莱的眼神，和看其他人都不一样，我看得出来。"

赵承志有短暂的失语，本来以为自己一个人才知道的秘密，居然他早已看透。他点了支烟，连抽了几口，这才缓缓地抬起头看着靳燃，"我现在，应该打你一顿，哪怕是把你打残了，抓我进去蹲几天，我都不后悔。"

"那你为什么不动手？"

"靳燃，你跟我说一句实话，"赵承志摁灭了烟头，沙哑的声音缓缓地响起，"当初你去日本不是跟人合作的吗，你知不知道，莱莱当年去日本找过你，你是不是……是不是欺负了莱莱。还是说，你已经有了新欢，不然为什么她一回来就要跟你分手。"

"你说什么？"靳燃舔了一下嘴唇，依稀有什么东西从他胸口刮过，他有点艰难地再问了一遍，"你刚才说什么？莱莱她什么时候去过日本？"

"五年前的冬天，"赵承志永远都忘不了那个冬天，即使相隔了五年，但他还是精确地记得每一件事，甚至他从机场接回袁莱的时候，袁莱先迈开的哪条腿他都记得，"那个时候，你创业的公司正好跟那边的人有合作，你去了日本，小半年都没回来。莱莱想你，就托丁昂帮忙查了一下你的地址，然后不远万里地去找你，你不知道？"

五年前的冬天……

那个冬天对他来说，是他人生中最漫长的一个寒冬，他创业的公司跟日本当地一个华裔公司有合作，他满心期待地过去，最后却被人摆了一道，不但血本无归，还被牵涉进一件非法集资的官司里。那个时候，如果不是顾飒帮了他一把，他可能现在还流落在外，前途未卜。

他不知道袁莱去找过他，更不知道，他被保释出来那天夜里，在顾家大门前突然间的心悸不是错觉。

原来如此。

难怪袁莱会突然提出分手，难怪这五年，袁莱从不跟他联络，当初连一个解释的机会都没给他，让他们就这样平白错过了五年，让他从当初那个青涩少年，铸成一身铜皮铁骨。可不论他怎么变，他的心意从来都没变过。

归根到底，还是怪命运这双翻云覆雨的手。

"我不知道，"靳燃的声音仿佛是从嗓子眼硬挤出来的，"我当时处境不怎么好，被人骗了，四处忙着打官司……我不知道她来找过我……"

赵承志一愣，他幻想过千百个理由，却没想到会是这样的，从前幻想的靳燃渣男、忘恩负义、白眼狼的形象，顷刻间分崩离析。从中滋生出的理所应当，也变得名不正言不顺了，他一时之间不知过该做出什么样的反应，只好扳正了身子，茫然地坐在那里。

他也明白，靳燃有他的骄傲，他孤注一掷地东渡重洋，不但没能功成名就，反倒缠上一身官司，以靳燃的高傲，他绝不会转头寻求帮助。假如不是袁莱误解，非缠着要个解释，或许连靳燃自己都不知道，自己会做出怎样过激的行为。好似冥冥中有一根线，牵引着他们各自走向两端，却又在半道上绕了一个圈，重新回到了起点。

"那个时候，你为什么不跟我们联系，跟我们说？"赵承志说，"这么多年兄弟，都是白当的吗？我还……还以为你变心了，所以才会……"

"这些年，谢谢你替我照顾莱莱，现在我们都是一样，谁也没跟莱莱在一起，"靳燃侧过头，眼睛里仿佛藏着万千星辰，"既然我们是兄弟，当初你让了

第25章 赌

我一次,我也算是让了你一次,从现在开始,我们公平追求莱莱,不论谁追到她,另一个都要祝福。"

赵承志失笑,他知道这个赌局他永远赢不了,如果袁莱知道自己当初误解了靳燃,她会毫不犹豫地回到靳燃身边,这两个人,硬生生错开了五年,如今久别重逢,余情未了;而他,这些年从头到尾仿佛都是一个局外人。

"好,"赵承志伸出手掌,"我跟你打这个赌,就当是还欠你的。"

靳燃转过身,伸出手掌,跟赵承志重重一握,盘旋在他心口多年的死结,终于被打开了一个口,让他窥见一点真相的形迹。

"对了,"靳燃背靠着栏杆,"说句真心话,沈双双真的是个不错的姑娘,你对她也别过于严苛了。这世道,能碰见一个不求回报,一门心思喜欢一个的已经不多了……"

"滚!"赵承志咬牙切齿,"她这么好,你怎么不去喜欢?"他觉得靳燃这个贱人就算换了一层皮,也果然还是一如既往地欠揍!

双方今夜这一场世纪会晤,以赵承志败走麦城结束。赵大律师把车开到袁莱家楼下,车上能抽的烟都抽完了,身上满是呛人的烟味,俨然一颗行走的烟幕弹,才无奈地开车走人,自己能心安理得死不要脸地追求袁莱的日子,已经在今夜悄无声息地画上了句号。

与此同时,上海某个不夜城的会所里,沈双双拉着死党李晓彤,还有一帮子闲得发慌的富二代,在包厢里吼得嗓子都哑了。她依旧不想停下来,不管是谁敬的酒都喝,谁点的歌都唱,颇有一点麦霸的架势,霸占着 C 位,唱最难听的情歌。

读书的时候她就喜欢在外头浪,对他们这些富二代来说,出入的是星级酒店,开的是奔驰宝马,不走寻常路才是他们人生的基调,最后门当户对地找个同款富二代结婚,就算没奔着感情去,至少也不会穷困潦倒,在别人羡慕又嫉妒的仰视里,不痛不痒地度过一生。这才是她的生活,跟那些没日没夜加班赚几个血汗钱,连个首付都要东拼西凑的工薪阶层根本不是一个世界的。

为了追求赵承志,她硬生生把自己从既定的人生里拉出来,忘了自己是个人人捧着的富二代,她想当一回七仙女,却没想到,她遇见的不是自己命定的那个董永。

富二代们都喝趴下了,歪七扭八地横在沙发上,偌大的包厢里,就只剩下她一个人还握着话筒,默默地唱着十分应景的歌曲——《你怎么舍得我难过》。

唱了一遍又一遍,嗓子都快冒烟了,眼角不知道什么时候沾了一点泪,她抬手擦干净,转身把话筒扔进酒杯里,出了包厢。当她孤独地走出会所时,天已经亮了。她上了车,突然有点茫然,不知道自己该往哪里去。

第 26 章　赶鸭子上架

转眼就到了非途旅行第一批客人去裴心岛试游的日子，袁莱一早准备好了行李，正准备去公司统一乘车去机场。刚从电梯出来，她就接到陈小菲的电话，问她怎么迟到了，旅客都准备进闸口了，怎么她还没到。

"机票不是 10 点半的吗？约定的时间不是……"

"什么 10 点半？是 8 点半啊！Linda 没跟你说吗，时间是定在 8 点半的呀！莱姐，这什么情况？"

后面的话，袁莱不用再问了，上次小组会议上，她跟 Linda 吵架的事情也不是什么秘密，可她没想到，Linda 居然这么大胆，敢这么明目张胆地阴她，现在旅客们都准备进闸口了，她就算赶过去也来不及了。

"小菲，你先跟进一下，确保每一位旅客都顺利登机，之后我们再联络。"袁莱立即做出计划调整，"我马上改签下一班飞机过来。到了裴心岛之后，先安排他们入住，我看了今天下午的行程，是关上日落沙滩，如果我 3 点之前还没赶到，你跟当地跟进的导游接洽，不用等我。"

"可是，莱姐，"陈小菲都要哭了，她一直都待在公司负责后勤工作，根本没有带客的经验，眼下赶鸭子上架，她完全六神无主，"这种事我也没干过，万一他们凶我怎么办？莱姐，我……我怕我不行啊。"

"别怕，你行的，我马上把注意事项发给你，你按照这上面的注意事项，一条一条来。别着急，现在距起飞还有半个小时，小菲，相信你自己，没问题的。"

她一边劝，一边腾出手从随身的电脑包里翻找笔记本，这时，一只大手伸了过来，取走了她手里的电话。她连忙抬起头，却见靳燃一手提着行李箱，不知道什么时候站在她身后。

靳燃拿着电话跟陈小菲交代了几句，袁莱已经找到了小本本，一边拍照给陈小菲发了过去，一边耐心引导。靳燃叫的车已经到了，两人上了车。直到处理好陈小菲那边的事情，袁莱才松了口气，"靳总，你怎么也还没走？"

Linda 敢瞒她时间，定然不敢瞒靳燃，靳燃怎么会也还在这里？还是说，Linda 他们胆大包天，连靳燃都一起骗了。

"我在等你，"靳燃看了一眼时间，"最近一班去裴心岛的班机，是 11 点过 5 分，我已经叫小丁安排了，你现在给我解释一下，为什么迟到。"

"不管你信不信，Linda 给我的内部邮件，时间是 10 点 30 分，"袁莱说，"内部邮件我现在就可以打开给你看，不过，我猜 Linda 一定会解释是她输入错误，所以，靳总要秉公处理的话，我也没有怨言。"

第26章 赶鸭子上架

大意失荆州，她没料到 Linda 会在这个时候公报私仇。她很清楚，凭 Linda 一己之力不敢这样为难她，可她背后的人会是谁呢？

"我说过不信你吗？"靳燃揉了揉眉心，修长的手指在对话框上不知道输入几行什么字，然后说，"我刚才已经跟采购部发过邮件了，我回来之前，要收到采购部的解决方案，否则，采购部的人全部离职，一个不留。我不允许有人在我面前使小动作，尤其是危害公司利益，绝不姑息。"

"你的意思是……"

"Linda 进入公司的时间比你还要长，一直都是鲍勃的得力干将，"靳燃说，"这些年在采购部一直不上不下，你觉得是为了什么？"

"采购部之前都是李总一手遮天，"袁莱尾音一顿，"本来李总进去了之后，采购部总监的位置，应该由 Linda 接上，但你提了一个底层员工，Linda 心里必定是有怨气的。"

"你只说对了一半，"靳燃靠在座椅上，目光似有若无地从袁莱身上扫过，"你以为 Linda 在小组会上为鲍勃出头，就是鲍勃的心腹了？"

"难道不是吗？公司上下，谁不知道 Linda 是李总的心腹，否则，Linda 也不可能在采购部有那么大势力。"

"Linda 一心想要鲍勃的位置，换作是你，你不会防着一个随时都可能取你代之的手下吗？"靳燃摇了摇头，"鲍勃也一直在打压 Linda，可她又不得不倚重 Linda，鲍勃出事之后，我曾经提议升任 Linda 为采购部总监，纪总当场驳回，你知道是为什么吗？"

"不知道。"

"你刚才已经提到了，Linda 在采购部实力不俗，而采购部一直都是公司的肥缺，鲍勃虽然倒台，可是，"靳燃话锋一转，"如果直接升任 Linda，纪总未必能在短时间内收服她，任何可能会左右局面的情况，纪总都不会纵容，相反，换一个没有什么根基的新人上去，他才更容易掌控。同样地，Linda 没有升任采购部总监，她的矛头不会指向纪总，只会认为是我存心为难她。所以，之前小组会议上，她才会借着鲍勃发难。只是她没想到，我会直接把她踢出局。"

袁莱闻言，沉默了下来。她知道纪敖亭不是善类，却也没把纪敖亭想得那么不堪。这名利场里，又有谁是干净的？只有他们这些拼死拼活挣业绩的小喽啰。

"那你呢？"袁莱垂下双眸，搜肠刮肚了半天，"你在这其中，扮演什么样的角色，或者说……靳燃，你是一个怎样的人？"

她发现她现在越来越看不透靳燃，过去的靳燃，就像是一张纯净的白纸，而现在，连她都不知道这白纸上，到底沾染了怎样的颜色，她甚至没办法单一地评论他到底是好是坏。靳燃归国之后，关于他的流言甚嚣尘上，尤其是那两个教科书式的收购案，她无法控制地去搜索过，八卦和流言总是带着某些阴谋的色彩，一点一点地撞进她的心。

她没天真到沉浸在自己的幻想里，她只是想，她喜欢的人还保留着多少本心，哪怕做不到百毒不侵，至少也不要变得面目全非。

"非途旅行在上海成立分公司之日起，Vincent 就从总部调了过来，随着公司的变迁和发展，原本老一套的经营模式已经无法再带给非途旅行更大的进步和发展，"靳燃起了一个很长的调，"如你所见，Vincent 已经不能实际掌控整个非途旅行，非途旅行一大半的实权，都掌握在纪敖亭手中。三个月前，Vincent 亲自到日本，邀请我加盟非途旅行，改变目前这种现状。从某种程度上来说，Vincent 只是想通过我的手拿回控制权，这是其一。他一心想回到总部，然后以总部管理层的身份退下来，这是其二。所以，Vincent 在给我权力的时候，也会在暗中挑拨我跟纪敖亭之间的关系，而他从中坐收渔利，成为那个最大的赢家，这是我目前权限之内，能跟你说的全部内容。"

Vincent 从一开始就心怀鬼胎，他只是想借着靳燃的手，达到自己的目的，所以，他不会眼睁睁地看着靳燃压倒纪敖亭，他不想亲手养出了第二条贪狼。他已经走错了一次，所以，不会再错第二次。

袁莱没有再问下去，她无法想象，那些平日里和善的面具下，藏着一张张怎样深沉的脸。

纪敖亭是她上司，相处几年，她还算有点心理准备，可还是低估了纪敖亭，低估了这些利益链里，人心的深不可测。

至于 Vincent，她平日里没机会得见那总是缩在办公室里泡茶、看文件的幕后大 BOSS。别人大概听到这些信息时，都觉得无比震惊。她也不是没有，可更多的是，她想知道靳燃为什么要跳进来。

既然他早就知道 Vincent 给他挖了一个坑，为什么还要跳进来？基于她对靳燃的认知，这位爷脑子既不残，智商也在线，他为什么要这么为难自己。

"如果我说我是为了你，你相信吗？"

她想起他的这句话，有那么一瞬间几乎控制不住自己，想把当年的疑问全都问出口，可这个想法稍纵即逝。

"靳燃……"袁莱有点艰难地说，"对不起，我刚才不该那么问你。"

靳燃想要说什么，可又被硬生生地吞了回去，司机刚好把车停下来。机场已经到了。

第27章　调令

裴心岛是一个没被城市浸染的世外桃源，山高路远，风轻云淡，日落时分的沙滩，一望无际的大海，浪花滔滔，抬眼望去，如梦如幻，让人生出一种人生也不过如此的感觉，连脚下的步子都不由得慢了下来。

袁莱和靳燃在日落之前抵达裴心岛，陈小菲已经带着游客先去看落日了，看完落日之后，还准备了一些节目，如沙滩烧烤、乡村KTV，还有一场露天电影，是经典的《泰坦尼克号》。

夕阳的余晖洒下最后一点金黄，红透了半边天，又一点一点地散去。夜色袭来，袁莱光着脚丫站在沙滩上，看着逐渐西沉的太阳发呆。靳燃跟人交涉了片刻，一眼瞥见袁莱，被一片柔和金色的光线包裹，唇角不经意地勾起了一点弧度。

他一向西装革履，连头发都梳理得一丝不苟，此刻却脱下脚上的皮鞋，挽起裤腿，赤脚走在沙滩上。

"明天早晨有一个神秘体验项目，"靳燃与袁莱并肩而立，目光远眺，看着一望无际的海平面，"7点出发，还有……"

他话音一顿，抬手替袁莱将风吹散的发丝，轻轻地拢到耳后，嘴角的笑意加深了几分，"明天晚上，我们有接待活动，你到时候跟我一起出席。"

袁莱略微抬起眼睛，漆黑的瞳仁里满是疑惑，"什么接待？我们不是初次体验吗？还有什么贵宾要到吗？"

"明天你就知道了。"

靳燃没再说话，只是陪袁莱站在那里，仿佛要把时间站个天长地久、并肩白头。

裴心岛的酒店并不多，非途旅行订的是本地唯一的星级酒店，袁莱他们没料到，采购部在订房间的时候，居然漏了一间，分配给了客人之后，陈小菲和当地导游挤一个单间，还剩下一个套房，是专门给靳燃订的。袁莱处境尴尬，前台预订的名单上没她名字，要么在陈小菲她们单间里加床，要么……跟靳燃挤一间。

单间的面积其实不算小，勉强挪一下桌椅，也能加进一张床，袁莱只好叫工作人员加床，却被靳燃拽走了。

"靳总，你干什么？"袁莱无奈，不加床，难道是想让她今晚睡大街么？实在不行，她去外面找民宿也可以。

靳燃默不作声，把人拉到自己住的那间套房，丢在沙发上，说："明天一早就要出发，接下来几天大家都很忙，小菲她们需要好好休息，你就住这里。"

袁莱："我可以拒绝吗？这附近有民宿，现在过去，应该还有房间……"

靳燃随手扯松领带，慢条斯理地取下来，搭在沙发上，"怎么？还怕我对你做什么吗？你放心，我们是出来公干的，我不会公私不分……再说了，袁经理这身材要什么没什么，我确实没什么兴趣。"

袁莱一下窘住了，她低头看了一眼自己确实不怎么傲人的胸，咬牙切齿，"什么叫我这身材要什么没什么！这什么，xi-yi-ong 胸！看见没？你什么狗眼，瞎了吧？劝你去看一看眼科！"

靳燃已经脱下西服外套，解开两粒衬衣纽扣，露出一对漂亮的锁骨，胸口一点肌肤也是若隐若现。

袁莱咽了下口水，眼睛不听使唤地瞥了眼靳燃胸口那一片似有还无的春光。靳燃轻轻一笑，恶作剧地往下解着纽扣。

"好看么？"靳燃突然说，唇角擎着一点不怀好意的笑意，"还以为袁经理是正人君子，没想到，也是这样觊觎他人啊……擦擦口水，都流出来了。"

袁莱赶忙挪开视线，强词夺理地说："谁说我不是正人君子了，你没听说过，看的不是流氓，脱的才是流氓吗？靳总，您这也太不检点了，真是的！我要去洗个眼睛，太辣了。"

靳燃也不反驳，只看着她狼狈地冲进洗手间。

桌上的手机忽然响了起来。靳燃看了一眼手机，眉头略微拧了拧，旋即走到阳台接了起来。

"Daddy，你什么时候回来啊，宝宝和 Mammy 想你。"

靳燃略微低垂下眉眼，一只手随意搭在栏杆上，连轮廓都柔和了下来，"乖，Daddy 在国内忙公事，等忙完了就回来看你，好吗？"

"好，那 Daddy 你要尽快忙完回来哦，昨天数学大赛，宝宝还拿奖了哦。"

"是吗？Alex 乖，想要什么奖励，Daddy 让 Coco 阿姨明天给你送过来。"Coco 是他在日本的助理，这次回国之后，他在日本的一切事宜，都暂由 Coco 代为处理，必要时再跟他请示。

"宝宝什么都不要，宝宝就要 Daddy。"

靳燃抬手揉了揉眉心，"Daddy 答应你，一有空就回来好吗？Mammy 呢？"

电话里传来一阵细碎的脚步声，片刻后，手机里响起温和的女声，"Martin，抱歉，Alex 又胡闹了，没打扰你吧？"

"没有，Alex 一向很乖，我这次又走得很突然，给你们添麻烦了。"

"你我之间，不必如此客气，对了，你在那边还习惯吧？毕竟好几年没回去了。"

"这是我的家，"靳燃说，"我迟早会回到这里，这几年，承蒙照顾，靳燃没齿难忘。"

"这是自然，毕竟上海才是你的根。你放心，花姨那边我会替你照看着，

第27章 调令

还有……之前没跟你说，秦总有意邀我入局，从投资角度来说，这是一个不错的项目，所以，我已经答应秦总的邀约，成为非途旅行的股东之一。Martin，你不会怪我事先没跟你商量吧？"

"顾总言重了，你是独立投资人，投资任何项目，不用事先跟我商量，我也会尊重你的任何决定。"

"那就好，好了，你先忙吧，Alex 该睡觉了，晚安。"

"晚安。"

挂断电话，靳燃趴在栏杆上，陷入了沉思，之前 Vincent 提到过顾飒成为非途旅行股东的事情。如果这只是一个单纯的投资，从长远发展来看，的确是一个不错的项目，非途旅行如同一艘扬帆启航的巨舰，投资非途旅行无可厚非，可为什么偏偏在他入主非途旅行上海分公司之后呢！

"靳总？"

袁莱的声音把他的思绪拽了回来。靳燃敛了敛心神回到房间。袁莱将面前的电脑推了推，"公司刚发的通告看了没？"

"什么？"靳燃心头没来由地一跳，随口问道。

"总部已经下了调令，要调 Vincent 回总部，新的负责人人选还没公布，"袁莱托着下巴，若有所思，"你刚加盟非途，裴心岛的开发案也才刚刚起步，总部怎么这么着急调 Vincent 回去？"

看来今晚上这个电话，并不是 Alex 失手打过来的。

"总部的决定，我也不太清楚，等回去了再说，"靳燃伸手，阖上袁莱的电脑，"你先去洗澡，明天一早就出发，不许再迟到。"

袁莱吐了吐舌头，强行为自己辩解。靳燃心思不在这上头，有一搭没一搭地敷衍了几句。等袁莱去洗澡了，他才拿起手机拨了一个电话出去。

"Hi，Martin，卑职已经被打入冷宫这么久了，怎么突然想起打给我，我真的有点受宠若惊哦。"Coco 打趣道。

靳燃走得匆忙，可苦了她这个助手，她都快觉得自己把老骨头要被折腾废了。

"Coco，你什么时候开始，也跟顾总一起联手瞒着我了？嗯？"靳燃说，声音几乎是从嗓子眼挤出来的，透着一点令人背脊发寒的冷意。

第28章　情人湖

"Martin，你在说什么？我什么时候跟那个老女人站在一条线上瞒你了？你可别冤枉我啊。你一走，我就被发配边疆，日理万机，感觉这把老骨头都嘎嘣脆了。我这……比窦娥还冤啊！"Coco一脸冤屈，按了按太阳穴，"不是，顾总又怎么你了，你都去上海了，她手还伸那么长？要不……你吃点亏，受个辱，就从了她吧，您心爱的下属都快被她折腾死了你'造'么？"

靳燃目光里略微露出一点寒意，原本以为是Coco跟顾飒联手隐瞒了他。现在看来，顾飒早就做好了安排，为了防止Coco通风报信，把Coco也打发走了，以至于现在顾飒暗度陈仓完毕，他才收到一丝风声。

靳燃交代了几句，匆忙挂断了电话，看来Vincent的运气确实比较好，这么快就被调回了总部，至于那个新来的负责人，非顾飒莫属了。

"啊——"

靳燃这边正千头万绪，浴室突然传来一阵叫声。他本能地朝着浴室走过去，脑袋略微凑到浴室门口，"莱莱，怎么了？"

袁莱还没来得及回话，浴室里突然"咚"的一声巨响，紧接着是一阵压抑的呼痛，靳燃想也没想，就往后退，"你别乱动，我先进来了。"

"别！不是，我没事……"袁莱急忙伸手去扯浴巾。刚勉强护在身上，靳燃已经一脚踹开了浴室大门。

整个浴室的温度比房间高了几度，氤氲的热气迎面扑来，袁莱一身狼狈地扶着洗手台勉强站了起来，左脚小趾被划破了一条口子，正往外渗血。

"没事，那个……"袁莱说，一边小心地张着脚趾，"刚才只是不小心踩滑了……靳燃！你干什么？你放我下来！"

靳燃一言不发。袁莱身上只裹了一层浴巾，被她蹭来蹭去，居然蹭掉了敷衍在一起的活结，露出一大片白皙的肌肤，她立即反应过来，伸手捏住浴巾的角，死死扣在一起，耳根通红，做贼似的低垂着脑袋，不敢看靳燃的脸。

靳燃把她抱到床上，半蹲下来检查她的伤口，伤口不算深，但也不能掉以轻心，酒店里虽然有处理的药品，但他不放心，生怕感染破伤风。

"你衣服在哪儿，换上，我送你去医院。"靳燃不由分说地做了决定。

"医院？"袁莱猝然抬起头，"一点小伤而已，不用去医院吧，简单处理一下就行了，明天还要早起……"

"你不换，我帮你也可以。"

"不，不，"袁莱说，"我自己来！"

靳燃从善如流地退到一边，先跟前台打了个电话预约了当地的医院，等袁

第28章　情人湖

莱换好衣服才走过去,他仿佛是有心事,慢慢地跟在她身后。

医院的环境还算不错,大晚上的,也就急诊科的灯还亮着。医生仔细替她处理了伤口,打了针,拿了药,仔细交代了怎么服用。靳燃耐心听着,俨然一位二十四孝男友。医生赞不绝口。

从医院出来,已经是凌晨了,雾气笼罩着整个小岛,四周都是雾蒙蒙一片。袁莱一瘸一拐地与靳燃并肩走着,薄薄的雾气吹过来,袁莱忍不住打了个冷战。一股凉意顺着她背脊爬上来,脑子里飞快掠过无数恐怖电影的镜头,脚下一个趔趄,差点直接摔倒。还好靳燃眼疾手快,一把扶住她,"好好走路,脑补什么呢?"

袁莱尴尬地说:"你不觉得这地方……有点阴森恐怖吗?"

靳燃突然想起,这位外强中干的袁经理,胆子小得很,稍有风吹草动都能脑补出一整部大型恐怖片来。他无声脱下身上的外套搭在袁莱身上。袁莱一下就闻到一股特有的浅淡香味,刚才还颠倒的神魂奇迹般地落回了躯壳里,仿佛是有金刚护体,百邪不侵了。

"你不冷吗?"她突然说,手指贪婪地捏紧外套,依依不舍地想要把外套还给靳燃。

"不冷,"靳燃小心地看着她受伤的脚,"没两步就到了,上车就暖和了。"

上了车,靳燃打开空调,狭小的空间里温度逐渐上升,袁莱觉得暖和了一点,随之倦意袭来,眼皮一开一合,却突然听见靳燃说:"我问过了,新来的负责人是总部新来的股东,姓顾,是名美籍华裔。Vincent走后,总部应该会派她过来接手。"

袁莱不明白靳总哪来这么大的热忱,三更半夜还如此心系工作。与之相比,她实在是过于自由散漫,正等着靳总的下文,可靳总的话莫名其妙地提起,又莫名其妙地收尾。袁莱眼皮都快睁不开了,伴随着车内低吟浅唱的曲调,昏睡过去。

她不知道,靳燃那句话的后半句,被他硬生生地藏在心里,好几年都不见天日,渐渐在他心底生出一条淬了毒的蔓藤,不见血光,是没办法连根拔起的。他不知道怎么跟袁莱解释,害怕两人之间刚死灰复燃的一点感情,瞬间就被烧成灰烬。

归根结底,还是他不够强大,没能阻拦自己想要阻拦的人。

第二天一早,袁莱瘸着腿,找了根登山手杖拄着,非要跟大队伍一起活动。陈小菲跟靳燃请示,靳燃一个字还没说,就被她即兴发挥的敬业演讲堵了回去,靳燃也没强势否决,只是没让她跟大部队一起乘大巴车,而是获得特别待遇,坐靳燃的车一起过去。

因为担心突发状况,大巴车和靳燃的车上都配置了移动的对讲机,以便随时联络。导游简单讲述了他们今天的行程,第一站就是这次旅行的一个亮点,也是广大情侣们最喜欢的地方——情人湖。

情人湖是一处天然的内陆湖泊,规模不大却极有特色,它有一条千万年不变的水位线,据说自从这情人湖成形,这条线就没变过,不论外界沧海桑田,湖水不增不减。于是传说玄之又玄,说凡是喝过这湖水的恋人,也会注定姻缘,三生三世永不分离。所以这情人湖又叫三生湖,湖旁边专门开辟了一座三生石,左右拉长了许多条线,供游客们取红带在上面共同写下双方姓名,将带子挂上,寓意三生三世永不分离。

大巴车只能开到景区的停车场,下车之后,需要步行几分钟才能到情人湖。夹岸高山皆生寒树,这地方气温要略微低一点。因为事先都提醒过,所以大家都带了御寒的衣服,偶有忘记的,导游也细心地准备了披肩和小件毛毯。

袁莱一瘸一拐地跟着靳燃在队伍后面。靳总昨天专程提醒今天要来这里,此刻再看靳总特意慢下来的步调,袁莱的心莫名快跳了几分,眼角不时瞟向靳燃,靳燃临时充当起导游,把情人湖的来由详尽地解释了一遍,然后带着袁莱到了三生石。袁莱背脊绷得很直,也不知道靳燃这是公事公办还是假公济私。她一边拄着手杖,一边搜肠刮肚地修饰着措辞,却怎么都开不了口,两个人就假装"不是在约会"地约会,你来我往地聊着不相干的话题。

"靳总,莱姐……"陈小菲一脸兴奋地拎着两条红色丝带过来,"这个,呐,给你们的,据说很灵的,把自己和喜欢的人名字都写上去,挂在那边锁死了。我也写了我们家那口子。靳总,莱姐她腿不太方便,实在是太麻烦您了,一会儿麻烦您帮莱姐挂一下哈,我先过去了。"

袁莱无语地盯着陈小菲,你老这么体贴我真的有点不习惯。何况就算她真的要写这丝带,又怎么可能让靳燃帮忙。

第29章　胳膊肘往外拐

靳燃从西服胸口取下一支笔，居然有模有样地在丝带上写了名字，袁莱尽量凑过去想看他到底写什么，被靳燃瞪了回去，袁莱一脸心虚，碎碎念道："不看就不看，有什么了不起的？真的是，我自己还不是会写。"

靳燃似乎是写完了，顺手把钢笔递了过去，袁莱刚才顾着看他手上的丝带去了，倒没注意到那支钢笔，那是一支饱经沧桑很有些年代感的钢笔，她顺手接过来，拿在手里仔细端详，这钢笔放在现在，款式已经相当老旧了，即便在当时它曾是炙手可热的最新款，可见有些东西随着岁月流散，终究会被取代，但她没想到靳燃还带在身上，因为那是她送给靳燃的第一份生日礼物，年少时候懵懂又莽撞的感情，藏不住一点端倪，她节衣缩食好几个月，才终于买到那支昂贵的钢笔送给自己心上人，希望他从此平步青云飞黄腾达，也无灾无难平安喜乐。

怀旧，是一个人逐渐老去的象征，袁莱不知怎么突然想到了这句话，轻轻晃了晃脑袋，将手杖夹好，提起笔先在丝带上写下了自己的名字，然后她笔尖一顿，缓缓地抬起目光看向不远处挂丝带的靳燃，靳燃一身深蓝色西服，头发梳得一丝不苟，鼻梁上架着一副黑色细丝眼镜，给人一种君子端方温润如玉的感觉，她笔尖一动，一笔一画的在那丝带上写下了靳燃的名字，她是个绝对的无神论者，从小接受的也是唯物主义教育，可唯独对靳燃，她居然愿意抛弃所有的认知，相信这世上有诸天神佛，她这丝带上的名字，能够让他们三生三世。

袁莱写好了名字，丈量了一下距离，慢慢一瘸一拐过去，好不容易才将那丝带挂好，一转身，就看到站在她身后的靳燃，靳总抱着手臂，好整以暇地看着袁莱，袁莱莫名有点心虚，把钢笔递还给靳燃，"小菲他们呢？我看时间也差不多了吧，我……先回车上去等他们。"

"嗯，"靳燃说，"还有一批游客在湖边逗留，稍后就差不多该回去了，你腿脚不便，我先送你回去。"

袁莱远远望了一眼围在湖边拿水杯灌水的旅客们，虽身不能至心向往之地咽了下唾沫，又一瘸一拐地先回了停车场，靳燃把她安置好，说还有点事处理，便留下袁莱一个人在车上走了，袁莱百无聊赖，摸出手机跟徐辛颐聊了几句微信，简单询问了一下丁昂的伤势，都说人逢喜事精神爽，丁公子终于抱得美人归，胸口的伤也好得奇快，前几天还差点被下病危，这几天已经能够下床走动了，要不是徐辛颐坚决阻止，这位大少爷已经开着车去公司接人，趁机表现增加印象分了。

"对了，我还没来得及问你，"徐辛颐一边一目十行地浏览文件，一边夹着手机说，"你跟靳燃现在怎么样了？我怎么感觉你们俩有点死灰复燃的意思？靳燃……他应该还是喜欢你的，莱莱，眼神是骗不了人的，而且，我听丁昂说，他在国外发展得很好，如果不是为了你，他犯不着大老远跑回来寄人篱下……"

"徐大小姐，你怕是脑残剧看多了吧，"袁莱心口没来由地一跳，手指一圈一圈地缠着长发丝，"为名为利哪一个不是他回来的理由，怎么会是为了我？"

"你就死鸭子嘴硬吧，要说你对靳燃没一点旧情，打死我都不信，"徐辛颐换了一个姿势，"我可是听丁昂说了，你之前还专程去过日本，莱莱，我们都是成年人了，在这个现实世界里，还有谁能不计一切地为你挡住那些看不见的风刀霜剑？"

"我说徐大小姐，你这还没嫁出去呢，就开始胳膊肘往外拐了？"袁莱轻轻笑了一声，单手撑在车窗上，靳燃正从小道上过来，袁莱有一刹那的失神，说："说真的，我也不知道自己到底在介怀什么，可有些事，亲眼看到的总不能装作不知道，五年前的事情梗在心口就是心结，没那么容易翻篇的，行了，我先不跟你说了，我这还忙着呢，回头再给你打电话。"

徐辛颐知道她是有心逃避，何况，这事短时间内也没个结果，急也急不来的，徐辛颐寒暄了几句，就挂断了电话，桌面上摆放着一大叠需要处理的单子，她也是一个头两个大。

靳燃回到车上，顺手将一个小保温杯递给袁莱，"旅客们基本上都回来了，咱们马上出发去下一站，你要是坐着不舒服，我先送你回酒店休息。"

袁莱捧着保温杯，摇了摇头，"不用，就是一点小伤而已，不碍事。再说了，回头还得打报告什么的，靳总到时候再将我一军，我岂不是得不偿失吗？"

"我像是一个小肚鸡肠的领导吗？"

"你不是像，靳总，"袁莱一脸正经，"你根本就是。"

靳燃白了她一眼，随手将手机放在中控台上，正好电话进来，屏幕陡然亮了起来，袁莱下意识地看了过去，她还没来得及看清楚来电显示，就看到靳燃手机屏幕上一片蓝天白云的背景，当中飘着一对鲜红的丝带，两条丝带上，依稀写着一样的名字。

果然，这个贱人背着她回去偷偷系了红丝带不说，还把他自己的跟她的拴在了一起。可她自己也写了靳燃的名字，一时之间，居然无法去揭穿他，只好假装谁都没写过丝带的样子，假正经地杵在那里。

靳燃接完电话，略微侧过头，"下午4点，陪我去机场接人。"

"啊？"袁莱收回遐思，"接什么人？"

值得靳燃亲自出面接待的，必定不是等闲之辈，也不可能是公司的人，他这么神秘，袁莱倒还真猜不到是谁。

"这地方有好几个景点都不错,"靳燃说,"SN娱乐知道吗?我之前邀请他们过来取景拍摄,他们的负责人答应了,也派人过来考察过了,今天下午剧组就到,明天正式开始拍摄。"

"SN娱乐?就是最近火爆的那个邓维所在的娱乐公司?"袁莱不追星,也过了追星的年纪,但干他们这一行,天生就对这些东西比较敏感,偶尔也会跟娱乐公司合作,一提到SN娱乐,她立即就想到了最近火爆的邓维。

SN娱乐在上海这个新生代横生的娱乐圈里,始终屹立不倒,除了他们公司实力雄厚,年年追捧流量新人,还在于维持着老一代门脸,连袁莱这种不追星的都知道,SN娱乐的艺人,基本上每天都能在微博热搜上露个脸。不论是正面还是负面的新闻,有热度就是金钱,抓住了这个重点,SN娱乐这几年飞速发展,成为娱乐圈内的常青藤。邓维上半年才出道,公司重点包装追捧,也不知道邓维是天生适合吃这碗饭,还是SN娱乐有办法,半年前还名不见经传的人,如今一跃成了圈子里炙手可热的顶级流量小鲜肉,走哪儿都是人山人海的尖叫和追捧。

"没看出来,袁经理还保持着追星的癖好,你知道跟邓维一起搭戏的是谁吗?"靳燃问。

"年轻时候谁没点拿不出手的癖好啊,我追星怎么了?不偷不抢的,挺好!"袁莱说,然后话锋一转,"我天天被工作和靳总这五指山压着,哪有那个心思去管那些小弟弟跟谁搭戏啊?"

"徐冰冰。"

"什么?徐冰冰?我怎么有种白菜被猪拱了的感觉?我的冰冰啊!"

袁莱现在不追星,大概是因为年轻时候追得太狠了,当年徐冰冰凭着一部家喻户晓的电视剧火爆荧屏,袁莱追了她好几年,一直到现在,她这心里头还残留着当年追星时的魔障。没想到,事隔多年,她居然有机会亲密接触当年的偶像。有时候,连她都不得不感慨,命运的翻云覆雨。

"袁经理倒是挺长情的,这么多年了,还喜欢青春期的偶像,不容易啊,"靳燃说,"不过,这几天一直在爆邓维和徐冰冰的地下恋情,我担心会有狗仔跟过来偷拍,已经跟前台打过招呼了,不准任何可疑人员接近附楼,你也留意点,别大意了。"

袁莱感觉自己三观被彻底震得粉碎,按年龄,徐冰冰都快大邓维一轮了,这绯闻也来得太奇葩了,可娱乐圈要的就是热度和流量,至于真相本身到底是什么,又有几个人去关注?

"靳总,"袁莱舔了下嘴唇,十分谨慎地看了靳燃一眼,"晚上接待的时候,我能找冰冰签个名合个影吗?"

年少时候的追逐,总归是留下了一点缺憾,而现在,她终于有机会填补一些了。

第 30 章　炒作

沈双双已经连续两天没来事务所了，赵承志最初庆幸自己的耳朵终于清静了，走路都轻快了几分。可忙碌的时候，不经意叫了一声"沈双双"，却发现没有人答应，偌大的办公室好像一下冷清了不少。

赵承志皱了下眉头，随手翻了一下案头，才看到压在一堆案卷下面的一张假条，上面只写了请假，没说什么时候回来。赵承志看了半天，也没看出个所以然来。仔细一想，才发觉自己好像对这个徒弟一点都不了解，她家住何方，身边有什么朋友，平常喜欢去哪儿，跟什么人结交，他都没关注过。

所谓"一日为师终身为父"，徒弟无缘无故不上班，而他这里的事情又多得抽不开身，确实需要一个助理，于是赵承志打好了腹稿，然后拨通了沈双双的电话。电话一直响到自动挂断，赵承志揉了揉眉心，溜达去陈正礼的办公室。陈正礼倒是觉得稀奇，平时赵大律师日理万机，大家虽然在一个公司，却好像隔了一个太平洋，想要见赵大律师，就差排队拿号了。

陈正礼喝了口茶，调侃道："老赵，你上次进我办公室还是两年多以前了，说吧，陛下有什么吩咐？"

"最近我手头上事情比较多，"赵承志说，莫名其妙地避开了陈正礼的视线，在旁边沙发上坐下来，"小沈是出什么事了吗，有两天没来报到了，我看假条上也没说休多久。年轻人啊，就是自由散漫，哪像我们当初，天天恨不得睡在事务所里挣个好评。"

陈正礼意味深长地看了他一眼，放下了手里的茶杯，"老赵，你这不对啊，人家小沈在的时候你天天嫌烦；人前脚刚走，你这就记挂上了。说真的，我觉得小沈这小姑娘挺不错的，家世好人缘也好，你是不知道，事务所好几个年轻的同志天天围着她转，恨不得把心肝掏出来给她看啊……"

"你胡说八道什么呢，"赵承志打断陈正礼的话头，"我就只是来问一声她什么时候回来，我手头上还有好几个案子堆着呢，要么你把人给我叫回来，要么就再给我安排一个新助理过来接手，往哪绕呢？我是那种水性杨花三心二意的人吗？我心里只有我们家莱莱。"

"这样啊，那我也就不怕跟你说实话了，"陈正礼说，"上次我去沈氏集团的时候，也是无意中听沈总说，要给小沈介绍一个什么富二代对象，我估摸着，大概是去相亲去了吧。"

"相什么亲用得着休这么长的假？这实习结业证书她是不想要了是不是？这证书又不是大风刮来的，我就说，现在的年轻人靠不住，一点责任心都没有，她爱回来不回来，真是的。"赵承志说，语气里不由自主地带了一点火气。

第30章 炒作

陈正礼怎么听都觉得赵大律师这话里有隐情,他也不说破,安抚了几句,赵承志就甩门走了。陈正礼一脸无辜,你说这人发火就发火,甩他门算怎么一回事,公家财产,也不知道爱护。

赵承志一回到自己办公室,就看见桌子边上沈双双那张被她精心打理过的桌子,办公用品都是清一色的粉色系,可见这位大小姐嘴上再怎么大大咧咧,实际上心思细腻,满脑粉色泡泡。

赵承志眉心都快皱出一道永恒的褶子了,仔细想了半天,这才想起,自己那天当着袁莱的面,是不是把话说重了,他就算不喜欢她,那么直白的话也着实太过伤人。后知后觉的赵大律师,脑子灵光了一回,从沈双双简历上找到了她家的地址。

大半个小时之后,赵承志磨蹭地开着车到了她家小区门口,被保安拦了下来。赵承志报了个门牌号,那保安打电话过去询问了一下,这才放行。开着车转悠了一圈,赵承志才看到顶着两个硕大黑眼圈焦急地站在大门口的沈双双。

今天看起来,沈双双也算是肤白貌美,就算没有沈氏集团做后台,也是走到哪都有人上去献殷勤的美女。赵承志一直把她当成甩不开的包袱,还从来没这么仔细地看过沈双双。看着看着,车子不小心往前多走了一段,车头差点直接撞进旁边的花丛里。

"师父,你没事吧?"沈双双奔过去趴在车窗上,满脸焦急。

赵承志尴尬地把车停好,这才说明来意:公事太多,打她电话也不接,担心她出事,这才跑过来碰运气的。

"我没事,"沈双双眼圈都红了,一颗悬着的心也终于落回肚里,大概是觉得委屈,泪水什么时候流了出来她都没察觉,"就是觉得有点累,所以请了几天假,我明天就回去。"

赵承志听出她声音不对劲,才看到她在哭,一时有点六神无主,木讷地站在那里,一脸无计可施的样子。好半天才从兜里掏出一块皱皱巴巴的帕子递了过去,干巴巴地说:"哎,你别哭啊,我……就是,想来跟你说一声'对不起',那天我话不该说那么重……我,我真的不是……你别哭了,行吗?"

这年头,用手帕的汉子大概真的稀罕到可以拉出去办展览了。

沈双双拽着帕子,擦了一把眼泪,本来想争个气不哭了,结果越哭越凶。赵承志手忙脚乱了半天,不知道该怎么摆放自己。沈双双却突然扑过去,一把抱住他。赵承志的大脑当场彻底宕机了,他是谁,他在哪儿……

还没等赵承志修饰好措辞,沈双双已经转身奔回了自家豪宅,留给赵承志一个难以捕捉的背影。赵承志在原地站了好半天,才同手同脚地走了两步,拉开车门,木然地上了车。有那么一瞬间,他觉得,自己背叛了袁莱,保留了近三十年的贞操也被这个小丫头片子给亵渎了……他恨啊!

远在裴心岛,追逐着自己年少时的偶像的袁莱,压根儿没想到万里之外,赵大律师正在深刻地忏悔。她不但利用职务之便要了签名，还拍了几张合照，动作之迅捷，连脚都不疼了。

忙完了接待，亲自把人送去附楼休息之后，她才回过神来。要不是怕泄密不能发朋友圈或者微博，她真恨不得向全世界宣布自己跟偶像亲密接触的光辉事迹。回到房间，她靠在沙发上，傻笑地盯着照片。旁边正在处理公务的靳燃，终于抽空腾出一点时间，"袁经理，能不能别笑了，你不知道自己这笑声有多毛骨悚然吗？"

袁莱捧着照片，破天荒地没跟靳燃争辩，裹着毯子在那里捣鼓了好半天，大概是跟徐辛颐他们炫耀了一下，这才去洗漱。

第二天一早，袁莱还没睡醒，外面就响起一阵急促的敲门声。她仿佛被人捉奸在床，本能地想从床上爬起来翻窗出去。直到靳燃过去开门，她才反应过来，这是套间，外面的人只要不进来，压根儿不知道她睡在里面。

"靳总，你最好给我解释一下，这到底是怎么一回事！"SN娱乐负责人李静，满脸怒火地将平板电脑放到茶几上，发出"哐当"一声细碎的声响。

"消息我看过了，"靳燃说，"狗仔跟过来偷拍，是我们安保的疏失，一切后果由我们公司负责。"

"你们负责？"李静声音拔高了几分，"你们怎么负责？我事先再三强调过要清场，不能有任何人拍到照片，现在不但照片流了出去，我们的戏被曝光，还有两个当事人的绯闻。昨天晚上，分明是我们都在一起对剧本，到了狗仔镜头下，就成了他们两个单独幽会，这会给我们家邓维造成多大的损失你知道吗？"

邓维作为顶级流量小鲜肉，是靠流量为生的。通俗点来说，即使是这种桃色新闻，只要有热度，他的星途不但不会受到丝毫影响，反而会扩大知名度。何况，跟他一起被拖下水的还有徐冰冰。往深处想，这倒更像是邓维借着徐冰冰的名气捆绑炒作，不但替这部戏做了宣传，还顺带着给邓维炒了热度。

第31章 逃避

"李小姐放心,我一定会彻查此事,给贵公司和李小姐一个交代,"靳燃语气依旧是不紧不慢,"以24小时为限,不知李小姐意下如何?"

"哼!"李静冷哼一声,眼睛里却闪过一丝狡黠,她冷冷地说,"靳总,当初我也是看在贵公司诚意相邀的分上,才答应过来拍摄,没想到,这刚一过来就出了这种事,靳总要是不给我一个满意的交代,这件事可没这么容易过关,到时候,靳总也不要怪我手下无情了。"

李静说完,满腔怒火地走了。

邓维和徐冰冰的恋情被爆出来,各大媒体几乎一窝蜂地往裴心岛赶来,这时候谁不想挖到第一手爆料。上海前往裴心岛的航班也跟着火爆起来。凌鹰航空这个私营的航空公司,一下吸引了各大媒体的眼球,他们虽然都是奔着邓维和徐冰冰的绯闻去的,却没想到,一家私人航空公司有着这么好的服务,不少媒体难免在自家官博里顺带着给宣传了一下。"凌鹰航空"几个字,一时之间居然成了热搜词。

李静前脚一走,袁莱后脚就从卧室里跑了出来,她跑得匆忙,连鞋子都没来得及穿,抓着手机,冲到靳燃跟前,"靳总,消息我刚才看过了,这怎么回事,前台那边不是提前打过招呼了吗?怎么还会混进记者?现在这消息已经炒上热搜,热度都已经爆了……"

SN娱乐不是什么不入流的野鸡公司,而是一家实力雄厚的常青藤公司,他们如果真的追究起来,恐怕就算是靳燃也讨不了好,先不说别的,就是这一笔赔偿金,就已经是一个天文数字了,再加上后续各大媒体对非途旅行的负面报道,非途旅行不死也得脱层皮。

"慌什么?"靳燃说,目光注意到袁莱脚上没穿鞋,过去给她拿了鞋子,"前台那边我问过了,昨晚上后半夜下大雨,有一对年轻夫妇车子恰好在酒店外抛锚了,女人怀孕了,前台请示了经理,是经理放人去附楼暂时住了一晚的。"

"这么巧?"袁莱皱着眉头,"我怎么觉得这故事有点耳熟?那女人,是真的怀孕了?"

"有些狗仔为了瞒人耳目,什么故事都编造得出来,"靳燃说,手指在手机上飞快地输入着什么,一边说,"那女人根本没怀孕,是伪造的,还有……"

"还有?"袁莱心里顿时升起一股不祥的预感。

通常来说,就算这对夫妇是真的想要在酒店住宿,酒店也不会特地把人安排到附楼去,袁莱都觉得自己是宫斗剧看多了,否则,怎么会觉得这事没这么简单，处处都透着阴谋诡计的味道。

"你应该也猜到了，"靳燃轻笑了一声，放下手机，端起手边的咖啡喝了一口，"SN娱乐在这拍摄的消息，酒店经理和前台都知道，前台不敢决定，于是向经理请示，经理就算是个烂好人，也不会愚蠢到给自己留这么大一个麻烦的，我刚才跟前台问过话之后，立即跟他们经理打了电话，你猜经理怎么说？"

"他不会是不承认吧？"

"答对了，"靳燃打了个响指，"经理说，他昨晚的确是接到过前台的电话，但前台是打过去询问其他事情的，对于那对假夫妻的事情，他毫不知情。"

袁莱在心里大大地骂了一声脏话。这件事追查到最后，经理矢口否认，一个小前台能怎么办，或许只能屈服认错。这责任都扣在她头顶上，会不会成为她一辈子都抹不开的阴影？

"你有什么打算？"袁莱说，目光落在靳燃身上，不知道为什么，她突然把靳燃当成了可以拯救这一切的救世主，"既然知道前台跟经理请示过，那错不在前台身上，那种情况下，不动恻隐之心的人不多见吧……"

"袁经理，"靳燃一直温和的语气略微沉了下来，"我希望你明白一件事，我们公司现在是被SN娱乐指控，私放狗仔进入酒店，导致被狗仔拍到不该拍的照片，一旦这些都被坐实，不但是我难辞其咎，公司还会面临极大的震动，除了承担责任之外，还要面临巨额的赔偿以及名誉损失……这个时候，谁都不是无辜的。"

"所以，"袁莱深吸了口气，一股寒意从脚板爬上了背脊，"靳总是打算把那个前台推出去当替罪羊吗？前台一时疏忽大意，给酒店和公司造成了极大的损失，把她开除之后，再做出一定的赔偿，这件事就这么过去了，时间长了，自然就风平浪静，谁都不会再记得这件事，靳总依旧是高高在上的靳总，SN娱乐的戏也照常拍摄，是吗？"

弃车保帅，这是任何一个决策者都会毫不犹豫地去做的选择。事情发生了，总要有人去承担责任，哪怕这个人只是一只替罪羊，他们从来都不会去问"羊"的意见，就像当初日本路线出现问题，哪怕她将清楚明白的证据送到纪敖亭跟前，纪敖亭也只是睁一只眼闭一只眼，可那个时候，她面对的是纪敖亭，她可以客观地条分缕析其中利弊，可以保留满腔愤懑，然后继续坚守自己的底线，可靳燃不一样。

"这个处理办法，有什么问题吗？"靳燃问。

袁莱险些直接从沙发上摔下去。客观来说，这个办法是当下损失最小的处理办法。牺牲一个前台，非途旅行和酒店再适当地做出补偿和声明，娱乐圈日新月异，这条绯闻很快就会被别的新闻掩盖下去，到时候再找几个媒体人写几篇文章，或许还能成就一段佳话。可整段故事里，那个最无辜的前台该怎么办？

如果前台没有请示经理，私自做主放人进去，那她该去承担，可她没有。她遵从制度没有半点逾矩，最后却成了替罪羊，连反抗的机会都没有，是不是这些底层的人，再多的苦也得咽下，只能是别人棋盘上的棋子，自己连做主的资格都没有？

袁莱不是什么圣母白莲花，她知道这世上有很多阳光照不到的污垢之处，可现实这么赤裸裸地摆在她眼前，要她站在靳燃一边，跟他"同流合污"，她觉得有点太过沉重，沉重到她一时之间不知道该接受还是反对，于是就剩下一脸的茫然，好半天，才勉强说："我……出去走走。"

"你脚上伤还没好，出去干什么？"靳燃理所当然地回了一句。

袁莱知道她脚还没好，就指甲那么大一点伤口，靳燃都怕她碰着磕着，可那个前台，心里的口子怕是比碗口还大，谁来心疼她，谁去替她伸张正义呢？

袁莱脸色微白，分明是刚刚睡醒，面上的倦色却是缓缓浮了上来，勉强挤出来一点笑容，摇了摇头，"一点小伤，没事，不劳靳总费心了……哦，晚点我会叫客房部在小菲她们那里加个床位。这两天，打扰了。"

她本能的反应是逃避，虽然她也不知道自己能逃到哪去，她只是单纯地不知道该怎么面对靳燃。站在靳燃的立场，为公司减轻损失，平息这场风波，他的选择没有错。商场如战场，稍有不慎就是满盘皆输。他背后捆着非途旅行的未来，她没那个分量也没那个资格去要求靳燃为了一个谁都不想听的真相，为了一个小小的前台，把非途旅行卷进这场漩涡中来。

可她就是不能接受。

靳燃一把拽住她，她想挣脱，可靳燃的力气实在太大，她连晃动一下都做不到，更遑论挣脱。

"你什么意思？"靳燃的话里带着一点难以掩饰的愤怒，目光死死地盯着袁莱，心缓缓地沉了下去。

袁莱忽然静止了一样，无声地与靳燃对视着。靳燃避开她的视线，眼圈红红的，牙齿咬得咯咯响，他声音沙哑地说："是不是你又打算和五年前一样，不分青红皂白地判我死刑？袁莱，我真的……真的想知道你这皮囊里头装的到底是什么烂心肺肠！"

"你说什么？什么五年前？"袁莱瞳孔骤缩，不可思议地看着靳燃，靳燃的话就像是一根细细的刺，不带丝毫迟滞地戳进了她胸口。

第32章　三棱镜

靳燃话一出口就后悔了，他知道自己太着急了，在最坏的情况下将打在心口五年的结贸然摆了出来。可话一出口就覆水难收，他心里千头万绪，连袁莱的手都有点握不住，但他不能松开，他怕这一松开，就再也抓不回来了。

"五年前，你去日本找过我，是不是？"靳燃喉咙轻轻动了动，声音极轻地说，"我也是才从承志那儿听说……我当时处境艰难，并不知道你去找过我，你回国之后就跟我分手，连面也不肯见我，我所有的电话邮件全都不回，好像一夜之间人间蒸发，从我的世界里消失得一干二净。"

袁莱心头一颤，这五年来，她每一场噩梦里都有那个场景，她站在细碎的雪光下，看着他跟另一个女人在一起。她满腹思念奔赴异国他乡，却得到这样一个结局。年少时的感情纯净得容不得一丝瑕疵，她的骄傲和尊严，都不允许她像个旧社会的泼妇一样去追根究底，她甚至害怕从靳燃口中听到他变心了的话，于是她只能为难自己。

自从再度见到靳燃，她一直都鼓不起勇气去追问，追问那个女人是谁，追问他为什么要变心。她修炼出来的铜皮铁骨，一碰到靳燃就崩塌，她只能任由靳燃将自己再卷进那一个叫"靳燃"的漩涡里。

她心里火山喷发一样的心绪，渐渐平息下来，可因为这变故来得太突然，她有点茫然无措地看着靳燃。然后她挣开靳燃的手，有点狼狈地在一旁沙发上坐下来。五年前，她心里就有一株淬了毒的蔓藤发了芽，一天一天长大，那毒渗进她的五脏六腑，不见血光，是不能连根拔起的。

现在，也许是时候把那毒蔓藤连根拔起了，即使她也不知道跟在那后面的会是怎样的结果，她只能赌一把，如果她输了，从此之后再也没有不该有的幻想。

"五年前，你去了日本……是 1620 天，"袁莱轻轻说，"起初我们几乎每天都有联系，后来你总是很忙，忙到十天半个月也见不到一条消息，再后来，你的电话也打不通，所有的消息都不回。我没办法，我担心你在那边出事，就托丁昂帮我查了一下你在那边的地址，然后我去找你，那个很冷的冬天，雪下得很大，我第一次一个人出远门，也不知道要提前订酒店、兑换货币，我不会日语，我跟他们说话他们都听不明白，只能笨拙地用英文跟他们交流，几经波折，终于找到了那个地址。"

靳燃动了动，去橱柜里拿了一瓶酒过来，他只喝了一杯，自从那件事之后，他已经学会了怎么隐忍克制，学会什么叫恰到好处，他放下酒杯，把掩埋在心里的伤疤一点一点地揭开了一条缝隙。

第32章 三棱镜

"你应该还记得,我曾经有一个学长,就是那个……比我们高一届,东大金融系的学生代表,那个时候,他给我介绍了一个日本当地的公司,之后带我去了日本,"靳燃皱着眉,沙哑的声音裹着一点分辨不清的痛苦,继续说,"人年少时,总会有些不切实际的幻想,以为这天下可以任由自己驰骋。却不知道,所有的成功背后都藏着无数危机,能够一战成名一跃变成成功人士的概率实在是太小。而我没有那个运气,反而被牵连进去。最开始,我意识到不对的时候,就开始着手调查了,也就是那个时候开始,我实在抽不开身来跟你频繁地联系,当时到底是涉世未深,也害怕自己一时承受不住压力跟你坦白,所以我只能咬牙硬撑,却没想到,情况比我想象的还要糟糕。那个学长介绍的公司,是一个非法集资的皮包公司,而我恰好被他们骗进去,替他们顶了雷。你无法联络到我的那段时间,我被羁押在当地看守所,不能与外界通信。你甚至不知道,他们调查过你的身份和电话,确认你不是嫌疑人,才没惊动你,因为跨国侦查难度实在是太大,还会耗费相当大的成本。"

袁莱并不知道,这当中还有这么一段曲折离奇的故事,她在国内心急如焚的时候,靳燃正在度过生平最黑暗的日子。她终于按捺不住,不远万里地跑去找靳燃,结果看到那一幕。她在心里憋了五年的委屈和痛苦,原来这样不值一提。

"我曾经在无意中,帮助过一位美籍华裔,赶巧的是,她是一个很有实力的投资人,我最终能走出牢狱,重新步入正轨,都是多亏她的帮忙,我没记错的话,你来找我那天,是不是……"靳燃一只手抵住额头,按了按太阳穴,有点艰难地说:"那天的日子,是不是12月24日,平安夜,那一天我刚从看守所出来,我在日本举目无亲,身上连一块钱都没有,只有这个……"

靳燃说着,解开了两粒纽扣,从领口取出一枚打磨精细的三棱镜,这东西他一直戴在身上,前两天是因为怕被袁莱发现,所以才特地收了起来,这是当初他送袁莱的圣诞节礼物。理工科直男送的礼物,总是不伦不类,袁莱还为此嘲笑了他很久。可他却一直都贴身带着,从来都没离过身。这大概就是理工科直男的浪漫吧。

"那个人,是我的救命恩人,我欠她一条命,所以我愿意为她做任何事,"靳燃轻轻摩挲着那枚三棱镜,"可我跟她清清白白,从来没有半点逾矩,我并不知道你五年前去找过我,也不知道你是见到了她才误会的,我本来想找一个合适的时机再跟你解释这一切,可我找来找去,发现根本没有所谓合适的时机……莱莱,我们已经错过了五年,我不想再错一次,我是为了你才回来的。我也只想过跟你共度一生。"

这沉甸甸的几个字,就像一座大山一下压在袁莱头顶。她本来以为在听完他那么多隐衷之后,他会对她很失望。哪怕再深的欢喜,也抵不过心口被人捅了一刀。原来困了她这么久的因都是自己的想象,当他孤立无援的时候,她又在哪里?

如果不是那个女人出手相助,他是不是只能一个人被困死在那里,孤独地走在没有未来的泥泞里?

袁莱觉得眼前的靳燃变得有点模糊,原来不知什么时候,泪水模糊了她的视线。她越是想停止,眼泪越是不受控制。靳燃一时手足无措,抽了纸巾替她擦泪,蹩脚地想着措辞安抚她,可她难以停止,一边哭,一边断断续续地吐出几个字,靳燃却一个字都没听懂。

"叮咚——"

不知道是谁不识时务地来敲门,袁莱下意识地看了一眼大门,顺手拽住靳燃的衣服擦了一把眼泪鼻涕,抽噎着进到卧室的洗手间,极力压抑着自己的声音。

靳燃无奈地看了一眼衣服上的眼泪鼻涕,脱了下来,随意取了一件外套披上,这才过去开门,"抱歉,刚才处理点私事,你来了,先进来再说吧。"

"啧……我还以为靳总辛苦过度,下不来床呢,看来真是我多虑了。"

"借你吉言,"靳燃说,"我让你查的事情,查得怎么样了?你可是深度新闻报道十佳记者,原本这次请你来,也是想借着你的名气,替我们公司宣传报道,没想到赶上这件事,相信以你的专业,一定不会让我失望的。"

这位十分敬业的深度新闻报道十佳记者,是靳燃同志的朋友,名叫张薇,英文名Vivian,现在自媒体十分发达,不过能拔尖又能抛头露脸被人记住的记者不算多,这位Vivian算是个中翘楚。原本靳燃这次是想借Vivian之手,替裴心岛做宣传报道的,却没想到,正好派上用场。Vivian是资深记者,不管是真正的新闻还是明星艺人的花边八卦,她都有着异常敏锐的触角,所以,靳燃就只好请她出手了。

"靳总,你可真没情趣,"Vivian摇了摇头,打趣道,"通常这种时候,你不是更应该注重人家的美色吗?'秀色可餐'这个词,可不是光摆在那里好看的哦。"

"抱歉,我瞎。"靳燃从善如流,偏偏脸上还带着几分如沐春风的笑容。

第33章 我喜欢你

"算了，不跟你闹了，先说正事，不过你要记得，你这次可是欠我一个大人情哦，"Vivian幽幽地叹了口气，"你的猜测没错，SN娱乐一贯最喜欢的炒作方式就是这种自娱自乐的小伎俩。李静就是靠这个，一手捧红了好几个新人。这一次她借着徐冰冰的名气，故意安排人拍了照片发出去，再冠上一个偷拍爆料的戏码，连宣传的成本都省了。现在邓维和徐冰冰演的这部戏已经未映先热，两人的粉丝量暴涨了不知多少，虽然也有粉丝质疑掐架，但很快就被安抚了下来。这也是事情闹得沸沸扬扬，但两边工作室和公司都没发文解释的原因。说白了，他们就是想借着这个机会，好好地炒作一番，之后再跳出来撇清关系。"

Vivian说着，递了一个小U盘过去，"这里头是那两个狗仔的身份信息，以及他们跟李静交易的照片。这两个东西在手，你就有筹码跟李静谈判了。对了，里面还给你放了点料，据说是那位李小姐私下跟某鲜肉夜会'聊剧本'的情节，靳总好好学习学习。"

靳燃额头飘出几根黑线，一大早接受太多消息，他这脑子都快爆炸了，"嗯，我知道了，你这个人情我先欠着，等你有需要再来找我。"

"啧……"Vivian妩媚一笑，"你这个人啊，长得倒是一表人才，只可惜，这情商完全跟不上智商，朋友，你这是要孤老终生的节奏啊。"

靳燃从小到大，在学校里都是那种校草级别，可他直到大学才谈恋爱，其情商之低可见一斑，大概连老天爷都觉得，他要是情商太高，是对其他人的不公平吧。

"我的终身大事就不劳您费心了，回见。"靳燃说。

Vivian数落了几句，踩着细碎的高跟鞋走了。靳燃握着那个小小的U盘，不知道在想什么。

"你从一开始就安排好了，并不准备牺牲那个小前台……"袁莱有点羞愧地低着头，声音很轻地说，"你刚才为什么不跟我说清楚？"害得她误会他，还有了刚才那一场失控的谈话。

"我不确定Vivian能做到，而且，"靳燃收起U盘，"我只不过是想告诉你，这个世界上本来也没那么多的黑白分明。很多东西我们都无力改变，我能做的也不多。如果我真的无法保全那个前台，我会为了公司毫不犹豫地选择牺牲她，生意场上，没有那么多慈眉善目，你对他人宽纵，就是把自己往火坑里推，明白吗？"

"嗯，"袁莱点了点头，握了握垂在身侧的手，"靳燃，我答应你，从今以后，不论你做什么决定，我都永远站在你这边，再也不会怀疑你，我只相信你一个人。"

这世上有很多山盟海誓，也有很多甜得粘牙的情话，而这些，加起来都比不过这五个字——我只相信你。

"不怪我了？"靳燃说，袁莱也不知道她只是单纯地问狗仔的事情，还是跟刚才的事情一起问的。

"我从来都没怪过你，"袁莱说，唇角缓缓地一弯，"如果我真的怪你，当初在日本，我宁可背一个警告或者处分，最坏的结果也无非是离开公司，也不会答应接待你的。靳燃，你说得对，我们错过了五年，不能再错过了。"

"你说什么？"

"我说……我还喜欢你，靳燃，"袁莱笑，"如鲸向海，似鸟投林，退无可退，避无可避。"

靳燃静静地注视着袁莱，仿佛自己有生以来就是为了等她这一句话，他将袁莱搂进怀中，仿佛怀抱稀世珍宝。时隔多年，他再度成为她人生的从前和往后。

靳总人逢喜事精神爽，走路都有点飘，可一见到谈判对手，靳总又恢复了一贯的高冷状态，面上保持着一个很"靳总"的微笑，"李小姐，我想，我们可以好好谈谈了。"

"我跟你们没什么好谈的！"李静冷声道，"从事发到现在，已经快12个小时了，现在不少媒体都赶了过来，都伸长了脖子等着看我们公司的笑话，你知道这会对我们公司造成多大的损失吗！"

"据我所知，从这条绯闻被爆出来到现在，"靳燃不慌不忙地说，"贵司的股价涨了将近3个百分点。还有，邓先生的粉丝在徐小姐的微博下大肆辱骂，两家粉丝虽然吵得很凶，但话题一直挂在热搜榜上，顺带连贵司的新戏都一起刷上了热搜。这一笔账，不知道李小姐打算怎么算？嗯？"

"你胡说什么？"李静脸上的表情有了一些细微的变化，刻意躲开了靳燃的目光，"邓先生之前定好的几个代言和通告都被取消，无数骚扰电话打进来辱骂邓先生，他现在如履薄冰，连人都不敢出来见，靳总是打算彻底地推卸责任，不管不顾了吗？你们非途旅行就是这么做事的？哼！要不是看在你们新任CEO顾总的面子上，你以为我会忍你到现在还不曝光你们公司吗，你未免欺人太甚了！"

新任CEO顾总，这几个字，就像是午夜突然炸响的一声惊雷，一下劈中靳燃，他还是低估了顾飒的速度。昨晚才在电话里温和而又谦逊地道着歉，一转眼，连别家公司都知道她已经是非途旅行的新任CEO了。是他太迟钝，还是顾飒越来越雷厉风行？

第33章 我喜欢你

靳燃修长的手臂越过李静的肩膀，李静一副标准的欲拒还迎的姿势，可靳燃只是从李静背后的沙发里摸出一个黑色的小型摄像头。

"李小姐，单凭这个，我就能立即报警抓你，想必你比我更清楚其中的利害关系吧？"靳燃晃了晃手里的小型摄像头，目光里透出一点寒意。

要不是Vivian提前提醒了他一句，他现在恐怕也已经着了李静的道。这种摄像头拍摄下来的东西，随意截取几张照片，看图编故事，图是真的，到时候他百口莫辩。真是没想到李静居然如此心狠手黑，连他都没打算放过。拍摄下来的这些东西，她是准备发给媒体，还是用作威胁他呢，又或者，是她跟隐藏在背后的顾飒交易的筹码？

李静脸上有一瞬的惊慌失措，不过很快又恢复了平静，她能走到今天，可不只是会使用这些小手段。任何场合，最大可能地争取自己的利益，才是她永远不败的法则。

"靳总不要误会，我这也只是多一个心眼而已，"李静说，脸上居然还维持着从容的笑意，"现在是我要你们非途旅行给我一个交代，万一你从中动了什么手脚，我岂不是有理说不清了？这小型摄像头也只是我用来以防万一的。靳总也不必用报警来吓我，单凭这个摄像头，你能告我什么？这是我的房间，我有千百种解释。何况靳总是个聪明人，现在是你们想息事宁人，对吧？"

"我确实想息事宁人，"靳燃随手将摄像头扔在了茶几上，"李小姐有什么条件，不妨先提出来。"

"靳总既然卖了我一个面子，那我也顺便送你一个人情，虽然说狗仔贸然闯进来，你们有不可推卸的责任，可也有我们的疏失，这一点我们承认，"李静说，"但这笔损失，不应该由我们自己承担，现在网上谣言四起，首先，我要贵公司官博亲自发布声明向邓先生和徐小姐道歉。其次，赔偿邓先生和徐小姐的损失，以及承担这次我们公司过来拍摄的一应费用。我们下午会召开新闻发布会，正式澄清这件事。靳总，你考虑的时间可不多了。"

"如果我不答应呢？李小姐打算怎么做？"

"不答应？"李静冷笑了一声，"那靳总就等着我们公司的律师函，以及各大媒体对贵公司的曝光吧！"

第 34 章　谋定而后动

"在那之前,我想请李小姐听一听我搜集到的证据再做决定,"靳燃从容不迫地说,"其一,昨天乔装成狗仔的那两个人我已经找到了,他们是贵司的两名工作人员,李小姐给了他们每人10万元,并且买通了酒店经理,完成了这个连环套;之后顺理成章地以对戏为由,在徐小姐完全不知情的情况下,拍摄了那几张'暧昧'的照片,又找人发布到了网上;最后把责任全部推卸到我们公司和酒店身上;再借媒体之手,无偿为贵司的新戏和邓先生做宣传;最后再拿到一笔赔偿,贵司分文不出,这一场外景就能顺利拍摄完成。不知道这一招,李小姐以前是不是常用?"

"你……"

"李小姐别急着翻脸,这还只是其一,后面还有更精彩的。据说前段时间贵司刚签了一个新人,姓蔡,李小姐借栽培包装为由上下其手,被人拍到在酒店出入。我倒是很想知道,这两个大料爆出去,到底是哪一个先上热搜呢?"

李静的脸完全黑了下来,刚才还胜券在握,此刻额头上已出了一层汗。她没想到,自己的如意算盘全落了空,还把自己搭了进去,真是阴沟里翻船。

"靳总,"李静擦去额头上的细汗,硬挤出一抹笑容,"我们都是生意场上的人,何必把人往绝路上逼呢,您说是吧?"

"把人往绝路上逼?"靳燃笑,"李小姐似乎是搞错了,我只不过是以眼还眼而已。从头到尾,你可没想过要放过我们公司,巨额的赔偿,道歉声明……我们不但要给您擦屁股,还要防着您哪天突然不高兴了再讹我们一笔。礼尚往来,李小姐觉得,我该怎么做呢?"

李静的面部抽了抽,"靳总,凡事留一线,日后好相见,你真要赶尽杀绝,对贵司和靳总也没什么好处不是吗?刚才是我一时糊涂。只要靳总替我守住这个秘密,以后 SN 娱乐的所有影视剧,都会无偿为贵司植入广告宣传。下午的新闻发布会,我们也会澄清这是个误会,不会给贵司造成任何损失,您看如何?"

靳燃拿到证据之后,并没有第一时间公开,而是来找李静谈判,本来他也没打算真的跟 SN 娱乐撕破脸,更不想一来就树下这么大一个劲敌。既然是猛料,那他就要让它发挥出最大的价值,这是一个商人最起码的信仰。现在谈判的筹码在他手上,规则自然应该由他来决定。

"靳总,这已经是我能做到的极限了,我与贵司新任的 CEO 顾总也算是故交,还请靳总看在顾总的面子上,网开一面,行吗?"李静搜肠刮肚地想着理由,赌上了最后一个筹码。

"顾总?"靳燃说,"我怎么知道你是真的认识顾总,还是故意拿顾总的名头来压我?嗯?"

李静咬了咬牙,"靳总,我话都说到这个份上了,难道还敢藏着掖着吗?不瞒您说,现在有几家娱乐公司会真地找外景实地拍摄,大部分都是在摄影棚完成,后期再加特效,要不是顾总背后替您说好话,我们也犯不着大老远跑到这里来拍摄,您说是吧?"

"这么说,SN娱乐答应我们公司邀约,是因为顾总?"靳燃面无表情地问道。

"算是吧,这里头的具体情况我也不太清楚,只知道顾总跟我们公司大股东有交情,是大股东直接审批的手续。否则,这一次拍摄根本没必要到裴心岛来,"李静说,"靳总,我该说的都说了,你就看在顾总的面子上,放我一条生路,好吗?"

靳燃略微垂下眉眼,看来顾飒不但动作比他想象中的快,手还伸得比他想象中的要长,她人还没到任上,就已经开始遥控非途旅行的一切事务了。靳燃迅速收回思绪,看着李静,"除了你刚才提到的,我还有一个条件。"

"什么条件,只要我能做的,一定不会拒绝。"李静悬着的一颗心总算是松了一半,迫不及待地问道。

"开除那两个乔装成狗仔的工作人员,我不想再看到他们。"

李静没想到,靳燃提的条件居然是这个,那两个不成气候的东西,坏了她的好事,就算靳燃不提,她也不会再留着他们。留着也始终是个祸患。

"靳总放心,他们以后绝对不会再出现在你跟前。"

"那好,"靳燃说,"只要贵司下午的新闻发布会澄清了,属于李小姐的东西,我自当奉还。"

李静这才彻底松了一口气,溜须拍马了一阵。直到靳燃离开,她才虚脱地瘫在了沙发上,如果靳燃稍有踟蹰,她的前程可就毁了,她苦心经营了这么多年,怎么甘心就这么被靳燃摆一道呢,可她也很清楚,靳燃背后还有顾飒。这个女人,是她绝对惹不起的。

袁莱也不知道靳燃跟李静到底都谈了些什么,下午的新闻发布会,SN娱乐当众澄清了这次的事件属于谣传,并且放上了当时对戏的现场照,还高度赞扬了非途旅行的服务和合作。

"我怎么觉得,这事儿有点不对劲儿啊,"袁莱看着电视上的直播,一边扭头看向靳燃,"到最后,我们公司和航空公司成了最大赢家。现场来了这么多媒体,单是这一笔宣传费就不得了啊。"

"这才叫,谋定而后动,"靳燃一边埋头削苹果一边说,"你现在才反应过来吗?SN娱乐本来想趁机敲我们一笔,却没想到反被我们将了一军,这'顺带'的宣传不要白不要,裴心岛这条路线,再被媒体一提,很快就会火爆起来的。"

"老奸巨猾！亏得你早晨居然还装得那么认真。"袁莱愤然地指控道。

靳燃也不反驳，将削好的苹果切成小块，递了过去。

正志律师事务所。

赵承志一脸忐忑地走进电梯，昨晚赵大律师一夜未眠，眼皮下面一圈青痕，堪称国宝级别的赵律师一进事务所，周遭立即传来一阵哄笑声。

赵承志不知道出了什么事，一脸茫然。不知是谁从他身后走来，满脸猥琐地说："啧，赵大律师，这保密工作做得这么好啊。"

"可不是，"又一个笑眯眯地说，"这玫瑰花都送到办公室了，赵大律师可真是艳福不浅啊。这也太低调了，让我们这些单身狗情何以堪啊。"

四周都是调笑声，赵承志捕捉到几个关键词，"玫瑰花""艳福"，这都什么玩意儿？

赵承志一头雾水地看了众人一眼，他昨晚上一宿没合眼，此刻便假公济私地数落了众人几句。刚才还热闹非凡的事务所，一下安静了下来。赵承志闭了闭眼，拎着公文包，朝着办公室走了过去。老远他就闻到一股不太浓烈却出奇好闻的香味。赵承志心头"咯噔"一声响，脚下仿佛瞬间生出一丛刺来，本能的想要转身就跑。

"师父，你来了，"沈双双挽着袖子，身后两个跟班抬着一个还没拆的咖啡机。她朝着两个跟班指了指，"呐，东西就放在那边柜子上，给我安装了再走。"

"是，大小姐。"

沈双双气定神闲地指挥完了，然后笑眯眯地朝事务所的革命战友们挥了挥手，"这个机子是刚出的最新款，豆子也有，柜子里有零食和饮料，欢迎大家自取。"

"噢耶！再也不用喝速溶咖啡了，双双万岁！"

其他人跟着附和，沈大小姐俨然成了整个事务所的金主。要知道，茶水间的咖啡全都是速溶条，零食和饮料也永远都是往养生养老靠齐，摆在那里都快过期了也无人问津。

赵承志眼看着原本还算宽敞的办公室，增加了这么多东西，变得格外拥挤，连墙角边的绿植都快摆放不下了，他养在桌上的盆栽已经被挪到窗台，摇摇欲坠，感觉随时都可能落下牺牲。

赵承志两边太阳穴突突直跳，眼疾手快地将盆栽拿住，重新放回桌上，一边抬眼看向沈双双，"你这又是想干什么？"

按照规矩，沈双双只不过是一个实习生，占用他的办公室已经不合适了，现在还喧宾夺主，简直是岂有此理。偏偏赵承志憋了一肚子火无处发泄，满脑子都是昨天沈双双那个拥抱。这说也不是，不说也不是，整个人气势一下就弱了下来。虽说大清朝都灭亡一百多年了，可这位赵大律师一向洁身自好，对于男女之事一向严防死守，生怕沈双双跳出来要他负责，那他真是有冤没处申了。

第35章　缘分

沈双双把一旁娇艳欲滴的玫瑰花抱了过来，一把塞到赵承志怀里。赵承志被塞了个猝不及防，瞪圆了眼睛盯着沈双双。现在的小姑娘怎么回事，一点都不矜持，简直是世风日下啊！

"你……这个……我……"赵承志舌头都打不直，连句完整的话都说不出来。

"师父，"沈双双说，"如果说我之前表达得不够清楚，那么我现在正式宣布追求你，所以，你准备好接受来自徒弟的糖衣炮弹和狂轰滥炸吧！"

"……"平常能言善辩口若悬河的赵大律师，愣了好半天，十分谨慎地修饰了一下措辞，"不是，小沈，那个，你是不是对我有什么误解？那天的情况你也看到了，我有喜欢的人，所以，我不能答应你，更不能耽搁你，你看我这一把年纪了，嘴贫人贱还一事无成，这一辈子最多也就混成个二等人，你出身豪门，根正苗红，犯不着在我这棵老歪脖树上吊死，你说是吧？"

这熊孩子是缺心眼吧！

"我知道，你喜欢袁莱姐对吧？"沈双双眨巴了一下她那双卡姿兰大眼睛，似乎一点都不介意，继续说，"没关系的，你可以默默喜欢袁莱姐这么多年，我也可以啊。我就不信，我会输给袁莱姐。反正，我已经下定决心追求你了，谁都拦不住。你就死了这条心，等着嫁给我吧。哦，你娶我也成，我都不介意的。"

赵承志嘴唇轻轻嚅动了几下，哭笑不得地看着沈双双，干巴巴地挤出来一句："你到底看上我哪儿了，我真的会改！"

沈双双无声地笑了一下，"哪都看上了，好了，现在是上班时间，咱们在这卿卿我我的影响不好，我刚才看了一下行程表，今天要去见两个当事人，师父，咱们走着？"

赵承志居然被堵得哑口无言。忽然接到丁昂的电话，说让他带个熟悉的律师跟着过去一趟，他有事情要交代，丁公子这电话来得太突然，颇有一种要交代后事的架势。赵承志不敢耽搁，领着沈双双就赶去了医院。上了高架，他才回过神来，自己真是作死，居然把沈双双这个不定时炸弹带在了身边。

徐辛颐去公司上班了，丁昂身上还缠着厚厚几圈绷带，隐约还能看到一点暗红，他半靠在床头，心不在焉地打着手游，眼睛时不时地朝着病房门口看，身边是一摞红本本。赵承志一到，他就撂了手上的手机，一边轻轻扶着伤口，一边说："老赵，你总算是来了，我听说做财产公证需要两个人，就让你多带了一个……这位是？"

"我们事务所的实习生，也是你前任相亲对象，沈氏集团那位大小姐，"赵承志磨了磨后槽牙，话音一顿，"你要做财产公证？你这是准备要结婚还是准备为国捐躯？"

丁昂有点心虚地看了一眼沈双双，"什么相亲对象，还不是家里大人太闲了乱来，咱们先不说这个。这一摞是我名下所有的资产，包括飞昂电竞俱乐部的所有证件。你回头给我做个公证，这些东西，全都过户到辛颐名下。以后哥就是个一穷二白，需要辛颐包养的小白脸了。"

赵承志总算是后知后觉地反应了过来，徐辛颐和丁昂两人和好了，这把闷骚又委婉的狗粮，险些把他直接噎死。凭什么这王八蛋居然比他还先脱单，徐辛颐居然在同一个贱人身上瞎了两次，苍天啊！

赵承志挤兑了丁昂几句，末了又看到他那些红本本，差点犯了心脏病，同样是人，为什么差别就这么大，他拼死拼活才买了一个小三居，老头子还贴补了一点；丁昂名下别墅、公寓好几栋。艾美集团太子爷这名头，果真不是白得的，投胎果然是门技术活。

"单是这些不动产加起来，估值至少过亿了，"赵承志说，"还有你那么多豪车和飞昂电竞俱乐部，目前电竞这块发展得很不错，估值也不会太低，你可要想好了，万一将来你们两个分手或者离婚什么的，你可是一文钱都拿不到，要净身出户。"

"辛颐一直都想在上海有个家，我能替她做的也只有这么多，"丁昂说，一侧眉梢略微动了动，"何况，我跟她在一起，图的就是天长地久一生一世，我丁昂这辈子就算是死，也要死在她名下，跟她埋一块土里。再说了，如果将来真的要分开，那也是我混蛋，我净身出户是我活该。要是……要是她变心，她一个女孩子，一个人也挺不容易，我总不能让她吃苦。"

"我去你大爷的，"赵承志眼圈一下就红了，声音有些沙哑地说，"一把年纪了，一点都不稳重，你跟辛颐这才刚开始，想那么长远干什么。"

"长远吗？"丁昂无声地笑了一下，"在我心里，我已经跟她过完一生了，我怕时间不够长，我们还什么都没做就已经老了。"

"打住，你别再虐狗了行吗？我回头就给你做公证，完了再给你拿根绳拴在心口，出门人家就知道你是有主的人，保证不会再纠缠你，你看成不？"

"滚！"

赵承志把公证的具体内容仔细跟丁昂说了一遍，丁昂搜肠刮肚地把自己名下能公证的都公证过了。要不是艾美集团还不是他的，估计也要一起罗列到了公证内容里。

"对了，听说你们队马上要跟首都一个什么战队比赛了，时间定了没，我们到时候也去给你助威啊。"赵承志一边埋头记录一边说。

飞昂电竞前些天才拿了一个国际比赛冠军，也是国内第一支冲出亚洲的电竞战队，算是一战成名天下知，这一次国内常规赛，据说是迎战老牌的电竞战队——嘉士电竞队。

赵承志这种老古董,对游戏比赛没什么了解,要不是丁昂他们战队拿了冠军,被新闻媒体报道,他几乎要以传统的观点认定打游戏这种行为本身就是不务正业。然而,不务正业的丁公子,现在已经是电竞圈名流,名气丝毫不输艾美集团。否则,丁公子怎么可能到现在还活得这么任性,早被他那个强势的老妈抓回去当继承人去了。

"还有几个月呢,您老不是日理万机,有操心不完的国家大事么?有空来看我不务正业?"丁昂说,"不过话说回来,靳燃也回来这么久了,大家都还没来得及好好聚一聚。等我好点了,我做东,大家聚一聚,顺便庆祝我和辛颐和好。你要是怕虐,把你这个实习徒弟一起带上嘛。"

沈双双喜欢赵承志,就差在脑门上写明了,丁昂也乐得做这个顺水人情。何况,袁莱已经跟徐辛颐通过气了,她跟靳燃已经和好。单恋多年的赵大律师,简直是直男癌的典范,难得碰到这么一个眼瞎的,再不抓紧可就真的要单身一辈子了。

"好啊,反正我最近一直都很闲,"沈双双说,唇角弯了弯,"不过,今天来得太过匆忙,我也不知道丁公子受伤,否则,怎么也不会空着手来,下次我一定带上见面礼,好好谢谢丁公子。"

"谢我?"丁昂一头雾水,问道。

"当然要谢你啊,要不是你当初托师父来跟我相亲,我怎么会因缘际会地认识师父?这大概就是传说中的缘分吧。"

一向八面玲珑的丁公子,居然被沈双双这一番话堵得哑口无言,再看一旁赵承志一副想找条地缝钻进去的表情,丁昂看了沈双双一眼,又看了赵承志一眼,莫名觉得这两人太配了,要是这两人真能走到一起,那真是缘分了。

赵承志黑着脸,也没多待,就借口要去会见当事人,领着沈双双走了。丁昂在床上打了会手游,糊里糊涂地睡了半天,看时间差不多了,瞒着护士和徐辛颐,自己从床上爬了起来,换了一身熨帖的深蓝色西服,帅一脸地出门去接徐辛颐了。

在他心里,不去接老婆回家的男人,都是垃圾。

徐辛颐忙完了公事,看时间差不多了,拎了随身的包,就坐电梯直接下楼,准备先去超市买点食材,给丁昂做点清淡的小食过去,她刚从电梯出来,一个挺着大肚子满脸雀斑的女人兜头就朝徐辛颐泼了一瓶深黄色的液体。

那液体,大概是尿液,一泼到徐辛颐身上,整个大堂里顿时弥漫着一股浓烈的骚臭味,徐辛颐根本来不及躲开,液体顺着她的发丝,洇进了衣服。

"你这个臭婊子,贱人,勾引人家老公。睡人家老公就那么爽吗?我打死你这个贱人!呸!"

第36章 挑拨

一石激起千层浪，那大肚子女人几句诛心的谩骂，立即惹来一阵围观和窃窃私议。因为是下班时间，也有不少徐辛颐公司的同事路过，众人围在一起指指点点，一个比一个说得难听。平日里见面摆出三分笑脸的同事，此刻全都掀开了伪装的面具，露出他们刻薄冷漠的一面。

徐辛颐僵立在原地，浑身轻轻抖动着，手指无意识地捏紧，她自己都能闻到自己身上难以掩盖的臭味。这脏水和那些难听的话像是有毒，灵巧地钻过她皮囊，随着血液，一点一点渗透进她心里，轰然湮没她的自尊，浮出她骨血里抹不开的自卑。

"你干什么？你疯了！你给我住手！"

拥挤的人群里，陡然跑出来一个身材高大的男人，这男人一身名牌，脖子上还挂着一大串金链子，他不是别人，正是徐辛颐的前男友，高子富。

那一瞬间，徐辛颐突然明白了什么，一股凉意从她脚板一直爬到背脊，眼神像是淬了毒的刀，怨毒地从高子富身上刮过，她本来以为高子富只是脚踏两条船，却没想到，这个男人从头到尾都是在骗她，他有家室。而她被蒙在鼓里这么久，到头来还要承受那个大肚子女人的羞辱、谩骂，连辩驳的借口都没有。

这时，丁昂不知道是从哪里走出来，脚下没有丝毫迟滞，一贯风流潇洒的脸上，此刻满是阴沉和愤怒。他走到徐辛颐身边，一把握住她的手腕，发现徐辛颐的手指冰冷刺骨、轻轻颤抖。

他不在的时候，她一个人承受了多少辛酸委屈；他不在的时候，他们是不是都这样欺负一个弱女子？

一直躲在旁边看热闹的保安慌了神，匆忙挤入人群，谦卑又恐惧地低下头，"少爷，您怎么在这儿？这……您没事吧？"

他能有什么事？

"你们都是干什么吃的？把这女人给我扣下来，马上报警！我不管她是谁，也不管她是马上要生产还是在这儿寻死觅活，给我带走！我的律师马上就到！"丁昂死死抓着徐辛颐的手，声音出离了愤怒，目光里满是寒意。

"是，少爷！我……我马上报警！"

保安报了警，不明所以的围观群众又开始指指点点，窃窃私语的声音像是被放大了无数倍，一点一点灌进徐辛颐的耳朵里。那些侮辱谩骂的话，徐辛颐从小听到大，她的愤怒和眼泪，从来都不能阻挡那些明枪暗箭，要么屈服，要么征服，只有这两个选择，而一旦做了选择，她就没有后退的资格。她本来似乎对这一切早已经习以为常，可是不知道当看到丁昂站在她跟前，她忽然觉得万分委屈。

高子富似乎也没料到事情会变成这样，起初他还想息事宁人，后来大概担心警察来了丢人现眼，居然当众丢下那大肚子的女人自己走了。那大肚子女人被带走之后，围观的人群才逐渐散开。丁昂脱下身上的外套，轻轻披在徐辛颐身上，抬手替她把凌乱的头发拢到耳后，"别怕，有我在，谁要是敢欺负你……我亲手杀了他。"

本来凶残阴狠的一句话，可是从丁昂口中说出来，倒比天底下所有的情话还好听。徐辛颐心想，如果错过了丁昂，她这辈子大概再也遇不到比他更好的男孩了。

上了丁昂的车，她沉默地坐在副驾驶的座位上，手指抓着丁昂那件西服，突兀地说："我不知道他有老婆，也不知道他结过婚，我没想伤害任何人，可是为什么会变成这样？"

她没法安慰自己她也是被害人，任谁挺着个大肚子知道自己男人在外拈花惹草都接受不了，她嘴上总是说对感情不在意，却偏偏又每次都被伤得体无完肤，连为自己辩解的勇气都没有。

她错了吗？

辛辛苦苦从穷乡僻壤来到这里，她想和所有人一样安稳地踩在这片土地上，可命运从来不会雪中送炭，只会雪上加霜。于是她只好选择屈服，选择最快捷的方式，跟他们融为一体，所以她答应了高子富的追求，哪怕她并不喜欢高子富。

"辛颐，"丁昂沙哑的声音响起，心如刀割，"别说了好不好，以后，再也不会有人欺负你了，那一切都过去了，乖。"

徐辛颐突然觉得心安，眼前这个男人除非她死，否则她再也不会放手。

裴心岛，SN娱乐的事情顺利解决之后，一切都步入了正轨，这次来参加线路体验的游客，对行程安排十分满意，即使偶尔有小摩擦，也都很快解决好了。这一段旅程，是前所未有的顺利，与此同时，Vincent的调职公告发出来之后，没有人发出异议。

一应事宜交接完毕之后，Vincent就会离开上海，回总部任职，非途旅行内部讨论组里，每天都是有关新任CEO的猜测，也有人提到那个神秘的新股东，却一直都没正式通告，新任CEO的人选成谜。不止非途旅行内部人员关注，连同行也忍不住过来打听，可那位神秘的新任CEO却始终没有露出半点蛛丝马迹。

一天的线路下来，袁莱满脸疲倦地窝在沙发里，连动都懒得动一下，靳燃去给她打了大半盆热水让她泡会儿脚，也算是放松放松。这地方其他配套设施尚不完善,休闲娱乐设施还跟不上,只能在这酒店附近活动。心急吃不了热豆腐,凡事都得一步一步来。

"对了,"袁莱勉强撑起眼皮,"公司最近都在讨论新任 CEO 的事情,你路子广,知道新任 CEO 是谁吗?我听小菲说,好像要从总部下来一个什么大人物,不会又是空降兵吧?"

靳燃是 Vincent 直接请回来的,因此在不少人眼中,靳燃就是一名标准的空降兵。这一次总部直接把 Vincent 调了回去,新任 CEO 的人选,自然也是众说纷纭。个个都是福尔摩斯附身,几乎把能猜的人都猜测了个遍,但总部不下调令,这事也敲定不下来。袁莱也是赶鸭子上架,迫不得已才代表人民群众过来逼宫的。

"总部的决定,我们底下的人怎么会知道?"靳燃说,落在键盘上的手指略微顿了顿,"我刚到非途旅行不久,对公司的人事还不是太熟悉,稍后总部的调令下来,不就知道了吗?"

袁莱听他这么一说,倒也没多想,靳燃之前一直都在国外,国内的人脉和资源未必跟得上。何况,新任 CEO 的事情是由总部决定,靳燃不知道也在情理之中,袁莱没再多问。泡完脚,正准备整理一下这几天的路线情况,纪敖亭的电话突然打了进来。

袁莱伸长了脚,背靠在沙发沿边,接起了手机,刚说了没几句,就听见纪敖亭问她:"袁经理,靳总有没有告诉你,新任 CEO 是谁?"

"新任 CEO 的调令还没有下来,靳总怎么会知道?"袁莱说,"纪总要是没别的事,我就先挂了,我还有很多事要处理。"

"看来靳总确实很沉得住气,连你都瞒了下来。"

"纪总这话什么意思?"

"虽说新任 CEO 的调令还没下来,不过,"纪敖亭话音略微一顿,唇角擎着一丝意味不明的笑意,"总部已经确定,新任 CEO 是这次刚入股的大股东,不知道你有没有听说过,她是靳总的贵人,著名的华尔街金融投资人,姓顾,叫顾飒。"

袁莱的心开始不断地往下沉,整个人都好像静止了,"你说谁?"

"好了,我该说的已经说过了,袁经理认真工作。还有,祝你们旅途愉快,晚安。"

袁莱一直捏着手机,好半天,脑子里沸反盈天的思绪突然奇迹般地停了下来,冥冥之中仿佛有一根看不见的线,把最近发生的一切都缓缓地串联在了一起,逐渐在她脑海里汇聚成一个怎么都挥不去的名字。

她记得,靳燃跟她坦白的时候,提到过顾飒的名字,简短的几句描述,只说顾飒曾经帮过他,对他有知遇之恩,可是顾飒呢?

顾飒突然入股非途旅行,Vincent 又突然被调回总部,她再迟钝也知道这绝不可能是巧合，可顾飒如此费尽心机，到底是图什么？图钱财，还是……图靳燃这个人。

袁莱顿时心乱如麻，刚才满脑子工作，这会儿居然乱成了一锅粥。好在靳燃这会儿不在，否则，以她这点定力，必定被靳燃一眼就看穿了。可是靳燃为什么要骗她？是怕她怀疑多心，还是，他本来就心怀鬼胎？

第 37 章　只要你说，我就信你

袁莱揉了揉眉心，反正也没了心思在这写报告，她索性关了电脑，一瘸一拐地走了出去，酒店外面蛙声一片，她埋着头，不知不觉走到一处小院落外面，院落里栽种着一些花草，即使隔着一道院墙，也能闻到花草的清香，恬淡之中，仿佛又带着一点檀香的味道。袁莱仔细观察了一下，才发现这地方居然是一座小小的寺庙，院门洞开，细碎昏黄的光线深浅不一地照了出来，袁莱心里左突右撞的千头万绪，突然奇迹般地平静了下来，归于无声。

她在门口伫立了片刻，然后走了进去，寺庙虽然不大，却是五脏俱全。穿过前院，就到了大殿，大殿里亮着灯，一个穿着僧袍的年轻人跪在堂前，似乎是在做晚课，听到门口有脚步声，他也没有理会，等到最后一句经文念完了，他磕了头作了揖，这才从蒲团上站起来。

"施主深夜到访，可是有什么烦扰？"僧人双手合十，年轻的面容上，带着温和又浅淡的笑意。

"刚才路过，看到这里亮着灯，就走进来看一看，"袁莱说，学着僧人的模样，双手合十，"本来是有些烦心事，此刻已经幡然醒悟，多谢高僧。"

僧人念了句佛偈，重新又坐回去打坐念经。袁莱没敢再打扰，悄然退了出去，来之前的烦恼，好像都随着起落有致的木鱼声，遗落在了无边的夜色之中。

靳燃开完视频会议，独自坐在休息室里，他闭上眼睛，回想起袁莱之前的问话，连他自己都说不清楚，自己为什么要隐瞒。桌子上的手机响了起来，来电显示是 Coco，靳燃揉了揉眉心，接起了手机。

"Martin，你之前让我调查 SN 娱乐的背景资料，我已经托人查到了一部分，SN 娱乐幕后的确有不少的人脉资源，有些是真正大佬级别的，不过，有一条我猜你应该感兴趣。"

"说重点。"

"SN 娱乐在两个月之前，突然加入了一位神秘股东，你猜猜这神秘股东是谁。"

"顾总。"

"啧啧，Martin，你能不能考虑一下给我留点面子？人家好不容易才查到这一层，你就不能假装猜不出来吗？不过话说回来，那老女人不但动作快，还相当地了解你啊。Martin，你回国之前，真的没跟那老女人透露过你的计划吗？我怎么觉得，她步步都走得比你快，就好像她一直在牵着你鼻子走。"

三个月前，Vincent 向靳燃发出邀请，靳燃不动声色地安排好了后路，直到三个月之后，他才布好所有的局，踏上回来的航班。他一直以为顾飒对此事一无所知，却不知道，螳螂捕蝉黄雀在后，顾飒早就摸清楚了他的计划，并且顺着他的计划一步一步地埋下引线，只等着他无力收拾局面之时，她再挺身而出，而他永远只能活在她的阴影下，成为她的附属品。

"我知道了，"靳燃说，"我让你查的事情，不准透露任何风声出去，还有……"

"陛下还有什么吩咐？不过，陛下能不能看在卑职为你跑断腿的分上，先把我调回去，这地方鸟不拉屎，我都快抑郁了啊。"

"派你去大阪不是让你去度假养生的，没查清楚那件事之前，你别想回总部去，你记着，留给你的时间不多了。"

Coco"嗷"地嚎了一嗓子，抱怨了半天，总算是坑下来小半年的面膜钱，这才美滋滋地挂了电话，继续苦命地干活去了。革命尚未成功，同志仍需努力啊。

靳燃回到房间，发现袁莱不在，心里有点发慌，本能地想要去找袁莱。他的身体先于大脑发出指令，脚刚抬起来，袁莱刚好回来，两人就站在门口四目相对。袁莱先回过神来，把门关上，一瘸一拐地朝着沙发那边走了过去。

"你视频会议开完了？"袁莱坐下来，仿佛刚才什么都没发生，"我就是烦写这报告，怕靳总到时候给我打回来，去楼下走了走，整理思路。"

"莱莱，"靳燃在她对面坐下来，起了个有些沉重的调子，"有件事，我想我该跟你说清楚。"

袁莱心头没来由地一跳，有点茫然地抬眼看着靳燃。靳燃深吸了口气，谨慎地修饰了一下措辞，"你还记得，我之前跟你说过，五年前我在日本的遭遇，有一件事，虽然对我来说并不紧要，但我还是想亲口告诉你。我在日本，跟顾飒结过婚，不过我们之间并没有夫妻之实，只是为了帮她争取 Alex 的抚养权，Alex 是她和前夫的儿子，也算是我的干儿子。"

"你说……什么？"袁莱彻底呆住了。

她本来以为靳燃是要解释新任 CEO 的事情，却没想到，靳燃说的竟然是这个。她一时之间有点反应不过来，可脑子里却隐约捕捉到了一条微弱的脉络，难怪靳燃回国之后，顾飒会突然入股非途旅行，现在还不远万里，到非途旅行来任职，她是为靳燃而来。

"我无可辩解，"靳燃语气有些艰涩地说，"五年前，她帮过我，那个时候，如果我不帮她，她就会失去 Alex 的抚养权，忘恩背义这种事，我做不出来。她拿到 Alex 的抚养权之后，我们就办理了离婚。这五年来，我跟她一直都是相敬如宾，没有半点逾矩。莱莱，你相信我，这些年，我心里从头到尾都只有你一个人。"

漫长的沉默横亘在两人之间，这突如其来的消息，就像是平地响起一声惊雷，震得她一片空白。

"那她呢？"沙哑的声音打破了沉默。

第37章　只要你说，我就信你

她相信靳燃，在经历了这么多之后，她不愿意再怀疑或者猜忌，刚才纪敖亭那通电话，的确让她有所怀疑，可既然靳燃不愿意说，她便相信靳燃是有苦衷。靳燃这个人，本来颇有几分少年老成的味道，何况五年前又经历过挫折，做事自然要比旁人更加深思熟虑，所以，她即使心里有不痛快，也没怀疑过靳燃，哪怕靳燃此刻跟她坦白，她也没有半分犹疑。可她不相信顾飒。

她也是女人，明白一个女人如此为另一个男人，除了喜欢，找不出第二条理由。顾飒曾经帮过靳燃，从这个角度来说，顾飒也算是她的恩人。可这世上，不是所有的恩情都得要牺牲自己去成全的。

"她喜欢我，"靳燃说，双手合十，微凉的指尖抵着额头，面上缓缓浮出一抹倦色，他压低了声音，"拿到 Alex 的抚养权之后，我就提出办理离婚，她当时就向我坦诚，说第一次见到我，在我出手帮助她的时候，她就喜欢上我了，后来我遇到那么多麻烦事，她愿意出手帮我，实际上是想让我欠她人情，然后一点一点地依附于她。顾飒是一个十分精明的商人，即使是感情，她也能够通过精密的算计，拿出恰到好处的策略，她该示弱的时候示弱，该强势的时候又会比谁都强势。现在她即将加盟非途旅行，这些事是迟早瞒不住的，或许现在的时机不太合适，但我不想再骗你，就算你不相信我说的，我也不会后悔。"

还有半句话，他硬生生卡在喉咙里，没有说出口：就算你觉得我骗了，你要再一次放手，我也绝不松手。

人生短暂如白驹过隙，转眼就过去了。五年前，他已经错过一次，他不会再错过第二次。何况，阴谋算计里算不出真感情，他这颗心，从未动摇过分毫。

"我相信你，"袁莱缓缓地吐出一口气，"如果我说，我没逻辑、没道理的，只要是你说的，我都相信，你会怎么样？"

没有预想中的怒火翻腾，也没有歇斯底里的盘问追究，好似那根一直卡在那里的细细的刺根本不存在，连皮肉都没刮疼，就这么悄无声息地被拔除了。靳燃一时居然有点反应不过来。

"五年前你有许多身不由己，你都对我坦白地说了出来，你说得对，如果有一天，所有这些我都是从另一个人那里听来的，我或许不会这么相信你，"袁莱说，"因为我喜欢你，所以你说的每句话我都相信，哪怕你是在对我说谎，我也会信。但是靳燃，如果你不能瞒我一辈子，有一天被我发现那些谎话，我就再也不会相信你了。信任有时候就是这么不堪一击，所以，请你记住这句话，不论多大的事情，只要你说，我就信你，但是不要骗我，可以吗？"

五年前，那个时候，靳燃一无所有，不论他做出怎样的让步，都是无可厚非，她也都可以接受。但她唯一不能接受的，就是谎言。

靳燃沉默地扣着手指，骨节处泛起一片白色。他终于是抬起眼，黑沉沉的目光看着袁莱，"莱莱，对不起。"

千言万语，他只有这一句"对不起"。

第38章　十年

裴心岛的旅程，很快就顺利进入尾声，参加体验的旅客对非途旅行的服务都十分满意，也有当场提建议的，靳燃和袁莱都仔细记录了下来。等回到上海，前后一折腾也差不多快半个月了，丁昂的伤也好得七七八八，这天刚一出院，就召集靳燃和赵承志他们几个去了谷阳的咖啡馆聚会。

咖啡馆依旧和从前没什么太大差别，墙上那幅素描的白簪花，仍旧挂在最显眼的位置，谷阳有些出神地盯着那幅画，将最后一杯咖啡端过去之后，他并没有走，只是站在一排人跟前，略微推了一下鼻梁上的眼镜，声音沙哑地说："诸位，我很抱歉，因为今天是这家咖啡馆最后一天营业了，今天所有的客人全部免单，算是回馈给诸位这么多年对小店的照顾……我要离开这里了。"

Here 咖啡店在这开了十几年了，价格和味道一直都没改变，老板谷阳偶尔也会研制一些新的糕点，无偿赠送给来光顾它的客人。它就像是一盏一直伫立在这里的路灯，无声无息，却见证着时光的流逝和他们这一帮子人的悲欢离合。

"离开这儿？"靳燃说，"是出什么事了吗？"

谷阳是土生土长的本地人，根在这里，这家算不上宽敞的店面，是他父辈留下来的产业，他大学毕业之后没有像所有社会精英一样去寻找前途无量的工作，而是从父辈手上接下这一点家业，勤恳而又踏实地经营着，不求闻达显贵，单凭问心无愧。

一个扎根在这里的人，为什么突然要离开？

"好端端的，怎么突然要关店，"丁昂走过去，抬手拍了拍谷阳肩膀，"是不是遇到什么困难了，说出来，或许我们可以帮你一起解决啊，你这风水宝地，可见证了我们的成长，要真关了，我们是真舍不得，你看我们这儿，上市公司COO、大律师，还有本人，大集团太子爷，兼电竞达人，这么优秀的组合凑在一起，天大的事小爷也能给你摆平了，大老爷们儿的，有话就说，到底出什么事了。"

丁昂嘴贫人贱，还是熟悉的味道，还是原来的配方，不以他挨过一刀为转移。但凡他有一口气，估计谁也管不住他这胡说八道的嘴。

袁莱和徐辛颐两个女孩子，说话要委婉一点。谷阳苦笑了一声，拉了一把椅子过来，在一边坐下，几乎是用一种局外人的语气，讲述了一个年代久远甚至并不荡气回肠的故事。那是十几年前的事情，他刚大学毕业，接手这家小店之后，就改成了咖啡馆，那个女孩子是他的第一个客人。女孩叫白簪，是这附近的大学生，一来二去，两人就逐渐熟络了起来。谷阳难免会为那女孩心

第38章 十年

动,之后两人顺理成章地走到了一起。和所有风云际会的烂俗故事一样,白簪很快就要大学毕业,人年少的时候总是爱追梦,想着要奔赴远大前程,白簪也不例外。她是师范生,摆在她面前有一个绝佳的机会。可世间事难以两全,前程和谷阳,她只能选择一个。谷阳年轻气盛,跟白簪大吵了一架,之后白簪就消失了,从此再也没了消息。

"这幅素描,是她当年画的,这些年我一直都在找她,但一直都没踪迹。前几天,我收到了一封匿名信,信里什么都没有,只有一张照片,照片里的人是她。我查过邮戳,是浙江的一个小山村。因为信息实在是有限,所以我也说不准她到底是不是在那里,"谷阳低垂着眉眼,"可是,我已经失去了整整十年,哪怕只有一丝机会,我也要去试一试。"

人生能有几个十年?

为了自己喜欢的女孩子,他可以耗尽自己一生,哪怕只有一丝机会,哪怕那又是一场没有结果的空欢喜,他也不想错过。

"照片能给我们看一下吗?"丁昂说,"我们恰好有定位追踪方面的技术,或许能帮得上忙。"

谷阳迟疑了一下,然后去吧台,从一个小盒子里翻出一张照片。这照片是他才收到的,小盒子里是一叠收拾得很整齐,但没盖邮戳的信。

"这张照片的信息可能不是很准确;这个小山村我也在网上查过,基本上查不到什么有用的信息。"谷阳说。

照片上,一个穿着白净连衣裙的女孩,站在一大片晨曦之下,脸上的笑容,美丽之中仿佛又掺杂了一点哀愁。手上抱着几本不算多的教科书,她很可能在那个小山村里教书。

"我马上找人定位,"丁昂说,"哪怕是大海捞针,咱们也得试一试。"

赵承志接着说,"我之前玩摄影,也认识一些朋友,他们有不少都是走遍祖国,或许可以通过照片上的植被和地貌,找到一些线索。"

接下来的日子袁莱和徐辛颐以及沈双双在各大网站上都发了寻人的帖子。一帮子人忙前忙后,总算是查到了一点有用的线索。

"有朋友认出来,这是他之前去采过风的一个小山村,不过,据说那边交通非常不便利,他也不敢确定,只罗列了几个村庄的名字和大致的路线图出来。"赵承志说,"一共有四个小山村,因为四周都是荒山,所以占地比较辽阔,去这些山里对他们女孩子来说,实在是太冒险了;丁昂身上的伤还没痊愈,不适宜长途跋涉;莱莱他们公司最近面临人事大变动;我看不如这样吧,我和谷阳一起过去,两个人一起,路上也有个照应,怎么样?"

"师父,你怎么把我算漏了?这么惊险又刺激的事情,怎么能少得了我?"沈双双说,"再说了,这么缠绵悱恻的爱情故事,可不只是你一个人被感动,我也很感动啊,我也想出一份力。我看要不这样吧,我跟你一组,大叔一组,我们分头行动，这样比较节省时间，你们说对吧？"

赵承志正准备拒绝，一旁丁昂抢先道："我觉得沈大小姐的提议很不错，老赵，你委屈一下，就当是带小姑娘出去采风嘛，再说了，你们两个糙老爷们儿出去，我们还真不放心，是吧？"

跋山涉水去偏僻山村，指不定会有什么突发状况，带个女孩子去不是带个累赘吗？然而，赵承志还没来得及反对，大家已经帮他做了决定：沈双双和他一组，谷阳单独一组，简单收拾一下行李，第二天一早就出发。赵承志气得都快吐血，这些人全都是封建余孽啊，都什么年代了，居然还想给他包办婚姻。

然而，沈大小姐属狗皮膏药，甩都甩不掉，第二天一大早她就开了辆路虎揽胜过来接人，先把赵承志的行李给拎上车，然后把人给推进了副驾驶座，吭哧吭哧地就领着赵承志出发了。当然，出发之前，她还不忘拍了个照片发了条朋友圈，这种秀恩爱宣示主权的事情，一定不能错过。袁莱他们几个在照片底下，排队地评论了一句"嘴上说着不要，身体很诚实嘛"，差点直接把赵承志气炸了。

他们这边如火如荼地去找人，非途旅行总部终于下了调令，上海分公司的新任 CEO 那一栏，赫然写着"顾飒"两个大字，顾飒的产业大部分在美国和日本，国内除了一些大佬和有来往的公司负责人外，鲜有人知道这位新任 CEO 的身份。

"我刚才查了一下，我们新任 CEO 可是个超级大佬啊，在美国华尔街和日本都是著名的投资人，据说名下资产过百亿，简直是女霸道总裁的典范啊！"

"我也听我表哥说了，这一次是总部的秦总邀请她入股非途的，本来是要安排她在总部任职，不知道怎么突然拨过来给我们当 CEO 了，啧，有钱人的脑回路跟我们就是不一样啊。"

"你们懂什么？宁做鸡头不做凤尾，这些资本家都不是省油的灯，搞不好她就是借着咱们公司了解上海资本市场也说不定啊？"

袁莱看着电脑屏幕上不断跳动的消息，一只手略微斜支着额头，手肘撑着一份刚打印出来的报告，她正准备去交给靳燃，猝然一见到这么多的信息跳出来，脑子里不由得回想起当初靳燃交代顾飒身份时说过的话。顾飒这人善于算计，她这次来上海，恐怕也不只是为了靳燃，这几年国内经济和市场都逐步发展，尤其是新兴的电商产业遍及全球，顾飒本来就是华裔，就算不是为了落叶归根，光为了国内资本市场这块大蛋糕，也未尝不是一个合理的理由。可顾飒这人埋得实在是太深了，她到现在还没见过顾飒，更无法推测她到底有什么实力。袁莱想了想，突然想到打给丁昂了解一下情况，他或许知道一点关于顾飒的消息。

第 39 章 知己知彼

丁昂正跟人组队试游戏，他们战队技术已经逐步成熟，然而电竞这一行跟很多体育项目一样，吃的都是青春饭，人上了年纪之后，操作速度会不自主地降下来，自然而然地被新生代所淘汰。为了团队的未来，也是为了他们能够走得更远，丁昂决定自主开发游戏，第一款设计刚做出来，他就迫不及待亲自上阵体验，虽说还没到尽善尽美的地步，但游戏设计和场景已经粗具规模，只需后期再完善一些，再修复一些 BUG，便可以备案上线，正式投放了。

一局副本刷下来，丁昂点了支烟，跟开发团队交流完意见之后，这才看到手机上的未接来电。他裹着一身的烟味，回到自己的办公室，大门一阖上，就把电话回拨了过去。

"莱莱，不好意思，刚才在忙着跟人打副本，没听到电话，"丁昂说，细长手指插入发间，"你可是难得单独打给我，有什么事要我帮忙吗？"

"倒也没什么，只是想请你帮我打听一个人。"

"谁这么大架子，值得我们莱姐开口，不会是靳燃那小子在外头有花头，欺负你了吧？虽说他是我兄弟，可我一向是胳膊肘往外拐的，肯定站在你这边帮你的。"

"不是。"袁莱被他逗笑，别看丁昂是个标准的富家子，但身上却没一点趾高气扬，说话幽默风趣，也很会体贴人。袁莱说："你对上海的商圈和国际金融市场都有一定的了解，有没有听说过一个叫顾飒的人？"

丁昂刚才还一脸打趣的表情，闻言脸色一下僵住了，他抬手抽了支烟叼在口中，手指一下没一下地滑动着打火机，却并没有点烟，"听说过一点，这人是个美籍华裔，十几年前就拿了绿卡，不过因为丈夫是日本人，所以大部分势力都在日本。离婚之后，又转移到了美国，在美国华尔街和投行都相当有名。她目前在国内一共入股了六家上市公司，其中有三家是新兴的电商产业，还有一家是你们非途旅行，另外两家我暂时还没查到，不过应该都是国内比较有名气的大公司。按照她的投资方向来看，她很可能想把投资重心转移回国。对了，你问这个干什么？"

袁莱本来也只是过来碰碰运气，却没想到，丁昂居然对顾飒的情况了解得这么清楚，到底是巧合，还是丁昂事先就调查过顾飒？

"你刚才不是说了么，她现在入股了我们非途旅行，总部已经下了调令，马上就要调她过来出任上海分公司的 CEO，"袁莱说，手指无意识地捏着报告书的一角，"所以就顺口问一问，没想到丁公子知道这么多。"

"我其实之前也不太了解，是无意中从我妈那里看到一本股权让渡书，才特地托人去查的，顾飒想入股艾美集团，"丁昂目光略微沉了下来，然后轻轻笑了一下，"商人都是无利不起早，这女人也是狮子大开口，要的股权还不少，虽说出价高出市场价两成，但我总觉得这里头有点什么猫腻，所以让我妈不要签股权让渡书。可你也知道，我跟我妈关系不是太好，尤其是这几年，她反对我搞电竞，我说什么她都不听。愁啊！"

丁家只有丁昂一个独子，丁母蒋莉又早年丧夫，早就习惯了强势地掌控一切，对于这个独子，自然也想牢牢掌控在自己手中。可是丁昂大学毕业之后，却没有按照她的安排进入艾美集团继承家业，而是自己组建了一个电竞俱乐部，当时母子两人关系势同水火，蒋莉甚至停了丁昂的银行卡和信用卡，可丁昂还是没有回头。这一两年虽说母子关系缓和了一点，但始终不冷不热的，缺少了那么一点亲近的感觉。

"顾飒既然背景深厚，又有实力，你为什么反对伯母让渡股权？"袁莱不解地问道。

"我刚才不是说了嘛，商人都是无利不起早啊，那女人本身不是盏省油的灯，就像养宠物，万一有一天这宠物不听话，反咬你一口怎么办？再说了，公司这么多年一直都在我妈手里，我觉得挺好，不用再多一个人来插手。算了，这些商业上的东西，我一时也说不清楚，"丁昂说，"对了，老赵和双双去了浙江，你跟靳燃这是真正和好了，还是……？"

袁莱跟徐辛颐是姐妹，她们之间无话不谈，可丁昂到底是个男孩子，就算知道两人已经和好，具体细节也不好过于追问，这会儿顺口就问了出来。

"嗯，很多事情，是我误解了靳燃，"袁莱说，"不过你放心，今后我再也不会胡思乱想了，我也不会再放手。"

"那就好，"丁昂笑了笑，"靳燃和老赵都是我兄弟，这手心手背都是肉，以前你们俩分开，我看老赵那么辛苦追你，也不好劝阻，现在你既然做了选择，抽空还是跟老赵好好聊一下，再怎么说，大家都是十来年的朋友了，伤了谁都不好，对吧？"

"我明白你的意思，老赵那边我会找合适的时机跟他解释，"袁莱如释重负地缓缓吐出一口气，"话又说回来，那个沈大小姐我看她是真心喜欢老赵的，老赵这人啊，就是太固执，一根筋，上次当着我和靳燃的面，差点把人家小姑娘都弄哭了，真是朽木不可雕啊。"

丁昂没想到中间还有这么一出，他把当初托赵承志代替他去相亲的事情简单解释了一下，袁莱才恍然大悟，原来有这么一段曲折，可见有时候，缘分，实在是妙不可言。

挂断电话，丁昂立马就跟靳燃通了气，虽说他嘴上说站在袁莱这边，可这么大的事情，他不敢大意，他也不敢追问袁莱知不知道靳燃跟顾飒的关系，但他必须缄口不提，免得引起袁莱的怀疑。

"兄弟,我可是拼死替你护住了这个秘密,半点都没透露给莱莱知道,您老可悠着点,别被抓到什么把柄啊,"丁昂一脸的操碎心,"莱莱主动打听顾飒的事情,多半已经起疑心了,那女人在国内入股的这几家公司,都是跟你有关的。现在入股了非途不说,还想拉拢我妈,她这根本就是想利用这些来控制你。我看她迟早会对莱莱下手。你们好不容易才和好,可别再出什么幺蛾子了,小爷这心脏已经划了一刀,有点承受不住。"

"她都知道了,"靳燃说,"我在裴心岛的时候,把顾飒的事情都告诉她了。"

"嗯?!"丁昂正了正身子,一脸震惊的表情,"你连这个都敢说,我敬你是条汉子!莱莱怎么说?我看她刚才那语气,不像是在跟你赌气。我刚才还纳闷,想了解顾飒的情况,她为什么不直接找你,原来她已经知道了啊。"

"我不想再隐瞒她任何事情,她也选择相信我。你放心,这些事我会处理好,不会再重蹈覆辙的。倒是你,我建议你跟伯母好好谈一下,不要跟顾飒合作,我不想有一天,会站在你们对立面。"

"放心,这个我会想办法处理的。"

丁昂没再说什么,挂了电话。他背靠在沙发上,思索着怎么劝阻蒋莉,不要被扯进顾飒的圈子里去。

距离高子富老婆到公司找徐辛颐已经快半个月了,Mary 一从外地出差回来,第一时间就把徐辛颐叫去了她办公室。

"魏总,您叫我过来,是有什么事吗?"徐辛颐略微低垂着头,心里大概已经猜到一点。

流言甚嚣尘上,这几天公司上下还有人指指点点,就算当时丁昂挺身相救,可有些人的嘴永远都堵不上。Mary 又最喜欢道听途说,这么大的事情,她自然不会置之不理,想做点文章。

"辛颐啊,过来坐,别这么紧张,"Mary 一改昔日的冷淡,笑着说,"想喝点什么,我去给你拿。"

徐辛颐简直要怀疑自己是不是看到一个假的 Mary 了,她不动声色地在一旁沙发上坐下来,"不用了,魏总有什么事尽管吩咐。"

"嗨,哪有什么吩咐不吩咐的,大家都是一个公司的,不用这么生分,"Mary 给她拿了一杯刚磨好的咖啡,笑着说,"你应该也知道,公司这次正在跟进一个大地产项目吧?"

第 40 章　辞职

徐辛颐也不知道 Mary 葫芦里卖的什么药，公司最近正在跟进一个大地产的项目不假，不过，这种能做起业绩的肥肉，通常都是公司高层内部消化，根本不会分给他们这些人。因为这个大地产项目在外地，所以，这次 Mary 亲自带着团队去了外地。按道理来说，这种项目不管成不成，Mary 都不会拿到台面上来说的。

"我只是一个小小的销售代表，对公司未来的规划没什么了解，"徐辛颐说，"魏总讲的是什么大地产项目，我并不知情。"

Mary 笑了笑，"我知道，上次升职的事情，你心里始终有个疙瘩，那是上头的决定我也没办法。不过，你这么年轻又这么上进，升职是迟早的事情嘛。"

"魏总抬爱了。"

"我这也是实话实说，为了表达我的诚意，也为了展现你的实力，公司决定，将这个地产项目全部交给你来负责跟进，"Mary 意味深长地看着徐辛颐，"上头已经说了，只要你能顺利接手这个项目，销售部总监这个位置，就是你的了。辛颐啊，你可要好好努力啊！"

徐辛颐一愣，没想到这个大项目居然会落到她头上，别说她现在还只是一个小销售代表，就是刚升职上去的经理，恐怕都没这个资格，Mary 怎么会把这块到嘴的肥肉吐出来？这里头，不知道又有多少弯弯绕绕，徐辛颐也是一步一步摸爬滚打起来的，怎么会轻易上这个当？

"多谢魏总厚爱，不过这个项目，我恐怕没这个能力胜任，"徐辛颐态度十分谦逊地说，"我时常连自己手上的事情都处理不好，这么大的项目，万一砸在我手上，岂不是会给公司造成巨大损失？还请魏总三思。"

Mary 的确不想把这么大一个肥差让给他人，可是没办法，这是对方指定的负责人，她本来还想从中赚个人情，却没想到徐辛颐居然如此不识抬举，直接把她给拒绝了。

"呵呵，辛颐啊，话不是这么说的，"Mary 皮笑肉不笑，"你也是公司老人了，这几年也敢拼敢干，大家都是看在眼里的，实力上绝对没问题，你也别担心会搞砸了，公司会给你配备专业的团队。只要不是管理层，人事方面你可以随便调动。唐总那边我已经打过招呼了，你还有什么担忧，不如一起都说出来，大家有事要商量嘛。"

"能为公司出力，是我的荣幸。不过，我确实是能力有限，这么大的盘子，不是我一个小小的销售代表能够撑得起来的，魏总实在是太高看我了。"

Mary 也不蠢，说来说去，徐辛颐还是对上次升职的事情耿耿于怀。这也

第40章 辞职

不能怨她,她家里七大姑八大姨的亲戚实在是太多,上一次家里老爷子亲自下令要把那小侄女给调回来,她也只能按照老爷子的指令办事。徐辛颐当时也只不过是一个无权无势的小人物,她也没往心里去。谁知道摇身一变,她居然有一个这么强大的靠山。丁昂亲自出面保她的事情,她早就听心腹汇报过了。这一次,蒋莉亲自点名要她负责艾美集团旗下的地产项目,很显然,丁家母子已经在为徐辛颐的未来铺路。往深了说,徐辛颐将来十有八九会是艾美集团的少奶奶,Mary 哪里还敢得罪。

"辛颐啊,我知道上次的事情你受委屈了,"Mary 一脸诚恳,笑着说,"我这也是没办法嘛,再说了,公司已经许诺,只要这个项目谈下来,销售部总监的位置就是你的,我知道你这些年辛苦,咱们犯不着为了一口气,赌上自己的前程,你说是吧?"

"额,魏总这是在威胁我吗?"

Mary 脸色一僵,赶忙说:"你看,你这又误会我了不是,我怎么可能威胁你,这不都是为了公司……"

"我刚进来公司的时候,的确有过这么伟大的情怀,想凭着自己努力,跟所有成功人士一样,甚至还可能写一点励志的书什么的,"徐辛颐打断了 Mary 的话,笑着说,"不过,套用一句很流行的话说,'理想很丰满,现实很骨感',当年跟我一起进公司的人,十有八九都升迁了,包括魏总你。我刚进来的时候,没记错的话你也只是销售部的一个小经理吧,不同人有不同的命运,我无依无靠的,到现在还是一个小代表。我不怨任何人,既然话都说到这个份上了,我也不瞒魏总,上次升职的事情,我的确是难以释怀,不过你当时也说得没错,你扛不住上头的决定。可事实呢?新来的那位小朋友天天在我们耳朵边念叨你这个婶婶有多神通广大,说实话,我耳朵都快磨出茧子了。"

"你……你什么意思?"Mary 终于变了脸色。

徐辛颐端起桌子上的咖啡,缓缓地喝了一口,"这咖啡的味道确实不错,魏总私藏,确实跟茶水间的速溶条不一样,因为你们生来就拥有别人拼命才能赚来的东西,所以你们不懂得珍惜,可是凭什么呢?"

Mary:"什么?"

"我的意思是,我现在正式向魏总提出辞职,"徐辛颐轻轻笑了一下,唇角微微一弯,"感谢魏总这几年的悉心栽培和教导,希望以后有机会再跟您合作,辞呈我稍后会请人给您送过来的,告辞。"

Mary 还没反应过来,徐辛颐已经从容地离开,直到大门被风吹过去,发出一声闷响,她这才回过神来,难以置信地看着面前空空如也的沙发,后知后觉地发现自己犯了一个致命的错误。

如果一开始,她不顺手留一个人情,徐辛颐就算暂时不答应,应该也不会提出辞职,可是现在,一切都是覆水难收。

徐辛颐回到办公室，简单地收拾一下自己的私人物品，没有一丝留恋地离开了自己待了五年的地方，她曾经也想像所有刚入社会的年轻人一样，想在这三寸之地建功立业、扬名立万。可五年过去了，她依旧还在原地打滚。一个不能给你展示才华的舞台，再光耀万丈，那也是别人的。她出来工作了这么几年，一直都是省吃俭用，多少有点积蓄。原本打算留着结婚买房子用，却没想到，碰到高子富这样的人。这笔钱闲置着也没意义，她想通了，不如拿来创业。

她走出公司大楼，转头看了一眼身后高耸入云的大厦，五年时光，仿佛浮光掠影一般从她心头掠过，除了手上这几本书和笔记，似乎也没什么好值得留恋的。丁昂的车已经在路边等着了，她上了车，将东西往后座一放，看着丁昂，"昂爷，我现在可是一个失业游民了。求包养，会暖床。"

"成啊，小爷养你一辈子，你看行吗？"

"滚！"

丁昂失笑，跟徐辛颐打趣了几句，徐辛颐拨了个电话给袁莱，约她和靳燃晚上出来见面，顺便聊一下她未来的宏图伟业。不论怎样，她已经走出了这一步，现在也只能一条道走到黑了。

袁莱接到徐辛颐电话，听说她辞职了，倒觉得有点不可思议，跟她约了时间地点，就拿着报告去找靳燃。谈完正事，袁莱就提到徐辛颐辞职的事情。靳燃倒是没太大反应，仿佛这一切都是预料之中的。

"靳总不觉得意外？"袁莱说，"辛颐一直都想在上海有个自己的家，所以，她工作一直都很拼；因为怕被开除，所以也受了不少委屈吃了不少苦。虽然她跟丁昂和好了，可按照她的脾气，绝不可能在家相夫教子，依附于丁昂的。"

"你就没想过，她想创业？"

"创业？"袁莱一怔，"你的意思是，辛颐准备创业？"

"嗯哼，她在这一行干了好几年，应该也有不少固定的客户，永远待在同一个位置，人只会越来越堕落。很显然，辛颐不是这样的人，"靳燃面上浮出一抹欣赏之色，继续说，"她既然摸准了自己在原来的公司没有前途，现在离开正是时候，再说了，现在有丁昂和我们帮衬着，你还怕她撑不过来吗？"

创业最艰难的，其实并不是缺乏资金，而是最初积累阶段的空窗期，毕竟谁都不会轻易相信一个刚起步的小公司。你必须做好所有最坏的打算，甚至忍受常人无法忍受的委屈心酸，才能从泥沼里一点一点地爬出来，站在别人无法企及的高度。

第41章　重色轻友

徐辛颐约的是个位置比较偏僻的小酒馆，要了个二楼的包厢。几个人坐在一起，原本清冷的包厢顿时热闹了起来，因为丁昂身上的伤还没大好，被勒令只能喝茶水和果汁，丁昂愁眉苦脸地看了一眼摆在眼前的空酒杯，好话说尽，徐辛颐也没松口，他只好一副受尽委屈的小媳妇架势，看着他们喝酒。

"同志们，我今天正式辞职，加入创业大军，"徐辛颐倒了一大杯酒，高高举起，"为了部落！干杯！"

袁莱和靳燃两人也是真的替她高兴，干了满满一杯。喝罢，袁莱这才问她："辛颐，你准备干什么？"

"辞职之前，我就做了一个初步规划，还是广告设计这一块，毕竟我的专业和这几年的心血都凝结在这上头，"徐辛颐说，"你要让我重新再去做别的有点难，还不如做老本行，何况，这不还有你们替我出谋划策嘛，三个臭皮匠，顶过一个诸葛亮，我还不信咱们几个东大精英，还谋划不出点事业来？"

"我觉得辛颐这个想法很不错，等哪天我也干不下去了，徐总到时候可要收留我哦！"袁莱开玩笑说。

徐辛颐伸出一只手，勾住袁莱肩膀，笑道："你就算真的在非途待不下去了，也是你们家靳总收留你啊，我这拖家带口的，哪养得起你这尊大神？"

"去你的，"袁莱一把拍开徐辛颐的手，摇了摇头，"昂爷，回头你可得好好教育一下，太重色轻友了。"

"莱姐，这可就对不住了，我们家颐姐做主，小的哪敢造反？"丁昂嬉皮笑脸地说，"你别这么看着我，你家靳总也是一样，色字头上一把刀，大家何苦自相残杀，对吧？"

真是交友不慎啊，这一个比一个重色轻友，好想绝交怎么办？

时隔经年，几人难得坐在一起，几杯热酒下肚，不觉间又说起往事。而此时，远在千里之外的赵承志和沈双双，却在荒山野岭之中迷了路，车子停在泥泞路边，耳边不时传来一阵一阵野兽的叫声，沈双双看上去天不怕地不怕，此刻却吓得脸色都变了。

"别怕，有师父在，"赵承志看了一下四周，"这地方还比较开阔，车子就先放在这，我们车上带了帐篷和简易的厨具，可以弄些简单的食物先吃饱了再说。"

山里气温比较低，这附近看着也不像是有人家的样子，前不着村后不着店，赵承志心里也有点没底，好不容易弄了点火升起来，总算是暖和了一点。两人挤在一堆篝火前，赵承志观察了一下四周，不知道这是哪里。大山里没信

129

号，导航也用不上，周围除了黑压压一片崇山峻岭，什么都看不出来。

"小沈，"赵承志吃了几块压缩饼干，喝了一大口水，总算是补充了一点热量，"这地方太偏僻了，我们不能再往里面走了，好在我们准备充足，一会儿就在这搭两个帐篷将就过一晚上。明天天亮了再说，你要是怕，就住在车上，我住帐篷。"

沈双双一听赵承志这么说，仓皇地看了一下四周之后，往赵承志身边挤了挤，小脸都吓白了，"师父，我怕……我不要一个人睡车上，我跟你一起睡。"

赵承志差点噎着，脸上表情变换了好几个来回，这才干笑一声，"咱们有两个帐篷，男女授受不亲，还是分开睡比较好。"

沈双双瞬间脸烧得通红，"师父，我不是那个意思，我是说，我也睡帐篷！我不敢一个人睡车上。"

车上要安全暖和一点，只是车子后座只能容纳一个人，何况对赵承志这种思想比较保守的人来说，就算两人没肌肤之亲，他恐怕也要耿耿于怀好多年，认为自己背叛了袁莱。虽然他并不知道，远在千里之外的袁莱已经和大家商量着怎么撮合他和沈双双了。

"哦，"赵承志垂下头，"那你先歇着，我去拿帐篷出来搭。"

沈双双赶忙跟上去帮忙，两人忙活了半天，总算是把两顶帐篷给搭好了，再打开气垫床，虽然没家里的床舒服，但在这荒山野岭的，已经算是不错了。一切准备就绪，赵承志看柴火不够，又说："小沈，你在此地不要走动，我去捡些干柴火回来，山里晚上冷，还有野兽出没，这些柴火烧不到天亮。"

沈双双慌忙抱住赵承志胳膊，脑袋摇得像拨浪鼓，"不要！我不要一个人留在这里，师父我跟你一起去，我……我给你打灯。"

赵承志也确实不太放心留她一个人在此地，可他又担心这大小姐吃不了这个苦，这四周都是崎岖的山路，不比大城市里的柏油马路，稍有不慎就会摔跤。尤其沈双双因是跟赵承志一起出来，还特地精挑细选了一双细跟的高跟鞋，这鞋子一扎进泥土里，怕是很难拔出来。

"你这鞋不方便，万一摔到哪儿怎么办？"赵承志说，"还是我一个人去吧，你怕的话，就去车上等我。"

"不怕！我带了运动鞋的，就在后备箱，我马上去换！"

虽然她也想趁机跟赵承志培养一下感情，但她智商还在线，没彻底被美色冲昏头脑，去换了双干净利索的运动鞋，拿好了电筒就出发了。四周黑压压一片，什么都没有。大概是因为远离城镇，天上的星月倒是格外明亮。两人打着灯钻进林子里拾捡柴火，小小的一团光，在这夜色下，就像是无意中闯进来的不速之客。

"啊！蛇！"

沈双双一声惊呼，在一片寂静的茂林里，惊起了一大片鸟鸣，头顶顿时飞过一大群飞禽,而他们身侧参天大树上,一条巨型黑蛇正盘旋在树干上,朝着他们吐出蛇信,虎视眈眈地盯着擅自闯入它领地的猎物。

赵承志也是从小生长在钢筋水泥里,哪见过这阵势。更要命的是,他们现在只有两个人,他还勉强有点战斗力,沈双双乍一看到这么一条庞然大物,早吓得浑身发抖、牙齿打战,连话都快不会说了。

"小沈,"赵承志后背和鼻尖起了一层汗,他勉强找回一点神智,声音沙哑地说,"一会儿我喊跑,你就跑,别管我,也别回头,先跑回车上再说,听见没有?"

"不行!"沈双双抓紧赵承志的手臂,语速飞快地说,"我不可能丢下你一个人不管,要死大家一起死!"

虽然赵承志觉得她这话十分傻,但心里隐约还是有那么一丁点的感动,可还没来得及再多说一句,那条巨蛇似乎已经不耐烦了,吐着蛇信子朝着他们慢慢将那颗硕大无比的头移了过来。

赵承志扔了手里的柴火,几乎是条件反射地把沈双双往身后一拉。那一瞬,沈双双定定地盯着赵承志的后脑勺,电光火石之间,她就已经擅自做主,要喜欢这个男人一生一世。

"对了,火……"赵承志忽然想到了什么,嚷了一声,动作迅速地从裤兜里摸出一把打火机。他点燃打火机,微弱的火光闪烁,可它实在是太微弱了,根本形不成任何威胁。他大喊:"快捡些枝丫给我!快!"

沈双双从一堆树枝里抓了几根枝丫递了过去,赵承志将其点燃,细碎的火光迅速连成一片,如同一条火舌,周遭的温度不觉间升了几度。赵承志整张脸都被火光映得通红。他比画着树枝,朝那条巨蛇扔去一根,巨蛇迟疑着避开那道火光之后,竖起半截身子,阴森森地盯着他们。

赵承志顾不上那么多,分出一根树枝丢入旁边的树枝堆里。一会儿上面的干枝噼啪燃烧起来。

赵承志抄起两根燃烧的粗树干,朝巨蛇扔了过去,转身抓起沈双双的手,逃命似的狂奔。

第42章 我背你

沈双双虽三魂去了七魄，此刻被赵承志握在手心里，居然勇气倍增，生出一股豪情，顿觉即使被巨蛇缠死林中，只要能够跟赵承志死在一起，也是一个不错的归宿。

年轻的时候，总会觉得爱情胜过人间一切，当生活被柴米油盐、小三小四浸染得面目全非时，又有几个人能记得当初的感动！

"哎哟！"

就在双双脑补往后余生，忘了两人正在逃命时，脚一滑，不小心擦到了路边一块大青石，一股钻心的疼痛瞬间从她脚趾蔓延到全腿，疼得她眼泪都差点流了出来。

"怎么了？"赵承志立即停下来，"撞到脚了？你先别动。"

沈双双不敢乱动，慌张地往后看，生怕那条巨蛇追上来。如果它真的追上来，她一个人死就行了，用她的命去换赵承志一命。这样一来，赵承志就会一辈子都忘不了她了。

赵承志抹了把冷汗，确定身后没什么异常，便扶着沈双双在大青石上坐下来，检查她的伤，脚上擦出了好几道伤口，并且很深，还在往外流血。

十指连心，可沈双双愣是忍着眼圈里的泪水没落下来，还懊恼地抱怨自己太不小心。赵承志抬头看了一眼四周，不远处燃着一片火光，"这里离我们刚才来的地方不远了，我们先回去，车上有药，这里不能久留。"

"师父，我没问题的，走！"

话是这么说，她一动，就疼得"哎哟"一声，别说走路，就是连站立都有些吃力。她想要逞强，脚还没迈出去，就被赵承志厉声喝止："你干什么？不要命了！你脚上这么深的伤口，怎么走？"

沈双双没见赵大律师发过这么大的脾气，此刻被赵承志这一吼，一下愣住了，委委屈屈地看着赵承志，刚才钻心的疼她都忍住的眼泪，珠串似的往下滚。

赵承志一时手忙脚乱，几乎是从嗓子眼里挤出来一句，"你，你别哭了成吗？我……我不是故意要吼你，就是怕你再碰到脚……"

谁知道沈双双哭得更凶了，赵承志手脚都不知放哪儿好，半跪在沈双双跟前看着沈双双，又是一阵手忙脚乱地帮她擦眼泪。

"师父，我知道我不该把脚撞伤。"

"我不是怪你，"赵承志说，"我是担心你的伤，这荒郊野岭的，也找不到什么像样的医院，万一你再磕伤碰伤哪里，我，我怎么跟你父母交代？"

第42章　我背你

沈双双这人精,迅速抓准了赵承志这句话里的重点。她总算是从赵承志口中听到担心的话,这点伤也算没白受了。

"可是,我们得尽快离开这,万一那巨蛇跟了上来怎么办?我们还是快走吧。"沈双双说。

赵承志半蹲下身,"再这么耗下去不是办法,上来,我背你出去。"

沈双双有点不敢相信自己的耳朵,心跳也变得好快,可比心跳更快的是沈大小姐的速度。她扑腾一下扑到赵承志背上。赵承志被她这么猝不及防的一扑,险些脸面朝地摔下去。他本能地想要数落沈双双几句:一把年纪了还这么不稳重,脚上的伤还没好,这就又开始作妖了。可话到了喉咙边,又默默地咽了回去,脑子里只剩下她刚才委屈流泪的模样。

心惊胆战地折腾了这么一阵,沈双双在赵承志背上感到一股倦意,眼皮有一下没一下地阖上又睁开,睁开又阖上,可她始终没舍得把这么难得的独处时光交给周公。

"师父……"眼前危机四伏的黑夜,好像变得不再那么恐惧。

"嗯?"

"好想就这么,让你背着我……过一辈子,那样的话,我会幸福得死掉的。"

直男赵大律师沉默了几秒钟,"你是不知道你多重吧?不要有这种不切实际的幻想,我背不动。"

"我才93斤!我一点都不胖!"沈双双一脸愤然,声音出离了愤怒,"你背不动是你自己肾虚!"

赵承志:"……"

他刚才究竟是哪根筋搭错了,居然会觉得沈双双弱小可怜又无助?

几分钟之后,总算回到了他们落脚的地方。巨蛇也没有跟过来。赵承志把沈双双放在副驾驶的座椅上,去后备厢拿了小药箱过来。

"我先给你清理一下伤口,"赵承志说,"可能会有点疼,你忍着点。等会儿我们大概也不要在这住了,往后面走一段,看能不能找到什么人家,暂时借住一晚。"

沈双双的双手死死抓着坐垫,紧绷着一根神经,眼珠子粘在了赵承志身上。赵承志先拿了消毒水给她清理脚上的伤口,消毒水刚沾到她脚趾,她就痛得大叫起来,本能地一把抱住赵承志。

赵承志皱着眉头定在那里被沈双双抱了十几秒,"小沈,你坚强点,这才只是消毒,过会儿还要清理伤口,上药,包扎……还有,我是你师父,也就等于是你父亲,可你别再这么突然抱过来,这是乱伦。"

沈双双又好气又好笑,这种钢铁般意志坚定、严防死守的直男,她该怎么做,才能打动他。

第43章 来晚了

清理完伤口,赵承志决定还是再往前开开,远离危险。可这山林里几乎没有信号,赵承志也不知道该往哪走,只能凭直觉小心地颠簸在崎岖的山路上,因为担心安全问题,连漫天星辰都不好看了。

"师父,那前面……好像有人家!"开了一阵,沈双双突然大喊了一声。

赵承志顺着她指的方向看去,似乎是一个小小的村落,好几户人家家里还亮着灯,可再往前已经是颠簸的便道,车子根本不可能开过去。

"那边确实有个小村落,不过只有很窄的便道路,我们的车子过不去,只能下车步行。你待在这儿先别动,跟我说哪些行李是今晚借宿必须要的,我收拾好了再过来背你。"

"我这点伤没什么大碍的,你又拿行李又背我,不太方便,"沈双双说,虽然她也很想趁机好好跟赵承志培养一下感情,可这大晚上的走这么崎岖的山路,又带这么多行李,可不是开玩笑的,"我记得后备厢好像有一副备用的登山手杖,我去找一找,等会儿慢慢走应该没问题。"

赵承志不放心,可沈双双的担心也不是没道理,他也不放心把沈双双一个人留在这里先去探路,"那好,我先去给你找手杖。"

赵承志好不容易找出手杖,沈双双试了一下,刚动了一步,还没来得及得意,一股钻心的痛冲上来,她本能地软下去。赵承志想要阻止已经来不及了,只能临时拉她一把,双手带住沈双双的腰。于是沈双双整个身体压到赵承志身上,一起倒在不怎么平整的石子路上。

两人都没料到会横生变故,两双嘴唇贴在一起,两人的第一反应都是睁大了眼睛,尤其是赵承志。

沈双双片刻的震惊之后,内心居然还有一丢丢的小窃喜:这一趟是真的没白来,她跟赵承志之间居然出现了这么跳跃性的进展,普天同庆啊。她从震惊到喜庆的情绪还没转换完,赵承志便一把推开她,"嗖"一下从地上站了起来,比出一根手指,哆哆嗦嗦的指着她,"你、你……"

沈双双摸着一边的手杖,缓缓从地上爬起来,背靠着车门,笑嘻嘻地盯着赵承志,"师父,你放心,我一定会对你负责的。"

赵承志在那抖了半天,连着用手搓着嘴皮,都快把嘴皮搓出血来。他恶狠狠地瞪了沈双双一眼,一脸受气包的样子,去后备厢收拾东西。沈双双背靠着车门,仰头看了一眼天上的半月星辰,一件一件地跟赵承志说都要带什么。

"枕头、小黄,还有,我的恐龙睡衣,眼罩也必须得带上……"

赵承志收拾着这些,觉得自己不但头发短,见识也短,睡衣眼罩也就算了，出门还带枕头和玩偶是什么意思？她怎么不直接把家扛着走！

沈双双挂着手杖，一瘸一拐地来到后备箱旁边，一手扶着车身，"小黄我自己抱着就好了，这是我妈妈以前送我的，我一直都带着的，是我的睡觉神器，没它我睡不着的。"

她的语气没有丝毫不妥，赵承志并没听出来，她妈妈在她很小的时候就去世了，那是妈妈留给她最后的礼物，也是她对妈妈唯一有记忆的东西了。

他还沉浸在刚才被"轻薄"的怒火中，随手将一个小小的长颈鹿玩偶递给了沈双双。沈双双接过来，小心抱在怀里，在这夜深人静的荒山野岭里捕捉到一点慰藉。赵承志收拾好了东西，把背包背在胸口，半蹲下身，"上来。"

沈双双只好爬上赵承志背脊，双手环住赵承志脖子，赵承志慢慢往灯火那边走。山里晚上很少有人来，一嗅到陌生人的气息，不知谁家的狗叫了起来。赵承志走到一家门前，先把沈双双放下来，再去敲门，开门的是一个胡子花白的老人家。赵承志简单说明来意，老人家连连答应，让进他们。屋内家徒四壁，只有两个老人家和一个小孩。老两口又给他们煮了两碗热乎的面条送过来，赵承志感动不已，几个人一边吃面条，一边拉起家常。家里年轻一点的都出去务工了，老两口就在家带着小孙子，种点蔬菜度日，日子过得紧紧巴巴。在这山里，他们一把年纪又别无所长，能活一天是一天。

"对了，"赵承志放下手里的粗砂土碗，摸出手机，翻出一张照片，"那您二位应该是一直在这里定居的，我们这次是来寻人的，这照片上的女孩子，你们认识吗？"

老两口瞅了半天，"这……不是二狗子他们以前那个白老师吗？这是白老师吗？"

"她的确是姓白，叫白簪，是个老师。"

"那没错了，是二狗子他们的白老师，"老爷子重重叹了口气，"可是，你们来晚了。"

"来晚了？"赵承志和沈双双互相看了一眼。

"白老师走了。"

"走了？她去哪儿了，留下什么联系方式没有？"

老人家沉默了片刻，"半个月之前，白老师病逝了。她是我们村里唯一的支教老师，平时很关照学生娃。走的时候，我们全村的人都去送行了。半年前她就检查出得了癌症，开始村里没人知道，有一次她上课的时候突然昏倒，村民这才知道她得了病。你们也看到了，我们村啊，有出息的年轻人都出去打工了，就剩我们这些老东西在，我们……也凑不出来什么钱，就东拼西凑了6328块9毛钱。我们家二狗子把他存了好几年的压岁钱也全交了，他也舍不得他们白老师啊。可惜我们太穷了，我们凑不出更多的钱给她治病，要是能治好她该多好……"

赵承志和沈双双两人都说不出话来，就像喉咙里卡了一根细细的刺，拔不出来也咽不下去只好沉默着。

　　"两个月前，村里凑钱凑力建了一个小图书馆。后来有个车队送了两大车书过来，那时我们才知道，白老师在网上弄了一个什么筹，我们之前给她凑的看病钱，她全部用来买书了。没多久，她就又倒在讲台上了，这次就再也没能起来。"老两口都忍不住老泪纵横。

第44章　希望

后半夜，山里下起了小雨，稀稀拉拉的小雨下了一整晚。赵承志和沈双双几乎一夜未眠，一闭上眼睛，脑子里便浮出老人家那张沟壑纵横、布满泪水的脸颊。

第二天一早，老人家的小孙子二狗子，一个七八岁的小男孩，冒着小雨，带着赵承志和沈双双去后山，那里有一座孤零零的新坟，土垒得很高，四周被大石头填得很平整，老远就看到那新坟边摆放着很多白花。走近了才看清是一些新开的白簪花。

二狗子冒着雨，又去摘了些白簪花过来，花瓣上还沾着雨珠，二狗子怯生生地递了一小把给赵承志和沈双双。两人心情沉重地接过白簪花，无声地站在那座孤零零的新坟前。

坟头的白簪花，都是附近的村民放的，不论是大人还是孩子，只要是路过这里，都会去摘些白簪花放在坟前。赵承志和沈双双把花放下，鞠了三躬，谁都没说话。

"白老师很喜欢我们，对我们好。等我长大了，也一定要像白老师那样，帮穷人。"二狗子对他俩说。

没什么比言传身教更能感染一个人了，白簪的心血总算没有付诸东流。那一刻，赵承志突然想到了一句歌词："长大后，我就成了你。"这世上或许有诸多阴暗，可在那些看不见的地方，仍旧有许多人为了让这个世界变得更美好而负重前行。

"师父，"沈双双垂着头，"我想为他们做点事，哪怕只能略尽一点绵薄之力……我要是不做点什么，我会觉得自己不是人。"

赵承志点了点头，"嗯，小朋友，你们学校现在还有老师吗？校长还在吗？"

"我们学校没有校长，现在教我们的，是骆爷爷……"二狗子有点腼腆地说，"学校是骆爷爷家改建出来的，他也住在学校里，白老师走了之后，只有骆爷爷一个人教我们了。"

赵承志伸手摸了摸二狗子的头，在他跟前蹲下，"二狗子，你还想继续念书吗？"

"想，"二狗子不假思索地回答，"可是，白老师不在，我们没有老师了，骆爷爷一个人教不过来，前两天病倒了，学校现在不上课了。"

"一切都会好起来的，"赵承志说，"你一定要好好读书，将来长大了，当一个像骆爷爷和白老师那样有用的人，不好辜负白老师对你们的希望，好吗？"

小半个钟头之后，赵承志和沈双双两人来到二狗子口中的学校，说是学校，其实就是几间民宅改建的，附近村的孩子不多，年龄差别也不算太大，再加上一共也只有两个老师，所以整个学校算下来，其实只有两个班级。剩下的房子，小图书馆占用了一间，还有一间是学校的饭堂。附近村民专门凑钱请了一个人负责孩子们的伙食，所谓再苦不能苦孩子，再穷不能穷教育，在这真是展现得淋漓尽致。

骆爷爷今年已经七十多岁了，白老师的去世对他也是一个不小的打击，再加上学校缺了老师，他一个人哪里顾得过来，一来二去的就病倒了。赵承志他们到的时候，骆爷爷正凄凉地躺在病床上，想着白老师已经走了，他要是再一走，这些孩子该怎么办？

"骆爷爷。"二狗子带着赵承志他们进去。

骆爷爷赶忙抹去眼角的泪，摸了摸二狗子的头，"乖，今天学校不上课，你怎么到学校来了？是家里有什么困难吗？"

学校不上课，二狗子来了学校，骆爷爷第一反应是他家里有事，二狗子摇头说没有，"有叔叔阿姨找您。"骆爷爷已经是风烛残年，瘦得皮包骨，眼窝深陷，见有人来，他便勉强着想从床上起来，赵承志赶忙扶着他躺下，"骆爷爷，您别乱动，我们就是过来看看您的，顺便想了解一下白老师的情况……我们是她的朋友。"

骆爷爷一听到白老师，便长长叹了一口气，他说话的语速不快，却把白簪在学校的事情如数家珍地讲了一遍，最后说："白老师是个好人啊，她年纪轻轻的吃得下这个苦，不为名不为利，在这一守就是十年啊，人一生有几个十年？可是谁又想得到，好人没好报，她把自己一生都奉献给了教育事业，但我却连一个正式的编制和一份荣誉证书都给她申请不来……我对不起她。"

骆爷爷说到这里，已经是老泪纵横，赵承志和沈双双听得心里更是难受，这大山里的落后荒僻，是城市里的人根本无法想象的，可总要有人在这里扎根，守护这片贫瘠的土地。

"骆爷爷，我们既然是白老师的朋友，她未竟的事业我们不能不管，"赵承志说，"实不相瞒，我们这一次是从上海过来的，因为走得匆忙，所以身上没带多少现金，但这里的一切，我们回去之后会把它传播出去，我们会以白老师的名义，在这里修建一所希望小学，成立专门的教育基金，您放心，这些孩子不会没人管没人顾，我们不会让他们的未来，断送在贫穷上。"

"真，真的？"骆爷爷一下子从床上挣扎着半坐起来，枯瘦的手指颤抖着，"你刚才说的都是真的？"

"嗯！您放心，我们说到做到，这是我的名片，我是一名律师，这是我徒弟。"

骆爷爷捏着名片，"赵先生，这个好消息实在是来得太突然了，你们也看

第44章 希望

到了，我这身子骨撑不了多久了，这附近的娃娃大部分都是爸妈在外地务工。我们这些小地方出去的孩子，没文化没本事，只能去干苦力赚点钱供娃读书生活。条件稍微好一点的，都不会把自己孩子留在这里，真是没办法啊，我就是担心，我走了之后，这地方没人管……太好了，真是太好了……我，我给你们跪下了，我给你们磕头，你们都是好人啊！"

骆爷爷说着，挣扎着要起来，赵承志赶忙制止。旁边沈双双早已泪眼模糊，她从小衣食无忧，不知民间疾苦，哪知道这世上还有这么贫瘠偏远的地方。那些本该被父母捧在手心里疼爱的孩子，只能光着脚丫在山间田里忙碌。穷人家的孩子早当家，她以前只听过，今天她是真实地体验到了这一切。更难能可贵的是，他们依旧对明天充满了希望。

跟骆爷爷商谈好细节，已经是下午了。两人把身上的现金大部分都留给了骆爷爷，说先让爷爷好好治病，剩下的，给孩子们买些书本或者改善伙食，虽然只是杯水车薪，但这只是一个开始。骆爷爷抱病在身，仍坚持送他们离开村落，并把一封信交给赵承志说道："这封信是在白老师家的桌子上发现的，收件人是谷阳，是白老师的遗物。但信上没有地址，始终没有寄出。我想现在还保持用书信沟通的人一定是她最重要的人吧。如果你们认识这个叫谷阳的人，请把信转交给他。"赵承志与沈双双对视一眼，心情十分沉重，伸手接过那沉甸甸的信封并与骆爷爷告别。直到他们走远了，骆爷爷还站在村口一直遥望着他们离开的方向。

第 45 章 有惊无险

　　一声又一声的道谢，让他们觉得沉重。赵承志手里拎着满满的瓜果蔬菜在前面，沈双双拄着手杖低着头跟在他身后。
　　"小沈……"赵承志停下来，耳边是燥热的风，他回头看着沈双双，"你脚还行吗？能走吗？不能走的话，你先……嘶，什么东西咬了我一下。"
　　他话还没说完，整个人好像脱了力，手指一松，瓜果蔬菜一下就滚到了旁边泥土里，视线也开始变得模糊起来，他用力晃了晃脑袋，视线却更加模糊，身体像是灌了铅一样沉重。
　　"师父！你怎么了？师父你别吓我啊！师父！"沈双双急得脸色都变了，她根本顾不上脚上的痛，拼了命似的冲到赵承志身边。赵承志身体摇摇晃晃的，险些摔了下去，沈双双一把将他扶住，"师父，你脸色怎么这么白？脖子怎么还在流血？"
　　赵承志只觉得脑子里一片混沌，连眼皮都撑不开，他极力支撑"我没事，别怕，趁我还有点力气……你先扶我去车子那边……"
　　"好好，我马上扶你过去，师父你千万不能有事啊师父！"沈双双一边哭，一边撑住赵承志，"我不许你有事，师父，你听见没有，我不许你有事！"
　　赵承志闷哼了一声，整个人的重量一下压在了沈双双身上，接着两人一起摔倒在地上。赵承志的身体压在她身上，昨天晚上包扎好的伤口被挣开，可她根本顾不上自己的伤，脸上挂着泪痕，赶忙去检查赵承志，好在大部分的力道都压在了她身上，赵承志身上没什么伤。可他脖子上的血看上去有些不太寻常，沈双双不敢乱碰，她抹了把脸，干净无瑕的脸此刻满是泪痕污泥。她却已经顾不得那么多，尝试了好几次扶起赵承志都失败，好不容易才把赵承志驮上自己的背，死死咬着牙，连背带拖把赵承志弄上车。天色渐灰，而她一路驾车狂奔，好不容易才开到附近县城找到医院。一到医院门口，看着医生护士把赵承志推进手术室，她险些直接昏厥过去，缓缓扶着布满铁锈的椅子坐下，浑身害怕得瑟瑟发抖。她动作迟缓地双手合十，满是血污的手指抵着额头，脑子里一片空白。
　　"欸，我叫你呢，你这脚上的伤也需要处理，你先跟我去旁边办手续交费行吗？"一个戴着口罩的护士，连着喊了好几声后说。
　　沈双双心里一片火烧火燎，听了半天才听明白护士的话。她语气艰难，从嗓子眼里挤出一句话，"我不走，我不疼，我就在这里守着……手续，你能不能给我拿过来，不管要多少钱都可以，救他……我不要他有事，我……"
　　她说到这里好像有一只手死死攥着她的咽喉，一个字也说不出口了。那

第45章 有惊无险

护士看了她几眼,大概明白是怎么回事,去护士站那边办好了手续,这才拿过来让她签了字交了费。办完这一切,沈双双终于找回一点神智,颤抖着拨通袁莱的电话。

"莱姐,师父他……"沈双双目光空洞地看着手术室,一只手死死扣着膝盖。

"双双,出什么事了?你先别急,慢慢说。"

"师父他……快不行了……"

"你说什么?你们不是去找人了吗?怎么会……你们现在在哪儿,我们马上过来!"

沈双双木然地说了几句。袁莱吓得不轻,记好了地址去敲靳燃家的门。靳燃还没歇息,乍一见光脚的袁莱,眉头微皱了皱,顺手拿了一双拖鞋给她,"出什么事了,你这么着急忙慌的,又不穿鞋。"

"刚才双双打电话过来,说承志出事了,"袁莱一边飞快地套上拖鞋,一边焦急地说,"她给了我一个医院的地址,我怕承志有事,靳燃,我们马上过去好不好?"

"好,你去拿件外套,我去拿钥匙,我们马上就走。"

袁莱返回屋子,随手拿了一件外套披在身上,立即和靳燃一起去车库。

赵承志的手术还没结束,沈双双孤零零地坐在手术室外面,脸色苍白如纸,脚上沾了一脚的血和泥,护士喊了几遍让她去处理,她也没管,只是安静地坐在那里等着。她怕万一手术有个闪失,她一走开,就成了永别。

"双双!"

袁莱的声音把沈双双拉回了现实,她茫然地抬起头,眼圈从眼皮红到了眼珠,一直强忍着的泪水再也控制不住,瞬间泪如雨下。袁莱抱着沈双双,轻轻拍着她的背脊安抚她。沈双双什么话都不会说,只是哭。靳燃看到她脚上触目惊心的鲜血,去跟值班医生交涉了一下,让袁莱扶着沈双双先过去处理脚上的伤,他在手术室外面等着。

脚上的伤处理好了,袁莱重新扶着她回到手术室外面等候。三个人守在外面,不知道过了多久,手术室的灯终于熄灭,一个穿着白大褂的中年人走了出来。

"医生,他怎么样了?"靳燃走过去。

"病人是中毒了,是一种毒性非常强的蜘蛛,还好送医及时,"医生说,"再晚一点,我们真的不敢保证救得回来,病人现在暂时脱离了危险期,这几天遵照医嘱,不要乱吃东西,好好养着,过几天就可以出院了。"

靳燃道了谢,送走医生。护士推着赵承志出来,沈双双冲过去。赵承志依旧还在昏迷当中,脸色苍白,脖子上的伤口已经处理过了,贴着纱布,因为人还在昏迷,暂时不允许陪护,沈双双就站在监护室大门口,透过门口上方的玻璃，眼睛一眨不眨随着赵承志。

"医生说暂时没有生命危险，你说要不要通知赵叔？"靳燃问。

"暂时不要跟赵叔说，"袁莱说，"你也知道，赵叔对承志要求一向十分严格，到时候父子俩又闹起来，那才是真的有事。"

"嗯，"靳燃点了点头，"小沈脚上的伤还不轻，医生也是要求住院，我看她脚趾怕不只外伤这么简单，你先陪她去休息，这边交给我来守着。"

"那你自己当心点，有什么事过来叫我。"

"好，去吧。"

袁莱好说歹说地总算是把沈双双送到了病房。然而，沈双双躺在床上，根本睡不着。袁莱看她情绪好了一点，这才问她到底出了什么事，沈双双这才断断续续地把事情从头到尾地说了一遍，并把信交给了袁莱。至于赵承志怎么被有毒的蜘蛛咬伤，她当时根本就没反应过来。说完之后，她仍旧有点后怕，双手死死地抓着被角。袁莱安抚了好半天，她这才勉强睡着。

确定沈双双睡着，袁莱才悄悄过去看靳燃那边的情况，赵承志依旧还在昏迷，靳燃在走廊守着。

第46章　兄弟

"我跟谷阳联络过了,他听说出了事,正往这边赶过来,"靳燃说,"对了,小沈有没有说,找到白簪没有?"

袁莱沉默了一阵,才把事情简单地告诉靳燃,并把信交给了靳燃。最后,袁莱说:"承志和双双已经决定在那边给他们建一所小学,还要成立教育基金,我也想为他们出一分力。"

"嗯,稍后我做几个方案,大家一起努力,希望能帮得到他们。"

袁莱知道靳燃从小没有父亲,是他母亲将他一手拉扯大的,虽说不至于像那些山林里的孩子,可这条路也走得十分艰难。当初他跌入谷底之时,也靠别人出手相助,如今眼看他人有难,他又怎会袖手旁观。"靳燃……"

"好了,"靳燃轻轻笑了一下,"你也忙了一晚了,回去休息一下,这里有我。"

"不要,我就在这儿陪你。"

"我一个大男人怕什么,小沈情绪不稳定,万一她再出个什么状况怎么办?"

靳燃这话也不是没道理,袁莱只好叮嘱几句,过去守着沈双双。

赵承志昏迷了一晚上,早上醒了过来,医生检查之后才允许转到普通病房。沈双双悬着的一颗心才落回肚子里,又要过去看人。袁莱没办法,只好去借了轮椅推她去赵承志的病房,靳燃和谷阳两人坐在沙发上,三个男人都沉默着,病房里笼罩着哀伤。

谷阳是后半夜才赶到的,他坐在冰冷的走廊里,听靳燃把白簪的事情一字不漏地讲了一遍。他没想到,十年前的一别竟是诀别,他再也见不到他的白簪了。

靳燃将那封信递到谷阳手中。谷阳接过信,面色沉重地打开。

只见信中写道:"我最亲爱的你,见字如面!近来我很好,一如往常地跟孩子们在一起。你大概不知道吧,前段时间我去咖啡店找过你,我在窗边的座位坐了一整天,而你一整天都没有出现。我喝着你亲手打磨的咖啡,看着你布置的每一张桌台,那些窗帘的颜色,桌布的花纹,都是我曾经向你描述过的样子。那是一种陌生而又熟悉的感觉。我好像是坐在那个我们还没来得及实现的小家里,还有那盆白簪花,开得那么娇艳,我很喜欢。店员说你每天都在的,刮风下雨从不缺席,可那天也不知道是怎么了,你偏偏就是不在,我想这就是我们缘分薄吧。在不懂珍惜的年纪相爱,在不知岁月的年纪分开,又在身不由己的时候开始彼此怀念。今天已是我们相识的第十年,十年三月三十日。还好,庆幸我们还有一个约定,如果有缘,每隔十年再见一面,到那一天,我们一定会再见的,对吗?都说人生若只如初见,可我对你,每一天都如同初见,等到再见面的那一天,如果我忍不住哭了,你一定要对我微笑哦!像十年前我们初相识的时候一样,你眉目温和,只对着我一个人笑,如果能再看到你那样对我笑一次,就好了。"

人为什么非得要知道真相呢?有些真相知道了,不过是徒增悲凉,还不如一辈子都蒙在鼓里,那样至少还能自欺欺人。

大家都没说话,病房里弥漫着令人不安的死寂,最后还是谷阳打破沉默,他的声音很轻,"谢谢你们为我和白簪做的这一切,赵先生还差点付出了生命,我真的很感谢你们。现在白簪虽然不在了,但她走得肯定不安心,赵先生,我恳请你,让我加入你们的计划里去,白簪没做完的事情,我来替她做。这些年我也攒了一点钱,本来打算将来跟她结婚用,现在看来,我是没这个福气了。Here 咖啡店我还会继续开下去,以后咖啡店的每一笔利润,我都会捐给那些孩子们。只要我在一天,它就会开一天,捐赠一天都不会断,我也会永远在那里,等着我美丽的姑娘回到我的身边。"

有的人死了,但他还活着。谷阳相信,只要他还活着,她就永远活着,永远是年少时最惊艳的模样。

赵承志在医院里足足躺了五六天,沈双双才允许他出院。两个人伤得不分上下,没事就在医院里互怼,赵承志大概是破罐子破摔了,不知道是怎么在这几天时间里,迅速练就一张比铜墙铁壁还要厚的脸皮,没了之前端着的师父架子,两人之间亲近了不少。

关于村子里建学校的事情,他们最后商议把校名定为"白龙小学",原本是要以白簪的名字来命名的,可"簪"字有点难写,加之普天之下多少父母都望子成龙,所以最后敲定了"白龙小学"这个名字。沈双双瘸着腿,天天跑上跑下,忙这忙那,学校的事慢慢启动了。

眼看赵承志的伤可以出院,他们办完手续,走到医院门口,一辆黑色奔驰停在了医院门口。

奔驰上下来一个青年,鼻梁上架着一副金丝眼镜,朝着沈双双走过来,略微颔首,"大小姐,沈总吩咐,请你现在马上回去,公司出事了。"

沈双双迟疑了一下,不放心地叮嘱了赵承志几句,这才跟着那个青年上了车。青年朝赵承志略微弯了弯腰,旋即跟着沈双双一起上了车绝尘而去。赵承志在门口站了片刻,打了个电话给靳燃。沈氏集团这么大一家公司,如果真的出了什么事,靳燃一定会知道一点眉目。

"沈氏集团新开发的地产项目,牵连进一起大型塌陷事故,死伤情况不明,目前新闻已经发布出来了,引起外界极大的关注,"靳燃看了一眼面前繁复的数据图,继续说,"沈氏集团目前的股价已经跌破 50 大关了,还在继续。"

"怎么会突然出现塌陷事故?算了,我马上回来,你先关注一下事情进展,

第46章 兄弟

另外，尽可能帮我搜集牵连人员的情况，我们见了面再说。"

"好，"靳燃说，"我马上跟丁昂联系，让他想办法尽快把这件事压下去。"

"嗯，谢谢你了兄弟。"

这一声久违的"兄弟"，靳燃等了五年，"既然是兄弟，何须客气？"

赵承志笑了笑，脸上缓缓地露出一抹如释重负的笑容。挂了电话，他立即上车赶回上海。

沈氏集团总部，总裁沈长庚的办公室里来了一位不速之客。电话线已经被拔掉，私人手机也已全部关机，眼下沈氏集团正在风口浪尖上，不论他做出任何回应都只会受到更多的谴责。这个时候除了救人，不做回应才是最正确的回应。工地上出了这么大的事，他准备赶去现场，可人还没走出大楼就被外面蹲守的记者堵了回来。

沈长庚仿佛一夕之间老了十岁，头发白了一大把，他满脸疲倦。抬眼看向坐在一旁的人，声音沙哑地说："顾总，你请回吧，虽然我们公司目前面临一定的困难，但我相信，我们一定能够顺利撑过去的，至于你提议的入股，很抱歉，我不能答应。"

顾总，顾飒，身价不菲的神秘投资人，两天前已经秘密抵达上海，却并没有去非途旅行任职，也没惊动任何人，却神出鬼没地出现在沈氏集团沈长庚的办公室。沈氏集团如今被推上舆论的风口浪尖，虽说底子摆在那里，轻易不能伤筋动骨，但此时却是绝佳时机，顾飒想要乘虚而入，成为沈氏集团的股东，甚至进入董事会。

只可惜，她这如意算盘打错了，沈长庚岂是省油的灯。当年金融风暴，全球经济萎靡，沈氏集团也只是伤点皮毛，他不仅带领这艘巨舰避开了风暴，还扶摇直上。他什么风浪没见过。这次事故发生得突然，公关部不知道出了什么纰漏，才闹出这么大乱子，虽说公司股价暴跌，但也只是暂时的，他心里已经有了应对之策，只是没想到，媒体记者全都堵在门口，顾飒这个不速之客又把他拦了下来。

工地一出事，顾飒就到了，这未免太巧合了；何况这些年，工地出现事故也屡见不鲜，毕竟户外高危作业，稍有不慎就会出事，可为什么媒体单单盯着沈氏集团？如果说这背后没有推手，他是不相信的，助手已经汇报过了，最开始在网络上报道渲染这消息的，正是 SN 娱乐的记者。别人不知道，沈长庚却很清楚，顾飒正是 SN 娱乐的大股东之一。

顾飒实力不俗，这一次又主导了舆论媒体，商场上不能轻易树敌，所以沈长庚不能在明面上和她撕破脸皮。他也不是没听说过顾飒在商场上的手段，可他没想到，这女人一回国，居然就从自己身上开刀，想收购他手上的股权，还想进入董事会，简直是痴心妄想。

第 47 章　现场

顾飒也知道，想要在短时间内达到自己的目的并非易事，何况沈氏集团势力盘根错节，这艘巨舰内部也异常牢固，公司所有高层全都唯沈长庚马首是瞻，这一次要不是她未雨绸缪，恐怕此刻也没机会坐在这里跟沈长庚面谈。她很清楚，要想达到目的，只能把沈长庚逼上绝路，只有沈长庚无路可走，她才有机会顺理成章地成为沈氏集团的股东，进入董事会。

"看来沈总早已成竹在胸，"顾飒说，手指轻轻敲击着身边的沙发扶手，无声地笑了一下，"早就听闻沈总雄才大略，想必这一点小事，沈总还不会放在心上，看来是我小题大做了。我刚从国外回来，还没来得及熟悉上海的情势，是我鲁莽了，还请沈总不要放在心上。刚才的提议，就此作罢。"

就此作罢？

顾飒费尽心机搞出这么大一个场面，三两句就打发了，这怎么可能。沈长庚心思百转，面上却是不动声色地看着顾飒，"既然如此，那我也就不多说了，我还有事，就不多留顾总了。来人，送客。"

顾飒从容不迫地站起身，略微弯了弯腰，"那我就先告辞了，不过沈总若是有什么需要，可以及时跟我联络，我等着沈总的电话。"

沈长庚敷衍了几句，叫人把顾飒送走。之后伪装成公司员工，从侧门离开赶去工地，半道上他叫人把沈双双直接带去工地，不过不准沈双双擅自进去，就在车上等他出来。

与此同时，赵承志一路狂飙赶回上海，跟靳燃他们会合。几个人挤在一辆车上，大家彼此交换了一下具体的情况。

"我查过了，这一次，是沈氏集团旗下一个叫'御景江山'的别墅区建筑工地上，出现了小规模的塌陷事件，从目前收到的消息，应该是打地基的时候出了纰漏，导致工人在地下作业的时候，发生塌陷，一共有三个工人被困在下面，工友和闻讯赶去的消防队、警察都在帮忙施救，救护车也到了。工地上的负责人还算反应快的，工人们的情绪倒没太大的起伏，"丁昂说到这里，眉头一下皱了起来，"反而是赶到现场的记者，似乎是在刻意引导、左右舆论，所以我就让人又查了一下相关的媒体，发现一个很奇怪的情况。"

丁昂说着，下意识地看了靳燃一眼，赵承志迫不及待地问："什么奇怪的事情，你倒是继续说啊。"

丁昂本来还想调侃他几句，人家沈氏集团出事，跟你似乎也没什么关系，你这么着急干什么，可眼下这情况，丁昂也没了那个心思，"按照常理来说，这事情发生之后，除非是有人爆料或者其他什么情况出现，否则，一个工地上突

第47章 现场

发塌陷，媒体不可能在三分钟之内就写好通稿并且发布出去。而且沈氏集团财大气粗，所有的工地作业都是封闭式的，里面的工人到现在为止，没有任何一个人能发布消息出来。这消息是怎么泄露出去的？还是说，这一开始就是有人计划好的？我查过了，第一家报道这个消息的……是 SN 娱乐的一个社会新闻记者，这个记者今天一早就跑去沈氏集团工地外面蹲守。如果说这里面没点猫腻，打死我都不信。"

跑社会新闻的记者，报道这种事情并没有不妥，可一大早就去蹲守，难道他能先知先觉？

靳燃听到这里，心里"咯噔"一声，看来他最不想见到的事情，终究还是发生的，沈氏集团一出事，他就觉得不对劲，此刻他彻底明白过来了是怎么回事。

"那……沈氏集团那边怎么说？到现在为止，沈氏集团还没发布任何官方声明，"赵承志捧着手机，担心地说，"已经有不少媒体和网友攻击沈氏集团，各种不堪的话满天飞，再这么下去，沈氏集团的股价恐怕还要跌。"

"现在媒体都在关注这件事，沈氏集团不发任何声明才是最明智的选择，"靳燃沉声说，"这种时候，沉默是最好的公关，因为现在说什么错什么，第一时间解决问题才是最重要的。"

"靳燃说得没错，"丁昂接了话，"沈氏集团的确不简单，出了这么大的事情，外界闹得沸沸扬扬，可内部包括工地上的工人，却没一个趁机站出来落井下石，可见沈氏集团的企业文化以及沈长庚这个人，都不是凡品。对了承志，你们事务所不正好是沈氏集团的法律顾问团吗？你有没有联络过正礼，他那边怎么说？"

"对了，正礼！"赵承志立马翻出陈正礼的电话号码。

电话打了没几分钟就挂了，赵承志道，"正礼那边也在第一时间收到了沈氏集团的电话，赶去了现场，据说现场工人情绪很稳定，都在积极施救，刚才已经救出来一个，左腿骨折，没有生命危险，已经送医院了。在送去医院之前，他还把另外两个工人大致的位置比画了出来，应该能尽快找到那两个工人。"

"真是太好了，"袁莱说，"希望剩下两个人也能平安地救出来，什么都比不上这两条性命重要。"

"嗯，"赵承志点了点头，"正礼还说，那两个工人是一对夫妻，男方之前犯过点事，进去过，接受改造之后出来，因为有了案底，所以找不到什么正经工作。沈氏集团给了他们这个工作。这夫妻俩一直都很敬业，一年到头也就放春节休息几天。据说家里还有一对老父母和一个七八岁的孩子。沈长庚已经亲自下令，去把老两口和孩子接过来，以防万一。"

车上几个人一时之间都沉默了下来，看来沈长庚已经做了最坏的打算。

147

半个小时之后，车子才赶到出事的工地，工地四周筑着足有两米高的围墙，出入口全都被蹲守的记者堵死了，但没有一个记者混进工地。所有出入口全都是工人把守着。靳燃他们到了之后，还是赵承志打给陈正礼，陈正礼亲自过来接人的。

出事的地方拉起了警戒线，四周停放着警车和消防车以及救护车，所有人都神色紧张，能帮得上忙的尽量帮忙，工人们和消防队员围在一起想办法。他们走过去时，正好听见其中一个工人说调什么机器过来，似乎是在询问沈长庚的意思。

"都这个时候了，还管这些干什么？"沈长庚沉着脸说，"不管要什么东西，要花多少钱，先把人给我安全救出来再说，快去啊！"

"是，沈总，我马上去安排！"

沈长庚摆了摆手，竟然越过了警戒线，想亲自去查看情况，旁边一个工人立即把他推了回去，"沈总，这边危险，您别过来，兄弟们在这里呢，不会有事的。"

"好，你们也小心点，别再伤到了。"

"放心吧，沈总，我们皮糙肉厚的，伤不到，您再退后点，我们下去了。"

一群人忙来忙去，时间过去得越久，底下的人活着的希望也就越渺茫。沈长庚一动不动地站在那里，一直注视着塌陷的口子。"爸！"沈长庚这才动了一下，转头看向沈双双，不悦道："不是跟你说了，让你在外面等着不要进来吗，这里这么危险……来，把这个帽子先戴上。"

沈长庚取下头顶上的安全帽，沈双双立马拦下，把安全帽又给他戴了回去，"爸，您就别管我了，出这么大事，我怎么可能在外面干等着，帽子您戴好，费大哥已经让人去给我们拿帽子了，里面什么情况？"

第48章 光阴

沈长庚看了她一眼,这才注意到不远处靳燃他们几个人。沈双双也顺着他的视线看了过去,顿时一愣,"师父,莱姐……你们怎么全都来了?"

对于沈双双接触的人,沈长庚心里自然有数,见他们这会儿都赶了过来,也没追问。工人把安全帽送了过来,沈长庚亲自为沈双双戴上了安全帽,压低了声音,"双儿,等这事完了,爸爸有事跟你谈,既然你师父和朋友来了,你先过去招呼他们,这边交给爸爸就好了。"

沈双双没听出沈长庚的言外之意,就朝靳燃他们走了过去。靳燃走过去见沈长庚。沈长庚知道他跟顾飒的关系,所以脸色就有点不好看,"靳总,你现在是以双儿朋友的身份过来的,所以我没下逐客令。但我丑话说在前头,要是你心怀不轨,我沈长庚在上海这么多年,也不是白混的!我可没那些柔善心肠,被人阴了一把,还要笑着把砒霜当糖霜吃。"

"沈总不要误会,"靳燃说,"我今天只是以沈小姐朋友的身份过来的。沈总放心,不论是现在还是将来,我都不会越过那条线,也不会站在敌对面。"

沈长庚冷哼了一声,"但愿吧,靳总和顾总的那些手段,我沈某人也早有耳闻,想在我眼皮下瞒天过海,也要你二位有那个本事。"

靳燃沉默了片刻,"顾总对我有知遇之恩,所以,很多事情我无法撇清关系,也不能做过多的评价,但我还是要说一句,我做事一向问心无愧。"

"问心无愧?"沈长庚冷笑一声,"靳总莫不是忘了,自己当初在美吉和汉光收购案上做了什么?"

靳燃脸色微白,手指无意识地捏紧,他低垂着头没再说话。沈长庚冷冷扫了他一眼,继续关注下面救援情况去了。靳燃在原地站了片刻,才收拾好情绪回到袁莱他们那边。

"你跟沈总都说了什么?我怎么看着沈总的脸色不是很好?"袁莱小声问道。

"没事,"靳燃说,"就是问了一下下面的救援情况,已经过了黄金时间,只怕下面的人凶多吉少。"

气氛变得越来越凝重,所有人脸上都是肃穆,那两名工人的父母和孩子都接了过来。老两口头发都白了,老爷子还算稳得住,老婆婆早已哭成泪人,一到现场,两腿一软,一下就昏死了过去。好在现场有急救的医生,立即先把人抬上车抢救,老爷子拉着小孩,一老一小站在那,让人看着莫名地难过。

沈长庚第一时间上去安抚老人和孩子,那老人拉着沈长庚的手,红着眼睛,颤抖着说:"沈总,俺们家阿勇给你添麻烦了……俺们阿勇每次打电话回来，都说他运气好，遇到一个好老板，他要给你干一辈子活，守一辈子工地，他们两口子命硬，不会有事的。"

"对不起。"沈长庚说了一声，此刻任何安慰的话他都说不出口，哪怕从今以后他把这老两口当成自己亲生父母，那孩子当成自己孩子对待，也弥补不了失去亲人的痛苦。

"你没有对不起我们，这都是命……"老人颤抖的声音，碎在烈日骄阳之下。

沈长庚站在原地，握着老人的手，一个字都说不出口。时间一点一点地流逝，一个小时之后，奇迹终究没有发生。两人被找到的时候，已经彻底失去了生命体征。阿勇手里死死抓着一台老式功能机，屏幕上还有一条没发出去的短信，短信是发给工地负责人的。

"这一批钢筋有问题，千万要当心。我们怕是出不去了，麻烦你不要通知我的父母和孩子，宿舍床头柜里，是我和媳妇的全部积蓄，密码是 080118，麻烦你帮兄弟把钱分批寄给我父母，兄弟在这给你磕头了，谢。"

"谢谢"两个字，只打了一个，他大概是再也没力气了，手机上还残留着没干的血迹。他在生命的最后一刻，想着自己的父母和孩子。可惜，他们此刻就在眼前他却再也见不到了。

沈长庚看完手机上的短信，竟然有点拿不住，好不容易才找回点力气，把手机交到老爷子手里，"老人家，我对不起你们！"

沈长庚说完，深吸了几口气，然后摘下了头顶上的安全帽，朝着担架上的阿勇和他媳妇深深鞠了三躬，工地上的其他人，也是个个红着眼圈，纷纷取下头上的安全帽鞠躬。

短短几天连续经历了两场生离死别，大家心情都相当沉重。

大家各自回家之后，靳燃亲自把袁莱送到家。确认她休息了之后，又重新拿着车钥匙出了门。20 分钟后，靳燃把车停在一栋独立别墅大门前，别墅十分气派，可是靳燃一闭上眼睛，眼前就会再次浮现出白天在工地上看到的场景。

靳燃连抽了几支烟，这才裹着一身呛人的烟味下了车，径直走到别墅大门口，按响了门铃。别墅大门打开，一个中年妇女满脸笑容地站在门口，"靳先生，您来了，顾总正在客厅等您，您请进。"

看来，顾飒也早就猜到他会来。他感觉顾飒就像是一张看不见的网，在一点一点地朝他收拢。

靳燃略微点了点头，走了进去。顾飒正在沙发上喝茶，见靳燃进来，给他倒了一杯，笑道："好多年没泡过茶了，你尝尝。"

"顾总，"靳燃坐下，起了一个俗套的开头，"本来您的事情，我无权过问，不过，您的手未免伸得太长了一点，顾总曾经答应过我，不再干涉我的任何决定,还请顾总不要食言。"

"你人现在已经在上海了,如果我真的要干涉,你觉得你能顺利回来,并且进入非途旅行吗?"顾飒轻轻笑了一声,"Martin,你多心了,我是一个投资人,之所以回国,这几年国内发展形势不错,又有可靠的合伙人和项目,我也只是顺势而为罢了。"

"顺势而为?如果只是顺势而为,顾总为什么会选择非途旅行。还有,今天沈氏集团的事情,我想跟顾总也脱不了干系吧。"

"沈氏集团?哦,你说的是上海十大企业之一的沈氏集团吧,我倒是有所耳闻。至于其他的,我就不太清楚了。"

"顾总,你当年对我有知遇之恩,我也一直拿你当朋友,"靳燃尾音一顿,"可是,这不代表我就会成为你的附属品,我不想跟你撕破脸,请顾总三思而行,太晚了,我就不打扰顾总休息了,告辞。"

靳燃说完,便起身离开。顾飒也没有挽留,她相信,不论靳燃走得多远,那一根牵着他的线,永远只会握在她手心里。

第二天一早,非途旅行就发了通告,新任CEO今天会履职。上午十点,公司所有人员到会议室开会,迎接新来的CEO。袁莱是在去公司的路上看到这条通告的。之前传得沸沸扬扬的新任CEO,终于走马上任了。

"对了,我刚才看了一下新闻,"袁莱说,一边轻轻摩挲着手机屏幕,"沈氏集团的事情,舆论方面已经消停一些,之前还大肆报道的SN娱乐和几家带头的媒体都停了下来。沈氏集团对死去的工人予以嘉奖抚恤,家属也得到了妥善安置。据说这次事故发生的原因,是负责采购的拿了回扣,买了劣质的钢筋,相关人员全都已经移交司法机构处理。另外,沈氏集团还专门成立了一个'工人基金会',由工人推举代表,负责这一类的安全问题的多重监督和问题善后,选举出来的代表,有直接跟沈长庚联系和举报的权利……愿逝者安息!"

"莱莱,"靳燃忽然说,"我也曾浪费光阴,甚至莽撞到视死如归,却因为爱上了你,开始渴望长命百岁。"

人生如浮光掠影,转瞬即逝;人一生有千百种遗憾,他怕这一腔欢喜,还未曾宣之于口,就成了永远的遗憾。

第 49 章　下马威

顾飒今天走马上任的消息一发布出来，非途旅行上下已经开始翘首以盼，都在期待着这位新任 CEO 的履职报道。袁莱之前在网上搜查过有关顾飒的新闻，不知道是因为她之前的商业重心一直在国外，还是她实在太过低调，网上对她的报道并不多，甚至连一张清晰的正面照都没有，百科上甚至搜不到她的个人简历。所以对于这位新来的也算是"情敌"的 CEO，袁莱也颇有几分期待。

"欸，莱姐，你听说了没有？"陈小菲这一大早的，也不知道从哪儿去听来的陈年八卦，神秘兮兮地凑到袁莱跟前，"听说这个新来的顾总，是……"陈小菲一边说，眼珠子一边往四周看了一眼，声音轻得几乎快要听不出来，"是靳总的女朋友啊，据说两人在美国的时候就认识了，这次是因为靳总回来，顾总才跟回来的。也不知道真的假的！啧啧，有钱人的世界，真是难以想象啊！靳总长得这么帅气，他的绯闻女友，长得应该也不会太差，你说是吧？"

袁莱唇角弯了弯，笑着说："靳总的女朋友？他们怎么不说是靳总的前妻？这都是从哪儿听来的八卦消息。陈小菲同学，报告写完了吗？"

陈小菲立即"嗷"了一嗓子，一副生无可恋的表情，晃着袁莱的胳膊，可怜兮兮地说："没有啦，莱姐救命啊！你是知道的，让我出去跑客户跑路线什么的都没问题，就是别让我拿笔杆子啊。我能原地表演一个委屈到变形你信不信？"

"我还能原地表演一个扣奖金，你信不信？"

"……莱姐你变了，你不爱我了！嘤嘤嘤！"

袁莱也是彻底无语，陈小菲算是她在公司关系最好的同事了，人单纯没心机，也没想往上爬，成天除了工作就是看脑残剧，天天幻想着有个富二代白马王子凭空砸在她身上，从此拯救她这个灰姑娘出水火，过上幸福美满的生活。只可惜，理想太丰满，现实太骨感，陈小菲同志已经光荣地单身了二十五年。袁莱挤兑了她几句，也就没再多说什么，等着一会儿去开会，她倒想见见那位传说中顾总的庐山真面目。

十点整，靳燃便亲自带着顾飒和她的秘书走了进来。三人一进门，便立即引起一阵窃窃私语。大家都没想到，传说中的女土豪，居然这么年轻漂亮，举止更是从容优雅，脸上始终带着一点和煦的笑容。

顾飒简单地自我介绍了几句，既然是履职，自然会讲一下自己的雄心壮志。事实上，员工最关心的永远不是谁当家，而是谁当家能带来多大的好处，对于谁拥有话语权，他们并不关心。而顾飒也算是准备充分，没让大家失望。

第49章 下马威

"我入职之后第一件事,就是跟嘉源集团合作,开发全新公益计划——绿途计划,嘉源集团方面,已经答应全力支持我们,以公益的方式,为公司做进一步的宣传,具体细节,稍后由靳总为大家解释。"

伴随着经济发展,越来越多的人关心社会公益活动,甚至不少大公司,旗下都有专门的公益团队负责相关部署,在提高 GDP 的同时,也为社会尽一点绵薄之力。虽说这其中也有不少作秀的成分,但不论怎样,公益活动已经逐渐深入人心。非途旅行在这个大背景下,打出"绿途计划",倒也算是一个不错的营销方案。

袁莱粗略看了一下关于"绿途计划"的策划案。这几年,不少公司打着公益的旗号做相关方面的活动,袁莱之前也接触过一点,只是没在这上面花费心思。这个项目是顾飒到公司来主导的第一个项目,应该不会假手他人。一来是公司的人不熟悉,她应该不知道如何托付;二来,这也是展现她能力的机会,袁莱倒也没放在心上。

"接下来,宣布这次'绿途计划'的负责人,"顾飒笑着说,"大家都知道,我之前一直都在美国,刚回到国内,对很多东西都不太熟悉,所以这一次的项目我想找一个能力出众的同事来接手。Martin、纪总,你们都是公司的顶梁柱,不知你们二位有什么好的建议?"

纪敖亭修长的双腿随意交叠在一起,一只手轻轻摩挲着面前的杯沿,闻言略微抬起眼,鼻梁上眼镜往下只架住一点鼻尖,一副落拓贵公子的模样,唇角擎着一点微微的笑意,"顾总觉得,Linda 如何?"

顾飒没说话,看向靳燃,靳燃面色平静无波,"我也赞成纪总的提议,采购部经理 Linda。"

一边坐着的 Linda 一愣,她的确没想到纪敖亭和靳燃居然同时推荐了她。按这两个人的性格,他们推荐袁莱的可能性似乎更大,为什么会是她?

"Linda 的能力我是赞赏的,只不过,采购部新任总监刚上位不久,很多地方,还需要 Linda 照应,我怕她抽不开身,"顾飒笑了笑,目光遥遥地落在袁莱身上,"之前的裴心岛路线,听说袁经理的表现不错,不知道袁经理对这个项目有没有兴趣,由你来主导这个项目进行,我和靳总以及纪总,都会支持你工作的。"

袁莱半埋着头,心思不知道绕到了哪个星球,乍一听到自己的名字,先是一愣,接着才是一脸意外的表情看着顾飒。一时之间她捉摸不透,顾飒让她主导"绿途计划"到底是持心公正,还是另有目的?

"顾总,小袁是我手下得力干将,您刚上任,大概还不清楚,我手上有个外地的大项目,小袁正好是我助手,马上就要跟我去出差了,"纪敖亭一笑,"兹事体大,我怕到时候她抽不开身来,岂不是误了顾总大事?我看 Lisa 最近不也挺闲的吗,让 Lisa 过去帮忙处理一下采购部的事情,Lisa 应该没意见吧?"

"呵呵，纪总都开口了，我就算再忙，也得抽时间出来，替 Linda 打打下手跑跑腿什么的。"Lisa 笑着说道。

对于 Lisa 来说，不论非途旅行由谁当家，她只有纪敖亭一个主子，纪敖亭开口，她绝对不会拒绝。只是她不明白，纪敖亭为什么会在这个时候跟靳燃站在同一条线上。Lisa 的目光不由得看向袁莱。

"既然纪总如此坚持，我也只好做这个顺水人情了，"顾飒脸上的笑容加深，她看向 Linda，"Linda，你怎么说？"

Linda 现在在采购部只能算是二把手，就算新上来的是个草包，她也很清楚，自己想要再进一步难如登天。原本纪敖亭和靳燃同时推荐她接手这个新项目，她应该高兴。这么好一个机会，只要事情办成了，她离那一步应该不远了。可纪敖亭和靳燃都从来没有把她当成心腹培养的意思。她在纪敖亭心中的位置，恐怕还比不上 Lisa 的一半，靳燃就更不用说了，一来就废了李鲍勃。他们为什么会推荐自己？

Linda 也是非途旅行的老人了，从一个职场小白混到今天，自然有她自己的城府。再想顾飒还没来之前就有的传言，难道顾飒真的跟靳燃关系匪浅，想借着这个机会对付袁莱？

短短几秒钟时间，Linda 后背已经冒出一层汗，她咽了口唾沫，"谢谢靳总和纪总的好意，你们也是知道的，我们部门马上要做季度报表了，这……恐怕实在是抽不开身来，我看顾总还是另外指派人接手吧。"

"Linda 这话也不是没有道理，各部门都要保持正常运行，不能出岔子，"顾飒说，"纪总的那个项目我也了解过一点，大概需要半个月左右就能完成，虽说我们这边已经跟嘉源集团有了初步合作意向，但具体的细节还需要协商修改，也需要一点时间。我看这样吧，等袁经理跟完了纪总的项目，再接受'绿途计划'，纪总以为如何？"

顾飒把话都说到这个份上了，纪敖亭如果再找借口，那就是明显地跟顾飒过不去了。纪敖亭一侧眉梢挑了挑，桃花眼里的笑意都快溢出眼镜，他抬手略微推了一下眼镜，笑道："我没问题啊。"

"靳总呢？"顾飒又问。

"既然顾总和纪总都决定了，我也没有意见，"靳燃说，"只不过，'绿途计划'这个项目是顾总接手公司之后的第一个项目，我是公司首席运营官，也不能对这个项目不管不问。我会协助袁经理处理这个项目，顾总应该也不会有意见吧？"

顾飒一笑，"还是靳总考虑得周到，这事就先定下来了，我们继续。"

第50章　商业联姻

顾飒履职第一天，就隐约露出了一点火药味。直到开完会，袁莱都还没从自己接手了"绿途计划"这件事里回过神来。更恐怖的是，她这段时间一直在跟靳燃的裴心岛路线，纪敖亭什么时候有了新项目？她也是一头雾水。为什么一个会议下来，她感觉自己肩膀上压了几座大山？

她刚从会议室出来，纪敖亭叫她去了办公室，先是把去异地出差的事情简单讲了一下。纪敖亭依旧是一副玩世不恭的模样，一边躺在太师椅上悠闲地晒太阳，一边慢条斯理地把要注意的事情都说清楚了。当然，他老人家对公事向来是言简意赅，那些注意事项全都是关于酒店住宿的，上至酒店朝向，下至地毯拖鞋，总之样样都要精细。要不是袁莱早已经习惯了纪总这种麻烦事一大堆的公子哥，可能早就暴走了。

"欸，你说，"然后纪敖亭突然话锋一转，一只手微微斜支着额头，好看的桃花眼微微眯起，"你什么时候瞎的啊？"

袁莱正在兢兢业业地记录，没料到纪敖亭突然转变了画风。好在这也不是第一次了，她沉默地看着纪敖亭，"纪总还是这么幽默风趣。"

纪敖亭挑了挑眉，然后摆了摆手，"行了，该交代的我都交代过了，你先去忙吧。"

"好的，纪总，那我先出去了。"

纪敖亭没说话，眯细的双眼看着飘动的细碎尘埃，不知道在想什么，袁莱阖上笔记本，转身走了两步又突然停了下来，背对着纪敖亭，"今天会上的事情，谢谢纪总。"

"谢我？"纪敖亭无声地笑了一下，"我这是在跟靳总抢人，针对的是靳总，你少自作多情了。本少爷才没那个闲工夫管你的事情。"

袁莱很清楚，不论纪敖亭怎么说，他在会上反对顾飒，就算顾飒表面上不翻脸，私底下未必不会动手脚。纪敖亭本来就已经跟靳燃不对路了，现在又树了顾飒这个敌人，这实在不是纪敖亭的风格。袁莱自从进这公司，就一直跟着纪敖亭。纪敖亭这人表面放浪形骸，是个不折不扣的花花公子，可他在公事上却从没出过纰漏。这可不是一般人能够做到的。公司已经有传闻说顾飒和靳燃关系匪浅，纪敖亭再笨，也不会笨到公然跟顾飒叫板。他这么做到底是为了什么？

纪敖亭在太师椅上躺了半天，缓缓地摸出手机，拨了一个电话出去。电话那头很快响起一道熟悉又带着一点诡媚的声音。纪敖亭握着手机，略微抬起手，细长白皙的手指暴露在一大片尘埃之下，他手指缓缓聚拢，像是要握住什么,可是一摊开手,掌心什么都没有。

"陈总,准备一下资料,晚上带来给我,"纪敖亭尾音一顿,"如果有第三个人知道这件事,你就等着泰禾星旅破产吧。"

"是是是,纪总放心,这事只有天知地知你知我知,呵呵。另外,替我向纪老问好啊。"

纪敖亭敷衍了几句,就挂断了电话,他专心致志地看着自己的手掌,唇角微微一弯,居然露出一抹浅浅的笑意。

袁莱临时接到任务要跟纪敖亭去出差,她这边还没来得及理出一个头绪,忽然又接到沈双双的电话,她随手把电话贴到耳边,还没开口,就听见沈双双带着哭腔的声音,"莱姐,我该怎么办?我该怎么办啊?"

袁莱顿时一个头两个大,赶忙放下手里的文件资料,"双双,怎么了,出什么事了吗?你慢慢说。"

"我,我在你公司楼下,你能下来一下吗,我有事找你商量。"

袁莱看了一眼面前堆积如山的资料,一咬牙,"好,正好也快到午饭时间了,你等我几分钟,我马上就下来。"

袁莱拎着包就下楼了,沈双双的车子停在路边,因为是违章停车,警察正在给她开罚单,沈双双伸出脑袋,"警察叔叔,这罚单多少钱一张?"

"200 一张。"

"哦,"沈双双说,"那我再停 800 块钱的。"

"同志,请你遵守交通规则。"警察叔叔瞪了她一眼,把罚单递过去,敬了个礼。

沈双双当然知道不能随便乱停,可她现在火急火燎的,哪还有心思去找停车场,好在袁莱这时候从公司大楼出来了。沈双双立即摇下车窗,朝着袁莱挥了挥手,袁莱赶忙快步过去上了车。沈双双把车开到附近找了个清净的咖啡馆。她屁股刚落座,眼圈就忍不住红了,"莱姐,你可一定要帮我想个办法,我……我实在是走投无路了。我爸他实在是太过分了,居然为了公司,要把我嫁给一个傻子和亲,大清朝都亡了,他还要仿照大清朝。"

袁莱大概听懂了意思。商场上强强联合是再正常不过的事情,为了稳固双方利益,这种商业联姻在上流社会屡见不鲜,也就是所谓的"门当户对"。沈氏集团在上海也算是一方巨鳄,可是沈长庚怎么会舍得让沈双双去"和亲"?

"双双,你慢点说,"袁莱说,"难道上次工地上的事情,对沈氏集团造成了什么影响?"

"公司的事情我一直都没管,是费大哥跟我说,好像有人觊觎公司的股权,我爸为了稳固公司,打算跟德盛集团的那个傻子联姻,"沈双双一脸不爽,"德盛集团太子爷魏澜你听说过吧,他从小就跟我一个班,长得歪瓜裂枣不说,还是个结巴,连句话都说不清楚,我这是结婚吗?我这分明是去给他们家当吉祥物的!"

第50章　商业联姻

"可是我怎么听说，德盛集团的小魏总天纵奇才，现在他手下经营的娱乐公司可是上海排名第一的大集团，不知道多少妹子为之倾倒，"袁莱喝了一口咖啡，不解道，"怎么到了你口中就成了个连话都不会说的结巴了？"

"我怎么知道！"沈双双一脸委屈，"莱姐，人家找你出来不是来拆墙的好不好，你又不是不知道，我喜欢师父啊。如果没有师父，为了公司我说不定心一横就嫁给那个傻子了。可现在我不甘心啊，我好不容易才遇到一个这么喜欢的人，为了他我可以连命都不要，我不能就这么放弃了。莱姐，你说我绝食抗议怎么样？还是干脆闹自杀更靠谱？实在不行，我就找人去把那玩意儿打残。我爸再狠心，也不至于把我嫁给一个废柴吧？"

袁莱："……"

为什么她突然觉得自己后背凉飕飕的？

袁莱想了想，语重心长地说："双双，我们先理智一点，你刚才也说了，伯父是为了公司才想让你去联姻的。那你有没有跟他说过，你已经有喜欢的人了？"

"当然说了，"沈双双点头如捣蒜，"可我爸那个老古板根本听不进去。他就是吃了秤砣铁了心要我嫁给魏澜，我不要嫁给一个自己不喜欢的人，否则，我这一辈子岂不是都毁了？"

袁莱也没料到会突然出现这种情况，她既不能站在沈长庚的角度去劝沈双双从命，也不能单站在沈双双的角度去劝她反抗自己的父亲。虽然她只见过沈长庚一次，可沈长庚对沈双双的关心做不得假，她都看在眼里。如果不是别无他法，沈长庚怎么会让自己唯一的女儿嫁给一个自己不喜欢的人？

"这事来得太突然，我一时也拿不定主意，这样吧，"袁莱说，"我先回去找大家商量一下，再做定夺，怎么样？"

"好好好，"沈双双说，然后又立马拉住袁莱的手，"不过，这事可千万不要告诉师父，师父他本来就不怎么喜欢我，虽然我心里也很清楚这条路还很长，吃再多苦我都愿意，可我就是怕，万一他知道了……会叫我听从我爸的安排，嫁给别人。"

得多卑微地爱着一个人，才会在心里一遍又一遍地欺骗自己，安慰自己：自己其实一点都不难过？

公司事情比较多，袁莱没多耽搁，等她回到公司，就看见顾飒的私人秘书已经在办公室等着她了，说是顾飒请她去办公室，其他的也没多说。袁莱也知道从顾飒的人口中问不出什么，也就没多想，一放下包，就赶去了顾飒的办公室。

Vincent走后，办公室几乎没怎么动，顾飒也没什么特别要求，只是在墙上挂了一幅山水图。据说这山水图出自某位名家之手，价值连城。袁莱对这些不感兴趣，只想知道顾飒突然找她过来，到底是为了什么。

第 51 章　带刺的玫瑰

袁莱敲门进去,顾飒正在一边桌子上精心打理盆栽,见袁莱进来,便笑道:"袁经理来了,快过来坐。"

袁莱也不客气,走过去,在顾飒对面坐下,"不知顾总叫我过来,是有什么事吗?"

"袁经理不用紧张,我叫你过来,只是想跟你随便聊聊,"顾飒一笑,"我这个人啊,没什么特别擅长的东西,打理花也打理不好,不过,就是眼光还不错,你看这花长得这么好,要是不精心打理,过几天说不定就死了。一旦死了,也就只能成为废物,不管它曾经再怎么好看,也没有任何意义,袁经理说是吧?"

袁莱也不笨,自然听得出来顾飒这话里有话,恐怕此"花"非彼"花",指的是靳燃吧。

"抱歉,顾总,我对这些附庸风雅的东西没什么研究,实在是回答不上来您的问题,还请您见谅。"

顾飒放下手上的剪刀,脱下手套,给袁莱倒了一杯茶,"我知道袁经理忙,特地叫人把你叫过来,是有一件事想跟袁经理商量。"

"顾总请讲。"

"靳燃的生辰快到了,袁经理应该知道吧?以前在日本的时候,每年都是我和 Alex 一起替他过生辰,今年 Alex 不在,你们又都是靳燃大学时代的同学,我想到时候帮他举办一个生日 party,邀请你们一起过来为他庆生,袁经理以为如何?"

顾飒俨然是在宣示她对靳燃的所有权,袁莱轻轻笑了一声,"靳燃的生日,我当然记得,不过就不劳顾总费心了,我和辛颐他们几个早就商量好了,一起替靳燃庆生,至于生日 Party,我看就没这个必要了吧。"

"是吗?"顾飒道,"看来是我大意了,没有事先弄清楚情况,既然都是为靳燃庆生,想必袁经理也不介意多一个人吧?"

"这是当然,生辰嘛,当然是人多热闹一点,顾总要是有时间,务必赏光。"

"嗯,那我到时候一定来,"顾飒说,"对了,有关'绿途计划',还有劳袁经理多费心,集团那边的负责人是我同学,袁经理要是有什么不方便沟通的,只管来找我就行。"

"那我就先多谢顾总关照了。"

顾飒笑了笑,正准备回话,靳燃恰好敲门进来,看了两人一眼,上前将袁莱拉起来护在身后,目光灼灼一瞬不瞬地盯着顾飒,沉声道:"顾总,虽然现在是公司,谈私事不太方便,但我还是想跟顾总交代清楚,莱莱是我女朋友,也是我唯一喜欢的女人,请顾总不要为难她。"

顾飒长年在商场摸爬滚打,喜怒不形于色,但猝然听见靳燃这句话,还是一时凝固了表情,接着皮笑肉不笑地看了靳燃一眼,"靳总多虑了,我不过是在跟袁经理讨论公事而已。"

"我是袁经理的上司,"靳燃说,"顾总有什么公事,可以直接跟我谈,我会转达。"

顾飒干笑了一声,"靳总的意思我明白了,我刚到公司,还有很多业务不太熟悉,没什么别的事的话,你们先出去吧。"

靳燃也不啰唆,领着一脸懵圈的袁莱离开顾飒的办公室。到了办公室,靳燃把她按在沙发上,袁莱这才反应过来,"你干什么?这里是公司!"

"你还知道害怕?以后不准单独去她办公室!"

"讲道理,大哥,这都是你惹的风流债,我没找你算账,你还跟我凶?不单独去她办公室?"袁莱翻了一个大白眼,"你的老情人,现在可是我的顶头上司,我除非是不想干了。再说了,我刚才本来跟她谈得挺好的,你突然横插一脚,显得我气势比较弱好不好。"

"谈得挺好的?"靳燃莫名有点紧张,"你们都在谈什么?"

"也没什么,她说要给你办一个生日会,邀请我们这些大学时代的同学一起过去给你庆生,我觉得这个主意挺好的,靳总觉得呢?"

靳燃感觉一股凉意从背脊一直爬到后脑勺,满脸写着求生欲,他板正身子,"我生日这么快就要到了吗?我怎么记得还有很久的样子?"

"呵呵,演,继续演,我看着。"

"……"

靳燃在心里默默为自己点了个蜡,一本正经地胡说八道了好长一段。袁莱怕他再说下去就要亡国毁身了,这才叫停。她倒是不怀疑靳燃,只不过,这个顾飒似乎比她想象中的还要难以对付。

"对了,"袁莱也没打算继续纠缠这个问题,话锋一转,"中午双双来找过我,沈氏集团商业联姻的事情,你知道吗?"

有关沈氏集团商业联姻的事情,靳燃倒是听到一点眉目,两人交换了一下消息。袁莱道:"这么说,伯父也是逼不得已,才不得不跟德盛集团联手,可双双和承志这才好不容易培养出一点感情,我怕的是,伯父那边逼急了,找承志去谈,到时候事情就闹大了。承志估计自己都没发觉自己对双双的感情已经超出一般的师徒。尤其是这一次,双双为了他受了那么多的苦,承志这心又不是铁打的。我就怕他一时置气,跟双双说什么不该说的。恋爱中的女孩子,哪里禁得起这些。好好的一对就这么被拆散,岂不是落得跟谷阳和白薇一样的下场吗?"

"沈氏集团和德盛联手才能双赢,否则,之前工地上那种局面说不定还会出现，"靳燃揉了揉眉心，"不过，我觉得，只要承志是真心喜欢小沈的，沈总或许会为了小沈放弃这次商业联姻。可现在最复杂的事情，就是怎么确定承志的心意。你也知道，承志喜欢你十几年，他早就认定了你，不愿意变心。越是这样，他就越是不想承认自己移情别恋。如此一来，或许喜剧就演变成悲剧了。"

"那你的意思是……"

"我们得想办法，让他自己主动承认，他已经喜欢小沈了。"

"你想怎么做？"

靳燃沉思了片刻，跟袁莱商讨了一阵，这才敲定了一个初步计划，至于沈双双那边，再由袁莱去沟通。沈双双一听他们俩的计划，满口答应下来。现在他们是时间紧任务重，但凡能够派得上用场的主意，哪怕再馊，沈双双也要去试一试。别人谈个恋爱天天撒狗粮，她谈个恋爱，还得先历劫，渡过九九八十一难。

可只要能修成正果，就算是百劫千难她都义无反顾，她最怕的是一腔真心，到头来换得"负心"二字。

这事一敲定下来，沈双双就按照剧本排足了戏码，被蒙在鼓里一无所知的赵承志，猝不及防地就被转性的沈双双吓了一大跳，这时候，袁莱已经跟着纪敖亭去外地出差了，而靳燃自然留守在公司，徐辛颐和丁昂正处在热恋期，徐辛颐创业初期的事情也基本上敲定，所有事情都在有条不紊地进行，似乎谁也没看见那些隐藏在暗处的危机。

袁莱跟纪敖亭出差，事情其实早就谈得差不多了，纪敖亭和袁莱代表公司亲自过去，无非也就是走个过场。大家彼此你来我往地商业互吹，之后再签个合同，一切都是按部就班。偏偏不知道的是有个不开眼的，误会袁莱是纪敖亭女朋友，商业互吹得有点过头了，袁莱想要解释，几次三番被纪敖亭拦了下来。等到人都散尽了，纪总还摇晃着红酒杯，修长的身躯斜靠着栏杆，脸颊上带着一点玩世不恭的浅笑，"小袁，你跟了我多久了？"

"五年，"袁莱说，"我进公司第一天，纪总就把我带在身边，这五年，很感谢纪总的栽培和厚爱。"

"栽培？"纪敖亭唇角一勾，"你以为，公司每年进进出出那么多人，我为什么偏偏挑中了你？"

袁莱一愣，"我不知道。纪总，你喝多了，我先送你回去吧。"

纪敖亭私生活混乱，这一点可以算是人尽皆知，纪敖亭也从不解释，每天流连花丛，却从来都没女人找上门来厮闹，可见纪总能力非同一般。可纪敖亭加盟非途旅行十三年，除了袁莱一个"徒弟"之外，从未栽培过任何人，如果说只是单纯看重袁莱的才华，连袁莱自己都不信。可有些窗户纸，它不能捅破，一旦捅破了，再装腔作势也就装不下去了。

"我没喝多,"纪敖亭无声地笑了一下,声音散在微冷的夜风里。他看着袁莱,从未有过这么认真,几乎是从喉咙里一字一顿地扯出一句话:"袁莱,因为我喜欢你,所以,我对你刮目相看青睐有加,挑中你来'栽培',对我来说,一段关系最大的程度就是上床,可我没想过睡你,也没想过要怎么样你。你就像一株带刺的玫瑰花,远远看着赏心悦目,靠得太近却会扎手,我一向不喜欢太过费力的东西,包括人……可是,"纪敖亭沙哑的声音碎在了夜风里,"现在,我后悔了。"

第52章 一往而深

袁莱突然感觉今天晚上,自己这一双耳朵完全成了摆设,她根本听不懂纪敖亭在说什么,脑子里一片茫然,她嘴唇轻轻嚅动了几下,却连一个音节都没有发出。

纪敖亭略微抬起眸子,那双懒散的双眼,有一点从未有过的隆重和期待,定定地注视着袁莱,半晌,他主动朝前走了小半步,倾身过去,精致的五官、立体的轮廓还没凑到袁莱跟前,袁莱闪电般地往后退开了半步。与此同时,纪敖亭修长的身体僵在了原地。

"纪总,你真的是喝醉了,"袁莱仓皇开口,故意忽略纪敖亭一身落拓里无法掩藏的一点狼狈,"我叫人来送你回去休息,我先走了。"

纪敖亭看着她匆忙离开的背影,唇角微微一弯,刚才的狼狈稍纵即逝,他早已经学会如何隐藏自己的情绪。他缓缓地举起手里的酒杯,朝着袁莱仓皇的背影遥遥一敬。喝完这杯酒,从此以后不回头。

袁莱仓皇地回到房间,反手将大门锁死,一只手按着心口,好半天才平复下来心绪,第一时间打了个电话给靳燃。电话响了好几声靳燃才接起来,耳边是靳燃略微粗重的喘息声,袁莱心里没来由地一慌,迫不及待地问道:"靳燃,你怎么了?出什么事了吗?"

"没有,"靳燃说,疲倦地揉了揉眉心,"刚才路上出了一点小车祸,有个人受伤了,对方司机跑了,我帮忙把人送到医院来了,我没事,你别怕。"

袁莱听完,这才松了口气,"那就好,我还以为你出什么事了。"

"傻瓜,我哪有那么容易出事,"靳燃一笑,"对了,你打过来是有事吗?"

"也没什么,"袁莱说,她走到窗边,抬头看着夜空,声音放软了几分,"就是,突然很想你。"

靳燃坐在手术室外长椅上,闻言唇角缓缓一勾,脸上的疲惫瞬间一扫而空。他无声地笑了一下,"我也想你,莱莱。"

情不知所起,一往而深。

袁莱本来也是被纪敖亭突如其来的告白搅得心神不宁,此刻听见靳燃的声音,原本浮躁不安的心,落回肚里。

"嗯,还有两天这边的项目就结束了,"袁莱笑着说,"我要回来了,正好,这个周末是你生日,还能赶得上。"

"好,你自己小心一点。"

"知道啦,我又不是三岁小孩。"

医院护士过来,跟靳燃说了几句什么,靳燃匆忙挂断了电话。袁莱握着手机,长长吐出一口浊气,又拨了个电话给徐辛颐。

徐辛颐辞职之后,就一直忙着广告公司的事情,经常加班到三更半夜,丁昂身体恢复之后,也忙着比赛的事情,两人常常一起在并不算宽敞的办公室熬夜加班,有时候仿佛是一眨眼的工夫,就已经是深夜了。

徐辛颐接到袁莱电话,一边忙着看合同资料,一边将手机贴在耳边,"我的袁大小姐,你不是在出差吗?怎么突然想到关怀我这个空巢老人了?"

"空巢老人?"袁莱在沙发上坐下,单手撑着下巴,笑道,"你是不是对空巢老人有什么误解?不过话说回来,这么晚了,徐总别告诉我你还在加班哦。昂爷呢?是不是还在你旁边撸游戏啊?"

徐辛颐干脆开了免提,扭头看向一边正跟人开局打BOSS的丁昂,"昂爷,袁大小姐兴师问罪来了。"

丁昂摘下耳机,笑眯眯地盯着手机,"莱姐,我和徐总这种空巢老人的生活简直幸福得不得了,你和靳燃什么时候能过上这种空巢老人的生活?到时候,我和徐总还可以传授一点经验给你们啊。"

"啧啧,这还没结婚呢,就开始显摆了,以后结婚了还得了?我说昂爷,你也别成天只顾着撸游戏,我可是还等着小丁昂出生,我好当干娘啊。"

"得嘞,"丁昂笑得眉飞色舞,"谨遵太后娘娘懿旨,小的今晚上就努力造人,嘿嘿,只好委屈我们家徐总了。"

徐辛颐耳根子烧得通红,赶忙关掉免提,打发丁昂继续去撸游戏,重新把手机贴回耳边,"你也别光顾着操心我和丁昂的事情,你和靳燃最近怎么样?我听丁昂说,靳燃的旧情人回来了,还是你和靳燃的顶头上司,你真的不介意吗?"

"每个人都有过去,但是要说一点都不介意,那也显得我太虚怀若谷了,"袁莱丝毫不避讳,继续道,"可我既然选择相信靳燃,就不该无缘无故地怀疑他,但凡是他说的,我都相信。当然,如果有一天让我发现他骗了我,这所有的信任也就荡然无存了,你是知道我的脾气的,真到了那一天,我跟靳燃的缘分也就真正走到尽头了。"

"你啊……"徐辛颐叹了口气,"还是和以前一样,认定的事情谁都改变不了,不过,我相信靳燃不是那种贪图富贵三心二意的人。如果他真跟那个顾飒有什么,就不会为了你,放弃在美国的一切,千里迢迢地回来了。可有时候,我又怕你会胡思乱想,白白浪费了这么多年的光阴,莱莱,我们年纪都不小了,也许,是时候安定下来,享受平凡的幸福了。"

"怎么,徐总这只潜力股,现在是被昂爷套死了,就开始反过来教育我了?"

"胡说什么呢?什么叫被套死了,他要是敢三心二意,我先阉了他再说!"徐辛颐说,脸上的表情柔和了几分,"莱莱,我只是担心你跟自己过不去,错过了这一段好姻缘。"

"能错过的,都不是好姻缘,再说了,我和靳燃也算是经历了不少的磨难,如果这都不能走到最后,我也没什么好抱怨的。"

徐辛颐叹了口气,忽然想到了什么,"对了,我和丁昂今天去过 Here 咖啡店,谷阳在咖啡店里专门设置了一个小型的捐赠箱,他前几天又去了一趟学校,搜集了一些照片和相关的资料,现在已经有不少爱心人士捐赠,还有的专门把这个发到了网上,呼吁捐赠。莱莱,有时候我会觉得,我们这些人实在是太过渺小,可就是这样渺小的我们,也在发光发热,平凡而伟大。所以,我决定了,新公司开始营收之后,每个月都固定拿出来一笔钱作为教育基金,来帮他们一把。"

徐辛颐是从遥远荒僻的大山里走出来的,她深知那一片大山阻隔的不只是路途,还有孩子们的未来。如果当初不是她意志坚韧,撑过了最黑暗的一段时光,她现在恐怕也和那些无法主宰自己命运的人一样,辛苦维持着生计。死不了。却也活得委委屈屈。

她自己给自己造了一根脊梁骨,天塌下来,也压不垮这根顶天立地的脊梁骨。

"这个主意倒是不错,不过,也不能只有你们出力,把我和靳燃也一起算上吧,具体细节,等我回来了再商量。"

"嗯,聚沙成塔,能出一点力是一点,那就等你回来了我们再商量。"

"好,"袁莱说,"对了,周末是靳燃的生日,之前让你们准备的东西都准备好了?"

"袁大小姐吩咐,岂敢怠慢!"徐辛颐笑道,"放心吧,该准备的我们都准备好了,到时候,一定给你们家靳燃一个惊喜。"

袁莱听她这么说,放下心来,又闲聊了几句才挂断了电话。转眼两天就过去了,项目的事情彻底落实下来,袁莱和纪敖亭便启程回了上海。才出去十来天,一回来,袁莱就发现自己又多了一个情敌——天和集团大小姐萧萌,据说这位大小姐出了车祸,是靳燃"见义勇为",将她送去了医院。结果这大小姐就喜欢上了靳燃,打听到靳燃之后开始狂轰滥炸,送花送礼送人头,天天没事就往靳燃这里跑。挂着谈天和集团业务的羊头,卖着撩汉的狗肉。袁莱一到公司,老远就看到萧大小姐捧着一束娇艳欲滴的玫瑰,拦在靳燃跟前,丝毫不顾忌周遭窃窃私语。

"燃燃,人家就是喜欢你嘛,想跟我一起吃饭的人都排队排到黄浦江了,可我只想跟你共进晚餐。你就答应我,晚上跟我一起吃饭好不好嘛?"

萧大小姐这娇滴滴的声音,撩人心弦,让人听着连骨头都酥了。

第53章 我爱你

"抱歉,我今晚有约了。"靳燃一抬眼,就看到门口好整以暇地看着他的袁莱。

"有约?谁?我命令你立即拒绝掉!"

"恐怕不能,"靳燃唇角微微一弯,旋即朝袁莱走了过去,一把握住袁莱的手,猝不及防地在袁莱鼻尖上蜻蜓点水地亲了一下,旋即扭头看向萧萌,"萧大小姐看见了?当初救你只是举手之劳,希望萧小姐不必放在心上,她才是我打算共度一生的人。"

"什么?老子的狗眼!所以靳总是早就和莱姐暗度陈仓、勾搭成奸了是吗!"陈小菲眼珠子都快粘到靳燃手上了。

公司其他人跟陈小菲的反应差不多。只有纪敖亭事不关己地站在一边,唇角擎着一丝不深不浅的笑容,镜片下的那双桃花眼里却有一点寒意,插在裤兜里的手指缓缓捏成了拳头。

袁莱也没料到,靳燃居然当众宣布跟她的关系,毕竟他们两人还没确定在一起。虽说公司没有禁止上下级或者同事之间谈恋爱,但靳燃的身份特殊。原本公司就已经有流言蜚语,刚才这一出岂不是让有心之人更加添油加醋、曲解事实。更重要的是,从今以后,公司的人会怎么看她?

原本裴心岛开发案,就已经有不少人颇有微词,尤其是纪敖亭的手下,再这么下去,流言甚嚣尘上,她又要如何自处?可她也很清楚,靳燃此举,一是为了拒绝萧萌,二也是暗中提醒顾飒。如果他们两个人的关系一直秘而不宣,谁都有资格来横插一脚,靳燃的确用心良苦,却也让她有些进退维谷。

之后,靳燃神色凝重地跟她道歉,她却一脸担心,"靳燃,我没有责怪你的意思,虽然我没办法不去在意别人的眼光,但我问心无愧。不过,我还是担心顾总那边……"

"顾总那边,你不用担心,我会处理,"靳燃说,"我只是不想你受委屈,更不想你因为这些不相干的人伤神难过。莱莱,我们已经失去了五年的光阴,我不想我们之间再出现任何阻碍,你有没有想过,就这样跟我在一起过一辈子?"

袁莱脑子里回荡着刚才那句——"她才是我打算共度一生的人。"这世上所有美丽的誓言,大抵都比不上这一句动听。

"有,"袁莱说,"很久之前,我就想过,这一生非你不嫁,可是后来发生了那么多事,我有些不确定。靳燃,你说我们真的会幸福吗?"

"当然会,"靳燃一笑,"那么多误会磨难我们都撑过来了。这一生,再也不会有任何东西能够让你我分开。莱莱，我爱你。"一瞬间，袁莱突然觉得，不管过去遇见多少不顺心的事，都不重要了，她这一生至此，终于圆满。

正志律师事务所。

赵承志顶着鸡窝头，正埋头整理卷宗资料，眼看今晚又是一场恶战，他这心里却是没着没落的，心神不定。自从上次沈氏集团的事情之后，沈双双就完全像是变了一个人似的，从前总是缠着他的人，现在一天到晚都见不到踪影。他几次三番地追问，都被沈双双不轻不重的几句话挡了回来。一向能言善辩的赵大律师这才发现，自己不知道什么时候开始，这么关注这个徒弟的私生活。

"又跟人约会看电影去了？"赵承志抓了抓鸡窝头，碎碎念，"不检点，简直太不检点了，真是的，现在的年轻人，真是太乱来了，见过一两次面就开始约会，实在是草率啊。"

草率的沈大小姐，这会儿正跟人忙得热火朝天地吐槽电影剧情，手机屏幕上，是赵承志连着发来的十几条微信。内容并不多，顾左右而言他地委婉询问沈大小姐在干什么，沈大小姐假装没看见，然后不动声色地发了条只有赵承志可见的朋友圈，内容也不复杂，简单粗暴的一张暧昧照，角度光线是恰到好处地让人浮想联翩。

赵承志气得肝胆俱裂，忍无可忍毋需再忍的赵大律师，拨了电话过去，沈双双没接，回了一条"公众场合，不宜接听电话"，赵承志连着怼了十几条微信过去。大致意思就是批评沈大小姐不思进取，事务所内工作繁忙，让她立即马不停蹄地赶回去加班。否则，实习报告就别想他签字过关。

沈双双特地绕道去买了豪华消夜套餐，心情颇好地拎着赶回了事务所。整个事务所里，也就赵承志办公室还亮着灯，兢兢业业的赵大律师最近业务能力爆表，夜夜泡在办公室，一堆黑头发里能拎出几根白发，简直是教科书式励志。沈双双就这么拎着外卖，站在办公室外面。隔着一道门的距离，她静静注视着赵承志，赵承志其实长得并不算特别好看，身材还算不错，脾气甚至有点迂腐。按照沈双双以前的习惯，见到这种大叔必定是绕道走的，所谓"三岁一代沟"，她跟赵承志这类人中间简直是隔了一整条黄浦江。可人跟人之间的关系，就是这么没有道理，喜欢，也只不过是一眼的事情。而后，他人都只不过是路人甲、乙、丙、丁。

沈双双在外面站了好半天，这才拎着外卖走了进去，她随手把外卖搁在赵承志桌上，笑眯眯地说："刚才没吃完，顺手打包孝敬师父的。"

赵承志连看都没看一眼，扳正着脸，敲了敲一边垒着的资料，"这一堆资料，给你三天时间。三天之后，我要看到报告。"

沈双双双手捧着下巴，似笑非笑地看着赵承志，"师父，你该不会是吃醋了吧?"

赵承志瞬间像是被人踩了尾巴,脸色一下沉了下来,他暗暗磨了磨后槽牙,笑了一声,"吃醋?怎么可能,只不过最近我手上案子多,忙完了这一段我准备休假。"

"休假?"沈双双一愣,"怎么之前没听你提起过?你要休假干什么?"

"我跟靳燃约好了要公平竞争,眼看那小子近水楼台,我也不能落后太多,"赵承志揉了揉眉心,没看到沈双双逐渐苍白的脸颊,叹了口气,"我跟你一个小姑娘说这么多干什么,赶快整理资料,尽快把报告拿给我。"

沈双双木然地盯着赵承志,本来以为赵承志最近的改变是因为她,可到此刻,她才恍然大悟,从头到尾都是自己自作多情。哪怕赵承志对自己有一点喜欢,也不会说出刚才那一番话。她还在为自己偷学来的伎俩沾沾自喜,甚至幻想把自己打造成另一个"袁莱"。她挖心掏肺,可这个人,依旧对她没有半点喜欢。

"师父,你就这么,这么喜欢莱姐吗?"沈双双声音极轻,心脏缓缓地往下沉。

赵承志神经再大条,也听得出来沈双双这话里有些与众不同的味道,他避开沈双双的眼神,"十几年了,她就是我的命,人一生能有几个十几年呢,我打算……打算向莱莱求婚。小沈,你也会祝福我和莱莱的,对吧?"

沈双双泥塑木雕似的坐在那里,目光仿佛是穿越千万年缓缓落在赵承志身上,一根一根血丝裹着她的眼球,她连着深吸了好几口气,才忍住没有哭出声,双手死死扣着膝盖,几乎是用尽力气从嗓子眼挤出来一句,"嗯,我会祝福你和莱姐的,祝你们……白头到老,恩爱一生。"

赵承志心头没来由地一揪,像是有一把薄薄的刀片,轻飘飘地从他心口滚过,不轻不重地扎出一条细长的口子,有些说不分明的情绪如浮光掠影一般闪过。他沉默了许久,才重新埋下头,继续看面前的卷宗,可不知道为什么,面前的卷宗变得繁复晦涩,他竟然一个字都看不懂。而另一边,沈双双静静地坐在椅子上,一页一页地翻动着面前的资料,宛若一幅静止的画卷,不动声色的冷淡,拒人于千里之外。

两天之后,赵承志收到沈双双那份细致的报告书的同时,还收到了一份辞呈。辞呈是沈双双亲笔写的,赵承志之前也见过沈双双写的字,可此时再看辞呈上的字迹,他发现自己居然有点看不太懂。字迹并不潦草,每个字他都认得,却一句话都看不懂。他翻来覆去看了十几遍,才想起打电话过去询问她为什么要辞职。沈双双接了电话,只是沉默,赵承志颠三倒四的话说完之后,沈双双才说:"我来事务所是为了你,现在这个理由不成立了,你是打算让我忍受煎熬笑着祝福你,还是打算让我不肯死心横插一脚当个小三?赵先生,我成全你了,也请你成全我。从此以后,你我,就相忘于江湖吧。"

第54章　如梦方醒

有多少人,在人海苍茫里萍水相逢,彼此擦肩而过,倾其一生,也只不过是在别人的生命里挨蹭一两个边缘的镜头,终究成不了那一丝牵绊。沈双双突然醒悟,原来真的有一种爱情,是插在心尖上的刀。不论她怎样努力,赵承志的心里都没有一丁点她的位置。她是沈氏集团大小姐,从小被人捧在手心里呵护,她把自己所有的骄傲、欢喜孤注一掷地交给赵承志,等同于把自己的性命都一起交给了她,可是到头来,她得到的,也无非是一场空而已。

如梦方醒。

赵承志捏着手机,那个八面玲珑能言善辩的赵大律师,仿佛一下失去了语言的能力。他不知道该说什么,倦色缓缓地浮了上来,他泥塑木雕似的坐在那儿,好半天,才终于找回自己的声音,勉强笑了笑,"那好,稍后我会让他们给你办一下手续……希望你能有一个好的前程。"

沈双双眸子里的神色迅速黯淡。哪怕到了最后关头,她依旧还想赌一次,赌赵承志心有不忍,赌他心里有那么一丝缝隙是留给自己的,可她输得一败涂地。

沈双双用力地闭上眼睛,手指微动,缓缓地把电话挂断。那些未曾宣之于口的话,被永远地关在了唇齿之后,再也没有机会重见天日。她静静地在沙发上坐了很久。天色渐晚,五光十色的霓虹灯把夜色撕开一条巨大的口子,将这座钢筋水泥包裹出来的城市,照耀成纸醉金迷的模样。沈双双这才稍微有了一点力气,她从沙发上站起来,然后走到沈长庚书房。

沈氏集团接二连三地卷进一场又一场阴谋之中,沈长庚最近为了应付公司大小事,几乎是寝食难安。刚从国外出差回来,这又马不停蹄地忙着另一个大项目。几天前还意气风发的沈长庚,耳鬓已是白发横生,仿佛老了十岁。他站在阳台上打电话,并没有注意到沈双双走进来。年过半百的沈长庚,言语之间夹杂着几分隐忍的怒火。那声音极具穿透力,像是子弹穿过厚重的玻璃,只残留下一道道蛛网般的裂缝。

"……老代,双儿也是你从小看着长大的,也算是你半个女儿,她妈妈走得早,这些年我又一直忙着公司的事情,没有好好照顾她,"沈长庚声音极其沙哑,"难道你真的忍心看着她嫁给一个自己不喜欢的男人?对,我知道,有了盛德集团旗下银行的支持,就解决了我们的资金问题,顾飒那个女人的诡计也不能得逞,可是……可是我只有双儿这么一个女儿,只要她不答应,就算是拼了我沈长庚这条命,我都要护着她。当初护不住她妈妈,现在你要让我眼睁睁看着她后半生都活在痛苦之中吗?"

第54章 如梦方醒

沈双双没想到，沈氏集团已经到了这一步。她这个无忧无虑的大小姐，从来都不知道沈长庚一个人支撑一家大公司有多难。稍有差池，这庞然大物就也会跟着他一起葬身鱼腹。何况树大招风，哪怕沈长庚没有任何决策失误，可仍旧有不少野狗野兽觊觎着。他们伺机而动，想要一口吞下沈氏集团，连一点骨头渣子都不剩下。

"爸，"沈双双说，"你们在说什么？"

沈长庚匆忙结束了电话，稍微整理了一下情绪，笑着走过去拉住沈双双的手，扶着她在一边坐下，"双儿，怎么脸色这么苍白，是不是出什么事了？"

"没有，"沈双双略微低垂着眉眼，"爸，公司是不是还有什么事，您不要瞒着我，我们怎么会突然没了周转资金，还有……你刚才说到的那个顾飒，是谁？"

沈双双虽然不知民间疾苦，但沈氏集团的大事情她心里还是有数的，沈长庚纵横商场这么多年，即便是金融风暴也能够立于不败之地，可见他有一套制胜法则。连沈双双都知道，沈长庚从不会把自己摆在劣势的位置，沈氏集团的保险库里有一笔巨额的备用资金，这笔资金是留在关键时候挽救沈氏集团，起死回生的。保险库的密码，只有沈长庚和沈双双知道。

如今这笔周转资金已经所剩无几，而沈氏集团这座庞大的商业帝国，产业横跨领域非常广，如果没有足够的资本支持，只要其中一个地方失控，就有可能打破长期的平衡，使整个商业帝国毁于一旦。

"傻丫头，公司的事情你就别管了，爸爸会处理的，"沈长庚笑着说，"倒是你，这几天看着心情不怎么好。刚才听老林说，你把事务所的工作也辞了，是那个赵律师惹你生气了吗？你别怕，爸爸会替你做主的，你要是不喜欢去外面的事务所，爸爸就在金融中心，给你开一间最大的律师行。好吗？"

"爸，没有人惹我生气，我也不想开什么事务所，"沈双双说，"公司到底出什么事了，你告诉我好吗？这么多年，我也没能替您做什么，代叔叔的提议我答应。为了公司，我愿意跟盛德集团的太子爷结婚……"

"不行！"沈长庚脸色陡然沉了下来，他打断了沈双双的话，粗糙的大掌轻轻摩挲着沈双双的脸，"双儿，我答应过你妈妈，一定会好好照顾你，绝对不会强迫你做任何你不喜欢的事。爸爸知道你喜欢那个赵律师，只要你愿意，爸爸现在就做主，给你们两个把婚事办了，行吗？"

"爸……"

"你放心，公司还没到不可挽回的地步，何况爸爸这些年在商圈里经营的人脉，不是那个女人三两下就能打垮的。就算是为了你，爸爸也不能倒下。你是爸爸唯一珍视的人，就算没了公司，我们父女俩也还能活下去。所以，不管什么情况，爸爸都不会选择牺牲你去换取公司的生存，爸爸要是连你都护不住，还有什么脸继续掌管这么大一家公司？"

世道苍凉,沈长庚比任何人都清楚,如今沈氏集团危在旦夕,有几个人会在这个时候伸出援手?酒池肉林里能泡出什么真感情,哪怕是那些平日里称兄道弟的朋友,此刻对他也全都避而不见。沈氏集团就如同一座将倾的大厦,谁也不愿意去沾染这个晦气。

"可是,"沈双双忽然说,"师……赵律师他又不喜欢我,他有自己的心上人,我只不过是一个多余的人。爸,我既然得不到自己喜欢的人,那和其他任何人结婚又有什么区别?不如为了你和公司,和盛德集团联姻,还能帮公司渡过这个难关。"

沈长庚一愣,他这段时间忙着处理公司的事情,还没来得及去过问沈双双和赵承志的事情,此刻听沈双双这么说,这才反应过来发生了什么事。

"好了,双儿,公司的事情你暂时不要管,至于你和赵律师的事情,你还是先冷静下来再说,"沈长庚说,"人在冲动的时候,最容易做错误的决定,爸爸不想你因为这个后悔终生,明白吗?"

沈双双沉默了下来,她知道自己这个决定并不是冲动下的决定,她知道袁莱才是赵承志心里的白月光,而她永远都无法代替她成为赵承志心里抹不去的朱砂痣。既然什么都不是,那又何必痴缠不放,得不到的,不如趁早放手。

上海某商场。

靳燃的生日快到了,袁莱也来不及准备什么贴心小礼物,她最近忙着绿途计划的各项事宜,天天加班到深夜。今天难得抽出一点时间和徐辛颐约好,匆匆忙忙地赶去商场,打算给靳燃买一块手表作为生日礼物。

所谓"穷玩车,富玩表",靳燃大概是从小就表现出自己将来会出人头地的一面,从小时候起他就很喜欢收藏手表,各种名表收藏无数不说,有些甚至已经是绝版。这些年积累下来,倒也算是小有收成。

袁莱也知道靳燃有这个爱好,一时之间想不到更好的礼物,所以就打算送靳燃一块手表当作生日礼物。她对表没什么研究,徐辛颐是做广告这一块的,对各行各业都有所涉猎,所以她就约了徐辛颐一起去商场帮忙挑选。

两人在商场里转悠了一大圈,最后在一家大品牌的专柜前停了下来。

"靳燃以前就比较喜欢这种皮带式的腕表,转来转去我就觉得这一款是最合适的,"袁莱指了指柜台里的一款皮带式腕表,一边说,"辛颐,你觉得怎么样?"

"我的大小姐,我只负责替你看品牌和款式,"徐辛颐偷笑道,"至于靳总喜欢什么样式的,我可就不清楚了。这个只有你最清楚了。"

"相对于这种千篇一律的休闲商务性质的腕表,靳先生更喜欢运动风格的电子腕表。"顾飒满脸笑意地站在袁莱他们身后,横插了一句话。

第55章　逼入胡同

都说冤家路窄,袁莱也没想到,居然会在这里碰到顾飒。从这几天的接触来看,如果说靳燃这个"前妻"对他没有什么不切实际的想法,打死她她都不信。或许因为大家都是女人,对情敌有着一种天然的嗅觉,所以她料定顾飒来者不善。不过她不想打草惊蛇,她就这样陪她虚与委蛇,看看最后到底鹿死谁手。

"顾总,"袁莱略微颔首,面上笑容没有丝毫不妥,"没想到能在这里碰到顾总,顾总也是来挑选腕表的吗?"

不等顾飒开口,一旁的导购员已经笑脸迎了上来,"顾女士,您之前预定好的限量款腕表,我们已经替您包装好了,马上就去给您拿来,您稍等。"

顾飒客套了几句,这才转头看向袁莱,"靳先生一直都很喜欢他们家的电子腕表,我回国之后,就给他预定了,今天正好到货,就亲自过来取,袁小姐不要误会。你也知道靳先生喜欢腕表,以前在国外的时候,我每年都会送他一份独特的腕表作为生日礼物。"

顾飒话是滴水不漏,却明摆着是在跟袁莱示威。

"顾总太客气了,"袁莱说,"阿燃一向不太喜欢高调,就算是生日宴,也只是几个朋友私下里聚会。这么贵重的礼物,阿燃怕是受之有愧,谢谢顾总的好意了。"

"靳先生刚接手非途COO的职位,就替公司开发了一条全新的路线,公司收益也屡破纪录,一点小小的心意,靳先生当之无愧,"顾飒将导购员送过来的礼盒递了过去,"当然,如果袁小姐介意这份礼物的话,就请袁小姐代为转送,如何?"

顾飒见招拆招,话都说到这个份上了,如果袁莱再要拒绝,那就显得太过小肚鸡肠了。

不等袁莱说话,一旁徐辛颐抢先道:"顾总是吧,我不管你是谁,也不管你跟靳燃之前到底什么关系,靳燃喜欢的一直都是我们家莱莱。这个礼物还是请顾总自行处理吧。"

"徐小姐言重了,"顾飒说,"既然如此,那我也就不打扰了。哦,对了,替我向丁先生和蒋女士问好,改天我一定登门拜访。"

"登门拜访就不必了,"徐辛颐轻轻笑了一声,"顾总的好意,我们心领了。"

顾飒略微颔首,拎着礼盒离开了专柜。

等到人走远,徐辛颐这才扭头,恨铁不成钢地数落了袁莱半天,人家都欺负到头顶上来了,你居然还能忍得下去,袁莱无奈叹了口气。顾飒到底是对靳燃有过知遇之恩,只要不算太出格,袁莱也不想直接跟顾飒撕破脸。何况,她现在还是非途旅行的员工。

"袁小姐,"导购员试探着问,"这腕表,您还要吗?"

徐辛颐甩了个白眼过去,"还要什么要?咱们能跟姓顾的女人一样的审美吗?不要了,我们去别家。"

袁莱只好跟导购员连声道歉,两人在商场里转悠了一阵,在另一个专柜买了块腕表。刚结完账准备打道回府,袁莱就接到了赵承志的电话。赵承志有些语无伦次,大概是询问袁莱最近有没有跟沈双双联络上。袁莱被问得一头雾水,追问之下才知道沈双双已经辞职。刚才七点半的《黄金财经》,播了一条新闻,沈氏集团涉嫌巨额非法集资,并且是集体犯罪,已经被相关部门正式立案调查,目前情况不明。原本山雨欲来的沈氏集团再次被推上风口浪尖。赵承志一看到新闻,就立即跟沈双双联络了,于公于私,沈氏集团出了这么大事,他都不能袖手旁观。然而任凭他怎么打沈双双的电话,都是无法接通的状态。他跑到沈家去找人,沈长庚正在接受调查,沈双双也不在家,他这一颗心,不见到沈双双不会安宁。

袁莱也没想到,沈家突然遭遇这么大变故。她也没在电话里多说,大家约在丁昂家碰头,仔细商量这事。一路上,袁莱也试图跟沈双双联系,然而,沈双双的电话一直都处在忙碌或者无法接通状态。等大家聚齐了,丁昂先把他打听到的事情简单讲述了一遍。

"现在外面风声很紧,我也是托了好几拨人才打听到一点消息,据说是因为沈氏集团旗下一个部门,不知道怎么弄了一堆虚假合同出来。沈氏集团最近也确实因为资金周转不灵好几个项目都被迫停工了。上海大部分银行不知怎么突然全都停止了对沈氏集团的贷款,连私人银行都拒绝高利息贷款条件,"丁昂说,"银行停止贷款,沈氏集团资金周转不灵,于是铤而走险非法集资,这事看上去顺理成章,连一丝破绽都猜不出来。不过我猜这事不简单,如果沈氏集团是无辜的,那么这背后一定有什么大阴谋。可我听说沈长庚这个人是个很讲义气的人,对手下人也都很好,上次工地的事情,你们也都见过,沈长庚不像是会为了钱走这一步棋的人。"

得不到,就毁了它。

"你的意思是说,"赵承志喉咙轻轻动了动,"沈氏集团很可能是被人陷害了?虽然我们事务所是沈氏集团的法律顾问团,但我们现在也没办法见到他,也问不到相关事情的进展情况。昂爷,靳燃,你们再想想办法去打听一下,现在到底什么情况了。还有……还有小沈,我已经去过她家了,她家没人,电话也打不通。按照道理,她没接触过沈氏集团的事情,就算要调查,也暂时查不到她头上。她会不会,会不会是出什么意外了?"

第55章 逼入胡同

所谓关心则乱，赵承志这会儿已经是六神无主，连他自己都没发觉，自己对沈双双是过于关注了。要知道，沈双双现在连一个挂名实习生都不算，跟他已经没什么关系了，他没必要去蹚这浑水。可一想到沈双双失联，他这心里就火烧火燎的，怎么也无法平静下来。

袁莱他们自然注意到这一点，只是现在没什么比找到沈双双更要紧了。大家暂时收起了玩笑的心。大概大半个小时之后，靳燃接了一个电话，通话时间并不长，可电话之后，靳燃脸色明显有了变化。

"承志，有一个好消息和一个坏消息，"靳燃说，"你想先听哪一个？"

"当然是好消息！"赵承志几乎是脱口而出，"是不是找到小沈了？她在哪里？人还好吧？"

"已经找到人了，人没事，"靳燃看了赵承志一眼，继续说，"我要说的坏消息，就是她很可能要结婚了，对象是盛德集团太子爷魏澜。"

"盛德集团？盛德集团旗下银行掌握着大量资金，现在盛德集团的总裁，也就是魏澜的老子魏承宇在上海那是数一数二的人物，在这个节骨眼上跟魏澜结婚，这……"丁昂略微顿了一下，"这不就是赤裸裸的和亲吗？靳燃，你这消息靠谱吗？"

"早在沈氏集团陷入资金周转麻烦的时候，就已经有人提到过和亲，"靳燃说，"只不过，这个决策被沈长庚否决了，现在这个节骨眼上，是沈双双主动答应跟盛德集团联姻的，消息过些时间才会出来，大概是要把这次的风波平息之后，才会公开宣布。"

虽说明眼人一看就知道是商业联姻，但盛德集团毕竟不但要里子还要面子，在沈长庚和沈氏集团那团乱麻没理清楚之前，魏承宇不会对外宣布，毕竟有一个实力不相上下的大集团老板做亲家，总比一个江河日下的大佬来得有面子，这也是大佬圈子里所谓共赢的基本理念。

"这么说，双双也是被逼无奈，才会走这一步，"袁莱说着，看向赵承志，"承志，你先别难过，这事情还没弄清楚……"

"她要怎么样，跟我没什么关系，"赵承志眼圈从眼皮红到眼珠，他压低了声音，"她就算是为了沈家也好，喜欢那个什么集团太子爷也罢，都跟我没半点关系。"

第56章　套路失败

"真的跟你没关系,你会这么着急地四处找她?没关系,你会这么关注沈氏集团的动静?没关系,你会这么阵脚大乱……"

袁莱的话还没说完,赵承志就打断了她,"她只不过是我们事务所金主的女儿,曾经在我们事务所实习过几天,她连个正式的律师都算不上,我怎么会为了她阵脚大乱?我找她,关注沈氏集团的动静,只是……只是不想事务所受到牵连,毕竟这么大的金主,不容易找。"

鸭子死了嘴硬,说的就是赵大律师这种人,他以为可以瞒天过海,凶残起来连自己都骗,可袁莱的话,就像是一根细细的刺,不轻不重地扎在他心口,他身体里像是居住着两个灵魂,它们彼此挣扎撕扯,谁也不肯有丝毫妥协让步。

"既然这样,"靳燃忽然说,"那就停止打听沈氏集团的一切消息,我和昂爷也不费这个心思了,时间也不早了,大家就先散了吧。莱莱,我送你。"

赵承志愣住了杵在那儿。如果是平时,他必定要跟靳燃争风吃醋一番。可此时此刻,他心里千头万绪无着无落,对这种争风吃醋的事没有丝毫兴趣。直到袁莱和靳燃都走远了,他才回过神来,失魂落魄地走了。

"靳燃,我们就真的不管承志了?"袁莱皱着眉头问,赵承志的样子,绝不像是他说的那样,沈双双结婚对他打击明显不小,可这男人就是不肯承认。

情不知所起。当初那个缠着赵承志的磨人小妖精,凭着一腔不撞南墙不回头的孤勇,在赵承志的坚硬防线外硬生生砸出了一条细碎的裂缝,而在寻找白簪时舍生忘死的营救,则彻底突破了那道冰冷厚重的墙。

"承志现在最需要的就是时间,如果他自己不愿意面对自己,我们谁也帮不了他,"靳燃说,"你别担心,承志这么聪明,很快就会明白过来的。"

袁莱静静地坐在副驾驶位上,眼前是一条笔直的康庄大道,可是她忽然有些迷茫,不知道自己当初决定重新跟靳燃在一起,又会走向怎样的结局。

"在想什么?"前面红灯,靳燃停在白线外,略微侧过头看着袁莱。

从今天晚上见到袁莱开始,他就觉得袁莱有点不太对劲,却又说不上来到底是哪里的问题。

"没什么,"袁莱说,"就是在想承志和双双的事情,或许连承志自己都不知道,他可能再也遇不到那么喜欢她的女孩子了。人的一生,能遇到几个人愿意舍身忘死地爱自己呢?"

靳燃本能地倾身过去,轻轻地吻住她,袁莱瞪大眼睛,心里的情绪奇迹般地平静了下来。

第56章 套路失败

"莱莱,相信我,"靳燃说,"不论发生什么事,我都不会再放开你的手。"

"嗯。"

第二天中午,袁莱就接到顾飒秘书的通知,让她下午去见个客户。袁莱不知道什么事,问秘书则是一问三不知。顾飒既然存心为难,自然不会告诉她实情。她没再多问,打车直接去了发来的地址,这里位于郊区,是一座私人庄园。庄园主人正是这次非途旅行和嘉源集团合作的负责人林珊。

自从接手绿途计划之后,袁莱也收集过一些有关嘉源集团的资料,这个林珊是嘉源集团上海分公司的总负责人。这一次的绿途计划,也是由她全权负责。两家公司虽然是首次合作,不过因为有顾飒和林珊这一层关系,前期接洽工作都进行得很顺利。林珊最初虽然对非途旅行安排个小经理过来负责这个项目颇有微词,不过几次隔空接触下来,倒是对袁莱有些刮目相看,只是还没正式见过面。

袁莱一到地方,就看到靳燃那辆奔驰越野车停在那里,顾飒和靳燃在一片花树之下,靳燃一身深蓝色西服,领口系着一条暗纹领带,笔挺的西裤贴着皮鞋,一副翩翩公子的模样;顾飒也是一身深蓝色套装,领口特地别了一枚胸针。不知道的,还以为这两人是一对情侣或者夫妻呢。袁莱看到这一幕,总算明白顾飒为什么要她来这儿了。

"莱莱,你怎么……"靳燃话没说完,眼角余光下意识地看向了顾飒,笑容凝固在脸上。他双眸微微一眯,声音一下冷了下去,"顾总,是你通知莱莱过来的?"

"靳燃,你不要误会,你知道我跟林珊以前就是同学,这一次我们两家合作,也是一次难得的机会。我只是想介绍她和袁经理认识一下,大家都是朋友,今后有什么事也好商量,不是吗?"顾飒笑道。

靳燃磨了磨后槽牙,无声地笑了一下,"莱莱的事情,就不麻烦顾总操心了,抱歉我先失陪一下。"

顾飒面上的淡定瞬间裂得粉碎,眼珠里有一点不明的妒火,阴森森地盯着袁莱。而此时,袁莱却是十分淡定地站在那里,见靳燃走过来,她笑眯眯地盯着靳燃,"啧,靳总,真是好巧啊,我是不是来得有点不是时候,嗯?"

"莱莱,事情不是你想的那样,你听我解释,"靳燃额头青筋一跳,语气颇有几分着急和无奈,"顾总约我过来,说是有事情要谈,我这才过来的。我也没想到,她会把你也叫过来。"

"我又没说什么,你这么着急干什么?"袁莱说,"如果连这么明显的套路都看不破,那我这些年岂不是白混了?老是玩这种招数,就没点新鲜的了吗?"

"莱莱……"

"别用这种崇拜的眼神看着我,不要以为我不会着道,这事就算是翻篇了,你明知道她对你居心不良还羊入虎口，回去给我写一千字的检讨，要手写，今晚下班回家之前交给我。"

"莱莱，你是不是忘了，我是你上司？嗯？"

"上司又怎样？"袁莱一脸理所当然，"难道上司犯了错就能一笔勾销？想得美，没一千字你休想过关。"

靳燃好整以暇地看着她，桃花眼里泄出几分爱意，一本正经地问："那么请问袁经理，标点符号算字数吗？"

"当然不算啊，敷衍了事的检讨，只会换来更多对应的处罚，明白吗？"

"小的明白，谨遵娘娘懿旨。"

袁莱摸了摸靳燃的脑袋，笑眯眯地说："乖，退下，本宫要去收拾那些争宠的嫔妃去了，回来再料理你。"

堂堂靳总，居然真的乖巧地退到一边，找了个舒适的位子坐着，一边喝果汁，一边看袁莱怎么跟顾飒和林珊交涉。

林珊也不瞎，她跟顾飒是同学，这几年联系还算密切，尤其是顾飒回国之后，两人关系更是亲近。顾飒跟靳燃的关系，林珊也是心知肚明，何况顾飒并未对外公开她跟靳燃离婚了。所以在林珊眼中，袁莱俨然成了破坏顾飒和靳燃的第三者。她原本对袁莱的印象颇好，此刻这印象直线下降，怎么看袁莱怎么不顺眼。

"珊珊，这位就是我们公司的袁经理，之前你也打过交道了，今后合作上有什么问题，看在我面子上，还请你多多担待。"顾飒笑着说道。

林珊一副恨铁不成钢的样子，在她眼里，这显然就是小三欺负正宫，正大光明地踩在正宫头上，无法无天。她冷冷看了袁莱一眼，唇角擎着一丝讥讽，"顾总，这次跟非途旅行跨行业合作，我也是完全看在你面子上，原本以为这次合作是由你来负责，怎么又临时大炮换了鸟枪，让这么一个无名之辈来接手。我们可都是正经人，不太喜欢跟那些不三不四的人合作，我看你还是换个人来负责吧。"

第57章 特别喜欢你

林珊这一席话,正好说到顾飒心坎里,她今天特意把袁莱叫过来,不就是这个目的吗,何况出口伤人的是林珊,又不是她,就算靳燃要怪罪,也怪罪不到她头上来。

"珊珊,你这话可就说重了,"顾飒笑着说,"袁经理可是我们公司的精英,之前在纪总手下做事,靳总来了之后才临时借调到了靳总手下。之前裴心岛新路线的开发,她也是功不可没,为公司我也是真心想好好培养她。你可不要误会什么,袁经理不是那样的人。"

林珊冷笑一声,"是吗?身正不怕影子斜,袁经理要真的不是那种人,我倒想听听袁经理怎么说。"

这可是架好了台子等戏唱,林珊这神色看着倒不像是演戏,也就是说,林珊很可能就是被顾飒利用,故意来怼她的,这样一来,顾飒倒是可以把自己身上的责任推得一干二净。这女人,果然是不简单。

袁莱一笑,"绿途计划是当初顾总亲自指定我接手的,我并没有使用什么不正当手段,这是其一。不论是跟纪总,还是现在跟靳总,都是由公司上层决定,我只是一个小小的产品经理,无权做主,这是其二。我知道顾总跟靳总之前有过一段婚姻,但两人已经离婚,所以,即使我现在跟靳总在一起,也与顾总没有半点关系。林总不必为了替顾总出头就肆意攻击他人,我有权对此保留追究你的权利,这是其三。如果林总觉得我是什么霸占着别人男朋友或者前夫那种不要脸的小三,不屑与我合作,请林总跟顾总沟通,换个人来接手这个项目。我的确是非途旅行的员工,我所做的一切事情都是为了公司利益,但这不包括我要为公司承受不明不白的栽赃陷害和侮辱攻击。好了,我该说的都说完了,我这个'小三',现在要去找我男朋友了,告辞。"

袁莱说完,不管林珊脸上赤橙黄绿青蓝紫一样的表情,扭身就走。她长这么大,可还没被人这样指着鼻子骂过。靳燃与顾飒已经离婚,何况那一段婚姻也无夫妻之实,只不过是靳燃为了报答顾飒的权宜之计罢了,但这不代表,顾飒就可以借此发挥。

靳燃见她过来,眉目间漾开一抹和煦的笑意,眉头略微一挑,"怎么了,她们有没有欺负你?"

袁莱瞪了他一眼,斜靠在一棵大树下,居然就这么不走了,她双臂环胸,唇角微微一弯,眼珠里缠着一点不甚明显的恼意,"你明知她们会欺负我,还就这么眼睁睁地看着,靳燃,你现在真是越来越出息了啊,是谁给你的勇气,居然还好意思站在这里说风凉话?"

"莱莱，你知不知道，我现在很开心？"靳燃笑着说，那一抹经年累月藏在眸底的寒意，一点一点地散开，只剩下一片浓得化不开的温柔缱绻。

"什么人啊？我被人怼了你还这么开心？检讨书，翻倍，没两千字你别想过关。"

"多少字都行，"靳燃说，"太多时候，我都觉得你就像天边的云霞，我只能遥遥地看着，无法触碰。可是现在，我终于能够真切地触碰到你。莱莱，很抱歉，未经允许，擅自喜欢你。"

袁莱："……，不准乱撩！"

靳燃笑了笑，轻声应了一句，袁莱不知是想故意气一气顾飒，还是真的连日工作太累，她突然抬眼看向靳燃，笑着说："靳燃，我不想走了，你背我。"

"好。"

那是很久以前的事情了，他们刚开始在一起，袁莱这个运动健将，总是说自己很累不想走路，总是趴在靳燃背上，和他说着话就在他背上安心地睡过去了。那个时候，他们都以为永远不会分开，却终于走向了两个不同的方向。还好，他们最终还是走回了原点。

有多少爱可以重来，有多少人愿意等待？

徐辛颐正忙到飞起的时候，一位不速之客到访。徐辛颐满面倦色，然而，她却依旧没有停止手上的工作，对她来说，她有如今的一切都是她靠自己双手去努力挣来的，她心安理得。

"顾总，"徐辛颐礼貌地给她倒了一杯咖啡，神色冷漠地问了一句，"你知道我跟莱莱和靳燃都是大学同学，不论你今天来找我说什么，我都不可能背叛莱莱。我曾经背叛过她一次，所以就算你今天说出朵花来，我也不会相信半个字，我劝顾总还是不要在我身上浪费时间了。"

顾飒这女人，一看就知道不是盏省油的灯，之前她跟袁莱买表的时候仓促见了一面，就知道这女人是为了靳燃而来，偏偏她做事滴水不漏，让人挑不出一根刺来，只能就这么由着她去。

顾飒轻轻笑了一声，"徐小姐太敏感了，我今天过来只是单纯的拜访，没别的意思。徐小姐也知道我是投资人，如果徐小姐不介意的话，或许我可以在资金上替你解决一些问题，徐小姐应该明白我的意思。"

徐辛颐脸色陡然沉了下来，冷声反问道："你查我？"

"艾美集团未来的大少奶奶，这个身份，值得我把你的来龙去脉调查清楚，"顾飒说，"不过你放心，我没别的意思，我是做投资的，对于上海老牌商人，自然要摸清楚底细。这一点相信徐小姐能够理解吧。"

顾飒这逻辑真是感人，背地里调查了别人，还能说得这么理直气壮。

徐辛颐冷笑一声，"那顾总就太高估我了，我这人可比不上莱莱那么大度，

第57章 特别喜欢你

小肚鸡肠,眼睛里揉不得沙子,顾总那些把戏就少用在我身上了,我不是非途旅行的人,没有那么多顾忌的。至于投资什么的,顾总既然知道我是艾美集团未来大少奶奶,那自然就不会缺钱,大不了就是拉下脸去找我未来的婆婆,顾总就不必来替我操心了。"

"徐小姐说得是,看来是我多虑了,既然如此,今天实在是冒昧打扰,"顾飒说着,略微停顿了一下,喝了一口咖啡,轻笑一声,"对了,听说丁公子马上要参加国内电竞大赛了,预祝丁公子夺冠,告辞。"

徐辛颐若有所思地看着顾飒离去的背影,眉心快皱出一道褶子,不知道为什么,她总觉得顾飒最后这句话有点不对劲,就像是在预示丁昂的电竞比赛会出点什么事似的。可是飞昂电竞队之前出征全球大赛还拿了冠军,会连国内的战队都搞不定吗?难道,这其中有什么阴谋?

徐辛颐不放心,立即给丁昂打了个电话,眼看比赛迫在眉睫,丁昂这段时间几乎都耗在电竞队。

他正跟队员组团开黑,手机处在静音模式。等到打完了一局,他才腾出手来回了个电话过去,确定徐辛颐没什么事,又继续。徐辛颐也没再多想,转头就把这事给忘了。

正志律师事务所。

事务所本来事务繁忙,赵承志成天泡在案卷里,几乎是以肉眼可见的速度憔悴消瘦了下去,然而他却并没有消停下来的意思,陈正礼实在是有点看不下去,抱着保温杯溜达到赵承志办公室。他敲了敲赵承志办公桌,"老赵,咱们兄弟聊聊?"

"等会儿,"赵承志头也没抬,"我把这本卷宗看完,下午还要去见当事人……"

陈正礼直接把他面前的卷宗抽走,扔在了一边,"事务所最近一半的卷宗都在你手上,你是想把自己累死还是怎么样?嗯?"

赵承志抬起头半身不遂地坐在那里,半响,他揉了揉眉心苦笑一声,"我是事务所的合伙人,多做点事情是应该的,要是没事做,我也不知道自己还能干什么。"

陈正礼叹了一口气,在对面椅子上坐下来,"你啊,这是何苦呢,明明就是关心小沈……"

"正礼,"赵承志像是被踩了尾巴的猫,瞳孔猛地一缩,打断了陈正礼的话头,"小沈和沈家的事情,我都不想再听,我现在只想把手上所有的事情都做完了,然后……然后好好休息一段时间。是兄弟的话,就什么都别说了,行吗?"

"就是因为是兄弟,才不想看你这么跟自己过不去,"陈正礼说,"你自己看看,你这几天没日没夜地拼命,连家也不回,天天就耗在办公室,你是想我到时候给你家老头子送面英勇殉职的锦旗回去还是怎么样?"

第58章　等闲变却故人心

赵承志点了一支烟，连着抽了几口，他几乎整张脸都埋在烟雾里，直到那支烟烧到了尽头，他才摁灭烟头，双手缓缓地交缠在一起，抵着额头，"正礼，你跟我从小就认识，也知道我一直都喜欢莱莱。这么多年，哪怕她明里暗里地拒绝我，可我从来都没改变过自己的心意。我所认为的喜欢，就是一生一世不会改变的，我怎么能……怎么能就这样轻易地变了心呢？我怎么能……"

也就是说，如果说连这样的欢喜，最后都不能长久，那他就算承认喜欢沈双双，以后再碰到另一个人，他是不是也一样会变心？

"等闲变却故人心，却道故人心易变。"

"老赵，我知道你这个人很长情，可人不能一辈子困在一段根本没有希望的感情里头，"陈正礼说，"你这么聪明的人，难道会不懂这一点？以前莱莱是没有对象，可现在人家靳燃回来了，他们重新在一起了。你难道真的还要再去拆散他们？你啊，跟你家老头子简直是一个模子刻出来的，就是太执着太认死理了。"

赵承志痛苦地闭着眼睛。这几天，他心里每天都像是有一团火焰在炙烤，这火焰灵巧地钻过皮肉，煅烧着他的心脏，不太明显，却又让他无法安生。他不敢睡觉，一闭上眼睛，满脑子都是沈双双那张滚满泪水的脸，以及她最后说的那几句话。他无法面对，也不敢承认，原来自己早已经在漫长的等待里，爱上了另一个女孩。

可是现在他要怎么办？

沈氏集团大厦将倾，沈双双为了护住沈氏集团，主动跟盛德集团联姻。而他呢？他能为沈双双做什么？他只不过是一个小小的律师，什么忙都帮不上。爱一个人不只是想要跟她在一起，还要护她周全。难道让他现在去跟沈双双摊牌，告诉她，他已经爱上了她，再让她陷入两难的境地？让她挣扎撕扯，最后弄得遍体鳞伤？

他不能那么自私。

从前是没有喜欢，现在他是不能喜欢，他还能怎么样呢？

"正礼，我明白你的意思，"赵承志伸手，盖住了眼睛，"可你要我怎么办？我算我承认我喜欢她，那又怎么样？要她在沈家和我之间做选择吗？"

如果没有沈氏集团这一档子事情，他或许只会纠结是否要愧对袁莱，毕竟十几年感情，岂是说放就能放的。可是，这里头还有一个沈氏集团还有一个沈家，他既没有力挽狂澜的魄力，也没有不顾一切的勇气，他又能怎么样？

陈正礼长长叹了口气，好半天，才起身拍了拍赵承志的肩膀，离开了赵承

第58章 等闲变却故人心

志的办公室。成年人的世界里,选择从来都不是一件轻松的事情,陈正礼也很清楚。如果单纯为了这一点喜欢,不顾沈氏集团和沈长庚的安危,那他们就算最后走到一起,一辈子也不会安宁。

长痛不如短痛,还不如在一开始,就掐灭了那一点可以燎原的火星。

赵承志在椅子上愣了半天,然后继续埋头查阅卷宗。生活再怎么艰难,他总得要继续活下去。卷宗刚打开,一个陌生电话打了进来。赵承志揉了揉眉心,满脸的疲倦之色,接起手机,是沈长庚秘书打来的,说是沈长庚已经到了事务所楼下,想见他一面。赵承志捏着手机,好半天才反应过来,干巴巴地挤出来一个"好"字。挂了电话,连抽了几口烟,他这才起身,顺手抓了一件外套搭在身上,下楼去见沈长庚。

沈氏集团的新闻出来之后,沈长庚和公司高层就一直没什么消息,这会儿沈长庚要见他,就说明盛德集团确实替沈长庚善了后,否则,沈长庚没这么快平安出来。只不过,赵承志不知道,这么大的消息,为什么到现在还一点风声都没漏出来。

来不及想这么多,他从事务所大楼走出来,外面阴风卷着小雨吹了过来,原来不知不觉间,已经是深秋了。他抬起头看了一眼黑压压的云层,然后朝着不远处一辆黑色宾利轿车走了过去。沈长庚此刻正在车内等候他。

沈长庚一出来,公司和家都没回,直接绕道正志律师事务所来见赵承志。连着几天几夜不眠不休,沈长庚看上去像是老了十几岁,头顶白发横生,满身风尘,看上去俨然一个行将就木的耄耋老者。他就这么静静地坐在那里,背脊却像是无法挺直,略显佝偻,那双眼睛也像是蒙了尘垢,有些看不清明。

赵承志没想到,几天不见,沈长庚居然老成了这样,如果不是事先知道沈长庚的年龄,他其至以为他看到的是一个七老八十的垂暮老人。

"沈总,"赵承志上了车,有点艰难地开了口,"你怎么……我不是,我……"

沈长庚明白他意思,在商场里摸爬滚打了这么多年,察言观色不过是家常便饭,要不是急着赶过来找赵承志,他或许会收拾妥当,再把白发染成黑色,给沈氏集团几万员工吃一颗定心丸,告诉他们:沈氏集团那个无所不能的总裁又回来了,只要他还有一口气,沈氏集团就不会有事。

"我一出来,就赶过来见你,不是听你说这些官面话,"沈长庚说,苍老浑浊的目光沉沉地落在赵承志身上,"你跟双儿的事情,我也听说了,我现在只想问你一句话,你到底喜不喜欢双儿,我只听实话。"

"我喜欢小沈,"赵承志说,喉咙轻轻动了一下,然后苦笑了一声,"可是,我不能再对不起她。"

"什么叫对不起?"沈长庚厉声道,"你几次三番让她伤心难过,我都没有找你小子麻烦,现在她要嫁给别人了,你还要说不能对不起她?赵律师,'为她好'这种借口我不想听,你要真的为她好,真的喜欢她,你就应该告诉她,让她知道你喜欢她，她以前没有白白付出。"

"可是……"

"没什么好可是的，"沈长庚打断赵承志的话，声音微冷，"我沈长庚纵横商场这么多年，还从来都没人敢这么嚣张地栽赃陷害。这一次是我大意，但我现在平安无事地出来了，公司的事情，我自己会解决。我只有双儿一个女儿，就算公司没了，我也不会让她受到半点伤害。你小子也给我听清楚了，你今后要是敢欺负双儿，我就亲手打断你这双腿！"

"不是，沈总，沈氏集团目前不是陷入资金周转问题，还有不少项目都因此停工了吗，小沈是为了沈氏集团才答应联姻，这个时候跟盛德集团悔婚，只怕……只怕盛德集团不肯善罢甘休啊！"

"不错啊，你小子居然查得这么清楚？"

"之前沈氏集团一出事，我就托朋友帮忙查了一下，本来是想着能帮得上什么忙，后来，小沈又主动答应了联姻……"

沈长庚摇了摇头，"你真的以为，单凭双儿答应联姻，魏承宇那老东西就舍得出手？要挽救一个濒临破产的大公司需要无法估计的钱财，商人重利，魏承宇是不会为了一场儿女联姻就把自己搭进去的，这只不过是我们事先设计好的一个局。这些你不用明白，你只需要明白一件事，好好待双儿，其他的，就不用管了，我这把老骨头还没那么容易被折断。"

赵承志还没回过神来，就被请下了车。他在原地站了好一阵子才回过神来，赶忙跑回公司，拎了公文包就跑。他现在有一件很紧要的事情要做，否则，他会遗憾终身。

袁莱刚把绿途计划的合约报价等资料送去嘉源集团，上次跟林珊见面闹了不愉快之后，跟非途旅行方面的合作事宜，林珊就没再露过脸，都是她的助理跟袁莱接洽，袁莱倒也没在意。交完资料，她一从嘉源集团公司大楼出来，就看到路边不知什么时候过来的纪敖亭。

纪敖亭一身剪裁合体的黑色西服，领口纽扣解开了两粒，露出一对漂亮的锁骨，他斜靠着车门，手里端着一杯咖啡，见袁莱出来，眉峰微挑，冲着袁莱笑了笑，"小袁，不知道我是否有这个荣幸，请你吃个便饭。"

"纪总开口，我怎么好意思拒绝，有劳纪总破费了。"

纪敖亭笑了笑，很绅士地替袁莱拉开了车门。袁莱上了车，纪敖亭关上车门绕到前面上了车。大约半小时之后，车子在一家私人庄园前停了下来。袁莱最近对私人庄园比较敏感。下车之后，纪敖亭简单介绍了一下，这庄园是他名下的，里面倒不像别人家的庄园那么高端大气上档次。袁莱一进门，就看到了一片菜地，大概是品种和季节的缘故，菜地里的菜看上去有些参差不齐。

第59章　谢谢你

"真是没想到，纪总居然还有这么特殊的爱好。"袁莱说。

袁莱在纪敖亭手底下跟了好几年，知道纪敖亭这人除了偶尔用心工作，其他大部分时间都花在女人和一帮子富二代大佬圈子里，没想到居然还腾挪得出时间来种菜。

"打发时间罢了，"纪敖亭说着，一边脱下了身上的西服外套，随手拿了一条围裙系好，"你先在这坐会儿，我去摘点菜就过来。"

袁莱又吃了一惊，本来以为纪敖亭种菜就已经够惊悚了，没想到，纪敖亭居然还自己摘菜，难不成他今天还打算亲自下厨？她要不要先替自己报个警什么的？

纪敖亭拎着一只篮子去摘菜，袁莱在原地僵了片刻，半身不遂地跟了上去。纪大总裁亲自下地摘菜，简直是太不可思议了。袁莱一边忍不住拍了几张照片，一边啧啧感慨。纪敖亭身骨匀称，甚至有一点偏瘦，黑色衬衣卷起半边衣袖，看上去竟然有几分无法言说的冷冽。可这冷冽之中，又像是带着一点勾魂摄魄的诱惑，让人一时之间挪不开眼去。

从摘菜到下厨，再到几个小菜端上桌子，袁莱全程懵圈脸，她是真的没想到，纪敖亭居然真的会做饭。

纪敖亭取下身上围裙，在一边椅子上坐下来，笑道："怎么？还怕有毒？"

"不是，"袁莱摇了摇头，"我就是没想到，纪总居然这么万能，不但会做饭，还会种菜……"

"人总是千变万化的，你看到的，只不过是其中一面。别以偏概全地认定我就是个不学无术、只擅钻营还私生活混乱的败家子！"纪敖亭背靠着椅子，笑着说道。

被人点破心里这一点小九九，袁莱反倒有些不好意思起来，她有点尴尬地轻咳了一声，"这也不能怪我啊，这几年，我给纪总处理分手对象的事情没有一千也有八百了吧……"

"所以，你觉得我这样的浪荡子，不会有半点真心对不对？"纪敖亭略微抬眼，黑沉沉的眼珠里有一点说不清道不明的情绪。

"我可没有这么说，"袁莱微微一笑，略微耸了耸肩，"不过，不管怎么说，还是要感谢纪总这几年对我的栽培，袁莱没齿难忘。"

纪敖亭静静地坐在那里，目光散淡地落在袁莱身上。袁莱是他一手栽培起来的，她说的每一个字他都听得明白其中隐藏的意思。她谢他栽培之恩已经是明白地拒绝他的倾慕之情。良久，纪敖亭无声地笑了一下，那一瞬间，仿佛万籁俱寂，有万千花朵从枝头悄然落下，无数心事都落成了一场无疾而终的空梦。

自古温柔乡，只是英雄冢，只可惜咱们纪总连这个拥有英雄冢的机会都没有。

"我很小的时候，我妈就去世了，我对外都说她是生病去世的，其实我妈是自杀的，"纪敖亭喝了一口并不算烈的红酒，背脊贴在椅背上，修长的双腿随意交叠在一起。他轻轻晃动着红酒杯，黄昏落日，残阳如血，分明是那样残忍的事情，他偏偏是笑着说出口的，"我爸那样的男人，身边从来不缺女人，有他自己看上的，有主动送上门来的。一个男人最大的成就不只是商业上的成功，而是征服女人，你知道他荒唐到什么地步吗？他不但不避讳跟那些女人在一起，甚至当着我妈的面，炫耀他不可一世的'战功'。在我的印象里，我妈是个温柔的大家闺秀，可我爸把她逼到什么地步，我妈最后是提着菜刀砍死了那个跟我爸在一起的女人，然后自杀。我到现在都还记得，满屋子的血，家里仆人直接吓晕了过去，连我爸都没想到，我妈居然有这么大胆子。"

纪敖亭尾音一顿，又喝了一大口酒，他目光有些幽远苍凉地望着天边即将落下的夕阳，缓缓地开口，"死了两个人，我爸为了纪家的颜面，好不容易才把这事摆平。也不知道是为什么，我妈不在了，他居然不找女人了，很多时候，就只坐在院子里发呆，也是从那个时候起，我开始害怕黑暗，晚上更没办法一个人睡觉，我身边必须有人陪着，必须要有光。否则，我就会陷入当年的场景。其实那些女人从来都没上过我的床。我跟她们说我是同性恋，找她们只是为了伪装我的性取向，之后再给她们一笔不菲的分手费。她们乐得陪我演戏。这听上去很荒诞对吧，连我自己都这么觉得。可是这么多年，我总以为会有一个人来问我，为什么如此三心二意喜新厌旧，大概我运气不太好，又或者私下里名声实在是太糟糕，我没等到这个人。"

袁莱从来都不知道，纪敖亭身上居然还背着一段这样的过去，那个总是站在最中间，脸上挂着一抹优雅笑容的纪大总裁，居然活得这样艰难。心里很苦的人，要有多少糖才能填满？

"对不起。"袁莱一时语结，不知道该说什么，干巴巴挤出来三个字。

纪敖亭笑着摇了摇头，"你没有对不起我，其实当初让你去给我处理那些烂摊子，我有一点私心，我希望你能来问我一句，为什么要那样做。可我等到今天，大概再也等不到这一句话了。袁莱，你知道我为什么会喜欢你吗？"

"我……不知道。"

"你和她们不一样，"纪敖亭说，"我从小就和一帮子富二代泡在酒池肉林里，别的什么东西都没学会，唯独学会了看人，你大概都不记得了，你刚来公司那天，在楼下碰到一个文件散落一地的女人，路过的人都只是冷眼旁观，只有你走过去帮忙。人在最危难之时，哪怕只是一根稻草，也能救命的。我喜欢你，其实只不过是觉得，你的善良，或许是唯一能拉着我，摆脱那场梦魇的良方。"

袁莱沉默地看着纪敖亭，一时之间竟然不知道该怎么回答他。纪敖亭终于喝完了那一杯酒，他放下酒杯，天边最后一道云彩也归于黯淡，黑夜轰然来袭。庄园里的灯火突然亮了起来，纪敖亭缓缓地从椅子上站起来，笑容湮没在了酒后的夜风之中，"我喝了酒，不能送你回去了，钥匙在那边台子上，你自己开回去，我明天会叫人来取……袁莱，谢谢你。"

纪敖亭说完，双手插在兜里，逐渐走出袁莱的视线。袁莱心里明白，从此之后，纪敖亭跟她，只是擦肩而过的陌生人了。萍水相逢，最终相忘于江湖。骄傲如纪敖亭，终究没能问出那一句：如果没有靳燃，你会不会喜欢我？

有些人相遇，本身就是为了错过。

赵承志在沈家别墅的大门外站了将近4个小时，沈双双依旧没出现。沈长庚总算忙完了大大小小的事情，去敲开了沈双双的房门。沈双双一下扑过去，抱着沈长庚，滚烫的眼泪一下就流了出来，"爸！"

"双儿，别哭，"沈长庚心疼地抹掉沈双双脸上的泪水，轻轻拍着她背，"好了，别哭了，爸爸舍不得你哭，别哭了好不好，乖。"

沈双双好不容易才停止哭泣，整个人蜷缩在沙发上，"为什么偏偏在这个时候，他是想存心害死我是不是？我，我已经答应魏叔叔要跟魏澜结婚，他怎么能在这个时候……他太坏了，他怎么能这样！"

为什么偏要在她最无能为力的时候，说爱上她了呢？

她明明在心里跟自己说了千百次不喜欢赵承志了，把他当成一个萍水相逢的过客而已。可是再多看一眼，她还是会心生贪恋执着，那道好不容易才筑起来的防线，就这样无声无息地分崩离析，连一点残垣都没剩下。

爱一个人是什么滋味？

"傻丫头，对爸爸来说，没什么能比你的幸福更重要。我已经跟你魏叔叔说好了，取消你跟魏澜的婚事。公司的事情，爸爸会处理好的，知道吗？"

"怎么可能？爸，你不要骗我，"沈双双摇了摇头，"我答应跟魏澜结婚，魏叔叔才会帮我们的。你现在取消婚约，魏叔叔一定会不满的。爸，我不能再这么任性，为了一己之私什么都不管不顾了。"

沈长庚叹了口气，"你真的以为，魏承宇那老东西为了一个烂摊子答应联姻？我跟他打了几十年交道，他什么人我最清楚。早在顾飒开始调查我们公司，公司第一个工程出问题的时候，我就觉得不对劲了，所以早就跟老魏商量好了一起来演这场戏。当然，那老东西也不会白配合，城东那块地的新项目，他是唯一的合作方。所谓沈氏集团大厦将倾，也只不过是联手做出来的假象，我就是想看看，顾飒那个疯女人到底想做什么。她之前在国外用的那些手段，我早就查得一清二楚。这笔账，我迟早要找她算的。"

第60章　干儿子

沈双双听得一头雾水，一时半刻，愣是没反应过来沈长庚的意思。沈氏集团接连停工多个工程项目，之后又涉嫌非法集资，沈长庚自己还进去待了几天，今天才放出来，她走投无路，只好去找魏承宇答应联姻的事情。原来这一切都是沈长庚跟魏承宇事先商量好的计谋，虽然会折损一点，但比起当初完全被动的局面，实在是好过太多太多。

"爸，您说的都是真的吗？保险库里不是没钱了吗？您不会又想骗我吧？"沈双双满脸不可置信的神色。

"爸爸可以骗任何人，唯独不会骗你。放心吧，明天开始所有停工的工程都会重新运转。至于保险库嘛，爸爸只是略施小计，暂时把钱存到了老魏那里，我也想看看，这背后到底都有些什么人联手。行了，这些事你也不用知道得太多，总之，一切都雨过天晴了，明白吗？"

"可是……"

"还可是什么？赵律师已经在外面等了好几个小时了，你的怒气应该也消了吧？赵律师不错，算是年轻一代里比较上进的了，咱们家宝贝女儿的眼光果然是不错的。"

沈双双死死抿着唇，就算沈家的一切难关都顺利渡过，可是此刻，她依旧不确定赵承志是否真喜欢她。上一次，赵承志也亲自找上门来，如果不是那一次，她早就已经死心，偏偏赵承志回头看了她一眼。就是这惊鸿一瞥，让她踏进一个更深的漩涡之中。

"可是，他有喜欢的人啊，他还准备跟莱姐求婚，我又算什么呢？"沈双双苦涩地说。

"人都是会变的，何况，有时候人也会自己骗自己。你自己也知道，自从我们家出事，赵律师一直都在找你，我可听说了，他还托他的朋友靳燃和丁昂一直在帮忙打听，也算是用心良苦。双儿，爸爸不想你因为一时气恼错过一段好姻缘，你知道吗？"

沈长庚说完，没再说什么，留下沈双双一个人。沈双双坐在沙发上，回忆一幕一幕自她脑海中掠过，难道自己真的连再尝试一次，给自己最后一次机会的勇气都没有吗？

深秋的天说变就变，暴雨顷刻而至，豆大的雨珠劈头盖脸地砸了下来，赵承志浑身僵硬地站在原地，目光死死盯着沈家大门。不知道过了多久，沈双双撑着一把伞疾步从大门里走了出来，"双双，你终于肯出来见我了！"

"赵先生，我已经离开事务所，也不再是你徒弟了……你还来干什么？"

第60章 干儿子

赵承志立即道："有一句话，我放在心里很久了，一直都没机会告诉你。其实，其实在那个小村落里，你不顾一切救我的那个时候开始，我就已经喜欢上你了，我……我不敢承认，也不敢面对，所以，才会迫不及待地想要去跟莱莱求婚。我就是想，就是想把你彻底地从我脑子里抹干净！可是我错了，当你把报告和辞职信一起交给我的时候，我已经醒悟。可我还没来得及理清楚这一切，沈家就出事了。双双，我们都是成年人了，我不能为了一己之私，就不顾及沈家不顾及你的感受……我混蛋，对不起！"

"你说的都是真的？你……真的喜欢我？"沈双双不敢相信自己的耳朵，握着伞柄的手有些颤抖。

赵承志看着沈双双，还没来得及开口，突然双腿一软，一个趔趄，险些直接摔倒在地。还好沈双双眼疾手快，条件反射地甩开雨伞，一把扶住他。赵承志脸色苍白，没有一丝血色，直接晕了过去。

"来人啊！快叫救护车！"

一场浪漫的表白，谁都没想到会以这样的结局收场。赵承志连日焦虑、失落，又在雨里淋的时间太长，烧得特别厉害。袁莱他们接到消息也觉得很突然。几个人匆忙赶到医院。沈双双已经换了干净衣服，守在病房里。

"啧啧，都说久病床前无孝子，可这久病床前多情人啊。"丁昂不恰当的戏谑，换来徐辛颐一个大白眼。

可不论怎样，两人总算是渡尽劫波，苦尽甘来。赵承志这条单身狗，从此以后也算是名草有主了。恰好又赶上靳燃生日，于是几个人决定在一起好好庆祝一下。袁莱早就安排好了，找了个度假村，白天钓鱼休闲，晚上就地烧烤，还可以露天 K 歌。

自从上次咖啡店聚过之后，一帮子人好久未聚，这天难得凑齐了。大家都很开心，仿佛往日一切不如意，都烟消云散。

"Daddy！Happy birthday！"

一道稚嫩的童音。众人齐齐循声望去，只见一个粉嫩的四五岁的小男孩，正朝着靳燃的方向跑来，身后不是别人，正是顾飒。

"Daddy！宝宝好想你！你有没有想宝宝？"小男孩一下扑进靳燃的怀中，亲昵地问道。

靳燃愣了几秒，这才反应过来，"Alex，你怎么过来了？学校现在不是还在上课吗？"

Alex，顾飒的儿子，靳燃的干儿子，当年靳燃与顾飒假结婚，就是为了 Alex 的抚养权。这几年，靳燃一直都很照顾 Alex，Alex 也很喜欢靳燃。事实上，Alex 一直都将靳燃当成亲生父亲看待。

Alex 吐了吐舌头，"Mommy 已经替我请了假，往年 Daddy 的生日不都是跟我们一起过的吗？宝宝还给 Daddy 准备了生日礼物哦。"

顾飒走过来，手里拎着一个小书包。Alex 把书包拿过来，取出一张奖状递给靳燃，"Daddy，这是剑道馆给我发的证书哦，宝宝一定会好好学习剑道，将来保护 Daddy 和 Mommy！"

"你做得很好，Alex，"靳燃说，一边将那奖状放回 Alex 的手里，"不过，今后你只需要好好守护 Mommy，知道吗？"

Alex 一愣，小脸一垮，眼泪说来就来，扑到靳燃怀中，哭着说："Daddy，你不要宝宝和 Mommy 了吗？Daddy，呜呜呜……"

"Alex！我跟你说过多少次了，你是个男子汉，不能动不动就哭，你看你现在像什么样子！"顾飒板着脸，沉声说道。

"顾总，Alex 还小，你不要太严厉了，Alex 会害怕的。"靳燃拧眉道。

此时，赵承志浑身汗毛都炸了起来，满脸怒火，"靳燃！你他妈这是什么意思？你把我们莱莱当成什么人了？这是你靳大总裁在外面养的小三吗？你这个渣男，我今天非打死你不可！"

说完赵承志扑腾过去一把揪住靳燃的领子，一拳砸了下去，丁昂赶忙上前把赵承志拉开，"老赵，你干什么？要打也打外人啊，你这脑子里装的都是些什么狗屎？"

"承志，"袁莱脸色平静无波，"有关他跟顾总的事情，靳燃都跟我说了，这些事你们就别插手了。"

"莱莱，你别听他胡说八道！这儿子都有了，你……"赵承志怒火滔天，摸了摸后槽牙，把后半句话硬生生咽了回去。他从前放在心尖上宠着的人，怎么能这样让人欺负！

"抱歉诸位，我们不应该过来，"顾飒说，一边拉过 Alex 的手，"这是我儿子，叫 Alex，五年前，因为孩子的抚养权问题，我曾经与靳先生结过婚，拿到孩子抚养权之后，我们就离婚了。但 Alex 并不知道，所以一直都将靳先生当成自己的亲生父亲。这一点是我的疏失，我不奢求诸位能够理解我这个做母亲的心情，但 Alex 是无辜的，他是真心喜欢靳先生，所以才瞒着我来上海。我不忍心他失望，这才将他带过来，抱歉，我们先走了。"

"Mommy，你说什么？Daddy 是不是不要我了？Daddy，我不走！"孩子天生脆弱敏感，Alex 一听顾飒的话，更崩溃了，哭着哀求靳燃，不愿意离开，场面十分混乱。

"顾总既然带着人来了，何必这么着急要走？不如留下来，大家一起吃个便饭，就当是为靳燃庆贺生辰吧，"袁莱话音一顿，"毕竟今天是靳燃生辰，我不想闹得大家都不愉快。再怎么说，孩子是无辜的，他千里迢迢地跑过来，总不能就这带着委屈离开。"

第 61 章　生日快乐

"莱莱,你疯了?"赵承志甩开丁昂,咬牙切齿,"这女人明摆着是故意带个小鬼来示威的。你别告诉我你看不出来,就这么由着他们牵着鼻子走,真当我们娘家没人了还是怎样?"

"可不是,"徐辛颐拉了一把袁莱,"莱莱,人家都欺负到你头顶上来了,有些渣男不站出来,那只好我们上了。"

丁昂嘴唇轻轻嚅动了几下,最后还是没出声。赵承志和徐辛颐他们不明白这其中的关系,他倒是早就一清二楚。顾飒的确是对靳燃心怀不轨,否则,她也不会如此大费周章地来上海,还布下这么大一个局,请君入瓮,再逼着靳燃向她低头。这女人,果真不是一盏省油的灯。靳燃不想跟她正面冲突撕破脸,大概还是有所顾忌,毕竟靳燃能走到今天,也确实离不开顾飒当年的救助。

"我相信靳燃,"袁莱唇角擎着一丝浅淡的笑意,"不管他跟顾总的过去是怎样,那都已经成为过去式了,我不想再因为一些无端的猜测产生误解。我曾经说过,靳燃说的每一句话我都会相信。"

"莱莱……"

"好了,"袁莱说,"什么都不要说了,你们也都别吹胡子瞪眼睛了,辛颐,我们一起过去拿蛋糕过来。"

徐辛颐看了顾飒一眼,又看了靳燃一眼,憋了一肚子疑问和怒火,又担心袁莱只是表面上坚强,背地里难过,因此叮嘱了丁昂几句,就跟着袁莱一起过去拿蛋糕。两人走了一段,徐辛颐实在是忍不住,"莱莱,你真的不介意顾飒跟靳燃的过去?我怎么看都觉得那顾飒是故意的,你可不能把她想得太好了,否则吃亏的只会是你自己。我看你也干脆不要在非途旅行干了,过来帮我。咱们两个臭皮匠,加在一起也能顶半个诸葛亮吧,总比待在那女人手底下成天看她脸色强,说不定,她还在背后捣鬼让你背锅。"

"我都知道,"袁莱眉头略微挑了挑,云淡风轻地说,"可我就这么打退堂鼓,当个缩头乌龟,岂不是真的证明我比她差?她本来就是来示威的,我也不能示弱,不管怎么说,这都不只是我和她之间的博弈。何况我如果真的介意什么,甚至把她当成竞争对手,那才是对我最大的侮辱,我和谁都不争,和谁争我都不屑。"

徐辛颐仔细一想,觉得好像也是这么一回事,如果你认定了这东西是属于你的,那么谁也抢不走,如果真的被抢走了,只能说明有缘无分。就是因为看不透这些,太多人钻进死循环里出不来,最后搞得自己遍体鳞伤。

"啧啧，不错啊，莱莱，你这境界可不是一般人能达到的。人家明摆着是冲着靳燃来的，可你压根儿不屑去争，她这会儿估计都要气炸了吧。"徐辛颐笑道。

袁莱无声地笑了一下，"也许吧！好了，先不说这个了，你在这等我一会儿，我去跟老板说一声，再过一刻钟就可以放烟火了。"

徐辛颐摆了摆手，笑道："去吧，我的大小姐，我就在这儿等你。"

袁莱走后，徐辛颐斜靠着一棵大树等着，她略微低垂着眉眼。天边流云聚散，而她从来都没有像此刻这样，平静地感受着身边的一切。

"辛颐，好了，"袁莱快步走过来，"我们快过去吧，别让他们等太久了。"

徐辛颐下意识地抬起眼，视线里突然闪过一抹熟悉的身影。她定睛看去，却发现那身影已经走远了。

"在看什么？碰到熟人了吗？"袁莱顺着她的视线看了看，什么都没看到。

"大概是我看错了，"徐辛颐干笑了一声，小声咕哝道，"一定是我看错了……她怎么可能在这里。"

袁莱没听清楚她在嘀咕什么，赶忙推着蛋糕一起走出来，徐辛颐不放心地扭头看向刚才那个位置，那里空空如也，的确什么都没有。看来刚才真的是她的错觉。她不知道的是，在那拐角的阴影里，一名打扮得十分火辣的女人，背脊紧紧贴着身后的墙，唇角挂着一丝讥讽的笑意。

"靳燃哥哥，生日快乐，"女人小声念了一句，"你是我的……这一次，我一定会把你夺回来的！"

当他们回去的时候，顾飒和Alex已经走了。刚才有些僵硬的气氛被甜得有点发腻的蛋糕搅碎。大家都是十年甚至更久的朋友，三两句气话之后，又凑到一起笑得眉眼弯弯，好像之前的不愉快都只是幻影，风一吹就散了。

"祝你生日快乐，祝你生日快乐，祝你生日快乐……"

整齐划一的唱词，裹着夜风一点一点钻进靳燃耳朵里。他忽然觉得，那走失的五年，好像被无限缩短，如今他回到故土，一切都未曾改变。

"砰——"

夜空中突然传来一阵巨响，漫天的烟火在他们身后燃起璀璨耀眼，一整片天空都被点亮。袁莱就站在他身边，那一瞬间，他忽然觉得这就是地久天长，那些延绵起伏的不安，在他心里落成灰烬。

"莱莱，"靳燃低垂下眉眼，在袁莱鼻尖轻轻吻了一下，"我爱你。"

话刚出口，徐辛颐和丁昂他们就开始起哄，一群人仿佛忘了天忘了地忘了所有不愉快，只剩下缠绵悱恻恩爱缱绻。

大概是头天晚上闹腾得太久，第二天早上，袁莱破天荒地起晚了。闹钟响了好几遍，她才昏昏沉沉地爬起来，太阳穴突突直跳，脑袋里也像是有一团浆糊。

第61章 生日快乐

袁莱好不容易从床上爬起来，洗漱好了之后，一打开门，就看到在门口急得要报警的靳燃。靳燃看她脸色苍白，精神状态不佳，抬手，就触碰到她滚烫得几近灼人的皮肤，他眉头一皱，"烧得这么厉害，我马上送你去医院。"

"不行，"袁莱拉住靳燃，"集团的林总今天会过来参加我们的会议，商定绿途计划的具体细节和预算问题，时间已经快来不及了，路上随便找个药房买点退烧药就行了。"

靳燃眉头轻蹙了几分，又拗不过她，只好在路边买了退烧药，等她吃下才赶去公司。然而到了公司，袁莱仍昏昏欲睡。靳燃担心她身体，正欲联系那边推迟开会时间，林珊却已到公司，顾飒亲自带人迎接，之后直接带到了会议室，准备召开会议。

陈小菲过来叫袁莱开会，袁莱强打精神拎着预算的报表以及相关材料匆忙赶去会议室。会议室里，林珊和集团相关人员，以及非途旅行的员工都到齐了。袁莱硬撑着上去，将绿途计划的相关事宜仔细讲述了一遍，最后谈到预算问题。

"我们公司一直都很注重公益环保，这一次能跟集团合作绿途计划，也是我们的荣幸。现在，我就简单说一下本公司对这次合作的预算。之前我们也已经将预算方案送达贵公司，林总应该已经知道了，我们这一次合作的预算是70万元……"

"什么？70万？不对啊，我记得顾总批下来的预算是200万啊！这是怎么回事？"不知是谁突然嚷了一句。

70万和200万，这相差可不是一星半点，会议室里顿时窃窃私语起来，袁莱站在那里，仔细辨认自己手上的预算报表，"我手上的预算报表，的确只有70万，至于Adam说的200万，我的确是不知情。"

"不知情？"Adam阴阳怪气地说，"袁经理，你这也未免太黑了吧。顾总明明批的是200万的预算，你一口就吞掉了130万，要不是今天我在这里，人家林总可不就要被你骗了？"

"是啊，我也记得预算是200万，当时顾总还说，这是我们公司今年的大项目，又是跟集团这样的大公司合作，没个几百万怕是拿不出手。怎么会这样？"

"真的是200万吗？莱姐不是说只有70万吗，这到底是怎么一回事啊？"

会议室里顿时一阵七嘴八舌。林珊坐在一堆人中间，脸色难看到了极点。她目光灼灼地盯着袁莱，"袁总，这到底是怎么回事？你是不是应该给我一个交代，嗯？"

第62章　抛砖引玉

200万元预算，到了嘉源集团只有70万元，别说林珊本来就对袁莱有意见，就算是萍水相逢的两个陌生人，为了这笔账目，恐怕也要问个明白。

"林总，我所说的都是真的，公司审批下来的预算，真的只有70万……"袁莱喉咙轻轻动了动，忽然间意识到什么，她扭头看向坐在中间的顾飒。而此时，顾飒却是一脸平静，仿佛现在这一切都跟她没任何关系。

她上当了。

"顾总，当初跟贵公司合作，也是看在你这个老同学的面子上，原本我就不同意贵公司派一个底层的经理来负责这个项目。看在你面子上我才勉强接受，"林珊冷声道，"现在闹出这么大个纰漏，还请顾总给我一句实话，贵公司在绿途计划上的预算到底是多少。"

"绿途计划是我初到非途旅行的第一个项目，上报总部和审批下来的预算都是……200万，"顾飒说着，朝袁莱看了一眼，"至于为什么会出现70万这个问题。林总放心，稍后我一定查清楚并给你一个答复。200万的预算我一个子儿都不会少你的。林总就看在我面子上，不要再追究此事了，如何？"

"哼！"林珊冷笑一声，"不追究了？私自篡改预算，如此胆大妄为，贵公司难道就想凭着这几句不痛不痒的话蒙混过关？"

"那林总的意思是……"

"我要袁莱公开向嘉源集团道歉，并且从此退出旅游行业，这种业界败类根本不配继续待在旅游行业里！"

"这个……是不是太严重了一点？"顾飒看了一眼袁莱，笑道，"袁经理大概也只是一时大意，道歉没问题，离职是不是就没这个必要了，传出去也影响我们公司声誉不是吗？林总就看在我的面子上，大事化小。今后我一定严格管控底下的人，不再出类似的状况，好吗？"

"我没有做错事，我凭什么要道歉？"袁莱面无表情地说道，"从头到尾，我拿到手的预算就只有70万，至于怎么变成了200万，我毫不知情。无凭无据，单凭几句空口白话，顾总在第一时间不是想要彻查此事，而是直接认定问题出在我这里，我可不能就这么不清不白地认了。顾总这么做，不觉得有失偏颇，让我们这些底下的小员工太过寒心了吗？"

"是啊，我们小组一直以来的预算都是70万，莱姐上报的预算也是70万，莱姐没有说谎。"

"对对对，真的是70万，预算报表我们都看过，数字一直都是70万，是不是其他环节出错了？"

第62章　抛砖引玉

项目小组都是袁莱信得过的人,大家都知道这次预算是70万,这突然钻出来的200万,确实听得他们一头雾水。这到底是怎么一回事?

"袁经理,你这是什么意思?难道你还怀疑我们在背后动手脚栽赃陷害你吗?这么大的事情,你可要想清楚了再说话。"Adam又是一通阴阳怪气。

"不错,就是因为这不是一件小事,所以我才不能就这么认了,所以,"袁莱看向顾飒,一字一顿地说,"我向顾总申请成立调查小组查明真相,到时候,也能给嘉源集团一个合理的交代。如果真的是我在预算上动了手脚,我愿意答应刚才林总说的所有条件,永远退出这个行业!"

"这件事分明就是你出了问题,现在被当众揭穿,你居然还想抵赖,栽赃陷害他人,"Adam咽了下唾沫,额头上钻出一层细密的汗珠,语气变得强势起来,"既然你主动申请成立调查小组,顾总,为了清除公司害群之马,也是给林总他们一个交代,我主动请缨,负责调查这件事。"

"林总,你看这或许就只是一个失误,也许在沟通上有点小问题。这一次的预算的确是200万,袁经理和Adam都是为了公司利益,"顾飒抿了抿唇,继续说,"我看,要不这样吧,我们再追加70万预算,一共270万的总预算,全部用于绿途计划。至于其他的,林总就看在我的面子上网开一面,不要追究袁经理的责任了,如何?"

顾飒这话明里藏刀暗里藏剑,如果这事就这样翻篇,在场这么多人会怎么想袁莱?

言无刀锋,却可杀人。

"我拒绝!"袁莱厉声道,"顾总这话的意思,还是认定了我有问题,欺上瞒下。而顾总你就是大公无私,为了大局把这事给抹平了。可顾总你堵得住悠悠众口,堵得住人言可畏吗?如果我真的对预算动了手脚,我会蠢到在两家一起召开的会议上,自己暴露自己,而不是在其他地方做手脚瞒天过海吗?我没做过的就是没做过,我也不需要顾总偏私袒护,我要的是清白,如果顾总不能决定是否调查此事,我会向总部提出申请。"

"顾总你也看到了,不是我不给你面子,实在是贵公司的员工太嚣张,既然给了你台阶你不下,那就不要怪我不留情面了,"林珊冷声道,"这件事请顾总务必给我一个交代,否则,嘉源集团将终止与非途旅行的一切合作。"

顾飒狠狠剜了袁莱一眼,一直维持的优雅高贵一下子土崩瓦解,她死死咬着后槽牙,面上依旧保持平静,"既然林总都这么说了,那我们公司一定会严肃处理这件事,给林总和贵公司一个交代,刚才Adam不是说了,她愿意来负责调查这件事,那么这次的事情,我看就由……"

她话还没说完,会议室的大门"吱呀"一声被人推开,纪敖亭一身深蓝色西服,鼻梁上架着一副新的黑色细丝眼镜,略微偏长的细碎发丝刚刚遮住那一双剑眉。他双手插在裤兜里,神色慵懒地走了进来,一侧眉梢略微一挑,桃花眼里晃出几分颠倒众生的笑意，"顾总，不介意的话，预算的事情能否让我来负责调查，顾总不会连我都信不过吧？"

"敖亭，这些小事，哪里轮得到你亲自出面？"林珊一见纪敖亭，脸色顿时缓和了下来。原来林珊早已熟识纪敖亭。

纪敖亭随手拉开一张椅子坐下，修长的双腿随意交叠在一起，他轻轻笑了一声，"我反正现在在公司也就是个吉祥物，再不找点事做，我可就要发霉了。顾总，你说是吧？"

"纪总说笑了，"顾飒皮笑肉不笑，"既然纪总亲自开口，那这件事，就交给纪总去调查，林总应该不会有意见吧？"

林珊看了纪敖亭一眼，又看了袁莱一眼，沉默了片刻之后，她点了点头，"敖亭亲自出面，我当然是没什么意见，那这事就这么定了。"

"嗯哼，"纪敖亭轻轻一笑，"我看时间也差不多了，不知道我有没有这个荣幸，请姗姗姐吃个便饭？"

林珊耳根子略微一红，三两下安排好一起来的同事，就上了纪敖亭那辆新淘换的大奔，刚才会议上的怒火，也跟着烟消云散。原本闹得鸡飞狗跳的一件事，被纪总这么一出卖色相，愣是给抹平了。

当然，预算漏洞的事情，依旧摆在那里亟待解决，但至少嘉源集团这边的态度发生了变化，两家合作也没有终止，也算是不幸中的万幸了。

袁莱一回办公室，就立即叫小组成员把相关资料整理出来，等着接受调查。公司里传言纷纷，不少人对袁莱和小组成员指指点点。袁莱没有理会，越是这个时候，越要保持沉默，否则，只会给自己增加不必要的麻烦。

靳燃本来出去见客户了，一听说会议上的事情立即赶了回来，单独把袁莱叫到自己办公室。袁莱看他如临大敌的样子，只是轻轻笑了一声，"靳总不用担心，这事我自己会处理，你再插手，倒真像是我做了亏心事似的。"

"这件事明摆着就是一个事先设置好的陷阱，就等着你跳进去，"靳燃捏紧拳头，"200 万元的预算，到你手上只有 70 万，如果不是顾总那里的问题，就是中途给你报预算和策划审批的……是企划部的 Adam！"

第 63 章　只有你

"Adam 只不过是底下一个小喽啰而已，我平常跟她也是无冤无仇，她为什么卡在这个节骨眼上来害我？"袁莱睫毛轻轻一动，黑沉沉的目光对上靳燃，"其实整件事从头到尾就是一个局，顾总故意抛出绿途计划，又故意在预算上动手脚，就是为了今天这一出。只是她没想到，我没有忍气吞声或者忍辱负重，就这么把一切都承担下来。我在她的计划之外，所以最后场面不可控制，才由纪总出来收拾这个烂摊子。就算追查，也只能查到 Adam 这里。靳燃，我向来不愿以最大的恶意去揣测别人，但顾飒是一个例外，我对你，从无半点隐瞒。"

她不再是五年前那个一无所知的小姑娘，被人欺负只知道在夜深人静的时候悄悄抹泪。是纪敖亭教她，谁欺负了你，你就欺负回去，以牙还牙以眼还眼。否则，她永远都只会被欺负，因为这世上，柔弱可欺只能被人踩在脚下。她守得住自己的底线，却也不是软柿子，任由他人揉捏。

"我知道，"靳燃声音有点发紧，他喉咙轻轻动了动，"这件事，我会协助纪总调查，如果真的与顾总有关，我必定不会让人白受这个委屈。"

"你相信我？"

"你曾经不是跟我说，我说的任何话你都相信吗，"靳燃说，"那如果我现在告诉你，我没有逻辑，也没有条件地相信你，你信吗？"

"我相信。"

靳燃无声地笑了一下，抬手轻轻揉了揉女孩的头发，"这世上，我唯一不会背叛，也不会欺骗，也是我唯一信任的人，只有你。"

"靳燃……"

"莱莱，对不起，"靳燃无声地叹了口气，"关于 Alex 的事情，我一直都想单独找个时间跟你解释，我也没想到，那天会在那种情况下跟 Alex 见面。Alex 似乎特别喜欢我，我对这孩子也没什么抵抗力，时间长了，也就把 Alex 当成自己的干儿子看待。为了 Alex 的健康成长，才没有告诉 Alex 我跟顾总的事情。莱莱，对不起，那天让你受委屈了，承志他打我也是应该的。可 Alex 叫了我几年 Daddy，我实在有些于心不忍。不过，我已经跟 Alex 说清楚了，Alex 不会再误会我跟顾总之间的关系了。你看行吗？"

靳燃生日那天的事，要说袁莱一点都不在意，也是假的，可她也清楚，跟一个小孩子太过计较，会显得她太没品。她猜测这其中有顾飒怂恿或者暗示的成分，孩子始终是无辜的。

"算了，"袁莱长长吐出一口浊气，"我也没怪你的意思，毕竟那五年，是他们陪在你身边。如果顾飒不越过界限,我不会放在心上。只要你还喜欢我,其他一切都不重要了。"

"莱莱,对不起。"靳燃说,"让你受委屈了。你放心,顾总在国内也只是短暂的停留,她会离开上海,回到日本去的,再也没什么东西能让我对你放手。"

Alex 的出现,让靳燃察觉到了危机,很多东西的真相,一旦剖开,就是血淋淋的现实。靳燃觉得,还没到彻底撕破脸皮的时候,当年那一场知遇之恩,是他心底最后一点割舍不开的心魔。

Coco 的电话打进来的时候,靳燃刚送走袁莱。

纪敖亭回来之后,第一时间就把绿途计划相关项目的人员叫了过去,既然是要展开调查,就要查个水落石出。纪敖亭这人看似纨绔败家,实际上却是很有手段,否则,他在非途旅行十三年,公司早就玩完了。

"Martin,刚发了一封邮件给你,你收到了吗?"Coco 在电话里笑道,"这一次,我可算是给你立了大功。"

"嗯,这一次给你算一次大功,"靳燃打开邮件,"说吧,想要什么奖励。"

"真的什么奖励都可以?"

"嗯。"

"那我可以申请离职,过来上海继续给你当助手吗?"

靳燃神色略微一凝,沉声道:"你真的想过来?"

"那是当然啊!我本来就是华人,咱们中国人不都讲落叶归根吗,何况,我现在是被发配边疆好不好,还不如回去跟着你混呢,BOSS,你就可怜可怜我,让我过去继续给你当助手吧。"

靳燃并没有立即回答,便匆忙挂了电话。看完 Coco 发来的邮件之后,靳燃脸色彻底变了。他记得当时美吉收购案进行得并不顺利。要不是他事先完成了汉光那个几乎不可能完成的收购案,就算有顾飒保举,公司也不会任用他去完成美吉的收购案,因为当时的美吉还并没到走投无路的地步。美吉集团的老板 Kevin 当时正跟美国一个大银行谈贷款,原本这家大银行答应贷款。只要美吉集团拿到这笔贷款,必定可以死灰复燃,顺利渡过难关,重回巅峰状态。

然而,就在靳燃以为一切都没有转圜余地,这场收购必输无疑之时,那家银行却突然中止了贷款。Kevin 走投无路,不得不同意收购。签了收购合同之后,Kevin 当晚就选择了自杀。在他跳海之前,打了他这一生最后一个电话,靳燃永远都忘不了那个电话,疯狂的海风仿佛裹着水沫从听筒里钻出来,他甚至能听到 Kevin 站在海边绝望的心跳声。

"靳燃,我一直都把你当成知交好友,没想到你居然骗了我。靳燃,我会让你内疚一辈子的!"

靳燃沉默地坐在那里,不知过了多久,收到了媒体关于 Kevin 跳海自杀的

第63章 只有你

消息。海边,无数媒体蜂拥而至,警方和各方救援也第一时间到达现场。当靳燃赶到的时候,打捞队刚刚捞出 Kevin 的尸体,他就那么躺在冰冷的地面上,脸色苍白如纸。他们之间只隔着一条警戒线,可他无法跨过去,走近他。他从来都没有像那一刻一样,觉得自己是个十恶不赦的罪人。

然而,商场如战场,他做错了什么呢?

他半跪在冰冷的沙滩上,一时之间什么都想不起来。自己到底在哪里?他满脑子只剩下一阵似有还无的茫然。Kevin 的妻子从他身边跑过去,冲破拥挤的人群,扑在那具冷冰冰的尸体上。她旁边,还站着一个个头不怎么高的小女孩,她眼睛一眨不眨地盯着他们。身边人来了又散开,散开又聚拢,他脑子里的神经好似一下子断了闸,他什么都想不起来了。天边几点闪烁的星星,无声地挂在那里。

什么是善,什么又是恶?

打收购战,是公司积累资本的一种手段,可这种资本积累里,不应该包括这条活生生的人命。他觉得自己没做错,可这个人却因为他而死。他到底是善还是恶?

他深一脚浅一脚地走在泥水里,然后跪倒在地,吐了起来,吐得胃酸翻涌,他闷头倒了下去。再醒过来的时候,他以为那一切都只是一场梦,可满世界铺天盖地的都是美吉老板破产自杀的消息,他脑子里井然有序的逻辑停止了,接着"嗡"的一声把一切都炸开。

没多久,在公司楼下,一个怀揣短刀的女人朝他扑了过来,他避之不及,短刀在手臂上划出三寸长的伤口。保安把那女人控制住,他才看清楚,这个披头散发浑身恶臭的女人,居然是 Kevin 的妻子,当年那个被业界公认的第一美女。他阻止了保安报警,让人把她送了回去。他才知道,自从 Kevin 走后,她受了极大的刺激,重度抑郁,而那个不到十岁的小女孩,从天堂跌落地狱,还要忍受母亲随时失控的折磨。那个原本人人疼爱的小公主,就像被抽走了所有生机,变得没有丝毫的生命力。再后来,Kevin 的妻子也自杀了,女孩成了孤儿。靳燃委托人出资照顾她,按期给她做心理辅导,把她从死亡与遗弃的边缘拉了回来。

所有的不幸渐渐汇聚成一股无法摆脱的力量,推动着他踏上一条险途,他开始调查美吉收购案,开始调查一切可能隐藏在背后的阴谋。自从五年前被人骗过一次之后,他不惮以最大的敌意去揣测商场上的每一个对手。可他仍旧没有想到,真相居然远远超出他的想象。

人为什么一定要执着地去追究真相?

第64章　于心有愧

　　这是靳燃第二次去顾飒家，车子到了顾家大门前，他缓缓地把车停了下来，背脊贴在椅座上，然后点了一支烟。自从回国之后，他就很少抽烟。以前在日本和美国的时候，肩上压力太大，他抽烟抽得很凶，有时候一天两三包，整个人都浸染在烟雾之中。今夜大概是心烦意乱到了极点，所以他刚才在路边小摊随手买了一包。劣质香烟的味道有点呛人，再加上有好长时间没有抽，他居然扶着方向盘，猛烈呛咳了好几声。

　　连抽了好几支烟后他才下车，身上浓重的烟味裹着深秋长夜阴冷的风，那一瞬间，他仿佛回到了五年前那个茫然无措的夜晚，被日本警方羁押的第一天晚上，他孤独地坐在监牢里，以为人生走到了尽头。多少豪情万丈，多少儿女情长，都化作一腔余恨，散落在异国他乡冰冷的监牢之中。后来，是顾飒救了他，这个女人说有求于他，这个女人说可以给他从头再来的机会。几乎走进绝望深渊的靳燃，就像是一个在漫长寒夜里如履薄冰的旅行者，终于看到了一丝希望，即使那个时候的他，根本不知道自己会走向哪一种结局。

　　从头再来。

　　多么美好又充满希望的几个字，他身陷囹圄，又拖着一身病骨，就像是从地狱里爬出来的一个鬼，终于重回人间。可他的灵魂依旧留在了地狱，从此之后，他收起了低调内敛，把自己伪装成一个精明的商人，他的逻辑永远不会停摆，永远条分缕析地算计着每一个人每一件事。他在商场上所向披靡，无往不胜。他亲手洗雪了当年的污名，他亲手把陷害自己的人送进监牢，他亲手把自己的灵魂拯救出地狱。可是Kevin的死，就像是压垮雪山最后一片雪花，压死骆驼的最后一根稻草。他开始疯狂地怀疑自我，甚至一度有抑郁倾向。然后他开始调查，然后一发不可收拾。

　　靳燃脚下像是灌了铅，一步一步走到顾家大门口，他深吸了几口气，沉重的手终于叩开了沉沉暮色，也叩开了经年累月藏在黑暗里鲜血淋漓的真相。

　　顾飒没料到靳燃会来，不过只是转瞬之间，她似乎明白了靳燃的来意。招呼靳燃坐下之后，她斟酌着措辞，"跟嘉源集团合作的预算问题，是我跟袁经理事先没有沟通好，现在纪总已经在调查了。靳燃，你亲自过来，不会是怀疑我故意害她吧？"

　　靳燃杵在那里，闻言略微抬起眸子，一根一根血丝缠着他的眼珠。他看着顾飒，却发现自己好像从来都没看懂过这个女人，当年那个满脸泪痕哭着请求他帮忙的女人，好像只是一个虚幻的不可捕捉的影子。她就像是一面打碎的镜子，有着千变万化的面孔，他却只看到其中一块，并且认定了那就是全部的她，真是大错特错。

"我不是来询问这个的，"靳燃说，喉咙轻轻动了动，干巴巴地继续说，"我想再问一遍，美吉收购案，你有没有……有没有……"

"有没有什么？"顾飒平静地看着靳燃，唇角擎着一点笑意，"有没有使用非正常手段，还是说，有没有收买那位华人高管？靳燃，你查我。"

她声音平静无波，听不出喜怒，即使最后几个字，她的神色都没有丝毫变化，仿佛她脸上裹着的是一张面具，而不是真正的皮囊。

"我不是在查你，只是在查那两起收购案，"靳燃说着，缓缓地抬起眼睛，那眼神就像是在看一个陌生人。他看着顾飒，语气有些艰难地说，"汉光收购案，那个华人高管在关键节点出了纰漏，所以原本估值450亿元，最后收购价是160亿。公司被收购，他应该过得很落魄，可他家人的账户上却突然多了1亿，现在全家在故土小镇上，悠闲地过着富贵的退休生活。美吉集团贷款被银行突然中止，最终被我们以超低价收购，Kevin跳海自杀。你知道，他自杀之前给我打过最后一个电话吗，他说我骗了他，他说要我内疚一辈子……顾总，你难道就不觉得于心有愧吗？"

于心有愧，那是对有心的人说的，如果一个人连心都没了呢？

顾飒脸上的笑容和血色缓缓褪尽，她脑子里那根保险丝仿佛一下被烧断了，只剩下一些细碎的无法连成一线的残骸。这些话，其他人来质问，她能够游刃有余地给出一个无懈可击的回答，可这个人是靳燃，她一时之间竟不知道该怎么办。好半天，她才勉强找回一点清醒，从嗓子眼挤出来一句话："于心有愧？我为什么要于心有愧，商场如战场，趋利避害，为达目的不择手段，是每一个商人都会的基本课。否则被人做局陷害得一无所有的人就是我。靳燃，这几年，我一手把你打造成华尔街的神话，你真的以为，是只凭你的实力吗？这个世界上，有才华的人那么多，为什么偏偏你能成功？我这么做，还不都是为了你啊！"

靳燃脑子里"嗡"的一声轰鸣作响，嘴唇轻轻嚅动了几下，却一个字都说不出口。他能说什么，不论他怎么为自己辩解，他走到今天这一步，的确是踩着无数人一步一步爬上来的。他本来以为自己靠的是实力，可现实却像是一道无端响起的惊雷，闷头朝他砸来。

"靳燃，不管你怎么想，我喜欢你是真的，"顾飒有一下没一下地敲着杯沿，压低了声音，"从你替我挡开那一群流氓，从我看到你的第一眼开始，我就无可救药地喜欢上了你。那个时候，我刚好在和Alex的父亲打离婚官司，你让我看到了新生的希望。冒昧请一个陌生人和我结婚争取Alex的抚养权，实在太过无礼。可偏巧你又被骗，身上一堆麻烦，那个时候我就想，我应该是被上苍眷顾的幸运儿，她给了我一个接近你的机会。帮助你，其实也是帮助我自己。我曾经以为，只要你留在我身边，就一定能够真正地喜欢上我，可我还是低估了袁莱在你心中的地位。我没想到,你居然会为了她重新回到国内。靳燃,中国有句古话叫作"乍见之欢不如久处不厌",难道跟我在一起这么久,你对我真的一点喜欢都没有吗?只要你愿意,我们再回到美国或者日本去。你不喜欢我那些手段,我就退出,公司全部交给你去管理,我完全不插手。可以吗?"

"喜欢,是真的,所以就可把他一点一点推进万丈深渊?"

靳燃目光深沉地审视着顾飒,苦笑了一下,缓缓地开口,"如果我不答应呢?绿途计划的事情,是不是就是给我一个警告。你想告诉我,你随随便便一只手就能捏死袁莱,让她永远翻不了身?"

"不错,"顾飒没有否认,她甚至轻轻笑了一声,"既然袁莱是你心里的魔障,想要彻底清除你心里的魔障,就只有把她连根拔起,就要把她塑造成一个十恶不赦的坏人。你再怎么喜欢,总不能去喜欢一个过街老鼠。那个时候,你自然就会醒悟过来,我才是你最值得守护的人。"

饶是靳燃早就做好了心理准备,可此刻听见顾飒这一番话,依旧觉得背脊直冒寒气,连头皮都跟着一起发麻。他看着顾飒,觉得眼前的女人是一头裹着人皮的狼,随时可能亮出自己的獠牙,稍不留神就会被她扑倒,咬断喉咙。

"顾总……"靳燃眼中一片茫然失望,他垂在身侧的手指不由自主地捏紧,声音有些发紧,"如果我以前说得不够明白,那么我就再说一次,当初帮你实在是因为我走投无路时,曾经受过你的恩惠,是为了还你的恩情。我对顾总,确实没有半点男女之情,莱莱才是我要共度一生的女人。所以,请你不要再伤害她,否则,我会为了她拼命。"

顾飒面色一下冷了下来,高贵优雅的脸上浮出一抹狰狞之色,她死死盯着靳燃,一字一顿地说,"你就这么喜欢她?"

"是。"靳燃回答得斩钉截铁。

顾飒冷笑一声,"我明白你的意思了,你可以走了。"

深秋的夜风更加凛冽。靳燃从顾家出来,上了车,点了一支烟,呛人的烟味让他缓过一点神来,一支烟燃完,他摁灭了烟头,吐出一口长长的气。这才掏出手机,拨了两个电话出去,一个是打给丁昂的,另一个是打给赵承志的。

第65章 三人组

还在东方大学念书的时候,他们三个臭皮匠,就经常混在一起。三个十八九岁的男孩子,骨架已经长开,长手长脚,已有几分大人老练的样子,走到哪里都是一道吸引人的风景线。只是后来各奔前程,一散就是五年,人一生能有多少个五年?

靳燃趴在栏杆上,口中叼着一支烟,看着对面的东方明珠塔,阴冷的风卷着大上海特有的潮湿,一股脑儿地刮了过来,靳燃心里火烧火燎的情绪,奇迹般地平复了下来。丁昂和赵承志前后脚到,三个人并肩站在一起,当年那种热血沸腾的岁月,好像又一下子回来了。

"靳燃,我知道这是你跟莱莱之间的事情,我无权干涉,但我还是想问你一句,你跟那个顾飒到底怎么一回事?"赵承志目光灼灼,起初见到顾飒时的怒火已经消退。可那个女人就像是一根细细的刺,卡在他喉咙里,不拔不快。

五年啊,一千多个日夜的思念等候,到头来,就是换得这样一个结局吗?

靳燃沉默着,又点燃了一支烟,劣质香烟呛得他喉咙疼。直到那一支烟抽完,他才轻轻摁灭了烟头,缓缓地开了口,讲述了一个长达五年的故事。

故事的开头靳燃春风得意,第一个创业的项目就得到了日本一个大集团的支持,于是他带着年少时候鲜衣怒马扬名天下的梦想,孤身远渡重洋,去追逐自己的梦想,然而一个多月接触下来,对方连他精心打造的方案都没看一眼,那些泡在酒池肉林里的投资方,天天拉着他出席各种场合。每个晚上,他都是在大醉中浑浑噩噩地度过。那些理想也在酒肉里,慢慢被腐蚀。他终于下定决心,想要放弃这个曾经寄托他全部希望的投资方。然而一场精心设计的骗局已拉开帷幕,只等最后一关就可以被扣成一个死环。当警察把他从出租屋里强行带走,冰冷的手铐铐住他的手腕时,他终于醒悟,原来自己从头到尾,都不过是人家挑中的"羔羊"。

无数违法合同摆在靳燃面前,他不敢相信那些文件都是自己签的,那上面还沾着一点残留的酒渍。警方不明白,但他突然醒悟,为什么那些投资方每天想方设法地把他灌醉,因为只有他喝醉了,才会任由他们摆布,成为他们的替罪羊,在白纸上落下污点,想明白这一条脉络的他,开始反控。可孤身一人在异国他乡,连个取保候审的人都找不到,他想过无数种办法,甚至想过联络丁昂或者赵承志,可他骨子里那一点骄傲,让他犹豫不决。就在他走投无路之时,顾飒出现了,她说她可以帮他,替他洗去身上的冤屈。当然,顾飒也有她自己的条件,就是跟她假结婚,帮她争取到儿子的抚养权。靳燃无法拒绝,于是他们达成合作。她帮他雪冤,而他跟她结婚,拿到了Alex的抚养权。

故事说到这里，如果两人从此分道扬镳，走向各自的前程，也就没了后来的一切。谁又曾想到，那只是所有故事的开端，顾飒邀请他进入顾氏集团旗下庞大的商业帝国，她给他梦寐以求的舞台，她给他一雪前耻的机会。靳燃承认，那个时候的他，确实迫切地想要这个机会，于是他一步一步踏进了顾飒布置的圈套。汉光收购案、美吉收购案，这两个轰动业界的收购案，让靳燃成为顾飒手下当之无愧的精英人才，而靳燃也因此名动天下，成为顾氏集团高层的同时，他也成立了自己的公司。如果没有Kevin那一通死亡电话，或许他一辈子都被蒙在鼓里，以为那两个收购案都是自己天纵奇才，凭实力和运气博出的一方天地。当真相摆在他面前的时候，他才明白过来，这一切都是顾飒在背后运作。

"我不杀伯仁，伯仁却为我而死，"靳燃痛心地说，他双手交缠，指间抵着额头，"我永远都不会原谅自己，尤其是现在。顾飒也已经开始对莱莱下手，而且据我所知，之前在裴心岛那条新路线，SN娱乐那件事，也跟顾飒有关；甚至沈氏集团之前的一连串意外，都跟顾飒脱不了关系……"

"什么？……"赵承志，瞪大了眼睛，"你是说，之前沈氏集团的那一系列的事件都跟顾飒有关？可是为什么，这女人不是刚回国吗？她怎么会……"

"没什么会不会的，她就是想动用一切手段，把靳燃逼上绝路，到时候，只有她能够救靳燃，"丁昂沉声说，他揉了揉眼睛，双眼皮被硬生生揉出三道褶子，"事实上，不只是沈氏集团和SN娱乐，顾飒曾经接近过我妈，想要入股艾美集团，只不过被我妈拒绝了，她暂时还没什么动静，不过我依旧担心她还会有下一步动作。"

"你的意思是说，这女人早就计划好了一切？"赵承志一脸茫然，脑子里已经乱成了一锅浆糊，根本反应不过来。

顾飒果然是手段通天，居然早就布好了局，就等着他们跳进去，凡是靳燃身边的人，她一个都不放过。这女人，城府之深实在是太可怕了。

"不错，"丁昂略微点了点头，黑沉沉的眸子里掠过一抹冷色，"说白了，顾飒的目的就是靳燃。不论是五年前还是现在，顾飒的目的就一直没有改变过。她从一开始以争夺儿子的抚养权为由，接近靳燃，实际上就是要一步一步控制靳燃。从她的布局来看，恐怕当初靳燃秘密接触非途旅行的时候，这消息就已经被送到她跟前，但她并没有戳破，而是暗中培植了几条暗线，这种心机，的确非同一般，连沈长庚都险些栽进她手里，我们几个加起来，可能都未必斗得过她。"

丁昂这人虽然看着吊儿郎当，但在丁家这些年，他阅人无数，商场里的规矩和潜规则，他看得一清二楚。靳燃身在其中，赵承志又太过正直，反倒是他，完全从这件事当中跳脱出来，客观地条分缕析，趋利避害，是最清楚形势的一个人。

第65章 三人组

"等等……"赵承志突然接受到这么多讯息,一脸信息量过载的表情,"你们两个的意思是,我们现在是要跟顾飒那个疯女人斗?"

丁昂白了他一眼,抬手摁灭了烟头,似笑非笑地说:"不然你以为,靳大总裁三更半夜地把我们叫出来,是在这看他摆 Pose 的吗?虽然我百无禁忌,但对男人可不感兴趣。"

赵承志喉咙轻轻动了动,好半天,才消化掉丁昂这句话,他注视着靳燃,"靳燃,你怎么说?"

靳燃略微低垂着脑袋,语气有点艰难,"以前她使用的那些手段,我可以睁一只眼闭一只眼,但是现在,我知道了那么多事情,这里头还掺杂着两条人命,我不可能装作不知道。而且她还要对莱莱下手,如果我连莱莱都保护不了,那我还算什么男人。可是……"

"可是你仍然记着她当初救过你的恩情,"丁昂接上了他的话头,继续说,"不管她当初接近你是为了什么,她救过你是事实,她成就了你也是事实。所以……你仍旧有不忍心,对吧?"

丁昂一如既往地毒舌,每个字都像一把刀,从靳燃心口划过。当年顾飒救他的情义,靳燃一直都记在心里。倘若他翻脸就不认人,那他的无情无义又跟顾飒有什么区别?

"没错,昂爷不愧是昂爷,我的确是有这方面的考虑。何况顾飒的实力远远不是你们所见到的那样,她在国内的产业,只不过是冰山一角,否则她也不可能在这么短时间内连着入股几家大公司,还空降成为非途旅行上海分公司的 CEO。我查过了,她在国内一共入股了六家大公司,从目前来看,沈氏集团和艾美集团算是入股失败,但以我对顾飒的了解,对得不到的东西,她绝对不会善罢甘休,之前沈氏危机就是一个很好的例子。所以,昂爷、承志,你们都得多留意一下两家的动静。在这个节骨眼上,千万不能再出什么纰漏。"

第66章 瞒天过海

"嗯,这一点,我已经跟我妈谈过了,"丁昂点了点头,抬手轻轻拍了拍靳燃的肩头,无声地笑了一下,"顾飒再怎么牛,这里是上海,还轮不到她在这地界搅动风云。否则我们这些败家玩意儿,是白败了这么多年了。"

"昂爷,你能不能说人话?"赵承志现在是一个头两个大,哪里还禁得住丁昂这么兜圈子说话。

"我这么跟你说吧,酒池肉林泡不出什么真感情,但酒池肉林里多得是利益勾连啊,"丁昂眉头略微一挑,"我说几句话出去,大上海的富二代们基本上都能顺耳听几句。我们家拉上黑名单的合作商,你觉得那些人精堆里泡出来的富二代,会轻易跟她合作吗?怎么样?靳总,是不是得给兄弟记上一功?"

"想要什么?"靳燃直接说道。

"切,"丁昂略微摆了摆手,"真是一点情趣都没有。这种时候,你当然得把话说得豪迈一点,什么为朋友两肋插刀什么的,什么话好听就往我身上夸啊。欸,不过,你都这么说了我也不好意思拒绝,马上就要跟嘉士打比赛了,恰好最近看上了一套游戏手柄,限量的,回头把订单链接发给你啊。"

"成,你回头别忘了。"

"我怎么会忘啊,不过单是这么一点小伎俩,只怕是也难不住顾飒,"丁昂说,"所以,咱们得想点办法,怎么让这女人主动离开非途,离开上海。"

赵承志这话倒是接得利索,"哪有那么容易,这女人是专程为了靳燃回来的,靳燃还在上海,她怎么可能走?"

"这你就不懂了吧,"丁昂帅气地打了个响指,"所谓商场如战场,咱们跟她硬碰硬肯定不行了,可要是咱们现在声东击西,再瞒天过海,逼得她无暇顾及上海的事情,不得不回顾氏集团在美国的总部呢?"

四年前,顾飒将顾氏集团在日本的核心产业,几乎全都迁到了美国,完成了她庞大的商业版图的最后一步布局。

"我的确也有这个计划,要想让她离开上海,除非是有更重要的事情,逼得她不得不回美国,"靳燃吐出一口长长的气,"但她在美国有专业的团队,即使偶尔出了什么问题,最多也只是暂时过去处理,想要瞒天过海,不是一件容易的事情。我虽然也有几个布局,但能不能奏效还不确定。这也正是我目前最头疼的地方。"

顾飒已经有了一套自己的商业模式,张弛有度,进退皆宜,即使她远在上海,也能牢牢掌控集团总部的一切。那就像是一个完美无缺的连环,一环扣着一环,无法轻易被撼动。

第66章 瞒天过海

"如果你的计划里,有沈氏集团和艾美集团的帮助呢?"丁昂笑着问道。

"沈氏集团和艾美集团?"赵承志问,"昂爷,你等等,你说艾美集团还靠谱一点,毕竟你是艾美集团的太子爷,多少能派得上用场。蒋姨是个开明的人,或许会被我们说动,帮靳燃这个忙。可沈氏集团这边,似乎不太可行,虽然我们现在都知道沈氏集团之前一连串的事情可能都跟顾飒有关,但是没有实际证据,我们也无法指控她,沈……沈叔叔也未必会相信我们几个毛头小子的话。"

"啧啧……"丁昂不怀好意地盯着赵承志,"沈叔叔这称呼倒是够亲热的啊,老赵,别告诉我你没听出来我什么意思啊,你可是沈家的准女婿,再说了,之前沈氏集团险些破产,你以为你老丈人能咽得下这口气?不过你沈叔叔倒是挺大方的,城东那么好一块地皮,居然也舍得割一块给魏承宇那老东西,现在魏承宇那老混蛋气焰不知道多嚣张呢。"

"什,什么老丈人,你……瞎说!"赵承志这玩意儿就是这么羞涩,生怕别人不知道他还没碰过女人似的,耳根子烧得通红,恨不得立马跳进黄浦江去。

丁昂调侃了几句,又把话题转移到正题上来,单凭靳燃一个人的力量,想要把顾飒逼回美国的确不是件轻松的事情。即使靳燃现在有这个实力,他也瞻前顾后。可现在情况迫在眉睫,也由不得他再畏首畏尾,否则,受伤害的,也就不止他一个人了,恐怕袁莱等人都难逃厄运。他花了五年时间,才重新回到这片故土,重新回到袁莱身边,他绝对不会允许任何人伤害袁莱。

他们没想到的是,就在他们三个臭皮匠聚在一起吹冷风商议大计之时,一条黑料引爆了微博热搜,短短几分钟内,就已经被各大媒体自媒体转载,评论数和阅读量迅速破十万大关,并且热度还在不断攀升,十分钟之后,直接被顶上了热搜榜前五,话题后面挂着一个红色的"爆"字。这热搜火爆得让人觉得,中国网民全都是些三更半夜不睡觉的活神仙。

靳燃他们接到消息的时候,热搜已经炸了,微博下面的评论区,更是出现了严重的卡顿现象。靳燃连着试了两次都被闪退出来,还是丁昂改装过的手机,好不容易挤进去才看到。都是惯用的老套路了,开局几张图,再配上一段离题千里的解说,生动地勾勒出一条怎么都洗不白的"罪名"出来,再加上无数水军的大力支持,这条信息不爆不行。

照片倒是很简单,一眼就能看出来,是隔着老远偷拍的。镜头下,袁莱和一个背对着镜头的女人似乎在商谈什么,这或许就只是一场最寻常不过的商业谈判,又或者只是单纯的喝茶聊天,不知怎么就被渲渲染染,成了里外勾结,人赃并获。最诡异的是,那下面居然还有"人赃并获"的那个女人的证词,彻底坐实了罪名。

"非途旅行某袁姓经理,里外勾结,私吞公款,人赃并获……"丁昂小声念了几句,"这些人都他妈是脑残吗?就这么几张照片,再加上一段假到不能再假的'证词'，这也能叫人赃并获？真是不知道该说网民不上街，还是路人不上网，这脑洞我也是服气的。"

就算这新闻是明摆着的栽赃陷害，可这些置身事外的"热心网友"，却已经借着"键盘"，把袁莱钉在了耻辱柱上，甚至还有人人肉出了袁莱的微博账号以及微信账号等社交软件，公然展露出来，放在了评论区，一些不明真相的吃瓜群众，推波助澜地把袁莱描绘成了一个十恶不赦的恶人。

可是凭什么呢？

他们有谁亲眼见到过真相？他们有谁亲耳听到过袁莱跟那个女人在一起谈过什么？

答案是没有。

靳燃和赵承志两人几乎是第一时间反应过来。这个时候，不能让袁莱一个人面对这些流言。靳燃几乎是以最快的速度上了车，发动引擎，在黑夜里疾驰而去。而赵承志走了几步，又突兀地停了下来，心里火山岩浆一样喷薄而出的担心，那些疯长出来的千头万绪，被他硬生生地压了回去。

"老赵啊，你说你这到底是余情未了呢，还是旧情复燃啊？嗯？"丁昂勾住赵承志的肩头，似笑非笑地开口道。

赵承志额头迸出两条青筋，几乎是从牙缝里挤出一个字："滚！"

丁昂摇了摇头，"兄弟，友情提示，莱莱已经是靳燃的了，你自己不也有对象了，你可不能既插了兄弟的刀，又害了人家沈大小姐啊。相信我，错过了沈大小姐，你这一辈子，大概再也碰不到那么眼瞎喜欢你的女人了。"

赵承志别开眼，急忙解释，"我不是，我没有……我只是担心莱莱，再怎么说，我们还是朋友，你难道不担心莱莱？"

"当然担心啊，"丁昂说，松开了搭在赵承志肩头上的手，裹紧了身上薄薄的西服外套，"可我没急着要去跟人家正宫抢关爱。老赵，你是不是忘了你还是个律师，而且还是非途旅行的法律顾问了，嗯？"

赵承志抿了一下唇，这才反应过来。有时候舆论媒体的"审判"，往往比事实真相更令人信服，网友们乐衷于扮演正义使者，仿佛不跟着投几块石子自己就成了帮凶。没有人在乎事实，也不会有人去相信当事人的辩解，他们尖锐又刻薄，站在道德的制高点，自以为是地"主持正义"。

"我，我马上回事务所！"

赵承志一阵风似的跑得没了踪影，丁昂看着赵承志略微单薄的背影消失在夜色尽头，无奈地摇了摇头。

第67章 处心积虑

微博热搜的消息一爆出来,袁莱的手机和各种社交软件账号就没停过,起先她还能耐着性子翻看一下评论,后来手机信息量过载出现了卡顿,各种消息频繁震动得她手都麻木了,她索性关了手机,随手扔在了一边沙发上,打开电脑查看消息。她看着屏幕上那几张明显被偷拍的照片,手指有一下没一下地轻轻敲着桌面。

照片上,只有袁莱的正面,出镜的那个女人,只有半截背影,甚至连一个侧脸都没有,那是两天前,她跟嘉源集团的员工碰面商谈绿途计划合作上的相关事宜。没想到被有心之人拍摄了下来陷害她。

原本因为预算出了纰漏,公司已经成立调查组专门调查这件事,纪敫亭主动请缨。有他在,至少不会有人敢黑她。可这消息一被爆出来,全民愤怒,为了安抚舆论,为了挽回公司损失,公司"通常"的做法,基本上就是解雇员工,息事宁人。因为有了舆论干扰,已经没人去在乎真相到底是什么。只要顾飒提出解雇,恐怕连纪敫亭都不会站出来替她说话,毕竟纪敫亭这人生在豪门世家,比谁都清楚利益二字。

那么,靳燃呢?

这工作她可以不要,但这污名她必须要洗清,哪怕没人相信她,她也要孤注一掷,绝不承认这罪名。

爆料的记者敢亮出所谓"证词",那么那个跟她见面商谈事宜的嘉源集团的员工,十有八九已经被收买了。否则记者不敢这么肆无忌惮,黑白颠倒,言之凿凿。

时间一点一滴地流逝,她等的人一直都没来,直到迟到的天光刺破云层,把黑夜撕裂出一条口子,袁莱静静地坐在沙发上,度过了她人生中最漫长的一夜。

"咚咚。"

急促的敲门声,她唰的一下从沙发上站起来,因为长期保持着同一个姿势,她浑身僵硬麻木,几乎不能行走,可她依旧疾步过去,握住门把手。掌心贴着冰冷的门把手,她忽然没了勇气打开,她害怕大门背后不是自己想见的人,她害怕自己又陷入五年前那个漫长冬夜的死循环里。

好半天,她才缓缓地拉开了大门。大门口,赵承志顶着一头乱得像鸡窝的头发,身上还穿着昨天那套西服,只是西服后边被压得有点皱皱巴巴。他脸上有着深深的倦色,一见到袁莱,就跟打了鸡血似的,眼珠子不断往袁莱身后瞅,却只瞅见一屋子空空荡荡。

"靳燃呢？他……没在吗？"赵承志鬼使神差地问了一句。那一瞬间，赵大律师忘了天忘了地忘了手足兄弟。

"嗯，"袁莱背过身去，"承志，你这么早过来，是有什么事吗？"

赵承志不是第一次到袁莱家，之前他为了追求袁莱，经常借口老爷子不在家，过来蹭饭。袁莱父母也已经把他当成准女婿。可现在两人关系不同，赵承志杵在门口，反而有点不太习惯，他在门口站了一阵，这才忐忑地走了进去，又像是做贼心虚，不敢把门关上。他就这么局促地站在门口边，支支吾吾地说："那个，昨晚的微博我都看了，我连夜给你起草了一份诉状，你先看一下，没什么要修改的话，我晚点就直接送去法院了。"

赵承志说着，从公文包里拿出一份文件递了过去。袁莱并没有接，只是飞快扫了一眼那份文件，"不用看了，就照你写的交过去吧，我暂时去不了法院，得先去公司。"

"我送你。"赵承志把文件收了回去，到了嘴边的话又咽了回去。他是憋了一肚子的疑问，为什么靳燃不在，昨晚上靳燃火急火燎地走了，难道没有回来陪着袁莱？那靳燃又去了哪儿？

袁莱简单地收拾了一下。一夜未眠，任她怎么化妆，也掩盖不住那一层倦容。赵承志担心，却又不敢多问，只好硬着头皮先把袁莱送去了公司，公司大门前已经围满了记者，好在可以走员工通道，直接从地下车库进去。车子顺利进去之后，袁莱下了车，径直走了进去，赵承志在车上坐了片刻，确定袁莱平安进去之后，才沉下脸色拨给靳燃。然而电话那头一直显示忙碌无人接听，转接到语音信箱，赵承志不由自主地握紧拳头。要是靳燃在这儿，他大概会直接冲上去把靳燃暴打一顿。

靳燃就像是一夜之间从人间蒸发，公司里没人，谁都联系不上他。因为微博热搜的事情，公司上下人心惶惶，任谁见了袁莱都是指指点点和质疑。连楼下保安看袁莱的眼神都跟往日不同，那眼神，恨不得在袁莱身上剜出几条口子。袁莱倒也没太大反应，她一到公司，就准备先去找顾飒，但她还没来得及过去，就被纪敖亭拦了下来。

非途旅行顶层的休息区域，早晨几乎没什么人，何况以纪敖亭的能力，想要清场不让人来打扰，不过就是一句话的事情。

纪敖亭随手拉开一张椅子坐下，修长的双腿随意交叠在一起。面前是一杯刚磨好的咖啡，他的手指轻轻摩挲着杯沿。镜片下的桃花眼里缠着一点说不清道不明的笑意，"想必昨天晚上的微博，你都已经看过了，你在非途也有几年了，应该也知道公司处理这类事情的规定，现在任何的调查或者真相都无济于事。为了公司利益，为了挽回名誉，顾总一定会'忍痛割爱'，让你背了这口黑锅，再给你一大笔遣散费，让你离开公司。"

"我知道，"袁莱说，"为了集体利益，牺牲一两个员工，再给一笔封口费，这种做法在任何公司都是不成文的规定。媒体舆论把这事拉得这么大，就算我把真相摆在他们面前，他们也未必会相信的，对吧？"

"你是个聪明人，"纪敖亭一侧眉梢略微一挑，桃花眼里的笑容深了几分，慢条斯理地开口，"谁做的这个局，不用我多说你也猜得到，但你真的甘心就这么背着一口黑锅，狼狈地离开非途旅行吗？"

袁莱额头青筋微微一跳。原本她以为纪敖亭单独把她找过来，就算不落井下石，但也是作壁上观，毕竟这事怎么扯都扯不到他身上来，他不需要在这个时候自己黑自己。当然，她也不相信纪敖亭对她余情未了，肯为了她公然跟顾飒翻脸。

"纪总到底想说什么？"袁莱看向纪敖亭，"这件事从头到尾都跟纪总没什么关系，绿途计划也不是纪总负责，纪总如此处心积虑，到底想说什么？"

"处心积虑么？"纪敖亭抬眼，黑沉沉的眸子里缠着一点不甚明显的怒意，只是稍纵即逝，他无声地笑了笑，手背略微斜支着额头，狭长的凤目眯成了一条直线，不疾不徐地说，"你就当我是处心积虑吧。我只想问你一句，如果要你跟我一起离开非途旅行，你愿不愿意。"

袁莱皱着眉头，一脸疑惑地盯着纪敖亭，她实在不知道，纪敖亭为什么会在这个时候问她这个问题。是试探虚实，还是随口一问？又或者，纪敖亭一早就有了自己的打算？

靳燃入主非途旅行，成为非途旅行COO之后，纪敖亭这个身份在非途旅行就变成了鸡肋，半尴不尬地横在那儿，既没有实权，也不能把他贬职，或者把他放在任何一个部门去。连那些曾经赶着来巴结他的人，这会儿都没再把他放在眼里。都说人走茶凉，纪敖亭还没走，这茶就已经凉透了。

"如果在这件事之前，纪总问我这个问题，我或许还会认真考虑之后再答复你，"袁莱说，语气坚定，"但是现在这个节骨眼上，我就算是死也要死在非途旅行。"

纪敖亭听到这个答案似乎并不意外，这才是他认识的袁莱，"他强任他强，清风拂山岗；他横任他横，明月照大江"，倘若袁莱跟那些趋炎附势的小人一样，他当初也不会对她另眼相待了。

很多人，都会在岁月里磨平自己的棱角，可袁莱却与众不同，即使五年过去，她仍旧眉眼如初，岁月如故。

第68章　忤逆

"所以，你明知这里是财狼虎穴，可你仍旧要待在这儿，"纪敖亭似有若无地叹了一口气，幽幽开口，"袁莱啊……你说，我该拿你怎么办？"

袁莱又是一脸茫然："什么？"

为什么她突然觉得，纪敖亭说的每一句话她都听不懂了，她甚至开始怀疑自己是不是个智障。

"没什么，"纪敖亭彻底地阖上了双眼，手肘撑在椅子的扶手上，也不知道是睡着了还是怎样，好半天，他才突然开口，"你可以走了。"

"啊……哦，"袁莱站起来，"那我先走了，那个，纪总，这上面风大，你别着凉了。"

她以前在纪敖亭手下做事，虚情假意的关心，已经成了她日常工作的一部分，毕竟纪敖亭有个伤风感冒什么的，难过的都是她，不是送这位爷去医院，就是当飞毛腿跑药房买药。这位爷还很难伺候，哪怕是同类型的药一定要买他听着顺耳的牌子，他才肯吃。至于顺耳与否，都是这位爷说了算。

袁莱越想越心酸，实在不知道自己以前到底是怎么忍受这大爷挑三拣四的坏脾气的。不过，这大爷脾气是坏了点，但调教人的手段却是一流。否则，她也不会走到今天，身上还留着一根怎么都折不断的傲骨。

纪敖亭没说话，袁莱默默地离开了顶楼。她不知道，那是她跟纪敖亭最后一次以上下级或者单纯朋友关系的谈话。她也不知道，她转身离开之后，她身后有一双贪恋的眼睛，默默注视着她。

袁莱从楼上下来，不出意外地被顾飒的秘书叫去了顾飒的办公室。顾飒坐在宽大的真皮椅子上，斜睨了袁莱一眼，连简单的场面话都省了，直入主题，"昨晚上的微博消息，想必袁经理都已经知道了，我也不再多说，原本以为只是公司内部的事情，又有纪总亲自出面处理，必定会查清楚真相，还袁经理一个公道，但是，现在事情闹到这一步，我身为非途旅行上海分公司的总负责人，负有不可推卸的责任，总部已经责成我尽快处理好这件事，否则，公司上下都不得安宁。"

顾飒这话意思再明白不过，用总部和公司上下来压袁莱，是要袁莱自己承担下这口黑锅。看来顾飒连假惺惺的"袒护"都懒得做了，直接撵人走，袁莱也不蠢，自然听得懂她弦外之音。

"顾总的意思是，公司也不会再查证我的清白，为了堵住悠悠众口，为了公司利益，让我心甘情愿把这口苦水咽了，"袁莱轻轻笑了一声，继续说，"最好是再发个罪己书什么的，自己承认我就是个丧心病狂贪得无厌的小人，再夸一下顾总您领导有方，大义灭亲，把公司摘得一干二净，是吧？"

顾飒皮笑肉不笑，"事到如今，真相到底是怎样的，已经没人在意，我既然在非途旅行，就不允许任何人伤害到公司和大家的利益，袁经理能主动承担，这是最好，如果袁经理不愿意，我也不介意按照公司章程召开大会，到时候，袁经理就知道会不会有人站在你这边，替你主持公道了。"

顾飒这一招，确实够狠，她只给袁莱两条路，可这两条路都是绝路，不论她选择哪一条，结果都一样，只不过是在臭名昭著和更臭名昭著里挑而已。她什么都没做错，就已经被扣上一顶摘不掉的帽子，凭什么呢？

"很抱歉，这两条路……"袁莱尾音略微一顿，唇角擎着一丝冰冷笑意，"我都不选。"

"袁莱，你不要逼我，到如今，你以为你还有资格说不吗？"

"我为什么没有？"袁莱反问道，"我不信这世上全都是瞎子，他们全都会被牵着鼻子走，我就算要离开非途旅行，也绝对不会背着这一身污名走，不管顾总是要启动什么程序，我都不怕，如果我真的有错，我会承担一切后果，但如果我没有错，我凭什么要去承担那些莫须有的罪名？顾总放心，我一定会查到真相，还公司，也是还我自己一个公道。"

"你……"

"对了，忘了告诉顾总，来之前，我已经委托律师去法院立案起诉爆料的记者了，"袁莱说，"所有人都怕站出来证明自己的清白，为了圆滑世故不得不委曲求全，但我不会。我相信天网恢恢，疏而不漏，哪怕最后查证出来的清白没人相信，我也不会后退半步。"

袁莱说完，也不等顾飒开口自转身就离开。这一场仗再难打，她也要坚持到最后。不过，她也太低估了顾飒的行动力，她人还没回到办公室，就收到了公司内网上挂的消息：一个小时之后，公司全体成员召开大会，共同商议危机公关办法，说是商议危机公关，但实际上不过是让众人在袁莱滚出公司的那条道路上添砖加瓦。

对于这场大会，袁莱倒是没太大反应，回了办公室该干什么干什么，因为她很清楚，顾飒既然出手，想必也没这么轻易让她查到真相，何况以她现在的能力，想要在这贵胄云集的大上海去查一个爆料的记者，去查自己的顶头上司，谈何容易？

但是，不论要花费多长时间，不论还有没有人在意真相，她都不会放弃。

袁莱事情做到一半，袁长鸣的电话打了进来，老头子刚做完一场大手术，一出手术室，衣服都还没来得及换，几乎是半瘫在沙发上，眼皮都快睁不开了，却还是支撑着最后一丝清明，打过来询问袁莱具体情况。袁长鸣和吴丽云都是同一家医院的，医院最近是忙得热火朝天，他和吴丽云已经好久没回过家了，暂住在医院分配的宿舍。这会儿听说袁莱出了这么大的事，夫妻俩也只能抽空简短地打个电话过来问一下情况。

在袁长鸣跟前，袁莱一向是报喜不报忧，三两句就跟老头子汇报完毕。袁长鸣满脸倦色，即兴演讲了一长段正能量之后，捏着手机睡着了。袁莱早就习惯了老头子这种工作作风，默默挂断了电话。然后看了一眼赵承志发过来的立案文书，后面还暗暗地跟了一句小心翼翼的询问——"你是不是跟靳燃那牲口吵架了？"

吵架吗？

这次貌似根本没得吵吧，靳燃就像是人间蒸发了一样，她最开始还想着要联络，后来干脆自暴自弃，这种关键时刻就失踪的玩意儿，还联络什么。早知道她当初就该一巴掌糊在那个贱人脸上，和好个鬼！

袁莱想了半天，最后简单回复了赵承志一句"没有"，然后扔了手机，继续埋头处理自己手上的事情。没两分钟，徐辛颐的电话又打了进来，袁莱干脆放下手里的资料，随意地往身后椅子上一靠，按了按肿胀的太阳穴，笑道："怎么，徐总在百忙之中，还想到要来安慰我这个天选之子吗？"

"大哥，这都什么时候了，你居然还有心思开玩笑！我都快担心死了，你昨晚上死哪儿去了，手机一直打不通，连靳燃那混蛋的手机也一直打不通……"徐辛颐忽然笑了一声，"你俩该不会是患难见真情，情难自禁，滚床单去了吧？"

袁莱："……"

恋爱中的女人，是不是满脑子都是那种乱七八糟的黄色思想？

"徐总，鄙人昨晚独守空房，没有患难，也没有真情，更没有滚床单，我谢谢你。"袁莱都被徐辛颐给气笑了。

徐辛颐一愣，"独守空房？不应该啊！昂爷说了，昨晚上你家那口子一看到微博，撒丫子就跑了，那速度都快比得上博尔特……你别告诉老娘，靳燃那个牲口跑得那么急不是去找你的，那他去哪儿了？眼看你麻烦缠身，他不会是……"

徐辛颐后半句话没说完，但袁莱用脚指头都猜得到那不会是什么好话。从昨晚上到现在，靳燃一直处在失联状态，不论是赵承志还是徐辛颐，都想打探靳燃的去向，可她真的不知道靳燃去哪儿了。她脑子里只剩下一片空白茫然，希冀逐渐变成了心灰意冷，而她还要故作坚强。

"辛颐，别问了好吗？"袁莱捏着手机，声音沙哑。

"好，"徐辛颐咬牙切齿，"莱莱你别怕，天塌下来还有老娘给你撑着，大不了就是离开非途，咱俩一起闯。从今以后，忘了靳燃那个贱人王八蛋。你看我这贱嘴。你现在在公司是吧？别慌，我马上过来接你，咱们不受那个鸟气，行吗？"

"不用了，我这儿马上还有个会，"袁莱故作轻松地笑了笑，"你放心，我没事，就算我要走，也不会在这个时候走，我要等到这件事水落石出，干干净净地走。"

"行！既然你这么想，那咱们就干！咱们无所畏惧！我马上跟昂爷说，让他去找他那几个纨绔兄弟帮个忙，凑一凑，也能凑半个娱乐圈出来，不就是媒体舆论吗？真当我们没人吗？咱们先查那个记者，看他到底是哪条道上的，居然敢黑到我们家莱莱头顶上，简直是活得不耐烦了……"

第69章 吉祥物

袁莱捏着手机,听着她喋喋不休,心里居然平静了许多。她握着手机笑了笑,"辛颐,谢谢你们。"

"咱们姊妹几个,说什么谢字?再跟我这么客气,我可就要生气了。好了,我先不跟你说了,我去找昂爷,你有什么事一定要记得打给我,知道吗?"

"好。"

徐辛颐不放心地又叮嘱了好几遍,这才匆忙挂了电话,转头去找丁昂。丁昂也没料到,靳燃居然从昨晚到现在一直处在失联状态。这一般都是家庭危机的先兆,可昨晚上靳燃的担心做不得假,到底是他们都瞎,看错了人,还是靳燃另有隐衷?

丁昂不放心,又试着拨了几次靳燃的电话,可电话一直处在忙碌状态。丁昂揉了揉眉心,不得不做两手准备,否则袁莱这边可就要吃大亏了,别的不说,至交好友兼老婆大人闺蜜这几个字,就足够丁昂这公子哥掏心掏肺掏人民币了。丁昂拨了几个电话出去,可奇怪的是,得到的答案都只有一个字——等。

丁昂被搅得一头雾水,好不容易才打听出一点眉目。据说是媒体界一个记者大咖放了话,今天上午10点会放料。这大咖在记者圈里地位不俗,可以说是风向标一类人物,她开了口,一帮子人都等着吃瓜。丁昂一时半会儿也听不出来这到底是好消息还是坏消息,只好又另外想办法,他甚至连袁莱下家都找好了。10点正,虽然会迟到,但绝不会缺席。

非途旅行,大会议室。

公司全部成员几乎都到了,唯独靳燃缺席。顾飒秘书汇报过靳燃暂时联络不上,顾飒心里有点起疑,但此刻已经是箭在弦上,不得不发了。几句简单的开场白之后,顾飒就直接牵出了跟嘉源集团合作的事情,然后说言论自由,让众人讨论。

"这个事情现在闹得这么大,总不能为了某粒老鼠屎,坏了咱这一锅粥吧?"

"从昨晚微博消息爆出来算起,到现在短短几个小时之间,我们已经收到超过三成的退单,这笔损失……已经超过百万了,虽然有些话不该在这个时候说,但我还是希望顾总能认真考虑,严肃处理这件事。"

"是啊,总不能为了包庇一个……咳,那什么,我们这儿又不是善堂,对吧?"

"你们怎么能这么说莱姐?现在不是还没查到真相吗?你们凭什么给莱姐扣上这条死罪?你们这些人,哪一个没受过莱姐的恩惠,你们……你们欺人太甚了!"

陈小菲眼圈从眼皮红到了眼珠,整个会议室里,除了她站出来替袁莱说了这句公道话,其他人已经默认袁莱就是个罪人了。哪怕也有人不相信,可现实的利益摆在他们眼前,他们也顾不得什么仁义道德了,更别提"公道"二字。

"纪总,你怎么说?"顾飙抬眼看向纪敖亭,开口问道。

"我只不过是一个吉祥物而已,顾总实在是高看我了,"纪敖亭说,桃花眼里泛起一层浅浅的笑意,"不过,袁经理当初是我一手提拔起来的,我这个当师父的,总不能眼睁睁看着自家徒弟被人栽赃陷害吧?传出去,我这老脸该往哪儿搁,你说是吗,顾总?"

纪敖亭这话说得不轻不重,却像是一座五指山,压在了众人心头。本来以为纪敖亭这个"吉祥物"只会睁一只眼闭一只眼,可谁都没想到,他居然在这个时候站在袁莱身后,严严实实地为袁莱撑起了一把保护伞。先前看顾飙脸色不遗余力落井下石的员工,这会儿都有点坐不住了,毕竟顾飙再怎么牛,这里到底是上海。纪家在上海的地位,恐怕不是顾飙这个外来大佬能够压得住的。

"栽赃陷害?"顾飙几乎是从嗓子眼挤出来的一句话,目光裹着一点寒意看了纪敖亭一眼,冷笑一声,"证据确凿的事情,纪总也觉得是栽赃陷害吗?"

"真是证据确凿吗?"纪敖亭略微挑了挑眉,抬手推了推镜架,修长的手指略微动了一下掌心里的手机。会议室大屏幕上的画面迅速切换到一条直播镜头。镜头下,一个穿着黑色西服,僵硬地坐在椅子上的男人,口中正念念有词。纪敖亭无声地笑了一下:"这是昨天发微博的那个记者,顾总不妨先听听看他怎么说,再作结论。"

会议室里顿时窃窃私议起来,所有人的目光都集中在大屏幕上,大屏幕上的记者,局促不安地搅着手指,缓慢地说出了全部的真相。

"……对不起,让大家失望了,我,我也是一时鬼,鬼迷心窍,才会犯下这种不可原谅的错误。我在这里,诚恳地向非途旅行以及袁莱小姐道歉,昨天晚上那条不实新闻,是我本人杜撰的。我是为了钱,用了几张偷拍的照片,花了十万块钱,买通了集团的员工。所以,才有了后来那一段所谓的证词。对不起,我,我违背了作为一名记者最基本的素养,对不起……"

说到最后,他几乎是声泪俱下。

直到这条直播结束,直到微博上无数媒体站出来向非途旅行及袁莱致歉,这一场闹剧总算是缓缓落下了帷幕,而刚才还在声色俱厉指责袁莱的人,这会儿都垂下了头。这火辣辣的一巴掌扇在他们脸上,也没人有这脸皮再站出来辩解了。

然而,这一切还没有结束。

就在所有人都是一脸茫然地抽回视线,垂着头没再言语之时,失踪了一晚上的靳燃,裹着一身深秋特有的萧瑟走进了会议室。他身后还跟着一个人,这人是媒体圈子里一位非常有名的大咖记者,曾获得深度新闻报道十佳记者的张薇,薇薇安。

"顾总,"靳燃声音有些沙哑,"这位是《天鉴周刊》大记者张薇,有关这一次微博事件的前因后果,张记者都已经查清楚了,如果顾总还有什么疑问,可以当面问张记者,我相信张记者一定会给顾总一个满意的答复。"

顾飒坐在首位,垂在身侧的手无意识地捏紧。比起这个突然出现的大记者,她更在意的是靳燃的背叛。她始终没料到,靳燃居然可以为了袁莱做到这个地步。明修栈道暗度陈仓,原来靳燃失踪一夜,又是为了那个贱人。

可是凭什么?

"对了,顾总之前责令我调查预算出入问题,我也查清楚了,"纪敖亭略微推了一下眼镜,缓缓地说,"预算方面,袁经理手上拿到的预算数字,从头到尾都只是 70 万元,至于为什么顾总和嘉源集团拿到的预算是 200 万,那就要问 Adam 了。"

坐在角落里的 Adam 一听,脸色陡然沉下来,一股凉意从她脚底爬了上来,额头钻出一层细汗,干笑了一声,支支吾吾地说:"问我?纪总,你这是什么意思?我……我怎么知道是怎么回事?"

"你真的不知道吗?"纪敖亭笑了笑,手指缓缓举起一个泛着金属光泽的 U 盘,"这个 U 盘里是我查证到的所有相关讯息,你要是不愿意承认,也没关系,我现在就报警,直接把这 U 盘交给警方。泄露公司机密、诬陷他人,我替你查过了,最高可以判五年。我给你一分钟时间考虑,是你自己承认,还是我现在就通知警方涉入调查。"

Adam 额头上的冷汗滑落下来,她神色仓皇地看向顾飒,似乎是想从顾飒这里得到一点暗示或者别的什么。然而,顾飒却连正眼都没看她一眼,Adam 的心一下就凉了下来。她自己心里也很清楚,顾飒绝对不会在这个时候站出来袒护她,否则,这不就是明摆着说明这件事跟顾飒有关。可如果她不承认,万一纪敖亭真的把这 U 盘交出去,那她不只是丢了工作,恐怕还得进去蹲几年,她的一生可就毁了。

"三……二……"

"是我做的!"Adam 咬了咬牙,苍白如纸的脸上冷汗直流,"我之前跟袁经理闹了点不愉快,就,就在预算上动了一点手脚,我没想过事情会闹得这么大,以为最多只是内部处理,让她吃点苦头而已。我真的没有想过这事会被爆上微博,我……对不起。"

只因为闹过一点不愉快,就会如此下狠手?而且欺上瞒下,还瞒得如此密不透风,单凭 Adam 一个人能做到吗?她藏着不肯供出来的那个主犯,不用说也知道是谁。只是 Adam 既然把罪责揽了下来,这事或许就只能到此为止了。

一屋子的人此刻已是呆若木鸡,谁都没想到,这些事情背后居然还有这么多的牵连,可 Adam 只不过是企划部的一个负责人,她能有这么大权力瞒天过海吗?

第 70 章　怀璧其罪

每个人都心知肚明，但谁都不敢去捅破那层窗户纸，归根结底，其他人的恩恩怨怨，跟自己又有什么关系呢？只要不影响他们拿到手的工资，不影响他们年底拿到的年终奖，他们不愿意自己成为众矢之的。

"既然 Adam 已经承认了，怎么处置 Adam，稍后我会向总部汇报，给大家一个满意的交代，"顾飒说，黑沉沉的目光看向袁莱，"袁经理，你还有什么意见吗？"

袁莱知道，此时此刻，她应该把所有屈辱都一口吞了。商场里，从来都没有什么公正可言，他们说的都对，公司不是善堂，不是谁受了委屈都有人替他主持公道，可是凭什么呢？

"一个半小时以前，我向顾总汇报过，关于此事我已经在法院立案调查，即使此刻真相大白，Adam 也承认了是自己动的手脚，"袁莱尾音略微一顿，继而语气坚定地道，"但我依旧会继续申请调查此事，我既然要清白，就要全部的清白，总不能别人捅了我一刀，说两句道歉的话这事就过去了，我没那么高风亮节。谁捅我的一刀，我一定要还回去。顾总如果不能接受，可以一起向总部汇报，不论总部怎么决定，处分或者开除我都认了。"

袁莱这话，直接堵死了顾飒的退路，如果公司在这个时候给袁莱处分或者开除，那岂不是于情于法都说不过去？

"袁经理言重了，你既然是无辜的，公司再怎么处置也处置不到你头上来，只不过，"顾飒皮笑肉不笑，"这事关系重大，还希望袁经理能从大局考虑，三思而行。"

"大局？"袁莱无声地笑了一下，唇角擎着一丝讥讽，"顾总未免有点站着说话不腰疼，我被人挂在网上黑的时候，怎么没人站出来跟我说大局？我被嘉源集团林总指着鼻子质问的时候，怎么没见有人顾全大局？凭什么我承受了那么多辱骂，到头来还要我顾全大局，装作大度君子，把一切都一笔勾销呢？

你良心不会痛吗？"

"袁经理说得不错，"靳燃沙哑的声音打破了沉寂，眼珠里是一根一根细长的血丝，"公司出了这么大的事，闹得沸沸扬扬，总部想必也很关心这件事的始末。再有，外界和媒体都很关注此事，既然要查，就要查个水落石出，以最诚实的态度给大众一个交代。"

"我赞成靳总的意见，"纪敖亭一笑，"我司不是一直追求公平公正？这一次出了这么大的事件，总不能平白冤枉我徒弟一人。对吧，顾总？"

靳燃和纪敖亭两人同时站出来替袁莱叫屈，顾飒赶鸭子上架，不得不同意。何况这件事发展到了这一步,她已经没有拒绝的资格,否则她如何堵得住悠悠众口?

会议终于到了尾声,一群人作鸟兽散。靳燃亲自把张薇送走之后,才迈着沉重的步子去了顶楼。纪敖亭已经坐在那里喝茶,靳燃走到他对面坐下,"这次的事情,多谢纪总,这份人情,我靳燃记下了。"

"你怎么知道,我一定会帮你?"纪敖亭似笑非笑地看着靳燃。

昨天晚上,靳燃第一时间想到的不是别人,而是纪敖亭,连他自己都被自己脑子里钻出来的这个想法吓了一跳。可放眼整个非途旅行,他唯一能够信任且在这个节骨眼上帮得上忙的人,居然只有那个看上去似敌非友的纪敖亭。

"因为,"靳燃抬眼,与纪敖亭直视,一字一顿地说:"你也喜欢莱莱。"

"靳总倒是爽快,"纪敖亭的桃花眼里溢出几分浅笑,"既然靳总已经把话都挑开了,我也不否认,我的确是十分欣赏小袁,她跟我男未婚女未嫁,也没什么不可能的,不是吗?"

"这么说,纪总是一定要跟我争了?"

"窈窕淑女,君子好逑,"纪敖亭说,"不是只有靳总一个人眼光独到。何况,人都是会变的,不论当年靳总与小袁怎样山盟海誓,那一切都已经成为过去。"

纪敖亭话里有话,靳燃倒也不奇怪,毕竟他突然空降过来,替代了纪敖亭的位置,成为非途旅行的COO,以纪敖亭的手段,他不查清楚靳燃的底细,那才有鬼呢。纪敖亭这人,就像是被精心打磨过的磨砂瓶子,里面装着模糊不清的液体,不打开瓶盖仔细品尝,你恐怕连这里头装的是酱油还是醋都分不清楚。这人嘴里虚虚实实,做事弯弯绕绕,让人摸不清楚他到底是一个怎样的人物。

"纪总说得不错,有些人的确是会变的,但莱莱不会。"

靳燃说完,没有再逗留的意思,径直起身离开了顶楼。他一路沿着楼梯走下楼,也没直接去办公室,而是去见顾飒。

顾飒刚打了几个电话出去,大概已经处理好了手上的烂摊子,见靳燃进来,顾飒隐忍压抑的怒火一下子冲上来,然后又被她硬生生地压了回去,她皮笑肉不笑地盯着靳燃,冷笑了一声,"我真的没想到,有一天我的对手会是你。"

"收手吧。"靳燃一身疲倦地在沙发上坐了下来,沉声道。

"收手?靳燃,我做这一切都是为了你,否则,我怎么会放着总部的事情不管,千里迢迢回到这个地方来?"

靳燃嘴唇轻轻嚅动了几下,良久,他吐出一口长长的气,苦笑了一声,"顾总,这些年你对我的照顾,我无以为报,可强扭的瓜不甜,如果顾总觉得我待在非途旅行碍眼,我可以和莱莱一起离开。"

"你是在威胁我?"

"不是,"靳燃说,"顾总应该知道,我从不说假话,但凡是我说出口的话,

第70章　怀璧其罪

就一定会做到。回国和进入非途旅行，都跟莱莱没有半点干系，顾总想要动什么手脚，就冲着我来。像今天这样的事情，如果再有下一次，顾总就不要怪我不留情面了。言尽于此，还请顾总好自为之。"

图穷匕首见，靳燃太了解顾飒了。如果他今天不把话说清楚，那么还不知道她今后会动用怎样的手段来对付袁莱，他能救得了袁莱一次，能救得了她两次三次么？何况，袁莱何错之有？

"匹夫无罪，怀璧其罪。"

靳燃从顾飒办公室出来，靠在一边墙角抽了一支烟，用冷水冲了把脸，这才过去找袁莱。昨晚他不是故意闹失踪，实在是情况紧急，再加上这些事知道的人越少越好，只要能保住袁莱，其他的他已经顾不上那么多了。

袁莱大概也明白过来是怎么一回事，本来会议结束就要去找靳燃，结果扑了个空。见靳燃裹着一身呛人的烟味进来，再看他布满血丝的眼睛，她不由得一阵心疼，她给他倒了一杯咖啡，又拿了些软和的糕点过来，靳燃喝了一口咖啡，揉了揉眉心，"莱莱，昨天晚上……"

"靳燃，坦白地说，昨天晚上我确实很失落，"袁莱打断了他的话，"那件事爆得太突然，我一时之间也没了主意，可你的电话一直都打不通，所以，我确实有过怀疑。你看，我曾经说过不论发生任何事都会信任你，但事实上，我做不到。"

"莱莱……"靳燃看着袁莱，"我都知道，可我那个时候，必须要确保所有消息没有一丝外露，否则，可能一切都前功尽弃。"

"对不起，靳燃。"袁莱说。

靳燃如释重负般吐出一口浊气，他摇了摇头，"我知道，五年前那件事在你心里始终留着一个疙瘩。莱莱，你现在不能完全相信我没关系的，总有一天，你会重新像以前那样相信我的。如果……你觉得不想继续再在非途旅行，我们可以离开这里。往后余生，你在哪里，我就在哪里。"

袁莱望着他，良久，她才下了决心似的，说："我不会离开非途旅行，至少，不会在现在这个时候，就算将来有一天我要走，也是正大光明地走，你明白吗？"

"好，"靳燃说，"莱莱，你记着，不论什么时候，也不论发生什么事，哪怕你真的做错了什么，我都会站在你这一边，你是我唯一的信仰，也是我唯一的光。"

万丈星光，也不及你分毫。
所有委屈不甘都化为灰烬。

袁莱这边的事情刚刚解决好，另一边，徐辛颐突然发现自己意外怀孕了。她半坐在马桶上，地面上散落着十几张试纸，但凡能买得到的试纸牌子，她全都买了个遍。她坐在马桶盖上，好半天，脑子里"嗡"的一声炸开，整个人都懵了。

第 71 章　见家长

　　袁莱匆忙赶去见徐辛颐，隔得老远，她就看到徐辛颐神色苍白，面上没有一丝血色地靠窗坐着，手指无意识地搅动着面前的果汁，不知道在想些什么。徐辛颐在电话里也没说清楚到底出了什么事，此刻见徐辛颐这状态，第一反应是徐辛颐跟丁昂吵架了。可她来的路上问过靳燃，丁昂那边没什么异常，只是最近一直忙着打比赛的事情，没太多时间来照顾徐辛颐，但徐辛颐也不是需要人天天粘着那种女人。袁莱心里忐忑，脚下不敢耽搁，疾步走了过去。

　　"辛颐，到底出什么事了？"

　　袁莱要了一杯咖啡，她昨晚一宿没睡，一大早又忙着开会，好不容易才缓过来一口气，连水都没来得及喝一口，就赶过来见徐辛颐。

　　徐辛颐沉默了半晌，好半天，才从嗓子眼挤出来几个字，"我怀孕了。"

　　袁莱先是一愣，接着满脸欣喜，激动地拉着徐辛颐的手，"辛颐，这是好事啊，昂爷知道吗？"

　　"我还没想好，到底要不要跟他说，"徐辛颐一脸挣扎，很轻声地说，"你也知道，我刚从赛维诺出来，新公司刚刚起步，这个时候我离开公司，不说开发新客户有困难，就是我手上的老客户，也未必会继续跟我合作。新公司几乎是我的全部，我不能在这个节骨眼上退出。我也不想有一天成为丁昂的附属品，我更害怕……怕我不能当好这个母亲，如果我不能给他一个安稳和谐的生活环境，我宁可不要他出生在这个世界。"

　　她从遥远的湖南农村来到这里，全靠自己一步一步走到今天，因为不甘心忍受不公正的待遇，所以孤注一掷地离开赛维诺，出来自立门户。她每走一步都几乎耗尽了自己的心血，她不能在这个时候放弃。何况她还没做好当母亲的准备，她甚至不能确定，她跟丁昂有没有明天。

　　这个孩子，来得不是时候。

　　袁莱觉得，她这个时候没办法跟徐辛颐说"孩子是无辜的"这种话，她知道徐辛颐是怎么走到今天的，她只想要徐辛颐活得开心。袁莱轻轻拍了拍徐辛颐的手，勉强保持着笑意，"我知道你担心什么，如果你真的不想要这个孩子，我们就不要，好不好？反正以后孩子还会有的，你别担心，也别害怕，我会一直陪着你的。"

　　徐辛颐依旧一脸茫然，她不知道自己该怎么办。任何一个女人在得知自己即将为人母时都会觉得开心，她也不例外，这毕竟是她跟丁昂的骨肉，可她一时之间不知该怎么办，只好缄口不言。袁莱就这么安静地陪着她，直到丁昂终于忙完了赶过来接人，袁莱才把人交给丁昂。丁昂这人粗线条，也没觉得

第71章 见家长

有什么不对劲,跟袁莱调侃了几句才闪人。袁莱看了一眼时间,不打算回公司了,打了一辆车,想去一趟医院看袁长鸣和吴丽云。

袁长鸣升任院长后比以前更忙了,各色人等络绎不绝地上门。听说袁莱要过来,袁长鸣立即打发走来拜访的客人,亲自去超市采购了一大堆食材回来,烧了一桌丰盛的菜肴。平常只有工作餐待遇的吴丽云,杵在旁边酸不拉几地说了几句,果然女儿是父亲前世的小情人,这话真是一点都没说错,这家庭地位简直一目了然。

袁莱在半道上,接到靳燃电话,她告诉他自己要去医院,结果她刚从出租车上下来,就看到靳燃那辆大奔开了过来。袁莱愣住了,直到靳燃从后备箱拎了两盒补品下来,她才反应过来,嘴巴先于脑袋,脱口而出,"你这是干什么?我还没准备带你见家长啊……不是,靳燃,你不觉得速度实在是太快了一点?"

袁莱跟靳燃大学时候就在一起,她当年不过一个刚满18岁的小丫头,愣是凭着一腔孤勇死拉硬拽地带着靳燃去见家长。把靳燃往袁长鸣和吴丽云跟前一拉,指着他就说要嫁给他,弄得二老差点心梗。靳燃倒是腼腆得不行,红着个脸,杵在沙发上好半天才反应过来,亲口承诺等到了法定年龄就跟袁莱领证。二老受了一波刺激,接着又一波,尤其是袁长鸣,估计全天下当爹的,在知道自己女儿有对象的时候,都有一种自己养的白菜被猪拱了的心情。袁长鸣颠来倒去地审了半天,最后觉得靳燃同志这思想觉悟还行,忍痛答应了两人交往。可谁又料到,原本天造地设的两个人,一转眼就劳燕分飞了。

这几年,袁长鸣和吴丽云从来不在袁莱跟前提起靳燃这个人,也逐渐接受了赵承志这个准女婿。然而世事变化无常,袁长鸣和吴丽云都没想到,兜兜转转,他们家宝贝女儿居然吃了一口陈年回头草。

"伯父,伯母,"靳燃挺直身体站在大门口,声音有些不太自然,"好久不见,这一次来得匆忙,也没什么好东西,这个……是一点见面礼。"

袁长鸣脸色一下就沉了下来,一把扯过袁莱,勃然大怒,"我们家不欢迎你这种背信弃义东西,你给我滚!"

一边吴丽云拉了拉袁长鸣的衣袖,一边笑着打起了圆场,"老袁,你这怎么回事,小燃难得回来,你这真是老糊涂了,赶紧叫人进来啊。小燃啊,你袁叔叔最近事情比较多,又上火了,脾气大了一点,你别往心里去啊,快进来坐。"

"爸,人都来了,你还真准备把他撵走吗?"袁莱赶紧拉着袁长鸣,往桌子那边走,"啧啧,我果然是老袁同志亲生的,这一桌可都是我喜欢吃的!好啦,不准生气了哦,难得看到你宝贝女儿,你就准备一直板着脸吗?"

袁长鸣冷哼一声,一拍桌子,"人来了又怎么样?他又不是没脚,有多远给我滚多远,吴丽云同志,你要是再敢胳膊肘往外拐,连你也一起给我滚!"

吴丽云亲热地接过靳燃手里的礼盒，随手搁在一边，又十分亲热地拉着靳燃过来坐。靳燃大概是真的有点怕袁长鸣，走到饭桌前也不敢坐，低垂着脑袋，老老实实地站在那里，恭听未来老丈人训斥。

袁莱赶忙过去，拉着靳燃在自己身边坐下。袁长鸣一副痛心疾首的表情，血压一下就飙升了起来，气得脸色都变了，"莱莱，你是不是想存心气死你老子？这混蛋当初那么待你，抛下你就一去不回，你居然还帮着他。你简直是气死我了，哎呦，我这心口……"

吴丽云看他这样子真不像是装的，赶忙过去给他顺了顺背，袁长鸣神色缓和了一点，仍然是怎么看靳燃怎么不顺眼。当年靳燃是东方大学风云人物，在学校已经是声名鹊起。袁长鸣的确也很欣赏靳燃，毕竟在年轻一代当中有思想有头脑，又肯上进的人实在不多。靳燃各方面都很出挑，勉强能够配得上他们家宝贝女儿，所以对于两人早恋，袁长鸣也是睁一只眼闭一只眼。那个时候丁昂和徐辛颐也刚在一起，唯独赵承志光棍一个。三家人偶尔聚在一起，袁长鸣那嘚瑟劲儿，尾巴都能翘上天了。可谁又想得到，一转眼，自家出挑的准女婿就音讯全无了，再后来老两口才知道袁莱和靳燃已经分手。虽说儿孙自有儿孙福，他们老两口也不便插手。可欺负他们家宝贝女儿，那就是死罪一条，连个缓刑都没有。

"伯父伯母，我很抱歉，"靳燃背脊紧绷，一副如临大敌的模样，斟酌好的措辞一句都没用上，临场即兴发挥了一段，"这几年，我一直都在国外打拼，具体的细节我已经跟莱莱汇报过了。我这一次回来，就没有打算再离开上海，今后也不会再一声不吭地离开莱莱，我知道我很混蛋，但是我对莱莱是真心的，希望伯父和伯母再给我一次追求莱莱的机会。也请伯父和伯母相信我，我一定会努力让莱莱幸福的。"

"放屁！"袁长鸣一贯和颜悦色，这会儿居然被炸出一句粗话，"我们家女儿岂是你说要就要，说不要就不要的？现在来放这些马后炮，你当年干什么去了？你们两个都给我闭嘴，谁要是再替这兔崽子说话，谁就给我滚出去！"

袁莱和吴丽云两人面面相觑，吴丽云轻咳了一声，"我刚才看小燃提了两瓶酒过来。老袁啊，再怎么生气这饭总得要吃吧？我去拿酒过来，你们爷俩慢慢聊。"

"谁跟他聊？哼！"

第72章 我只要你

吴丽云笑眯眯地拿了酒过来。靳燃第一次上门,被袁长鸣一杯酒就撂翻了。本来以为时过境迁,靳燃的酒量练了出来,却没想到,这人的酒量依旧为零,一杯酒下肚,笑容就僵在了脸上,脖子一歪,一下就扑在了桌上。

袁莱小心把他扶到一边客卧休息,袁长鸣气呼呼地,一个人坐在那。袁莱一出来就喋喋不休地跟她讲了半天道理,通篇下来都是要袁莱远离靳燃这个"祸水"。袁莱听得呵欠连天,等袁长鸣教育完了,她这才看着袁长鸣,"爸,我知道您讲的这些都是为了我好,可我就是这么没骨气,到现在心里还是只有他,如果这又是一场伤害,也是最后一次了。爸,就当是再给我和他最后一次机会行不行,您大概不知道……他是我的命。"

袁长鸣一副恨铁不成钢的表情,摇了摇头,伸手点了一下袁莱额头,"你啊,从小就是这么个不撞南墙不回头的脾气,也不知道到底是随了谁,我年轻的时候,可没你这么混账。"

袁长鸣这话是说得模棱两可,可言辞里已经没了刚才那股犀利,袁莱扑进袁长鸣怀里,乖巧地替袁长鸣顺着心口,"啧,您老年轻时候可比我混账多了,这是我们老袁家的遗传啊,您老要怪也只能怪自己哦。"

但凡是父亲,都禁不住女儿撒娇卖萌的,袁长鸣心里残留的一点火气也没有了,捉住袁莱的手,心疼地亲了一口,酸溜溜地说,"你这丫头,胳膊肘只会往外拐,那混账东西要是再敢欺负你,爸爸一定把他剁碎了喂狗。"

"爸——"

"行了,别跟我这糟老头子跟前献殷勤了,"袁长鸣又想起什么似的,低头问她,"对了,你又跟这兔崽子在一起了,赵家那小子怎么办?承志长得也不比他差,根正苗红的,对你也好,现在也是事务所的合伙人。人家老赵马上也要升任法学院的院长了,桃李满天下。你说你这眼珠子到底长到哪儿去了,居然看上这么个混账东西。"

"当年您老人家可不是这么说的,您老说靳燃敦厚端方,谦恭有礼,是年轻一代学习的标杆。您老这口味变化得也太快了一点吧?"

"我有说过这种混账话吗?"

"您觉得呢?"

"胡说八道!那绝对不是真正的我,"袁长鸣话音一顿,轻轻揉了揉袁莱的头发,转移开了话题,"对了,我跟你妈商量了一下,在长河园那边给你买了套房子,是给你结婚置办的嫁妆,钥匙在你妈那儿,走的时候管你妈要。你抽空过去看一眼,看还有什么需要改装或者置换的,跟你妈说一声,我们一并给你办了。"

长河园，是上海刚开发出来的一片别墅区，袁长鸣口中这套房子，几乎是老两口大半生的积蓄。老头子就这么轻描淡写地交给了袁莱，袁莱眼圈一下就红了。袁长鸣笑了笑，"怎么了？"

袁莱说不出来自己到底是什么心情，那一瞬间，她看着袁长鸣斑白的头发，心里无比地难过。袁长鸣柔声安抚了几句，这才叫袁莱去休息。天底下，大概只有父母对子女的付出是最为无私、不求回报的了。

徐辛颐自从知道自己有了孩子之后，心里就一直没着没落的。她睡得不太安稳，半夜从梦里惊醒过来，一下子从床上爬起来，冲去洗手间，丁昂担心她生病，守在洗手间门口，预约好医院专线，又飞快换好了衣服，准备送徐辛颐去医院。

"辛颐，你到底哪里不舒服，你开门，你别吓我啊，"丁昂一脸焦急，又不敢太大声，"我已经跟老魏预约好了，我送你去医院好不好？"

徐辛颐在洗手间里枯坐了半天才出来，脸色看上去异常苍白，额头上还残留着冷汗，丁昂紧张地看着她，"辛颐，我马上送你去医院吧！"

大概是因为父母都是非正常死亡，徐辛颐对医院有一种本能的畏惧，一听说丁昂要带她去医院，她立即摇摇头，"只是胃有点不舒服，不用去医院这么兴师动众，我睡一会儿就好了。"

"你脸色这么白，还说没事……你是想急死我吗？"丁昂说着上前扶着徐辛颐，这才感受到徐辛颐身体正在轻轻颤抖，是那种极力隐忍后无法控制的颤抖。丁昂的心缓缓沉了下去，手紧了紧，"辛颐，听话，我们现在就去医院好吗？"

两人僵持了半天，徐辛颐一点一点掰开丁昂的手，在一边床沿坐下，"丁昂，你听清楚了，我没有生病，也不是胃不舒服……我，有孩子了。"

"什么？"丁昂面上表情一寸一寸地龟裂，好不容易才找到自己失去的声音，"你说什么？孩子？真的吗？我们有孩子了？"

他最后一句话，几乎是颤抖着的。

"我也是今天才知道，"徐辛颐说，"我不知道该怎么告诉你，更不知道你会怎么看待这个孩子……"

丁昂几乎是一下扑过去，半跪在地上，他扳过徐辛颐的脸，让她正视着自己，"辛颐，嫁给我好吗？从今以后，你和孩子，都由我来守护，我绝对不会让任何人伤害你和孩子半分！"

徐辛颐看着丁昂，一时之间居然不知道该怎么回答他。她永远都无法忘记当年在丁家大门前受的屈辱，她也无法确定丁昂的母亲能否接受她这样一个出身平凡的人做丁家儿媳妇，当初的情不自禁换得现在的进退两难。徐辛颐沉默了许久才缓缓地开口："丁昂，你是不是一直都想知道当年我为什么要跟你分手？"

第72章 我只要你

"好端端的你怎么突然想到说这个？过去的事情，已经过去了。不论过去怎么样，现在我们又走到了一起，这是无法改变的事实啊！"不知为何，丁昂心里突然升起一股不祥的预感，好像接下来会发生一点什么。

"你先起来听我说，"徐辛颐把丁昂从地上拉了起来。丁昂怕伤到她，赶忙从地上站了起来，在一边的椅子上坐下来，一瞬不瞬地盯着徐辛颐，生怕她又说分手的话，但他等来的，不是分手，而是当初他们分手的真相。"那一年你20岁，我满心欢喜地过去替你庆生，你大概不知道，那天我穿的是我所有衣服中最漂亮的一件，可我仍然在你家大门口被你们家的管家拦了下来。管家说他们没有请帮佣，还问我是不是走错了门。丁昂，我前半生都是从阴沟里一脚一脚走出来的，我从来没觉得自己穷有什么错。可那一天，当我站在你家大门口的时候，我感受到了什么叫作屈辱，仅仅只是一墙之隔，却是两个不同的世界，你懂吗？"

原来如此。

丁昂从来都没想到，当初徐辛颐那么执着地要分手是因为门第。年轻的富家公子跟出身贫寒的灰姑娘，就像所有童话故事的开端一样，可现实终究不是童话。当她无地自容地站在丁家金碧辉煌的大门口，才懵懂地察觉自己跟丁昂的身份悬殊有如云泥之别，所以她选择分手，所以她那么迫切地想要在上海扎根立足。

"对不起，"丁昂声音沙哑，"我不知道你那天来过，我也不知道，忠叔把你拦在了门外……对不起。"

"你没有对不起我，"大概是时过境迁，她已经能够坦然地面对，她甚至轻轻笑了一声，"当年的你没有错，今天的你也没错，我要说的是，我们都已经不再是当初的青春年少，不论是以前还是现在，我喜欢你是真心的，可我真的不确定我们有没有未来。我更不确定我要不要得起这个孩子。你明白吗？"

"你怎么要不起？"丁昂急道，"如果你不喜欢我身后的家世，也不喜欢这个孩子，我可以什么都不要。辛颐，我只要你啊！如果当初我知道你是因为家世才离开我，我绝对不会答应跟你分手！辛颐，我们已经错过了这么多年，我不想再错过你了。相信我，我绝对不会因为任何原因跟你分开的。"

"那你妈那边呢？你打算怎么办？"徐辛颐问道。

"我明天……不！我现在就回去跟我妈说，我要跟你结婚！这一辈子，我只要还有一口气就绝对不会再放开你的手！辛颐，我会给你一个最幸福的家的，相信我好吗？"

徐辛颐沉默了片刻，然后她抬起头，"今天已经太晚了，明天……我跟你一起回去吧。"

"好好！你说什么我都听！你慢点，我先扶你休息。"

"嗯。"

第73章　结婚

　　第二天，丁昂一早就爬了起来，小心搀扶着徐辛颐上了车。平常都是轿车当跑车开的人，愣是中规中矩地把车速降在了40码以下，路上稍微有个颠簸，他就紧张得不得了，一路上，每隔两三分钟就要询问一次徐辛颐有没有哪里不舒服，搞得徐辛颐都快神经衰弱了。半道上，丁昂又打电话叫人去预定了一辆保姆车，免得徐辛颐坐着不舒服。说句实话，丁昂能做到这个地步，也确实不容易，眼看自己被当成高危人群，徐辛颐心里也是五味杂陈。

　　慢吞吞地跑了一个多小时才到了丁家大宅，车子直接开进别墅在院子里停下来。听夫人说小少爷要回来，管家忠叔一早就等着了。车子一停下来，忠叔就带着人过来迎接。丁昂下了车，几乎是小跑着绕到一边打开副驾驶的车门，像扶着老佛爷似的扶着徐辛颐下了车。

　　"小少爷，这位是……"忠叔看了一眼徐辛颐，一头雾水。

　　"我老婆，丁家未来的大少奶奶，"丁昂说，"我妈呢？她在哪儿？"

　　忠叔老脸一僵，悄悄打量着徐辛颐，"夫人在后院修剪花圃，我带你们过去吧，这个……少夫人这是过来见家长的吗？"

　　徐辛颐被问得不知所措，一边丁昂倒是从善如流，三两句就替她回答了。忠叔还是第一次见丁昂带女孩子回来，大概是真的替丁昂高兴，那一点意外缓过来之后，对徐辛颐倒是格外关照，一路引着到了后花园。徐辛颐老远就看到一个穿着园丁服的女人蹲在花丛中仔细修剪花枝。

　　忠叔过去跟那女人说了几句什么，那女人脸上掠过一抹诧异之色，旋即跟忠叔交代了几句，放下手里的剪刀，脱下手套，摘下帽子，露出那张长年养尊处优保养出来的优雅高贵的脸颊。

　　"怎么会是……蒋女士？"徐辛颐一怔，满脸难以置信的神色盯着朝他们走过来的蒋莉。

　　蒋莉，艾美集团这个庞大的商业帝国现任掌权者。丁昂父亲早逝，她一手接过艾美集团并把艾美集团发展到今天这个规模，是当之无愧的女强人。徐辛颐没想到，之前那个找她谈业务又把一个大地产项目指名给她的蒋女士，就是丁昂的母亲蒋莉。

　　"你们认识？"丁昂也是一脸意外，蒋莉平常日理万机，连他都很少见到。她平常行事十分低调，也很少在媒体曝光。所以，丁昂也没料到，徐辛颐认识蒋莉。

　　蒋莉走到一边椅子上坐下，轻笑了一声，"我是辛颐的客户，之前因为公事见过一面，有什么问题吗？"

第73章　结婚

"客户？你这明摆着是故意去找她的，你不要太过分了！"丁昂脸色唰的一下冷了下来，声音不由得拔高了几分。

"丁昂！"徐辛颐眉头微皱，随手拉住丁昂的手，"你怎么能这么跟你妈妈说话？我跟阿姨之间的事情，不需要你来插手，你给我坐下。"

丁昂死死捏着拳头，却又怕激怒徐辛颐，只好憋了一口气在一边椅子上坐下来，气呼呼地盯着蒋莉。看来蒋莉早就知道了徐辛颐的存在，还特地亲自去考察过。真是该死，他之前怎么就没想到他妈会来这一手，到底姜还是老的辣啊。

"还管我叫阿姨？"蒋莉亲自给徐辛颐倒了一杯白开水，掌心贴着杯子试了一下温度，水温不冷不热，这才将杯子放到徐辛颐跟前，"我就只有小昂这么一个儿子，这些年我们母子之间有些不太愉快。不过我也不是个迂腐的人，非要他娶个门当户对的千金小姐。只要是他喜欢的，我都能够接受。辛颐是个好孩子，我有什么理由反对你们两个在一起呢？不是有宝宝了吗？看来这婚礼得尽快举行。否则，等孩子大一点了行动就不是很方便了。辛颐，你怎么说？"

"啊？"徐辛颐一脸懵圈，很显然，这一切顺利得她一时之间没反应过来。先前准备的话一个字都没来得及说，蒋莉就直接跳到了结婚的事情上，这个进度是不是太快了一点？

"你真的同意我和辛颐的婚事？"丁昂眉头紧皱，迟疑了两秒之后不确定地开口问了一句。

丁昂自幼丧父，是蒋莉一手拉扯长大的，蒋莉对他的管教十分严格。直到大学时代，他开始展现出所有年轻人最为叛逆的一面，一意孤行，选择放弃进入艾集集团当个舒适的大少爷。那个时候，母子关系几乎降至冰点，可丁昂依旧选择走自己的路，创立了飞昂电竞俱乐部，把俱乐部从一个小作坊盘到了今天名动天下的冠军种子团队。即使如此，蒋莉依旧对丁昂的"不学无术"持中立态度。连一个爱好都不肯让他自己做主的独裁者，怎么会这么轻易就松口，让他娶一个毫无出身的女子进门？

不论丁昂怎么想，都觉得这里头充满了阴谋算计。

"怎么，你不相信我？"蒋莉反问道。

丁昂看了她一眼，嘴唇轻轻嚅动了几下，到底是把那几句话关在了喉咙里。蒋莉轻轻笑了一声，"我同意你们的婚事，但我也有两个条件。"

"我就知道，你才没这么好心！我今天来，也不是跟你商量的，不管你同意还是不同意，也不管你有什么条件，"丁昂冷着脸，"这婚我是结定了！"

徐辛颐有点尴尬地拉了拉丁昂，勉强挤出一点笑容，"阿姨，丁昂就是这么个脾气，您别往心里去啊。您有什么条件，只管开口，我们办得到的一定替您办了。"

"辛颐！你跟这独裁者这么客气干什么？"丁昂怒道，被徐辛颐一个白眼瞪了回去。

丁昂什么性子蒋莉一清二楚。她还是第一次看到有人压得住她这个儿子。蒋莉看着徐辛颐，"第一，你们的婚礼，得由我来操办；第二，婚后，你们必须搬回来，在这边住，小昂这孩子哪里会照顾孕妇，我这宝贝孙子万一有个闪失，我可要拿你们是问。"

丁昂觉得要么是自己耳朵出了问题，要么就是蒋莉转性了。他都已经做好了跟蒋莉打持久战的准备，却没想到蒋莉提出的条件居然是这个。好半天他才回过神来，眼神有些古怪地盯着蒋莉。倒是一旁的徐辛颐早就反应了过来，两人逐渐聊开了。徐辛颐来之前的那些紧张局促这会儿都放松了下来。蒋莉一边传授育儿经，一边又跟徐辛颐敲定婚期有关的问题。丁昂被晾在一边，连句话都插不上嘴。

袁莱接到徐辛颐打算跟丁昂结婚的消息，总算是松了一大口气，一边道喜，一边自告奋勇地把婚礼策划的事情包揽下来。一帮子人约了个时间跑去谷阳的Here咖啡店，大家七嘴八舌地商量着两人婚事。因为时间太过仓促，徐辛颐又有了身孕，不便大动，所以婚纱照就近拍摄，连蜜月计划也只能暂时取消。现在在徐辛颐可不只是丁家的宝贝儿，更是他们这一堆人眼中的高危人群。

"嗷呜！辛颐姐，快让我摸摸，我听听！"

沈双双一见到徐辛颐，立马就扑了过去，吓得丁昂脸色大变。眼疾手快地一把拽住沈双双的衣领，瞪圆了眼珠子，大吼："你干什么？你这毛毛躁躁的，吓到我老婆和孩子怎么办？你给我靠边点！"

沈双双一脸期待，撇了撇嘴，可怜兮兮地说："人家就摸一摸辛颐姐的肚子。我听说宝宝在肚子里是会动的，我保证不用力，轻点摸，就一次！"

丁昂这种护妻狂魔，哪里肯让沈双双这只魔爪伸向自家老婆。徐辛颐有点哭笑不得，这小丫头到底是从哪里听说宝宝在肚子里一个多月就会动的？还有丁昂，这未免太过小心了，自从蒋莉要求他们搬回去之后，丁昂就叫忠叔派人把他的东西给全都搬了过来，自己俨然化身跟屁虫，恨不得变成徐辛颐身上的挂件，走到哪儿就跟到哪儿。

徐辛颐无奈地看了丁昂一眼，笑道："双双，你过来。"

沈双双眼珠子一亮，立马凑了过去，手在徐辛颐腹部摸了又摸，一边丁昂紧张兮兮地盯着，小声咕哝："你轻点，小心。"

袁莱他们颇有几分无奈地看着丁昂，谁知道当初那个杀马特一样的纨绔子弟，居然也有这么软萌的一面。赵承志额头上倒是挂着几条黑线，恨不得把沈双双拉过去拴在椅子上。沈双双羡慕嫉妒地摸完了徐辛颐基本上没什么变化的肚子，别扭地回到赵承志身边坐下，双手托着下巴，满脸哀怨，"老赵，你说我们啥时候能有娃啊？"

第74章 狭路相逢

赵承志嘴角略微一抽，顺手拿了一块蛋糕塞到沈双双口中，尴尬地敷衍了几句，勉强蒙混过关。接下来的时间，几个人在一起商量了一下婚礼上的细节。婚礼仪式定在裴心岛举行，宾客可以乘坐凌鹰航空的专机过去；至于酒店和仪式方面，也都交给袁莱去负责。等到细节敲定完毕，已经是深夜了，丁昂简直是担心到秃头，领着自家媳妇儿就走。袁莱他们哄笑了几句，也不敢真的再拦，徐辛颐现在的确需要好好休养。一帮子人作鸟兽散，双双离开了咖啡店。

接下来的时间，就是筹备婚礼。

袁莱跟航空公司这边事先就预订好了。婚礼前一天，所有宾客被接到了裴心岛，宾客入住当地最好的酒店。不过因为宾客实在是太多，当地酒店不够，好在靳燃事先就在附近的岚镇预订好了酒店。从岚镇到裴心岛只有十几分钟的车程。靳燃似乎对岚镇了若指掌。不知为何，袁莱心里闪过一个不安的念头，但这念头只是转瞬即逝，所有宾客安排入住之后，靳燃和袁莱才从岚镇赶回裴心岛。

两人刚到裴心岛，靳燃就接了一个电话匆忙走了。袁莱正打算去看看徐辛颐，毕竟徐辛颐现在有孕在身，长途劳顿，身体未必吃得消，再加上女孩子结婚之前大概都有一点本能的害怕和恐惧，这个时候正需要闺蜜陪伴。袁莱刚踏进酒店前厅大门，就看到纪敖亭一身粉色休闲运动装，从大厅里走出来。

纪家在上海也是有头有脸的人物，丁昂大婚，纪敖亭自然是丁家邀请的贵宾。不过纪敖亭几天前就到了裴心岛，不知道是忙着公事，还是过来度假散心的。

"纪总，你这是……去散步吗？"袁莱杵在门口，脑子不听使唤，好不容易才干巴巴地挤出一句话来。

"嗯，"纪敖亭略微颔首，"听说附近有个小镇子，空气不错，打算过去走走。不知道袁经理愿不愿意陪我走一趟？"

袁莱一愣，指了指自己，"我吗？"

"袁经理以为，这里还有别人吗？"

袁莱额头青筋略微一跳，实在是找不到什么合适的理由拒绝。上一次，纪敖亭帮了她那么大一个忙，她也一直觉得对纪敖亭有几分亏欠。所以她迟疑了片刻还是答应了下来。两人并肩走着，头顶有万丈星光，流云聚散。走了一段，纪敖亭才慢条斯理地开口，"前面不远那个小镇，叫岚镇，风景独特，得天独厚。听说有人想在岚镇举行万人拉松比赛,到时候这小镇的旅游资源可就一炮而红了,或许能成为下一条新的旅游路线,效果不会比裹心岛差。甚至会超越裹心岛,成为这条线路上最红的旅游景点。"

袁莱跟着靳燃,今天跑了七八趟岚镇,沿途风景的确不错,而且听当地人说,岚镇整个小镇后面还有一片天然的温泉池,稍加打造,再结合岚镇的特色,的确是一个颇具价值的旅游新路线。可是纪敖亭为什么会突然跟她聊起这个?

"纪总这话是什么意思?"袁莱问道。

纪敖亭似笑非笑地看了她一眼,"没什么,就是随口一说,袁经理不必往心里去。"

袁莱总觉得他这话里有话,却又说不清楚到底是哪里的问题。左右不过公司想要开发岚镇的旅游项目,而这个项目,是由纪敖亭负责。纪敖亭跟靳燃两个人,亦敌亦友,两人可以合作,却又争得水火不容。所谓一山不容二虎,纪敖亭沉寂了这么久,终于坐不住了吗?

"纪总,我有一句话,如鲠在喉,今天不说,恐怕没机会再跟纪总说了。"袁莱沉声道。

纪敖亭脚步略微一顿,片刻后,他推了推鼻梁上的眼镜,重新迈开步子,"你说吧。"

"我不否认,纪总的风雅睿智,的确是不可多得,也足够吸引任何男人女人,或者说,你就像是一个拥有无数面的万花筒,"袁莱说,"没人看得清楚这万花筒里到底藏着多少不为人知的秘密。所以大部分人都只图新鲜和好运。久而久之就只能在其中一面徘徊,而无法从其中一面看到你身上更多的秘密。"

"我很荣幸。"

袁莱脚下一滑,差点直接滚了下去。大哥,那什么,我这也不是什么夸奖你的话啊,你顺嘴接这么一句,真的好么?

袁莱腹诽了几句,这才重新开口,"纪总是个好人,可为什么总让人觉得,你这层面具下面,是一张凶残冷血的脸呢?"

昏黄的光线把两人的背影拉得老长。纪敖亭脚步猛地一顿,他停下来,目光沉沉地注视着袁莱。从出生到现在,很多人对他有过各种各样的评价,唯独没人说过他是好人。他生长在豪门世家,不说纨绔败家,也跟"好人"这两个字沾不上边。表面上他对一切都不在意,但自己想要的,总会想尽办法去得到,哪怕不择手段,哪怕那些手段见不得光。这个世界上的生存法则,他比任何人都懂,并且运用起来游刃有余。他就像是食物链最顶层的决策者,决定着底层生物的命运。

从来没人觉得他是个好人,连他自己都觉得,自己千变万化,就像是一只蛰伏在黑暗里随时都会要人性命的凶兽，孤独却又冷血。可那坚硬冰冷的皮囊裹着的真的是一颗冰冷的心吗？

"我不是什么好人，"纪敖亭说，唇角擎着一丝戏谑的浅笑，"生意场上，从来都没什么好人，在这个圈子里，没有永远的敌人，也不会有永远的朋友，都是利益勾连，你只是没看到我的那些手段罢了。袁经理，我以前怎么教你的？太过相信一个人，很容易吃亏上当。除了你自己，你不能轻易相信任何人，包括我。"

"你为什么一定要这样说自己？"袁莱下意识地脱口而出。

纪敖亭无声地笑了一下，"怎么，突然觉得我其实没你想象中的那么坏，喜欢上我了吗？"

"纪总这阅读理解能力果真不是一般人能比得上的。"

"袁莱，"纪敖亭有些突兀地说，"我再问你最后一次，你愿不愿意跟着我走，离开非途旅行。我身边的位置会一直为你空着。"

"纪总，我从进入非途旅行就一直跟着你，你应该很清楚我的脾气。除非是自愿，没人能让我改变主意，"袁莱看向纪敖亭，"所以，不论纪总问我多少次，我的答案都是一样，我不会离开非途旅行，至少现在不会。"

"如果是靳燃要你离开呢？"

袁莱的瞳孔微微一缩，旋即轻轻笑了一声，"纪总，到底是什么让你觉得，我是一个有了对象就会忘记自我的人？不论是现在还是以后，我都不是任何人的附属品，我想要做什么决定，我要走一条怎样的路，都只有我一个人能够决定。就连靳燃，也不能左右我的决定。"

纪敖亭深深地看了她一眼，然后扭过头去，目光没有聚焦地落在前面夜色之中。这大概就是袁莱最与众不同的地方，永远都知道自己想要什么，并且沿着这条路去努力，任何阻力都无法停下她前进的脚步，哪怕那个人，是她心爱到愿意豁出性命的人。

袁莱陪着纪敖亭体会了一下夜游小镇的新增项目，回到酒店时，已经快十点了。徐辛颐这边不知道是不是因为太过紧张，一直都没休息，见到袁莱才拉着她，几个人窝在房间里有一搭没一搭地追忆曾经的光辉岁月。一直到了深夜，徐辛颐才有了一点睡意，一行人这才匆匆散了，回去睡了个囫囵觉。第二天一大早就又爬了起来各自忙碌。

丁昂和徐辛颐大婚，靳燃和赵承志两个自然要担任伴郎角色。袁莱和沈双双两人也一起陪衬，充当伴娘。除此之外，丁家还安排了几对年轻人，大家热热闹闹地聚在一起，将"喜庆"两个字发挥到了极致。

盛大而又浓重的婚礼仪式有条不紊地进行着。然而，仪式刚刚完毕，一个中年人神色匆忙地走过去跟蒋莉说了几句什么。蒋莉脸色微变，不过只是稍纵即逝，交代了几句之后，这才跟中年男人一起离开了现场。几乎是同时，靳燃的手机也响了起来,他略微隔开了一点众人的视线,掏出手机看了一眼,脸色跟着陡然一沉。碍于在场这么多人,他将手机放回了兜里,没有声张。然而眼前情势依旧陡变,原本受邀来参加婚礼的媒体记者,不知从哪里收到的消息,全都端着仪器设备围了过来。

第 75 章 惊变

"丁公子,艾美集团最新研发的手机发生爆炸,请问是真的吗?手机发生爆炸,究竟是什么原因?艾美集团会怎样处理?请丁公子回答我们的问题!"

"还有,根据受害人爆料,他耳朵已经完全失聪,请问艾美集团会负责赔偿吗?这款新机是不是有质量问题,万一再发生爆炸怎么办?"

"还有还有,飞昂电竞的二把手何飞,刚才已经用大号发了微博,宣布正式退出飞昂电竞,加入你们的对手嘉士电竞战队,这件事你事先知情吗?"

……

艾美集团的新款手机突然发生爆炸,这条消息不知道怎么突然被捅到了媒体跟前。原本答应和解的当事人,这会儿满脸缠着绷带,正苦着一张脸全网直播,怒控艾美集团无良商家,手机爆炸之后对她不管不问,也不做出任何赔偿,她希望通过媒体和舆论替自己伸张正义,短短十几分钟进入直播间看直播的人就已经破了千万,导致直播平台卡顿甚至整个系统崩溃,连直播间都无法进入。当事人又连发几条微博。一石激起千层浪,各地连续爆出好几条艾美集团旗下手机爆炸的新闻,艾美集团股价大跌,人心惶惶。

不但如此,飞昂电竞俱乐部原始创始人之一的何飞,突然宣布离开飞昂电竞,并在其大号微博的声明之中,历数丁昂十条罪名,将丁昂描述成一个嫉贤妒能的势利小人,而他离开飞昂电竞俱乐部,实在是迫不得已。这条消息一被爆出来,整个电竞圈子都震动了,国内电竞行业起步较晚,这几年才逐渐有了起色,飞昂电竞刚刚在国际大赛上拿了冠军,跟嘉士电竞的决战还没开始,就被爆出这样的丑闻,明眼人一看就知道这里头有猫腻,可架不住吃瓜群众键盘侠,个个往飞昂电竞身上泼脏水,飞昂电竞官博下评论区已经彻底炸了。

艾美集团手机爆炸、飞昂电竞又突然出现内斗,虽然两边官方都申明要严肃处理,可这消息依旧是山呼海啸一样席卷而来,压在丁昂他们每个人心头。蒋莉已经立即启程赶回上海总部,想办法解决此事。艾美集团毕竟财大气粗,根基深厚,几个手机爆炸的小案子,以前也不是没遇到过,解决起来不算麻烦。反倒是飞昂电竞,何飞的背叛偏偏还挑在他大婚这一天,无异于硬生生地在丁昂心口划了一刀。

飞昂电竞俱乐部的其他成员,个个都站出来力挺丁昂,怒斥何飞忘恩负义。可何飞占得先机,这个时候,任何的指责与质疑都成了无赖狡辩,墙倒众人推,飞昂电竞站在舆论的风口浪尖,就算最后赢了嘉士电竞,也是不得人心。

不但如此,嘉源集团也像是事先商量好的,在这个时间直接官方宣布取消与非途旅行有关"绿途计划"的合作。嘉源集团的官面话说得好听，因为此前的一系列误会，再加上底下员工捅了娄子，他们没这个脸继续跟非途旅行合作。总之全篇下来都是东方式的道歉模本，最后宣布经过慎重的深思熟虑，取消了合作。之前闹得沸沸扬扬的绿色公益项目，就这么戏剧性地画上了一个可笑又讽刺的句号。

袁莱这才反应过来，靳燃昨晚为什么接了一通电话就匆忙走了，大概他那个时候就已经知道嘉源集团要取消合作，只是还没官方宣布。他不遗余力地挽回，最后还是失败。她甚至觉得纪敖亭也是知道的，就算不是全部，也一定会听到一点风声。现在仔细回味，才觉得纪敖亭的每个字眼后面都藏着没说完的话，只是这个人习惯做活雷锋，做好事不留名，甚至不显露出来，等她回过神来的时候，一切都已经成了定局。

绿途计划是顾飒入主非途旅行后的第一个项目，可这个项目最后砸在了袁莱手中。公司上下、同行同业会怎么看待袁莱，是觉得她能力不足，还是脑子不够用，捅出这么大的娄子，里外不是人。

丁家的婚礼，就这么仓促草率地结束了，袁莱他们也是一起立即赶回了上海。丁昂把徐辛颐送回家之后，换了一身衣服又匆忙走了。至于袁莱和靳燃他们，人还没到公司，袁莱和赵承志两人电话就同一时间响起来。袁莱的电话是陈小菲打来的，据说顾飒已经在公司发了一通脾气，还发了内部通告，限期十天要袁莱提出解决方案，否则袁莱只能引咎辞职，离开非途旅行。而赵承志这一通电话，则是陈正礼打过来的，内容也很简单，非途旅行刚才来电话，正式取消与正志律师事务所的合作，非途旅行承担违约赔偿，但从此之后，不再与正志律师事务所有任何合作。

"这个女人实在是太过分了！"沈双双打抱不平，满腔怒火一下就窜了上来，"嘉源集团要取消合作，跟莱姐有什么关系，又不是莱姐的错，莱姐从头到尾都是受害者，这女人根本就是公报私仇嘛！"

"就你机灵！"赵承志无奈地瞪了她一眼。这丫头小聪明不少，就是眼睛经常长在头顶上，哪壶不开提哪壶。

沈双双撇了撇嘴，脖子一歪，扑进赵承志怀里，"师父，我傻。"

赵承志："……"

"靳燃，你怎么说？"赵承志揉了揉眉心，只好扭过头去看驾驶位上的靳燃。

从机场出来，靳燃一直都是一言不发，他的沉默令人感到不安。赵承志这一开口，袁莱的视线也忍不住移了过去，原本绿途计划就是她意料之外的事情。所以最后这口黑锅，她也只能认了，这是她无法推卸的责任。

"嘉源集团在这个节骨眼上取消合作，是不可控因素，"靳燃说，"不过，这也不是最终的结局。嘉源集团是一个很好的合作对象，但不是唯一的合作对

第75章 惊变

象。商场瞬息万变,我们不能把成功的机会全都押在对手身上,只要能找到合适的新的合作对象,绿途计划依旧可以继续。"

"可是谈何容易?"袁莱说,"跟嘉源集团的合作,已经惹出这么一大堆麻烦,现在嘉源集团又直接官宣了取消合作的消息,即使有新的合作对象,他们也必定会考虑这些因素,甚至会认为是我们公司内部出了问题连累了嘉源集团。这个时候,想再寻求新的合作对象太难了。"

靳燃说:"的确很难,但不是没有一点机会,越是困境,就越是要想办法找到出路。否则不只是项目,包括你也会一并被困死在里面,永远翻不了身。"

袁莱沉默了片刻,"你说得不错,绿途计划远远还没到走投无路的时候,我这就回去仔细研究,尽快找到新的合作对象。"

"现在去研究已经来不及了,"靳燃接了她的话,"我已经找到了合适的选项,但还有很多细节需要商谈。所以你记着,回到公司之后,尽可能地拖延时间。不论你用什么办法,都不能让顾总取消绿途计划,等我回来。"

"等你回来?"袁莱一脸茫然,听不懂靳燃说的这句话是什么意思。

"三天,"靳燃说,"给我三天时间,三天之内,我一定会赶回来。"

"好。"

艾美集团手机爆炸的事情,官方已经出示了手机质检报告书,又放了一段医院的实时监控,甚至还有与当事人商谈赔偿问题的同步录音录像。当然,监控和同步录音时间都在当事人直播之前。就算艾美集团同步录音录像时间可以更改,但医院的监控视频是无法更改的。不但如此,医院的监控视频还拍到一段来访记录:一名穿着黑色连帽衫的男人戴着一顶黑色鸭舌帽,去医院见过当事人。就是在这个男人见过当事人之后,当事人改了口,声称艾美集团手机爆炸事件之后,艾美集团并没有采取任何措施。截至官方申明之前,艾美集团法律顾问团,已经正式向法院提起民事诉讼,追究当事人的法律责任。

与此同时,丁昂也收到一段视频,这视频是靳燃发给他的。靳燃只简单说了几句,说是一个朋友在无意中撞见何飞与嘉士电竞俱乐部负责人面谈,或许是出于职业敏感,这位"好心"的朋友录下了何飞与对方见面的视频。视频中,嘉士电竞俱乐部负责人提出用一千万元收买何飞这颗人心,何飞居然连眉头都没皱一下,就一口答应了下来。

"……飞昂电竞当初是我和丁昂一起创立的,凭什么现在一切功劳都是他的?我早就看他不顺眼了,天天假惺惺地装作跟我们同甘共苦。电竞队赚的钱,全都到了他腰包,凭什么?去他的兄弟!我呸!真是说的比唱的还好听,我听着都觉得恶心!……"

第76章 背叛

丁昂看着视频画面，心缓缓地沉了下去，当初创立飞昂电竞俱乐部的时候，蒋莉停掉了他的信用卡和银行卡，他几乎是身无分文，四处找人凑钱，可以说是凄风苦雨。他跟大家同吃同住在小小的出租屋里，将"飞昂电竞"几个字，从垫底的小作坊，一路打到了今天全国排行前三的大神。他从来都没想过要独占这一份荣耀，他不在意电竞队能赚多少钱，他只是热爱电竞，热爱那一帧一帧完美画质下毫无遮挡的热血、情义。可是这份情义，为什么到头来成了一把横插在他心口的利刃？

"老大，还有一个坏消息……"飞昂电竞队的成员大至支吾着开了口，却不知道下面的话该怎么说。

丁昂缓缓抬起一只手，盖住了眼睛，苦笑了一声，"还有什么坏消息，说。"

大至看了一眼旁边的另一个成员老A，唇角抿成了一条直线，好半天，他才斟酌好措辞，"我们之前请人研发的新游戏，盘里的全部资料，一并没了……"

"什么叫一并没了？"丁昂猛地抬起头，"你给我把话说清楚！"

大至喉咙动了动，咽了下唾沫，"白博士在实验室里设置了内进外出的密码，进出记录显示，最后一个进去实验室的是，是阿飞。"

又是何飞！

先是背叛电竞队，接着背后捅丁昂一刀，现在连新游戏开发的全部资料都偷走了，实在是可恶至极！

丁昂死死捏着拳头，咬牙切齿，"马上报警，另外，用官博发布声明，我不管嘉士电竞队是什么来头，敢在老子头上撒野，老子就叫他有来无回！"

"是是，老大，可是……"大至一脸为难，"这声明要怎么发啊？"

"怎么发？照实发！难道还要我来教你怎么造字吗？"丁昂眼睛里跳动着两簇无形的火焰，面上笼罩着一层寒霜。

人不犯我我不犯人，人若犯我……斩草除根！

他们好不容易才走到今天这一步，他决不允许这一切都毁在一个叛徒手中。何况，何飞在选择拿一千万元背叛他们的时候，就已经不再是荣辱与共的兄弟了。"飞昂电竞"这几个字上的污名，总得有人付出代价来洗清。

丁昂忙着处理完电竞队的事情，连口气都来不及喘，又马不停蹄地赶去了艾美集团，车子刚到门口，就听说蒋莉已经回去了。徐辛颐大概是结婚那天受了点惊吓，这两天人就一直有点不舒服。诸事缠身，丁昂想要快刀斩乱麻，早点结束这些乌七八糟的事情。他立即驱车赶了回去，车子到了大门口，他并没有进去,只是把车停在外边,抽了几支烟,又下车抖了抖身上呛人的烟味,这才开了进去,下车之后,就迫不及待地去看徐辛颐。

徐辛颐和蒋莉两人正在大厅里,不知道在聊些什么,看两人神色,似乎聊得还算不错。丁昂悬着的一颗心顿时落回到身体里,疾步走了过去,在徐辛颐身边坐下来,他脸上有着深深的倦色,不过在看到徐辛颐和蒋莉之后,他把倦意和怒火都压了回去,勉强挤出一抹还算平和的笑意,"你们在聊什么,聊得这么投机?"

这几年,丁昂跟蒋莉关系一直不太好,母子俩一年到头也见不了几次面,很多次还都是不欢而散。原本丁昂担心他跟徐辛颐结婚之后,蒋莉会刁难徐辛颐,可这段时间相处下来,他的确对蒋莉有些刮目相看。但到底是那么多年的隔阂横在心底,也不是三两天就能消除的。现在有了徐辛颐在中间调和,他们母子之间的关系倒是亲近了不少,尤其是这一次艾美集团和飞昂电竞俱乐部同时出事,母子之间的担心、牵挂是做不得假的。

"也没什么,在说你小时候很调皮,总是闯祸,还把人家窗户都砸了,"徐辛颐说,顺手端起一边的鸡汤递给了丁昂,"还是热的,你忙了几天了,别太辛苦……这鸡汤可是妈亲手熬的。"

丁昂接过鸡汤的手僵在了半空,眼珠里掠过一抹不甚明显的尴尬,然后还是把碗里的鸡汤喝了个一干二净,这才放下碗,语气有点生硬地说:"我刚才去了公司总部,说你回来了……手机爆炸的事情,现在怎么样了?"

丁昂其实心里很清楚,他是艾美集团唯一继承人,将来艾美集团一定会交到他手里,可那不只是丁家的家业,还关系着几万人的温饱,他不喜欢商场尔虞我诈钩心斗角,更不想看到自己深爱的母亲,与豺狼为伍,把自己也变成豺狼,但他没得选择。

"还好,"蒋莉说,"公司内部已经成立了调查组,也随机抽样送检了,个别产品出现问题是在正常事故概率以内,公司也有专门的赔偿基金。天塌不下来,这些小事你就别管了,好好照顾辛颐。"

"那就好,"丁昂点了点头,沉默了两秒,声音几不可闻地说,"你自己也注意休息,别太辛苦,如果实在撑不住……跟我说。"

蒋莉愣了几秒钟,才明白过来丁昂的意思,以前那个总是很尖锐的小孩子,好像真的一下长大了,蒋莉欣慰地笑了笑,"嗯,一点小问题而已,我还撑得住,你就别操心了。"

"说到这个,我倒是有个主意,就是不知道,不知道行不行。"徐辛颐尝试着开口说道。

"什么主意,你说。"

"这一次的手机爆炸事件,就算最后顺利解决,始终会遗留下一些无法清除的后遗症,"徐辛颐说,"既然如此,我们为什么不能从正面去引导,比如用广告或者文案的形式，从科普的角度去解释爆炸的原理，以及公司对待事故的处理原则，让消费者注意合理使用产品，避免安全隐患？这样可以更放心地使用我们的产品。"

广告宣传永远是商业推广的一条捷径，艾美集团之前也做过无数类似的广告，每年在广告上的花费都是一笔天文数字。

"辛颐这个想法倒是不错，不过，"丁昂说，"拍摄广告就要挑选新的代言人，或者单款手机的推行官一类的，你有什么合适的人选没有？"

"我倒是真的有一个比较合适的人选，"徐辛颐说着，腾出一只手翻了一下手机，然后把手机屏幕对着丁昂和蒋莉，"这个，今年刚火爆起来的一个网剧男主——白龙，他的形象很值得信赖，可以用他做这一款手机的推行官或者推行大使。"

徐辛颐在广告行业摸爬滚打多年，对大众喜好有着一种近乎敏锐的洞察力。蒋莉和丁昂对影视和广告行业都没什么了解，不过是徐辛颐提出来的建议，蒋莉略一思索就点头答应了下来。

"这样吧，"蒋莉说，"这个点子既然是你想出来的，这个广告我就交给你，其他人我不放心。回头你做一个简单的企划案给我，包括预算费用之类的，直接交给我。"

徐辛颐本来只是出于关心，并没有想过要接这个广告。要知道，她名下的新公司刚刚才成立，在圈子里基本上没什么名气，就算她之前的老客户都信任她，但必定也会有一部分人持观望态度，所以连日下来，公司几乎没什么大笔进项。艾美集团的业务，就连当初赛维诺广告公司都得捧着，还不一定能够到手，所以当初 Mary 为了拿到艾美集团那笔业务，才那么低声下气地跟徐辛颐说好话。现在 Mary 知道徐辛颐跟丁昂结婚的事情，肠子都悔青了。再说这可是个大项目，她手上这个小作坊，真的能做得下来吗？

"辛颐现在有了身孕，不太方便做这些事……"丁昂眉头微蹙，横插了一句。

"我接，"徐辛颐立即打断了丁昂的话头，"我会尽快把企划案做好，亲自交给您。"

"嗯，时间不早了，我先上楼去休息了，"蒋莉从沙发上站起来，看了两人一眼，"你们也早点休息。"

丁昂仍旧担心徐辛颐身体吃不消，徐辛颐哄了半天才哄好。好在她现在只是刚怀上孩子，孕吐也不是很严重，适量的活动，或许对身体更有好处。丁昂也只能由着她去，不过，他倒是更加寸步不离徐辛颐了。

第77章 责任

靳燃离开上海的第三天，袁莱跟顾飒争取的三天时间已经是最后一天，可靳燃那边依旧没任何消息，甚至人也跟着一起失踪。公司甚至有传言，靳燃已经离职回美国任职去了，与此同时，公司内部还流传着一些乱七八糟的流言。

"你们听说了没，听说靳总之前在美国的时候，曾经亲自经手过美吉集团的收购案，据说靳总是故意截断了美吉集团的银行贷款，美吉集团的老板Kevin不但破产，还被逼得走投无路，最后跳海自杀了。"

"真的假的？靳总看着不像是这种人啊！"

"还有，听说汉光收购案，有个华人高管收了一笔钱，故意在数据上出了错，所以他最后才能以那么低的价格收购汉光集团。啧啧，真是看不出来，靳总这次不会也是故意搞砸非途旅行，然后完成低价收购吧？"

靳燃是凭着汉光和美吉集团两大收购案一夜成名的。可说到底，这些见不得光的手段，从来都不会被公布在光天化日之下，是谁在这背后搅动风云，败坏靳燃的名声？

陈小菲心神不宁地跑去找袁莱，委婉说明来意之后，一脸担忧地说："莱姐，我知道这些话不该说，可这些消息……似乎也不是空穴来风，靳总他会不会真的做过那些事？还有，我看现在公司上下人心惶惶，担心靳总会背叛公司，到时候公司真的易主，我们这些小虾米可就不够看的了。我妈上个月病了还在医院住院，我爸身体又一直都不好，还有房贷车贷，我……我不能没了这份工作啊。"

袁莱静静地坐在沙发上，目光略微散淡地落在陈小菲身上，"我相信他。"

"什么？"陈小菲一愣，她局促不安地挠了挠头，支吾着说，"其实，有个事我一直都不知道该不该跟你说，公司里很多人都说，说……靳总和顾总好像不只是单纯的上下级关系。那个，你又跟靳总在一起……背地里，风言风语的。"

树大招风，何况有些事，越是刻意想去遮拦，反而遮拦不住，袁莱之前也没想到靳燃会在公司里公开他跟自己的关系，可她跟靳燃在一起，也不是什么见不得人的事情，没必要遮遮掩掩。至于他人，她管不得那么多妖言惑众。

"我知道，"袁莱说，"顾总来公司之后不久，公司里就一直都有传闻，要是我每天都在意别人怎么评价我，那我就不用活了。小菲，你是我在公司最信得过的朋友，如果你相信我，就继续做你自己的事情，不要去听那些谣言。如果你担心失去这份工作，从今以后，你我就分道扬镳，免得被我拖累。"

"不是的，莱姐，我不是……"陈小菲着急地辩解，小丫头没见过什么大世面，眼泪一下就落了下来，"我不是怀疑你，也没有别的意思，就是觉得，莱姐这么好的人,他们怎么能这么对你。"

袁莱最见不得人哭,她哄了几句,眉心微微拧成一道褶子,轻声说:"傻丫头,这世上不是所有人都跟你一样这么单纯,也不是所有人都能够做朋友的。好了,马上要开会了,你先去梳洗一下,重新化个妆,你看脸都花了。"

陈小菲一听这话,立马回了自己办公室,重新去梳洗化妆了。袁莱长长吐出一口浊气,离开会还有不到半小时的时间,靳燃他赶得回来吗?她能否撑到靳燃回来?

袁莱两边太阳穴突突直跳,那下面埋着的一根神经,仿佛是要跳脱出来。她深吸了几口气,重新拿起桌子上的资料检查了一遍,确定没什么问题才起身去会议室。

离开会时间尚早,会议室里空空荡荡的。袁莱走到自己的位子坐下,一直等到人来人往,等到会议正式开始。简单的开场白之后,所有人的视线都落在了袁莱身上,顾飒也是一副居高临下的姿态审视着袁莱。她目光依旧温和,言辞之间却是针锋相对,没有给袁莱留下丝毫退步的空间。

"这一次跟嘉源集团合作失利,我身为项目负责人,负有不可推卸的责任,"袁莱说,目光在会议室里逡巡了一周,"但这不代表我有什么处理不当或者其他方面的问题。预算错报,是导致与嘉源集团合作失败的根本因素,而这之中具体是怎么一回事,亟待警方给我们一个最合理的答复,这是其一;自从嘉源集团取消与我们的合作之后,我们正在积极与多方洽谈,争取新的合作商,以保证项目顺利进行,以减少公司损失,甚至扭转局势,让这个项目发挥出它最大的价值……"

"袁经理这话倒是说得好听,不过据我所知,截至目前并没有一家公司愿意跟我们合作。之前捅出这么大娄子,现在人家都是避之不及。我真的不知道袁经理到底是哪来的底气,居然还认为这个项目可以进行下去,这不是天大的笑话么?"Linda 不阴不阳地说,脸上带着一层幸灾乐祸的笑意。

自从袁莱来了公司之后,纪敖亭就对她另眼相待,她实在不明白,袁莱到底有什么与众不同,值得纪敖亭亲自调教,处处袒护。原本以为靳燃入主非途旅行之后,一朝天子一朝臣,袁莱再也嘚瑟不起来,谁曾想到,靳燃比纪敖亭有过之而无不及,还当众公开跟袁莱是情侣关系。如今靳燃下落不明,袁莱进退维谷,这个时候她要是不站出来落井下石,出一口恶气,那她未免也太虚怀若谷了。

"Linda 的话也不是没有道理,"顾飒缓缓地说道,她双眼略微眯成一条线,目光似有还无地落在袁莱身上,旋即又慢慢移开,"只看结果,不问缘由,绿途计划是我进入非途旅行之后的第一个项目,我也是看在袁经理能力出众才破例把这个项目交到袁经理手上。嘉源集团宣布取消合作之后,我也如约给袁经理三天时间去处理善后事宜,现在没有新的合作商,也没有更妥善的处理办法,这就是袁经理的办事能力吗?"

顾飒这话说得滴水不漏,不论袁莱怎么说,都是对自己无能的狡辩。袁莱自然听得出来她弦外之音,目光深沉地看了顾飒一眼。那一瞬间,她突然醒悟过来,从一开始,绿途计划就是一个无法完成的任务,嘉源集团取消合作之后,根本就不会有公司愿意接盘,这一点,也是顾飒早就设计好的。

好一招请君入瓮!

可不管怎么说,哪怕这就是挖好的陷阱,袁莱已经跳了,那她就算头破血流也得拼命地爬上去。否则,这个污名,就算是用血去洗,也未必洗得干净。

袁莱垂在身侧的手指稍紧了紧,她略微抬起眸子,平静地看着顾飒,"顾总说得不错,不问缘由,只看结果,绿途计划中间出现再多的问题,都是我自身能力不够的缘故。我刚才已经说过了,对这件事,我负有不可推卸的责任。顾总放心,我不会把责任推到别人身上去,让别人来替我背这口黑锅。但现在还远没到看结果的时候……"

"还没到看结果的时候?袁经理是不是忘了,最后三天的期限,可是你自己觍着脸去要的,"Linda 见缝插针地讥笑道,"现在三天的期限已经到了,袁经理难道还想厚颜无耻地收回自己之前说过的话吗?"

顾飒手指有一下没一下地敲着椅子扶手,背脊贴着椅背,笑了笑,"Linda,你太严苛了,袁经理也是为了公司着想,如果袁经理觉得自己确实有这个能力,只要你开口,我还是愿意再给你一次机会的。"

顾飒话一出口,整个会议室顿时爆发出一阵哄笑声。这话无异于当众在袁莱脸上狠狠扇了一巴掌,就像是猫捉到了老鼠,却并不急着将老鼠一口吃掉,而是肆意玩弄,而老鼠却逃不出猫的掌心。

"袁经理,顾总都这么说了,我看你不妨再重新挑个时间,也免得自己下不来台啊!"Linda 不遗余力地嘲笑着。

"不必了,"袁莱面无表情道,"最后三天时间是我跟顾总要的最后期限,如果这三天之内我找不到新的合作商,我自愿承担一切责任,除了公司在这个项目上的一切损失之外,我会依照承诺引咎辞职。"

第 78 章　鹿死谁手

"袁经理果然言而有信，"Linda 拍了拍手，满脸笑容地盯着袁莱，一脸得意的神色，"本来还以为袁经理会仗着靳总的身份，跟顾总讨个人情，没想到袁经理居然如此敢做敢当，我真是佩服！哎呀，我怎么忘了，靳总好像已经失联了好几天了，还会不会再回来也说不定，我看袁经理这次是赔了夫人又折兵，实在是难堪得很啊。"

袁莱暗暗磨了磨后槽牙，"我的事情，就不用你来操心了，顾总，距离三天前我跟你约定的时间，还有十二分钟，请顾总和诸位少安毋躁，再等十二分钟，可以吗？"

三天都等过来了，顾飒也不急着这十几分钟时间。何况她笃定，就算靳燃在这十二分钟的时间内赶了回来他也拿不到新的合约。到时候袁莱不得不遵照约定离开非途旅行。

时间就像是悬在袁莱头顶上的一把剑，泛着冰冷的光泽，随着时间的推移一点一点地逼近。空气里顿时弥漫着一阵令人心惊的死寂。所有人的目光都不由自主地看向墙上的时钟。

"三……二……一——时间……"

那个"到"字，还没从 Linda 喉咙里出来，就被震碎在风中。会议室紧闭的大门被人一把推开，靳燃一身风尘地疾步走进来，深蓝色西服后背有一片不规则的褶皱，连原本熨帖的西裤也卷起了褶痕。很显然，他是一直在赶路，未及修饰，以最快的速度赶了过来。

靳燃身后，纪敖亭一身几乎和他一模一样的装扮，只是少了那一身风尘。他双手随意地插在兜里，慢条斯理地走进会议室。随手拉了一把椅子坐下，修长的双腿交叠在一起，一副等着看好戏的姿态。

"顾总，关于绿途计划这个项目……"靳燃的声音打破了沉寂，"我们恐怕得从长计议了。"

"从长计议？这么说，靳总根本没拿到新的合约！"Linda 激动得双眼放光。她刚才一看到靳燃，还以为靳燃是成功拿到了合约，而她撵走袁莱的愿望再次落空，但听靳燃的意思，他似乎是失败了。

"靳总的意思是……"顾飒问。

"绿途计划在与嘉源集团的合作之时，即使是增加 70 万元投资，最终也不过是 270 万的投资，"靳燃说，然后他略微抬手，举起手里的一份合同，"这是香港张氏地产与我们签订的新合约，张总愿意在嘉源集团最初五百万的公益基金基础之上，追加五百万投资，达成千万合约。所以我们得从长计议，因为这个项目大有可为,原本的投资预算已经明显不足了。我会直接向总部申请追加投资金额,将这个公益活动,持续进行下去!"

顾飒做梦都没想到,原来靳燃用了障眼法,把她蒙骗了过去。她以为靳燃接触的新合作商是上海本地的一家大公司,却没想到,靳燃从头到尾都只是故布疑阵,甚至连纪敖亭都再三地站出来帮他。真是该死!这两个人不是仇敌吗,怎么会这样?

如今靳燃已经拿回了新合约,甚至对方在投资金额上直接翻了一倍,之前嘉源集团宣布取消合作,虽说找了个冠冕堂皇的借口,但到底是他们理亏在先。现在又出了一个更大的合作商,这简直是在打嘉源集团的脸,只怕林珊那里也不好交代。

直到会议结束顾飒都没回过神来,她憋了一肚子怒火却无处发泄。这一次不但计划失败,没能赶走袁莱,还让这根杂草春风吹又生,简直是可恶!

袁莱也没想到,靳燃不但找到了新合作商,还让对方增加了一倍投资,再看他一身风尘仆仆,脸上深深的倦色,袁莱一阵没来由的心疼。

"你先回去做事,"靳燃揉了揉眉心,强压下脸上的倦色,无声地笑了笑,"我这里还有事要处理,晚点就回去休息。别担心,我没事的。"

袁莱欲言又止,最后还是点了点头,靳燃看着她离开了会议室,紧绷着的神经才彻底松懈下来。他独自坐在会议室,连抽了几支烟才恢复一点精神,旋即卷起桌子上的新合约,疾步离开会议室径直去了顾飒的办公室。

"靳总真是好手段,好一招瞒天过海,"顾飒冷笑一声,目光里裹着一点阴郁,她身体略微前倾,"故意让纪敖亭冒充你,留在上海跟人周旋,自己暗度陈仓,绕道浙江去香港找张总。靳燃,我真是太小看你了,为了一个女人你居然能做到这个地步。"

靳燃不动声色地坐在那里,黑沉沉的目光一瞬不瞬地盯着顾飒,片刻后,他才闭了闭眼睛,沉声道:"顾飒,收手吧,否则,下一次我绝不会像今天这样轻松地放过你。"

"收手?"顾飒冷笑一声,"事到如今你叫我怎么收手?靳燃,那个女人到底有什么好的,你为什么就是不肯放开她?"

"我爱她。"

顾飒瞳孔倏然收缩,目光阴沉地盯着靳燃,一字一顿地说:"你说什么?"

"从头到尾,我爱的人就只有莱莱一个,"靳燃抬眼,一根一根血丝缠着眼珠,声音沙哑地说,"顾飒,当年我跟你结婚的事情,当不得真,我只是想报答你的知遇之恩。这几年我也已经还够了。所以抱歉,我不能给你想要的东西。也请你放手,好吗?"

靳燃依旧念着当年那一点知遇之恩,不想彻底撕破脸,可袁莱已经一再因为顾飒而受到屈辱,凭什么呢?

"够了！"顾飒怒道，"我不想听你这些胡言乱语！靳燃，你清醒一点，这个世界上只有我能够给你想要的一切，只有我能让你站在那个最巅峰的位置，成为别人敬仰崇拜的对象。靳燃，离开了我，你会后悔的。"

靳燃吐出一口长长的气，"如果我现在的一切，是踩在别人的尸骨上得到的，我宁可不要。"

"你……"

"过去的事情，我不想再追究，就当那一切都是我欠你的，"靳燃说着，缓缓地从沙发上站了起来，他居高临下地审视着顾飒，忽然觉得眼前的是一个陌生人，"从今以后，我与顾总之间再无瓜葛，顾总好自为之。"

靳燃说完，离开了顾飒的办公室，他步履沉重地走到一边，靠着墙壁，缓缓地掏出一支烟，却并没有点燃，只是夹在指间。好半天，他才将烟重新放了回去，满脸倦色地朝着纪敖亭办公室走过去。

纪敖亭神色慵懒地斜靠在沙发上，一只手略微斜支着额头，不知道是在想事情还是在打盹。听见靳燃走过来的脚步声，他睁开双眸，泛着白光的镜片下，那双如墨色一般的眸子漾出几分笑意，他看着靳燃，一副值得人玩味的语气，"怎么，靳总这是专程过来跟我道谢的么？"

靳燃在纪敖亭对面沙发上坐下来，目光迎上纪敖亭，两人四目相接，靳燃按了按肿胀的太阳穴，"这一次能瞒天过海，的确多谢纪总帮忙，替我拦住了顾总的眼线，只不过……"

"只不过什么？"

"纪总怎么知道，我要去见的人是张氏地产的张总？"靳燃一侧眉梢略微一挑，"张氏地产在香港的确是家喻户晓的地产大亨，老张总更是房地产行业泰斗式的人物，当年金融风暴，老张总还曾经参与过救市，所以张氏地产在香港有口皆碑。"

纪敖亭唇角微微一弯，似笑非笑地看向靳燃，"靳总到底想说什么，这过河就拆桥的本事，倒真是令人刮目相看啊。"

"岚镇万人马拉松，"靳燃缓缓吐出几个字，他尾音略微一顿，"纪总的消息，是不是过于灵通了一点？"

"怎么，靳总只许州官放火，不许百姓点灯吗？岚镇的旅游资源的确是不错，靳总的眼光也确实异于常人，可既然还没盖棺定论，那么鹿死谁手犹未可知，不是吗？"

纪敖亭话里有话，他要说的，恐怕不只是岚镇，还包括袁莱。

"纪总一连两次出手相助，这份情义靳燃铭记五内，"靳燃抬眼，"但岚镇的开发，于公于私我都不会手下留情。到时候就看到底是谁有本事吞得下这块肥肉了。"

纪敖亭轻笑了一声，没有说话。靳燃也没有多逗留的意思，从容地离开了

第78章 鹿死谁手

纪敖亭的办公室。纪敖亭看着他离去的背影,脸上的笑容一点一点褪尽,不论怎样,岚镇开发他不能再输给靳燃了。

两天之后,靳燃正式向公司总部申报"岚镇万人马拉松比赛"计划,将岚镇这条新路线的开发正式提上日程。与此同时,靳燃在公司成立了专项小组,由他担任组长,刚从日本调回来的Coco担任副组长,共同负责这个项目。岚镇万人马拉松比赛,也正式拉开了序幕。

第 79 章　泰禾星旅

徐辛颐紧赶慢赶总算是把广告企划案赶了出来，亲自交给了蒋莉。预算和广告创意都颇得蒋莉的欢心，这事情就这么顺利敲定了下来。之前艾美集团手机爆炸的负面新闻也已经水落石出，无端歪曲事实的当事人也已经发布了公开申明。这事一波三折，能这样收尾，也算是有了善终。至于丁昂的电竞队，官方声明发布出去之后，起先仍旧有一部分水军继续引导舆论，直到电竞队公开了何飞跟嘉士电竞队负责人非正常见面的视频，舆论瞬间逆转。何飞一夜之间跌落神坛，沦为丧家之犬，连带着嘉士电竞队也发布申明开除了负责人，并且对其进行了禁赛处罚。曾一度闹得沸沸扬扬的事件，就这样落下了帷幕。

袁莱这边，绿途计划不但顺利进行，张氏地产现任总裁张亮突然心血来潮，亲自到裴心岛考察，袁莱自然全程陪同。考察完毕，张亮满载而归，还对袁莱赞不绝口。

前段时间大家全都身陷各种麻烦，现在终于迎刃而解，可谓劫后余生，因此袁莱一从裴心岛回来，就被徐辛颐等人约着聚了聚。

一帮子人约了个比较僻静的私房菜馆，点了一大桌子菜。赵承志和沈双双两人见完了当事人，最后一个到。丁昂全程小心护着徐辛颐，生怕她磕着碰着，这也不许她吃，那也不许她喝，徐辛颐老脸都快拉成驴长。

"靳燃，"丁昂高兴，给靳燃倒了一大杯酒，"上次的事情，我还一直没得空当面跟你道谢。不过你那位御用记者，我倒是给了她一个不错的回馈，我们飞昂电竞队未来一年的官方报道可全都批给她了，兄弟还算够意思吧？"

靳燃一笑，"嗯，张薇在业界名声不错，也是信得过的人。以后有什么需要她的地方不妨直接开口。"

"那是当然，"丁昂说，"这一次是我大意了，没想到大风大浪都过来了，最后居然在阴沟里翻船。嗨，不说这个了，我今儿个高兴！来，喝酒喝酒。"

靳燃点了点头，陪着丁昂喝了一大杯。城市里烟火缭绕，可大家都各自有各自的忙碌，即使身在同一座城市，有时候三五个月不见面也是常有的事情。好在一起走过这么多岁月积累下来的感情，历久弥新，并不因为久不见面而褪色。

"对了，莱姐，"沈双双突然挽住袁莱的胳膊，笑眯眯地盯着袁莱，"我听说燃哥最近在搞什么万人马拉松比赛，还有什么情侣组合赛，我和师父现在报名还来得及吗？"

旁边赵承志耳根子一红，端着酒的手略微有一点倾斜，酒杯里的酒洒了出来。他瞪了沈双双一眼,想说什么,又咽了回去,尴尬地把酒杯里的酒一饮而尽。

"岚镇马拉松比赛网上仍然还可以报名,不过,"靳燃话音一顿,"这个项目最后未必会落在我手上,因为跟当地有关联,还涉及很多具体问题,所以当地官方为了最大限度地实现价值,会以竞标的方式来决定比赛的承办方以及岚镇今后的旅游开发权。简单来说,就是价高者得。"

"价高者得?"袁莱一怔,"这个计划最初不是由你提出来的吗,我还以为只有我们一家公司承办,怎么现在又多了个竞标?"

"天下熙熙,皆为利来,天下攘攘,皆为利往,"靳燃说,"万人马拉松比赛现在已经被炒火了,健康、运动、养生这几个主题结合在一起,自然能够吸引更多人的关注。有其他人惦记着也是正常的事情。"

"说到这个,我倒是听到一个消息,"丁昂突然插了一句,向来号称千杯不醉的丁昂此刻脸颊上居然有两道红晕,他眉峰微扬继续说,"岚镇搞什么万人马拉松比赛,除了非途旅行一家之外,还有一家'夕阳红'旅游公司泰禾星旅。你们应该也听说过,这家公司是老牌旅游公司。不知道是管理者思想僵化,还是什么其他原因,这家旅游公司已经连续5年亏损,好几个大股东都退股了,只剩下这家旅游公司的创始人也是原始大股东的陈卫国还死撑着。不过说来也奇怪,几个月前,这家旅游公司突然改变了原来老化的路线重新整改了,之后居然奇迹般地死灰复燃了。据说上个月已经扭转亏损开始盈利了。这一次岚镇万人马拉松比赛,泰禾星旅也投标了。靳燃你可得防着点这夕阳红,小心别把自己搭进去了。"

丁昂这话说得模棱两可,袁莱他们听得一知半解,但靳燃却听明白了他的弦外之音。一家濒临破产倒闭的夕阳公司,却在这么短的时间内奇迹般地死灰复燃,可不是一般人能够做到的。靳燃不得不承认,那个隐藏在幕后操纵一切的"神秘人"的确有一手。可魔高一尺道高一丈,靳燃不怕他出手,他就怕那人不出手。

"嗯,这些小事我会处理,倒是你,"靳燃不动声色地转移开了话题,"马上就要跟嘉士电竞队打决赛了,何飞离开之后,你们电竞队还差一个成员。你要是没合适人选,我倒可以给你推荐一个。"

丁昂闻言,面上划过一抹稍纵即逝的不自然,他喝了口酒,咂了下嘴,"我这点小事,不劳烦你靳大总裁操心,人我都已经找好了,这一次我们被嘉士背后阴了一把,这笔债我可得连本带利地要回来。你们就等着看小爷夺冠,成为国内电竞行业的大佬吧。"

一帮子人怼了几句过去,丁昂都笑盈盈地怼回去。几个人难得这么放松地坐在一起,后面的话题不知道怎么就跑到了育儿经上,于是三个女人凑到一堆。靳燃他们三个男人也凑到了一堆。

"老赵,话说下个周末是你家赵大院长的生辰吧,"丁昂一条手臂灵活地越过赵承志肩膀,勾住他另一边的肩头,然后拍了拍赵承志,"我估摸着,你家赵院长刚升任院长,这生辰应该会有不少人上赶着来送礼的,对吧?"

赵承志闻言,目光下意识地朝着沈双双看了一眼,他无奈叹了口气,"老爷子一向不喜欢搞这些虚头巴脑的事情,所以这生日他也没打算大办。我倒是想,到时候也就把你们几家请过来,大家一起吃个便饭,顺便……"

"顺便什么?"丁昂贱兮兮地挑了挑眉,晃了晃手里的酒瓶子,明知故问。

"我跟双双在一起也有一段时间了,还,还没带她见过我爸,"赵承志硬着头皮,"所以我打算老爷子生辰这天,当着大家把她带过去见一下我爸。但你们也知道我爸是那种老古董思想,双双没一点符合他对儿媳妇的期望,我又担心到时候闹得不愉快,两边都下不来台。"

丁昂一笑,"这也未必,你家赵院长虽然脾气是固执了一点,但沈大小姐什么人没见过,我看她那张嘴,死人都能说活过来,指不定几句话哄得老爷子开心,倒过来催着你们结婚呢。"

靳燃也说:"昂爷这话不是没有道理,再说了,到时候还有我们几个在场,老爷子就算不看僧面也要看佛面,场面应该不会太难看的。何况老爷子过生日这么大的事情,小沈不可能不知道。女孩子心思如水,你不带她去到时候怎么跟她解释?"

赵承志苦笑一声,"我就是两头为难,这才不知道该怎么办。本来我想找个时间跟老爷子先谈一下双双的事情,探个口风。但他升了院长之后,一直都在外地出差。最快也要下周才回来,时间这么仓促,也来不及了。"

"要不,我先请我妈去给你探个口风?"丁昂笑道。

蒋莉和赵建国也是几十年的交情,只不过这几年大家各自忙碌,倒是很少有时间见面。当年两人都是学校风云人物,一个是法律系的大才子,一个是金融系系花。不知道是谁那么无聊,搞了一个跨系辩论赛,两人在辩论赛上博古论今、棋逢对手地切磋了一场,惊艳四座。原本以为是才子佳人的一段佳话,可谁都没想到,两个人最终只是擦肩而过,一辈子定格在了朋友的关系上。

蒋莉丈夫早逝,赵建国夫人前几年也已经病逝,两人都挺有默契,谁都没有续弦的意思,只是偶尔坐到一起,感慨光阴易逝,当年青涩少年,如今已是鬓角白发横生,颇有几分相忘于江湖的意思。

"阿姨最近不是忙着搞什么地产项目吗?上次我爸还在电话里叮嘱我要好好照顾你,我他妈都怀疑我到底是不是亲生的,"赵承志白了丁昂一眼,炸了一句粗口,"你才是老爷子亲生的吧?"

"哈哈,你以为我妈不是一样的?三天两头过问你这个大律师平凡又普通的律师生活过得顺不顺,还叫我请你和靳燃常过去吃饭,"丁昂摇了摇头,"我们三个,大概都是别人家的孩子。惨啊!要不咱们三个集体寻亲去?"

第 80 章　后生可畏

　　赵承志苦着脸挤兑了丁昂几句，两人彼此针锋相对地即兴发挥了一段脱口秀。靳燃坐在一边，手里捧着一杯酒，不知道在想些什么。他这一生可谓颠沛流离，从小就对父亲没什么概念。他也是后来才知道，自己没有父亲，不是父亲早逝或其他缘故。只不过是很狗血的剧情罢了，因为他是私生子。在那个思想守旧的年代，他母亲承担了无数冷眼，算得上是呕心沥血才把他拉扯长大。

　　谁人曾照顾过我感受，待我温柔，吻过我伤口。

　　所以他性情沉稳，看上去总显得比同龄人要老成持重。如果可以，谁不想卸下那一身的防备，当个平凡又普通的小孩，慢慢长大。

　　聚会结束，三队人马各自回家。靳燃喝了酒，乖乖坐在副驾驶位上，袁莱小心翼翼地开着他那庞大的 SUV，不时侧头过去看一眼靳燃，靳燃阖着双眸，不知过了多久，才睁开眼睛，哑声开口，"莱莱，你想问什么就问吧。"

　　那一瞬间，不知为何，袁莱死去多年的少女心又回来了。靳燃平常总是绷着一张脸，即使跟她在一起也常保持着严肃的姿态，很少这样彻底放松。

　　"那个……我其实一直都想问，花姨她现在还好吗？她一个人在日本，没什么问题吧？"袁莱试探着问道。

　　自从靳燃回国，她一直都想找机会询问一下靳燃母亲的状况。只可惜两人要么是针锋相对，要么就是琐事缠身，一直都没找到合适的时机。今夜赵承志和丁昂两个大男人聊起父母，唯独靳燃坐在那里一言不发。他面对任何事都游刃有余，除了家庭。私生子这个身份，大概是他一生都无法释怀的事情，是他的禁忌，连袁莱都不敢在他跟前轻易提起。所以袁莱也只能拐弯抹角地关心，生怕伤到靳燃裹在厚重闸门后面那一点不可触碰的伤疤。

　　"她还好，"靳燃说，长长的睫毛盖住了眼睛，让人看不见他的内心，"刚去日本的时候，她语言不太通，花了很长时间才学会基本的交流，后来也逐渐习惯了日本的生活。再过些时候，她大概也会回来。"

　　在异国他乡，日夜魂牵梦萦的可不就是家人和故国家园吗？

　　"靳燃，"袁莱深吸了几口气，车子刚好到了楼下，她停好车，才轻声开口："有些话或许不该我来说。不过，那些事都已经过去这么多年了，你现在也已经长大了，不要再执着那些过去了，好吗？"

　　靳燃泥塑木雕似的坐在座椅上。片刻后，骤然侧过身，冰冷刺骨的手指抬起袁莱下巴，微凉的唇压了过去。唇齿间带着一点残余的酒味，混合着他身上特有的浅香，一股脑儿地压在袁莱身上。袁莱的脑子"嗡"的一声炸开，瞬间停摆,整个人都快呼吸不过来,靳燃这才小心翼翼放开她,隔着昏暗的光线,她仿佛看见靳燃眼中,有什么东西一闪而逝。

靳燃似乎也意识到,自己刚才失态,他正想抽身。袁莱却伸手一把环住他肩头,将他小心抱紧。靳燃怔在那里好半天才慢慢放松下来,轻轻推开袁莱,"我没事了,时间不早了,我们先回去吧。"

"嗯。"

袁莱跟在靳燃身后,仿佛刚才那个情绪失控的男人不过是袁莱的错觉。有那么一瞬间,袁莱忽然生出一种恍若隔世之感。

接下来几天,靳燃一直忙着岚镇万人马拉松竞标的事情,袁莱自然忙她的绿途计划。自从张亮上次亲自考察过裴心岛之后,对绿途计划格外热衷,几乎每天都要亲自过问绿途计划的进展。不只是张亮,张氏地产这边的负责人,早已带着团队赶去了裴心岛。至于树苗方面,袁莱已经联系得差不多了。眼看这计划即将落成,只要张氏地产那边点头,第一批树木就可以下地了。偏巧在这个时候,袁莱又突发奇想,有了一个全新的创意。

袁莱拟好了计划书,接通了跟张氏地产负责人的远程视频,张氏地产负责人是一个略秃顶的中年人,叫张云国,是张氏地产董事会成员之一。这一次张云国亲自过来裴心岛跟进绿途计划,袁莱也琢磨不清楚这其中是什么原因。不过她没想多想,毕竟她一个小小的产品经理,手还没长到可以去管人家家事的地步。

"张总,你好,这一次专程跟您接通视频通话,是有一个想法,想跟您探讨一下。"袁莱道。

"袁经理请讲。"

"是这样的,张总应该也知道,最近岚镇正在搞万人马拉松比赛,我们的绿途计划虽然也是公益活动,但是不是也可以跟运动相结合,"袁莱说,"比如说,我们设计一个专门的手机 APP,利用运动数据,积攒能量,能量达到一定数额,就可以申领一棵同等能量的树木,并且给这棵认领的树苗生成一个独立的编号。认领的用户,将来可以通过编号来跟进树木成活的情况。如此一来,我们就可以把这个项目完美地与运动数据结合,既鼓励用户保持健康运动,也推广了我们的公益活动。再来,如果有用户响应活动,愿意去查看自己认领的树木,我们可以通过 APP 推广相关的旅行路线,并且依据能量给予一定的优惠。不知道张总以为如何?"

运动记录 APP 早已经不是什么新鲜事,但将运动和能量结合,联动地开发出一条完整的商业链,只此一家。

"袁经理这个想法很不错,看来是在这上头花费了心思的,"张云国对袁莱这个提议似乎十分满意,他抿了抿唇,"这样吧,你做一个具体的企划案,先发给我参考一下,我会尽快给你答复的。"

"企划案初稿我已经做好了,这就发送到您邮箱,有什么需要修改的地方,还请张总斧正。"

张云国连着笑了几声,"袁经理的能力果真是名不虚传啊,看来靳总的眼光的确不错。说句实话,当初小少爷说要接这个项目我还有所迟疑,看来我们这些老古董真的是老了,未来是属于你们这些年轻人的了。"

"靳总?张总的意思是……"

"你看我,就是管不住这张嘴,既然话都说到这个份上了,我也就不妨明说,"张云国笑道,"袁经理也知道,我们张氏地产是做地产起来的,这些年在香港虽然算不上是楼王,但也实力不俗。虽说在内地没什么产业,但凭着张家这么多年的根基,想要在内地发展不是什么难事,没必要跟一个小旅行公司合作。你家靳总几年前曾经帮过我们家小少爷一个忙,小少爷欠了他这份人情,这一次合作,其实就纯粹是看在靳总面子上,顺手帮个忙而已。没想到袁经理居然一再地刷新我的认知,真是后生可畏啊。"

袁莱跟张云国客套了几句,便结束了视频通话,之前靳燃去香港找张氏地产合作,袁莱一直都没过问具体细节。对她来说,她全部信任靳燃。却没想到,这一次的合作,是靳燃用人情换来的,而且听张云国的语气,恐怕最初张氏地产内部有不少人反对这个提议。

袁莱心头蓦然一颤,唇角微微一弯,露出一抹如释重负的浅笑。尽管这个世界有诸多事情不如人意,可她都不在意了,只要有靳燃在她身边,她便觉得人生已经圆满。

"咚咚……"

一阵急促的敲门声,将袁莱不知道绕到哪里的魂给勾了回来,她下意识地收敛起心神,"进来。"

靳燃刚从会议上下来,胳膊下卷着一份资料,他走到袁莱对面椅子上坐下,见袁莱手边摆放着一堆乱七八糟的资料,随口问道:"怎么,碰到难题了?"

袁莱摇了摇头,"倒不是什么难题,只不过一时之间突发奇想罢了。对了,你不是去开会了吗,怎么这么快回来?"

"会议一结束,我就过来了,"靳燃说,晃了晃胳膊下夹的那一份资料,"这是岚镇项目的标书。刚才开会,已经通知后天开标,有没有兴趣陪我走一趟?"

第 81 章　疑虑

岚镇万人马拉松比赛，这几天已经刷爆整个网络，热度远远超出他们的预计，因此岚镇旅游开发，也成了这一次岚镇招标的一个重头戏。

"好啊，我手上的事情也弄得差不多了，正好过去感受一下。听说现在就已经有不少游客过去体验了，"袁莱话音一顿，眉头略微蹙了蹙，"不过这么大强度的爆炸性人流同时涌入会不会造成严重超员？这可不是开玩笑的。像这种大型项目，要么事先安排好疏散和应急场所，要么一开始就要节流。否则到时候现场可能会直接崩盘。"

靳燃无声地笑了一下，"这个你就别管了，回去收拾一下，明天一早，我们就直接出发去岚镇。"

"嗯，"袁莱点了点头，"对了，双双和承志他们也说要过去参加马拉松，要跟他们一起吗？"

徐辛颐本来也想一起去，毕竟这么大阵仗的马拉松比赛难得一见。何况在他们的认知里，靳燃一定会拿到岚镇的旅游开发权，也算是去支持靳燃嘛。可她有孕在身，最近又一直在忙广告的事情，丁昂这边又忙着准备跟嘉士电竞队决赛，腾不出时间来亲自照顾，所以就不准徐辛颐跟着一起去岚镇。为这事，徐辛颐都快变成怨妇了。

第二天一早，袁莱就跟着靳燃一起出发去了机场，赵承志和沈双双两人已经早早到了。四个人会合之后，袁莱他们换了登机牌才知道，他们依旧乘坐凌鹰航空，直达裴心岛机场。因为两地之间距离不远，所以，晚上入住的地方依旧在裴心岛。

经过安检，到了 VIP 候机室之后，袁莱这才皱眉道："靳燃，你不觉得这个项目有个很大的 BUG 吗？"

"哦，什么 BUG？"靳燃斜靠在椅子上，修长的双腿随意地交叠在一起，笑着问道。

袁莱的嘴唇几乎抿成了一条直线，沉声道："岚镇没有直达的机场，所以，想要去岚镇，就必须得先到裴心岛，先不说人员是否超额，凌鹰航空之前因为我们开发裴心岛，才增加了几个航班。但从目前的马拉松报名盛况来看，就算凌鹰航空全天候地增加航班，仍旧是供不应求。这种情况之下，极有可能出现大暴乱……靳燃，岚镇的风景的确是很好，但是你有没有想过，为什么这么多年，一直都没有其他公司对它进行开发。你这个决定，是不是太过急功近利，太过草率了？"

"谁告诉你，这个项目就一定会落到我们头上了？"靳燃唇角一勾，露出

第81章 疑虑

一抹意味深长的笑容,"明天才开始竞标,最后花落谁家,还未可知呢,不是吗?"

袁莱目光一瞬不瞬地盯着靳燃,脑子里一阵轰鸣。她正要开口,广播里通知前往裴心岛的旅客开始检票登机了,袁莱想说的话,一个字都还没来得及说出口。上了飞机之后,沈双双缠着袁莱要跟她一起坐,赵承志被打发过去跟靳燃坐在一排,袁莱有些心神不宁,不知为何,她总觉得这一趟岚镇之行会发生什么大事,可她说不清楚自己为什么会有这么奇怪的想法。

"莱姐,你怎么了,脸色这么白?是晕机还是哪里不舒服?"沈双双轻轻晃动着袁莱的胳膊。

袁莱回过神来摇了摇头,"没什么,大概只是有点不适应……你刚才说什么,赵叔叔喜欢什么吗?"

"嗯嗯!"沈双双紧张地点了点头,不太好意思地说,"再过两天,就是赵叔叔生日。师父虽然说不用送什么贵重的礼物,可这毕竟是第一次见家长,送礼总是要投其所好对吧。我也问过我爸了,他给我准备的礼物实在是太贵重了,我怕吓到赵叔叔。所以就想在莱姐你这儿取取经,你应该知道赵叔叔喜欢什么吧?"

赵建国大半生都耗在学术研究之上,对其他的东西倒真没什么特别的爱好。过去几年袁莱基本都是拎一堆研究资料过去,要么就干脆送图书馆的购书卡,赵建国跟宝贝似的。对于亲儿子送的什么贵重礼物,他基本上连正眼都不会看一眼,赵承志对自己是否是亲生的怀疑是合理的。

"赵叔叔就对学术研究感兴趣,"袁莱说,"他最近好像在研究什么未成年犯罪心理这一块。你试着找一下相关参考书籍,年代越久远的越好。对了,赵叔一直都想找全套的《贞观律》。你不妨试一试,看能不能找到这套老古董。"

沈双双本人也是学习法律出身的,自然对《贞观律》有印象。不过因为年代久远,很多东西都已经成了绝世孤本,她隐约记得有个喜欢收藏的世伯手上有一套,于是一路上都在琢磨怎么跟沈长庚说这事。毕竟想从一个收藏家手里空手套白狼是不可能的,就算她亲自出马,恐怕也不够分量。

所以一下飞机,沈双双就板着张脸,十分严肃地跟沈长庚交代,不管他老子用什么办法,一定要把这套《贞观律》给她要过来。沈长庚接到电话哭笑不得,可事关沈双双的未来,沈长庚也只好拉下老脸去求人。就这空当,袁莱他们已经到了酒店,沈双双也不知道哪根筋不对,死活要跟袁莱一起住,袁莱倒是无所谓。办理好了入住手续之后,靳燃打算先去岚镇那边了解一下实际情况,毕竟明天就要开标了,不亲自过去看一眼,靳燃不放心。沈双双倒还算识趣,拉着赵承志去了情人湖那边,让袁莱跟靳燃一起去了岚镇。

岚镇到裴心岛这一路风景的确得天独厚,并且因为没有被开发过,大部分

253

都保持着最原始的状态。不过因为万人马拉松比赛，网上放了不少当地风景图，引来了不少摄影和画画爱好者，几乎是蜂拥而至的。于是从裴心岛到岚镇，全程大堵车，原本十几分钟的车程，愣是堵出了两个多小时。因为自驾过来的车子实在是太多，停车场的停车位严重不足，只能随意停靠在路边，车辆擦挂碰撞几乎没停过，交通警察增派了好几次人手，现场依旧混乱不堪。

袁莱担心的一幕在马拉松比赛还没开始之前就已经发生了。她眉头紧皱，看着道路两边拥挤的人群，耳边是一片汽车鸣笛和鼎沸的人声，她好几次想跟靳燃说话，都被外面沸反盈天的声音给挡了回去。等他们好不容易到了目的地，天色已经逐渐暗了下来，初冬的风，像是裹着刀子一样，这么寒冷的天气，如果大规模的旅客没有住宿之地，也没有足够的航班返回，将是一场无法预计后果的人间惨剧！

连她都能想到这一点，靳燃不可能想不到这一点，可勒然却什么都不说，袁莱觉得很奇怪。

他们到了镇政府，政府外围已经拉起来警戒线，设置了临时安保岗亭，靳燃表明了身份，这才有专人带着他和袁莱，直接到了新成立的旅游开发办公室。一番交涉之后，基本上摸清楚明天开标的程序和情况。从政府大楼出来时，天色已经彻底黑了下来。外面旅客依旧爆满，路上车辆几乎全都堵死，鸣笛声震耳欲聋，整个小镇都沉浸在一片嘈杂声中。执勤的交通警察，仍旧在申请支援。

"这么多车，我们开车回去，至少要三五个小时，这边已经没有住宿的地方了，连原住居民家都已经住满了，"靳燃目光在四周逡巡了一周，然后脱下脖子上的围巾，裹在袁莱脖子上。他又摸了摸袁莱冰冷的手，"我知道一条小路，光线不是太好，不过应该没什么人，我们从小路那边绕道回去，大概40分钟左右。"

四面八方都是车辆和行人，那些来时还满脸兴奋的旅客，这会儿整个人都疲惫不堪，饥寒交迫，附近已经有钱却买不到一瓶水了。无数人只想赶在深夜来临之前离开这鬼地方，可道路不通，他们只能眼睁睁地被困在路上。

他们绕道往裴心岛赶。小路的入口，在镇子西北偏北的方向，从主路绕过好几条错落有致的街道，才看到这条不甚开阔几被废弃的小路。靳燃借着手机的电筒光护住袁莱，两人越走越远。直到彻底远离喧嚣，袁莱一直紧绷的神经才松懈了下来。

"靳燃，你是不是……"袁莱的声音打破了横亘在两人之间的沉寂，"你是不是从一开始，就没打算真的拿到这次万人马拉松的承办权，还有岚镇的旅游开发权。"

第82章　教科书式典范

靳燃长长的睫毛遮住了他那双黑沉沉的眼睛，他沉默了片刻，小声说："何以见得？你不是也看到了，万人马拉松比我们想象中的还要火爆，照这个速度发展下去，岚镇或许会超过裴心岛，成为这一带最火热的旅游景点。"

"你我都知道，这是不可能的，"袁莱说，"岚镇的旅游资源的确得天独厚，可岚镇实在是太小了，它根本无法容纳这样爆发性的游客。游客滞留不只是会造成交通拥堵，还会造成更多的损失，比如车祸，比如饮食住宿问题……你早就知道，岚镇不可能进行深度开发，你之前向总部申报这个项目的时候，到底在想什么？靳燃，以我对你的了解，你不可能会做出这么愚蠢的决定。"

岚镇太小了，如果硬要强行开发，那么势必会付出极其昂贵的代价。它三面环山，整个镇只有一条并不算宽敞的河流，支撑着全镇居民的生活，想要拓展景点适应更多的旅客，那就必须开山填海。先不说这个工程有多么浩大，单是耗费在工程上的时间和资金就将是一个无法预估的天文数字了。更何况，其中一面高山，因为有原始森林和被保护的动物，根本不可能进行开发；而另外两面山，就算开发了价值也不大。这一笔账连袁莱都算得出来，靳燃不可能不清楚。

靳燃明知道岚镇旅游开发不可为，为什么还要继续这个项目？

"你猜得没错，我的确是从一开始就没打算真正地开发岚镇的旅游项目，"靳燃说，"岚镇的旅游资源的确很不错，但受地域局限性，几乎不具备开发的前景，一旦旅客人数失控，谁都不知道会出现怎样的后果。"

"那你为什么……"

"生意场上的事情，我一直都不想你接触得太多，我不否认在这个项目上我有自己的目的，在明天的开标结果出来之前我也不能将计划全部告诉你，"靳燃尾音一顿，眼里有一点不甚明显的迟疑，"商场瞬息万变，每一分每一秒都有可能出现逆转，我当然相信你不会背叛我，可这里头有太多商业机密，是我现在不能告诉你的。你所有的疑惑，明天就会知道答案了。莱莱，相信我好吗？"

"我明白你的意思了，"袁莱低垂着脑袋，"商场上的事情我确实不太懂，我只想你平安无事就好了。"

"莱莱……"

"好了，我之前会胡思乱想，只是担心你急于求成，既然你有自己的计划，那我也放心了……啊！"

她话还没说话，脚下一滑。还好靳燃眼疾手快，下意识一把扶住袁莱，

"有没有哪里伤到了？"

脚踝处传来一阵剧痛，她倒抽了一口冷气，"脚……脚好像扭伤了，你先别动，我试试看能不能动。"

靳燃一听，手指稍紧了紧，小心扶着袁莱，袁莱尝试着动了一下左脚，只是稍微的动作，一股钻心的疼瞬间冲上来，她痛得鼻尖冒汗。靳燃蹲下身，一只手小心扶着袁莱，一只手捡起刚为扶她已丢落的手机，递给袁莱，"你拿着，替我打一下光，我先看看你这脚到底伤到了哪里。"

袁莱接过手机，脸色苍白，"只是一点扭伤而已，应该没什么大碍，你别这么紧张。"

靳燃仔细检查过，脚踝处已经红肿了一大片，隐约还有一些淤血，"脚都肿成这样了，还说没大碍，你就不能让我省点心吗？"

袁莱："……"

靳燃站起来，似乎也觉得自己刚才语气凶了一点，深吸了几口气，强压下跑到喉咙边的怒气，从袁莱手里拿过手机，拨了一个电话出去，交代人准备车子和药箱在小路出口接人。袁莱本来想说这点小伤实在没必要如此兴师动众，可她一看靳燃的脸色，自觉地闭上了嘴。

"上来，我背你回去。"

袁莱突然觉得刚才奶凶奶凶的靳燃，居然有几分莫名的呆萌。她缓缓爬上他的背。他的身材略微偏瘦，肩膀并不宽阔，可她趴在肩头却莫名心安。

"你就不能老实点，不要乱动，别再碰到伤处了。"

"啊……好的，我不动。"

"乖。"

"你会不会太累了，要不，我还是下来慢慢走吧。"

"你到底对我有怎样的误解，觉得我连背你走几步路都走不动。"

"……"

如果不是袁莱受伤了，他倒很想就这样背着她走完这一生，从青丝到白发，从懵懂少年到耄耋之年。在这个凛冬将至的长夜里，他背着自己的心上人，有一种久违的温暖，不知不觉就已经走到道路尽头，一辆黑色丰田越野车停在路边，司机早早在路边等着了。赵承志和沈双双也听说袁莱受伤，跟着一起赶了过来。此刻见到靳燃背着袁莱，司机一个箭步冲了上去。

"靳总！袁小姐这伤……没什么大碍吧，来来来，先上车。"

靳燃没说话，只是背着袁莱到了后座，安置好之后，又检查了一遍脚上的伤，脚踝处还是一片红肿淤青，看样子扭得不轻，靳燃扭头看向司机，"马上去医院。"

司机一骨碌钻进了驾驶位，靳燃本来想先替袁莱简单处理一下脚踝处的伤，却又怕弄巧成拙，万一伤到骨头什么的就更麻烦了。赵承志和沈双双两人

第82章　教科书式典范

坐在第三排。车子很快就到了医院,一系列的检查下来,医生说:"还好没伤到骨头,不过扭伤也不是小事,最好还是留院观察一下,保险一点。"

"留院就不必了,反正也没伤到骨头,拿点药就行了。"袁莱说,她实在是不想待在医院,再说了,既然没伤到骨头,只需要消炎和休养好就行了。

靳燃看向医生,"可以不留院吗,医生?"

"不留院也可以,如果明天早晨起来,脚上出现大面积的淤青也不要着急,这些都是正常的。我先给你开点消炎止痛的药,有什么症状随时再来看。"

医生开了药,又再三叮嘱了几遍,他们从医院离开。到了酒店,靳燃守着袁莱吃了药,又喷了喷剂,这才跟赵承志一起离开袁莱的房间。大门一关,沈双双就"嗷呜"一声,扑倒在床上,一副羡慕嫉妒恨的表情,"嗷!莱姐你简直是太幸福了!燃哥简直是教科书式霸道总裁的典范啊!进可霸道总攻,退可温柔软萌,简直是男友力MAX好吗!你再看我师父,简直就是个木桩子啊!莱姐,求攻略!"

袁莱顿时哭笑不得。不过赵承志这娃的情商真的基本上可以算是负数,大概是上帝只给了他高智商,忘了情商这回事,否则当年先跟袁莱表白,可能压根儿就没靳燃什么事了。

"那个,双双啊,我看你还是认了吧,"袁莱干笑了两声,"承志虽然是迟钝了一点,但对人还是很不错的,慢慢培养,不着急哈。"

"莱姐,我急!"沈双双"嗖"的一下从床上跳起来,一脸委屈巴巴,"这好歹也是人家初恋好不好,我要不是看上他的美貌,这种低情商的混蛋我早就踹了!"

袁莱噎了片刻,语重心长地说:"那……要不你就多看他几眼?"

沈双双无奈地叹了口气,在床上翻来覆去滚了几遍才接受赵承志这个钢铁直男一般的事实。她上辈子到底是造了什么孽啊,居然让她碰到这么一个木桩子,偏偏她还爱得死去活来,连一句重话都舍不得说。这大概就是所谓的孽缘吧。

两人有一搭没一搭地聊着天,袁莱不知道什么时候睡着了。等她再睁开眼,已经是第二天早晨了,沈双双半截身子横在她身上,睡相真的是一言难尽。袁莱脚不方便,挪了半天才好不容易从床上爬起来,瘸着半条腿去洗漱。出来时看时间差不多了,才费尽力气把沈双双叫起来。

第 83 章　请君入瓮

像沈双双这种千金大小姐，有点起床气也不奇怪。她刚从被窝里伸出胳膊，一接触到冷空气，又"嗖"的一下缩了回去，死活都不肯起来。袁莱看着她抱着自己带来的宠物，缩在被窝里眼睛通红，几乎都要哭出来了，顿觉太阳穴突突直跳，这要是她家小孩，估计早被打死了。袁长鸣虽说是近乎溺爱袁莱，但在生活习惯上却是一点都不含糊，导致她这么多年来一直保持着早起的习惯，生物钟比闹钟还要精准。

袁莱收拾停当，看时间也差不多了，迫不得已又去请沈大小姐起床。鉴于沈大小姐的起床气，袁莱只好搬出赵承志的名头。沈双双一听到赵承志的名字，一下子从被窝里蹦跶出来。袁莱嘴角略微上扬，恋爱中的女人是不是智商都有问题？

沈双双刚洗漱好，靳燃和赵承志就过来了。靳燃不知从哪去找来一根手杖，袁莱试了一下，行动是要方便一点，至少有个可以借力的地方。几个人磨蹭了半天才出门赶去岚镇参加竞标。

大概是因为昨天的情况实在太过混乱，今天从裴心岛到岚镇，除了固定的专车、公交车和警车之外，其他任何车辆都不允许进入，道路已经全部封闭了。靳燃他们是过去竞标的，一早就有专车接送，几个人上了车，直接去了开标现场。

为了彰显这次招投标的公正和公开，岚镇当地负责这次万人马拉松活动以及后期旅游资源开发的负责人，经过投票表决，这次招投标全程采取现场公开投票，因此开标现场设置在市政广场。袁莱与他们顺利进场之后，找到他们的位子，刚一坐下就看到不远处坐着的纪敖亭。

袁莱总觉得纪敖亭在今天这种场合出现，绝不是单纯来当吃瓜群众的。

"咦，那不是纪少吗？他怎么也来了？"沈双双顺着袁莱的视线看了过去，一眼就看到了纪敖亭。

纪敖亭这人，单凭他那一张脸，就足够谋杀无数视线。这也是这么多年来，那么多妹子心甘情愿地爬上他的床，又心甘情愿地为他保守那个愚不可及的"秘密"的缘故，他就那么随随便便地坐在那里仿佛也能勾魂摄魄，让人挪不开眼。

"不对啊，靳燃，"赵承志说，"纪敖亭不是非途旅行的人吗？他怎么不跟你坐在一起，我刚才过来的时候就看过了，那个区域，好像是那一家叫泰禾星旅的公司。靳燃，这到底是怎么一回事？"

赵承志话音落下，袁莱脑子里灵光一闪，泰禾星旅，那家濒临破产，却又

第83章　请君入瓮

突然间"死灰复燃"的夕阳红旅游公司，那么纪敖亭……万人马拉松比赛、岚镇旅游开发……靳燃！

袁莱突然明白过来这几件事之间的关联，可是为什么？

即使靳燃入主非途旅行，替代了纪敖亭，依照纪敖亭的性格和实力，他若是不甘心屈居人下，大不了就是拍屁股走人，为什么要亲手扶植一个老牌旅游公司起来，跟非途旅行作对？

非途旅行可是纪敖亭当年一点一点扶植起来的，为什么呢？

还有靳燃，他故意设下岚镇旅游资源开发这个局，连她都瞒着一字不透，就是为了引纪敖亭入瓮吗？

靳燃曾经说过，天下熙熙，皆为利来，天下攘攘，皆为利往，在靳燃的计划里，他根本不是为了要办什么马拉松比赛，也不是为了开发岚镇，那他到底是为了什么？

为了逼纪敖亭露出马脚，还是有着别的什么目的？

一瞬之间，她忽然觉得身边的人都变得面目全非，多少曲折离奇的事情，全都一股脑儿朝她砸了过来，她定在椅子上，一时之间脑子里只剩下一片空白。等她回过神来的时候，竞标已经开始了，主持人站在台上说了些什么她一个字也没听清楚。身边的人仿佛一下子全都变成了青面獠牙的妖怪，而她只能茫然无措地坐在那里，等着一个早就知道的结果。

"……接下来，我宣布——"主持人满脸笑容地拉长了音调，"岚镇万人马拉松比赛的承办方以及旅游资源开发权，由上海泰禾星旅集团有限公司竞得！恭喜泰禾星旅，恭喜纪总！下面，有请泰禾星旅CEO兼首席运营官纪敖亭纪总上台！"

泰禾星旅CEO首席运营官纪敖亭？

袁莱一早就猜到了这个结局，却依旧觉得这场景有些过于震撼，她神色凝重地看着缓步上台的纪敖亭。纪敖亭今天穿着一身深蓝色西服，白色衬衣的领口甚至别着两枚领撑。袁莱曾经在纪敖亭手下做事，知道他是个精细到眼镜腿的人，可她仍旧看得出来，纪敖亭今天特地修饰过：大背头梳得一丝不苟，鼻梁上又架回之前那副金丝眼镜。他一站上台，居然有一种鹤立鸡群的味道。

"叮——"

几乎是同一时间，现场陡然响起一阵此起彼伏的手机提示音，无数人腾出手来去查看到底是什么消息。几秒钟之后现场突然陷入一阵诡异的死寂。袁莱手指有些僵硬地滑开了手机屏幕，屏幕上显示的是一条新的微博消息，张氏地产突然宣布，进军此地房地产行业，在裴心岛开发高档商业住宅，配套各项娱乐设施。微博下面，还有同步的视频以及照片。

"这什么情况？张氏地产怎么会突然宣布在裴心岛开发商业住宅？"

"张氏地产进军此地地产行业的第一炮,居然是在裴心岛,这意味着什么?"

"意味着什么?你们傻不傻啊,裴心岛旅游路线开发出来了,岚镇这边的线路再开发出来,旅游带活资源,这么好的环境,必定有不少人想在这里常住啊,啧啧,张氏地产果然是老谋深算啊。"

原来如此。

从裴心岛的新路线开始,靳燃就已经在为张氏地产进军此地地产行业布局,裴心岛的新路线开发无疑是成功的,而且经过这么长时间,路线也逐渐发展成熟起来,航空公司也比较稳定。岚镇万人马拉松比赛、旅游资源开发,这一切都是为张氏地产铺路。靳燃布了这么大一盘棋,又逼得纪敖亭露出马脚,不得不离开非途旅行,袁莱不得不承认,这一盘棋,靳燃才是最大的赢家。

纪敖亭在台上说了什么,袁莱一个字都没听清楚,直到身边的人开始动身离场,无数人都在议论这一场好戏。唯独袁莱好像一下失去了语言功能和听觉,泥塑木雕地坐在那里。不知道过了多久,靳燃紧张担忧的脸在她跟前晃了几晃,她才回过神来,忽然不知道该用什么样的自己去面对靳燃。

"莱莱,你哪里不舒服吗?你别吓我!"靳燃满脸担忧,声音不自觉地拔高了几分。

袁莱嘴唇轻轻嚅动了几下,十分艰涩地说,"我没事。"

靳燃略微松了一口气,"我知道你有很多疑问,我们先回酒店去好吗,到了酒店我会把一切都告诉你的。"

袁莱神色紧绷地看了靳燃一眼,然后木然地点了点头。几人回到了酒店,靳燃先照顾袁莱吃了药,这才将整个事情和盘托出。

两年前,靳燃在美国认识刚接手张氏地产的张亮,张亮毕竟年轻气盛,刚刚接手公司,就想打一场漂亮的收购战,一来是为证明自己实力,二来也可树立威信。但这种世家大族里泡出来的富二代,就算再笨,耳濡目染的东西也不会忘,何况张亮还不算笨,他到了美国之后,并没有着急去接触要收购的公司,而是去华尔街取经。他请了一帮子有名的投资人和操盘手到他美国的私宅聚会。当时,所有人都觉得这一场收购战张亮稳赢不输,唯独靳燃持不同意见。张亮几番打听,才摸清楚靳燃底细,原本筹备好的一切收购计划因这一点迟疑而暂停。最后事实证明,那场收购案只是一个陷阱,张亮后怕地替自己捏了把冷汗,与此同时,也对靳燃刮目相看。

第84章　危机四伏

一年半之前,张亮秘密抵达美国,与靳燃商议,张氏地产进军拓宽地产行业的事情。从那个时候开始,他们就制订好了这个计划,然后按照这个计划一步一步地去实现。张亮和张云国上次去裴心岛考察绿途计划,不过是借这个由头瞒人耳目地实地考察,否则一个小小的千万公益活动,张亮怎么会亲自带队考察,还把自家亲信留在裴心岛跟进绿途计划。

"制订这个计划时起,我就计划着要回上海,至于纪敖亭成为我的对手,这是在最初的计划之外,"靳燃说,"我也只是借力打力,让他露出本来面目。以我对纪敖亭的了解,他现在就算已经明白过来万人马拉松比赛和岚镇旅游资源开发是一个陷阱,也会硬着头皮走下去。可不论他放弃还是继续,都是在为张氏地产服务。岚镇的资源有限,所以裴心岛必定会成为岚镇最大的补给站,相比在岚镇那样的小地方居住,人们更愿意在裴心岛定居。所以岚镇项目从本质上是为了张氏地产而生的,而纪敖亭投入了这么多前期资金绝对不会停止这个项目。否则他不只是会搭进泰禾星旅,岚镇的居民也不会答应的。"

骑虎难下,他一步一步地推着纪敖亭踏进他事先设计好的陷阱之中。这陷阱一环扣着一环,到此刻纪敖亭进退维谷。而他唯一的退路,是跟靳燃和张氏地产合作。否则之前所做的一切准备,不过是竹篮打水一场空。

"这么说,当初Vincent邀请你回来非途旅行,也是你们早就设计好的?"袁莱木然地问道。

"没错,"靳燃说,"这其中有一些曲折,Vincent生性多疑又老谋深算,想让他主动来请我并不是一件容易的事情,入主非途旅行,成为非途旅行的首席运营官只是第一步,只要这一步达成,后面的事情,自然水到渠成。"

"那顾飒呢?"袁莱的声音忍不住发颤,"顾飒是不是也早就知道这一切,配合着你演戏?"

靳燃眉头紧皱,眉心几乎皱出一道深深的褶子,他双眼微微一眯,眼珠里缠着一点不易察觉的惊悸,"顾总并不知情,我和她,从来都不是一条线上的,甚至我当初会答应跟张总合作,就是为了彻底地摆脱跟她的牵连。我无法跟你说我全是无辜的,也不敢问心无愧,商场如战场,这些都是不可避免的手段。"

房间里一阵诡异的死寂。

不知过了多久,袁莱才缓缓地抬起眸子,轻声说:"你为什么不先告诉我?我曾经以为,我们之间不会再有任何秘密。可是此时此刻我才发现,我好像从来都没了解过你……明明是那么浅的胸口,为什么偏偏埋着那么深的心？"

她明白商场上瞬息万变，若是没点心计城府，恐怕早就成了别人路上的垫脚石。靳燃能够走到今天，她当然不会天真地以为单纯靠他能力出众。这个世界上，最不缺乏的就是天才，可那么多的天才最终只能陨落成为平凡人。

可是为什么连她也要瞒着？

"我已经输过一次，"靳燃喉咙动了动，声音极其沙哑，"成王败寇，如果我输了，我不想你为了我去承担这一切后果，我不能这么自私，你明白吗？"

他一向隐忍克制，即使是喜欢一个人，也总是先替她考虑退路。如果他输了，自然就是输掉了所有的全部，甚至可能永远翻不了身，所以他一个字都不能透露。他默默背负着这一切，缓缓地朝前走，因为他坚信，一个男人最起码的尊严就是让自己喜欢的人一生平安喜乐。

"靳燃，如果你以为这么蹩脚的借口就能说服我的话，"袁莱话音一顿，沉郁的脸颊上缓缓绽开一抹浅笑，"那么，恭喜你，你成功了。但是你记着，这是给你的最后一次机会。我曾经说过只要是你说的话，我都相信。算我没说清楚，今后你不许说谎，也不能瞒而不报，否则……"

"不会再有下次了，"靳燃及时打断了她的话，如释重负地缓缓吐出一口长气，"莱莱，我答应你，从今以后，不论发生什么事，我都不会再瞒着你，对不起。"

"对不起有用的话，要警察干什么？"袁莱戏谑道。

靳燃从善如流，"不知袁大小姐想要小的怎么做，才能原谅小的？"

袁莱轻咳了一声，指了指旁边早被闪瞎狗眼的两只，"你正经点，承志和双双还在这儿呢。"

沈双双咽了口口水，干笑两声，"呵呵，没事，你们就当我们不存在好了。"

赵承志干巴巴地附和了两句，心说，刚才你们两个打情骂俏的时候，可没觉得我们两个电灯泡碍眼，都现在了还装什么装？

不过话说回来，靳燃这牲口这张嘴也太厉害了，他要是有靳燃这一半的口才，他跟袁莱的娃现在估计都能打酱油了吧！可见女人都喜欢甜言蜜语的绣花枕头，哪比得上他这么真心实意的美男子啊。

还好，有个眼瞎的，死抱着他这根木桩子，怎么都不肯撒手。

岚镇的事情，到这儿也就暂时告一段落了。第二天一早他们就赶回了上海。人还没到公司，就收到了内部通知消息，纪敖亭已经正式离开非途旅行，不但如此，大半个非途旅行的员工基本上都被纪敖亭挖走了，公司只剩下不到一半员工。现在人心惶惶，所有人都担心朝不保夕，公司无法继续维持下去。

"Linda、Lisa……"袁莱眉头紧皱，"连 Rex 都跟着一起走了，这么算下来，除了被你提起来的那个采购部总监和小菲，还有我，这两个部门基本上被一锅端了，纪总……纪敖亭到底想干什么？"

第84章 危机四伏

"纪总在位的时候,李总拿回扣,只要不出大的问题纪总都是睁一只眼闭一只眼,你知道为什么吗?"靳燃不答反问。

"不知道。"

"人脉,"靳燃说,"在商场上,不是只看努力和付出的,谁手上有人脉,谁就是老大,一条无可取代的人脉,远比你在下面辛苦跑断腿来得有效。这就是为什么纪总明知道李总背后玩弄这些小手段,却并没有制止的缘故。比起李总手上人脉带来的收益,那点上不得台面的东西不值一提。"

袁莱一怔,这才明白过来其中的关键之处,她沉默了片刻,"那当初我执意捅破这层窗户纸,实际上,是帮了倒忙对吧?"

"算是吧,"靳燃一侧眉梢略微一挑,"李总手上的人脉资源,在整个非途旅行都是无人可比的,我最初的计划是慢慢从他手上接过这些资源再清理门户,但当时你不依不饶,我也只能提前动手了。"

"对不起。"

"这有什么对不起的,"靳燃一笑,"商场上瞬息万变,如果只把成功的把握压在对方身上,那我们必输无疑。即使我们处在被动劣势局面,也要想办法扭转局势。莱莱,有时候,尤其是在商场上,并不是非黑即白的,你明白吗?"

袁莱当然明白,只是她不愿意与他们同流合污。别人可以没有底线,但她没办法说服自己越过那条无形的线。片刻后,袁莱缓缓地说:"我明白你的意思,只是我可能永远都不会成为那样的人,为达目的不择手段,丢开天性良知,那样的话,就算爬到巅峰又有什么意义?"

靳燃无声地笑了一下,没有再继续往下说,袁莱跟陈小菲聊了几句,因为人事突然出现这么大的变动,原本非途旅行的一部分客源,也随之转移到了泰禾星旅,连陈小菲都惶惑不安,不知道自己到底该继续留在非途旅行,还是该接受泰禾星旅的"招安",直接跳槽过去。偏偏这个时候,顾飒出差去了外地,对公司上下的人事似乎没有插手过问的意思。所有的疑难杂症,全都落到了靳燃头上。

岚镇项目失利,非途旅行总部直接挂了通告,怒斥靳燃不作为,再加上公司员工大面积离职,总部更是对此大动干戈,不少人甚至动议罢免靳燃,非途旅行仿佛陷入前所未有的危机之中。靳燃已经连着两天没有回家,几乎把办公室当成第二个家。

袁莱就是在这种情况下,去见的纪敖亭。

那是一家装潢考究的中餐馆。纪敖亭这人虽然表面上看十分崇洋媚外,全身上下几乎没什么东西是国产的,可实际偏爱中式文化,口味也十分因循守旧,还特别挑食,再加上他胃口特别小,偶尔一两顿应酬,他都可以只喝白开水撑过。

第85章 挖墙脚

袁莱只要了一份简餐,另外加了一杯咖啡提神。靳燃这几天一直在公司过夜,她也几乎没怎么休息,忙着招聘新人,帮着面试审核等。她都恨不得把自己劈成两半用,这样还能多出两只手帮忙分担一点任务。

纪敖亭推了推鼻梁上的金丝眼镜,唇角擎着一丝浅浅的笑意,"你瘦了。"

袁莱差点被刚吞进口中的咖啡呛个半死,她赶忙囫囵吞了下去。纪敖亭递了一块浅蓝色的格子手帕过去,袁莱额头青筋微微暴起,好半天才哆嗦着伸手接过那块手帕,感觉像是接过了一沓沉重的人民币。

纪敖亭这人有严重洁癖和强迫症,但凡是他自己的东西,别人碰歪了一个角,不论这东西多么金贵,他都能随手扔进垃圾桶。至于他随身带的手帕,更是他的专属。没想到这位爷今天居然借给她用,袁莱受宠若惊的同时,又觉得有点心惊胆战。但这个时候也顾不上这么多了,擦干净了嘴角,她忍不住率先开口,"约我见面是有什么事吗?"

纪敖亭修长的手指有一下没一下地轻轻敲着椅子扶手,笑了一声,"我没什么事,就不能约你见面吗?"

袁莱噎了片刻,尴尬地喝了一口水,斟酌了一下措辞,才幽幽开口道:"不是,纪总日理万机,总不会这么无聊,单独把我约出来就为了吃顿饭,你说是吧?"

"为什么不能?"

袁莱皱了皱眉头,这贱人是存心想把天聊死是吗!她深吸了几口气,一副公事公办的语气,"纪总应该也知道,我们公司目前正处在困难期,公司还有很多事等着我回去处理,纪总如果没什么其他事的话,我就先告辞了。"

纪敖亭抬起眼,泛着白光的镜片下,那双如墨色一般的眸子一瞬不瞬地盯着袁莱,缓缓地说:"你不会真地看不出来我是在追你吧?"

"什么?"袁莱一脸被雷劈成灰烬的神情,她是不是出现了幻听?

纪敖亭似乎并不意外她这反应,只是一副云淡风轻的神色,平静地看着袁莱,"我第一次追女孩子,也没什么经验,大概做得不太好,你有什么意见的话,自己憋着。"

袁莱瞪大了眼睛,大哥,咱们先不说别的,有你这么追女孩子的吗?

袁莱无语地揉了揉眉心,试探着开口,"纪总,你是不是对我有什么误解?我有男朋友了,再说,强扭的瓜不甜,我就当你刚才什么都没说过,咱们后会有期行吗?"

"谁说我喜欢吃甜瓜了?"

"……"

袁莱突然觉得有点跟不上纪敖亭的逻辑,她跟这位大神的逻辑完全不在一条线上。她咽了下唾沫,绞尽脑汁地想了无数个借口,最后发现,这些借口连她自己都说服不了,何况逻辑鬼才纪敖亭?

"纪总,那……我这个人嘴贫人贱,又是一根死脑筋,要能力没能力,要相貌也没相貌,"袁莱额头挂着几条黑线,她也是第一次这么努力地黑自己,"这也不行,那也不会,简直就是个废柴。这天涯何处无芳草,您老可是火眼金睛,哪里看得上我这种小虾米,是吧?"

"我就喜欢你这样的废柴。"

袁莱被怼得彻底没了脾气,对于纪敖亭这种油盐不进的人,她真是一点办法都没有,她正愁着怎么跟纪敖亭解释,纪敖亭却突然放了她一马,说那就吃到这儿吧。袁莱松了一口气。纪敖亭又说要送她回公司,袁莱差点一口气没提上来,这牲口一定是老天爷派来玩她的吧!

袁莱心惊胆战地上了车。纪敖亭刚换了一辆宾利添越,车子大得有点离谱。袁莱如坐针毡,生怕纪敖亭一不高兴,直接拉着她车毁人亡。好在纪敖亭理智还在线,车子开得四平八稳。到了非途旅行大楼下,袁莱道了谢,刚准备推开车门下车,纪敖亭突然略微侧过半截身子,左手随意搭在方向盘上,慢条斯理地开了口,"对了,我之前跟你说过的,我身边的位置一直给你留着的,什么时候非途旅行混不下去了,欢迎袁经理过来投奔在下。"

袁莱脚下一滑,险些当场摔倒。纪敖亭眉头略微一挑,似笑非笑地盯着袁莱,袁莱反手一把摔上车门,牙齿咬得咯咯作响。纪敖亭当没看见她,开着车走了。袁莱心说,她就知道,说什么喜欢她追她,完全就是为了挖她故意用的美人计!

她刚缓口气,又接到赵承志电话,赵建国今天生日,丁昂和徐辛颐都已经到了赵家,唯独没见袁莱和靳燃。袁莱这才想起来这茬儿,好在是事先就准备好了礼物,也不至于这一下临时抱佛脚。袁莱跟赵承志说了几句,又立马去找靳燃。靳燃这两天几乎没怎么休息,脸上有着深深的倦色,他正忙着跟人视频,口中说着些生涩难懂的专业词汇。袁莱也没敢打扰,替他收拾好了一旁的资料,等他开完视频会议,这才说赵建国生日的事情。

"我看,要不你还是别去了吧,"袁莱说,"赵叔叔那边,我跟他解释就好了,你这跑来跑去,又休息不好,这两天都瘦了一圈了。"

"不必,"靳燃揉了揉眉心,"你再等我几分钟,我还有一个文件要发过去,等会儿你来开车,我还有几个电话要打。"

袁莱一脸心疼,嘴唇轻轻嚅动了几下,最后还是答应了下来。靳燃发送好了文件,随手抓起一条围巾,缠在脖子上,一边取下大衣,套在身上,"走吧。"

袁莱无声地叹了口气。一路上,靳燃几乎就没停过电话,有时候还得同时跟进两部手机，忙得昏天黑地，可他逻辑似乎永远不会停摆，永远条分缕析、井然有序。等他分门别类地把多条线的事情一件一件处理好，车子也已经到了赵建国家。

赵建国是东方大学的教授，现在又是法律学院院长，学校给他分配了一套小别墅，这也是刚搬进来。别墅装潢还算不错，赵建国也没怎么动过，只是扩大了一部分书房，一走进门，就能看到满墙的书架。丁昂和徐辛颐他们几个早就到了，难得蒋莉和吴丽云也一起赶了过来，这会儿两个王者正带着沈双双这个青铜在厨房里忙碌。徐辛颐本来要去帮忙，被蒋莉拦在了门外，现在徐辛颐可是他们丁家的宝贝，多走两步都怕她累着，哪会让她进厨房。

袁莱手里捧着一束鲜花，靳燃拎着一套刚修改过的基本法。两人一到，丁昂"嗷呜"一下就窜到了靳燃身后，"靳总，你总算是来了，快快，去陪赵叔叔下棋去！我这草包，哪里是赵叔叔的对手！"

"靳燃和莱莱来了，来，快过来坐，"赵建国一见靳燃和袁莱，紧绷着的脸色一下放松了下来，亲自过去迎接，"怎么还买这么多东西，你们年轻人工作这么辛苦，很不容易，下次不准再破费了，听见没有！"

旁边丁昂和赵承志两人互相看了一眼，同样都是人，这待遇区别也太大了一点吧！赵承志又开始怀疑，他到底是不是赵建国亲生的，这都什么事啊！

吐槽归吐槽，他这捡来的儿子亲生的爹，总不能真的不认吧，不过好在靳燃一来，就有人陪赵建国下棋了，老头腾不出手来对付他这个捡来的儿子了。靳燃一脸倦色，陪着赵建国下棋，袁莱担心靳燃身体吃不消，却又不好扫了赵建国的兴，只好坐在一边，跟徐辛颐有一搭没一搭地聊着闲话。丁昂和赵承志一左一右地围在靳燃身边，可以说是非常捧场了。

一屋子的人忙来忙去，人与人之间的热络，悄然融掉了凛冽的空气，连这个寒冬也变得没那么冷了，大家你来我往地推杯换盏，没有刻意的恭维和讨好，也没有针锋相对的尖锐，气氛恰到好处，言语渐渐汇聚成一根无形的线，牵连着彼此不可取代的真心。

"爸……"赵承志灌了一晚上酒，总算是酒壮怂人胆，拽着沈双双的手站起来，"这是双双，是我打算共度一生的人。今天当着蒋姨和吴姨他们的面，我，我把她正式介绍给大家，希望能得到长辈们的祝福。来，双双，我们敬爸爸一杯。"

话音落下，赵建国脸上的笑容褪了个干净，整个餐厅里的空气仿佛降至冰点，他盯着赵承志，顺手抄起面前的碗扔了过去，勃然大怒，"你个兔崽子，你说什么？"

第 86 章 默许

　　好好的一场家宴，最后因为赵承志额头被砸出一条口子，不得不匆忙结束，众人七手八脚地把赵承志送去了医院，好在伤口虽然长了一点，但不算太深，也没什么内伤，缝了几针又打了破伤风针，众人才匆忙地把人送回赵家。

　　赵承志本来想先把沈双双送回去。说到底，沈双双又有什么错呢，赵建国再大的火气，要打要杀，他也认了。沈双双看他头上伤口，哪里还顾得上那么多，一路上已经哭过几次了，这会儿死活都不肯先回去。袁莱他们也没办法，把人送到赵家门口，几路人马这才各自散了。袁莱和靳燃先把吴丽云送回了医院。从医院出来，天上不知道什么时候居然下起了雪。雪花不算大，簌簌落下，袁莱跟靳燃两人站在路边，忽然仿佛是心有灵犀，抬头看向彼此。

　　靳燃解下脖子上的围巾，绕着袁莱脖子一路缠上她头顶，只露出两只眼睛。嘴巴里呼出一口白气，"也不知道承志他们怎么样了。"

　　"赵叔叔脾气是犟了点，但再怎么说他也只有承志一个儿子，已经开过瓢了，还能再打一顿不成？"袁莱小声说，"再说，双双也是个有眼力的，应该不会有什么事吧。"

　　"但愿吧，"靳燃看了她一眼，"我先送你回去，再回公司。"

　　"算了，我反正家里也是一个人，陪你一起回去加班吧，"袁莱说，"正好手机 APP 出来了，我测试一下功能。"

　　靳燃欲言又止，最后轻轻拍了拍袁莱额头，"走吧。"

　　地面上几乎没什么积雪，雪花飘落下来，很快就化成了水。两人在昏黄的灯光下走着，影子被拉得老长。有那么一瞬间，袁莱忽然想到了"岁月静好"几个字，如果能够就这样跟他走一生一世，她也觉得这一辈子值了。

　　此刻，在他们觉得不会再有什么事的赵家，赵承志正负荆请罪，赵建国先前的怒火倒是压了一点下去，只是怎么看这个没出息的儿子怎么不顺眼。先前赵承志一门心思追袁莱，可这一转眼，他又牵着另一个女孩的手，还告诉他，那才是他想要共度一生的人。到底是现在年轻人守情太难，还是他这老古董已经跟不上他们的思想了？

　　"你这个混账东西！"赵建国怒道，"你跟我说清楚，这到底是怎么回事？这哪里冒出来的女娃娃，你就这么欺骗人家感情的？我，我今天非打死你不可，免得你再去祸害人家姑娘！"

　　"爸！你听我说，不是你想的那样……"赵承志苦着脸，"我跟莱莱之间已经成为过去式了，您也看到了，莱莱现在跟靳燃在一起……"

　　赵建国脸色彻底黑了下来，厉声道："人家不要你了，你转头就能变心？

要是我我也不要你！我怎么会教出你这么个不要脸的混账东西！"

能言善辩的赵大律师居然被他亲爹怼得一个字都说不出来。他头上的伤口依旧隐隐作痛，整个人感觉像是一半放在火里烤，另一半又浸泡在冰水里。额头鼻尖全是汗，喉咙里一片干涩。他张了张口，想要说什么，话还没来得及出口，沈双双忽然道："赵叔叔，本来我第一次来拜访您，不该说这些话，但我实在是忍不住了。我跟师父彼此情投意合，不偷不抢不耍流氓，既不是小三小四，也不是横插一脚，情出自愿，连有碍观瞻都算不上。不知道赵叔叔您到底是觉得哪里有问题。还是您觉得师父就该一辈子为莱姐守活寡？大清国都已经亡了，何况也没听说男的要为女的从一而终的。赵叔叔怕是因为自己年轻时候没得到自己想要的，就把这份遗憾强加在师父身上吧！"

"你放屁！"赵建国气得脸红脖子粗，随手抄起手边一个砚台，砚台都差点脱手了，忽然想起来那是一方古董砚台，他又急忙捞回手。就这么一个空当，赵承志已经条件反射地将沈双双护在了怀里。沈双双脑袋贴在赵承志心口，耳边是他起伏有力的心跳声，发现他的心跳得很快，体温也似乎异常地高。

"你……你们，当众搂搂抱抱，成何体统！"赵建国眼睛里有两簇跳动的怒火。那一瞬间，他的脑子里掠过一连串的记忆。沈双双的话，就像一把锋利的尖刀，狠狠地插在他心口。因为年轻时他没有得到自己想要的，所以，才要把这份遗憾强加在赵承志身上。是这样吗？

"师父！你在发烧！我马上送你去医院！"沈双双的声音，将赵建国的魂拉了回来。沈双双将赵承志从沙发上扶起来。赵承志的体重几乎全压在她单薄的身上。赵建国仿佛听到骨头碎裂的声音，可沈双双的手没有丝毫松开的意思，她反而更加用力，用尽了力气扶着赵承志。

她仿佛又回到了那个遥远的村落，绝望又无助地背着赵承志，顾不上自己的疼痛，一心一意只想救活他。

"我来，"赵建国不知道什么时候跟上来的，他从沈双双手里接过赵承志扶好，"你去把车开过来，你一个女孩子，哪搬得动他？"

沈双双的眼圈红了。她手里一空，脑子里也跟着一阵茫然无措，愣是慢了半拍才想起去开车。因为走得匆忙，脚上鞋子都来不及换，她穿着拖鞋，一阵疾奔，拖鞋掉了一只也没察觉，只是飞快跑去把车开了过来。

医生给赵承志做了检查，确定赵承志只是伤口有些感染引发高烧，再加上之前住院留下一点后遗症，并没什么大碍，不过鉴于他还在昏迷当中，最好是留院观察，沈双双不放心地守在床前，赵建国坐在一边沙发上，这才知道赵承志之前受过伤。

"承志之前受伤过？到底是怎么一回事？"赵建国眉心都快皱出一条褶子。赵承志再怎么说也是他的亲生儿子，这世上唯一分割不开的，大概就是父母和子女之间的血脉了吧。

第86章 默许

沈双双坐在病床前，伸手替赵承志捏了捏被角，又怕碰到他插着细长针管的手，动作异常地轻柔。然后才颠三倒四地把之前赵承志受伤的事情跟赵建国讲清楚。故事不算长，可她讲了很久才讲完，沙哑的声音像是午夜的风，一点一点地刮过来，撩拨着人的心弦。

"如果重新再来一次，我还是会不顾一切地救他，"沈双双双手捂着脸，"就算您不同意我跟他在一起，我也要救他。这一生我还从来没遇到过这样一个人，让我舍生忘死，觉得一生几十年竟然如此短暂……或许在您的眼中，我就是个不学无术的富二代。您大概不记得，我也是东方大学的学生，曾经听过您的课，进入正志律师事务所，也是我自己投的简历。我不是什么十恶不赦的纨绔子弟。赵叔叔，您也年轻过，您也曾经有过自己喜欢的人，您已经错过了一次，难道真的还要师父跟您一样，再错过一次吗？"

赵建国略微浑浊的目光，有些不可置信地盯着沈双双。半晌，他终于放松下来，不苟言笑的脸上缓缓浮出一抹前所未有的茫然。他吐出一口长长的气，"时间不早了，你先回去吧，今晚我先在这里守着，你明天早上再来陪他吧。"

沈双双听出赵建国的弦外之意，怔了半天才管住自己迫不及待想要旋转跳跃的心。她极力保持着礼貌，规规矩矩地跟赵建国道别，端庄得体地从病房出来。然后宛若一只脱缰的野马，在走廊里蹦跶起来，害得护士都差点被她撞倒。

至此，拨云见日，未来可期。

相比之下，还在公司陪着靳燃加班的袁莱，就苦得多了，手机 APP 的数据测试没有任何异常，她又仔细检查了一下相关资料，确定什么事都做完了，靳燃依旧还在忙碌，视频会议和电话轮番上阵，而靳燃居然奇迹般地全都处理妥当了，没有一丝纰漏。

袁莱很想亲口问他一句，这么多年，他一个人到底都是怎样撑过来的。

第87章　鸿门宴

　　岚镇万人马拉松比赛如期举行，无数媒体蜂拥而至，争相报道当天的盛况。现场道路全部被临时管制，除了补给车辆和警车等专用车辆之外，任何私家车都不准进入。即使如此，比赛进行到一半，现场还是因为参赛人员和游客严重超标出现大规模的骚乱。上百人受伤且基本上无法疏散。航空公司虽然紧急增加航班，但因天气恶劣，仍旧有逾千人被困在岚镇。结果沸沸扬扬的岚镇万人马拉松比赛恶评如潮。泰禾星旅的网络评价创历史新低，再度从一级旅游公司，跌落到三级，不论是声誉还是订单，都一落千丈。

　　就在此时，非途旅行联手张氏地产，出动了近30辆大巴车，无偿伸出援手，帮忙疏散滞留在当地的旅客，无数媒体自发为非途旅行报道宣传。消息一下就传到非途旅行总部，原本对靳燃颇有微词的高层，也没料到事情居然出现这么戏剧性的逆转，非途旅行官网上的订单，居然慢慢超过前一季度的总和。而非途旅行上海分公司，之前还个个惶惑不安，此刻全都跟吃了一颗定心丸似的。谁都没想到，一场风波过后，非途旅行居然变得更加坚不可摧。

　　纪敖亭似乎早就料到会是这个结果，对于泰禾星旅的评价他也没有叫人控评，更没叫人做任何危机公关，但凡是退订的单子，一律不扣任何手续费用，全部原价退回，不但如此，泰禾星旅还奉送纪念旅行册，可谓是赔本赚吆喝。这会儿该轮到泰禾星旅人心惶惶了，之前跟着纪敖亭一起离开非途旅行的员工，这会儿肠子都悔青了。

　　"纪总，这是截至目前的退单数据，"Linda将一份文件放在纪敖亭面前，她小心翼翼地看着纪敖亭那张辨不清喜怒的脸，略微顿了一下，"目前已经有六成客户取消订单，其中包括之前跟我们一起过来的几所学校。纪总，这一次我们的损失……"

　　"我知道了。"纪敖亭斜靠在沙发上，一只手背斜支着额头，双眸轻轻阖着，声音平静无波。

　　"纪总，恕我直言，这一次的损失分明是可以避免的，你为什么……为什么要一意孤行，"Linda咬了咬牙，下了决心似的继续说，"之前风险评估团队就已经对这次万人马拉松比赛做出过风险预估。这一切都在预估的范围之内，如果当时我们严控参赛人员，及时跟凌鹰航空沟通，绝对不会出现这么大的纰漏，更不会让靳燃他们捡到这么大个便宜！"

　　沙发上，纪敖亭缓缓睁开眼睛，黑沉沉的眸子里裹着一点深不见底的寒意，"什么时候开始，需要你来教我怎么做事了？"

　　"纪总，你知道我不是这个意思，不论是在非途还是在泰禾，又或者其他什么地方,只要纪总你一句话,我都愿意追随,难道我的心思,纪总还不明白吗?"

纪敖亭双眸微微眯起,却并没有说话,Linda咬了咬嘴唇,索性豁出去了,"自从我进入非途旅行,就一直喜欢纪总,恕我直言,纪总为什么偏对袁莱另眼相待。难道你还看不出来,她分明就是个哪里有高枝就往哪里爬的人……"

"闭嘴!"纪敖亭面上已经铺了一层薄怒,"这里没你什么事了,下去!"

"自古忠言逆耳,我说的全都是真心话……"Linda说着,突然半跪在沙发跟前,近乎贪婪地靠近纪敖亭,目光热切地盯着纪敖亭,"纪总,只要你愿意,我的一切都是你的,我永远不会背叛你,我愿意永远做你脚下的奴仆……"

纪敖亭冷笑一声,眼里是毫不隐藏的厌恶。他连看都懒得多看她一眼,径直从沙发上站起来,朝着门口走了两步,冷声道:"不要弄脏了我的地毯,滚!"

Linda身体一软,像是一摊烂泥一样跌坐在地上。为什么,为什么所有人的眼里都只有袁莱那个贱人!她到底是哪里不如袁莱,简直是该死,她一定要让袁莱那个贱人声名扫地!

上海,天和集团总部大楼。

天和集团是上海最大的制药公司,包括医疗器械设备生产、私人贵族医院等应有尽有。总裁萧万雄从20世纪就开始经营药材,在上海也是名动一方的人物。他不只是名商富贾,还是上海慈善总会会长,在上海也算是风云人物。

萧万雄年过五十,膝下只有一个宝贝女儿萧萌,也就是之前名花名表名车往非途旅行送的那个萧大小姐。自从上次靳燃救过她,她就对靳燃一见钟情。本来以为是手到擒来,却没想到被靳燃当众甩了。她这心里头憋着一口气,怎么都咽不下去,一哭二闹三上吊,逼得萧万雄不得不动用手段,要逼靳燃就范。

靳燃突然接到萧万雄秘书的电话,约他过去吃个便饭,靳燃这才想起萧萌这回事。萧万雄财大势大,据说最近又有新动作,准备进军影视行业,靳燃左思右想,不知道萧万雄在这个时候见他,到底是为公还是为私。但不论怎样,萧万雄亲自开口,靳燃也不好拒绝,何况,非途旅行刚刚劫后余生,实在是不能再树强敌。哪怕这是一场鸿门宴,他也得学着沛公欣然赴宴。

然而,这一顿便饭一点都不随便,天和集团旗下的星级酒店顶层顶级花园,私人定制的餐食。据说整个上海也就屈指可数的人能够享受这个待遇,萧万雄手里拿着一个平板,一只耳朵里插着一枚黑色耳麦,似乎是在听会议内容。靳燃到的时候,萧万雄刚签下一份投资合同,合同上的墨迹还没干透。

因为外面下着雪,所以他们在花园里单独隔出来的花房里用餐,靳燃坐在萧万雄对面,简单的寒暄之后,靳燃便缓缓开口,"我跟萧总素昧平生,回国之后跟萧总也没生意上的往来,不知道萧总特地请我过来究竟所为何事?"

萧万雄朝靳燃看了一眼，轻轻晃动着面前的红酒杯，似笑非笑地说："靳总太客气了，之前靳总救过小女一命，一直都想当面感谢一下靳总。这段时间总是在忙，这才抽出时间来，还请靳总不要介意。"

"举手之劳而已，"靳燃说，"那种情况下，不论是谁都会出手相助，萧总不必太过在意，更不用如此劳师动众，靳燃受之有愧。"

"你当然受得起，"萧万雄笑了笑，"听说靳总此前一直都在国外，跟在顾总后面做事。这一次回来，是准备在上海定居，还是另有打算啊？"

"萧总果然是消息灵通，不过，"靳燃眼睛微眯了眯，"多谢萧总关心，这是我的私事，恕我不便相告。"

萧万雄喝了一口红酒，不动声色地说："年轻人独树一帜是好事，可是，太独树一帜了，恐怕就不是那么讨人喜欢了，靳总是个聪明人，不会不明白我这话的意思吧？"

"萧总究竟想说什么。"

"靳总救过小女一命，小女对靳总也是心生爱慕，"萧万雄目光灼灼地盯着靳燃，身体略微前倾，声音冷沉了几分，"如果靳总愿意成人之美，自然是皆大欢喜，将来我整个天和集团交到靳总手里，我也可以安心了。"

"如果，"靳燃抬眼，与萧万雄对视，一字一顿地道："我不答应呢？萧总难道还打算逼婚不成？"

萧万雄脸色陡然一沉，冷笑道："哼！在整个上海，还没人敢这么跟我讲话！不过靳总也可以放心，逼婚这种事我萧万雄倒是不屑，何况你是我女儿看上的人，我自然不会把你怎么样。但是你身边的人我可就没这么舍不得了，我劝靳总还是考虑清楚了再答复我。"

"你威胁我？"靳燃手指无意识地捏紧，从嗓子眼里挤出这句话。

"靳总言重了，只不过，识时务者为俊杰。我给靳总一个月时间考虑，希望一个月之后，靳总能给我一个满意的答复，"萧万雄冷冷地盯着靳燃，"对了，我提醒靳总一声，一个月之后，如果我得不到自己想要的答案，那恐怕张家跟你的合作也不可能再继续下去了。商场如战场，小张总可以跟你合作，但他总不会违背老张的意思，跟着靳总你一起，来跟我作对吧？"

第 88 章 变故陡生

徐辛颐最近一直忙着跟进广告拍摄的事情，前期拍摄其实已经顺利完成，只是一些后期制作和处理。艾美集团已经事先投放了一些广告拍摄片段和花絮，效果非常不错。之前因为手机爆炸的影响也逐渐清除，再加上推行大使白龙身上没污点，这又是他接的第一个广告，粉丝们为了支持白龙，也是向金主证明他们这群粉丝的购买力，首批花絮出来之后，下架手机还没重新检测上架，预售额就已经远远超过同款。原本不少人质疑这次广告聘请一名刚起来的艺人，现在被这一波预售数据实力打脸。

有鉴于此，徐辛颐又跟蒋莉建议，为了回馈粉丝，专门举办一次小型的粉丝见面互动会，而这场见面互动会的门票，直接从预购者中随机抽取；再往后还可以设定一定的销售额度，每达到一个点，就给予一定的福利。蒋莉对徐辛颐这个建议颇为欣赏，不得不感慨这个时代实在是变化太快。她原来的那一套老办法恐怕已经行不通了。

徐辛颐的每一次到访和建议都在刷新蒋莉的三观。蒋莉也开始尝试接受丁昂对于电竞的执着，也许她不应该再用自己的那一套观念去约束年轻人，世界的未来终究是属于他们年轻人的。

"辛颐，你有没有想过，到公司来帮我，"蒋莉拉着徐辛颐的手，继续说，"小昂对继承公司没太大兴趣，我呢年龄也大了，小昂他爸爸走得早，这些年都是我一个人撑着公司。我累了。再说长江后浪推前浪，我相信你的能力，到我身边来，我会慢慢地把公司交到你手里，等孩子出生之后，我就在家赋闲，给你带孩子。我知道这个提议很突然，你慢慢考虑，不用急着答复我，好吗？"

徐辛颐没想到蒋莉居然会有这个想法。艾美集团不是一个小小的广告公司，这其中有多少利益勾连，不是一朝一夕能够弄得清楚的。最重要的是，她从来都没想过有一天会从蒋莉手中接过艾美集团。就算她跟丁昂结婚了，在她的潜意识里，艾美集团将来也是丁昂的，她宁可在外面小打小闹地搞自己的广告公司，也不想接手这么大一个集团。可蒋莉这么正式地提出来，徐辛颐也不好一口回绝，只好敷衍了几句，好在蒋莉也没要她立即答复。她跟蒋莉待了一阵便找个理由离开了艾美集团。从大楼出来，她下意识地扭头看了一眼身后这一幢庞然大物，心里仿佛是压了一块厚重的大石头。

上车之后，徐辛颐叫司机开车去飞昂电竞俱乐部，一路上她都有些心神不宁。车子到了飞昂电竞俱乐部楼下，她深吸了几口气才缓缓下了车。明天就是飞昂电竞队跟嘉士电竞队的决赛之日，丁昂这段日子几乎都在公司没回去。蒋莉为这事已经发过脾气，还是徐辛颐出面替他解围，蒋莉这才勉强压下怒火，勒令丁昂打完比赛就必须立即回去。丁昂也是满口答应，徐辛颐现在有了身孕，他每天归心似箭，可这比赛之前出了何飞那一档子事，新人刚进团，大家还得磨合一阵子，所以几个人每天除了吃和睡，精力全都集中在游戏上了。

徐辛颐一进公司大门，刚到前台就听见一阵热闹的吵嚷声，前台妹子很显然没想到老板娘会突然袭击，吓得手里的口红都掉了，妹子也顾不上什么口红了，立马都站起来，脸色微白，"辛颐姐，您，您怎么来了？昂爷他在里面……在里面……"

"嗯，我知道，我就是正好路过，给你们送点吃的过来，"徐辛颐笑着说，将一小盒蛋糕随手放在前台，眨了眨眼睛，"你们最近也跟着辛苦了，呵呵，别紧张，我不会跟你们家昂爷打小报告的。"

妹子的脸一下烧得通红，不好意思地道了谢。徐辛颐正准备过去，前台一下蹦跶出来，表情有点不自然地说："辛颐姐，你现在怀着身孕，慢着点，我来帮你提，要不我还是先去跟昂爷说一声。昂爷要是知道你来了，一定高兴死。"一边从徐辛颐手里接过袋子，挂在肩膀上；一边朝着前边工作间正打得热火朝天的一帮子人嚷了一嗓子。只不过他们几个开黑都戴着耳机，谁也没听见声音。徐辛颐也不瞎，一眼就看到一群人围着一个长头发的女孩子。女孩背对着她，她看不清楚那女孩的长相，只觉得声音有些耳熟，却又一时之间想不起来在哪里听过。

徐辛颐心里没来由地"咯噔"一声，脚步略微一顿，那边前台已经快步走了过去，大至恰好面对出入口，一眼就看到徐辛颐，手一抖，他的游戏角色一下就挂了，连带着其他几个人的角色也迅速挂了。丁昂一手摘下耳机，怒道："大至，你搞什么？再他妈多坚持半分钟我们就赢了，团灭啊，咱们什么时候这么怂过……你这么瞪着我干什么？你自己手残还不许小爷说了？"

大至轻咳了一声，朝着丁昂一阵挤眉弄眼。丁昂下意识地扭头看向身后，下一秒，脸色就僵住了，刚才的满脸怒火这会儿一寸一寸龟裂在了脸上。他正要开口，身边的女孩已经转过头去，跟徐辛颐面对面了。

"辛颐，你听我解释！"丁昂一把拉开椅子，疾步朝着徐辛颐走过去。

"辛颐姐，"那女孩满脸笑意地从椅子上站了起来，"好久不见了。"

"你给我闭嘴！还嫌事情不够大吗？大至，老A，"丁昂语速飞快地说，"你们两个把这女的给我拖下去，不管去哪儿都好，别留在这里碍眼就行了。"

"不该留在这碍眼的是我。"徐辛颐面色平静地说。

难怪前台刚才会吓成那样，大至吓得角色都挂了，徐辛颐强压怒火，本能地朝后面退开半步。丁昂伸过来的手扑了个空。他的心脏仿佛也跟着扑了个空。他不死心，再往前走了半步，心急如焚，"辛颐，你听我解释，我也是前几天才知道新招的人是楚芸，我们马上要跟嘉士打比赛了，这个节骨眼上，实在是找不到合适的人手。大至和老A他们都知道……辛颐，你别这样，我心里怕。"

丁昂太了解徐辛颐的脾气，她越是表现得平静无波，就越是生气。楚芸算得上是徐辛颐的禁忌了，当初他也没想到，大至他们会这么巧地招到楚芸。丁昂原本不打算要楚芸的，毕竟楚芸跟他们几个人的关系都不太好，可何飞实在是走得太仓促，另外找的几个人根本配合不好，照这个速度下去，他们跟嘉士的比赛必输无疑。两害相权，丁昂这才迫不得已用了楚芸，并且打定主意，这次比赛打完就立即解雇，哪怕是要赔偿一笔不菲的违约金。

徐辛颐没说话，只是埋着头往前走，心里的情绪喷薄而出，深一脚浅一脚连路都快走不稳了。但她依旧没有丝毫停步。丁昂脸色都变了，一直跟在徐辛颐身后，又不敢跟得太近，生怕徐辛颐有个什么闪失。徐辛颐扶着墙壁，缓缓地停了下来，冷声道："你不许再跟着我。"

"好好好，我不跟上来，辛颐你别激动，你现在还怀着孩子，我不跟上来……"丁昂摊开双手，小心翼翼地盯着徐辛颐。他用力咽了下口水，额头冷汗跟着落了下来。

徐辛颐脸色苍白，腹部传来一阵一阵的钝痛，她一只手扶着腹部，一边给袁莱打了个电话，让袁莱直接到医院去。挂了电话，她抹了一把冷汗，连着深吸了好几口气，才重新有了力气走到路边，叫司机把车子开过来直接去了医院。

丁昂一听说徐辛颐去了医院，顿时吓得魂飞魄散，一路飙车到医院。车子停在急诊楼下，他双手死死捏着方向盘，一颗心都提到了嗓子眼。他抬起头，看着面前的大楼，很想第一时间冲下车去看徐辛颐，可他不敢。

"丁昂，你是不是在楼下，赶快上来，辛颐她情况不太对劲，你……赶紧上来！"

袁莱说话的声音都在发抖，丁昂立即下了车，一阵风似的跑进去。

辛颐，你可千万不能有事，否则，我这一辈子都不会原谅自己的！

第89章 贪

医院走廊里,刺鼻的消毒水混合着乱七八糟的气味,丁昂额头挂着冷汗,保大还是保小的疑问夹杂着婴儿的啼哭声从四面八方钻进丁昂的耳朵。他不知道是怎么走到病房的,袁莱正在跟医生说什么。丁昂走了过来,袁莱强压心底的怒火,"这是病人家属,具体情况你跟他说,什么叫没有十成的把握,我马上叫你们袁院长过来!"

"就算袁院长来了也没办法啊,这种出血的情况的确是不好处理,你是病人家属是吧?你们是怎么搞的,不知道病人在怀孕期间不能情绪大动吗……"

丁昂的脑子瞬间轰鸣炸响。有那么一瞬间,他忽然听不清医生到底在说什么,只是本能地抓住医生的手,仿佛是抓住最后一点救命稻草。嘴唇轻轻嚅动了几下,喉咙却像是打了死结,此时此刻,他仿佛一个陡然失语的聋哑人。

"丁昂!你干什么?你松手!马上要进行手术了,你拽着医生干什么?"袁莱额头青筋暴跳,声音几近崩溃,要不是她脑子里还残留着一丝理智,这会儿估计都已经爆粗口了。

丁昂脑子里只剩下一片茫然,袁莱把他拽着医生的手指一根一根掰开,他又本能地想要去抓医生的手腕,被袁莱一把拦了下来。她也不知道哪来的力气,一把将丁昂押到一边椅子上,按住丁昂肩膀,好不容易才让他在椅子上坐下。

"丁昂,你看着我,"袁莱气喘吁吁地开口,牙齿咬得咯咯作响,"你他妈到底对辛颐干了什么?她情绪为什么会突然有这么大变化?你不是答应过我们要好好照顾她的吗?该死!"

"我……"丁昂看着袁莱,抬手捂着脸,好半天才缓缓地说,"我……我也没想到她会突然过来,明天就要打决赛了,我不能在这个时候掉链子,所以……所以我同意了大至,启用了楚芸。"

"什么?楚芸!你脑子里哪根筋不对了?她当年害得大家还不够惨吗?你……"

楚芸,这些年来,这两个字一直都是他们所有人的禁忌,尤其是徐辛颐,当年受过最多委屈和污辱的人就是徐辛颐,难怪她看到楚芸出现在飞昂电竞会有这么大反应。他们这一群人谁不是一提到楚芸的名字就谈虎色变?

"我也不想,可是那些事不都已经过去了吗,而且,她的确是最适合团战的人选,"丁昂痛苦地说,"我没得选择,我本来想瞒到明天比赛结束,没想到事情会突然变成这样,如果辛颐有个什么闪失,我一辈子都不会原谅自己。"

丁昂翻来覆去只有这几句话,袁莱也听得个大概。她也不知道该说什么,

第89章 贪

只好沉默。蒋莉和袁长鸣几乎是同时赶到,袁长鸣今天本来是在其他医院开会,靳燃马不停蹄才把他从外头接了回来。一到医院他就立即进了手术室。蒋莉还算镇定,没先过问到底怎么回事,一直撑着一口气忙前忙后地办好了各种手续,又亲自联络了好几个专家,以备不时之需。忙完这一切,她撑着的那口气仿佛是泄了,身体一软,险些直接跌下去。还好靳燃眼疾手快,一把将她扶到一边长椅上坐下。

母子俩几乎是一模一样的坐姿,眼圈通红地盯着手术室大门,袁莱跟靳燃简单说了一下情况。靳燃眉头紧皱,立即又叫人去查了一下楚芸的情况。阔别多年,楚芸偏偏在这个时候回来,又这么巧合地进了飞昂,不查不放心。

"嗒—嗒—"

人潮涌动的走廊里,忽然传来一阵细碎的高跟鞋摩擦地面的声音。几人循声望去,只见一个女人,身材高挑,一身赤红大衣,一双红色高跟鞋,手里捧着一束娇艳欲滴的百合花,正缓缓地朝他们走过来。

丁昂一下从椅子上站起来,怒瞪那女人,"你到这里来干什么?你给我滚!滚啊!"

"昂爷不要误会,我只是听说嫂子病了,特地赶过来看望嫂子……"楚芸说着,轻轻笑了一声,目光转向靳燃,声音刻意压低了几分,几不可闻地开口:"靳燃哥哥,好久不见,我……回来了。"

我回来了。

这几个字就像是一把利刃,划过他们心口,揭开一道经久的伤疤。

"楚芸,你跟我过来!"靳燃上前一把抓住楚芸手腕,强行拉着楚芸离开了众人视野。

楚芸不怒反笑,手捧着那束百合花,唇角勾着一抹玩味的笑容,即使是被靳燃拖拽着,眼里也还有一点说不清道不明的……贪婪。

窗外下着鹅毛大雪,天空低沉得像要塌下来,阴冷的风卷着雪沫刮在脸上,寒意一点一点蔓延到五脏六腑。靳燃拖着楚芸,到了一个靠边的亭子里。这边没什么人过来,只停着几个电瓶车。楚芸依旧抱着那一束花,满脸笑意地盯着靳燃,原来不管过去多久,哪怕时过境迁,她再多看他一眼,仍然想要拥有这个男人。

"楚芸,我警告你,丁昂已经跟徐辛颐结婚了,不管当年发生过什么,那都已经是过去的事了,"靳燃站在亭子里,眼神犀利地盯着楚芸,"你已经为此付出过沉重的代价,不要再干那些无意义的傻事,也不要再来打扰大家的生活,好吗?"

"无意义的傻事?"楚芸突然轻轻笑了一声,她身体略微前倾,几乎贴近靳燃的身体,两个人分明近在咫尺,却像是隔着一道冰冷厚重的墙,她唇角勾出一丝讥诮,"当年你们一手把我推入深渊,让我一个人在牢里待了六年,你们现在成双成对，而我却孤苦无依……凭什么？"

当年一场变故，她锒铛入狱，在监牢里苦苦撑过本该是人生最美好灿烂的青春，而那些亲手将她送进监牢的人却活得潇洒自在，凭什么呢？

她要将这一切都打碎！

"当年的事情，是你咎由自取，怨不得任何人，"靳燃说，"这六年的时间，还不够你醒悟吗？为什么你一定要拆散别人的幸福？"

"哈哈哈……"楚芸大笑，眼睛里却填满了怨毒之色，她冷冷盯着靳燃，"咎由自取？靳燃哥哥，为什么你永远都是如此偏心，为什么你从来都不站在我这边，这个世界上，没人比我更喜欢你，更想得到你，你为什么从来都不肯正眼看我一眼？为什么？"

楚芸说到最后，声音几乎变了调。她朝前仰头想要亲吻靳燃，却被靳燃一把推开，撞在冰冷的柱子上。一股寒意从脚板蹿上来，她的眼睛里是一片铺天盖地的炉火。

"在我心里，你一直都只是妹妹，"靳燃沉声道，"你收手吧，如果你有需要，我会给你一大笔钱，就当是对你这些年的补偿，离开上海，或者去别的什么地方都可以，不要再出现在大家面前，这是我唯一能为你做的了。"

靳燃说完没有等楚芸回答，就走了出去。楚芸看着他的背影，唇角擎着一丝讥讽的笑意，旋即低垂下脑袋看了眼那束花，厌恶地将它摔进垃圾桶，砸散片片花瓣。

她在亭子里站了片刻才举步离开。六年了，她终于回来了，她费尽心机才进入飞昂，复仇才刚刚开始，她怎么可能离开。

凛冬毫无征兆地降临，飞雪将上海湮没在一片白茫茫的世界里。手术室的灯终于熄灭了，丁昂从椅子上弹起来。袁长鸣领着两个医生一起走了出来。蒋莉和袁莱几乎是同时走过去询问。袁长鸣摘下口罩，简单地把徐辛颐的情况说了一下，徐辛颐有小产的征兆，好在是及时到了医院，刚才稳住了，暂时渡过了危险期。但接下来这段时间，需要好好静养，情绪不能太过激动，否则后果无法预料。

第90章　凡夫俗子

袁莱他们总算是稍微松了口气。徐辛颐仍在昏迷当中，丁昂守在床前，他像是突然间想到了什么，走到一边阳台，拨了一个电话出去。在电话里他跟大至交代，不管明天比赛情况如何，他都不能再留楚芸，让大至不论想什么办法，一定要把楚芸送走。大至一直都很服从丁昂安排，可这一次，大至也不知道哪根筋搭错了，坚持不肯送走楚芸。

"老大，以前你说什么我就做什么，什么都听你的，但是这一次不一样，"大至说，声音有些模糊不清，"明天就要比赛了，我们就算现在临时找人也没时间来磨合，再说我们团战了这么多次，你应该比我更清楚，楚芸是最适合我们的人，她的实力不比阿飞弱。老大，我们好不容易才走到今天，不能因为你们的家事，就让整个团队跟着你们一起陪葬吧！"

"你他妈什么意思？你是不是也不想干了？不想干都给老子滚！"

"老大，我们都是一起共患难的生死兄弟，我也是为了团队的未来着想，不论怎样，也要等到打完这场比赛再做决定。"

丁昂满腔怒火无处发泄，正准备爆发，靳燃伸手夺过他的手机，跟大至交代了几句。大战当前，最忌讳的就是内斗，何况丁昂现在已经是内忧外患。不论是徐辛颐还是飞昂那边出一点纰漏，都会成为压死骆驼的最后一根稻草。好在大至跟了丁昂这么多年，知道他什么脾气，抱怨了几句就挂了电话。靳燃低头看向丁昂，将手机还给他，"蒋姨和莱莱一直忙到现在，还没吃晚饭，我们出去买点吃的回来。"

"我不走！"丁昂眼圈通红，"辛颐还没醒，我哪儿都不去。"

靳燃沉声道："你要是个男人，就不应该在这个时候跟人撒气，蒋姨和辛颐还等着你照顾，你难道想就这么意气用事？"

丁昂的薄唇抿成一条直线，半响才从沙发上站起来，一声不吭地走了出去。靳燃跟蒋莉和袁莱打了招呼才匆忙跟出去。外边天色已经彻底暗了下来，雪花簌簌落下。大概是因为已经过了吃饭的时间，再加上天气越来越恶劣，路上只有稀稀拉拉的几个行人，手里拎着滚烫的饭食，脑袋几乎整个缩进了脖子里，匆匆忙忙地踩过一串蜿蜒的脚印，在大雪里奔波。

两人一路并肩，却一路无话。医院附近有不少小餐馆，大多数都是为给病患和家属提供餐食的，这个时间仍旧还有不少人瑟缩在餐馆里，他们神色各异，有的脸上露出如释重负的笑容，有的却是满脸愁容，颇有几分前途未卜的味道。他们挑了一家还算干净的小餐馆，要了几个菜。店门口突然来了一个看上去有些精神恍惚的女人，不知是因为风雪过大，让她看上去异常狼狈，还是她已经流落太久，蜡黄枯瘦的脸上，眼窝深深地陷了下去。她有些怯懦地站在风雪里，任由阴风卷着雪末吹过来，衣着单薄却又固执地站在那里，浑浊的双眼直直地盯着厨师挥动的锅铲。这时候，老板娘从里屋里拎出一个食品袋，袋子里装着几个一次性饭盒。

"鸥嫂，这是今天的饭，都是客人们剩下的。这么大风雪，你怎么还在这儿站着，赶快进来啊。"

老板娘招呼着那狼狈不堪的女人，可那女人却倔强地不肯踏进大门，雪花扑了她半身。老板娘没办法，只好将食品袋塞到她手里叮嘱了几句。那女人小声道了谢，将食品袋塞进单薄的衣衫里，用仅剩的一点体温暖着袋子里的食物，很快消失在风雪之中。

"可怜的人啊……"老板娘摇了摇头，转身去收拾碗筷。

"老板娘，刚才那个女人是……"丁昂突然间问了一句。

老板娘一边收拾碗筷一边感慨地说："我也不知道她叫什么，只是听人喊她鸥嫂。真是可怜啊，小小年纪结了婚，娘家人就不管了。还好嫁了个有出息的男人，偏偏男人又冲进火场里救人死了，剩下一对孤儿寡母的，儿子又得了白血病，医了大半年了吧。这医院哪里是我们这些平头老百姓住得起的，她男人死之前留下的家产，能卖的都卖了，娃娃住在医院，她就守在医院，没了正经收入，可这医药费实在是太贵了。我听说，她可还是正经大学毕业的小姑娘啊，就为了那个救不过来的孩子，没日没夜地四处晃荡，靠捡些废品维持生计。我们这附近的都知道她可怜，可谁家不是靠挣这几个血汗钱活着呢？我们能帮得上忙的，也就是每天让他们孤儿寡母的吃上一口热乎的剩饭……嗨，人各有命啊……你们说，倾家荡产为了一个随时都会死的奶娃娃，到底有意义吗？"

"她孩子，叫什么名字，老板娘您知道吗？"丁昂问道。

"孩子吗？听她说叫什么骆一天吧。"

饭菜都准备好了，靳燃付了钱，叫丁昂，丁昂这才回过神来，"你身上还有多少现金？"

靳燃没问原因，把钱包里的现金都取了出来，三千有余。丁昂平常都用不着自己拿钱买单，所以全身才搜出几十块皱皱巴巴的零钱。他把所有的钱都塞到老板娘手里，"我……身上没带什么现金，这三千多块钱就当是给那个鸥嫂的……伙食费，"丁昂沉声说，"您先收着，您记着，以后但凡是这女人过来，麻烦您尽量给她准备一些有营养的东西，账先记着，我回头马上派人给你们送钱来。对了，我不是骗子，我姓丁，叫丁昂，我身上没带名片，靳燃你身上带名片了吗？"

靳燃默默取了一张名片递了过去。那老板娘好半天都没反应过来到底怎么一回事，手里捏着三千多元现金外加一张烫金的名片。丁昂怕她不相信，又

第90章 凡夫俗子

当着面给蒋莉秘书打了个电话,等人来了,跟老板娘交代清楚了,这才跟靳燃一起回了医院。

丁昂缓缓地走在雪地上,脑子里怎么都忘不了那个叫鸥嫂的女人狼狈不堪满是绝望的眼睛。那个孩子大概已经是她在这个世界上的最后一点牵挂了,吃再多苦,受再多累她都能够忍受。可要是那个孩子没了,她的一生是不是也就宣告终结了?

这个现实的世界上,还有那么多人为了生死挣扎,他们绝望的眼珠里已经流不出泪水,他们承受着命运的不公,他们苟且偷生,生不如死,只为了那一点割不断的血脉相连。

"我本来想跟你谈一下楚芸的事情,现在看来已经不用了。"靳燃一边踏进暖气十足的大楼,一边沉声说道。

丁昂小声说:"楚芸的事情,是我做错了,我不辩解。"

"我要说的不是这个,"靳燃说,"你有没有想过,何飞为什么早不走晚不走,偏偏在这个时候离开飞昂?"

丁昂停住脚步,声音几不可闻,"你什么意思?"

第91章　荣耀

"何飞对你有意见不是一两天了，姑且不论他阳奉阴违，他为什么偏偏在你们最有可能打赢嘉士的时候背叛你？偏偏又这么巧，楚芸居然通过了你们的招聘，成了你们的人？你我都知道，楚芸六年前是因为故意伤害莱莱和辛颐被判了刑，她出来还不到三个月，居然能这么快卷土重来，重新打回到我们跟前，"靳燃尾音一顿，双眸微微一眯，"如果说没人在背后帮她，打死我都不信。何况辛颐对她本来就有芥蒂，你还聘了她，换作任何一个女人，都无法接受。"

毕竟被人出卖过一次，靳燃很难再轻易相信他人，楚芸出现的时间太过巧合，而过多的巧合，也就不值得相信了。

"你的意思是，有人在背后帮助楚芸……"丁昂咬牙切齿，"难道又是顾飒？除了她，我现在真的想不到还有谁会这么干，这该死的女人，她到底想怎么样？她真的以为上海是她家的吗？"

"我现在还不知道到底是谁，但不论是谁，想伤害我身边的人，我都不会轻易放过他。"

"好兄弟，有什么要我做的，你只管开口，我倒真想看看，到底是谁在这背后演'借尸还魂'的戏码！"

"你先管好你自己再说，"靳燃看了他一眼，"辛颐现在的情况比较特殊，今天只是看到楚芸，她就已经有这么大反应了。所以辛颐那边你一定要想办法稳住，今天这样的事绝对不能再发生了。你明白我的意思吧？"

丁昂闻言，苦笑一声，"我也没想到，辛颐会有这么大反应。本来以为时过境迁，有些事辛颐应该，应该已经忘得差不多了，等到明天比赛结束我就把她开了。谁知道辛颐会在这个节骨眼上过来。"

"昂爷，你难道还不明白，有些事就算我们可以放下，但有的人未必肯放下，"靳燃说，"当年辛颐在楚芸手里吃了不少苦头，还差点被废了半条腿，这笔账她怎么可能就这么轻易抹平了？"

"是我糊涂了。"

说话间两人已经到了病房外。徐辛颐已经醒了，正跟蒋莉和袁莱两人小声说着什么。靳燃推开门，徐辛颐脸色略微苍白地躺在病床上，视线与丁昂对视。丁昂沉默了片刻，小声说："我，我就不进去了，你们聊，我去找一下袁叔叔。"

靳燃想拦住他，还没来得及伸手，丁昂就已经狼狈逃走了。徐辛颐硬挤出一点笑意，跟袁莱他们有一搭没一搭地聊着，丁昂去了一阵又回来，他尽量减低自己的存在感，几乎只是跟布景板似的竖在那里。靳燃看徐辛颐那口气

第91章 荣耀

估计也消得差不多了,才领着袁莱先走了;蒋莉也随便寻了个借口匆忙走了。病房里,顿时只剩下丁昂和徐辛颐两人,气氛尴尬。

"那个……你饿不饿?"丁昂好不容易才从嗓子眼里抠出来一句话。

"你憋了这么久,就憋出这么一句废话吗?"

"不是,那个……我怕你还在生我气,"丁昂眼圈通红地盯着徐辛颐,语无伦次地说,"我这个那个,不是东西,我混蛋,我不该惹你生气,都是我的错……老婆,对不起。"

除了对不起他也不知道该说什么了,只觉得这个时候,他如果不说些什么大概会后悔一生。

"丁昂,我只跟你说一句话,"徐辛颐说,"我这一生,别人欺我辱我,我能还手的当场就还了,还不了的我攒着这口气,死活都要替自己讨要个公道回来。我不是你们这种含着金汤匙出生的人,我想要什么,得靠自己拼命去挣。我当初既然选择了你,死活你都是我的人,但倘若有一天我觉得你背叛了我,丁昂,我说过的,真到了那个时候,我再也不会回头!我这样的人,爱情不是我生命的全部,活着才是。"

见惯了这世上的悲欢离合,她不相信爱情,可又注定要沉溺其中;她天性霸道,却又总是为他一点一点折收羽翼;她从无半点娇气,却总有一身傲骨,若是连这最后一点傲骨都被折断,那她活着还有什么意义?

"不,"丁昂艰难地开口,"这一辈子,生生死死、死死生生,我都是你的人,当初楚芸不可能抢走我,现在也不可能,我只是不想输掉明天的比赛,所以才……"

"那好,"徐辛颐突然截断了他的话头,"明天比赛结束之后,我永远都不想再看到她。"

"什么……老婆,你答应了让她参加明天的比赛?"

"我虽然并不愿意,但我也知道明天那场比赛对你的重要性,我不是个不讲道理的人。你提前告诉我她替代了何飞的位置,我也不会有这么大的反应,"徐辛颐顿了一下,"我真正介意的是,这样的隐瞒,也算是一种欺骗,你明白吗?"

"是是,老婆,我再也不会了,"丁昂赶忙献殷勤,"我发誓,我以后再也不会瞒着你任何事了,老婆你真是太好了,爱你!"

"算了,时间也不早了,你早点回去休息吧,我这里有人照顾,别再耽搁明天的比赛了。"

"我不走,我就在这里陪着你。"

徐辛颐连着劝了半天丁昂才一步三回头地离开。刚从病房出来,他就看到鸥嫂木讷地站在病房大门外。一见到丁昂,她二话不说就"扑通"一声跪了下去,"丁先生,谢谢你,你的大恩大德,我这一生都无以为报,我……我给你磕头了，谢谢你给我们家一条活路，我谢谢你。"

丁昂赶忙上前把鸥嫂扶起来。一碰到鸥嫂，才发现她似乎比想象中还要瘦弱，浑身上下仿佛就裹着一层薄薄的皮。只是那皮肤里却装着一个伟大的灵魂。

"我听说你以前也是念过大学的，你大学念的什么专业？"丁昂也不知道该说什么，就问了一句。

"我，我大学念的是金融……"

"金融吗？"丁昂点了点头，"那你想不想找一份工作，你看，孩子和你都不能长期在这种地方待着，等到孩子出院了，你们总得要活下去，对吧？"

"我学历不是太高，打零工没法兼顾孩子的看护，"她停顿了一下，又说，"天天需要我照顾，我不能离开他。"

"这样吧，你去弄一份简历给我，明天先到我公司来报到，至于以后的事情，咱们再从长计议好吗？"

"丁先生，谢谢你。"

丁昂这一生，稀里糊涂地帮过不少人的忙，可那些酒池肉林里泡出来的，大多都是生意场上的功名利禄。唯独今天，他觉得自己做了一件最有意义的事情。他不知道他随手结下的这个善缘，后来成为撑住飞昂电竞俱乐部的最后一根支柱。

翌日，连日鹅毛般的大雪居然奇迹般地停了下来，万众瞩目的电竞比赛如期而至。大半个上海的媒体都出动了，可谓万人空巷。现场早已拉起警戒线，观众凭票入场。在一片山呼海啸一样的掌声里，这一场世纪对决终于缓缓拉开了帷幕。

原本袁莱和靳燃要去现场捧场，赵承志和沈双双也早就安排好了时间。不过因为徐辛颐暂时不能出院，所以一帮子人居然丧心病狂地拎着零食、炸鸡和啤酒，跑到医院病房，陪着徐辛颐一起看直播。暖气充足的病房，赶走了外头阴冷的风雨，连带着徐辛颐的心情也跟着好了起来，连镜头切换到楚芸的时候，她脸上也还挂着一点真诚的笑意。人不能一辈子都活在回忆的泥沼里，那些能够折磨她的必定都是她最牵挂的人。楚芸，从头到尾都不可能是那一个人。

漫长的比赛结束，丁昂那一招漂亮的绝杀使嘉士无力回天，主持人激动得失控的声音响起，整个现场都震动了，所有人都不吝自己的呐喊和崇拜。这一战，飞昂电竞完胜嘉士。"飞昂电竞"几个字也将随之永远地载入电竞史册。

袁莱他们单是看着直播，都已经被现场气氛所感染，可想而知，那些亲身到场的人此刻该会有多么激动，他们的付出终于得到了丰硕的回报。原来一条路尽管荆棘遍布，四周风刀霜剑，可往前走，总能走出一片海阔天空。

但在这些欢呼声背后，藏着一张密不透风的罗网，而这张天罗地网，正在向他们慢慢收紧。

第92章　深渊

丁昂是被架着去的庆功宴，他揣着高大的奖杯，第一反应是要跑去医院，把这奖杯显摆给自己老婆看，就像一个得到糖果的小朋友，总想把好东西拿给自己最喜欢的人。酒桌上推杯换盏，他一口一个老婆一口一个要回家，可这酒池肉林里人来人往，谁都想在这个时候跟这个未来不可限量的青年多喝几杯。这人间欢乐场，总是布满算计和心机，丁昂醉得不省人事，他手里依旧死死抱着那奖杯，一门心思地想要给徐辛颐看。

"老婆你看……我们赢啦！"

不知是谁，架着他在长长的走廊里走了许久，他的眼皮有些睁不开，只闻见一阵诡异的香味，他感觉自己的身体越来越沉重，动弹不得，口中的念念有词也最终没了声音。无边的黑暗袭来，他沉沉坠入梦乡。

医院里，徐辛颐半梦半醒，那些被遗忘在悠长岁月里的记忆，倏然出现在长梦里。她梦见湖南那个总是阴沉沉的小山村，梦见自己满身污泥地从臭水沟里爬起来，梦见自己总是孤独地站在村后的山头上，望向遥远的苍穹和天边。那个小小的女孩，拼尽一切都想要走出泥沼。

没有跌落过深渊的人，永远不能体会那是一种怎样的绝望和彷徨。

第二天一早，袁莱匆忙出了门，赶去了一个约定的地方。早晨的上海，依旧裹着一片白雾蒙蒙，她瑟缩在小餐馆的门口，手里捧着一杯滚烫的豆浆，视线一直落在不远处的酒店大门口，她在等人。

不知道过了多久，豆浆都快凉了，她甚至翻出昨天收到的那条陌生短信，猜想也许只是一场恶作剧而准备离场。然而就在这时，她看到一个熟悉的身影从酒店大门走出来，男人顶着一头乱七八糟的头发，脸色阴得发黑，而他身边跟着的不是别人，正是昨天约他今早见面的——楚芸。

楚芸举止亲密地跟在丁昂身侧。她忽然伸手拉住丁昂的手腕，丁昂本能地一把将她甩开，满脸怒火，咬牙切齿地说："你他妈到底想干什么？我警告你，昨天晚上的事情，你要是敢多说一个字，我让你死无葬身之地！"

"昂爷放心，只要你答应我一个条件，这件事我一定会守口如瓶，这一辈子都不会有第二个人知道，"楚芸一笑，身体却迅速凑过去，在丁昂脸上亲了一口，"昂爷也知道，要是我和你共度春宵的事情传到辛颐姐的耳朵里，她会怎么样吧。"

丁昂浑身像是被人定了穴道似的，下一秒，他猛地一把将楚芸拖到一边冰冷的墙角，死死箍住楚芸的脖子，恨不得一把掐死楚芸，目光里一片铺天盖地的寒芒，"你少来威胁老子，不要以为老子不知道你想干什么，你要是敢多说一个字,可不会再有六年前那么好的运气,只是在里面待几年那么简单!"

"呵……"楚芸无声地笑了一下,"六年前的这笔账,不用昂爷提醒,我一直都记着呢。不过,识时务者为俊杰,只要昂爷答应让我留在飞昂,昨天晚上的事我一个字都不会多说。否则,大不了……大家一起玉石俱焚啊。反正我烂命一条,搭上昂爷和辛颐姐两个人,就算死我也觉得死得其所了。"

六年前,这些人给她的伤害,她会一笔一笔地讨要回来!

进退都是一条死胡同,丁昂答应过徐辛颐,比赛结束他就立即辞退楚芸,永远不让楚芸出现在徐辛颐跟前。可是现在,他没得选择。

"好,"丁昂牙齿咬得咯咯作响,"但是你给我听清楚,你要是还想作妖,大不了老子跟你同归于尽!"

丁昂说完,一把甩开楚芸,怒气冲冲地走了。楚芸唇角勾出一抹阴沉诡异的笑容,旋即侧过脸,目光落在不远处的小餐馆里。她心情颇好地朝着那小餐馆走过去。袁莱几乎不敢相信刚才那一幕,直到楚芸走过来在她跟前坐下,满脸笑意地开口,"我记得,很早以前,你就一直偏向辛颐姐,现在你看到我跟她的男人共度春宵,不知道是什么感受,是马上去跟自己的好姐妹汇报呢,还是瞒而不报把它当成你心里永远的秘密呢,袁——莱。"

袁莱满脸的无法置信,一瞬不瞬地盯着楚芸,她就知道,六年前把楚芸送进监牢,只是这一场噩梦的开始,而现在,她开始了她的报复。

"你到底想怎么样?"袁莱怒道。

"我想怎么样?"楚芸冷笑,"你还有脸来问我怎么样?六年前,你们亲手把我推向深渊,难道还指望我对你们感恩戴德吗?凭什么我要跌落到深渊里,变成一条人人喊打的落水狗,而你们却可以逍遥自在,成双成对?凭什么?以牙还牙,不过是最起码的礼貌!不是吗?"

"六年前的事情,是你咎由自取,"袁莱沉声说,"你伙同小混混,险些打残了辛颐一条腿,我手上这道疤痕也永远都抹不干净,楚芸,是你做错了事在先,你为什么还可以如此理直气壮地责怪他人?"

"我做了错事在先?哈哈哈……袁莱,那你怎么不说,你从我手中抢走靳燃哥哥,你还可以如此心安理得?靳燃哥哥是我的,永远都只能是我的。你们这些人,我会一个一个地把你们送进地狱!徐辛颐和丁昂,只是一个开始,你们都给我等着,"楚芸冷笑,"我既然回来了,就不会让你们再过得这么逍遥自在。大不了,就是跟你们一起下地狱而已!"

楚芸说完径直起身离开。袁莱在椅子上枯坐了半天,不知道过了多久才回过神来。回到公司,她只是木然地坐在那里,不知道自己到底该怎么做,才能把这一切事情抹平,就当从来都没有发生过。

上海,一家高档咖啡馆里,纪敖亭坐在靠窗的位置,修长的手指捏着小小

第92章 深渊

的汤匙有一下没一下地搅动着面前的咖啡,不知道在想些什么。泛着白光的镜片下,黑沉沉的眼眸里裹着一点不易察觉的疲倦。他已经连着好几天没能入睡了。分明是困到了极致,却怎么都睡不着,只能眼睁睁数着时间,等待天光破云。

靳燃一身风雪匆忙赶来,落座时,身上还裹着一点从外面带进来的寒气。他在纪敖亭对面的椅子上坐下来,叫了一杯不加糖的拿铁。纪敖亭抬眼强压下面上的倦色,似笑非笑地盯着靳燃,"这么大的风雪,靳总还亲自约见在下,实在是有些……受宠若惊啊。"

"纪总知道我的来意。"靳燃说。

纪敖亭轻笑了一声,慢条斯理地开口,"岚镇旅游开发案迟迟没有出来,靳总终于坐不住了,对吧?"

岚镇万人马拉松之后,泰禾星旅评价一落千丈。但泰禾星旅官方申明,他们愿意承担一切责任,退订的单子不收取任何手续费,全部如数奉还,之后又推出了一大波优惠政策,虽说没能全部挽回损失,但总算是减小了损失,暂时稳住了泰禾星旅的场子。可之后本该如火如荼地找回这笔损失的岚镇旅游开发案,却迟迟没有动作。这一点的确是在靳燃意料之外。

玉石俱焚,看来纪敖亭也是一早就看清楚岚镇只是靳燃抛砖引玉、引蛇出洞的一个幌子而已,而他虽然失了先机,但也不想就这么白白便宜了靳燃,因为他很清楚,一旦岚镇开发出来,最受益的未必是他。岚镇的旅游火爆起来,但受地域局限,岚镇的人口始终是受限,原住居民几乎都要搬迁,对于这些有着根深蒂固的落叶归根思想的人来说,离岚镇最近的裴心岛必定是他们最理想的新居住地。靳燃和张氏地产联手打造的新楼盘,便是他们最佳的选择。

纪敖亭看似在岚镇上赢了靳燃,最终也不过是替他人做嫁衣裳,便宜了靳燃和张氏地产。商场上尔虞我诈,纪敖亭走错一步,只能认栽。但他如果就这么耗着呢?他耗得起,靳燃和张氏地产却未必。

张氏地产是香港老牌地产大亨,可香港终究只有这么大,如今张氏地产想要向外发展,第一站就是选择裴心岛,一旦这个项目失利,那么对张氏地产来说,无疑是一个巨大的打击。

第 93 章 玉石俱焚

"这本来是一个双赢的局面,"靳燃低垂下眉眼,浅抿了一口咖啡,吐出一口长长的浊气,"岚镇旅游开发,是纪总接手泰禾星旅之后的第一个大计划。这个计划的确是可以将泰禾星旅彻底拉出泥沼,毕竟之前那些做出来的数据,外人看不出来,大家都心知肚明,只是数字好看,实际上根基不稳。泰禾星旅根本经不起下一次风暴,在这一点上,我不得不承认纪总的眼光和魄力。"

"眼光和魄力?"纪敖亭唇角擎着一丝讥诮,"靳总这话可就是真的在说笑了,我要是真的这么有眼光和魄力,就不会被靳总摆一道了,还得硬生生地把这口气给咽下去。不过,一个小小的泰禾星旅对我来说还算不得什么,就算它亏空得一无所有,也动摇不到我的根本。一个小公司,我不爱玩了就转手让人,赠人玫瑰,手留余香,就当是日行一善。这个亏,我也就认了。"

这一笔亏空,至少是好几十个亿,纪敖亭这日行一善,倒当真是大手笔。靳燃当然也清楚,纪敖亭不能咽下被他摆了一道的那口气,他也没想到,他算无遗策,最后却输在纪总这财大气粗上。

"如果纪总执意如此,不妨考虑一下,将岚镇的旅游开发权,转让给非途,"靳燃说,"只要纪总开口,我绝不二价。"

"绝不二价?靳总真是好大的口气啊,"纪敖亭似笑非笑地朝着靳燃看了一眼,"岚镇这个开发案,我就算是烂在手里,也不会让给靳总,靳总也不必在我身上花费心思了,我是不会松口的。如果是他人,这口气我可能就吞了,可是靳总不一样,情敌见面修罗场,不是吗?"

岚镇的开发案,纪敖亭一早就看出来自己被摆了一道,换作其他人,他或许会为了减少损失而另作他想,甚至在这个时候,抬高价格转手相让。可这个人是靳燃,他就算把它捂烂在手里,也不会便宜靳燃。

"我一直以为,纪总是个公私分明的人,"靳燃一笑,"我也曾经答应纪总,愿意跟纪总公平竞争,可事到如今,看来光明磊落的只有我一个人。莱莱她一直都很欣赏纪总,我也希望,纪总不要让莱莱失望。"

"我得不到的人,又何须在意她怎么看待我?从我离开非途旅行的那一天开始,我在袁经理心里就已经不再是从前那个温和的上司了。再说了,追女孩子,跟做生意是两码事,靳总要是连这个都分不清楚,迟早是会吃亏的。"

"这么说,纪总是不打算开发岚镇,也不打算转手了?"

"不错,"纪敖亭一笑,"我刚才已经说了,大不了就是玉石俱焚,有时候损人未必要利己的,不是吗?"

靳燃揉了揉眉心,如果没有天和集团突然插手进来,裴心岛的地产开发迟

第93章 玉石俱焚

一点也不过是时间上的问题,可现在多了一个萧万雄,地产开发又迟迟无法按照预算动工,那么这一切就都是变数。到时候萧万雄再一施压,张亮未必扛得住老张总的压力。一旦张氏地产的项目取消,那他之前的所有努力可就都白费了。

"既然如此,那我也不再多说了,"靳燃站起来,"今天冒昧打扰了,告辞。"

"对了,听说天和集团萧总看上了靳总这个上门女婿,还没来得及恭喜靳总,"纪敖亭一侧眉梢略微一挑,桃花眼里溢出几分笑意,"靳总飞黄腾达指日可待,或许到了那个时候,我会重新启动岚镇的开发也未可知啊。"

"这个就不必纪总费心了,"靳燃说,"我这一生,只会跟莱莱结婚生子,至于萧总的厚爱,我恐怕高攀不起。"

靳燃说完,脚下没丝毫迟滞地离开了纪敖亭。纪敖亭目送靳燃的背影。说句实话,如果他们之间没有一个袁莱,他倒是很欣赏靳燃,靳燃的手段和城府,的确是深不可测,跟聪明人合作,必定是事半功倍。可他注定跟靳燃只能站在莱莱的两边,除非是为了莱莱,否则无法站在同一阵线。

商场如战场。

靳燃正准备回公司,却接到丁昂的电话,叫他立即过去见他。靳燃到的时候,赵承志也刚刚到,两人下了车,彼此对视了一眼,这才上去敲门。丁昂早晨去了医院之后,就借口身体不适,离开了医院,但他没有回丁家大宅,而是回了他自己的别墅。他失魂落魄地坐在沙发上,脸色苍白得没有一丝血色。昨天还舍不得撒手的奖杯孤零零地在鞋柜上。

靳燃和赵承志在丁昂对面刚坐下来,丁昂便仓皇地抬起头,"靳燃,老赵……我现在只能找你们帮忙了,这一次,你们一定要帮我,否则,我跟辛颐……就完了。"

接着丁昂把昨天晚上的事情简单说了一遍,他满脸痛苦之色,手指深深地插进发间,声音破碎,"我真的只是喝醉了,我怎么知道那个女人居然有这么深的心机,居然趁我喝醉……给我摆这么一道。我现在是百口莫辩,早上我去看辛颐的时候,我这心里头跟被人砍了一刀似的难受。我答应过辛颐,这一辈子都不会再骗她,可是……可是辛颐眼睛里揉不得沙子,别说是楚芸,换作任何一个女人她都受不了,我该怎么办?我不想再跟辛颐分开,我们好不容易才走到今天,我不想……"

丁昂说着,狠狠捶打自己脑袋,他怎么会这么蠢,明知道楚芸别有用心,却还着了她的道,他怎么会这么笨。

靳燃和赵承志面面相觑。楚芸本来就像是一颗定时炸弹,可谁都没想到,这第一声响,就已经如此震撼。眼下不该发生的事情已经发生了,徐辛颐知道这个消息时,会是怎样的反应。

"楚芸她手上有没有留下什么证据,"赵承志沉着脸,"如果她是精心安排这个局来报复我们的,那她手上就一定会留有证据,就算我们现在能瞒住辛颐,万一哪一天她把证据捅到辛颐那里,会造成怎样的后果,我们没人能够预料得到。"

丁昂脸色陡然一变,瞳孔倏然收缩,声音无比艰难,"我……我真的不知道,昨天晚上的事情,只是一个意外,我,我不知道,如果她手上有证据,那我就彻底完了。"

"如果楚芸是存心报复,那她就一定会留下证据,"靳燃说,"否则,她凭什么来证明你们昨天晚上在一起?你们也都知道,六年前,辛颐只不过是替莱莱教育了她几句,她就找人险些把辛颐打残,连莱莱也受了伤……所以,她手上有证据,而且,她恐怕迟早会把那些证据透露给辛颐。"

"靳燃,你一向都是我们当中最聪明的一个,你替我想想办法,我现在到底该怎么办啊?"丁昂"扑通"一声跪在地上,靳燃是他最后一丝希望。他现在脑子里完全就是一团糨糊,根本无法正常思考,更找不到什么合理的解决办法。

楚芸是摸准了他的软肋一击而中,她就是想要丁昂和徐辛颐妻离子散。

"你先起来,"靳燃说,伸手把丁昂从地上拽了起来,"既然出了手,现在却又按兵不动,楚芸必定有她的目的……"

"难道,她的目的,"赵承志看着靳燃,"是你?"

楚芸跟靳燃打小就是邻居,靳燃一直都很照顾楚芸,天长日久,楚芸就对靳燃暗生情愫,希望等她长大,能跟靳燃结婚生子,终老一生,却没考虑靳燃并无此心。

当靳燃遇见了袁莱,楚芸的世界崩塌了,她恨袁莱厚颜无耻地抢走了她放在心尖上的男人,直至最后咎由自取,进了监狱。这一笔血债,她要血来偿还。

第94章 心机

上海的冬天阴云密布，铅灰色的天空给整个城市都染了色。行人匆忙地擦肩而过，谁都没心思多看一眼路过的陌生人，偶尔的眼神接触也只有瞬间的茫然。

沈双双在窗明几净的咖啡馆里等了半天，才等到约她来的当事人。当事人在电话里说，是朋友推荐她过来找沈双双的，沈双双还没正式挂牌，但实习期已经结束了，按照相关规定，她确实可以单独接案子。可干他们这一行的都知道，这一行是欺生，没几个浮浮沉沉、遭人冷落的煎熬，基本上无人问津。所以那些大律师都是坐过几年冷板凳才开始慢慢上手的。

大概是沈双双天赋异禀，又有一个男朋友当顶头上司，所以当对方找来说要请她打官司，她兴奋异常。正志律师事务所成立这么久以来，她还是第一个实习刚结束就有人找上门来委托办案的。

"你……不是刚打赢比赛的那个，飞昂的女神吗？"这几天铺天盖地的电竞比赛报道，让她注意到她。他们这些纨绔子弟，手游电竞也是爱好之一。自从跟丁昂熟络起来之后，她还一门心思想走个后门，去飞昂挂个兼职什么的，沾沾电竞大神的光。

楚芸不动声色地喝了一口咖啡，略微苍白的脸颊上浮出一抹苦涩。她苦笑一声，"什么女神不女神的，沈律师太客气了，不过是运气好一点罢了，这一次昂爷向我推荐了沈律师，希望沈律师能够帮我一把。"

"哦，对对对，"沈双双一拍脑门，立即打开面前的笔记本，做好了准备，"女神……哦不，楚小姐不说我都差点忘了正事了，楚小姐在电话里也说得含混，我也没怎么搞清楚到底怎么一回事，不知道楚小姐是想委托我给你办什么案子？"

楚芸一脸愁容，似乎是做过极大的挣扎，这才迟疑着开口，"沈律师，我可以信任你吗？你不会像他们一样背叛我，出卖我吧？"

"你当然可以信任我，"沈双双立即道，"我是律师，有自己的职业操守，你今天和我说过的话我会全部替你保密，不会让第三个人知道的，这一点请楚小姐放心。"

"那好，你先看看这个。"楚芸从包里取出一份资料递给沈双双，满脸痛苦地道："这是我当初跟嘉士电竞队签的合同，事实上这份合同存在着很大的漏洞，但我当时也是被逼无奈，实不相瞒我有过案底……"

"案底？"沈双双眉头轻蹙了蹙，然后说，"有案底又怎么样？谁年轻的时候没犯过错，你不是也因此受到过处罚了，你出来之后也就重新拥有了一切权利,谁能把你怎么样?"

话虽这么说,但沈双双之前一直跟着赵承志,也接触过一些案子,因为嫌疑人有过前科和案底,便被会列为重点嫌疑对象,即使是清白的,他们说的话可信度也会降低了几分,这也是不争的事实。

楚芸苦笑一声,摇了摇头,"可我们这样的人,哪里有什么平等权利可言,之前我连找了好几份工作,都被解雇了,因为没有合同我也没办法追究,何况我本身就有案底,争也争不过什么,还不是被人讹。嘉士电竞队当时肯要我,我已经很感激了,但我对法律一窍不通,所以不知道这上头居然有这么多的不利条款。现在嘉士电竞队起诉我违约,要我赔偿巨额损失,他们甚至还告我跟飞昂串通,泄露商业机密,导致他们比赛失利。天地良心,飞昂的人根本不知道我之前在嘉士电竞队待过,所以这根本就是诬告。"

沈双双仔细看了一下合同,合同里确实明里暗里藏着不少陷阱,不是专业人士根本看不出来这合同有什么漏洞。但嘉士电竞俱乐部颇为著名,要不是这一次输给飞昂,嘉士算得上是电竞队的老大,这些合同不应该有这么大的漏洞,除非……嘉士电竞队一早就埋好了这个伏笔。

可是怎么会呢?

楚芸一个有前科的小人物,就算离开嘉士,也未必能够顺利进入飞昂,嘉士电竞队如此大费周章,到底是图的什么?

沈双双百思不得其解,她放下手里的合同,"楚小姐的意思是,你之前跟嘉士电竞队签约的时候并不知道这里面有陷阱,现在因为楚小姐进入了飞昂,帮助飞昂打赢了这场比赛,现在嘉士电竞队怀恨在心,故意诬告你违约,追求违约赔偿的同时,还认为你故意泄露了嘉士电竞队的商业机密,导致嘉士在这一次比赛中失利。对吗?"

"对,"楚芸一脸震惊,"沈律师果然是神思敏捷,我表达得不太清楚,但沈律师居然能这么快明白我的意思,沈律师果然是个能人,那……这件事,您看有赢面吗?我现在没什么积蓄,这一次赢了比赛,昂爷给我分了一点钱,但我想换一个好一点的公寓,刚付了押金和租金,实在是拿不出钱来。而且他们要的赔偿金额实在是太大了,我就算是倾家荡产也赔偿不出来。我更不能因为自己去害昂爷他们。昂爷是个好人,他知道我无家可归还帮我找房子安置,我不能害了他。"

沈双双脸色微微一变,丁昂热心不假,可还没热心到帮人找房子安置,再看楚芸的神色,似乎是对丁昂怀有不一样的感情,沈双双直觉这里头有什么地方不对劲,却又不敢细想,生怕自己一时走岔了道,可就是万劫不复了。

"那楚小姐的诉求是……"

"我能有什么诉求,好不容易才走到今天这一步,我不想就这样又被重新打入地狱,"楚芸眼圈一红,险些哭了出来,"我只想好好重新做人,别的我也不敢奢望。沈律师,你可一定要帮我,就当……当是看在昂爷面子上,好吗?"

"昂爷面子?"沈双双迟疑了两秒,"冒昧问一句,楚小姐跟丁先生之间的关系是……"

"没,没什么,我跟昂爷之间什么都没有的!"楚芸像是被踩到尾巴的猫,明显有点反应过度,脸上浮出一抹恍然无措,"我对昂爷绝对没有非分之想,我知道昂爷已有家室,我,我不该有什么奢望,我只是,……昂爷对我这么好,不但收留我进入飞昂,又帮我安排好住处,我已经心满意足了。"

沈双双眉心都快皱出一道褶子,楚芸这话明显是欲盖弥彰。可丁昂跟徐辛颐之间的感情不是一直都很好吗?是丁昂演技太好,把他们都蒙骗了过去,还是楚芸在撒谎?

可楚芸刚到飞昂,应该不知道她跟丁昂的关系。大概也正是因为这个,楚芸才不小心泄露出一点真相。果然啊,这世上,男人都是大猪蹄子!

"我刚才看了一下,楚小姐现在是住在青枫园?"沈双双突然问道。

青枫园在某种程度上来说,就是豪宅和身份的代名词,按照楚芸的说法,她有前科,连个正式工作都难找,这一次嘉士电竞队起诉她赔偿违约金,她也拿不出赔偿款来,哪来这么多钱住得起青枫园?就算是租住,一年下来也是几百万,难道丁昂真的出轨,背叛了徐辛颐?

"是,我……那个,我跟昂爷说不用住这么好的房子,可是昂爷他……"楚芸说到一半,这才反应过来自己好像说错话了,她陡然闭了嘴,满脸痛苦地盯着沈双双,突然一把握住沈双双的手腕,"沈律师,我,我真的不是故意的,我以前虽然犯过错,但也是好人家的孩子,我不是那种下三滥的人,我是真的喜欢昂爷,我实在是迫不得已……我在上海也没个朋友,也不知道该跟谁说。沈律师,你一定会帮我的对不对?我只是,只是太喜欢昂爷了。"

因为喜欢,就可以肆无忌惮插足别人婚姻吗?

"你的意思是说,你和丁先生……"沈双双略微一顿,斟酌了一下措辞,她喉咙轻轻动了动,似乎是咽了一下唾沫,"你们现在是在一起?"

第 95 章 信任

"我也没有想过要去争什么,我只想就这么静静地陪在他身边,我不敢奢求别的,也不敢让辛颐姐知道,"楚芸说到这里,一下就哭了出来,泪如泉涌,几乎是抽噎着把最后一句话说完,"所以,我一定要留在飞昂,沈律师,你一定可以帮我打赢这场官司的,对吧?我求你……"

沈双双听得一个头两个大,要是她不知道丁昂的情况,说不定就稀里糊涂地相信了楚芸这一套说辞。可丁昂和徐辛颐之间的感情,她也算是一个见证者,难道丁昂真的出轨了?徐辛颐到现在还没出院,要是知道此事,别说出院,恐怕肚子里的孩子都未必能够保得住啊。

"楚小姐言重了,作为一个专业的律师,你的私事我的确无权插手,"沈双双说,"至于你这个案子,我也要回去仔细看一下材料才能决定我是不是要接,实在是抱歉楚小姐,我所里还有事得先走了,有什么事再联系好吗?"

楚芸一脸失落,却也没有挽留。沈双双收拾好了东西匆匆忙忙地离开了咖啡馆。从咖啡馆出来,她也不知道该往哪儿走,思前想后,觉得这事总有些不妥,不知道该找谁商量,想到袁莱跟徐辛颐关系亲近,也算是局内人,只好先找袁莱商量了。

袁莱接到沈双双电话立即赶了过来,沈双双在谷阳的咖啡店等她。袁莱到了之后,她把楚芸找她事情避开案件相关内容简单地说了一下。袁莱越听脸色越难看,"你相信楚芸说的话吗?"

"我不知道,"沈双双叹了口气,"可我总觉得,一个女人不会随随便便拿自己的清白来冤枉自己吧?说实话,从主观上来说我真的不愿意相信这一切都是真的。所以我也很矛盾,到底要不要接她这个官司。还有,这些事要不要跟辛颐姐说。"

大概天底下所有人都会面临这样一个难题,一边是真相,一边是伤害,有时候连他们都分不清楚,人为什么一定要知道真相呢,或许一直被蒙在鼓里反而会过得更舒坦。

"有一件事,或许我应该先跟你说清楚,之后你再决定要不要接这个烫手的山芋,"袁莱说,"这件事埋在我们所有人心里,是个无法宣之于口的秘密,谁都不想提及。但我这个人大概比较护短吧,所以在这些阴谋里,我相信丁昂是无辜的。"

沈双双没想到,袁莱听完整件事还是选择相信丁昂。直到袁莱讲到当靳燃牵着袁莱的手,出现在楚芸面前的时候,她彻底地失控。多年的欢喜,爱而不得的愤怒,渐渐汇聚成她心里堪不破的心魔。她不断地挑拨离间,费尽心

第95章 信任

机,用尽手段,可靳燃和袁莱依旧没有分开。后来这一切都被徐辛颐揭穿。她恼羞成怒,叫上几个小混混堵住徐辛颐和袁莱,把徐辛颐打成重伤,在医院足足躺了几个月才勉强下床,也就是那个时候丁昂鞍前马后的照顾,才让徐辛颐最终动了心。楚芸因为故意伤害罪被判了六年。

六年之后,她再次回到袁莱他们的视线里,难道真的只图叙个旧吗?

何况,他们之间,实在是没什么旧可以叙了。

"你的意思是,"沈双双的语气有点艰难,"楚芸回来,是想要故意报复你们?"

"双双,你也有自己喜欢的人,那么多年的等待守候,那么深刻的喜欢,你会一出来就忘了自己曾经喜欢的人,闪电般地移情别恋吗?"袁莱反问道。

沈双双一怔,她确实没想到这一点。袁莱说得对,当初她为了挽救沈氏集团,不得不跟盛德集团联婚的时候,心里依旧还藏着赵承志,就算她不断地说服自己,那是她必须要走的路,可一个人怎么能够控制得住自己的真心实意?何况,楚芸喜欢靳燃那是从小到大常年累积的。但如果不是这样,那这一切岂不都是楚芸精心设计的局。那么她是不是也成了楚芸的一枚棋子?

沈双双一想到这里就不寒而栗,之前对楚芸的同情顷刻间荡然无存。她咽了下唾沫,"莱姐,那我现在应该怎么办?这事……要不要告诉辛颐姐?"

"暂时先瞒着吧,"袁莱吐出一口长长的气,神色凝重,"辛颐的情况刚刚稳定下来,如果让她知道这些事,我担心她会接受不了,还有……"

"还有什么?"沈双双问。

袁莱眼里有着一点不甚明显的迷茫,"楚芸这个人不简单,她接近你的目的也绝不简单。很多事你还是先跟承志商量好再做决定。你是个聪明人,应该明白我的意思。"

"嗯,"沈双双笑了笑,"谢谢莱姐!你放心,这件事我一定会慎重考虑的。说实话,别人我不知道,但昂爷和辛颐姐,还有你和燃哥,这一路我都是看着你们走过来的。如果这都不算爱情,不能相守到最后的话,我就再也不相信什么是爱情了。"

袁莱笑了笑,"你别顾着说我们,你和承志不也是一样吗?双双,不论将来发生什么事,你和承志之间一定要相互信任,明白吗?"

"嗯,我知道啦。"

外面风雪总算是略微消停了一点,楚芸一直在外头玩到夜深人静才半醉而归,她还没进门,就看到屋子里亮着灯,楚芸瞳孔微微一缩,佯装出来的醉意瞬间消失,目光里掠过一抹寒意。她缓缓地踩着雪花,走进了别墅大门。

顾飒已经连喝了三盏茶才等到自己想见的人。楚芸装出一副受宠若惊的表情,慢吞吞地走到顾飒对面的沙发上坐下。她轻轻拨弄着头发,"顾总真是稀客啊,什么时候光临的寒舍,怎么也不提前通知一声。"

"你知不知道你现在在干什么?"顾飒冷声质问,"谁让你自作主张去接近赵承志的?我当初帮你可不是让你给我惹麻烦的。你最好记清楚一点,我能把你从地狱里拉出来,也能再把你打回去。楚芸,不要挑战我的耐性,一枚不受控制的棋子,留在手里只会烧手。我从来都不会干这种蠢事,所以我劝你好自为之。"

"顾总误会了,"楚芸一笑,"当初沈长庚暗地里跟盛德集团联手做戏,险些把顾总都搭了进去,这口气顾总难道打算就这么忍了?我只不过是想办法替顾总出一口气而已。再说了,赵承志和丁昂他们是一丘之貉,斩草不除根,春风吹又生,这个道理还是顾总你教会我的,不是吗?"

顾飒冷冷一笑,"六年前,你因为故意伤害被捕,当时的被害人辩护人,是赵承志的父亲赵建国。你一直憋着这口气,可不就是为了把他们一网打尽吗?楚芸,在我面前玩花样,你还嫩了点。"

"既然顾总都已经知道了,又何必再明知故问?"楚芸说,"顾总说得不错,当年要不是赵建国亲自出庭担任辩护律师,法官又是他的门生故旧,我怎么可能被判六年。我说过,他们当年怎么对我的,我一定会十倍百倍地还回去!我要他们个个家破人亡,我要他们都尝尝我当年锒铛入狱的滋味!这是他们欠我的!"

"这是你的私事,与我无关,"顾飒看了楚芸一眼,"我的目的只有靳燃,你如果再自作主张乱来,就不要怪我不客气了。下一次,你可就没这么好的运气了。"

顾飒说完,没有再理会楚芸,径直起身离开了大厅。楚芸坐在沙发上,阴森森地盯着顾飒离去的背影。她已经走到了这一步,怎么可能说停就停?大不了就是同归于尽,她还能拉几个垫背的,怕什么?那些漫长无尽的黑暗岁月,早已经成了她生命的主旋律。

第96章　崩碎

"根据本台最新消息，香港地产大亨张氏地产，即将与地产鳌头万恒集团联手，在旅游胜地裴心岛联合打造最美旅游度假胜地。与此同时，张氏地产还会在裴心岛建立高级公寓、配套商圈等设施……"

一夜之间，张氏地产联手万恒集团，打造最美旅游度假胜地的消息引爆了网络和各大媒体。纪敖亭也没想到，这一局他竟然输得一败涂地。他原本以为，只要一直拖着岚镇的开发，靳燃就没辙。张亮胆子再大也不敢在这个时候孤注一掷先建楼盘。他已经拿到岚镇的开发权，他拖得起，但张亮未必拖得起。时日长久，那一片住宅楼要么废弃，要么烂尾，可万恒集团在这个时候横插了一脚，就算是萧万雄，也没这个胆子跟万恒集团对抗。这也就意味着，他先前的如意算盘全都落空了。

靳燃……

纪敖亭脸色阴沉，事到如今，反倒成了他骑虎难下。岚镇的开发与否已经影响不到张氏地产的开工，而拖一天，就要多烧一天的钱。可纪敖亭就是不甘心就这么输给了靳燃。

"叮——"

纪敖亭的手机突兀地响了起来，是秘书来电，纪敖亭心不在焉地接起手机。几秒钟之后，纪敖亭脸色陡然一沉，"你说什么？"

"纪总，岚镇那边来的消息，说当地原住民暴动，现在全都围到了开发部那边。梁总刚才打电话来请示，该怎么处理？"

"暴动？为什么会出现这种情况？不是已经让你们尽快完成拆迁了吗？"

"是是是，我们已经跟大部分原住民签了合同，可他们也不知道从哪儿得来的消息，说我们的拆迁款比不上裴心岛那边的张氏地产，所以全都过来闹事，好几个过来执勤的保安都已经被打伤了。纪总，现在该怎么办？"

"马上给我订去裴心岛的机票，"纪敖亭冷声道，"告诉他们，谁要是再在开发部那边闹事，一分钱都别想拿到！"

"这个……纪总，梁总是真的不敢啊，您想想，现在他们只是听说张氏地产那边拆迁款略高，就已经闹成这样，万一再刺激到他们，恐怕后果不堪设想啊！"

"那就让他们留下代表，等我过去谈判。"

张氏地产在裴心岛的地产开发，因为大部分都是荒山，原住民并不多，一共只有17户人家，拆迁费自然就不会压得太低，岚镇上百户人家，还有一些公共设施，这两者之间根本不能对比。不过，拆迁是都有一定比例的出入，只要出入不太离谱,都由开发商在比例内自主决定。但纪敖亭已经做出最大限度上的让步了,这些原住民到底想怎么样?

他现在已经来不及去管这么多,先把局势稳定下来再说。其他的只能走一步看一步,到时候再想办法。他可以肯定,这事跟靳燃脱不了干系。

然而纪敖亭前脚刚走,靳燃后脚也被顶上舆论的风口浪尖。各大媒体热搜榜上,赫然都是靳燃的名字,诸如:"从东方大学才子,到华尔街妙手投资人,起底非途旅行COO靳燃的前世今生""汉光、美吉两大收购案背后的辛酸血泪,华人投资人靳燃风光背后,不为人知的丑陋面目""故技重施,非途旅行的未来何去何从?"……

一连串像是事先编造好的热搜消息,瞬间点燃了整个网络,有关靳燃的话题阅读量直接爆表,短短几个小时就突破了十亿大关,评论次数也迅速突破了百万条。好几个网站都险些瘫痪。刚刚从风口浪尖下来的非途旅行,再次被推上去。

为了控制舆论,也是为了暂时息事宁人,非途旅行总部通过公告方式,暂时停止了靳燃的一切职务。不但如此,还对外宣称会及时查证爆料的真实性,给大众一个满意的交代。几乎是在公告发出来的同时,顾飒终于从外地出差归来,重新入主非途旅行,稳住了局面。

总裁办公室。

顾飒连着打了几个电话出去,靳燃到的时候,顾飒不知道正在对谁发火。很显然,靳燃被暂时停止一切职务的事情,并不是她在背后捣鬼,她也不知道到底是谁在背后阴了靳燃一把。但不论那个人是谁,她都绝不会轻易放过。

"顾总,"靳燃将手上的文件放到顾飒的桌子上,"这是我手上目前正在进行的一切工作,往后的步骤我都已经标注出来了,只要按照这些步骤,暂时不会出什么太大问题。从现在开始,我接受总部的公告,正式停职。"

"也好,你就当暂时休个假,其他的事情交给我来处理,"顾飒双眸微微一眯,冷笑一声,"我一定会查清楚到底是谁在背后造谣生事。你放心,我一定会替你讨回这个公道!"

"其实这也不算是造谣生事,汉光和美吉的收购案,本来就存在瑕疵,"靳燃说,"现在被挖出来,我也没什么好说的。"

"胡说八道!"顾飒怒道,"商场上谁的手是干净的?谁的手上没点见不得光的东西?为什么偏偏是你被挖出来?你就没想到,到底是谁在背后坑你?这口气你忍得下去,我可忍不下去!"

俗话说,打狗还得看主人,她顾飒看上的也敢动,简直是活得不耐烦了!

"顾总,不如……"靳燃尾音一顿,一字一顿地说,"不如放了我吧,当初我回来进入非途,也只是为了莱莱,现在我跟莱莱已经在一起了。有些事,不

第96章 崩碎

管是谁做的,我已经不想再去追究。我会离开非途旅行,从此以后,跟非途旅行,跟顾总都没有半点干系。还请顾总成全。"

他在非途旅行,不只是要承担非途旅行的荣辱,现在还多了一个天和集团。以萧万雄的实力,他虽然无法跟万恒集团抗衡,但想要对付一个小小的非途旅行的确是易如反掌,就算将来总部插手干预,也未必能够扭转局面,毕竟强龙不压地头蛇。何况萧万雄的实力,也不见得会输给总部。

抱薪救火,无异于玩火自焚。靳燃回国的目的已经达到,至于是否留在非途旅行,对他来说的确没什么太大意义。如果他的离开能保住非途旅行,保住那些对非途旅行不离不弃的梦想,他又何乐不为?

"我要是不成全呢?"顾飒说。

靳燃抿了抿唇,道:"恐怕有些事,也由不得顾总,这次的事情被爆出来,总部已经对外发了通告,不管这消息是谁捅出来的,它现在已经清楚明白地公告天下。对我来说,也是一种解脱。顾总就算手段通天,只怕也难力挽狂澜吧?"

顾飒目眦尽裂,因为她很清楚,靳燃说的全都是实话。非途旅行不止上海一个分公司,弃车保帅,这是行业内最常规的做法,商人重利,如果这个人不是靳燃,她也会毫不犹豫地做这个决定。

靳燃看她不再说话,便沉默地离开了。从顾飒办公室出来,他如释重负般吐出一口浊气。汉光和美吉收购案,他虽然没在背后玩弄那些手段,可结果却实实在在地摆在大家跟前。他当年因此一夜成名,名利双收,可别人却家破人亡。现在这一切公之于众,他并不委屈。一直以来,这件事像一块大石头压在他心口,现在这块大石头总算是被挪走了,他也可以喘口气了。

袁莱连消息都来不及看完,就立即赶过去找靳燃。然而靳燃却不见踪影,她心头"咯噔"一声,生怕靳燃承受不了这个刺激,而做出什么傻事。想了半天才回过神来,掏出手机翻出靳燃的电话,手指在屏幕上戳了好几下,才终于把靳燃的电话拨出去。

熟悉的手机铃声在她身后响起,袁莱飞速转身看向身后,只见靳燃好整以暇地站在那里,脸上挂着一丝风轻云淡的笑容。

"莱莱,你这么急着找我,是担心我出什么事吗?"靳燃晃了晃手里的手机,唇角一勾,加深了那抹笑意。

袁莱跑过去仔细检查一遍,发现靳燃身上没有任何伤痕,也没什么不对劲的地方,紧绷的神经才彻底松懈下来,眼圈一红,一下扑到靳燃怀中,"你跑到哪里去了?你知不知道我有多担心?靳燃,你……你太坏了。"

"抱歉,"靳燃抬手,轻轻揉了揉她的脑袋,"都是我的错,我刚才只是去找顾总交接了一下工作。袁经理,我现在可是无业游民了,不知袁经理可否养我?我别的什么都不会,只会喜欢你。"

第97章 迟到的解释

靳燃的脑门上就差贴上"求包养，会暖床"几个大字了。袁莱刚才一肚子的担心，这会儿一股脑儿消失无踪。正好今天徐辛颐出院，她答应了要亲自过去帮着接人，两人简单收拾一下就出发去了医院。

半道上，袁莱终于没忍住，把之前在酒店外头看到的情况跟靳燃说了一遍，谁知道靳燃这边也藏着丁昂的秘密。两人跟地下党接头似的一合计，彼此都觉得对方十分鸡贼，居然都没敢道破这个秘密。

"昂爷和我都找人调过那天晚上的监控视频，"靳燃一边开车一边说，"当天晚上他们都喝多了酒，至少从监控视频上来看是。之后两人进了房间，监控视频就拍不到了。但丁昂实在是醉得不省人事，他有没有做什么越矩的事，他自己根本想不起来了。依照我的推测，他只是被楚芸摆了一道。楚芸手上应该还留着一手，要么是照片，要么就是视频一类的'证据'。"

"这么说，昂爷是跳进黄河都洗不清了？"袁莱皱眉道。

"嗯，"靳燃点了点头，"恐怕还不只是他一个人，我担心的是楚芸后面还会有动作，辛颐现在怀有身孕，身子孱弱，再也受不得惊。之前只是看到楚芸出现在飞昂就险些小产，如果让她知道这件事，她绝对不会回头。何况这件事，小昂没有辩解的余地，否则就是欺骗，这效果跟承认这件事是一样的。楚芸这一招，其实是在诛心。"

靳燃说得不错，楚芸实在是太了解他们每一个人，知道他们每个人的性格，所以一出手就是杀招，没有给他们留丝毫余地。袁莱突然开口，"楚芸既然是回来复仇的，那我们身边每一个人都会有危险，这一次的新闻，是不是也是她……是她捅出来的！"

靳燃这件事，如果不是顾飒说的，那么也就只有楚芸这一个人选，可是楚芸怎么会知道这么多内幕？不论是当年的汉光收购案，还是后来的美吉收购案，知道内幕的人屈指可数。这些人都在一条船上，实在是没必要把这件陈年往事重新拉出来。

"我现在还没有足够证据，"靳燃说，"不过，不管是谁动的手，只要他出手，就必定会留下蛛丝马迹。这些事你就不用管了，我会处理。"

袁莱沉默了一阵，试探着道："你刚才说，你跟顾总交接工作，所以，你是真的打算离开非途旅行吗？还是说，只是暂时避开锋芒？"

"我是为你回来的，进入非途旅行只是权宜之计，我迟早会离开非途旅行，"靳燃朝着袁莱看了一眼，无声地笑了一下，眉眼弯弯，"所以，你放心吧，我没有因为这事为难自己，更不会因为这个伤害自己，这些状况都在我预料之中,明白吗?"

"咯……"袁莱差点被自己口水呛死,"那你接下来有什么打算?"

"求包养啊。"

"……"

袁莱额头挂满黑线,她之前怎么没察觉靳燃这人这么皮,皮一下真的很开心吗?不过,既然他早就料到了这一步,她倒是省了不少心,毕竟他们现在内忧外患一大堆,实在是禁不起折腾了。

"对了,那天双双也来找过我,说是楚芸想找她打官司,"袁莱抚了抚额头,"具体的案件情况,她倒是没细说,只知道是跟嘉士电竞队的合同有关,我总觉得这里头有什么不对劲。但楚芸跟我们几个有仇不假,双双跟她无冤无仇,她没理由向双双下手吧?"

"这倒未必,"靳燃说,"如果小沈只是小沈,楚芸或许不会下手,可你不要忘了,她现在是承志的女朋友,当年那件案子,是赵叔叔替你们出庭辩护,最后又替她求情,这才减少一部分刑期。可在楚芸看来,就未必是这么一回事了。"

"你的意思是说,她故意接近双双,是为了报复承志和赵叔叔?"

"不排除这个可能,她回来本来就目的不纯,辛颐和丁昂这边已经出事了,所以……"靳燃声音略微一顿,"我们得想个办法应对才好,否则,她在暗我们在明,恐怕迟早会惹出乱子来。我叫了承志和小沈也一起过来,送走辛颐之后,我们几个再一起商量一下对策。"

"好,"袁莱抿了抿唇,"那辛颐那边怎么说?你刚才也说了,楚芸手上可能会留有一手,万一到时候被她爆出来,辛颐怎么办?我们要告诉她真相吗?"

"虽然告诉她真相是下策,但从目前的情况来看,我们已经没得选择了,"靳燃说,"所以,我的意思是,与其等到最坏的情况出现,不如我们兵行险着,或许事情不会发展到最坏的地步。"

袁莱思来想去,也想不到更妥善的办法,与其等到楚芸爆出这事,给徐辛颐致命一击,还不如他们主动和盘托出,至少占得一个先机。两人商量了一路,车子刚到医院,就收到了一条爆炸性的消息。微博上一个狗仔,偷拍到几张楚芸和丁昂一起从酒店出来的照片。最要命的是,其中一张照片,恰好是楚芸亲丁昂!

"惊爆!飞昂电竞夺冠真相,艾美集团大少爷'珠胎暗结',坐享齐人之福!"

"嘉士电竞被摆了一道,贵圈真乱!"

"新晋电竞女神插足他人婚姻甘当小三,究竟是人性的扭曲还是道德的沦丧?!"

……

一连串爆炸性新闻如同雨后春笋般迅速地发了出来，全国几乎过半的媒体，包括一些大V都转评了这条新闻。一时之间，"飞昂电竞阴谋夺冠""楚芸明目张胆插足丁昂婚姻"，一石激起千层浪，不只是整个电竞圈都震撼了，几乎整个网络都震动了，各大论坛人肉出楚芸。更让人意想不到的是，爆料出轨的狗仔，又爆了几张亲密"床照"。照片上，楚芸趴在丁昂身上，忘情地亲吻着丁昂，可谓是实锤了。

丁昂一早就过来帮着办理手续，又去看了鸥嫂的孩子骆一天，这孩子手术还算比较成功，目前情况已经暂时稳定了下来。因为在医院，他怕打扰到徐辛颐休息，手机一早就被调成了静音，口袋里手机早已被打爆，他却浑然不觉，拿着办理完的手续单子，哼着小曲朝徐辛颐住的那间VIP病房走了过去。

病房里一片诡异的死寂，偌大的空间里，空气一点一点冻结成冰。

丁昂一推开病房大门，就觉得气氛不对劲，徐辛颐坐在一边沙发上，手指紧紧握着手机，脸色苍白。丁昂眉头一皱，"辛颐，你怎么了？是不是哪里不舒服？我马上去找袁叔叔过来……"

徐辛颐也不知道哪来的力气，她动作极其迟缓地举起手机，手机屏幕上，是一张打了一点马赛克的照片。照片上，丁昂一丝不挂地被楚芸压在身下，丁昂的脑子轰然作响，手里的单子飘落下去，一股寒意顺着他背脊一直爬上后脑勺。丁昂努力镇定了几秒，好不容易才缓缓吐出来一句话，"辛颐，你听我解释，这件事……不是这样的，我……我也不知道怎么会变成这样……"

他盯着徐辛颐，站在原地一动都不敢动，他做梦都没想到，事情会突然变成这样，他一直都想找个合适的机会跟徐辛颐坦白，可这种事要他怎么开得了口……

背叛就是背叛。

"说完了？"徐辛颐缓缓地放下手机，连着深吸了好几口气，面无表情地吐出一个字，"滚。"

简单几个字，就已经宣告了他们之间的结局。丁昂自然听得懂她的言外之意，徐辛颐曾经说过，如果他骗了她，她再也不会回头，这句话言犹在耳。

"不，我不走，辛颐，你听我解释，我那天真的是喝醉了，我也不知道楚芸她……"丁昂说到这，脸色陡然一变，"辛颐，你干什么？你别乱动，我，我走！你别伤害你自己！"

徐辛颐抓起桌子上的水果刀，泛着寒光的刀刃，一点一点地滑向了自己脖子，她神色冷淡地看着丁昂，那眼神完全像是在看一个陌生人，"你走不走。"

"我走！辛颐，我走，我马上走，你千万不要伤害自己！"丁昂吓得魂飞魄散，抹了把冷汗，赶忙朝后退了出去，视线却是片刻都不敢挪开，一眨不眨地盯着徐辛颐，生怕徐辛颐做出什么伤害自己的事情来。

第98章 裂

靳燃和袁莱他们刚好赶到,一看这情况袁莱脸色陡然一沉,眸子里一片铺天盖地的阴霾,迫不及待地开口问道:"昂爷,辛颐呢?她怎么样了?"

丁昂仿佛是抓住了最后一根救命稻草,伸手一把死死抓住袁莱的手,痛苦地说:"莱莱,快,辛颐……里面,她要自杀!"

袁莱闻言,脸色唰的一下变白,她怎么都没想到,徐辛颐居然走了这样一个极端。她推开病房大门冲了进去。丁昂和靳燃他们几个守在门外,为了以防万一,靳燃去跟护士站交代了一声,万一有什么闪失好及时施救。

徐辛颐坐在沙发上,手里捏着那把锋利的水果刀,刀刃距离脖子不到两公分的距离。袁莱本能地想要上去夺走那把水果刀,却又怕惊到她反而得不偿失。

"辛颐,你别乱来,"袁莱试着跟徐辛颐沟通,她摊开双手,做了一个放松的动作,继续说,"你现在怀着孩子,辛颐,你先把刀放下来好吗?"

徐辛颐朝着袁莱看了一眼,冷笑一声,"你也怕我会自杀吗?你放心,我不会为了一个负心汉自杀的,只是这孩子……我不能要了。你要还是我的朋友,就去帮我跟医生说一声,这孩子,我不要了。"

袁莱闻言一愣,小心翼翼地朝着徐辛颐靠近,慢慢掰开徐辛颐的手指,取走了那把刀。她暗松口气,在徐辛颐旁边坐下来,"辛颐,我知道现在说什么都没有用,只是孩子不只是昂爷的,也是你自己的。而且,谁知道那些照片是不是真的。或者,这只是楚芸为了报复我们,故意设的局。不管怎么说,我们还是先查清真相再做决定好吗?"

"你们早就知道了,是不是?"徐辛颐突然开口问道,她缓缓地抬起眸子,目光深沉地注视着袁莱,"你们都知道了,却一直帮着他骗我。袁莱,我还能相信你吗?"

"辛颐,你不要胡思乱想!你当然可以相信我,我们永远都是最好的朋友,生死至交,"袁莱喉咙轻轻动了动,"但这件事真的发生得太过突然了,我们一时之间也没想好对策,在来的路上,想到应该一起跟你解释,这才叫上了承志和双双过来。但我们还没来得及跟你摊牌,楚芸的消息就已经爆出来了。辛颐,你这么聪明,应该知道这里面有陷阱……"

"从楚芸出现的那一天起,我就知道这里面有陷阱,"徐辛颐痛苦地说,空洞的双眼一点一点地移向袁莱,"当年的事情,楚芸不会这么轻易放过我们,她是为了报仇才回来的。可是你知不知道我更在意的是什么,是你们明知道真相,却以为我好为借口都瞒着我。我曾经告诉过丁昂,只要是他说的话,我都会相信。哪怕这件事从一开始就是一个局，哪怕他真的被楚芸设计跟她上了床，只要他跟我坦诚，我还是会选择相信他，我唯一不能接受的，是背叛。"

袁莱一时之间哑然，不知道该拿什么话去反驳。换作是她，恐怕还做不到徐辛颐这么洒脱，她们都一样，不能接受任何形式的背叛。一个女人最起码的底线，可不就是坦诚相待吗？如果连这一点都做不到，还说什么忠贞不渝呢？

"辛颐，对不起。"袁莱沉声道。

"你们没有对不起我，"徐辛颐说，她脸色苍白如纸，一副心灰意冷的姿态，又无声地笑了一下，"我累了，你送我回家吧，不是丁家，是我以前住的家。"

袁莱欲言又止，最后还是闷声答应了下来。徐辛颐现在的状况十分不稳定，她也不敢再说什么。不过徐辛颐之前的家已经被房东收回去了，丁昂塞了一把别墅的钥匙给袁莱，无比艰涩地开口，"莱莱，那就麻烦你先帮忙照顾一下辛颐，那边的房子是空着的，你让她放心，我不会去打扰她，她要是缺什么，你告诉我，我叫人给她送过去……我，我……"

他"我"了半天，也不知道还能说什么，只好徒劳地摆了摆手，"走吧。"

靳燃担心袁莱一个人搞不定，又叫沈双双跟过去帮忙，现在这个时候，徐辛颐估计都不想看到他们几个大男人。徐辛颐上车之后就捂着肚子，面朝着窗外，不知道在想什么。

沈双双也不知道该怎么安慰她，乱七八糟地说了一大堆，结果前言不搭后语，一点逻辑都没有。徐辛颐在车上坐了片刻，这才扭头看向前排开车的袁莱，"莱莱，手术时间约好了吗？"

袁莱从后视镜里看了她一眼，小声说："嗯，已经跟我爸说了，他那边有了消息，会第一时间通知我。辛颐，你要不要再考虑一下再做决定？"

"不用再考虑，"徐辛颐说，"当初我孤注一掷嫁给他是因为爱他。可这人世间太多悲欢离合，又有多少人能真正终成眷属？我既然决定了要离开他，就不想给自己留下什么牵挂，人跟人之间本来就是来来往往。我大概永远都成不了牵动他神经的那个人吧。"

"辛颐……"

"好了，莱莱，你不要再说了，"徐辛颐缓缓闭上眼睛，"每个人都有自己的路要走，如果你还当我是朋友就支持我的决定，不要再劝我了。"

袁莱只好无声地叹了口气。别墅虽然没人住，但有钟点工收拾打扫，袁莱先安置好了徐辛颐，又检查了一遍缺少什么东西，列了个清单给靳燃，让靳燃他们买了送过来。东西倒是很快就送了过来，都是徐辛颐平常喜欢用的牌子，他们几个男的也没敢进来，就在别墅外把东西交给袁莱。

"莱莱，辛颐她……还好吗？"丁昂看着袁莱，像是抓住最后一根救命稻草，分明就只是几步路的距离，但他却觉得跟徐辛颐之间隔了千山万水。

第98章 裂

"现在情绪算稳定了一点,不过依旧不乐观,"袁莱说着,一边看着丁昂,"昂爷,你可能要做好心理准备。"

丁昂闻言,脸色陡然一变,面上神色走马灯似的换了几个来回,胸腔里像是被人硬生生揉进一把碎碴子,痛得他连呼吸都有些迟滞,他连着深吸了几口气,"她如果不要想孩子……就不要吧,只要她不跟自己过不去,只要她好好的,孩子……孩子就由她决定,不要勉强她。"

他忽然想起,自己刚知道自己要当爸爸时的反应,那个时候,他觉得不论过去经历多少悲欢离合,但老天爷还算待他不薄,给了他一个完整的家,过去所有的不快,他都可以一笔勾销。可这一切变故都发生得太突然,如果再给他一次机会选择,他宁可不要什么电竞比赛的冠军,他宁可永远当个混吃等死的富二代。

可是天要下雨,娘要嫁人,哪有那么多"如果"呢?

袁莱无奈地看了丁昂一眼,"事情还没到那一步,我会尽量先安抚住她,但你也知道辛颐的脾气,但凡是她做的决定,任何人都无法左右。好在现在还有一点时间,你们尽量先去查清楚那天晚上到底发生了什么,只要查清楚这一点,才能还你自己一个清白,还有……"

"还有什么?"丁昂问道。

"其实辛颐最难过的不是你跟楚芸之间发生过什么,"袁莱叹了口气,"她最难过的是,你不相信她,在事情发生之后没有跟她说清楚。在她看来,这是对她的背叛。"

丁昂闻言面上血色瞬间褪尽,痛苦地闭了闭眼。

三个臭皮匠回到车上,一个人口中叼一支烟。靳燃连抽了几口,沉声道:"解铃还须系铃人,事情已经到了这个地步,我们不能再这么被动地等着了。"

"不错,"赵承志点了点头,"靳燃和辛颐的事情,已经越来越不可收拾,尤其是辛颐,现在还怀着孩子,稍有不慎,谁都不知道会发生什么事,楚芸……这一次的确做得太过分了。"

丁昂咬牙切齿:"我恨不得现在就去杀了她!"

第99章　冥顽不灵

"小昂，你先不要冲动，"靳燃摁灭了烟头，扭头看向丁昂，"我总觉得，这一次的事情没这么简单，你们有没有想过，楚芸这几年一直都在监牢里，根本没有一丝人脉，可是从她先进入嘉士电竞，再一步一步地到飞昂，她每一步似乎都是事先安排好的。如果说她背后没人帮忙，是绝不可能的。"

赵承志一愣，立即说道："靳燃说得没错，一个有案底又没什么正规学历的女人，别说嘉士电竞这样的大神级别的殿堂，就算是一般的网咖或者酒店什么的，都会谨慎录用，更诡异的是，楚芸之前进过嘉士，但是外界一点风声都没收到，要不是这一次她主动找上双双，恐怕我们也会一直被蒙在鼓里。现在飞昂虽然拿到了电竞比赛冠军，却被反咬一口是飞昂电竞设局陷害嘉士。虽说嘉士除了一份合同之外没别的证据，但他们要的恐怕未必是实证，而是舆论。一旦舆论煽起来，谁还会去在乎真相？再加上昂爷'出轨'楚芸，还爆出了照片……这分明就是一个精心设计好的局，就等着昂爷跳进去！"

"单凭楚芸一个人，绝对设计不出这么大一个局，"靳燃接过话头，"还有，我那两件收购案，知道的人也不多，我已经去试探过顾总了，这消息应该不是她透露出去的。也就是说，有人知道这个秘密，并且把它卖了出去，但这个人是不是楚芸，我现在还不能肯定。"

话音落下，三个男人在车内沉默了下来，车里一片烟雾缭绕。所有事情都凑在了一起，绝不可能是巧合。可这几件事情里头，却又差了那么一点能把所有事串联在一起的契机。

"不管怎么说，辛颐的事情，楚芸那个女人脱不了干系，"丁昂死死攥着拳头，额头青筋暴跳，他从牙齿缝里挤出来几个字，"我不打女人，但这一次，我要破例了，是兄弟的，你们今天谁都别拦着我，我现在就去找楚芸那个女人！"

靳燃和赵承志两人互相看了一眼，要说君子端方，他们三个都是如出一辙，连丁昂这个浪荡富二代除了那些目的不纯的，也没见他跟哪个姑娘红过脸。要说打人，丁昂也打过不少架，可他确实没打过女人。看来这一次，他是真的被逼急了，他现在正在气头上，谁拦他撕谁。

车子很快就到了楚芸家，大门没关，门口积雪上还残留着一堆乱七八糟的脚印，雪末上依稀残留着一点血迹，不知道是谁的。靳燃他们面面相觑。丁昂随手抓了一根钢管，钢管划拉着墙壁，擦出一阵尖锐刺耳的声音，靳燃和赵承志两人也跟了上去，刚到大厅，就闻到一股浓烈刺鼻的血腥味。别墅大厅地面上，满地都是踩得乱七八糟的血脚印，屋内有明显的打抖痕迹，各种瓷器碎裂一地，有的瓷片上还沾着没干的血迹，而此时，楚芸几乎浑身是血地躺在沾满

第99章 冥顽不灵

了血水的地毯上，原本白色的地毯，已经被鲜血和各种液体染成了深红色。她身上不着寸缕，嘴巴里还死死咬着一只不知从哪里生生咬下来的半截耳朵。

钢管从丁昂手里一下滑落了下来，在地面上震了几下，发出一阵清脆的声响。楚芸像是一具被完全抽干了生机的木偶，就这么躺在地面上，连那钢管响起的声音，似乎也没能唤醒她。

"妈的！是哪些畜生干的！老赵，"丁昂低咒了一声，怒道，"还不赶紧叫救护车，再报警！"

赵承志给他这么一喊，回过神来，手忙脚乱地掏出手机，先叫了救护车，这才报警，然后他们木然地杵在那里。还是靳燃走过去，随手扯了一条毯子搭在她身上。他没问到底出了什么事，何况这个时候，楚芸根本不可能回答他。

救护车和警车几乎是同时赶来的。医护人员大概也是第一次见这种场面，胆小的护士甚至不敢进来。几个医护人员把人抬上了车，他们和警察也跟着一起去了医院。虽然他们是报案人，但依照惯例，也得例行询问，丁昂倒是毫不掩饰，证词一五一十没有丝毫遮拦，连那根钢管他都没有隐藏，好在是查过现场指纹，那钢管上的确只有丁昂一个人的指纹，也没有沾到血迹。所以，警察也没对丁昂采取什么措施。

医院这边，楚芸做了全身检查之后，身上有好几处伤口，还有不少殴打残留下来的淤青红肿。阴部有很大程度的撕裂，甚至可能会影响到今后的生育。医生摇头晃脑地说了半天。然而等楚芸醒过来，她却完全不配合警方调查。鉴于通常被害人都有一定程度的心理创伤，因此警方只留了两名女警陪她，其他人就继续去查案了。

闹出这一出，丁昂憋在心里那口气也没了。楚芸这样多半算是废了，他总不能真的一刀把人给砍死，他犯不着为了那么一条烂命赔上自己的未来。

"靳先生，是吗？请稍等。"其中一个女警跟了上来，叫住了靳燃。

靳燃转头看向那女警，"韩警官，还有什么事吗？"

韩警官看了一眼靳燃，一副公事公办的语气，"靳先生，楚小姐说她想单独见你一面。靳先生也知道，她现在是本案的受害人，她不配合调查的话，我们很难抓捕到嫌疑犯。我看楚小姐似乎非常相信靳先生，如果方便的话，还请靳先生帮忙劝慰几句，请楚小姐配合我们调查。"

靳燃迟疑了片刻，这才转头看向丁昂和赵承志，"你们先去车上等我，我去去就来。"

靳燃进入病房，韩警官就和另一个警察自觉地退了出去。楚芸左手有轻微骨折，医生给她正骨之后又打了石膏，用纱布小心吊着。她面无表情地看着窗外，直到靳燃在沙发跟前坐了下来，她才缓缓地侧过头来，目光没有聚焦地盯着靳燃。

靳燃并没有说话，只是安静地坐在沙发上，沉默横亘在两人中间。楚芸突然苦笑了一声,"靳燃哥哥,你现在是不是连一句话都不想跟我说?"

"不是。"

"这都是我的报应,"楚芸沉默了一阵,小声说,"我没什么好说的,当初决定了走那一步,我就料到会有这么一天,可是……我喜欢你是真的,从很小很小的时候。那个时候,我就觉得我这一生最幸福的事情,就是长大了嫁给你,做你的新娘。可是后来,你有了别的女人,你知道,我有多嫉妒她吗?我从小就没了父母,是奶奶把我一手带大的,这个世界上,除了奶奶,你就是我最亲近的人。我们都一无所有,都是被现实抛弃了的孤儿。我们在一起才是最合适的,不是吗?"

"不是,"靳燃毫不迟疑地说,"从头到尾,我对你都只有兄妹之情,并无其他。我照顾你,是因为同情和怜悯,又或者是同病相怜,可那不是爱,你为什么一再执迷不悟?当年奶奶也因为……"

"够了,"楚芸浑身轻轻一颤,她闭上眼睛,深吸了几口气,"我这一生最大的遗憾,不是没有得到你,而是奶奶走的时候,我不在她身边。她一手把我养大,我却连给她送终都没能办到,那个时候我就想,我得不到的,你们凭什么该得到?你们凭什么拥有那么完美的幸福,而我却只能从头到尾孤零零一个人,凭什么?"

楚芸说着,手指一点一点地捏紧,手背上的针管因为太过用力回出鲜红的血。

"这就是你想跟我说的话?"靳燃问。

"是啊,"楚芸笑了一声,"我曾经发誓,就算是搭上这条命,我也不会退却。我破坏了他们制定的游戏规则,这是我应该得到的报应,我无话可说。可是,我不会就这么轻易罢手的。"

"冥顽不灵。"靳燃说了一句,便从沙发上站了起来,准备离开。再留在这里,没有任何意义。

"不论你怎么想,我喜欢你是真的,"楚芸说,贪恋地盯着靳燃的背影,"这个世界上,不会再有人比我更喜欢你,靳燃哥哥。"

第 100 章　我们结婚吧

靳燃跟赵承志和丁昂简单说了一下楚芸的话,丁昂磨了磨后槽牙,气得心肝脾肺肾都痛。早知道她这么死不悔改,他们就不该那么好心救人,让她自生自灭算了。三个人一番合计,看时间也差不多了,便各自回了家。靳燃刚到楼下,正准备去找袁莱了解一下徐辛颐的情况,还没下车,一个陌生电话打了进来。靳燃接起手机,里面居然传来 Alex 的声音。

"Daddy,我是 Alex,我刚到机场,可是 Mommy 又出差去了,我一个人在机场,你能来接我一下吗?"

靳燃脸色陡然一沉,上次 Alex 偷偷跑到上海来就已经闹得鸡飞狗跳了,这小子居然还敢故技重施。何况,顾飒还不在上海,要是让顾飒知道 Alex 又偷跑过来,恐怕又少不得一顿训。

靳燃揉了揉眉心,立即道:"我马上过来,你就待在机场不要出来,不要乱走,听见了吗,Alex。"

"我知道了,Daddy,这部手机是咨询台小姐姐的哦,你到时候就打这个手机,小姐姐会让我接听的。"

靳燃交代了几句,匆忙挂了电话,他抬眼看向楼上某个方向,几秒钟之后,拨通了袁莱的手机,袁莱刚刚洗了澡出来,一看到靳燃来电,随手接了起来。靳燃在电话里交代了几句 Alex 的事情,然后才说:"这么晚了,他一个孩子在机场我不放心,你要不要跟我一起过去接他?我正好有点事跟你说。"

袁莱一下明白过来靳燃的意思,靳燃特地打这个电话过来,是怕她知道 Alex 的事情误会,不过,她也的确有事要跟靳燃商量,徐辛颐现在的状况不太好,他们总得拿出一个解决方案出来。否则再这么耗下去,恐怕真的只有分道扬镳了。袁莱一咬牙,立即答应了下来,她随便裹了一件大衣在身上,又担心靳燃开夜车打瞌睡,给他泡了一杯咖啡。上车之后,袁莱将保温杯放在中控台,"昂爷那边怎么样了?"

靳燃调高了一点空调温度,又从后座拿了一条毯子搭在袁莱身上,这才开口,"还能怎么样,他今天连打人这一招都想出来了……不过还好,如果我们今天没去,楚芸现在恐怕已经死了。"

"死了?"袁莱一愣,立即追问道,"这话是什么意思?好端端的怎么会……"

"我们赶到的时候,她被人侵犯过,并且,应该还跟人动过手,左手骨折,身上有多处伤口,以及软组织受伤,"靳燃尾音一顿,叹了口气,"虽然她作恶多端,罪有应得,但这也算是对她惩罚过了。至于其他的,我们还需要从长计议，只是现在辛颐那边，你和小沈怕是要多花点心思。如果可能的话，请蒋姨过来劝一劝也好。"

"蒋姨？"袁莱按了按太阳穴，"蒋姨今天来过电话，她正在外地出差，不过已经订了明天最早的一班飞机回来。可我看辛颐的意思，就算蒋姨回来了也无济于事。"

"现在不管什么办法，都先试一试吧。"

"嗯，这事等蒋姨回来了再说。"

"嗯，还有，最近你自己也要小心一点，尤其是公事上，千万不要粗心大意，你手上现在不是还有绿途计划的后续工作要处理吗？除了这个，短时间内什么都不要接，如果顾总非要强迫你接手，你最好选择辞职。"

顾飒有什么手段，靳燃心里一清二楚，他能够顺利避开，可袁莱未必能行。何况顾飒进入非途旅行的目的，本来就是冲着他和袁莱，现在他已经顺利抽身，即使之后非途旅行恢复他的职务，他依旧能够自保。袁莱终究还是太单纯，恐怕连自己身处危险境地都不自知。

"好，我答应你，这段时间我尽量减少自己的存在感，"袁莱说，"实在不行，我就离开非途，正好辛颐这段时间忙不过来，我在她身边守着，也放心一点。"

靳燃闻言，紧绷的神经总算是略微松懈了几分，"还有，除了我跟你说的话，其他人说的任何话都不要相信。我看楚芸已经被逼到这一步，她要是狗急跳墙，谁都不知道她下一个会咬谁，所以，你一定要相信我，好吗？"

"好。"

在这个关键时刻，他们不知道下一秒会发生什么事，彼此信任，以不变应万变，才是最稳妥的解决办法。

大半个小时之后，车子抵达机场，靳燃下车去接Alex，袁莱在车上等着，大约十几分钟之后，靳燃牵着Alex回到了车上。Alex似乎没料到袁莱在车上，但他还是很有礼貌地跟袁莱打了招呼，气氛略微有点尴尬，靳燃正要重新启动车子离开机场，顾飒的电话打了进来。

车载电话的声音突兀地落进袁莱耳朵里，靳燃下意识地看了她一眼，抬手按下了接听键。手机那头，顾飒说："阿燃，Alex又偷跑来了上海，他刚才给我报了平安，我现在在总部，明天还有一个很重要的董事会，我必须等到会议结束才能赶回来，Alex就麻烦你先替我照顾一下了。"

"顾总放心，我会照顾好Alex。"

"嗯，Alex交给你，我当然放心。只是这孩子被你惯坏了，你不能什么都由着他，要严厉一些，慈父多败儿。"

顾飒这话一说出来，车内的空气瞬间冷了几分，靳燃道："顾总客气，我是Alex的干爹，当然不会太过严厉。至于其他的，我想Alex已经这么大了，自

第100章 我们结婚吧

己能够分辨。何况我只是照顾他一晚上,等顾总回来,我会亲自将 Alex 交到顾总手上的。"

"阿燃,你我之间,什么时候变得这么客气了?还是说……"顾飒略微停顿了一下,"袁经理在旁边,你不方便说话,是吗?"

"莱莱在不在我身边,都没什么不方便说话的,Alex 是我干儿子,我不希望顾总再说什么或者做什么让他误解的话,否则,顾总就不要怪我不念旧情,连带着连 Alex 都不管了。"

顾飒死死捏着手机,眸子里掠过一抹冷芒,她突兀地笑了一声,"好了,时间不早了,我先挂了。"

靳燃也没再多说什么,径直挂断了电话。他伸手握了握袁莱微凉的手,一句话都没说。袁莱倒也淡定,顾飒这话就是明摆着故意说给她听的,她要是真的介意,那才真的是上了顾飒的当。不过 Alex 这个时候到上海来,到底是他自己偷偷跑来的,还是顾飒刻意安排的?

不论怎样,靳燃是 Alex 的干爹,这几年,Alex 跟靳燃的感情一直都很好,如果硬要让靳燃不理会 Alex,也实在是太过残忍。而且,袁莱心里很清楚,以顾飒的手段,就算她不在上海,想要替她照顾 Alex 的人排起来恐怕都能够排到黄浦江去。她如此理所当然地麻烦靳燃,说到底还不是想借着 Alex 的手挽回靳燃。

袁莱不是泥捏的,理智是一回事,感情又是另一回事。要说她真的一点都不介意 Alex 的存在,恐怕是连她自己都不相信,越是深爱的人,越是难以做到大度。不过她跟靳燃经历过这么多事情,这才重新走到一起,所以这些小小的不愉快,也就不要放在心上了,否则她跟靳燃之间也就太没默契了。

因为顾飒不在家,Alex 不肯一个人住在顾家,靳燃只好把他带回家。已经是深夜了,可袁莱躺在床上,却怎么都睡不着,她倒不是因为 Alex 的事情,而是现在他们每个人身边似乎都是危机四伏,稍有差池,恐怕就是万劫不复。徐辛颐与丁昂已经是前车之鉴。说句实话,换作她是徐辛颐,恐怕她连接受靳燃身体出轨都做不到,何况是那种欺骗。徐辛颐现在一心只想离婚,拿掉这个孩子,只是她想告别过去的一种手段罢了。否则,沉浸在过去的人和事当中,纠葛不清,那才是对自己最大的残忍。

可人心都是肉做的,徐辛颐自然也有不舍得。这么多年,除了丁昂,她从来没对第二个人当过真,当初跟丁昂复合,她是冲着一生一世去的,可谁又知道,旦夕惊变,再深刻的感情,也抵不过现实的摧折。她能怎么样呢,总不能看见了当没看见,自己跟自己过不去,委委屈屈地过这一生。

袁莱揉了揉眉心,脑子里回荡着顾飒今天晚上那一通电话,她猛地晃了晃脑袋。片刻后,她突然从床上爬起来,随手裹了一件披肩在身上,走过去敲靳燃家的大门。靳燃刚给 Alex 洗了澡,正在给他吹头发,他手里还拎着电吹风,见袁莱一身单薄地站在门口,他眉头一皱,顺手把她拉进屋子里,一边抓了件外套搭在袁莱身上。

"外面这么冷,你怎么外套不穿就过来了……"

"靳燃,"袁莱说,"我们结婚吧。"

第 101 章　无可替代

"咚——"

靳燃手里的电吹风直接从他手里滑脱,掉落在地面上,他难以置信地盯着袁莱,如墨色一般的眸子里,一幕一幕往事掠过,那些曾经难以忍受的离愁别绪也变得分外亲切起来。他唇角微微一弯,小心翼翼将袁莱抱进怀里,旋即低垂下脑袋,在袁莱额头轻轻吻了一下,"莱莱,你知不知道这是我这一辈子听过最幸福的一句话。不过,求婚这种事应该由我来做,等小昂他们的事情处理好了,我们就结婚,好不好?"

袁莱感觉自己心脏漏跳了几拍,瞬间响如擂鼓,她缓缓抬起双眸,一瞬不瞬地盯着靳燃。这个城市里烟火缭绕,多少人走着走着就散了,不论怎样努力,都再也够不着对方的手。她心脏跳得越来越快,耳根子烧得通红。

"靳燃,你知道我听过最好听的一句话是什么吗?"袁莱脑袋贴在靳燃胸口,细长的手指在他胸口无意识地画着圈圈。

"什么?"

"我别的什么都不会,只会喜欢你。"

靳燃正要说话,一边被彻底忽略掉的 Alex 忽然打了个喷嚏。靳燃和袁莱两人皆是一愣,这才反应过来他们刚才在这里忘我互撩的时候,旁边还有一个学龄前儿童。

袁莱一脸尴尬地笑了笑,咽了口唾沫,轻咳一声,"那个……时间不早了,我先回去休息了,明天见,晚安。"

"晚安。"

袁莱有点狼狈,一阵风似的跑了,靳燃看她关上了门,这才伸手将大门关上,重新捡起地上的吹风机,朝 Alex 走了过去。Alex 小小的身体裹在轻软的浴巾里,发尖的水珠无声坠落。他仰起小小的脸颊,认真地看着靳燃,奶声奶气地说:"Daddy,你真的很喜欢袁阿姨吗?"

靳燃走到 Alex 身后,重新替他吹头发。他低垂下眉眼,眉目间那一道常年缠在一起的褶皱舒展开了片刻,尽管他觉得 Alex 并不懂什么叫真正的喜欢,但他还是开口说:"是啊,她是 Daddy 一生最珍爱的女人,就像你对小熊的喜欢,你走到哪儿就把它带到哪儿,它对你来说无可替代。莱莱……就是我的无可替代。"

Alex 听得似懂非懂,等到他头发都快吹干了,忽然又奶声奶气地问,"那 Mommy 和宝宝呢? Daddy 跟袁阿姨结婚之后,还会喜欢 Mommy 和宝宝吗?"

靳燃握着吹风的手略微一顿,笑了笑,"Daddy 会一辈子都喜欢你和 Mommy,可是,这种喜欢不同于 Daddy 对莱莱的喜欢,对 Daddy 来说,你和

Mommy 是我的亲人，而莱莱，她将会是我共度一生的爱人。好了，头发吹干了，Daddy 抱你去睡觉。"

"嗯，晚安，Daddy。"

"晚安，宝贝。"

靳燃长长吐出一口浊气，旋即回到书房，拿起手机，拨了一个电话出去。

片刻后，手机那头响起一道有些沙哑的声音，"靳总，总是这么三更半夜地打给我，我会秃顶的你知道么？"

"我负责给你买生发剂，"靳燃站在窗前，目光越过面前的深色玻璃，落在远处，"让你帮忙查的事情，查得怎么样了？"

"Martin，你这样会失去我这个秃头朋友的你知道么？"Vivian 轻笑了一声，一边伸了个懒腰，"不过，还真让你给猜中了，之前你让我查天和集团旗下的几个项目，的确是有问题，我现在也只是查到一点眉目。简单来说，就是天和集团之前研制的一款特效药，其实存在着很大的安全隐患。之前天和集团一共找了五名患者试药，这五名患者和家属都签订了保密协议。其实这个保密协议，就是一个生死状，他们自愿试药，不但免除所有治疗费用，还会给予一笔保密金，也就是封口费。不过，我查了一下，这五名患者半个月之前因为药物副作用，已经去世了。可最大的问题就在于——天和集团照样让这药上市了。截至目前，已经出现十几起服药后的病理反应，暂时没有人员死亡，不过再这样下去，迟早是会出事的。"

靳燃越听眉头皱得越深，他本来只是有所怀疑，却没想到这背后居然隐藏着这样一桩阴谋。为了功名利禄，竟然如此草菅人命，靳燃沉声道："你现在收集到足够证据了没有？"

"证据算是收集齐全了，其中一个患者家属还愿意出庭做证，"Vivian 说，"不过，我在调查的时候还发现，天和集团以同样的方式，研制了好几种药物和医疗设备，我想暂时还是不要打草惊蛇的好。否则，一旦天和集团做出反击，我们未必能够在正常的诉讼程序进行之前完成所有证据的收集。"

"那你自己也要当心点，这些人为了钱，什么丧心病狂的事情都做得出来，需要我派人过去保护你吗？"靳燃担心道。

"这个你就放心吧，"Vivian 一笑，"我要是连这点自保的本事都没有，就不敢接你这活了。不过话说回来，你不是有个姓赵的律师兄弟吗？你把他电话号码发给我，我有一些相关的专业问题想咨询他，另外，也想让他提早介入这些证据的搜集和调查。"

"好，稍后我把承志的电话发给你，我会跟承志交代的。"

"好，咱们就一起联手，把这个名满天下的'慈善'大蛀虫，连根拔起，也算是为民除害了。"

"嗯。"

"对了，我在调查这个的时候，还额外查到一件事，算是附赠给你的，我

第101章 无可替代

想,对你应该有些用处,"Vivian 说,她抬手翻了一下桌子上的资料,从里面取出几张照片,随手拍了几张发给了靳燃,"Martin,我只能帮你到这儿了,剩下的应该怎么做,你自己做决定吧。"

"多谢。"

Vivian 客套了几句便挂断了电话。靳燃打开微信,屏幕上显示着几张照片,照片上,顾飒和天和集团大小姐萧萌相对而坐。虽然只是照片,看不出来两人在聊什么,但却能看出来两人相谈甚欢。照片的左下角有拍摄的时间,这时间不偏不倚,刚刚好在汉光和美吉收购案爆出来之前。这只是巧合吗?

靳燃脸上缓缓现出一抹寒意。然而后面几张照片更是让他震惊。照片上,顾飒与楚芸之间仅仅隔着一道隔音的玻璃,是很久之前,楚芸还在监牢里服刑的时候拍的。再后面的照片,是顾飒与楚芸在楚芸居住的那栋别墅的场景。

原来如此。

那些看似毫无关联的线索,一点一点串联起来,渐渐露出真相的端倪。

难怪楚芸从监牢出来之后,能够神不知鬼不觉地进入嘉士电竞俱乐部。顾飒帮着楚芸瞒天过海,一步一步精心设计好了这个局,就等着他们所有人一步一步踏进这个陷阱,成为顾飒砧板上任意宰割的鱼肉。靳燃也不是没想到过顾飒,可他对顾飒始终念着一点旧情。如果顾飒出了什么事,Alex 该怎么办,可如果任由顾飒继续下去,那他们几个,恐怕永远都摆脱不了被顾飒捉弄的命运。

靳燃立在窗前,不知道过了多久,才抬手揉了揉眉心拨通了赵承志的电话。赵承志睡得迷迷糊糊,突然接到靳燃电话,眼皮都抬不起来,声音含混不清,"靳燃,这么晚,有什么事吗?"

"有,"靳燃说,"这一件事关系到我们几个人的,马虎不得,你现在在哪儿?我马上过来找你。"

赵承志从被窝里半坐起来,背脊贴着床头,一只手轻轻顺了顺头发,"这个时间,我当然是在家了,到底出什么事了,你这么着急见我?"

要不是靳燃和他都是比电线杆还直的直男,他几乎都要怀疑靳燃是不是三更半夜地把他叫起来,是要跟他表白了。

挂断电话,赵承志也没了睡意。他在床头靠了一会儿,然后才从床上爬起来,磨了两杯咖啡,咖啡刚磨好,靳燃就到了,外头风雪虽然停了,但这雪化开的时候,天气更冷。靳燃裹了一身冷气,在门口站了一阵,免得把冷气带了进来,几分钟之后,他才进屋。赵承志又去翻腾了一点干果出来,这才看向靳燃:"到底什么事,都这个时间了,你居然还专门赶过来。"

靳燃搓了搓手,从大衣口袋里掏出手机,翻出 Vivian 发给他的照片,递给赵承志,神色凝重道:"你先看这个。"

赵承志看后,脸色唰的一下冷了下来,"又是顾飒!这女人到底想干什么?上次是陷害莱莱,这一次居然跟萧萌和楚芸一起联手,实在是太可恶了!"

第 102 章　将计就计

靳燃沉默了片刻，哑声开口："之前天和的萧万雄约我吃了一顿饭，之后我就请 Vivian 帮忙调查一下天和集团。没想到，这天和集团的确有问题，这几张照片，是 Vivian 在调查天和集团的时候，无意中发现的。我们之前一直都想不明白，楚芸背后到底是谁在帮她，现在基本上已经搞清楚了。"

"可是，单凭这几张照片，还不能构成呈堂证供，"赵承志皱起眉头，"而且，现在就算把这些照片拿给辛颐看，她也不一定会原谅昂爷，你怎么说？"

"将计就计，"靳燃说，"既然他们早就设计好了这个局，就等着我们跳进去，当我们全都'走投无路'的时候，他们必定会放松警惕，露出真面目。不过，天和集团这一块暂时不用考虑了，Vivian 已经找到他们的药物有问题的证据，明天她会联系你，她想请你帮忙打这一场公益诉讼的官司。"

公益诉讼，是这几年刚兴起的一项诉讼种类，靳燃虽然不在法律行业，但耳濡目染总知道一点眉目。

"公益诉讼？"赵承志揉了揉眉心，"这几年公益诉讼刚兴起，为了怕出纰漏，要求有十分严密的证据链条，你确定她手上有足够的证据吗，否则，一旦打草惊蛇，天和集团如果彻底销毁证据，那就得不偿失了。"

"你放心吧，Vivian 是深度报道记者，这些专业问题她不会出纰漏，"靳燃敲了敲沙发扶手，"我们现在言归正传，当务之急是怎么让楚芸亲口承认她跟丁昂之间没有任何问题。这一切都只是她和顾飒设计好的局……我看这样吧，明天我去找辛颐谈一谈，看她怎么说。"

"也好，"赵承志道，"你一向逻辑思维缜密，何况，辛颐也一直比较听你的，好在现在蒋姨回来了，据说她一直都在陪着辛颐，也是苦了她了。"

"辛颐没有因此迁怒蒋姨，这也说明他们之间不是没有可能，"靳燃喝了一口咖啡，"除此之外，我还想……，你让小沈接了楚芸那场官司。我猜测，楚芸最终的目的不过是反咬一口，把所有秘密曝光之后，都嫁祸到小沈身上。如此一来，小沈极有可能被律师公会永远除名，甚至连执照都可能会被吊销，但如果不这么做，恐怕很难让楚芸上钩。"

"我明白你的意思了，我明天会跟双双仔细谈一谈这个问题，"赵承志一顿，"只要能最终让他们露出真面目，总得要冒一些险，何况我们现在还占着先机，他们现在应该还不知道我们已经知道他们联手的事情。扮猪吃老虎，这可是双双的拿手好戏。"

"嗯，昂爷那边，我估计稍后楚芸还有更大的爆料，只要辛颐这边能稳得住，这一切也就迎刃而解了，"靳燃说，"但我们只有一次机会，一旦被他们识破,我们也就功亏一篑了。"

"放心吧,"赵承志缓缓露出一抹如释重负的笑容,"身正不怕影子斜,何况,这些都是他们栽赃陷害,能瞒得了一时,终究瞒不住一世。"

靳燃跟赵承志仔细推敲了之后可能面临的一系列问题。要不是丁昂现在状态不对,他们三兄弟一起合作,必定能够达到事半功倍的效果。

"对了,"赵承志打了个呵欠,"昂爷那边,要不要先告诉他真相?"

"暂时不用,"靳燃摇了摇头,"小昂跟辛颐这一环,他们的目的已经达到了。先不说辛颐这边会不会接受我们的分析,那小兔崽子就是典型的妻奴,一旦让他知道咱们手上掌握了这么多讯息,他一定会忍不住去找辛颐。如果被他们察觉到了端倪,这计划就毁于一旦了。小昂只有在不知情的情况下,才会做到最真实地释放真情实感,而且也能够让辛颐看到他的心意,或许到时候,他们就顺理成章地重修旧好了。"

"呵呵,说得像你自己不是妻奴一样,"赵承志忍不住吐槽,"说句实话,等你将来和莱莱结婚,你说不定比昂爷有过之而无不及,你哪来的脸说人家!"

两人见缝插针地怼了半天,天色渐亮。靳燃担心 Alex,跟赵承志交代了几句,神色匆忙地走了。赵承志看时间也差不多了,干脆洗漱好去沈家接沈双双。正好在路上跟她说一下楚芸的事情。结果沈双双自动开启戏精模式,给自己加足了戏码。不过,鉴于之前她拒绝了楚芸,所以她跟赵承志两人又商讨好了对策。两个人假装在公司吵架,然后沈双双负气之下冲动地接了楚芸这案子,好让楚芸有发挥的余地。

两人一到正志律师事务所,赵承志前一秒还在跟她说当事人的事情,沈双双后一秒就翻脸,指着赵承志又哭又闹,把他数落成一个十恶不赦的大渣男。赵承志在原地足足愣了半分钟,才意识到沈双双这是已经自动进入角色扮演。他被劈头盖脸骂了一顿,脸色也是一板,"不就跟别的女人吃个饭,看个电影,这么点破事值得你一大早就开始在这闹?你要是不乐意,咱俩就分手,我喜欢跟谁吃饭就跟谁吃饭,不要你管。"

沈双双闻言,一下就哭了出来。虽然她心里知道这是在演戏,可她不知道怎么听到这话,就越哭越凶。赵承志心疼得不得了,差点直接破功,最后还是找了个去见当事人的借口,离开了事务所,这才给沈双双发微信安慰她,沈双双简明扼要地回了他一句——臣妾做不到啊!这眼泪根本停不下来!

跟赵承志演完这场戏,沈双双立即打给楚芸,电话一通,捏着手机,还没开始说话,她又哭了起来,捂着嘴巴,打着哭嗝,"楚小姐,我……嗝,我能约你见一……嗝,面吗?"

电话那头,楚芸刚在医院换了药,左手还缠着绷带,用一根很细软的丝巾吊着,她一听沈双双的话,脸上立即闪过一丝狡黠的神色,她轻笑了一声:"沈律师亲自约我见面,我实在是受宠若惊。"

沈双双一边哭一边报地址，好不容易才在电话里跟楚芸交代清楚。挂了电话，她赶紧跑进洗手间，给自己化了一个愁云惨淡的妆，她对自己这个妆容十分满意。刚从洗手间出来，一大波同事就围了上来，大家叽叽喳喳地劝她想开点，不要跟自己过不去。她欲语泪先流，然后一言不发地飘然而去，搞得事务所上下都很揪心。

沈双双约见楚芸的地方，是一家比较高档的咖啡馆。楚芸已经到了，手上缠着绷带，腿脚也不利索，走路都得扶着手杖，不过"身残志坚"，都废成这样了，仍然跑出来做坏事。

沈双双也没料到，楚芸被打成了这样，可见善恶终有报。当然，沈戏精本精这会儿表面上仍是一副苦大仇深的样子，一屁股坐下来就开始痛诉赵承志是怎样一个世纪渣男。

"楚小姐，你说我到底做错了什么，他为什么要这么对我。我现在总算是体会到你那种感受，我……我简直是想死的心都有了！"沈双双一边哭，一边用力擤了擤鼻涕。

"这么说，赵律师也是背着你在外面有了其他女人？"楚芸说，"你确定吗？你有什么证据？"

"我亲眼看到的这还能有假的吗？我跟他算是完了！渣男！"

楚芸看她一把鼻涕一把泪，不像是在作假，沉默了片刻，"那沈律师今天约我出来，不会只是为了哭诉吧？"

"当然不是了！"沈双双立即道，"都说易得无价宝，难得有情郎，这个世界上，像楚小姐这么长情的人已经不多了。我不能让楚小姐你受委屈，所以我决定不但接你这个官司，还免费帮你打。你放心，我一定会替你打赢这场官司，让你跟你的心上人有情人终成眷属的，呜呜呜……"

沈双双眼睛都哭得红肿了一大片，桌子上一盒餐巾纸都被她用完了。楚芸的手机突然响了一下，她看了一眼手机，然后点了点头，"既然沈律师如此仗义，我这件案子就麻烦你了，有什么需要我配合的地方，我一定会尽量配合。"

"嗯嗯！你放心，我们一定会赢的！"

"我相信沈律师。"

沈双双又颠三倒四地说了一大堆，楚芸只在一旁细细听着。两人在咖啡馆坐了大半天，沈双双又主动将楚芸送回了医院。为了演得逼真，她从医院出来也没回事务所，直接回了家。到了家也不敢跟赵承志打电话，两个人只能偷偷摸摸发微信联络。

他们这边一切都进行得很顺利，靳燃也如约去见徐辛颐。原本徐辛颐不想单独再见靳燃，听靳燃说有重要的线索，她犹豫了半天，才答应见面。

第 103 章　魔高一尺道高一丈

丁昂也不知道从哪儿听说靳燃要去见徐辛颐，裹着一身睡衣一路飙车过来，愣是赶在靳燃进去之前，把靳燃拦了下来。他指了指那辆红色法拉利里堆着一堆营养品，死活非要靳燃全部拎进去。靳燃两只手都提不过来，他就给靳燃挂在了脖子上。可怜堂堂靳大总裁，瞬间变成了营养品展示架。

"你进去帮我看看，看看她过得好不好，"丁昂忐忑地站在那儿，半条腿浸在冷风里头，头发也被吹得乱七八糟，眼睛下面一片青痕，短短几天，整个人消瘦了一大圈，眼窝深陷，下巴上挂着一层青色胡茬，"我妈这段时间也没回来，我打她电话都不接，我也不知道辛颐现在到底怎么样了，我每天都守在这……我真的想她。"

靳燃长长吐出一口浊气，"辛颐这边，我们会帮着照看的，你自己也要注意点，你看看你现在像个什么样子。"

"我没事的，"丁昂垂下头，哑声开口，"你快进去吧，别让她坐太久，她身子骨不太好，晚上睡觉也睡不太好，这些营养品都是对她有好处的，让她一定要记得吃。"

啰里啰唆交代了半天，靳燃快在风雪里头冻僵了，他这才裹紧了身上的睡衣，上了车。不过他仍然没走，只呆愣地坐在驾驶位上，不知道在想些什么。靳燃叹了口气，带着一大堆营养品进了别墅。徐辛颐正坐在沙发上等靳燃，靳燃先把营养品卸下来，这才走过去坐下，"辛颐，你这几天还好吧？"

"嗯，"徐辛颐点了点头，勉强挤出一抹浅笑，"莱莱这几天一有空就过来看我。我很好，你们放心吧。"

"那就好，"靳燃说，"你先不要紧张，我今天过来，不是来替小昂求情的。不管他有没有做什么，但他犯了错就是犯了错，所以不论什么后果，他都得自己承担。不过，我这里有几张照片，虽然说不能直接证明些什么，但你是个聪明人，应该知道这里头到底都有些什么问题。"

靳燃说着，将打印出来的那几张照片放在了徐辛颐跟前，"我也是昨晚才收到的，你看了照片，觉得我说的话有道理，就不妨认真考虑一下我接下来的建议，好吗？"

徐辛颐没有说话，她缓缓伸手拿起桌子上的照片看了一眼。靳燃仿佛听见她心里层层封锁的闸门，打开了一扇。

非途旅行。

袁莱刚到公司陈小菲就拎着一台平板电脑跑了过来，"莱姐，这热搜你看了没？岚镇旅游开发现场暴乱，泰禾好几个员工都受伤了，听说当时纪总也在，好像也受伤了。"

"岚镇旅游开发现场暴乱？"袁莱接过平板，快速浏览了一下，这次暴乱的起因，是有人散布岚镇的拆迁费用远远低于张氏地产在裴心岛的拆迁费用。之后岚镇居民到开发部闹事，不但打伤了开发部的人，还打伤了几个警察。带头闹事的几个人已经被拘留，但事情却是越演越烈。而多方对峙的结果，自然是一损俱损。她眉头微蹙，"因为拆迁问题引发暴乱，不太对劲啊，拆迁问题一般都是开发商按照固定标准跟拆迁户谈判，签订了合同之后就具备了法律效力。岚镇跟裴心岛的开发完全是两个概念，怎么会因为这个发生暴乱？"

泰禾星旅在岚镇的旅游开发虽然还没正式开始，但拆迁部分已经完成了一大半。一旦岚镇本地居民抗拒拆迁，单方面撕毁合同，先不说这官司怎么打，单就这样耗下去，对泰禾星旅来说也是一笔无法估算的损失。

"这个我也不太清楚，"陈小菲说，"照道理，因为地理位置不同、土地使用性质不同、开发商的规格不同等拆迁款不一致是很正常的，而且拆迁的合同应该属于保密性质的，岚镇的人怎么知道张氏地产那边的拆迁款？"

事出反常必有妖，何况偏偏又是在这个节骨眼上出事，原本泰禾星旅就因为岚镇万人马拉松比赛损失不小，现在又闹出这么一出，泰禾星旅的损失恐怕已经是个天文数字。不但如此，双方如果一直对抗，外界对泰禾星旅的评价恐怕就更低了，可这件事如果不是偶然或者意外，又会是在谁的背后捣鬼呢？

"等等……"陈小菲忽然道，"这条评论怎么会扯到靳总身上去，岚镇的项目已经跟我们没关系了，这些人脑洞也太大了吧？"

袁莱顺着陈小菲的视线看去，脸色微沉。岚镇开发，从一开始就是靳燃布的一个局，也是因为这个计划纪敖亭才离开非途旅行自立门户。之后岚镇一系列事情，纪敖亭接连损失不小，这一次更是引发暴动，连纪敖亭自己都被打伤了，从明面上来看，靳燃似乎的确是有这个嫌疑。两人之前一直都是竞争对手，所以，靳燃要下手针对纪敖亭，也的确合情合理。

可是，一旦岚镇开发停止，当地居民无法完成拆迁，那么张氏地产当初选择在裴心岛开发新楼盘的初衷也就无法完成。想单靠裴心岛的流动人口带动整个楼市，简直是痴人说梦。靳燃就算真的要跟纪敖亭斗法，也不可能选择这么愚蠢的两败俱伤的办法。

可是除了靳燃，还会是谁？顾讽吗？还是有其他人？

袁莱一时之间想不出个答案，但她可以肯定，这件事肯定跟靳燃没关系，靳燃现在应该已经收到消息了。接下来，就要看靳燃怎么应对了。

靳燃跟徐辛颐这边的事情还没谈完，就收到张亮的电话，靳燃眉头一皱，自觉事情不妙，却又摸不准到底是哪里出了问题。他接起手机，"张总，怎么想起这个时候打给我了？"

"抱歉，靳燃，"张亮叹了口气，"裴心岛的开发案，我恐怕要退出了，你也不要怪兄弟，实在是……我家老爷子亲自出马，我也是没办法，我三叔已经在着手退出的相关手续，对不起。"

靳燃脸色陡然一沉，他没想到，张氏地产会突然退出裴心岛的开发，而且已经在办理手续，他就算是想阻止都已经来不及。当初他能说服万恒集团合作，对方就是看在张氏地产这张香港地产大亨的王牌，现在张氏地产撤资，意味着万恒集团必定也会撤资，裴心岛的开发案就成了一个烂摊子。他就算倾家荡产，恐怕也补不上这个亏空。

"张总，我可以冒昧问一句，到底出什么事了吗？"靳燃沉声道。

张亮沉默了片刻，"看在兄弟一场的分上，我只能提醒你小心身边的人。还有，天和集团那位跟我爷爷是旧相识，其他的不用我多说，你应该也明白是怎么一回事了。这一次真的对不起了，兄弟。"

靳燃手指稍紧了紧，冷声道，"张总客气，生意场上的规矩我懂，我自然不会怪张总。这一声'兄弟'，靳燃实在是当不起。不论怎样，刚才那一番话，还是要多谢张总。"

靳燃说完，也不再给张亮辩解的余地，直接挂断了电话。张亮这边电话一断，万恒集团的电话就打了进来，靳燃已经猜到对方要说什么，他也没有为难。生意不成仁义在，这是靳燃一向的底线和原则。简单几句交涉完后，靳燃也没在徐辛颐这里多逗留，他匆匆忙忙出来，刚钻进车子里，顾飒的电话就打了进来。

靳燃心头"咯噔"一声，看到顾飒名字那一瞬间，他忽然明白过来是怎么一回事。看来这段时间，顾飒的所谓"出差"，的确是很忙了，忙于堵他的退路。

靳燃背脊贴着座椅，沉声道："顾总，有什么事吗？"

"岚镇开发的新闻，想必你已经看过了，张总和万恒集团的撤资消息，你应该也已经收到了吧？"顾飒笑道。

"不错。"

"魔高一尺道高一丈，靳燃，你死心吧，"顾飒说，"离开了我，你什么都不是。就算你暗度陈仓，联手张氏地产脱离我的掌控也是白费劲，你忘了，你是我一手栽培起来的，你手上的人脉资源，都是我当初替你牵线搭桥的，你觉得他们是更相信你，还是更相信我？只要你答应回到我身边，我们一起回美国结婚，裴心岛的地产开发，我可以替你全部出资，让你成为力挽狂澜的神，让你成为无数人仰视的偶像。"

第104章　甘拜下风

"我明白顾总的意思，"靳燃缓缓地说，"但是很抱歉，我不能答应顾总。我靳燃就算走投无路，也不会为了功名利禄成为顾总的一条狗，更不会为了荣华富贵贪生怕死。顾总，看在你曾经救过我一命的分上，我奉劝你一句，多行不义必自毙。就算你觉得无所谓，你有没有替 Alex 想过，如果真的有个什么闪失，留下他一个人该怎么办？"

"我就是为了 Alex，才会这样做，"顾飒说，"我一直都想给 Alex 一个完整的家，难得我和 Alex 都这么喜欢你。靳燃，你为什么不能答应跟我一起回美国，为什么不能答应跟我结婚？年轻时候的感情冲动，时日长久会被消磨得一干二净，但我会永远爱着你，依赖你，崇拜你，也永远都不会伤害你。"

"顾总说这种话，也不怕风太大闪了舌头？"靳燃冷笑一声，"算了，我跟顾总已经没什么好说的了，希望顾总好自为之。还有，今后 Alex 如果再偷跑到国内来，我想以顾总的实力能够安排好 Alex 的住宿和安全，不必再麻烦我。"

"靳燃，你是真的打算要跟我决裂吗？"顾飒的声音一下冷了下来，一字一顿地问道。

"走到今天这一步，消磨的都是我当年欠你的那一点恩情，"靳燃沉声道，"我靳燃不是个优柔寡断、举棋不定的人，既然做了决定就不会回头，何况顾总自己到底都做了些什么，自己心知肚明，不是吗？"

靳燃说完，直接挂断了电话，他将手机搁在扶手箱上，扭动了一下僵硬的脖子。或许现在，唯一能够扭转局面的，只有一个人了。

上海某医院，住院部。

靳燃到了医院，径直去住院部找纪敖亭，纪敖亭右手受了伤，医生给他缠了几圈厚厚的绷带；又怕这位大爷造成二次创伤，医生给他手臂吊了起来。一向特别注意形象的纪敖亭，一脸嫌弃地拨弄了半天。他百无聊赖地躺在医院，没想到靳燃来得这么快。

靳燃刚一进来，纪敖亭略微抬起眼子，斜睨了靳燃一眼，"靳总特地赶过来看望病号，怎么连水果都舍不得拎几个，你这可不像是来探病的啊。"

靳燃在一边沙发上坐下来，指了指床头挂着的病历本，"医生不是交代过了，纪总现在有伤在身，不太适合吃这些生冷的东西，等纪总好了，我再请纪总吃饭。"

"啧……"纪敖亭咂了下嘴，"难得靳总黄鼠狼给鸡拜年，你嫉妒小爷美貌

第104章 甘拜下风

已久,不会在饭菜里下毒吧?"

"纪总放心,"靳燃一笑,"我最多也就下点硫酸。"

纪敖亭推了推鼻梁上的眼镜,"果然嫉妒小爷美貌!"

靳燃强忍着一巴掌拍死纪敖亭的冲动,终于把话题转移到了主题上,"纪总这么聪明,应该知道我今天的来意吧。"

"靳总你误会了,"纪敖亭说,"我笨。"

靳燃额头青筋暴跳,连着深吸了几口气,这才平复下来心绪,勉强挤出一抹笑容,"岚镇居民暴乱,张氏地产和万恒集团突然撤资,难道纪总不觉得这几件事加在一起,发生得太突然了吗?"

"商场瞬息万变,"纪敖亭眉梢一挑,似笑非笑地盯着靳燃,"何况人心不足蛇吞象,他们听说裴心岛的拆迁费用比我们高三成,要我给他们增加四成,我除非是脑子进水了,否则不可能答应加一毛钱。再说了,我本来就是个败家玩意儿,就算岚镇开发失败,对我来说,也不过损失几个零花钱,凭什么要去惯着那些贪得无厌的人?他们越是想要多拿几分钱,我就越是不会让他们如意。退一步讲,我手上还有他们签的合同,如果他们没有按时搬迁,我不介意申请强制执行,以保障我的合法权利。不过靳总可就不一样了,张氏地产和万恒集团撤资,你布下这么大一个局,到时候该如何收场?我看靳总只要牺牲一下色相,或许你老东家就会照单全收,又何必来找我自取其辱呢?"

"如果我给你一半的开发权呢?"靳燃说,"虽然张氏地产和万恒集团同时撤资,但前期设计和规划都已经成形了,当地的拆迁工作也进行了一大半,现在他们两家撤资,就算赔给我一笔违约金,我一个人也撑不起来,但如果我们两个人联手,岂不是双赢?最重要的是,纪总可以把这一刀还回去,不是吗?"

"一半的开发权,靳总确实好大的手笔,我如果再拒绝,那就真的是跟钱过不去了,"纪敖亭话锋一转,"我可以答应你,跟你合作,毕竟我这一刀也不能白挨。但是靳燃,你我之间,终究会有一场对决。"

"靳燃甘拜下风。"

"靳总这放水也放得太明显了一点,"纪敖亭道,"你就不担心我再摆你一道,出尔反尔?"

"我相信纪总为人,何况纪总一直没动工,不就是在等我这一道春风吗?"

岚镇万人马拉松比赛,再加上这一次暴动,不论这些新闻是正面还是负面,只要是新闻,它就能带动热点,纪敖亭终究还是个商人。他承认,岚镇一直不动工,的确是有跟靳燃对赌的成分,但更多是为了等待时机。现在时机已经到了,该露出狐狸尾巴的人都已经露了出来,而他现在要做的,就是十倍百倍地偿还回去。

张氏地产和万恒集团突然撤资的消息不胫而走,当时闹得沸沸扬扬的商业合作如今竟然以这么戏剧的一幕收场。当然,这两家一走,自然就有无数人等着看这一片商业住宅楼的结果,于是又有媒体挖出,这两家大地产公司撤资之后,整个裴心岛的商业住宅楼只剩下最后一个独立股东——靳燃。

任谁都没想到,这个在上海商圈里不算有名的青年居然有这么大魄力,敢接下这么大个烂摊子。各大财经媒体紧抓这个热点报道,然而那一片商业住宅楼不但没有停工,反而一切照旧。媒体连续报道之后,大都觉得,靳燃这人,实在是深不可测啊。裴心岛的商业住宅楼居然持续走高,与此同时,岚镇的风波过去之后,拆迁工作也继续进行,原本签了合同的居民,不知道为什么没再来闹事了。一切都在有条不紊地进行。

就在这个时候,楚芸的身份暴露了出来。曾被捧为国民女神的楚芸,竟然有案底前科,还被曝光出相关的羁押文书和释放文书。一夜之间,楚芸曾经坐过牢的消息被顶上了各大热搜榜。谁都没想到楚芸居然是个有案底的人。

消息一爆出来,楚芸直接找上了正志律师事务所,就在所有人都一头雾水之时,楚芸当场质问沈双双,不遵守律师守则,居然为了一己之私,向媒体暴露她的身份秘密。沈双双也是一脸懵圈,跟楚芸理论,"楚小姐,咱们有什么话好好说,你的身份被曝光,这件事确实跟我没任何关系,我作为一名执业律师,不会泄露委托人的秘密,这其中一定是有什么误会。"

"误会?"楚芸满脸怒火,"我完全是出于信任你才委托你替我打官司,我把什么隐私都告诉了你,你居然出卖我!你不要以为我不知道,你跟赵承志、丁昂他们都是一伙的!你们就是想联起手来逼我离开飞昂,简直是欺人太甚了!我一定不会放过你们的!"

沈双双嘴角一阵抽搐,她已经算是爱演戏的了,没想到楚芸比她还爱演,可这栽赃陷害,也确实太过明显,根本站不住脚啊。楚芸根本就没什么证据能够证实是她泄露的信息,但网络上一帮子吃瓜群众可没几个人在意什么证据,他们跟风黑,只以为正义,站在道德制高点,轻易就宣判了他人的"死刑"。

楚芸在正志律师事务所闹了这么一出,大家还没回过神来,陈正礼这边就收到了相关部门要求调查沈双双执业证的通知。一旦查明属实,沈双双会被吊销律师执照,甚至左右攀扯,最后攀扯到赵承志身上。虽说赵承志他们早就做好了准备,却依旧没想到,这件事波及面这么宽。

紧接着,记者又翻出当初艾美集团手机爆炸案,并串联上丁昂出轨的消息,导致艾美集团股价再次大跌。甚至还有人扒出了徐辛颐那家广告公司地址,有人不分青红皂白上门泼油漆。虽然都是小打小闹,却搅得人不胜其烦。

第105章 你我两清

屋漏偏逢连夜雨，赵承志、沈双双他们相继被通知接受调查之后，丁昂和徐辛颐也再次被卷入一连串的绯闻当中。不只如此，连袁莱都没能幸免，也被爆出勾引前上司——有妇之夫靳燃，而靳燃的原配发妻也是非途旅行上海分公司CEO——顾飒。

这消息一被爆出来，连整个上海商圈都震动了。谁都没想到，顾飒跟靳燃居然曾经结过婚。顾飒的大部分产业都已经迁移到美国，但对商业圈子里的人来说，只要有足够资金，想要发展人脉关系并不困难，何况顾飒已经连续入股了好几个大公司，人脉养人脉，顾飒在上海圈子里已经站稳了脚跟。这位身份神秘又低调的美籍华裔，俨然成了商界大佬们争相结交的对象。

如今，大家恍然大悟，顾飒是靳燃身后的保护神，甚至连袁心岛的商业住宅楼开发，靳燃异于常人的手腕和魄力，都成了顾飒在背后默默支持的结果。顾飒俨然一个势力雄厚的贤内助，而袁莱却成了被万人唾弃的小三。

靳燃只好亲自发微博澄清，并且附上当年与顾飒离婚的证件。可证件一发出来，就被指证是假的。一时之间，靳燃被指责成一个渣男，为了小三居然连这种下三滥的招数都使了出来。靳燃他们不得不承受，即使一开始他们就料到了这种情况，可真面临这一切时，这一切依旧有些超出他们的想象。

就在这时候，徐辛颐亲自发了一条微博，宣布与丁昂感情破裂，双方已经离婚，连同腹中孩子也一并放弃。一波接着一波的劲爆消息，着实把各大热搜榜轰炸了一番。而那些热搜话题下的评论，更是一个比一个戾气深重，仿佛袁莱他们个个都是罪大恶极，不挫骨扬灰都是对他们的仁慈。

楚芸很满意自己的杰作，她亲手将当初伤害自己的人都送进了地狱。可她也没有那么无私，真的打算将靳燃拱手让给顾飒，所以当楚芸约顾飒私下见面的时候，她还约了靳燃一起来。

顾飒并没有料到楚芸居然敢和她争，在顾飒眼中，楚芸不过是从阴沟里爬出来的蛆，她一只手就能捏碎，让她死无完尸。可就是这么一个讨厌的蝼蚁一样的女人，居然敢跟她叫板，实在是可恶！

咖啡馆包厢的隔音效果似乎不错，大门一关，就彻底地隔绝了跟外界的一切关联。楚芸一副胜利者的姿态，"顾总，事已至此，那些碍手碍脚的人都已经被我们铲除了，现在只剩下靳燃哥哥一个人了，她是我的。如果顾总愿意成全，以前的事情我就当作没发生过，如果顾总硬要跟我作对，我也不怕把顾总叫我做的那些事情全都抖搂出来。反正我是烂命一条，能拉上顾总给我垫背，也算是我三生有幸了。"

"你威胁我?"顾飒冷冷反问道。

"威胁?"楚芸冷笑一声,"顾总居然还知道'威胁'二字吗?当初顾总是怎么对我的?单单只是因为我爆了靳燃哥哥那两起收购案,你就派人上门来污辱我。顾飒,他们没弄死我,算我命大。但他们未必就有这么好的命了,你是没看到,他们跪着向我求饶的样子有多恶心,但我没那么好心,我只相信一句话,斩草除根……我这副身体,总算还有一点用,陪滔哥睡一觉,他就替我解决了那几个恶心的贱男人,我不怕死,但我相信顾总一定舍不得死的,对吧?"

"你……"

"我怎么样?我在顾总眼里,不是一直都是这样的人吗?"楚芸冷笑一声,"你们这些高高在上的人,怎么知道别人的人生过得有多艰难?你当初找上我,不就是想借着我的手,替你除掉障碍吗?可惜啊,靳燃哥哥还是不喜欢你。顾飒,你费尽心机用尽手段,但却没有一个真正爱你的人,没有一个真正在乎你的人,你活该孤独到死!"

"你给我闭嘴!你这个蠢货!"顾飒终于意识到不对劲,声音出离了愤怒。

"闭嘴?你现在才想到要我闭嘴吗?顾飒,你也太高看你自己了。我今天约你来,就没打算活着走出去,"楚芸冷冷道,"我的确是很讨厌徐辛颐和丁昂他们,我也嫉妒袁莱那个女人可以得到靳燃哥哥。可是他们加起来也比不上我对你的恨意,是你彻底毁掉了我,顾飒,你比他们可恶十倍百倍!"

她为复仇归来,她要从徐辛颐他们身上讨回当初他们欠她的。可他们加起来所做的都比不上顾飒这个女人下手狠绝。她的清白,她往后的一生,全都毁在了这个伪善的女人手上。她要复仇,她也要让顾飒尝一下被打入地狱的滋味!

"你疯了!你到底想干什么?楚芸,你……你给我闭嘴!"顾飒冷冷盯着楚芸,她做梦都没想到,她当初亲手挖出来的一颗棋子,在她心里贱如蝼蚁的楚芸,居然敢反手将她一军,还是当着靳燃的面!该死!

"闭嘴?恐怕是闭不了了,忘了告诉顾总,那边花篮里,有一枚小小的摄像头,你们进来的时候,我就已经打开了全球直播,我刚才说的一切,全都同步直播出去了,现在全天下的人都知道顾总你是一个怎样丑陋的女人,你费尽心机,不就是想要得到靳燃哥哥吗?只可惜,你永远都得不到了。"

顾飒脸色陡然一变,目眦尽裂地扑向那花篮,果然从里面找出一枚小小的摄像头,她一脚踩碎了那枚摄像头,然后朝着楚芸扑了过去,"你这个贱人!我杀了你!"

楚芸脸上居然缓缓露出一抹无所畏惧的笑容,她从容不迫地道:"从你让人污辱我的那一天开始,我就已经死了。顾飒,你这样的女人,注定不得好死。"

顾飒瞳孔急剧收缩,掐住楚芸脖子的手陡然失去了力气。楚芸一把推开顾飒,捂着脖子呛咳了半天,然后站起来,目光克制又隐忍地看向靳燃,苦笑了一声,"靳燃哥哥,欠你的,我都还给你了,我只想告诉你,不论是当初还是现在,我做的所有事情,都只是为了你。我这一生,为你生为你死,我都没有一句怨言。只可惜,我现在已经配不上你,我连喜欢你的资格都没有……这是我唯一能为你做的,从此……你我两清。"

你我两清。轻飘飘的一句话,却是一刀切断了这一段二十多年的恩恩怨怨。楚芸怎么离开那间包厢的,她自己也不知道。上海的天,依旧是铅灰色的。她茫然地站在街头,却突然发现,天大地大,却没有她的容身之处。她走在漫天风雪里,并不知道自己会走向一条怎样的结局。

而此时,咖啡馆的包厢内一片死寂。

靳燃一向不惮以最大的恶意去揣测顾飒,但当他听到那些真相的时候,依旧不愿相信都是真的。他忽然觉得眼前这个女人就像是一个陌生人。他沉默了许久,才缓缓开口,"从汉光和美吉收购案之后,我就一直觉得很多东西不对劲了,但我不愿意怀疑你。但Kevin的死给我造成了极大的震撼,我不得不查。我回国之后,一步一步地落入你的圈套,你在背后一点一点地筹划,张氏地产、天和集团、楚芸……你如此大费周章,不就是想再把我逼上绝路,让我只能依靠你吗?顾飒,有时候我真的不知道,你到底是一个怎样的女人。"

顾飒木然地坐在沙发上,嘴唇轻轻嚅动了几分,却一个字都说不出来。她苦心经营了这么些年,却没想到最后会毁在一个垃圾手上。

"我说过,我做这一切,都是因为我喜欢你,"顾飒终于缓缓地开口,"你猜测得一点都没错,汉光和美吉收购案,全都是我做的,包括张氏地产、天和集团,所有的所有,也都是我做的。我就是要把你逼上绝路,把你身边所有的线都斩断,这样,你的世界里就只剩下我一个人了。靳燃,我没做错,如果再给我一次机会,我还是会做这个选择。只要能得到你,我什么都可以不在意,什么名声地位,我统统都可以不要。"

"这么说,"靳燃手指稍紧了紧,"你都承认了,承认这一切都是你做的。"

"我现在否认,还有什么意义吗?"

靳燃深吸了几口气,这才缓缓地说:"你刚才踩碎的那个摄像头,其实只是一个摆设,它没连接上直播。但我这里,有一个一直在录制的摄像头,兵不厌诈,这是你当初教我的。"

"你说什么?"顾飒气得整张脸都扭曲了,她玩了一辈子的鹰,却没想到,自己居然被鹰啄了眼。

"离开上海,永远不要再回来,我会当今天的一切都没发生,"靳燃继续说,"从此以后,你走你的阳关道,我过我的独木桥,大家就当从来都没认识过。很多事,我不想再去计较,也不想再去追究。顾飒,这是你最后一次机会,你想好了再回答我。"

第106章　千秋岁

"为什么？"顾飒死死盯着靳燃，"为什么我费尽心机，一手把你捧到今天这个地位，你还是不喜欢我？我到底哪里不如袁莱？"

"你不是喜欢，"靳燃站起来，一字一顿地道，"你只是想要占有我。顾飒，有些感情你永远都不会懂，你好自为之吧。"

靳燃没有再作丝毫逗留，他从咖啡馆出来，驱车直接赶去了非途旅行，去接袁莱。这世上，再也没有任何人和事能够将他们分开。

与此同时，上海某酒店，丁昂接到靳燃打来的电话，他迷迷糊糊地一下从床上跳了起来，捏着手机的手都在发抖，"你说什么？你说辛颐她早就原谅我了，这一切都是假的。辛颐她还喜欢我，还喜欢我？是真的？"

三天前，是他和徐辛颐分开之后徐辛颐第一次打电话给他，他当时都高兴疯了，然而徐辛颐却是在电话里冷冷地说跟他离婚。他一向厚颜无耻，却说不出话来反驳，那一刻，他觉得自己这一生就这么完了。

他放在心尖上宠爱的女人，终究还是选择了离开他。

"那天我去找辛颐，就是跟她谈这个的，"靳燃笑道，"小昂，辛颐是个好女孩，她也是真心喜欢你的，不论是圈套也好什么都好，你不要再负了她，知道吗？"

"嗯，"丁昂哽咽道，"从今以后，我再不会让她伤心难过。靳燃，谢谢你！"

"你我兄弟之间，还说什么'谢'字，"靳燃说，"这一次难关总算是平安渡过了。之后的事情你就不用操心了，我会处理。我现在去非途接莱莱，你先去见辛颐，我再叫上承志，大家晚上在一起聚一聚，我有要事要宣布。"

"好好，那我们晚上见。"

丁昂说完，匆忙挂断了电话。

可是，告别的时候一定要用力一点，因为谁都不知下一秒会发生什么事，谁都不知道还会不会有明天。没有人知道，这一通电话，成了丁昂跟这个世界最后的告别。

丁昂快速换了一身西服，连日来都没打理过的头发，也已梳得一丝不苟，他抓起车钥匙，一路哼着小曲上了路。那辆红色法拉利迅速地驶入车流，在拐弯的时候，一辆失控的大货车横冲直撞扑上来，将法拉利直接撞进了隔离带。鲜红色的跑车，几乎被大货车挤压成一团废铁。

大货车司机吓得浑身发抖，他好不容易才停好车，然后下车查看情况，无数路过的司机和行人都停了下来，丁昂被卡在驾驶的位子，他浑身像是浸泡

第106章 千秋岁

在冰水里,没有了一点知觉。他什么都看不见,什么都听不见,身体动弹不得,脑子里最后残存的一点神智,只有一个熟悉却又模糊的,逐渐透明消失的轮廓。

"老……婆……"

在一团嘈杂声中,谁都没听到他遗落在人间的最后两个字,他一生最爱的女人,即使他知道他已经没时间了,但他还是忍不住想多看一眼。

救护车尖叫着赶到,可当他们将车子移出来,把车里的人抬出来的时候,一切都已经结束了。

靳燃接到袁莱之后,正朝着辛颐那边赶,车子行驶速度却突然缓慢了下来,车载调频里正在预报:"前方道路发生交通事故,车辆行驶缓慢,预计需要45分钟,请耐心等候……"

靳燃抬眼看向前面黑压压的车流,忍不住说了一句:"这个时间,怎么会发生交通事故?"

"谁知道啊,"袁莱说,"不是有句话说,谁都不知道明天和意外哪一个先来,你看每天都有这么多的事故发生,我们能平安享受到老,其实就已经算是人生赢家了,不是吗?"

"是啊,我还是先给小昂打个电话,提醒他不要走这条道,别又堵在路上了。"靳燃说着,取出手机拨通了丁昂的电话。

黑色苹果手机碎了好几条口子,血迹顺着碎裂的口子渗了进去,这时候,一通来电显示是"靳老弟"的电话打了进来。因为屏幕碎裂,电话根本接不起来,警察尝试了好几次,直到电话自动挂断。很快又一个叫"千秋岁"的电话打进来,依旧是徒劳。"千秋岁"的电话挂断之后,又连着发了几条微信过来。

千秋岁:"丁昂,你在哪儿?为什么不接电话?"

千秋岁:"栖霞路那边出了车祸,你开车小心点,别往那边走了,注意安全。"

千秋岁:"丁昂,看到回我电话,我心里有点不安,速回!"

……

那警察看着屏幕上跳动的文字,眼眶也忍不住跟着红了。旁边一个同事凑过来看了一眼手机,"千秋岁?有人叫这个名字的吗?"

"不是,这其实是一句表达爱意的词——天不老,情难绝,心似双丝网,中有千千结。这个人,一定是他爱人吧,只可惜,他再也回不去了。"

天不老,情难绝,心似双丝网,中有千千结。

这世上,大概再也不会有一个人,总像个孩子一样围着她笑,围着她闹,一口一个"老婆",一口一个"爱你"。原来一生一世,竟也这样短暂,不过弹指一挥间。

有人说,人生其实就是一场盛大的别离,我们从出生那一刻开始,就无法避免地走向死亡。我们相遇,我们离别,然后各自奔向幸福和在遗憾中老去。

徐辛颐接到警方通知的时候,她甚至以为自己出现了幻听。她在电话里问了一遍又一遍,始终不敢相信她听到的话是真的,她脑子和身体定格在了那里。很久很久,她缓缓地蹲下身,又缓缓地抱住膝盖,无声地哭了起来。

她刚才突然觉得不安,就好像心口有什么东西揪着一样,她迫不及待地打给丁昂,可是电话一直无人接听。

原来,心爱的人离开的时候,人真的是有感觉的,可这感觉又有什么意义呢?

袁莱和靳燃赶了过来,袁莱全程死死握住徐辛颐的手,生怕她一松开手,徐辛颐也跟着没了。

警察核实了身份之后,将丁昂生前遗留下来的东西,亲手交给了徐辛颐。徐辛颐的身体猛地一抖,一把小小的车钥匙,一部手机,还有一个陈旧的黑色钱夹,就这么几样东西,她忽然有点拿不住。

她记得,那个钱夹是她送给丁昂的第一个生日礼物,不是什么名贵牌子,是她打工省吃俭用省下来买给他的,他视若珍宝,一直带在身边。钱包里其实没什么钱,只有一张他们两人很久之前的合照,照片背后,是丁昂亲手写的已经有些斑驳的几个工工整整的字——吾爱,千秋岁。

"辛颐,要不……你还是别进去了,我们进去,好吗?"袁莱牵着徐辛颐冰冷的手,生怕她无法面对,在停尸间前停了下来。

"不,他怕一个人……"徐辛颐说,"我去接他回家。"

"辛颐……"

袁莱哽咽着唤了一声,扭过头去,抹去了眼角的泪水。徐辛颐却没有停下来,她走得很慢,一步一步地走进了停尸间,丁昂安静地躺在金属台上,惨白的脸上已经没有了一丝生机。他那么喜欢热闹的一个人,却再也看不到他们都来为他送行了。他那么热爱的人,他再也看不到了。

"丁昂,我来接你回家了。"徐辛颐轻轻笑了一声,冰冷刺骨的手指,轻轻摸了摸丁昂已经没有一丝温度的脸颊,她的肩膀轻轻抖动着,片刻后,泪滴落了下来。

蒋莉赶回来的时候,袁莱他们已经将丁昂送到了殡仪馆,白发人送黑发人,内心是一场怎样的煎熬。她险些直接晕倒过去,不知道是怎么走到那口棺材前,去看自己儿子最后一眼。

"妈……"徐辛颐走过去,扶住蒋莉颤抖的身躯,她喉咙里像是被人点了一把火,焦灼而苦涩,"对不起。"

蒋莉忍不住落泪,她死死抓住徐辛颐的手腕,"辛颐,从今以后,妈妈只有你了。"

徐辛颐扶着蒋莉,将她扶到一边坐下,她想安慰蒋莉几句,可她一个字都说不出来，只是陪着蒋莉呆呆地坐在那里。

靳燃、赵承志他们几个人，一直忙着接送亲友宾客。灵堂前人来人往，却到底不会再有一个人，有着那个人的音容笑貌，他们从此生死永隔。

落葬那天，天上下着淅沥的雨，直到最后一抔土盖下，他这一生，不论多少人称赞年少有为，或是浪荡纨绔，他终究是不会再听到了。

黑色轿车、越野车停了一长排，袁莱一路扶着徐辛颐，沈双双扶着蒋莉，等到所有人都上车之后，靳燃侧过脸看了一眼那块黑色墓碑，手掌重重搭在方向盘上，汽车鸣笛的声音顿时乍响，紧接着，第二辆，第三辆，第四辆……

"小昂，"靳燃在心中说，"我们送你最后一程。"

漫天雨幕之下，车子缓缓地走过，汽车鸣笛的声音此起彼伏，形成一股巨大的回音，向他们的挚友告别。

第 107 章　花姨回国

丁昂猝然离世，所有人都以为徐辛颐和蒋莉两人撑不过来，袁莱他们几个更是天天往丁家跑。不知是她们真的释怀了，还是暂时压下了悲痛，都努力地活着。尤其是徐辛颐，她每天按时吃饭休息，只是偶尔会坐在那里发呆，一坐就是半天。

飞昂电竞队却并没有倒闭，徐辛颐将飞昂电竞接了下来，继续经营。飞昂的老员工也没人离开，当初受过丁昂恩惠的鸥嫂，更是不离不弃。丁昂走的那一天，她还特地把骆一天带过来，让他在丁昂灵前磕了三个头。都说滴水之恩当涌泉相报，可她还没来得及回报什么，丁昂就已经走了。后来徐辛颐把鸥嫂和骆一天接到了丁家，也算是替丁昂照顾他们孤儿寡母。鸥嫂难得地没拒绝，只是从今以后，更加尽心尽力地为公司做事，也变着法地开解徐辛颐。日子虽然艰难，但总是要过下去的。

靳燃正式离开非途旅行之后，成立了自己的公司，裴心岛的项目他亲自跟进，以确保一切顺利。顾飒向总部提交了离职报告，报告书上，附了一份病历，还有一份推荐表，推荐袁莱在她离开之后升任代理 CEO，主管非途旅行的一切业务。这份审批表还没批下来，顾飒就病发，进了手术室。

Alex 哭着打给靳燃的时候，靳燃还在裴心岛工地亲自监督进度。电话一接通，Alex 就在电话里哭得撕心裂肺，靳燃听了半天，才听清楚他说的是什么。等靳燃赶回上海，顾飒刚从手术室出来，转移到重症监护室，暂时隔离，不允许任何人探视。

"……病人所患的是淋巴癌，已经复发了好几次，癌细胞已经扩散至全身，我们已经无能为力。靳先生，你们还是替病人准备后事吧。"

"没有其他办法了吗？"靳燃问道。

"能控制到目前的状况，我们已经尽力了，"医生摇了摇头，一脸遗憾，"她的时间已经不多了，继续治疗其实没有太大的意义，我们的建议是出院。"

靳燃在椅子上木然地坐了半天，又去仔细询问了几个问题之后，才跟医生道了谢，离开了医生办公室。

靳燃也没想到，前不久还恨得牙痒痒的人，转眼之间就走到了人生的末路。好像在生死面前，那些恩恩怨怨都变得不那么重要了。袁莱他们几个接到消息的时候，一时之间竟然不知该作何反应。他们甚至没法用"善有善报恶有恶报"来下结论，或许生死有命，这是谁都无法更改的宿命。

顾飒在重症监护室里待了将近半个月，才转到普通病房。Alex 开始寸步不离，靳燃只能每天抽空过来。

第107章 花姨回国

生命即将终结,那些隐藏在身后的阴谋算计全都没有了任何意义。"靳燃,谢谢你还肯来看我,"顾飒手背上被针管插出了一大片淤青,两个手背几乎已经没有一块完整的皮肤,"以前的事情,能不能就当它都过去了,我时间不多了,想说什么悔不当初的话,也没有任何意义,只是想在最后的日子里,过得不那么孤独。"

"你不要胡思乱想,医生还在想办法,"靳燃说,"或者,我送你回日本,日本这方面的医术或许对你更有利。"

顾飒沉默了许久,仰起头看向靳燃,"如果我想,你跟我一起回去呢?就当是送我最后一程,可以吗?"

靳燃没有正面回答,顾飒也不蠢,自然听得明白他这拒绝的意思。她也没再多问,她时间不多,不想再把有限的时间浪费在这些没有任何意义的问题上。

三天之后,正志律师事务所以公益诉讼正式提起对天和集团多宗罪名的控诉。案子引起多方关注,以试药的名义草菅人命;研制的药物明明存在致命问题,却依旧明目张胆地上市;医疗器械也存在质量问题,却仍然推广到各大医院。赵承志这一起公益诉讼给早已道德沦丧的天和集团重重一击。各大媒体争相报道,无数曾经受过天和集团药物和器械毒害的病人站了出来,他们呼声微弱,可这些微弱的呼声渐渐汇聚成咆哮。

天和集团涉嫌多宗罪名,萧万雄身为主犯被判有期徒刑18年,罚金3亿元,剥夺政治权利10年。其他高层刑罚不定,但不论怎样,天和集团走向了它的末路。

赵承志也因为这一场公益诉讼,被评为十佳法律人。领奖这天,赵承志还顺带收到了一封摄影大赛半决赛的通知。赵承志虽然喜欢摄影,但迫于赵建国的淫威,他从来都只敢私下里玩玩,根本没有去投过什么比赛。他随手将信封丢到了一边桌子上,心说这肯定是新的诈骗手段。结果他前脚刚扔完,沈双双后脚就给捡了起来,一边怒道:"师父,你怎么一回事,这可是风向奖的半决赛通知啊!你干吗把它丢了?"

"我从来都没投过作品,怎么可能参加什么半决赛,这一定是新型的诈骗手段,你提高点警惕,别到时候被骗了,知道吗?"

"我有那么笨吗?"沈双双白了她一眼,轻咳一声,"那个,师父,这半决赛的通知是真的,我之前瞒着你,偷偷挑了几张照片去投稿来着,没想到师父你老人家摄影技术这么棒,居然通过了初赛,这可是风向奖啊!国内摄影界最有水准的一个大奖,要不咱们好好拍几张,争取进入决赛?"

赵承志差点一口老血喷了出来,他本来还以为这是什么新的骗术,结果没想到居然是真的通知书,他有些不舍地看了一眼通知书,摇了摇头,"算了,老爷子从小就不许我玩这些东西,要是让他知道了,又该说我不务正业了。再说最近手上这么多案子,哪里有时间去采风,你就别瞎操这个心了,下午跟我去见一个当事人,听见没有?"

"我不听,师父,你不是喜欢摄影吗,现在有这个机会为什么要放弃?"沈双双说,"人不是更应该为自己活着吗?"

沈双双还在长篇大论,靳燃的电话打了进来,赵承志仿佛看到了救星,立即拿起手机接了起来,故意提高了音量,"靳燃,嗯,你说,找我是不是有什么很重要的事情啊?"

"我妈回国了,晚上大家在一起聚一聚,你把小沈也带上。莱莱今天休假,等会儿我们去机场接我妈,"靳燃说,"你们两口子把辛颐带上,她快要生产了,你开车慢点,别磕碰到她。"

赵承志额头青筋一跳,感觉自己接了一个世纪级任务。徐辛颐能坚强地撑到现在,的确是有些出乎他们所有人的预料。

最近一段时间,大家各自忙碌,虽然都在同一座城市,却仿佛已经很久没见过面了。晚餐都是靳燃和袁莱两人亲手做的,都是一些家常菜,但却充满了人间烟火的味道。吃完饭,一群人又在一起聊了会天,这才各自散了。靳燃在厨房里收拾碗筷,花姨拉着袁莱的手,两人坐在一起,有一搭没一搭地聊着靳燃小时候的事情。

那一瞬间,袁莱忽然觉得人生已经圆满了,不论他们曾经经历过什么,可那一切都已经成为过去。而他们现在要做的,就是把握当下,活在当下,珍惜每一天的幸福。

靳燃收拾好厨房,走到客厅。袁莱找了个借口走开,让他们母子两人聊些家常。花姨看着靳燃,欲言又止了好半天才有些木讷地开口:"小燃,妈妈这次回来,其实是有一件事想跟你说。"

"您说。"靳燃坐在一边,替花姨削苹果。

"这么多年,我一直都没告诉你有关你生身父亲的事情,"花姨说,"小燃,妈妈知道现在跟你说这个,对你太不公平,但是他快不行了,他想在自己临终之前,再见你一面……"

靳燃手上的动作一停,脸色陡然黑了下来,面无表情地道:"我没有父亲,他的死活跟我没有半点关系。"

"小燃,当年他其实也是无可奈何……"

"够了!"靳燃咬牙切齿,将手里的苹果顺手扔进了垃圾桶,"他有什么无可奈何?我们被人欺负的时候,他在哪里?我们差点流落街头的时候,他又在哪里?他什么都没有做过,凭什么现在要死了,才想起来还有我这么一个儿子。当初是他不要我们母子,现在也别想我认他!"

花姨眼睛里裹着泪水,却一直忍着不让它落下来。她知道靳燃的脾气,这一次回来就是想亲自劝一劝他,谁想靳燃仍然有这么大的反应。花姨长长叹了口气,便把这个话题岔开了。

第 108 章 念昂

上海，某咖啡馆。

自从上次因为挖人的事情见过一次纪敖亭之后，袁莱已经很久没见纪敖亭了，纪敖亭依旧是一副斯文败类的打扮，从头到脚打扮得一丝不苟，只是眼镜又换回了那一副黑色细丝，多了几分内敛沉稳，少了几分张扬跋扈。

袁莱在纪敖亭对面坐下来，她要了一杯咖啡，"纪总现在日理万机，怎么有空接见我这种小跑腿？"

纪敖亭朝她看了一眼笑道："小跑腿？袁总是在逗我笑吗？"

袁莱摇了摇头，"我哪里敢，不过，听说泰禾星旅最近又开发了几条新路线，纪总果然还是宝刀不老啊。"

纪敖亭缓缓搅动着面前的咖啡，"我要走了。"

"走？去哪里？"

"北京，"纪敖亭无声地笑了笑，然后喝了一口咖啡，原来咖啡可以这样苦，"一把年纪了，是时候稳重一点，回去继承家业了。"

袁莱沉默了两秒，"还会回来吗？"

"不知道，"纪敖亭身体略微朝后，背脊贴在椅背上，"也许偶尔会回来。也许，也许，永远都不会再回来。这地方，毕竟是我的伤心地。"

"伤心地？"袁莱一笑，"这种多愁善感的表情真的不太适合你，您老刚才不是还说要稳重一点？"

纪敖亭低垂下眉眼，缓缓开口，"我一直都不习惯跟人道别，袁莱，你是第一个。珍重。"

"嗯，纪总也珍重。"

纪敖亭轻轻笑了一声，"好了，时间不早了，袁总也该回去了，你先走吧。"
我看着你走。

袁莱喉咙动了动，"不急，公司今天没什么事情，晚一点回去也没关系，我再坐会儿。"

纪敖亭点了点头，"好。"

气氛突然诡异地沉默了下来。片刻后，纪敖亭略微抬起眸子，黑沉沉的眼珠里裹着一点说不清道不明的情绪，"其实，我一直都有一个问题想问你，现在不问，恐怕以后都没机会问了。"

"我知道你想问什么，"袁莱说，"我的答案是'会'。"

纪敖亭手指微微一颤，好半天，他才回过神来，唇角勾起一抹释然的笑意，"看来小爷也没输得太离谱。袁莱，答应我，一定要幸福地活下去。"

"嗯，纪总也是啊，你也一把年纪了，别再乱浪了。"

"啧……"纪敖亭唇角一勾，"我这把年纪，哪里还浪得动。老了，都开始喝养生茶泡养生脚了。"

袁莱笑了他几句，两人有一搭没一搭地聊了很多往事，原来不知不觉间，他们之间也曾有过这么多回忆。直到天色渐晚，初春的冷意袭来，纪敖亭脱下身上的外套搭在袁莱身上，"走吧，我送你回家。"

袁莱本能地想要拒绝，最后还是点头答应了下来。大概是因为下午该说的都说完了，两人一路沉默，到了袁莱家大门外。袁莱才惊觉，纪敖亭什么时候知道她搬家搬到这边来了。可有些话，注定不能问出口。

袁莱下了车，将外套还给了纪敖亭，道了一声谢，转身走进了别墅。纪敖亭一直目送她的背影，直到看不见。他在车上坐了半天，嘴唇微微一动，无声地说："纪敖亭，三十岁生日快乐。"

这大概是他这一生活得最任性的一天，他一辈子都不会忘记。

袁莱一进门，就看到靳燃满脸倦色地坐在沙发上，便放慢了脚步走过去，"靳燃，你这几天怎么了，自从花姨回来之后，你好像一直都不怎么高兴，出什么事了吗？"

靳燃揉了揉眉心，下了决心似的把花姨回国的目的告诉袁莱。关于靳燃的父亲，一直都是靳燃的禁忌，它就像是灌了脓的毒瘤，一触即痛。然而，如果不切开口，清理干净里面的脓毒，它就会一辈子在那里，碰不得。

"他从来都没照顾过我们母子，我们需要他的时候，他都不在，现在他要死了，凭什么他想见我，我就一定要去见他？对我来说，他也只不过是一个陌生人而已，不是吗？"

从小他就因为私生子的身份受尽他人白眼，孩子们总是欺负他，花姨也总是被人在背后指指点点。虽说父母子女之间血浓于水，可他宁可不要这一点血脉相连的缘分。

"如果你不想去的话就不去，"袁莱伸手，抱住靳燃的腰，"人这一生不过就这么短暂的几十年，我们难道要一直活在别人的世界里吗？遵从你的本心，至于其他人，不必去在乎那么多。"

靳燃沉默了下来，袁莱没再说什么，有时候，安静的陪伴就已经胜过一切。

又过了几天，就到了徐辛颐的预产期，袁莱和靳燃他们几个一大早就赶去医院，赵承志和沈双双也到了，连赵建国都来了。蒋莉已经跟医院方面交代好了。一屋子人来来回回地走动，比自己生儿子还要操心。

徐辛颐肚子里怀的是丁昂唯一的子嗣，也是蒋莉和徐辛颐唯一的希望，所以这个孩子千万不能有丝毫闪失。大家紧张地看着徐辛颐。反倒是徐辛颐看上去竟然比他们还要稳得住一点，一堆人正绞尽脑汁没话找话地尬聊着，徐辛

第108章 念昂

颐的肚子突然有了反应,是羊水破了,刚才还假装镇定的一屋子人一下全都疯了。

"医生!医生!救命啊!"

"救什么救!是接生!你不懂就给我闭嘴!"

"那个……生孩子会不会很痛?会不会像电视里那样撕心裂肺地惨叫?啊啊,我不想听,我怕,我晕血!"

"闭嘴!"

医生和护士第一时间赶了过来,结果被一屋子吓得乱窜的人搞得手忙脚乱。好不容易人被送进产房,一堆人又趴在门口,恨不得从玻璃缝隙里钻进去。众人等了很久,好在一切还算顺利,徐辛颐顺利产下一个男婴,婴儿响亮的啼哭声一传出来,满走廊的人集体松了一大口气。

"靳燃,咱们家干儿子顺利出生了!"袁莱激动地抓住靳燃的手,兴奋地迎接这个小生命的到来。

沈双双和袁莱的反应差不多,不过她羡慕完别人家儿子,又幽怨着一张脸吐槽,她什么时候才能有自己的小奶娃娃啊……

医生抱着刚生下来的奶娃娃出来,"是个男孩儿,6斤3两,母子平安,蒋总可以放心了。"

蒋莉连连点头,"我们家辛颐呢?她还好吗?我现在可不可以进去看她?"

"徐总马上就可以送到VIP病房,您稍后直接去病房看望她就可以了。"

蒋莉连声道谢,确定了徐辛颐平安无事,大家又凑上来看小小的婴儿,这么小一个奶娃娃,有一天却可以长成大人的模样,生命真是神奇。

徐辛颐很快就被转移到了VIP病房。她刚刚生完孩子,身体还很虚弱。袁莱将孩子抱过去给她看。她如释重负地吐出一口气,笑了一声,"嗯,这眼睛……跟丁昂长得很像……妈,你给宝贝取个名字吧。"

一句话,整个屋子里的人都安静了下来,原本以为她已经渐渐放下了心里的伤痛,可是怎么可能忘掉。

蒋莉忍了半天,终于忍不住地抹了把泪,"叫念昂,你看好不好?"

念昂,徐辛颐默念了几遍这个名字,然后点了点头,"好,宝贝,以后你就叫念昂了。"

袁莱他们一直待到徐辛颐睡着了才走,蒋莉自然要留在医院照顾徐辛颐和小念昂,赵建国居然主动留了下来,赵承志起初还没明白过来怎么一回事,沈双双连拖带拽地把他拉了出来。

"师父,你这情商是喂狗了还是怎么了?连这都看不出来,咱爸这是在追求蒋姨啊沙雕!"沈双双无语地说道,她当初到底是哪根筋搭错了啊,居然会看上这么个混蛋玩意儿。

赵承志反应了半天,瞬间瞪大了他的狗眼,"你说的是真的?老爷子这么

337

迂腐守旧的木桩子居然开窍了！等等，那……辛颐的孩子，将来岂不就是我们亲侄子了？哎呀，你看，这都快成一家人了，咱们连干爹干娘都不用认了，哈哈哈。"

沈双双翻了个白眼，那又不是你的娃，你这么激动干什么？脑子有坑是吗？

"对了，我之前跟咱爸恳谈过一次，"沈双双转移开了话题，"咱爸的意思是只要不影响你干正事，摄影还是可以继续搞一搞的，但是不能玩物丧志。你只能玩我丧志，听见没？"

"你放心，"赵承志拍了拍胸口，"我玩你不可能丧志的。"

"……滚！"

第109章 大结局

三个月后。

上海，非途旅行分公司，会议室。

袁莱穿着一身职业装，长发利落地扎成了马尾，她手指微动，大屏幕上的幻灯片切换，袁莱看着那张幻灯片，"圣约翰教堂，是这次婚礼举行的地点，大家一定要记住，婚礼的每一项流程都不能出现任何纰漏，否则我亲手把你们挂到十字架上去，听明白了吗？"

"袁总放心，这一次的婚礼仪式对你来说非常重要，我们绝对不会再搞砸了。这次要是再砸了，袁总你把我脑袋拧过去当夜壶。"陈小菲义正词严地说道。

袁莱升任非途旅行上海分公司的 CEO 之后，陈小菲就被提起来当产品部的总监。虽说陈小菲大事不糊涂，但小事总是不靠谱，不管多小的事情，到了她手上总得出么一点点小问题，袁莱都快变成她的专业擦屁股员了。

袁莱摆了摆手，"那你这个夜壶我是坐定了，总之，今天晚上的彩排之后，所有道具和必须品全部重新检查一次，明天婚礼务必保证顺利进行。"

众人连声答是，袁莱这才摆了摆手，让大家散了。她刚开完会，徐辛颐的视频电话就打了进来。她赶紧接通视频电话，刚才绷着的脸色一下就放松了下来，满脸笑容地盯着手机屏幕。

手机那一头，徐辛颐抱着一个三个月大小的奶娃娃，一边忙着换尿不湿，一边道："莱莱，还在忙吗？双双和承志的婚礼安排得怎么样了？我现在忙着管我们家这个小魔头，可没时间来帮你哦，辛苦你了。"

大概是继承了丁昂的"优良"基因，小念昂一点都不好带，虽然是个男孩子，身体却不怎么好，三天两头生病，徐辛颐和蒋莉两头忙。小东西刚出医院不久，徐辛颐实在抽不出身管赵承志和沈双双的婚礼。

儿女都是欠的债，可这债也是甜蜜的债，小念昂长得软萌可爱，袁莱每天下班不过去抱一抱捏一捏，就觉得这一天都白过了。小家伙也熟悉了袁莱身上的味道，喜欢黏着袁莱。

"安啦，你现在最重要的任务就是负责把我们家宝贝照顾好，其他事就交给我们来处理……你小心点，别弄疼我们家宝贝，他现在可是我们的团宠。我这边马上就忙好了，一会儿过来看你们。"袁莱笑道，"对了，有没有什么想吃的，我顺便带过来。"

"不用了，家里什么都有，路上注意安全。"

"好啦，我知道，那我先去做事了，一会儿就过来。"

"嗯。"

挂了电话，袁莱匆匆忙忙去做事。干完活，她跟打了鸡血似的又赶去丁家看徐辛颐和小念昂。吃了午饭，等到小念昂睡着了，徐辛颐给袁莱泡了杯花果茶，她看着袁莱，沉声道："靳燃还没确定能不能赶回来吗？"

袁莱闻言，幽幽叹了口气，然后苦笑了一声，摇了摇头："嗯，我来的时候跟他通过电话，他父亲刚刚去世，需要办理后事，不一定能及时赶回来。"

"唉，"徐辛颐叹了口气，"三个月前，是你说服靳燃跟花姨回日本去看他爸的。听说当时靳先生已经快不行了，公司也面临破产，靳家旁系还忙着争夺财产继承权。大概是血浓于水的天性使然，否则谁会在这个时候蹚这浑水。现在老先生的后事、公司的危局都够靳燃花大功夫一点点捋清。还好你体谅他，如果当初……"

如果当初她也能多给丁昂一次机会，是不是丁昂就不会死了？

这句话她没说出口，只在嘴边盘旋了片刻，又被永远无声地关在了别人看不见的地方。

袁莱知道徐辛颐又想到了丁昂，轻轻拍了拍她肩膀，"辛颐，过去的事情都已经过去了，不要胡思乱想。"

"放心吧，我也不是那种钻牛角尖的人。明天是双双和承志大婚，靳燃或许会赶回来也说不定，"徐辛颐顿了一下，"他们三兄弟，感情这么深厚，他一定会回来的。"

袁莱笑了笑，"希望吧，不过他就算赶不回来，也没什么，只要我们大家心在一起，有什么难关是过不去的呢！"

"嗯，好了，不想这些了。双双和承志等会儿就到了，我们先去告诉丁昂，他们明天要结婚了。"徐辛颐笑道。

袁莱沉默了片刻，"辛颐，你还为昂爷的事内疚，对吗？"

徐辛颐沉默了许久，"我时常都在想，如果当初我没那么任性，少执着一点什么都不值的尊严，他会不会根本不会死。他那么爱我，怎么舍得离开我。可是莱莱，这个世界上，永远都没有'如果'。"

袁莱叹了口气，"这事不怪你！你说得对，他那么爱你，所以你的每一分快乐都是给他最好的奖励，为了他，别再内疚了，要开心快乐才行！……好了，明天是双双和承志大婚的日子，我们应该高兴一点！"

徐辛颐也跟着笑了笑。

赵承志和沈双双两人到了之后，四个人再加上念昂，一起去了墓地。几个人站在墓碑前，墓碑上那张照片里的男人，岁月永远禁锢在了他脸上。

"好兄弟。"赵承志伸手，拍了拍黑色墓碑，然后掏出三支烟点燃，放在墓碑前。他笑了笑，声音有些沙哑地说："哥们儿明天就要结婚了，媳妇儿你也认识的——双双，知道你明天来不了，哥们儿只好带她过来给你敬杯酒了。双双，过来。"

第109章　大结局

沈双双走过去，半跪在墓碑前，在墓前倒了三杯酒，又给她自己和赵承志一人拿了个酒杯，赵承志道："第一杯，敬你我这么多年兄弟情义，肝胆相照，荣辱与共！"

赵承志说完，一仰头将杯子里的酒喝了个干净。然后又倒了第二杯，"第二杯，还是敬我们往来不败的情义，你放心走，辛颐和昂昂有我们照顾，谁也别想欺负他们母子半分。"

"第三杯……你这个坏家伙啊，"赵承志抬手，抹去了眼角的泪水，"你知不知道，我们大家都很想你……"说完，闷头将第三杯酒喝了个干净。这世上有多少兄弟情义，都泡在了这几杯酒里。赵承志和沈双双敬完了酒，袁莱沉默地走了上去，"昂爷，明天是承志和双双大喜的日子，我们今天特地过来看你的……老规矩，都是三杯酒，多余的话，我就不说了。你放心，我们会替你照顾好辛颐和昂昂。昂昂很乖，也很听话，你不用担心。"

灼烈的酒从袁莱喉咙滚过，喉咙像是要燃起来一样，她呛咳了几声，站到一旁去。徐辛颐抱着小念昂，站在丁昂的墓碑前。她的目光依旧如恋爱时那样温柔缱绻，她轻轻摸了摸墓碑上的照片，笑了笑，"丁昂，我们大家又来看你了，妈妈身体很好，我和昂昂也很好，你不用担心……你在那边，过得好不好？我已经很久没梦到你了……你知不知道，我很想你……"

原来掰着指头数日子是这样难过，如果没有小念昂，她根本不知道自己能撑到什么时候，上苍总算是待她不薄，夺走了她生命里最重要的男人，又赐予她一个小男子汉，可她依旧不会感谢上苍，因为那个人无可替代。

袁莱站在墓碑前，忽然抬起头看向遥远的天空，她记得有位大家曾经写过这样一句话："你看这白云，聚了又散，散了又聚，人生离合，亦复如是。"

或许人跟人之间的缘分，真的只有那么一点，缘分走到尽头，便如同白云，终究会散开。

当《婚礼进行曲》的旋律响起，当宾客们山呼海啸般欢呼起来。赵承志牵着沈双双的手，一步一步走向婚姻的殿堂。袁莱站在人群中，仰头看着一对快乐的新人走向属于他们命定的幸福。而她，也已经找寻到属于她的那一份幸福。

"糟了！戒指……袁总，怎么办，我好像把戒指忘了！"陈小菲忽然冲到袁莱身边，满脸焦急地说道。

新人已经走向神父，仪式完毕之后就要交换戒指，现在告诉她找不到戒指了！袁莱这会儿杀人的心都有了。她从人群里挤出来，正准备拉着陈小菲去后台寻找。才拎着裙子跑了几步，忽然停了下来，前方不远处，一个穿着蓝色正装的男人正朝着她走过来，正是三个月不见的靳燚。

那一瞬间，她仿佛听见花开鸟鸣的声音。

图书在版编目(CIP)数据

十年三月三十日 / 苏念,刘捷著. —上海:上海社会科学院出版社,2019
ISBN 978-7-5520-2890-4

Ⅰ.①十… Ⅱ.①苏… ②刘… Ⅲ.①长篇小说-中国-当代 Ⅳ.①I247.5

中国版本图书馆 CIP 数据核字(2019)第 163106 号

十年三月三十日

著　　者：苏　念　刘　捷
责任编辑：王　勤
封面设计：黄婧昉
出版发行：上海社会科学院出版社
　　　　　上海顺昌路 622 号　邮编 200025
　　　　　电话总机 021-63315947　销售热线 021-53063735
　　　　　http://www.sassp.org.cn　E-mail:sassp@sassp.cn
照　　排：南京理工出版信息技术有限公司
印　　刷：上海颛辉印刷厂
开　　本：890×1240 毫米　1/32 开
印　　张：11
字　　数：412 千字
版　　次：2019 年 9 月第 1 版　2019 年 9 月第 1 次印刷

ISBN 978-7-5520-2890-4/I·349　　　　　定价:49.80 元

版权所有　　翻印必究